공초 오상순 전집

지은이

오상순 吳相淳

1894년 서울에서 출생하여 1963년 작고했다. 호는 공초(空超)이다. 일본 도시샤[同志社] 대학 종교철학과를 졸업했으며, 1920년 잡지 『폐허』에 논설 「시대고(時代苦)와 그 희생」을 발표하면서 문필활동을 시작했다. 대표작으로 「아시아의 마지막 밤 풍경」(1922), 「허무혼의 선언」(1923), 「방랑의 마음」(1935.8)이 가장 널리 손꼽힌다. 1920년대에 집중적으로 발표된 그의 초기작들은 세상의 만물을 변화시켜 가는 자연의 힘에 대한 경이와 호기심을 드러낸 경우가 많고, 공백기를 거친 이후의 1950년대 작품들은 사소한 존재의 생애로부터 보편적이고 우주적인 의미를 도출하거나, 인간과 사물 간에 자타의 구분이 무화되는 경지를 표현하고자 한 경우가 많다. 1954년 예술원 종신회원으로 추대되었고, 1962년 서울시문화상 문학부문 본상을 수상했다.

엮은이

이은지 李銀池, Lee Eun-ji

서울대학교 국어교육과를 졸업했으며, 같은 대학원 국어국문학과에서 박사학위를 받았다. 현재 서울대학교 기초교육원에서 강의하고 있다. 주요 논문으로 「황석우 초기 시론의 '천재'와 '민중' 문제」(2014), 「1920년대 오상순의 예술론과 이상적 공동체상」(2015), 「다이쇼기 '개인' 담론의 지속가능한 발전 – 염상섭 초기 소설에 나타난 낭만적 아이러니」(2017) 등이 있다.

공초 오상순 전집

초판인쇄 2022년 4월 30일 **초판발행** 2022년 5월 10일
지은이 오상순 **엮은이** 이은지 **펴낸이** 박성모 **펴낸곳** 소명출판 **출판등록** 제13-522호
주소 06643 서울시 서초구 서초중앙로6길 15, 2층
전화 02-585-7840 **팩스** 02-585-7848 **전자우편** somyungbooks@daum.net **홈페이지** www.somyong.co.kr

값 58,000원
ISBN 979-11-5905-690-1 03810

오상순 전집

THE COMPLETE WORKS OF LITERATURE OF OH SANG-SUN

이은지 엮음

소명출판

일러두기

1. 이 책은 현재까지 발굴된 시인 공초 오상순의 발표작들을 모은 전집입니다. 선학들의 작업에서 누락되었거나 잘못 기록되었던 자료들을 보완 및 수정하여 엮었습니다.
2. 이 책의 내용은 오상순의 시와 산문, 작가 연보, 작품 연보, 이 책에 대한 해제, 그리고 시 작품들의 발표 당시 지면 영인 이미지로 구성돼 있습니다.
3. 시인이 생전에 출간한 단행본이 없는 관계로, 시의 경우 발표순으로 작품을 배열했습니다. 산문의 경우 글의 유형을 구분하여 발표순으로 수록했습니다.
4. 편자는 각 작품이 처음 발표되었을 때의 지면을 현전하는 한 모두 확인했습니다. 처음 발표되었을 당시의 지면을 찾을 수 없었던 경우, 최초로 간행된 오상순 작품집인 『공초 오상순 시선』(자유문화사, 1963) 및 『공초 오상순 시전집』(한국문학사, 1983)을 참고한 후 출처를 밝혔습니다.
5. 오상순의 시와 산문은 가독성을 높이기 위해 모두 현대어로 바꾸고 한글로 표기했습니다. 시 작품의 원문 표기를 확인하고자 할 경우, 권말의 영인 이미지를 참고하시기 바랍니다.
6. 한글만으로 뜻을 알아보기 어려운 경우 괄호 속에 한자를 병기했습니다. 강조점, 밑줄 등의 강조 표시는 모두 발표 당시의 지면을 그대로 따른 것입니다.
7. 원문 지면의 상태가 좋지 않아 식별할 수 없었던 글자는 '◯'으로 표시했습니다. 검열로 인해 복자 처리된 것이 분명한 경우 '◯'로 표시한 후 주석을 달았습니다. 의미가 불분명하여 현대어로 바꾸기 어려운 경우, 원문의 표기를 그대로 쓰고 주석을 달았습니다.
8. 원문의 표기가 분명한 오기인 경우 현대어 표기에 따라 바로잡았습니다. 첫 발표 시 불분명하게 표기되었던 부분을 후대의 작품집에서 바로잡은 경우, 『공초 오상순 시전집』의 표기에 따라 보완하고 주석을 달았습니다.
9. 서술격 조사 '-이다'와 '-일다'를 구분하여 표기하는 등, 맞춤법에 어긋나지만 표준어와 비교했을 때 어감의 차이가 있다고 판단되는 경우는 원문의 표기를 따랐습니다.
10. 산문 가운데 '야나기 무네요시 선생님께'와 '아키타 우자쿠 선생님께'는 본래 일본어로 발표되었습니다. 편자가 전문가의 도움을 받아 한국어로 번역한 후 수록했습니다. 일본어 원문을 확인할 수 있도록 권말에 영인 이미지를 수록했습니다.
11. 단행본, 잡지, 신문 제목은 『 』, 작품이나 글 제목은 「 」로 표시했습니다. 원문에서 쓰인 「 」, 〈 〉 등의 부호는 강조의 의미로 쓰인 경우 ' '로, 직접인용의 의미로 쓰인 경우 " "로 표시했습니다.

책머리에_전집 발간의 의의

공초空超 오상순吳相淳은 1894년 서울에서 출생하여 1963년 작고한 시인이다. 일본 도시샤[同志社]대학 종교철학과를 졸업한 후 27세였던 1920년부터 문필활동을 시작했고, 대체로 1920년대 초반과 1950년대에 활발한 활동을 펼쳤다. 남긴 작품 수가 많은 편은 아니나, 독특한 행보와 작품세계로 지금까지도 문학사에서 뚜렷하게 기억되고 있는 인물이다. 그의 작품집이 2010년대까지도 간간이 간행돼 왔고, 1993년 제정된 공초문학상이 현재도 매년 수여되고 있다는 사실이, 그가 받는 꾸준한 관심을 단적으로 보여준다.

오상순은 생전에 직접 단행본 작품집을 내놓은 적이 없다.* 모든 오상순 작품집은 그의 사후에 다른 사람들이 흩어져 있었던 글들을 수집해 펴낸 것으로, 그 첫 번째 책은 오상순 작고 직후 제자들에 의해 간행된 『공초 오상순 시선』자유문화사, 1963이다. 이 책은 시 36편, 산문 2편을 수록하고 있으며, 오상순의 작품들을 최초로 수집해 엮어내고 작가연보를 정리했다는 점에서 의의가 크다. 이후 발간된 또 하나의 중요한 작품집은 시인 구상具常이 엮은 『공초 오상순 시전집-아시아의 마지막 밤 풍경』한국문학사, 1983이다. 이 책은 위의 1963년 선집을 바탕으로 하되 당시 새로 발굴된 시 29편, 산문 3편을 추가하여 총 70편의 작품을 수록했다. 지금까지의 작품집 중 유일하게 '시전집'이라는 명칭을 내걸었고, 그에 걸맞게 가장 많은 오상순 작품들을 한곳에 모았으며, 작가연보와 별개로 작성된 최초

* 이하 내용 중 일부는 이은지, 「증보(增補) 작품연보를 통해 본 1950년대의 오상순」, 『민족문학사연구』 73호, 민족문학사학회, 2020에 수록되었던 것이다.

의 작품연보를 수록하기도 했다. 위의 두 책은 오늘날까지도 종종 간행되는 모든 오상순 작품집들의 저본이 되고 있다.

이렇듯 귀중한 성과들이 축적돼 있음에도 불구하고 이번에 새로이 『공초 오상순 전집』을 펴내고자 한 이유는 세 가지이다. 첫째, 1963년 선집에서 적지 않은 작품들이 발표 당시의 원문과 다르게 수정돼 있었다. 둘째, 이렇게 수정된 작품들이 1963년 이후 2010년대까지 대부분의 작품집에서 별도의 검토 없이 재수록되어 왔다. 셋째, 1983년 전집 간행 이후 새로 발굴된 작품들과 새로 밝혀진 발표지면의 서지정보가 매우 많다.

먼저 원문 수정 문제를 말하고자 한다. 이에 해당하는 가장 주요한 사례로, 오상순의 대표작인 「방랑의 마음」『조선문단』, 1935.8을 꼽을 수 있다. 1963년 선집에서는 「방랑의 마음 · 1」과 「방랑의 마음 · 2」라는 두 작품을 차례로 수록하고 있는데, 이들 텍스트의 발표지면인 『조선문단』을 보면 이 작품은 본래 '방랑의 마음'이라는 하나의 작품이며, 특히 「방랑의 마음·1」에 해당하는 앞부분은 1923년 『동명』 18호에 이미 발표되었던 것이다. 본문에서도 발표 당시의 원문과 다른 부분들이 관찰된다. 다음 그림에서 보듯이, 가령 『조선문단』 24호에서 "영원한 허무에의"라고 쓰였던 표현은 1963년 선집에서 "영원한 방랑에의"로 바뀌어 있고, "나그네의 마음" 다음에 붙어 있었던 줄표도 선집에서는 생략돼 있다. 이처럼 단어가 교체되거나 문장부호가 수정되는 현상은 1963년 선집 내 다른 작품들에서도 자주 발견할 수 있다. 작품에 따라서는 줄 바꿈이 된 부분을 다시 이어놓는 등 행갈이를 조정한 경우도 있다. 이처럼 임의로 수정된 텍스트는 1963년 선집을 저본으로 한 1983년 시전집에 그대로 수록되었고, 이후 1963년 선집이나 1983년 시전집을 저본으로 한 모든 오상순 작품집에도 나그네의 마음—
오—永遠한 虛無에의
나그네의 마음—
虛無의 품속에
보금자리친 나의마음—

『조선문단』 24호의 표기

나그네의 마음
오— 永遠한 放浪에의
나그네의 마음
放浪의 품속에
깃들인 나의 마음

1963년 선집의 표기

나그네의 마음
오—— 영원한 방랑에의
나그네의 마음
방랑의 품속에
깃들인 나의 마음

1983년 전집의 표기

그대로 수록되었다.

물론 최초의 작품집을 꾸릴 당시에는 편집진 나름의 기획 의도와 세심한 고민의 과정이 있었을 터이다. 또한 하나의 작품에서 여러 가지 버전이 파생되는 현상 자체를 문제라고 할 수도 없다. 그러나 발표 당시의 원문이 정확히 정리되고 충분히 검토되지 않은 상태에서, 수정 버전만이 본래 텍스트인 것처럼 널리 소개되는 현상은 분명 문제가 된다. 특히 시 작품들은 단어 하나하나의 밀도가 비교적 높은 만큼, 오상순 작품의 기초적인 서지 정보를 하나하나 확인하고 작품 원문을 다시 정리하는 작업은, 보다 정확한 오상순 독해를 위해 반드시 선행되어야 할 일이라 할 수 있다. 이에 이번 전집은 현전하는 모든 오상순 작품의 발표 당시 원문을 확인하고 이전까지의 작품집에서 임의로 수정되거나 누락된 부분을 바로잡았다.

한편으로 이번 전집은 새로 발굴된 글들을 여럿 추가 수록했고 작품연보의 서지정보를 다수 수정·보완했다. 이 전집에 수록된 글 수는 시 95편, 산문 51편으로 도합 146편서시 「기항지」 포함이며, 1983년 시전집에 비해서는 시 30편, 산문 46편이 추가된 것이다. 작품연보는 작품 본문 수집과 별개로 1983년 이후에도 종종 갱신돼 왔는데, 가장 최신의 연보는 2008년 박윤희가 작성한 것이었다.* 기존의 모든 작품집 및 작품연보에 정리된 것들을 제외하면, 이번 전집에서는 시 20편, 산문 35편을 새롭게 수록하는 셈이 된다. 이중 편자가 작업 과정에서 직접 발견하게 된 것으로는 시 「고기 먹은 고양이」, 「향수鄕愁」, 「화선화수장곡花仙火水葬曲」, 「바다」, 「우리 민족의 운명과 예술」, 「나」, 「청춘개화靑春開花」, 「저무는 병신년丙申年」, 산문 「자탄·자찬—공초 오상순 씨의 독신의 변」, 「신년송新年頌」, 「여대생과 시가렛트」 그 외 '서발문 및 신간소개'로 분류된 글 7편, 대담이나 설문, 인터뷰 등에 해당하는 글 16편이 있다. 그동안 각종 지면을 통해 여러 연구자들이 산발적으로 소개해 온 발굴작들을 한 자리에 모으게 된 것으로는, 시 「시험 전날 밤」, 「상한 상상의 날개」(1)~(6), 「방랑의 한 페이지」, 「폐허의 첫 봄」, 「사월 팔일」(상)·(하), 「바다의 소묘素描」, 「근조謹弔 삼청三淸 변영만卞榮晩 선생」, 「소나무—새해의 노래」, 「기미송가己未頌歌」, 「그날의 회상」, 「새날이 밝았네」, 「한 방울의 물」, 산문 「봉선화의 로맨스」, 「〈성극聖劇의 밤〉을 보냄」, 「금강은, 우리를 부른다」(1)·(2), 「고월古月 이장희李章熙 군」, 「독신獨身의 변辯」, 「그날의 감격」, 그 외 신간소개 글 1편, 인터뷰 1편, 그리고 일엽스님께 보내는 편지글 「강건하신 정진을 기원하면서」가 있다.

이번 전집에서 새로 수록하게 된 작품들은 각기 오상순의 다양한 면모를 엿보게 하여 아주 흥미롭다. 예컨대 시 「고기 먹은 고양이」는, 대개 추상적인 내용과 비장한 분위기를 담는 오상순의 여타 작품들과 달리, 화자가 어린 시절에 저지른 귀여운 사건 하나를 다루는 작품이다. 「시험 전날

* 박윤희, 「吳相淳の文學と思想－1920年代, 東アジアの知識往還」, 京都造形藝術大學 博士論文, 2008.

밤」에는 아버지의 사랑을 느끼는 학생의 심정이 드러나 있으며,* 「사월팔일」, 「〈성극의 밤〉을 보냄」에서는 불교 성극聖劇에 대한 오상순의 지대한 관심을 확인할 수 있다.** 새로 수록한 작품들 중에는 발표 시기 상 중요성을 띠는 것도 있다. 가령 「폐허의 첫 봄」과 「향수」는 각각 1925년구고과 1932년에 발표되어, 그간 오상순의 작품 활동 상 공백기로 여겨졌던 1925~1934년 사이를 조금이나마 메워 준다. 그 외에 「상한 상상의 날개」, 「방랑의 한 페이지」,*** 「봉선화의 로맨스」**** 등도 최근 연구에서 이미 주목받은 바 있다. 「고월古月 이장희李章熙 군——자결 칠주년기七周年忌를 제際하여」는 「고월과 고양이」와 더불어 시인 이장희를 추모하는 장문의 글로, 오상순과 이장희의 관계를 탐구해 볼 만한 근거가 된다. 한편 기존 작품연보에 이미 소개된 바 있으나 특히 눈여겨볼 만한 것으로, 1939년에 발표된 편지글 「야나기 무네요시[柳宗悅] 선생님께」와 「아키타 우자쿠[秋田雨雀] 선생님께」를 꼽을 수 있다. 이 두 글은 1937~46년에 이르는 오상순의 두 번째 공백기에 발표되어서 중요할 뿐만 아니라, 처음으로 발견된 오상순의 일본어 글이라는 점, 편지 속에서 거론되는 인물들의 면면이 오상순의 성향을 짐작할 수 있게 한다는 점,***** 『조선화보朝鮮画報』라는 발표매체와 오상순의 관계도 궁금하게 한다는 점에서 한층 귀중한 자료이다.

이처럼 현재로서 가능한 한 모든 글들을 모아 그전보다 많은 것들이 드

---

* 유한근, 「오상순의 산문시와 이효석의 일본어 시와 수필」, 『연인』 22호, 연인M&B, 2014.여름.

** 이은지, 「오상순 발굴작 키워드로 읽기」, 『근대서지』 11, 근대서지학회, 2015.

*** 이은지, 「1920년대 오상순의 예술론과 이상적 공동체상(像)」, 『상허학보』 43, 상허학회, 2015.

**** 박현수 · 홍현영, 「1920년대 초기 『조선일보』 「문예란」 연구-발굴과 위상의 구명」, 『민족문학사연구』 57, 민족문학사학회, 2015.

*****박윤희, 앞의 글.

러나도록 노력했음에도 불구하고, 이 '전집全集' 또한 '완전完全'한 모음집이 될 수는 결코 없을 것이다. 다만 이번 작업을 통해 1960년대부터 시인의 흔적을 찾아 헤매며 고생해 왔을 많은 사람들의 성과에 힘입었듯이, 이 책도 앞으로 고생해 갈 많은 사람들에게 하나의 '중간결산'으로서 조금이라도 도움이 되기를 바란다. 또 오상순을 읽는 독자에게는 찾아보기 편하고 신뢰할 만한 기초자료로서 다가갈 수 있기를 바란다.

전집을 준비하는 과정에서 많은 분들의 도움을 받았다. 전집의 전체 구성을 떠올리는 단계에서부터 작은 표기 문제 하나에 이르기까지, 자문해 주십사 하는 부탁에 매번 흔쾌히 응해 주신 최현식 선생님, 서툰 점 많은 후배가 좀 더 수월하게 공부할 수 있도록 늘 아낌없는 조언과 도움을 주신 장문석 선생님, 부족한 성과도 책으로 나올 수 있도록 기회를 주신 소명출판 박성모 대표님, 편집에 수고를 아끼지 않으신 이예지 선생님, 「폐허의 첫 봄」의 존재를 알려 주신 보성고등학교 오영식 선생님, 자료 수집 및 검토를 도와주신 김효재 선생님, 신현웅 선생님, 정현숙 선생님, 중요한 논문을 찾아볼 수 있도록 도와주신 이승하 선생님, 일본어 문헌의 번역을 도와주신 김시덕 선생님, 이은경 선생님, 자료 열람 및 활용을 허락해 주신 한국잡지박물관, 건국대학교박물관, 마지막으로 언제나 연구자로서 보다 성장하기를 지켜봐 주시는 김유중 선생님께 지면을 빌려 깊은 감사의 말씀을 드린다.

직접적인 형태의 도움을 받거나 찾아뵌 적은 없지만, 오상순으로 학위논문을 발표하신 후 작고하신 박윤희 선생님께도 많은 빚을 졌다. 덕분에 자료 수집 과정에서 많은 품을 줄일 수 있었고, 공부하는 데에도 몇 걸음 나아간 출발선을 찾을 수 있었다. 그 외에도 더 넓은 영역에서 자료를 찾아 발로 뛰며 솔선하시는 모든 분들, 데이터베이스 발달에 힘쓰시는 분들, 자료의 가치를 알아보고 누구에게나 기꺼이 연구할 기회를 주시는 많은 분들이 계신다. 덕분에 비교적 손쉽게 공부하는 시대의 혜택을 받고 있음을 잊지 않겠다고 다짐한다. 감사한 모든 분들이 가장 반가워하실 방법으로 보답해 나갈 수 있었으면 한다.

2022년 4월

이은지

차례

제1부 시편

제2부 산문편

제3부 해제

기항지
서시

천도복숭 따서 민족의 건강에 이바지하고
아름다운 꿈과 화려한 시를
연년年年 백지에 옮기리니
작년에 뿌린 피는
금년 들에 야화野花로 피어
마음마음 돌아와 뿌리를 내리고
미역마냥 바위 위에라도 붙어서
나 자신의 정신 위에 닻을 내리고
소리 없이 먼 길을 가리라.
먼지마냥 떠오르지 말며
손은 생산에만 쓰기로
앞으로 세기의 항구는 오라.
내가 흘린 60년의 땀방울의 결실을
민족아! 송아지같이 젖 빨며
서로 속이지도 속지도 말며
앞으로 창창하게 살아가라.

『공초 오상순 시선』, 자유문화사, 1963.6.20

제1부

시편

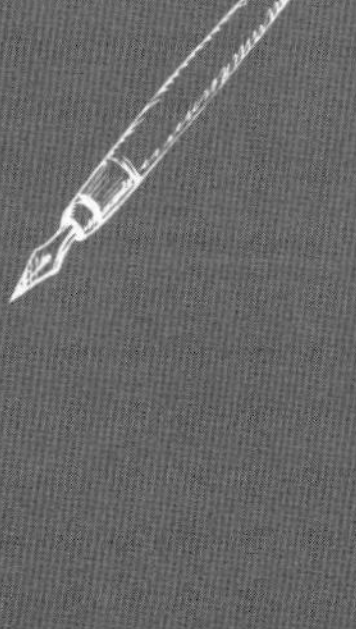

의문

백발의
팔순 노老한머니
걸음발 겨우 떼어놓는
초치初齒의 어린애
면面과 면을 서로 대하고
눈과 시선이 마주 부딪칠 때
나는 묻고 싶었다
한머니에게
당신은 그—— 아이를
'아—시나이까?'
나는 듣고 싶었다
어린애에게
너는 저—— 한머니를
'아—느냐?'고——.

『개벽』 5, 1920.11(영인본 607쪽)

구름

흘러가는 구름
따라가던 나의 눈
자취 없이 스스로 스러지는
피녀彼女의 환멸 보는 순간에
슬며시 풀어지며
무심히 픽 웃고
잇대어
눈물짓다——.

『개벽』 5, 1920.11(영인본 607쪽)

창조

어느 청년 조각가에게

엄지손가락 하나를
삼 년 동안
열정과 생명과 정력을 다— 부어
만들어왔고
또 이 앞으로
일 생애를
그의 완성 위하여 바치겠다는
열정의 젊은 벗아
나는 너를 두려워畏한다
나는 너의 '속'에
창조의 신의 약동을 본다 느낀다.

『개벽』 5, 1920.11(영인본 607쪽)

어느 친구에게

사념과 망상이
침습侵襲할 제
추상秋霜 같은 명도銘刀를
빼어든다던
동도同道의 옛 벗아
너는 지금 어대 있어
건투하느냐 노력하느냐
생生을 위하여, 더 값진
생의 실현 위하여
나는 너를 추모함이 깊다
더욱이 정진의 기예氣銳가
둔함을 느끼는 작금에.

『개벽』 5, 1920.11(영인본 607쪽)

나의 고통

웃는 사람 따라서
웃지 못함은
고통이다
그러나
우는 사람 위하여
울지 못함은
더 큰 고통이다.

『개벽』 5, 1920.11(영인본 607쪽)

생의 철학

우주만유의 본질이 모두
“생(레벤)”이라는[*]
철학적 직각直覺의 충동 속에
돌에다 귀를
가마—ㄴ히 기울여 보고
쇠에다 손을
슬며시 대어 보았다
미친 듯이——.

『개벽』 5, 1920.11(영인본 607쪽)

---

* 레벤 : 독일어 Leben. 원문에서 “생”이라는 시어 옆에 작은 글씨로 병기돼 있다.

만 십 주년 전에 세상을 떠나신 어머님 영위에 올리는 말——

1920 첫 가을 오상순

돌아가신 어머니 같은
음성 가진 부인만 보아도
어머니라고
불러 보고 싶다——.

……………………………………

어느 해 첫 봄 여행 중에
기차 안에서
별세하신 어머니 같은
용모 가진 여인 보고
꿈인가 아닌가 의심타가
중도에 따라 내려
나의 시선 정신없이
그의 뒤—를 따르다가
기차까지 놓쳤어라——.

——기　원祈願——*

---

* 이 행을 포함하여, 이하 이 작품에서 양쪽에 줄표가 삽입된 행은 모두 부분적인 소제목을 표시한 것으로 보인다. 소제목임이 보다 분명히 드러나도록 처리할 수도 있겠으나, "——○——"와 같이 줄표 사이를 공란으로 비워둔 부분 또한 존재하여, 원문의 표시 형태를 그대로 드러내기로 한다.

어렸을 때에
어머니에게
볼기짝 매 맞기
몹시 싫어하던 나도
작금에는
다시 한번 맞아 보았으며 — ㄴ 하다
참으로 그랬으면
살이 오를 듯하다
아 — 그러나
이내 원願을 어이나 풀어볼꼬
현세에선 영원히 못할 줄 알면서도
천당에선가?
지옥에설까?
이 원을 이룰 수 있다 하면
지옥에라도 가고저 ——.
—— 일유지온* ——
흩어졌던 형제
모여들고
시집가 있는
누이까지
오래간만에
아버지 모시고

---

* 발표지면에는 '일유씨온'으로 표기되어 있다. 영단어 'illusion'을 한글로 적은 것으로 보인다.

한 방에 자 보니
돌아가신 어머니도
그곳에 계신 듯——.

——제 사——

'어머니, 어머니!'라고만 쓴
지방紙榜 모셔 놓고
어린 동생들과
이국의 옷을 입은 채
'신위' 앞에 절하는
나의 모양
웃으려건 웃어라——.

——○——

법식에 틀린다고
반대하던 아버지
'어머니, 어머니!'라고 써 놓은
위패(?) 보시고
입술을 굳이 닫고
보고 또 보시는
그의 신색神色!

——○——

배헌拜獻 전에
동생들더러
어머니 생각하면서
절한다 했더니

사 형제 중의 끝에 동생
'나는 어머니 몰라!'란다
아아!·········.
그러나 그도 무리치 않다
네가 어머니 젖을
떠나자마자
돌아가셨으니——.

——○——

엎드려 절할 제
의식, 무의식으로
'어머니, 어머니!
우리들은 컸습니다
어머니, 어머니!
우리들은 이같이 자랐습니다'라고
염불하듯
기도하듯
하였다——.

——○——

뭇득뭇득 심안心眼에
섬광같이 비치시는
어머니의 신상神像!
어머니는 참말 돌아가셨습니까?
살아 실재하시나이까?
어디메

어떻게
땅입니까?
하늘입니까?
저의 심오心奧라 하시나이까?

——무덤 위의 달——

달아 달아
정적코 창백한
밝은 달아
너는 무슨 뜻이 있어
뜻 없고 말 없는
무덤 위에 비쳤느냐
달아 달아
무심히 이지러졌다 찼다 하는
밝은 달아
너는 무슨 뜻이 있어
뜻 없고 말 없는
무덤 위에 비쳤느냐
달아 달아
쉬음 없이 흐르는
밝은 달아
너는 무슨 뜻이 있어
뜻 없고 말 없는
무덤 위에 비쳤느냐

『서울』 8, 1920.12(영인본 608쪽)

고기 먹은 고양이

일곱 살 먹던 해 봄에
이웃의 힘세고 큰 아이와 싸우고
집에 돌아가 백발노인 할아버지 보고
눈물 그렁그렁하게 느껴가며
'할아버지, 나는 이웃집 애 언제나 이겨요?'
할아버지 웃으시며
고기 많이 먹어야지——하시는 대답 듣고
어느 날 점심 전에 어른들의 눈을 피하여
발판을 집어다가 찬장 밑에 갖다놓고
발딛음하고 올라서서
할아버지의 찌개 그릇에 손을 잠가
고기를 한 주먹 움켜내어
반쯤 입에 넣어 씹기 시작할 즈음에
할머니에게 들켜서 볼기짝 맞고
발판을 빼앗겨 내려오도 못하고
왼손으로 장문 턱을 잡고 매달려
눈물을 뚝뚝 흘리면서 울 제
말동무하는 조카 계집애가 달려와서
바지를 잡아당겨 볼기짝이 드러났다.

온 집안사람들이 손을 치며 웃는 것 보고
나도 부지중不知中 울다가 웃었더니
입에 물었던 고기가 마루 위에 떨어졌다
고기를 따라 내려다보니
집에서 기르는 고양이가 밑에서 물고 뜯어먹는다
나는 그 후부터 고양이 동무와 장난하기를 피하였다
고기 먹은 고양이에게 다칠까 보아서——

『학생계』 5, 1920.12(영인본 610쪽)

힘의 숭배

병상에 누워
우연히 시름없이
여윈 손에
떨면서
철鐵붓을 잡아
  사자獅子,
  사자,
  사자!
라 써 보고
눈물 지어——.

『폐허』 2, 1921.1

힘의 동경憧憬

태양계에 축이 있어
한번 붙들고 흔들면
폭풍에 사구라*꽃같이
별들이
우수수
떨어질 듯한 힘을
이 몸에 흠뻑
느껴보고 싶은
청신한 가을 아침——

『폐허』 2, 1921.1(영인본 611쪽)

* 사구라 : さくら。벚꽃.

힘의 비애

싸우고 돌아온 벗
니—체 전집을
가슴에 한 아름 안아다 놓고
읽기 시작하는
순간의 표정 보고
이상한 비애를 느끼어——

『폐허』 2, 1921.1(영인본 611쪽)

혁명

하늘
땅
사람
불!

『폐허』 2, 1921.1(영인본 612쪽)

때때신

세 살 때 끌던 나의 신
나는 울고 싶다
너를 볼 적마다
생의 신비에——.

『폐허』 2, 1921.1(영인본 612쪽)

수粹

유아의 손
처녀의 맨발
청년의 팔뚝
초모初母의 젖
노인의 이마——.

『폐허』 2, 1921.1(영인본 612쪽)

신의 옥고玉稿?

어느 소녀의
아리따운 섬섬옥수!
가만히 만져 보면서
고대로 고웁게 떼어다가
몇몇 동무와 영위하는
예술잡지에 실어나 볼까?
우연히 느낌
조화옹의 기증품으로
피날 것도 생각 못하고——.

『폐허』 2, 1921.1(영인본 612쪽)

화花의 정精

나의 과학은
나의 철학은
너를 모른다
영원히 모르리라
그러나
나의 심장은
....
그— 정순精純한 '피'를
통하여——.

『폐허』 2, 1921.1(영인본 612쪽)

무정無情

무정한 집달리執達吏
표 붙여 놓고 간
바이올린!
두 손으로 어루만지며
그 위에 눈물 떳치는* 처녀!
위로할 길 아주 없어라
같이 우는 수밖에――.

(처녀―, 음악학교 사현금과 학생)

『폐허』 2, 1921.1(영인본 613쪽)

* '떳치는' : 현대어 의미가 불분명하여 발표 당시 지면대로 표기함.

이간자離間者

구두!
딴딴코 껌은,
나는 너를 저주한다
사람과 대지와의
이간자로——

『폐허』 2, 1921.1(영인본 613쪽)

생生의 미謎

읽고 있는 책 페이지 위에
이름도 모르고 형상도 알 수 없는
하루살이 같은 미물의 버러지 하나
바람에 불려 날아와 앉은 것을
무심히 손가락을 대었더니
어느덧 자취 없이 스러지던 순간의 심상心狀!
때때로 나의 가슴을 뇌惱케 하노나──.

별의 무리 침묵하고 춤추는
깊은 밤
어둠의 바다 같은 고요한 방에
갓난아이의
어머니 젖꼭지 빠는 소리만
번자繁滋해──.

『폐허』 2, 1921.1(영인본 613쪽)

돌아!

모르는 중에
암흑의 배 속에 배태되어
영원한 벙어리의 운명을 타고난
돌아——
말 못 한다고 그토록 설워 마라
혀 없는 너의 말 내 듣노니
영원한 판수의 운명을 타고나온
돌아——
보지 못한다고 그토록 울지 마라
내 혼의 손으로 너의 몸 만져 주마
돌아——
희망을 품으라
너의 차디찬 가슴에도
위로를 받으라
너의 굳어진 심장에도
돌아——
부단코 변화함은
물리物理의 약속이요
쉬음 없이 유전流轉하고 순환함은

생명의 비밀이다
돌아——
너도 말을 하고
너도 보고
해탈을 얻고
자유로 뛰고
자기표현을
마음대로 할 때 있으리라
영원한 비밀과 약속 많은
생명의 여신이 다시 돌아오는 날에——
돌아——
그때
나는 네가 시詩까지 짓기를 바란다.

『폐허』 2, 1921.1(영인본 614쪽)

가위쇠

바느질 하던 나의 누이
'오라버니, 그거 왜 그러오?'
십 년 전에 어머니 쓰시던
가위쇠를 들어 코에 대었어라
어머니 살내음
혹시나 남아 있을까 하고
무심중無心中에 ——.

『폐허』 2, 1921.1(영인본 615쪽)

유전遺傳

갓난아기 젖 먹이는 누이야
네 유방 자주 본다고
의아해 하지 마라
그 비밀 너는 모르지——
너의 젖 흡사히
전의 어머니의 것과 같음으로쎄라.

『폐허』 2, 1921.1(영인본 615쪽)

추석

추석이 임박해 오나이다
어머니!
그윽한 저——
비밀의 나라로서
걸어오시는 어머니의
고운 발자국 소리
머—ㄹ리 어렴풋이
들리는 듯하오이다.

『폐허』 2, 1921.1(영인본 615쪽)

모름

모르는 세계——
어둠
인연
첫 울음
변화
고로苦勞
쇠멸
땅
모르는 세계——

『폐허』 2, 1921.1(영인본 616쪽)

창조

꼭기닥, 꼭기닥!
산産의 고苦를 소訴하느냐?
꼭기닥, 꼭기닥!
생의 기쁨을 자랑느냐?
꼭기닥, 꼭기닥!
홰 위에 달린 둥우리 속에
손을 넣어 보았더니
고읍고 따뜻한 알 하나 집힌다
꺼내어 손 위에 들고
알 속에 잠겨 있는 생명과
사람의 생과의 인연을 상각想覺코
응시와 침묵의 깊은 속에
장승같이 서 있을 제
지붕 위에 날아올라가
놀란 듯한 곁눈으로 이상히
엿보는 듯이 나를 내려다보던
알의 어미는, 창조자는
어린 철학자의 우愚를 조롱하는 듯이
꼭기닥, 꼭기닥!

꼭꼭꼭, 꼭기닥!

『폐허』 2, 1921.1(영인본 616쪽)

시험 전날 밤

익조翌朝는 시험 날이었다
머리를 쉬어가지고
시험 준비 하려고
저녁을 먹은 후
옷 입은 채
잠깐 누웠더니
어머니 없는 아버지
가만히 조심스럽게
이불 덮어 주신다
깨어 있으면서도
부러 자는 체 — 하고
눈을 슬쩍 감았다

자는 줄로 아 — 시고
가마 — ㄴ히 조심스럽게
덮어 주시는
아버지의 은은한 사랑
고마운 마음을 지속코저
시험 준비 하려

일어날까 말까 망설이다가
나는 이내 말았다
아—니 못하였다
일껏 가만히 조심스럽게
덮어 주신 그의 성의에
반항의 죄나 범하는 듯해서

『학생계』 6, 1921.2(영인본 617쪽)

몽환시夢幻詩

다섯 자 육괴肉塊* 속에
육肉의 피는 끓고
영靈의 불꽃은 탄다
고통과 번뇌를 못 견디는 '나'
대령大靈의 무형無形한 공기 펌프를 빌어
전신의 피를 모두 다
뽑아 짜내어
투명 순백한 옥화병玉花瓶 속에 넣어
쇠마개로 봉하여
공중에 매달았다

영靈의 불꽃은 여전히
맹렬한 기세로 공중으로 타오른다
무슨 원수나 갚으려는 듯이—
독사의 혀 같은 그의 혀로
옥화병을 핥는다——
병 속의 피가 기름같이 끓더니

* 고깃덩어리. 살덩어리.

봉한 쇠마개가 녹아 흘러내려
피에 섞여서 한참
바글바글 끓더니
보라!
그—병구甁口에 무슨 꽃모양이
희미하게 나타난다
아—절미방순絶美芳醇한
백합화 한 송이!
우주 창조시대에
파라다이스 동산에 피었던 그것 같은——.

또 보라!
불꽃의 춤과 탐이 심하면 심할수록
그—백합화는
맹렬하고 아름다운 불꽃의
춤의 곡을 따라 공空에 떠올라서는
간곳없이 자취 없이 스러지고
스러진 자국에서 그 모양 같은
다른 백합화가 또 피어오른다
불꽃의 가는 노래의 조지調子를 따라
붓두껍에
비눗물 묻혀서 불 때에 되는 모양으로
피어오르고 스러지고
스러지고 피어오르고

한없이 ——

아 — 그러고 또 보라!
스러져가는 그 — 백합화 속에
나의 이미지像가
에테르같이 몽환처럼 나타난다
아·········
나의 혼도 의식도 꽃 속의 나의 이미지로
옮겨가는 듯하던 순간에
내가 꽃 속에서 꿈같은 가운데
희미하게 아래를 내려다보니
피와 불꽃의 싸움에
못 견디어 하던 나의 육괴肉塊는
흙빛처럼 까맣게 타서
그 꽃에 비껴 누웠다!

타오르는 불꽃의 춤을 따라
피는 순간에 스러져가는 백합화의
애달픈 노래
웃는 가슴에 싸여
수없이 공중에 스러져가는, 흔적도 없이
나의 이미지!
꿈?
···············

환멸의 미美?

……………

(1920, 10 — 오상순)

『아성』 1, 1921.3(영인본 618쪽)

어린애의 왕국을 ○○○○○○○○○○○*

어린애들의
사기邪氣 없고
순결하고
겸손하고
사랑스럼을
그리워 —
어린애들 틈에 끼어서
한 가지 놀아보나
참으로 어린애같이
못 되는 내가 원망스러
심술부리고 물러나인
나의 마음의 외로움이여!

어린애 웃음엔
꽃이 피고
나의 웃음엔
독이 섞여!

---

* 발표 지면에 글자를 삭제한 흔적이 있음.

어린애 말속엔
창조의 힘이
잠겨 있고
나의 말은 비었어라
대통 모양으로

어린애 눈 속엔
신이 엿보고
나의 눈에는
마魔가 숨었어라

몽굴몽굴 살찐
깨끗고 부드러운
어린애의 손!
쥐어 보려다가 거절당하고
나는 할 말 아주 없었어라
죄 많이 지은
고목 가지 같은 손으로!

잘 익은 앵두같이
보드럽고, 고운 빛의
어여쁜 두 입술에
부지중不知中에 한번
입 맞추고

다시 할 염치
없었어라
거짓말 많이 한
더러운 입으로
범죄나 하는 듯해서!

어린애를 가슴에
안을 때의 기쁨!
금은보옥을
안을 때의 느낌이
어이, 이에 미치랴?
나는 이 기쁨을 탐낸다
그러나, 나는
오래 아—ㄴ기 난감함을
슬퍼한다
웬일인지 모르나!

샛별같이 반짝이는
이슬 먹은 포도 같은
어린애 눈이
나의 눈에 마주칠 제
나는 외면을 했어라
바로 보도 못하고!

우연한 기機틀에
어린애들의 뭇 눈줄이
군우나 한 듯이
일시에
이상한 빛을 띠고
일제히
나에게로 향하는 순간!
나는 깨웠어라
'신명神命을 어긴 자는 불허입不許入'
이라는 현판 달린
엄숙코 신성한
어린애 왕국에 틈입함을!

나는 고개를 푹 숙이고
큰 지경地境 밖으로 쫓겨났어라
영원히 젊은 왕국의!

나서고 보니!
모진 바람은
숨을 막고
티끌 먼지는
눈을 덮이어라!
아— 에덴을 쫓겨난
'아담'의 운명!

아— 그러나
하나님!
저는 한번 다시
참 어린애가
되어 보려 하나이다—.

아— 하나님!
물가에서 잡아다가
기르며 동무 하던
물새가
죽었을 제
밥도 아니 먹고
종일토록 울고!
썩어 없어질 때까지
밤마다
어린 가슴에 품고 자던
어린애가
다시 한 번 됨을
허락— 하소서………

『아성』 2, 1921.5(영인본 619쪽)

타는 가슴

쥐어뜯어도
시원치 못한
이내 가슴

애매한 권연초卷煙草에
불을 붙여
손에 들었다
먹을 줄도 모르면서

나의 가슴속
무겁게 잠긴
말하기 어려운
애수, 억울, 고뇌의
뿌—연 안갯가루!
묻혀 내어다가
공중에 뿌려다오
살앗처다오*

---

* '살앗처다오' : 현대어 의미가 불분명하여 발표 당시 지면대로 표기함.

나의 입 속에
빨려 들어오는
연기야—
너의 스러져가는 길에!

유완柔緩히 말려 올라가는
가늘고 고운 은자색銀紫色의
연기야—
나의 가슴속 깊은 곳에
질서 없이 엉클려서
보금자리 치고 있는
피 묻은
마음의 실뭉텅이!
곧에 스러져 버릴
너의 고운
운명의 실 끝에
가마—ㄴ히 이어다가
풀어다오 공기 중에
흔적도 없이!

담배는 다 탔다
나의 가슴은 여전하다
또 하나 붙였다
그러나 연기만

사라지고
나의 가슴은
더욱 무거워진다
아!
불!
불!
나의 가슴에
불을 질러라!
남은 담배를
허리를 꺾어
불에 던지고
방문을 차고
뛰어나와
들로 벌판으로
나아가다!

『신민공론』, 1921.6(영인본 621쪽)

상한 상상의 날개

어렸을 적에
하늘에 떠오르는
여름의 흰 구름을
손가락질하면서
"어머니 저것 보아
하느님이 밥 지어 —" 하였다.
그 말 하던 그때를
회고할 때마다
그 말(철없는) 들으시고
은근하게 미소하시던
어머니의 얼굴 눈에 환하다
그때를 생각하면
어렸을 적의 면영面影이 새롭다
어머니의 젖내까지 코에 맡아지는 것 같다
그 후 글방에 가서
긴 연죽煙竹 물고
싸리 회초리 든
호랑이 같은
백발 장염의 선생님께

"운등치우雲騰致雨"라고
띄아한* 의미로
맛 모르고 배웠다
그 후에는 학교에 가서
밀기름 발라 머리 갈라 붙인
하이칼라 교사에게
"수증기의 결정체라"고 배웠다
또 기후其後에는 교회에 가서
말 잘 하고 기도 잘 하는 목사님께서
"천부天父의 피조물"이라 엄숙하게 가르쳤다
또 기후其後 철학과에 가서는
구름도 다른 만유와 같이
우주를 조성한
"아톰" "모나드" "실재實在"의
일편 현실임을 알았다

글방에서 배운 것
학교에서 배운 것
교회에서 들은 것
철학과에서 얻은 것
시적 비유도
미적 표현도

* '띄아한' : 현대어 의미가 불분명하여 발표 당시 지면대로 표기함.

모두 사실이겠다
또 모두 진리인지도 모르겠다
나의 소위 상식, 과학,
나의 철학 나의 신앙
이를 증명하는 것도 같다

그러나 그러나
"어머니— 하느님이 밥 지어—"
하던 한 마디만나 못하다
이 말엔 빈 구석이 없다
나의 과거에도 또 다시 없었고
현재에도 못하고
미래에도 못할
(미래에는 하기로 원하지만)
다만 그때 그 한 마디
나의 전생명全生命, 전인격全人格의 말이었다
실로 영원한 로고스의 결정結晶이었다
그 말은 나에게 대하여
불가침의 충실성, 영원성을
가진 전자아全自我의 상징적 표징이었다
곧 나의 전생명의 창조적 걸작이었다
실로 나는 그 '말' 앞에
손길을 마주잡는다

나는 이 세상에 나서
이십여 년 동안에
참으로 속 비지 아니한
말 같은 말 세 번 해 보았다
맨 처음으로 어머니 태胎에서
땅에 떨어질 때 으아 하던 소리와
둘째로 첫 번 엄마 소리와
셋째로 "하느님이 밥 지어―" 하던 소리다

글방
학교
교회
철학과哲學科
시회詩會에서 배워 안
구름의 말, 표현, 지식은
암만 해도 좀 구석이 빈 것 같다
두드려 보면 무슨 속 빈 소리가 날 것 같다
그 모든 것의 원인은
지식의 확실성의 결핍
철학의 체험의 부족
시가의 실감의 천박만도* 아닌 것 같다
비록 차등此等의 소극적 표현이 적극적으로 변할지라도

* 원문은 '천박만보안인것갓다'. '천박만도'의 오식으로 보임.

제일의적第一義的, 원시적, 소박적, 태극적
말 — 로고스 — 소리의 맛과 색과 향과 충실성은
경험키 어려운 것 같다
나는 그 까닭을 알 수 없다
다만 나의 내적 실감이다.
아— 어머니는 ○금○今 십년 전에 돌아가셨다
나의 과학도, 나의 철학도, 나의 종교도
나의 시라는 것도 못 들어보시고
그는 영원히 나의 내외의 변화
이동을 모르실 것이다.
흙에 돌아가셨으니
만약 지하에서도 혼백이 있다 하면
그 나의 어머니 가슴 속에는
그때 우리 집 툇마루 끝에 서서
고사리 같은 한손으로
어머니의 뒤 치맛자락을 잡아 다니며
한손으로
○○히 무럭무럭 피어오르는
여름의 흰구름을 가리키며
젖내 나는 입으로 더듬거리며
"엄마 저것 보아— 하느님이 밥 지어 — "
하던 그 말을 들으신 당신의 미소의 기쁨이 있을 것이다.

아 그러나

그때의 나의 '말'은
먼 기억의 나라에서 찾게 되었고
그때의 우리 어머니의 웃음은
땅속으로 나를 인도하노나—

나는 그 말 가지고
어머니의 그 '웃음' 따라
땅속에 돌아가 보고저—
적어도
나는 그 말 하던 그때 마음, 생활을 살다가
(칠팔십 되더라도)
그때 그 말, 그 마음, 그 생활에 응해 주시던
어머니의 미소의 가슴에 한번 다시 안겨 보고저—.

그때 그 말(생활, 사상, 감정)에는 하등의 형식, 외식外飾, 분장, 분열의 영자影子가 없다
유동적 지속적 독창적 충실성이 있다
실로 대자연적 독단이다

어린애의 말은
자연의 가장 불완전한 소박적 표현이다
그러나 '자연'의 불완전이기 때문에 귀하다
인위적 인조적 허위적 소위 완전보다
천진이요 자연이다

자연의 불완전 표현은 인조적 완전보다
몇 배 신비적 귀여움이 있다

실로 어린이의 생명은 자연에 있고
어린애 나라의 권위는 독단에 있고
젊은 세계의 본질은 자유에 있다
철두철미 자유다
아— 영원한 절대적 자유—

어렸을 적에 여름 구름 향하여
우연히 발發한, 한 마디 말의
불사의不思議의 경이적 의의에 대한 해결은
실로 나에게 일 생애의 시간을 요구하는 것 같다
금후에 내가 무슨 일종의 연구자가 된다 하면
그는 두말할 것 없이
그 '말'일 것이고
그 말의 근저, 배경, 실체, 그의 의의, 가치가
나의 연구의 대상이 될 것이다

가정假定 지금 내가 벙어리가 된다 할지라도
그 구름에 향하여 발發한 '한 마디 말'의 기억의 소멸하기까지는
나는 그다지 큰 불평이 없겠다
전 인류의 혀가 모두 얼어붙어 버린다 하여도—
이 세기에 어느 누가어나와서*

만만萬萬의 ○○을 다 재를 만들어 버린다
하여도
나는 놀라지 않겠다
만 권의 과학, 철학의 지식과
천만 언言의 설교도
전의적全義的 한 마디 말을 경험한 나에게는
그다지 신통치 않은 것 같다

나는, 그 나의 소위 한 마디 말이란 것을
과도히 과장한 것이나 같이 보인다
그러나, 결코 과장은 아니다
또 주관적 개인적인 어린 나의 경험을
너무 추○推○한 것도 같겠다
그러나 자玆의 개인적 경험은 즉 만인에게 통하는 것임을 나는 믿는다
어린애 왕국의 경험이기 때문에
물론 어른의 나라에서는 그는 확실히
독단이요 전제요 무법일 것이다
그러나 세계의 어린이는 다— 같음을 아—ㄴ다

나의 그 말의 찬미는 즉 그 말의 창조주
어린 젊은이의 찬미일다
그는 곧 세계의 어린애

* '누가어나와서' : 현대어 의미가 불분명하여 발표 당시 지면대로 표기함.

일체의 어리고 젊은 세계 (인류— 동물— 식물 등—)
의 찬게讚揭를 의미한다

또 나는 그 귀한 말을 한 '나'를—
또 나를 창조하신 우리 어머니를
사랑하고
사모하듯이
천하의 모든 어린애 어머니를
무한히 사랑하고 사모하고 축복을 비—ㄴ다

우주 일체 만유의 어린 것은 젊은 것은
무한히 귀하다
그들의 어머니 모태 모성은 모두
영원히 신성하다

또 나는 그 어머니를 낳은
땅을 찬미 아니할 수 없다
땅을 낳은 하늘을 찬게 아니할 수 없다
우주의 어머니를 찬송 않을 수 없다

풀의 어머니
풀의 어린애
짐승의 어머니
짐승의 어린 것

물고기의 어린 것
물고기의 어머니
찬미 아니할 수 없다

유생물과 무생물의
어린 것과 어머니
유기체와 무기체의
어린 것과 어머니
귀애 않을 수 없다

어린애의 어린애
젊은 것의 젊은 것
어린 것의 어린 것
어머니의 어머니
모성의 모성
영원한 어린애
무궁한 젊은 것 어린 것
구원久遠의 모성 어머니—

세계의 어린애
세계의 어머니
인류의 어린애
인류의 어머니
만상萬象의 어린 것

만상의 어머니

원시의 어린애 어린 것 젊은 것
태초의 어머니 모성, 모태

원시의 그 어린 것
태초의 그 어머니
생기기 전 세계
그 생生의 미발未發의 경境
그 미발의 가능성이 있기 전상前狀
미발의 경境의 경境
경외경境外境—
공무空無— 진공眞空—
원시原始의 시始 태초太初의 초初
공무空無의 무無—
나는 거기 서서
공공적적空空寂寂—
허무허공虛無虛空
허무허적虛無虛寂 나는 너무도 고독하고
몹시도 고적孤寂니—

△ △

태초에

원시에

이 고독과 이 고적의 절정

영원한 침묵 암흑 혼돈의 바다에 서서

그것을 못 견디는 그 '무엇'이

우는 순간에

영원히 긴장한 허무와 허◯虛○의 무한한 선과 점이 연기같이 바람같이 무수히 엇걸려 교우하여 돌아가는 '길'에 시간과 공간의 천지가 열렸도다

이에 천지에 무한하고 영원한 어머니가 생기도다

영원하고 무한한 어린애가 탄생했다

△ △

광명이 생기고

질서가 잡히고

운동이 생기고

형상이 생기고

감각이 생기고

말이 생기고

성장이 생기고

표현이 생기고

표정이 생기고

울음이 생기고

웃음이 생기고

춤이 생기고

노래가 생겼다

△ △

경험이 생기고
신화가 생기고
상식이 생기고
과학이 생기고
철학이 생기고
도덕이 생기고
종교가 생기고
문화가 생기고
인간 자연 양계의
일체 활동 활극이 생기었다

△ △

병이 생기고
노쇠가 생기고
사死가 생기고
멸망이 생기고
흙으로 돌아가고
땅으로 들어가고
바다로 빠지고

공중으로 흩어지고
하늘로 올라가고
지옥으로 떨어지고

△ △

없어진 데서 또 나고
돌아갔던 것이 다시 돌아오고
땅에서 하늘로
하늘에서 땅으로
흙에서 흙으로
먼지에서 육肉으로
육肉에서 영靈으로
영靈에서 흙으로
흙에서 육肉으로

△ △

이같이 무한히 순환하다
있다가 없어졌다
없어졌다가—

모두 이 현상은
무엇을 위하여?

왜?

과학자는 방만히 말한다?

아니, 말을 못 한다

철학자는 침묵하고

고개를 숙인다

시인은 한숨 쉬인다

예술가는 어쨌든지

춤추어라, 노래하자

웃어라 울어라 — ㄴ다

△ △

나는 한 마디로 대답하련다

그는,

인간

자연의

영원한 모성이

영원한 자성子性을 찾아서

영원한 자성이

영원한 모성을 따라서

무한한 어머니가

무한한 어린애를 찾아서

흙의 나라로

별의 세계로

돌아다니는 과정에 일어나는
이상한
바람소리라고—

원시와 자연에 가까울수록
침묵○이 고高하고 심深함을 볼 수 있다
어린애를 보고
그 말을 들어 보고
소녀를 보고 풀의 싹을 보고
호랑이와 사자 새끼를
안아 보아라—

아— 침묵의 비밀
말 없는 말
미발未發한 경境의 신비
과연 말 없는 꽃이
만국어를 통하는 지경

우리 어머니가 나를 낳으실 제
영원한 침묵과 신엄 중에 낳으셨다
내가 태양 밑 표현의 세계로
나올 그 순간에는
어머니도
나도

숨을 끊고
천지로 더불어
그 호흡을 정지하였을 것이다
인간이나 만물이 죽는 순간도
엄숙하거니와
그들의
'나는 순간'은 더욱 신엄한 것이다

인생의 사랑은 실로
영원히 젊고 어림에 있다
젊고 어림엔 늙음이 없다
늙음이 없으면 썩음이 없다
영원불오永遠不朽의 '생生의 실현'은 실로
영원히 젊은 어린애 되어
영원한 어머니의 가슴에
안기움에 있다—

△

이밖에 나에게는
아무것도 없다
나에게는 다만
영원한 생명창조의
어머니와 어린애의 왕국이

있을 뿐이다

△

우리의 영원한 희망, 동경, 광명은
오직 어머니와 어린애 나라에 있다
우리의 유일의 기쁨, 평화, 시가詩歌는
그 나라에만…
우리 인생의 보패寶貝는 어린애요
자연의 의미는 어머니에 있다

△

우리 인생, 세계는 다
자연에서 나와서
자연으로 돌아가는
운명 품속에서
동動하고 생生하고 사死하는 것이다

△

우리는 그같이
영원한 어린애를 실현할 것이요
구원久遠의 어머니께로 돌아갈 것이다

우리는 다
그리로 돌아가는 여로에 오른
기연奇緣의 순례자들이 아니고 무엇이냐—

△

내가 인류와 자연의
영원한 평화와 희망과 광명은 다만
어린애 왕국
어머니 품속
에 돌아감에 있다 함은
결코 공상이 아니다
엄숙 내적 사실이다

△

칸트—의 철학적 '영원평화론'보다
그 나라 일ㅡ 여성 모성의
다른 나라 어린애 위에
본능적으로 대진大眞으로
자연하고 고웁게
던지는
평화로운 한 송이 웃음이
세계 인류 평화 위에 미치는

영향과 감화가 얼마나 더 위대할 것을 나는 의심치 않는다

우주의 장엄과 능력이
우레雨雷나 벽력이나 태풍우보다
한 송이 꽃봉오리에—
풀꽃에 태양빛에 반짝이는
아침 이슬 위에
무한한 비밀을 더 감추어가지고 있지 아니한가?

어머니
어린애
자연의 세계에서
멀어질수록
병이 있고
노쇠가 있고
죄악이 있고
재화災禍가 있고
사망이 있는 것은
개인에나
민족에나
인류에나
동일한 엄숙한 경험이다
이에 우리는
일체 흥망성쇠

영고융◯榮枯隆○의 원인
소식을 들을 수 있다

어린애와 어머니를
이해하고 사랑하고 존숭尊崇하는
개인이나 민족이나 인류나 만물은
다 왕성하고 번영하고
생명이 있고 자유가 있고 축복이 있고

△　　△

기其 반대를 취하는 이들에게
쇠잔, 유폐, 멸절, 사망이
지배하는 현상은 실로 신비다
그러나 그는
어린애, 어머니 나라의
엄숙코 신성한 법칙을 이해
하는 자에게는 평범한
상식에 불과한다

현금現今 세계의
개인과 개인, 민족과 민족
국가와 국가, 인류와 인류
인류와 자연 ◯◯ 무섭고

잔흉殘兇한 쟁○爭○, 살육,
시기, 질투, 증오, 압제, 노예
등 제악諸惡—
오늘날 우리의 일체 번민, 탄식, 신음, 억압, 고통, 통곡, 비애, 사멸도 종국 인류의 모성과 어린애 나라 ○○○ 대對○ 추상秋霜같이 엄숙한 '자기심판'일다

△ △

이제 인류는 철저한 죄악 회개를
자각해야 할 '최후의 날'이다

△ △

오늘날 남성은
너무도 모성을 멀리하고
무시하고 유린해왔다
그리하고 어린애 왕국을
봉쇄하였다—
그 결과는
오만, 횡포, 전제專制, 압박
야수적 탐욕의 독액毒液…
모든 음모, 이간, 시기, 쟁투,
파괴, 파산, 파멸…

△　　△

인류 구원은 실로
어린 왕국의 회복, 창조, 건설에 있다
인자人子가 다 어머니 품안에 돌아감에 있다
이십 년 전에 무심히 우연히
손가락질하며
"하나님이 밥 지어—" 하던
허공에 떴던 그 구름은 스러졌다
그때 나와 같이
그 구름 보시던 어머니도
땅에 돌아가셨다—

△

이십 년 후 이 여름날에
그 땅 그 구름과 다름없는
흰 구름을 멀리 바라보며
그때 그 구름 향하여 발하던
그 말을 생각고
어머니를 각覺고
눈물짓는 나의
외로움이여—
참으로 이상하다

모두가 비밀이요 꿈같다
인간도 자연도 스핑크스다
나도
나의 말도
나의 기억도
나의 사상도
나의 철학도
나의 시도
나의 육肉도
나의 영靈도
모두 다
저 구름과 같이 스러지는 때는
어느 때일까—
과히 오래지도 않을 것이다
그러나 오— 그때에도
나는 어머니 품속으로 돌아가고저—
나— '구름'의 말을 한 번 더 해 보고저—
그러고 그 말○ ○하시던
어머니의 평화롭고 고운
미소의 낯을 다시 한번 뵈옵고자 한다
오— 이는 다만 부운浮雲 같은 공상 환몽일까—
아… 꿈이라 하여도
나는 그 꿈에 취하고저…
그 꿈에서 살고

꿈속에 죽고저—

△ △

나는 또 할 말이 많이 내부에
동動함을 느낀다
그러나 나는 지금 붓대를 던지련다
독창성獨創性 충실성도 거세된 것 같은 속이말○ 글자들을 너무 중언부언 나열해 놓은 것 같다
상심미안喪心未安하다
그러나 나는 최종으로 한 마디만 더 하련다
이상의 말은 모두
영원히 어린 상상의 날개를 상傷한
영원히 회복하기 어려운
나 혼魂의 병든 어린 새가
그리우고 그리우는 일찍이
날아본 경험이 있는 아니 그이 보금자리 쳤던 그의 고향○던—
'영원한 자유의 본연세계'
를 어머니 향하여 다시 날아보고자 푸더거리는 애련한 피 묻은 소리…
라고—

'푸로렌쓰엔제린, 뽀이쓰 양에게 이 글을 드리노라—' 끝

『조선일보』, 1921.7.21~22·24~27(영인본 622쪽)

아시아의 마지막 밤 풍경

아시아의 진리는 밤의 진리다

아시아는 밤이 지배한다 그리고 밤을 다스린다
밤은 아시아의 마음의 상징이요 아시아는 밤의 실현이다
아시아의 밤은 영원의 밤이다, 아시아는 밤의 수태자受胎者이다
밤은 아시아의 산모요 산파이다
아시아는 실로 밤이 낳아 준 선물이다
밤은 아시아를 지키는 주인이요 신이다
아시아는 어둠의 검이 다스리는 나라요 세계이다.

아시아의 밤은 한없이 깊고 속 모르게 깊다
밤은 아시아의 심장이다, 아시아의 심장은 밤에 고동한다
아시아는 밤의 호흡기관이요 밤은 아시아의 호흡이다
밤은 아시아의 눈이다, 아시아는 밤을 통해서 일체상一切相을 뚜렷이 본다
올빼미처럼
밤은 아시아의 귀다, 아시아는 밤에 일체음一切音을 듣는다.

밤은 아시아의 감각이요 감성이요 성욕이다
아시아는 밤에 만유애萬有愛를 느끼고 임을 포옹한다
밤은 아시아의 식욕이다, 아시아의 몸은 밤을 먹고 생성한다
아시아는 밤에 그 영혼의 양식을 구한다, 맹수처럼……

밤은 아시아의 방순芳醇한 술이다, 아시아는 밤에 취하여 노래하고 춤춘다.

밤은 아시아의 마음이요 오성悟性이요 그 행行이다
아시아의 인식도 예지도 신앙도 모두 밤의 실현이요 표현이다
오— 아시아의 마음은 밤의 마음……
아시아의 생리계통과 정신체계는 실로 아시아의 밤의 신비적 소산인저.

밤은 아시아의 미학이요 종교이다
밤은 아시아의 유일한 사랑이요 자랑이요 보배요 그 영광이다
밤은 아시아의 영혼의 궁전이요 개성의 터요 성격의 틀이다
밤은 아시아의 가진 무진장의 보고寶庫이다 마법사의 미술의 보고와도 같은——
밤은 곧 아시아요 아시아는 곧 밤이다
아시아의 유구한 생명과 개성과 성격과 역사는 밤의 기록이요
밤 신神의 발자취요 밤의 조화造化요 밤의 생명의 창조적 발전사——

보라! 아시아의 산하대지山河大地와 물상物相과 풍물과 격格과 문화——
유상有相 무상無相의 일체상一切相이 밤의 세례를 받지 않는 자 있는가를,
아시아의 산맥은 아시아의 물의 '리듬'을 상징하고 아시아의 물의 '리듬'은 아시아의 밤의 '리듬'을 상징하고……
아시아의 딸들의 칠빛 같은 머리의 흐름은 아시아의 밤의 그윽한 호흡의 '리듬'.

한손으로 지축을 잡아 흔들고 천지를 함토含吐하는 아무리 억세고 사나운 아시아의 사나이라도 그 마음 어느 구석인지 숫처녀의 머리털과도 같

이 끝 모르게 감돌아드는 밤물결의 흐름 같은 '리듬'의 곡선은 그윽이 서리어 흐르나니

그리고 아시아의 아들들의 자기를 팔아 술과 미美와 한숨을 사는
호탕한 방유성放遊性도 감당키 어려운 이 밤 때문이라 하리라
밤에 취하고 밤을 사랑하고 밤을 즐기고 밤을 탄미嘆美하고 밤을 숭배하고
밤에 나서 밤에 살고 밤 속에 죽는 것이 아시아의 운명인가

아시아의 침묵과 정밀靜謐과 유적幽寂과 고담枯淡과 전이典雅와 곡선과 여운과 현회玄晦와 유영幽影과 후광과 또 자미滋味, 제호미醍醐味 — 는 아시아의 밤 신들의 향연의 교향곡의 악보인저
오— 숭엄하고 유현幽玄하고 신비롭고 불가사의한 아시아의 밤이여!

태양은 연소燃燒하고 자격刺激하고 과장하고 오만하고 군림하고 명령한다
그리고 남성적이요 부격父格이요 적극적이요 공세적이다
따라서 물리적이요 현실적이요 학문적이요 자기중심적이요 투쟁적이요 물체적이요 물질적이다.
태양의 아들과 딸은 기승하고 질투하고 싸우고 건설하고 파괴하고 돌진한다
백일하에 자신 있게 만유를 분석하고 해부하고 종합하고 통일하고
성盛할 줄만 알고 쇠衰하는 줄 모르고 기세 좋게 모험하고 제작하고 외치고 몸부림치고 피로한다
차별상差別相에 저회低廻하고 유有의 면面에 고집한다
여기 뜻 아니한 비극의 배태와 탄생이 있다.

『신민공론』, 1922.2(『공초 오상순 시선』, 자유문화사, 1963 참조)(영인본 628쪽)

어둠을 치는 자

바닷속처럼 깊은 밤
주검같이 고요한 어둠의 밤
희랍 조각에 보는 듯한
완강히 용솟음치는 골육의 주인
젊음에 타는 그는
그 어둠 한가운데에
끝없고 한없이 넓은 벌판 대지 위에
꺼질 듯이
두 발을 벌려 딛고 서서
힘의 상징, 우옹牛翁 같은 그의 팔!
무쇠로 만든 것 같은
그 손을 주먹 쥐어
터질 듯이 긴장하게
부술 듯한 확신 있는 모양으로
어둠을 치도다 허공을 치도다!
그리고
어둠과 허공을 깊이 잠근
안개의 바다를 치도다.

잠기어 나리는 안개는
퍼부어 흐르는 땀과 한가지로
그의 몸 위에 타도다!
밑 모르는 불꽃에 닿는
힘없는 이슬의 모양으로……
어둠과 허공의 비밀 부수는 듯한
그의 '침'은 끊임없이
치고 치고 또 치도다!

안개의 바다는 점차로
쓰러지도다
그리고
그 어둠의 빛은 어느덧
멀리 희미하게 변해 오도다.

오— 힘의 상징!
'침'의 용사는
그 변해 오는
어둠과 허공의 벌판과 대지 위에
넘어가도다!
오! 그는
쓰러지도다!
산속의 거목같이…….

오— 대지는
이상한 소리로 우도다
어둠과 허공은
알 수 없는 춤을 추며
알 수 없는 웃음 웃도다.

오— 저 대지의 끝으로부터
고요히 발자국 소리도 없이
넘어오는 여명을
영원한 서광曙光의 서림은
위대한 싸움으로 쓰러진
젊은 용자의 모양을
대지 위에 발견하는 그 순간에
그의 시체를 안아 싸도다
고요히 소리도 없이
그를 조상弔喪하는 듯
그를 축복하는 듯…….

그의 몸은 벌써
돌같이 굳어져 버렸으나
그의 입술 위에는 오히려
미진未盡한 나머지의 표정 서리도다.

오— 이대異大한 어둠은 가도다

오— 위대한 서광은 오도다.

『신민공론』, 1922.2(『공초 오상순 시선』, 자유문화사, 1963 참조)(영인본 630쪽)

미로

미록麋鹿의 낙원
애愛와 역力의 ‘유토피아’
평화의 서기 서린
불로초 동산에
이리[狼]가 들었다
사나운 바람 일고
검은 구름 동動하던
하룻밤에 ——

평화의 무리들은
암흑 속에 흩어졌다
사면팔방으로
공포와 원한과 맹목 중에

그 중의 어린 사슴 한 마리
길을 여의어
사막으로 뛰어들었다
우연히 공교로이
그는 엎드러지며

빠지며
무서운 방황의 걸음을
계속했다 무리하게

아— 그는
풀도 없고 샘도 없는
불같은 열熱의
끝없는 모래바다에 선[立]
자기를 발견했다
저 —편 모래바다 수평선 위에
붉은 해 돋아 올 제——

저는 부르짖었다
절망 속에 아프게
아— 그러나 그러나
이미 늦었다 늦었다
저는 속절없이 묵묵히
운명의 길을
계속하는 수밖에 없었다

사막에도
무심한 밤이 오고 날이 가고
날이 가고 밤이 오기를
여러 번 거듭했다

뜨거운 모래에 빠지는
저의 발자국에는
적혈赤血이 고였다
전신에선 땀이 흘렀다

최후의 충동으로
번쩍 뜬 저의 눈에
풀과 물의 형적이
희미하게 비추었다
저 — 편 하늘과 모래바다가
맞닿은 곳에 ——
오 — 그는 '오아시스'였다

오 — 저는 최후의 힘을 다하여
그리로 한 번에 뛰어가고저
몹시 애썼다
아 — 그러나
못 하였다 못 하였다

아 — 그는 그대로 그곳에
엎드러지고 말았다
입과 코에서 피가 흘렀다
그 순간이다
단말마의 그 순간이었다

미로 전前의 불로초 동산의
'비지언'幻影*이 전개되어
몽롱한 저의 눈에 비추었다

그곳에는 여전하게
이전 자기 동무들은
불로초를 뜯어먹고 있었다
이 운명의 벗을
거들떠보도 않고——

불로초의 상징
힘의 자현自現이던
젊은 사슴의
최후의 숨은 끊어졌다
그 환영幻影의 스러지는
같은 순간에……

이리하야란
이상한 운명의
사막의 비극은
미해결대로 영원히
최후의 막이 떨어졌다

---

* '비지언' : vision.

오— 끝없는 사막에
태양은 꺼지다
어둠의 '베일'이
미로의 어린 사슴의
시체를 덮도다
고요히 말없이.

『갈돕』 1, 1922.8(영인본 633쪽)

방랑의 마음

이 조각 느낌을 경애하는—— 예로센코, 회관晦觀, 우관又觀 삼형三兄께——
북경과 천진天津에서 지낸 때의 추억 깊은 우리들의 방랑생활의 기념으로——

흐름[流] 위에
보금자리[巢] 친——
오— 흐름 위에
보금자리 친——
나의 혼………

×

바다 없는 곳에서
바다를 연모하는 나머지에
눈을 감고 마음속에
바다를 그려보다
가만히 앉아서 때를 잃고——

×

옛 성 위에 발돋움하고
들 너머 산 너머 보이는 듯 만 듯
어렷거리는 바다를 바라보다
해 지는 줄도 모르고——

×

바다를 마음에 불러일으켜

가만히 응시하고 있으매

깊은 바다소리

나의 피의 조수潮水를 통하여 우도다.

×

망망한 푸른 해원海原—

마음눈에 펴서 열리는 때에

안개 같은 바다의 향기

코에 서리도다.

×

만수산萬壽山 저편에 기울어지는

달에 끄을려

오늘도 또 한 밤이 새웠어라——

×

오— 오늘도

나의 생의 한 페이지는 넘어가고 말았다

저 태양으로 더불어——

'때'의 어김은 있으나

드디어 같은 운명의 태양과 '나',

오— 그러나 나에게는

힘도 열도 빛도 없이——

×

오늘도 죽지 않고 잠자리를 떠났다

나는 무엇을 해야 할까?

어떻게 살아야 할까?
이마에 손을 대이고
또 다시 생각하다
태양은 소리도 없이
나의 이마 위에 키스를 주고
온몸을 비추어 에워싸도다

사람도 나무도 돌도
개도 글도 하늘도 땅도
일체가 단조單調한 극極에
오늘도 또한 눈을 감고
코스모스(우주) 나기 전의
'성운星雲 상태'를 마음속에 불러보다
저— 끝없는 한없는 안개바다에
헤엄쳐 나가는 순간에만
미친 듯한 하염없는 끝없는 방랑의 마음은
저으기 진정되도다
아— 그러나 거기도, 거기도
나의 혼의 '홈'은 보이지 않도다
아아 저—— 안개바다 파破하는
그 모멘트에나?

나는 어느 때 한번——
중국인과 빈대! 함께 몰아 멸하리!

부지중에 부르짖었다
그리고 나는 울었다
나는 다시 세계를 돌아보았다.

×

세계를 '나의 것'이라고
의심 없이 믿으면서도
이 다섯 자 몸을 하나
안치할 곳이 없단 말가?

×

생의 무료와 권태를
호소하는 사람에게
위로의 길 모르는 마음의 답답함이여, 슬픔이여!

×

자다가 일어나서
어둠속을 더듬어서 성냥을 찾아
긋고 또 긋고
한 갑을 다 태웠다
....
빈 갑을 내던지고 나는 눈물짓도다

×

인사의 말도 없고 애교도 부리지 않고
늘 묵묵한 속에
날마다 세 끼 밥을 들어다 주는
키 큰 중국 뽀이의 정중한 모양!

×

하루 세 번씩
그때가 되면 또박또박 갖다 놓는
여사旅舍의 밥상——
사람을 모욕이나 하는 것 같아서
둘러메치고 싶었다
그리고, 상을 물리고 한 끼 굶었다

×

나는 요새
남과 이야기하기가 겁난다
한 큰 무거운 짐을 느낀다
나를 홀로 내버려두기를 원한다
나는 간절히 산중山中을 생각한다.

×

객사에 손님이 왔다
혼과 혼이 서로 말할 기회를 주기 위하여
그의 혼을 더 깊이 관조하고 더 사랑하기 위하여
나는 모쪼록 입을 열지 않고 침묵 속에 대하였다——
그는 우려의 빛을 띠우고 돌아가다.

×

더불어 말할 벗 없는 나그네[旅]길에
뒷짐 지고 휘파람 불며
구름 가는 벽공碧空을 쳐다보다.

×

나에게 무슨 걱정이 있으랴는 듯이
뚱뚱하게 살찐 사람 보면
말할 수 없는 일종의 슬픔이 느끼어진다.

×

거울에 비추이는 나의 모양
몹시 여위었으나, 마음에 반기워라
무엇을 위한 까닭 아는 고로.

×

어느 날 밤, 거울을 손에 들고,
얼굴을 들여다보고, 또 들여다보고……
칠같이 검은 머리를 어루만지고 또 어루만지고……
밤은 더욱 깊어간다, 나그네 하늘에.

×

저는, 대낮에
별을 따서 주머니 속에 넣은
비지언[幻]*을 보았다

×

저는
돌을 깨물고 피투성이가 되어
땅 위에 엎흐러진 호랑이 꿈을 또 보았다

×

물상物像 속[粵]이

---

* '비지언' : vision.

보[觀]고 싶은 나머지에
돌[石]이나 하나 깨트려 보고 싶었다—

×

나의 피로 살찐 한 마리 모기를
모기장 속에서 발가벗은 몸으로
쫓아다니다가.
급작히 부끄러워지도다
헤일 수 없는 생물을 잡아먹어 온
인간의 일 생각고—

×

나의 피를 잔뜩 마신
한 마리 모기를
손으로 쳐서 죽이고
붉은 피로 물들인 손바닥——
물끄러미 들여다보고 섰는 나의 모양——
정신없이 얼없이——

×

무엇을 깊이 생각이나, 하는 듯이
축축 늘어진, 수양버들 숲을 소요逍遙하다가
나는, 무심히, 기름지고, 살찐 버들잎 하나를,
입에 물어서 땄다.
나는, 엽葉의 병柄을, 손으로 붙잡고, 물끄러미 무심히
들여다보고 있었다.
엽葉은, 금방 금방 변해 간다

약 오른 에넬기*는, 어디론지 빠져나간다
싱싱하던 생기는, 어느덧 쇠잔해간다.
그 변화의 도수度數를 따라, 나의 심장은 일종 이상한 미동을 느낀다
나는, 그 엽신葉身에, 손을 대어, 어루만지고, 또 다시 어루만진다
나의 눈에는, 눈물까지 비어진다, 다만 센티멘털은 아니니다
그러나, 아— 그러나——
그의 본체本體와 대지를 떠난, 버들의 엽신葉身은
드디어 다시 그의 생기를 회복할 줄 모른다,
생의 호흡의 길을 잃은…….
어루만질수록, 더 속速하게 이울어지고 말았다!
나는, 그 가련한 작은 시체를 손에 들고
던져버릴 용기가 없었다.

——(북경향산北京饗山)——

×

『PAN』을 읽다가

'96'— 페이지에 왔다. '96'—이 눈에 띄우자, 이상한 감感이 뇌리에 동動하였다. 왜? 어찌해서, 같은 글자를, 바로 세워 놓고는 '아홉'이라 하고, 그것을 거꾸로 앉혀 놓고는 '여섯'이라 하는고? 하는 극히 어리고 간단한 의문이었다.

그래서 나는 읽던 책을 거꾸로 들었다가, 또 다시 바로잡았다가, 무심히 여러 번 거듭해가며, '96'—을 들여다보았다. 그래도 종시 그 의문은 풀어지지 않았다.

---

* '에너지'로 여겨진다.

그 책을 독료讀了할 때까지, 그 '96'이 눈에 가로걸려서

심히 불안했다. 다 읽고 책을 덮어버렸다. 그 로—맨스의 내용보다도, '96'—의 인상과 의문이 더 깊었다.

×

고향에서 영원히 여읜 벗을 꿈에 보고
잘도 북경까지 따라와 주었다고
희미하게 느끼면서 잠 깨운 오늘 아침
말하기 어려운 비애에 잠겨——

×

같은 여역旅域에 고苦와 낙樂을 한 가지 하던
'봄' 못하는 벗을 멀리 그의 나라로 보내 버리고
그의 벗어두고 간 곰 같은 검은 장화 바라볼 적마다
그대 지팡이를 끌고 지금쯤은 어느 곳을 방황할꼬 생각하는 마음의 외로움이여!

×

달려가는 수레 뒤로
손 벌리고 좇아오던
일곱 여덟(살)의 옷 벗은 중국 사람의 딸
동전 한 푼을 던져 주었더니
또 다른 것을 바라고
거의 5리나 되는 길에 '쿨리'와 다투어
불같이 내리쪼이는 태양 밑에
따라오던 소녀——
발견하던 순간의 나의 마음 메어지는 듯하였다.

×

사람이 끄는 차 위에 높이 앉아

고갯짓 하며 오는 비단옷에 싸인 신사 보고 그 앞에 엎드려 두 손으로 땅을 짚고

이마로 땅을 찧고 또 찧어 피 흘려내던

열 살 전후의 중국 사람의 아들——

신사는 보고도 못 들은 듯이 아무 감각의 표정도 없게 지나가고 말았다.

×

한손으로

가슴에 안기어 젖 빠는 갓난아기 부둥켜 잡고

다른 손은 높이 들어 벌리고

마차 뒤로 달려가는 발 좁힌 중국 사람의 아내——

×

온 밑천이던 양은洋銀 일 원을 비럭질하는

노파에게 주어 놓고

무일푼의 나를 돌아보아

쪼개 두었더면 하는 가상 유혹이 일어나려 할 제

나는 감옥 같은 담들이 우거진

컴컴한 좁은 골목길 몸을 감추운다

누가 나의 마음속을 들여다보는 듯해서.

×

발이 빠지는 먼지 쌓인

네거리 한복판에

네 발을 되는 대로 뻗어버리고

낮잠 자는 중국 개 볼 때마다 울고 싶다
수레가 그 앞으로 스치고 지나가나
자동차가 소리를 지르며 몰아오나
'나 모른다'는 듯한 그 꼴은
가장 위대한 듯도 하다
나는 동시에 중국 고력苦力*을 생각한다
그리고 또 중국 사람 전체를 연상한다

『동명』 18, 1923.1(영인본 635쪽)

* 쿨리.

방랑의 한 페이지

고故 남궁벽南宮璧 형의 무덤 앞에

방랑의 마음은
아프고 하염없는
방랑의 마음은
흙비 내리고
발이 빠지는 먼지의 길—
무릎이 잠기는 개흙의 '들'로—
밥에 먼지 얹어 먹고
떡에 흙 묻혀 먹는
그 땅으로——

산다운 산도 없고
메 같은 메도 없는
끝없고 가없는
바다 같은 벌판의 나라로—

핏빛 같은 물결이
끓는 듯이 용솟음치는
바다의 나라로—

죽은 사람의 해골에 금장식하여
은 소반 위에 받들어놓은 그 나라로—

죽어가는 사람이
길가에 누워
신음하며 고민하되
한 번의 곁눈질도 없이
지나가는 사람들 사는 그곳으로—

들에 내어버린
사람의 자녀들의
시체를 찾아오는
까마귀 떼로
하늘이 덮인—

기르는 개들이
무리를 지어 물어다 쌓는
사람의 해골들이
발에 걸리며 채이되
놀라지 않는 백성들 사는 데로—
도야지에게
인육을 멕이어
시장에 내다 파는
사람 있는 곳으로—

여성들이
남아들의 등을 타고
말농弄질 치는 그 나라로—

육肉의 골수를
황금의 정精 가지고
화학적으로 도금한
그 독을 뽑아주던—

그들의 천국인
'나라'와 성을 기울이게 하던—
뜨거웁기 불 같고
차기 가을 서리 같고
요염하기 독 같은—

도야지기름으로
'시멘트'같이 굳혀 논
그들의 장자腸子—
묵처럼 엉켜버린
그들의 피를—
봄바람에 스치는
얼음같이 녹여주는
역사적 미색美色의 그 나라로—

오후에 일어나
저녁머리에
국회에 사진하여
밤새우기 예사로 하는
그들의 나라로—

자기네 손으로
땀과 피 흘려 쌓은
자기 집 성城 위에
자기 옷 입고
오르지 못하는 그들의 나라로—

제 어머니 목을
베어
이웃집 대문 안에
던져 드릿다리는*
아들 있는 그리로—

동전 열 닢 도둑한 사람을
대낮에
대도大都 네거리에서
무된 칼로

* '던져 드릿다리는' : 현대어 의미가 불분명하여 발표 당시 지면대로 표기함.

목 자르는 그 나라—

용龍의 간, 봉鳳의 골수
원猿의 코, 성猩의 입술
독사의 찜과 연자탕燕子湯
마시는 반면에
구리돈 한 닢의 조떡—
못 먹어 주려 죽는
무수한 인자人子들 있는
그 나라로—

누구나 비단과 털로
몸을 싸는 듯한 그 이면에
아래를 가리울
누더기가 없어서
거지노릇도 못 하여
죽어가는 무수한
생령生靈들이 신음하는 그 나라로—

…………
…………
오— 그 나라!
무서운 그 나라!
위대한 그 세계로—

....

....

....

아픈 마음

무거운 다리로—

부요장扶搖杖 ㄲ을며 돌아오는

바다 같은

가없고 한없는

요동 벌판에

태양은 꺼지도다……

....

『동아일보』, 1923.1.1(영인본 636쪽)

허무혼虛無魂의 선언

물아—
쉬음 없이 끝없이 흘러가는 물아
너는 무슨 뜻이 있어
그와 같이 흐르는가
이상하게도 나로 하여금
애를 태운다
끝 모르는 지경地境으로 나의 혼을
꾀이어 간다
나의 사상의 무애無碍와 감정의 자유는
실로 네가 낳아 준 선물이다
오 그러나 너는
갑갑하다
너무도 갑갑해서 못 견디겠다

구름아
하늘에 미迷하여 방황하는
구름아
허공에 부浮하여 흘러가는
구름아

나타났다가는 스러지고
스러졌다가는 나타나고
스러지는 것이 너의 미美요 생명이요
멸滅하는 순간이 너의 향락이다
어— 나도 너와 같이 죽고 싶다
나는 애타는 가슴 안고 얼마나 울었던고
스러져 가는 너의 뒤를 따라—
오— 너는 영원의 방랑자
설움 많은 '배가본드'
천성의 거룩한 '데카당'
오— 나는 얼마나 너를 안고
몸부림치며 울었더냐
오— 그러나 너는
너무도 외롭고 애달다

흙아—
말도 없이 묵묵히 누워 있는
흙아 대지야
너는 순하고 따뜻하고
향기롭고 고요하다
가지가지의 물상物相을 낳았고
일체를 용납하고
일체를 먹어버린다
소리도 아니 내고 말도 없이—

오 나의 혼은 얼마나
너를 우리 '어머니!'라 불렀던가
나의 혼은 살지고
따뜻하게 번 너의 유방에
매어달리고자—
애련케도 너의 품속에
안기려고 애를 썼던고
어린 애기 모양으로—
그러나 흙아 대지야
이 이단의 혼의 아들을 안아주기에
너는 너무도 갑갑하고 답답하고
감각이 둔하지 아니한가

바다야!
깊고 아득하고 끝없고
위대와 장엄과 유구의 상징인
바다야
너는 얼마나
한없는 보이지 아니하는 나라으로
나의 혼을 손짓하여 꾀이며
취하게 하였던가
오— 그러나
너에게도 밑[底]이 있다
밑바닥[底地]에 지탱되어 있는

너도 드디어
나의 혼의 벗은 될 수 없다

별아—
오— 미美의 극極—
경이와 장엄의 비궁秘宮—
깊은 계시와 신비의 심연인
별아
오— 너는 얼마나 깊이
나의 혼을 움직이動며 정화하며
상傷하여지려 하는 나의 가슴을
위로하였던가
너는 진실로 나의 연인였다
애愛와 미美와 진眞 그것이다
그러나
별아 별의 무리야
나는 싫다
항상 변함없는 같은 궤도를 돌아다니며 있는—
아무리 많다 하여도 한限 있는 너에게 염증이 났다

사람아—
인간아
너는 과시果是 지상地上의 꽃이다 별이다
우주의 광영— 그 자랑이요

생명의 결정結晶— 그 초점이겠다
그리고 너는 사실 위대하다
하늘에까지 닿을
'바벨'의 탑을 꿈꾸며 사실 쌓으며 있다
절대의 완성과 원만과 행복을 끊임없이 꿈꾸며
쉬음 없이 동경하고 추구하는
인자人子들아
너희들은
자연계를 정복하고 신들을 암살하였다 한다
사실 그러했다
오— 그러나
준엄하고 이대異大한 파괴와 사멸의
'스핑크스'
너를 확착攫捉할 때
너의
검은 땀도
붉은 피도
일체의 역사役事도
끔찍한 자랑도
그 다 무엇인가—

세계의 창조자 되는 신아—
우주 자체 일체 그것인 불佛아—
전지와 전능은

너희들의 자만이다
그러나
너희도 '무엇'—이란 것이다
적어도 '신'이요 '불'이다
그만큼 너희도— 한
우상이요 독단이요 전제專制다
그러나 오 그러나
나는 아무것도 싫다!
일체가 소용이 없다
일체의 일체가 다 소용이 없다
그러므로 나는 참斬하는 것이다
너희들까지도
허무의 검劍 가지고—*

불꽃아—
오— 무섭고 거룩한
불꽃아
다 태워라
물도 구름도
흙도 바다도
별도 인간도
신도 불佛도

* 발표 원문에서는 이 지점에서 연 구분을 하고 있지 않으나, 전체적인 구조의 일관성을 고려하여 연을 구분하기로 한다.

모든 것을
모조리 핼터* 버려라
오— 그리고
우주에 충만하여라 넘치라

바람아—
오— 폭풍—
그 불꽃을
불어 날리어라!
힘껏 불어 헛치라!
오— 위대한 폭풍아
세계에 충일한 그 불꽃을
오 그리고
한없고 끝없는
허공에 춤추어 미쳐라!

허무야—
오!
오 허무야
불꽃을 끄고
바람을 죽이라!
그리고

---

* '핼터' : 현대어 의미가 불분명하여 발표 당시 지면대로 표기함.

허무야—

너는 너 자체를

깨물어 죽이라!

피도 살도

모양도 그림자도 없고 다만

얼음같이 참도 같은—

위대하고 장엄하고 무섭고 엄숙한 어둠의 바닷속도 같은—

말할 수도 없고 알 수도 없는

그리고 나를 미쳐 뛰게 하며 메여부띄게* 하는 너 자신을—

깨물어 죽이라!

오오………………

'허무의 시체!'

'허무의 시체!'

오— 나는!

나의 두 팔과 가슴의 뼈가 부서지도록 너를 얼싸안고 죽으련다!

——1913, 4·20일 아침——

추언追言—

나는 우주 세계 인생—그리고 그 속에 포장된 일체의—그 과거 현재 급及 그 장래에 긍亘한 모든 현상 사건 활동과 그 운명과 귀추를 응시하고 골수에 사무치는 일종 말할 수 없는 눈물에 잠기어 이 말을 허무행虛無行의 도반道伴에게 드린다— 그런데 이 글은— 십 년 이래의 상습인 세계와 인

* '메여부띄게': 현대어 의미가 불분명하여 발표 당시 지면대로 표기함.

생과 자아 문제에 대한 나의 심적 고민— 사상적 회의와 탐색과 우울이 '클라이맥스'에 오르고 또 그 해결에 대한 결정적 의지의 욕구가 백열白熱하여 초점에 탐을 경험하던 지난 봄 어느 날의 가장 신비롭고도 심각한 밤—물론 나에게 있어서—을 새우고 난 아침에 그 경험의 일단을 표현해 보고자 우연히 붓을 손에 들어 보았던 것이 이 일편의 글을 낳게 된 동기이다. 그러나 극히 불완전한 표현이 되고 말았다—

또한 이 불완전한 구고舊稿를 책궤 밑에서 끌어내서 먼지를 털고 독자의 눈앞에 내어놓게 된 동기는 이번 일본의 미증유한 사변 그것이다.

거기에 우리는 무서운 자연의 폭력을 보았고—(자연 자체에 있어서는 폭력도 아무것도 아니요 자기의 당연한 일종의 예상사例常事일 것이지마는)* —적지 아니한 인간 노력의 참패를 보았다—(이후 인간의 노력은 반발적으로 더욱 치열해질 것도 예상할 수 있지마는)—

따라서 일종의 심각한 비통—은 사람의 가슴을 친다.

그리고 그 끝에— 나는 역시 일종의 '허무감'을 새로이 한번 느끼지 아니할 수 없는 그것이다—

——1923, 9월 9일조朝——

『동아일보』, 1923.9.23(영인본 637쪽)

* "자연 자체에 있어서는 ~ 예상사일 것이지마는"은 발표 당시 원문에서 겹낫표(『 』)로 묶여 있었으나, 다음 행의 "이후 인간의 ~ 예상할 수 있지마는"과의 일관성을 고려하여 소괄호 처리하기로 한다.

폐허의 제단

폐허 위에 해는 넘어가다 무심히도—
알 수 없는 비장한 소리
어둡고 장엄한 기운機運—
침묵의 웅변!
폐허의 웅변!

호흡이 있고
혈맥이 같고
순난殉難의 아픔 같이 받는
폐허의 무리—
폐허 위에 살고
그 속에 죽을 운명의 무리들아!
입을 봉하고
눈을 감고
폐허 제단 밑에 엎드려
심장 울리는—
세계가 무너져 버릴 듯한
그의 아픔의 신음을 들으라

넘어가는 햇빛을 맞아
폐허의 허공에
짝 없이 호을로 서 있는
차디찬 옛 영광의
궁전의 돌기둥 하나!
그를 두 팔로 끼어 안고
숨을 끊고 눈 감는 자여!
마른 덩굴, 이끼에 서린
폐허의 옛 성 두 손으로 부둥켜안고
소리도 마음대로 내이지 못하고
느껴 우는 흰옷의 무리여!

당홍색 저고리 입은 어린이의
터질 듯이 살진 손목 이끌고
구름에 잠겨 있는 폐허의 제단 향하는
늙은 할아버지의
땅 위로 내리깐, 짚신 신은
늙은 할아버지의 양 미간!
저녁 해 나머지 빛에 서리는 그의 이마 위의
칼자국 같은 주름살!

폐허의 제단에 엎드려 애소하는
남아男兒의 등 위에는 땀이 용솟음치고
머리에는 타는 듯한 김의 연기 서리도다

폐허의 제단에 길[丈]이 넘는 검은 머리 풀고
맨발로 소복 입은 처녀들의
말도 없이 경건히 드리는
목단향檀香과 기름등불은
죽음같이 소리 없는 폐허의 하늘
끝도 밑도 없는 밤 '어둠속'에
단조單調하고 우울하고도 끊임없는
곡선의 가는 '길'을 찾아 허공에
헤매이다, 헤매이다!

폐허의 밤은 깊어가고서
망망히 끝없는 폐허 벌판 한 모퉁이
쓸쓸히 서 있는 한 간 풀집 속에
땅 위에 갓 떨어지는
벌거벗은 핏덩이 애기 소리!
산고産苦를 잊고
새로 나는 이의 심각한 복 비는 경건한
폐허의 어머니의 떠는 소리—

애기의 묵은 보금자리
그의 옛 왕좌인 태胎 사르는 불빛은
신음에 떠는 '폐허의 밤' 가르는[剪]
알 수 없는 새로운
창조의 신의 거룩한 횃불!

—— 23 · 12 ——

『폐허이후』 1, 1924.2(영인본 642쪽)

허무혼虛無魂의 독어獨語

하염없이 스러져가는 연기 끝에도 한 실재實在의 발자국!
땅 위에 이울어 떨어지는 가련한 한 송이 꽃 속에도 그이의 그윽한 한숨!
나의 얼굴을 스쳐 지나가는 가부여운 바람 가운데도 그이의 미소!
하염없이 스러지는 촛불 밑에도 그이의 휘파람 소리!
창틈을 새어 들어오는 티끌 속에도 그이의 눈동자!
깊은 침묵 깜깜한 어둠 속에도 그이의 우레 소리!

허무혼은 누구나 엿들을세라 가만히 일어나서 들창 틈으로 엿보아가며, 입도, 채 떼우지 못하고, 알 수 없는 소리로 가만히 혼자 중얼중얼, 고개를 외로 기울이며—

허무의 문 열라는 별안간 무엇의 소리에 깜짝 놀라, 숨을 끊고 멍멍히 뻣뻣이 서다, 눈도 깜적이지 못하고.

허무의 밤은 깊어가다

『폐허이후』 1, 1924.2(영인본 641쪽)

그는

그는 우수에 잠긴 눈을 아래로 내리깔고 얼없이 땅 위에 선, 곡선, 점, 원……… 같은 것들을 그리다가 갑자기 무엇에 부딪혀 놀란 듯이(전기電氣에나 부딪힌 듯이) 벌떡 일어나며, 가없는 하늘을 안아나 볼 듯이

완강한 두 팔을 힘껏 벌리어 손깍지 끼다. 그리고 그는 다시 땅 위에 쓰러지다.

『폐허이후』 1, 1924.2(영인본 638쪽)

꾀임

굵고 굵은 먹구렁이 같은 모양으로, 바다와 땅속을 꿰뚫어 무엇이나 가만히 기다리는 듯이 잠복하여 있는 세계지진맥! 나는 너를 들여다볼 때, 진저리쳐지는 이상한 유혹의 줄에 끄을린다. 뱀으로 화化한 사탄이 바늘 같은 붉은 혀로 아담과 에바를 꾀이던 파라다이스의 유혹 회상케 하는—. 오 한번 서릿처* 꿈틀거림!의 꾀임.

알 수 없는 꾀임!

『폐허이후』 1, 1924.2(영인본 639쪽)

---

* '서릿처' : 현대어 의미가 불분명하여 발표 당시 지면대로 표기함.

폐허의 낙엽

만개萬皆가 모두 가없는
어둠의 품속에 안기어
조으는 듯 잠든 듯한
깊고 깊은 밤 하트에 나는 호올로
폐허의 비인 들 한복판에 서다

하늘 잠근 구름을 새이어
이슬과 서리의 간색間色의 감각 가진
가루같이 가늘고도 고운
힘없는 새음의 분말도 같은
늦은 가을의 가는 비
어둠의 고운 체[篩]를 새어 내리다

가는 비 내리는 어둠의 폐허의 하늘 우러러
나의 얼굴 내어놓고 눈 감도다
가는 비는
나의 속으로서 서리어 오르는
눈물의 이슬 섞어 입술을 거쳐
가슴 위에 흘러 떨어지다

밤은 더욱 깊어가고서
비는 이상하게도 그윽한데
나의 혼은 홀연히 놀라 눈 뜨다
어디로부터인지 발밑에 바삭 하고 떨어지는 폐허의 낙엽소리에.

『폐허이후』 1, 1924.2

폐허의 첫 봄

구고 중에서

굳게 굳게 얼어붙은
겨울 땅의 매듭 푸는
첫 봄의 단비는,
무어라고 알 수도 없는 말 속살거리며
서리도다 내리도다 땅 위에
가없는 어둠의 허공을 새어—

어둠을 가[行]는 나그네의
머리털들을 따라 기어내리고
가는 모공들을 스미어
가슴 속 어대인지 감추어 있는
어느덧 성에 슨 마음의 은잔 속에
봄비는 새어들도다
봄의 향기로운 술은 괴이도다

땅풀이 하는 첫 봄의 비는 이 세상 아닌
어느 그윽고 머—ㄴ 나라로서
옮기어 오는 듯, 들리는 듯 마는 듯한
그 무엇의 이상스러운 발자국 소리에

가브여운 리듬과 선율의 보조步調 맞추어
거룩한 봄비는 내리도다
옛 나라 허공의 묵은 밭[田] 깊은 속에
남모르게 비밀히 파묻혀 있는
묵고 묵은 금잔 속에
봄의 첫 비는 새어들도다
향기로운 봄 술은 괴이도다

가는 길 먼 길 굽은 길에
봄비는 안개같이 자욱하게 내리는데
들 너머 재 너머 강 너머로
나는 헤매이도다 나는 헤매이도다
그 비장秘藏의 술잔을 찾아—
비는 봄비는 한숨 같은 노래 속에
내리도다 브슬브슬 내리도다
꿈에 취한 방랑의 나그네 위에—.

『여명』 1, 1925.7(영인본 644쪽)

향수鄕愁

걷잡을 수 없는 이 불안
진정할 길 무엇인가
태산泰山으로 눌러 본들
만 근 쇠를 달아 본들

불같이 타는 이 가슴
무엇으로 안정할꼬
바람결에 헤쳐 보면
바다 속에 잠겨 보면

오— 그러나 어이할꼬
역여逆旅의 길 떠난 나의 영혼
그리우는 그 고향 이르기 전에야
이 불안 쉬일 날 있을까

향수鄕愁에 여위는 나의 마음
불안의 바다 저기압에
숨길 눌린 나의 생명!
오! 죽음의 길 얼마나 쉬울꼬

나를 구할 이 누군가 그 누군가
오! 님이여 내 영혼의 고향인 님이여
오시오 번개같이 유성流星같이 곧 오시오
아득한 저 나라의 운무雲霧의 바다 헤치고

성聖의 바다에 숨 쉬고 구원久遠의 길 걷는
사랑과 생명의 모태요
나의 분신인 거룩한 님이여
오시오 계시로 축복으로 곧 오시오

당신을 만나 뵈옵기 전에는
대낮도 밝은 줄 모르겠고
당신의 낯 뵈옵고야
어두운 이 밤도 빛나리라

무거웁고 그윽이 드리운
만고萬古 비밀의 장막 거두고
거룩한 미美에 영원히 빛나올
당신의 낯 뵈어지이다.

오! 당신의 본래 면목 뵈어지이다
만약 그렇지 않으려면
나에게 죽음을 허락하소서
푸른 비수 있사오니!

당신을 못 보고 사는 이 목숨
꾸물거리는 벌레만 하오리까
당신을 뫼옵기는 그 순간
당장에 죽은들 무슨 한 있사오리 (舊稿)

『회광』 2, 1932.2(영인본 645쪽)

방랑의 북경北京

고향에서 영원히 여읜 벗을 꿈에 보고
잘도 북경까지 따라와 주었다고
희미하게 느끼면서 잠 깨운 오늘 아침
말하기 어려운 비애에 잠겨——

×

같은 여역旅域에 고苦와 낙樂을 한 가지 하던
'봄' 못하는 벗을 멀리 그의 나라로 보내 버리고
그의 벗어두고 간 곰 같은 검은 장화 바라볼 적마다
그대 지팡이를 끌고 지금쯤은 어느 곳을 방황할꼬 생각하는 마음의 외로움이여!

×

달려가는 수레 뒤로
손 벌리고 좇아오던
일곱 여덟(살)의 헐벗은 중국 사람의 딸
동전 한 푼을 던져 주었더니
또 다른 것을 바라고
거의 5리나 되는 길에 '쿨리'와 다투어
불같이 내리쪼이는 태양 밑에
따라오던 소녀——

발견하던 순간의 나의 마음 메어지는 듯하였다.

×

사람이 끄는 차 위에 높이 앉아
고갯짓 하며 오는 비단요에 싸인 신사 보고 그 앞에 엎드려 두 손으로 땅을 짚고
이마로 땅을 찧고 또 찧어 피 흘려내던
열 살 전후의 중국 사람의 아들——
신사는 보고도 못 들은 듯이 아무 감각의 표정도 없게 지나가고 말았다.

×

한손으로
가슴에 안기어 젖 빠는 갓난아기 부둥켜 잡고
다른 손을 높이 들어 벌리고
마차 뒤로 달려가는 발 좁힌 중국 사람의 아내——

×

온 밑천이던 양은洋銀 일 원을 비럭질하는
노파에게 주어 놓고
무일푼의 나를 돌아보아
쪼개 두었더면 하는 가상 유혹이 일어나려 할 제
나는 감옥 같은 담들이 우거진
컴컴한 좁은 골목길 몸을 감추운다
누가 나의 마음속을 들여다보는 듯해서.

×

발이 빠지는 먼지 쌓인
네거리 한복판에

네 발을 되는 대로 뻗어버리고
낮잠 자는 중국 개 볼 때마다 울고 싶다
수레가 그 앞으로 스치고 지나가나
자동차가 소리를 지르며 몰아오나
'나 모른다'는 듯한 그 꼴은
가장 위대한 듯도 하다
나는 동시에 중국 고력苦力*을 생각한다
그리고 또 중국 사람 전체를 연상한다

—1918년 북경北京서—

『삼천리』, 1935.1(영인본 646쪽)

* 쿨리.

방랑의 마음

흐름[流] 위에
보금자리[巢] 친—
오— 흐름 위에
보금자리 친—
나의 혼……
사람도 나무도 돌도
개도 글도 하늘도 땅도
일체가 단조單調한 극極에
오늘도 또한 눈을 감고
코스모스(우주) 나기 전의
'성진星震 상태'를 마음속에 불러보다
저— 끝없는 한없는 안개바다에
헤엄쳐 나가는 순간에만
미친 듯한 하염없는 끝없는 방랑의 마음은
저으기 진정되도다
아— 그러나 거기도 거기도
나의 혼의 '홈'은, 보이지 않도다
아아 저—— 안개마다 피被하는
그 모멘트에다?

『PAN』을 읽다가
'96'— 페이지에 왔다. '96'— 이 눈에 띄우자
이상한 감感이 뇌리에 동動하였다
왜? 어찌해서 같은 글자를 바로 세워 놓고는
'아홉'이라 하고 그것을 거꾸로 앉혀 놓고는
'여섯'이라 하는고? 하는 극히 어리고 간단한 의문이었다
그래서 나는 읽던 책을 거꾸로 들었다가
또 다시 바로잡았다가 무심히 여러 번 거듭해가며
'96'— 을 들여다보았다
그래도 종시 그 의문은 풀어지지 않았다
그 책을 독료讀了할 때까지 그 '96'— 이 눈에 가로걸려서
심히 불안했다. 다 읽고 책을 덮어버렸다
그 로—맨스의 내용보다도 '96'—의 인상과 의문이 더 깊었다

×

달려가던 수레 뒤로
손 벌리고 쫓아오는
일곱 여덟(살)의 옷 벗은 중국 사람의 딸
동전 한 푼을 던져 주었더니
또 다른 것을 바라고
거의 5리나 되는 길에 '쿨리'와 다투어
불같이 내리쪼이는 태양 밑에
따라오던 소녀를
발견하던 순간의 나의 마음 메어지는 듯하였다

×

사람이 끄는 차 위에 높이 앉아
고갯짓 하며 오는 비단우에 싸인 신사 보고
그 앞에 엎드려 두 손으로 땅을 짚고
이마로 땅을 찧고 또 찧고 피 흘려버린
열 살 전후의 중국 사람의 아들—
신사는 보고도 못 들은 듯이
아무 감각의 표정도 없게 지나치고 말았다

×

한손으로
가슴에 안기어 젖 빠는 갓난아기 부둥켜 잡고
다른 손은 높이 들어 벌리고
마차 뒤로 달려나는 발 좁힌 중국 사람의 아내—

×

온 밑천이던 양은洋銀 일 원을 비럭질하는 노파에게 주어 놓고
무일푼의 나를 돌아보아
쪼개 두었더면 하는 가상 유혹이 일어나려 할 때
나는 감옥 같은 담들이 우거진
컴컴한 좁은 골목길 몸을 감추었다
누가 나의 마음속을 들여다보는 듯해서

×

발이 빠지는 먼지 쌓인
네거리 한복판 위에
네 발을 되는 대로 뻗어버리고
낮잠 자는 중국 개 볼 때마다 울고 싶다

수레가 그 앞으로 스치고 지나가나
자동차가 소리를 지르며 몰아오나
'나 모른다'는 듯한 그 꼴은
가장 위대한 듯도 하다
나는 동시에 중국 고력苦力*을 생각한다
그리고 중국 사람 전체를 연상한다

『조선문단』 21, 1935.2(영인본 647쪽)

* 쿨리.

쏜살의 가는 곳

구고舊稿

머리 위에는 높고도 속 모를 푸른 하늘,
땅 위에는 쌓이고 쌓인 눈의 바다——
닿으면 깨어질 듯 이상히도 키어 있는
가없는 공허——
꿰뚫고 날아 닫는 화살의 무리——
머리 위로 끊임없이 꼬리를 이어
꾸불텅거리며 직선으로 날아 닫는다——
성난 독사 모양으로——
귀신의 휘파람 같은 알 수 없는 소리치며——
오— 그러나 그 살을 쏘는 이는 그 누구요
그 살의 떨어지는 곳은 그 어대요
널판이나 포장布帳으로 지은 과녁 아님은
이 마음이 정녕코 의심 않는데——
닫는 그 살의 가는 곳은 그 어대메오——.

『조선문단』 22, 1935.4(영인본 648쪽)

방랑의 마음

구고舊稿

1

흐름 위에
보금자리 친—
오— 흐름 위에
보금자리 친—
나의 혼

×

바다 없는 곳에서
바다를 연모하는 나머지에
눈을 감고 마음속에
바다를 그려보다
가만히 앉아서 때를 잃고—

×

옛 성 위에 발돋움하고
들 너머 산 너머 보이는 듯 마는 듯
어릿거리는 바다를 바라보다
해 지는 줄도 모르고—

×

바다를 마음에 불러일으켜
가만히 응시하고 있으며
깊은 바다소리
나의 피의 조류를 통하여 우도다.

×

망망한 푸른 해원海原—
마음눈에 펴서 열리는 때에
안개 같은 바다의 향기
코에 서리도다.

2

나그네의 마음—
오— 영원한 허무에의
나그네의 마음—
허무의 품속에
보금자리 친 나의 마음—

×

나는 우다
모든 것이 다 있는 그 세계 보고
나는 우다
모든 것이 다 없는 그 세계 보고
나는 우다
한없는 그 세계 보고

나는 우다

한 있는 그 세계 보고

나는 우다

유有와 무無가 교우하는 그 세계 보고

나는 우다

생生과 사死가 서로 스쳐 지나가는 그 세계 보고

나는 우다

나의 육肉의 발이 밑 있는 세계에 닿을 때

나는 우다

나의 영靈의 발이 밑 없는 세계에 스쳐 헤내일 때

나는 우다

오— 밑 없고도 알 수 없는 울음

나는 우다—.

『조선문단』 24, 1935.8(영인본 649쪽)

재생의 서곡*

죽음 같은 침묵의 계절
기나긴 동면의 밤은 길기도 하였다
오— 그러나 내일은 엄한 함구령이 풀리는 날
내일은 해방의 약속이 실현되는 날
빛나는 자유의 향연이 열리는 날——

죽음의 침묵 깨트리고 긴 숨 쉬고 기지개 펴고
그윽하나 우레 같은 약동의 소리
땅과 하늘을 잡아 흔들려니——
긴장한 대기待機 중의 재생의 군생群生——
장엄하고 터질 듯한 부활의 교향곡
그 서곡을 아뢰는 날—
오— 내일은 경○驚○! 계○啓○의 날!

다물었던 입은 열리고
감았던 눈은 띄어지고
막혔던 귀는 트이고

---

* 이 원고의 필자 이름은 '오공초(吳空蕉)'로 표기돼 있다.

오므렸던 발 떼어 놓고

접었던 나래 펴고——

직직하는 놈 우는 놈 노래하는 놈——

기는 놈은 기고 뛰는 놈은 뛰고 나는 놈은 나르고

빼앗을 이 없는 이 자유와 해방의 권도權道를

세로 뛰고 가로 뛰며 힘껏 즐겨

하늘과 땅이 좁으려니——

오— 내일은 경○驚○! ○계○啓의 날!

우리의 동면의 밤은 지리支離도 하다

오— 우리 인간의 경○驚○은 계○啓○*의 날은

언제나 오려나! 언제나 오려나!

『조선일보』, 1936.1.6(영인본 650쪽)

* '경○, ○계, 계○' 등의 단어만 반복적으로 지워진 것으로 보아, 의도적으로 해당 글자를 삭제한 듯하다.

화선화수장곡花仙火水葬曲

화선花仙이 가단 말가　화선이 죽단 말가
다시 못 볼 임이여　이내 가슴 메지네
청천벽력 어인 일　천지도 야속허이
삶의 짐이 무거워　헌식같이 버림가
화선이 가단 말가　화선이 죽단 말가
진선미화眞善美化 한閑한 듯　그 자태 고와 밉고
그대의 일동일정一動一靜　그대의 일빈일소一嚬一笑
일거수일투족一擧手一投足이　꿈인 듯 그림인 듯
그 몸의 그 맵시에　그 마음 그 맘세에
그 총명과 그 지혜　번개같이 빛나고
불타는 문화의욕　무지개냥 화려해
용궁 용왕 딸인 듯　월궁月宮 월적月積 화化한 듯
꿈인 듯 그윽하고　아지랑이 서리어
보고 보고 또 봐도　그 정체 잡기 어려
촌척寸尺인 듯 저 피안彼岸　잡는 손 무색하고
불가침不可侵의 그 색신色身　종교처럼 고마워
그리운 나머지에　구름 밖에 어리어
사람 간장肝臟 태우던　그대 존재 그 공덕
이상理想의 별도 같고　환영幻影의 꽃이러니

그 별빛 간 데 없고　그 꽃향기 아득해
별빛 꺼진 가슴 속　빈 골같이 어둡고
화향花香 사라진 호흡　죽음같이 싸늘해
우리 화선 태운 불　원망도 스럽고여
호사豪奢로 소요逍遙하던　지낸 날 꿈터 송도松島
산 꿈 사랑 깃들인　만경창파萬頃蒼波 그 속에
가루 된 화선 백골　꽃가루냥 휘날려
깸 없는 회의懷疑의 꿈　꿈속에 또 꿈 깊어
색공적멸色空寂滅의 소식　각후의혹覺後疑惑 슬프다
하늘 바다 말 없고　하늘가에 별 하나
소리 없이 떨어져　왼누리 다시 적막
호흡 심장 혈관도　얼어붙은 이 순간
땅에 선 내 그림자　창파滄波에 신축伸縮할 뿐
난데없는 구름 떠　삽시에 비 이루니
가루 백골 내림가　모두 그의 발소리

『연합신문』, 1949.1.26(영인본 652쪽)

한잔 술

나그네 주인이여 평안하신고
곁에 앉힌 술 단지 그럴 법 허이
한잔 가득 부어서 이리 보내게
한잔 한잔 또 한잔 저 달 마시자
오늘 해도 저물고 갈 길은 머네
꿈같은 나그네길 멀기도 허다

나그네 주인이여 이거 어인 일
한잔 한잔 또 한잔 끝도 없거니
심산유곡深山幽谷 옥천玉泉샘 홈을 대였나
지하 천척千尺 수맥에 줄기를 쳤나
바다는 말릴망정 이 술 단지사
꿈같은 나그네길 멀기도 허다

나그네 주인이여 좋기도 허이
수양垂楊은 말이 없고 달이 둥근데
한잔 한잔 또 한잔 채우는 마음
한잔 한잔 또 한잔 비우는 마음
노방路傍에 피는 꽃아 서러를 말어

꿈같은 나그네길 멀기도 허다

나그네 주인이여 한잔 더 치게
한잔 한잔 또 한잔 한잔이 한잔
한잔 한잔 또 한잔 석 잔이 한잔
아홉 잔도 또 한잔 한잔 한없어
한없는 잔이언만 한잔에 차네
꿈같은 나그네길 멀기도 허다

나그네 주인이여 섧기도 허이
속 깊은 이 한잔을 누구와 마셔
동해바다 다 켜도 시원치 않은
끝없는 나그네길 한 깊은 설움
꿈인 양 달래보는 하염없는 잔
꿈같은 나그네길 멀기도 허다

『문예』, 1949.12(영인본 653쪽)

항아리

항아리와 더불어 삶의 꿈을 어루만지는 조선 여인의 마음

조선의 하늘빛과 젖빛 구름과
그윽한 고령토高靈土와 조선의 꿈과

창궁蒼穹에 물결치며 달리는 산맥
대지에 굽이치며 흐르는 장강長江

춘하추동 사시의 눈부신 조화調和
찬란한 일월성신 우렁찬 선율

이 자연 이 조화造化의 맥박과 호흡
길이 스며 흐른다 조선 항아리

하늘빛 모수치마 허리에 감고
이슬 맺는 달밤에 호을로 서서
너를 어루만지는 나의 속마음
살뜰히 씻는 내 맘 너는 알리라

이내 마음 허정해 어루만지고
답답고 서글퍼도 어루만지고

우울하고 설어도 어루만지고
외롭고 쓸쓸해도 어루만지고

심심코 무료해도 어루만지고
내 영혼 적막해도 어루만지고
이내 마음 꽉 차도 어루만지고
이내 마음 텡 벼도 어루만지고

회의懷疑에 잠기어도 어루만지고
혹정或情이 격동해도 어루만지고
혹의或意이 갈앉아도 어루만지고
신경이 날카뤄도 어루만지고

둥그런 수박 같은 빛난 흙 그릇
길게 흐른 유선형流線型 예술은 길어
항아리는 백百하나 장엄도 할사
황금보옥 일 없네 그건 죽은 것
항아리는 내 분신 호흡이 통해

찼다 볐다 자유다 내 마음 따라
있다 없다 자재自在다 나의 뜻대로
채면 차고 비면 벼 내 멋의 창조
꽃과 달을 배우는 경건한 도균道均

후원의 장독단壇은 내 꿈의 제단祭壇
좋아서 설은 생명 호소의 법정
짧고 긴 내 살림의 의욕의 비고秘庫
크고 작고 나란히 내 맘의 질서

길고 둥근 흙 그릇 단장丹粧한 그 멋
고려자기 청자기 표묘縹渺한 신운神韻
이조李朝자기 백자기 침잠沈潛한 치담稚談
매난국죽梅蘭菊竹 사군자 향기도 높고
사슴 거북 십장생 기품도 좋아
인생과 자연 귀일歸一 조화調和의 극치

흙으로 빚은 네 몸 약간 다쳐도
생동하는 숨결이 멎어지려니
문명 역사 자랑는 인간의 몸도
흙으로 빚어내진 전설 슬프다

내 키 커도 다섯 자 진정 서글펴
네 키 커도 다섯 자 너도 그러리
무한을 한정한 양 너와 내 신세身勢
영원을 주름잡은 나와 네 입체立躰
사람 손에 빚어낸 너의 존재나
너에게 손은 없되 쥘 자리 있어
내 손에 쥐어지고 어루만져져

가만히 서고 앉아 내 사랑 받네

선정禪定에 든 네 모양 나는 애닯어
명상에 깊이 든 잠 깨워 보련다

발돋움하여 볼까 누가 더 큰가
나의 발은 자유나 너는 선뱅이
나는 굴신자재屈伸自在나 너는 어이해

자연 생명 네 속에 스며 흐르고
천재 예혼藝魂 네 속에 아득히 동動해
뚜렷한 너의 성격 손에 잡히고
안 뵈는 네 발돋움 심안心眼에 비쳐
수줍은 네 속삭임 귓속에 아련
소리 없는 네 미소 황홀도 하다

춘풍추우春風秋雨 사시절四時節 씻고 또 씻고
일광 월광 운영雲影 속 채우고 비고
이슬 서리 비 눈에 다채한 표정
유풍裕豊한 네 살림의 왕성한 풍격風格
달밤에 꾸는 네 꿈 설은 에로스

일편단심 내 사랑 알뜰한 사랑
병들어 여윈 때도 너를 못 잊어

옥천玉泉샘 정안수淨安水로 채우고 비고
성체聖體 같은 네 몸에 부정不淨이 탈까
어루만져 씻고사 이 맘 놓이네

여기 고추장 단지 저기 간장독
장아찌 꿀 항아리 게장굴단지
김치 깍두기단지 국화술 단지
옹기종기 늘어서 백화百花로 요란繚爛
철철이 때 따라서 미각을 꾀어
가족 생리生理 영리靈理의 생장을 돕고
생일잔치 돌잔치 신명께 빌고
명절 경절慶節 축하로 장만한 여유
일가친척 이웃에 나누어 먹고
정성淨誠을 다한 제주祭酒 고이 빚어서
조상의 봉제사奉祭祀날 손꼽아 고대

항아리 속이 비면 내 마음 비고
항아리 속이 차면 내 마음 차네
항아리 속이 차면 내 마음 비고
항아리 속이 비면 내 마음 차네

빈 마음 찬 것 비워 빈 맘 채우고
찬 마음 빈 것 채워 찬 맘 비우니
항아리와 나와는 순환인과율循環因果律

쪼갤 수 없는 운수 여정予定의 조화調和

찬 속에 유有 못 견뎌 무無를 부르네
유무의 숨바꼭질 끝도 없거니
유무의 끝나는 곳 열반적멸궁涅槃寂滅宮

적멸궁에 가는 길 하도 멀기에
시정時定을 주름잡은 곡선 항아리
가슴속 은하수에 오작교 놓아
견우 직녀 만나듯 영혼을 꾀어
적멸궁 우리 님을 저 피안彼岸인 양
비안방촌比岸方寸에 뵈는 필로소피아

항아리의 아득한 설은 에로스
구원의 길동무냥 손을 이끌고
모르고도 아는 길 뵈는 항아리
어루만져 씻는 맘 너는 알리라
채우고 비는 마음 너는 알리라

항아리 어루만져 세사世事를 잊고
항아리 거문고 타 내 꿈 달래네
달래도 또 달래도 깊어만 가는
끝없는 이내 꿈은 단지에 어려
달래도 또 달래도 깊어만 가는

끝없는 이내 꿈은 단지에 어려

보고 보고 또 봐도 또 보고지고
자셋치 항아리의 끝없는 곡선
알지 못할 사이에 넋을 꼬이어
어깨춤 절로 나고 노래 제절로
아득한 아리랑 재 넘겨 주는 듯
거문고 가야금줄 타지 않건만
용궁 월궁 악사들 반주하누나
그윽고 신비할사 흙 그릇 조화造化
진선미성眞善美聖의 향연 천래天來의 소식

네 꿈이 내 꿈인가 내 꿈 네 꿈가
내 꿈이 항아린가 네가 내 꿈가
내 꿈이 스며들어 네 꿈 빼앗고
네 꿈이 밀려들어 내 꿈 뺏으니
꿈과 꿈 교류 융회 분간 없고녀
꿈과 꿈의 심판자 두 꿈밖의 꿈
꿈밖의 꿈 꿈 속 꿈 깨임 없는 꿈
깸 없으니 무無의 꿈 이 꿈 참꿈가
두어라 꿈 타령은 끝도 없거니
영원히 애태우는 속 모를 이 꿈

『문예』, 1950.1(영인본 654쪽)

바다의 소묘素描

바다는 용해溶解한 곤륜崑崙 산맥—
바다는 용해한 사막—
바다는 용해한 표범 사자——
바다를 응결 입체화하라——
산악山嶽이 솟고 삼림이 우거지고
사막이 전개되고——
표범 사자가 포효하며 뛰어
나오리라

『연합신문』, 1950.1.22(영인본 658쪽)

나와 시와 담배

나와 시와 담배는
이음동곡異音同曲의 삼위일체

나와 내 시혼은
곤곤滾滾히 샘솟는 연기

끝없는 곡선의 선율을 타고
영원히 푸른 하늘 품속으로
각각 물들어 스며든다.

『신천지』, 1950.2(영인본 659쪽)

첫날밤

분열된 생명이 통일된 본래 하나의 생명으로 귀일歸一하는 거룩한 밤의 향연

어어 밤은 깊어
화촉동방華燭洞房의
촛불은 꺼졌다
허영의 의상衣裳은
그림자마저 사라지고

그 청춘의 알몸이
깊은 어둠 바다 속에서
어족魚族인 듯 노니는데——
홀연히 그윽한 소리 있어

아야..................
태초 생명의 비밀 터지는 소리
한 생명 무궁한 생명으로 통
하는 소리
열반의 문 열리는 소리
오 구원의 성모마리아——

머언 하늘의 뭇 성좌는

이 밤을 위하여 새로 빛나리
밤은 새벽을 배고
침침히 깊어만 간다

『백민』 21, 1950.3(영인본 660쪽)

소낙비(Ⅱ)

비가 내린다
좍좍 내린다

시詩가 내린다
좍좍 내린다

비가 시가 한결에
좍좍 내린다

비도 시도 아닌 게
넘쳐 쏟아져

햇발같이 쏟아져
눈부시어라.

『민성』, 1950.4·5(영인본 661쪽)

백일몽

이 일편一篇을 꿀 먹은 벙어리와도 같이 영원한 침묵에 숨 쉬는 지기지우知己之友들에게 ——

내 일찍이 새파란 청춘시절 5월 훈풍의 한해 여름철 세계의 심장의 고동소리가 들리고 그 모공毛孔이 환히 들여다보이는 듯 눈부시게도 투명하고 고요한 오후의 한나절

장안 종로 한복판
어느 서사書肆의 어둠침침한 뒷방 골속에 나는 누워서 깊은 명상에 잠기다가 어느덧 깜박 조을았거니

그 꿈속에, 보라! 선풍旋風처럼 홀연히 일어난 일대 풍악의 선율로 인하여
세계 괴멸壞滅의 기적은 일어났으니
거룩한 세계 괴멸의 기적은 일어났으니

하늘과 땅과 뭇 꽃과 풀과 돌과 보석과 하늘의 뭇 별과 바다 속의 뭇 어족과 골방에 잠든 나와 나를 귀찮게 구는 파리와 벼룩과 나를 둘러싼 바람벽과 그렇다, 천지 삼라만상의 두두물물頭頭物物이 돌연 일대 악보로 변하고

금金 목木 수水 화火 토土 ——
오행五行과 뭇 원자原子와 그리고 뭇 생물의 혼령이 모두 성음聲音으로 화化

하고

유와 무가, 생과 사가 모두 음악으로 화和하여 돌아가……

마치 깊은 골 속에 일어나는 크나큰 바람소리 큰 바다의 밀물소리와 파도소리 바다 속의 뭇 어족이 춤추며 행진하는 소리, 우레 소리 지동地動 소리 수해樹海의 바람소리 소낙비 쏟아지는 소리 폭풍우 몰아치는 소리 폭포 떨어지는 소리 여울 부닥치는 소리 설산雪山 무너지는 소리 빙산 터지는 소리 천병만마千兵萬馬 달리는 소리 창공을 흔드는 프로펠러소리 지심地心을 두드리는 엔진소리 뭇 공장의 기계 돌아가는 소리 산속의 호랑이소리 그 산울림 하는 소리 사자 소리 뱀 떼 몰려가는 소리 개미떼 몰려가는 소리 벌떼 몰려드는 소리 황충蝗蟲이 떼 몰려드는 소리 시장터에서 와글거리는 소리 개소리 닭소리 온갖 짐승소리 온갖 벌레소리 물레방아 돌아가는 소리 사랑을 속삭이는 소리 뭇 어린이들 어미 젖 빠는 소리

얼어붙었던 온갖 수맥의 풀리는 소리 조춘早春에 뭇 풀이 땅을 뚫고 싹터 오르는 소리

온갖 꽃들이 향기를 풍기며 피어 열리는 소리

뭇 동물의 새 생명이 숨 쉬는 소리

환상의 세계 무너지는 소리

꿈의 바다 물결치는 소리——

온갖 소리 소리가 한 목에 모이고 어울리고 화和하여 크나큰 풍악을 일으키고

지악地樂은 천악天樂을 이루어 온 누리는 전체가 빈틈없는 하나의 그랜드·오—케스트라·심포니—로 움직여 흐르고………

무無의 바다는 밑 없이 샘솟아 우렁차게 용솟음치는 악곡의 소리로 터질 듯 아찔하게 맴돌고 소용돌이쳐 돌아가고……

내란 것은 그 속에 완전히 녹아 흘러
거창한 음악 바다의 조수와 함께 파도치며 굽이쳐 돌아가 흐느껴 황홀한데

심연 속같이 엄숙한 경악과 경이와 환희와 법열의 절정의 한 찰나
문득 꿈에서 깨어나 다시 한번 자아로 전락한 나는
눈을 떠 보니, 눈을 뜨고 보니
나와 방 안의 책상과 그 위의 책들과 바람벽과 괘종은 의연한 듯하면서도
방금 그 천래天來의 대大심포니—의 여운에 그윽이 떨고 있어

이것이 꿈인가 꿈 아닌 꿈인가 꿈속의 꿈인가 꿈 깨인 꿈인가
식무식간識無識間에서 의심은 그윽하고 아득한데

이상도 할사 바로 아까 그 심포니—의 여운이 완연히 밖에서 들려오지 않는가
나는 다시 한번 놀래여 눈을 부비고 귀를 기울이며 문밖에 나서 보니 문밖에 나서 보니

방금 대심포니—의 신비스러운 무한량의 비밀과 선율을 함뿍 호흡해 머금은 양 대낮의 휘황한 일광은 미묘히 떨며 천지에 넘쳐흘러 만물을 광피光被하고 녹이는 듯한데

아아 놀랍고 이상할사
저 서대문 대로大路 수평선 저 쪽으로
똥통 마차의 장사진의 마지막 꼬리가 그 심포니—의 그윽한 여운과 함께 사라져 가며 있지 아니한가

쇠똥 말똥 개똥 돼지똥 닭똥 새똥 사람의 똥
똥 똥 똥………
그렇다 의심할 여지없이 뚜렷한 똥통 마차의 장사진이어라

나는 그리고 깨우쳤노라
그 우주적인 심포니—의 참 동인動因은 진실로 이 똥통 마차이었음을——

낮꿈에 취한 나의 골방 앞을
여러 말굽소리 수레바퀴소리 요란히 떨떨거리며 행진하는 장사진의 똥통 마차의 우렁찬 율동은 백주白晝 대도大道를 울리고 골방을 울리고 벽을 울리고 구들을 울리고 구들은 낮잠 자는 내 몸을 울리고 내 몸은 내 꿈을 흔들어
꿈과 깨임 사이 한 순간에
영원의 기적이 생기었음을!

천상만상千象萬象의 잡연雜然한 소음이
창조적인 나의 꿈속에 스며들어
비단결같이 고운 오색영롱한 내 꿈의 체를 걸러 조화무궁한 꿈 천재의 표현활동의 과정을 거쳐
우주적인 대심포니―의 조화를 이루었음을――

나는 깨달았노라 명확히 깨쳤노라
꿈이 무엇이며 현실이 무엇인가를
나는 무엇이며 나 아닌 게 무엇인가를
순간이 무엇이요 영원이 무엇임을
생과 사가 무엇이요 유와 무가 무엇임을

아아 꿈의 기적이여 꿈의 기적이여
아아 꿈의 맛이여 꿈의 내음새여
온 누리가 일곡一曲의 악장 속에 휩쓸리고 휘말리어 우렁차게 구을러 돌아가는 거룩하고 신비한 꿈의 기적이여

30유여有餘의 세월이 꿈결같이 흘러가 불혹不惑의 고개를 넘어서 영구히 이 거룩한 꿈의 기적을 가슴속 깊이 안은 채
아아 나는 벙어리
꿀 먹은 벙어리
아아 나는 영원한 벙어리 꿀 먹은 벙어리 기적의 꿀 먹은 벙어리

오 인류를 위한 거룩한 태초의 역천자逆天者 프로메튜―스여

다시 한번 하늘의 굳이 닫힌 불 창고를 깨트리고

그 신성한 하늘의 불을 새로 가져오라 영원한 기적의 꿀 먹은 이놈의 벙어리 냉가슴

그 불 붙어 폭파하리

그 불로써만 답답한 이내 가슴 녹여지리

이내 가슴속 깊이 서리고 엉키어

수정같이 응고한 기적의 결정체 녹여지리

그렇고사 내 자유자재의 몸 되어

그 기적 말하리

기적으로 하여금 기적 자신을 말하게 하리

그렇다 기적은 기적을 말하리라

아앗!

벙어리 말하고 돌도 말하고 벽도 말하고 목침도 말하고 짝지도 말하고 영장도 말하고 백골도 말하고 무無도 말하고 손가락이 말하고 발가락이 말하고 눈썹이 말하고—— 유상有象 무상無象이 모두 말하는 기적의 기적이여

기적 아닌 기적이여

오오——

기적의 자기 소멸 기적의 자기 해탈이여

오오 기적은 어디 있으며 기적 아닌 건 어디 있느냐

아 아

면사포 벗은 우주의 본면목本面目이여

복면 벗은 세계의 적나체赤裸體여

가면 벗은 만유의 노골상露骨相이여

자유해방한 자아의 진실상眞實相이여

모두가 그대로 기적이요 모두가 그대로 기적 아니고녀

오오——

인류여 생을 사랑하고 사死를 감사하고 밥 먹고 똥 누다가 울며 웃으며 눈 감으면 그뿐일까

피와 땀과 눈물로 일체 허위와 위선과 추악과 모독과 싸우며 진眞과 선善과 미美와 성聖의 추구와 그 실천으로 생의 보람을 삼는 기특한 동물이란 구차한 영예로 족할까

또 하나의 우주를 자기 손으로 창조할 수 있고 파괴할 수 있는 능력이 부여된 실재자實在者임이 유일의 자랑일까

억만 번 죽었다 깨어나도 달리는 어찌할 도리 없는 숙명의 주인공이여

본연本然히 알면서도 본연히 아지 못할 운명이여

오오—

무無여 공空이여 허虛여 현玄이여 상象이여

있다 해도 남고 없다 해도 남고

있고도 남고 없고도 남고 알고도 남고 모르고도 남고 믿고도 남고 안 믿고도 남고 죽일 수도 없고 살릴 수도 없고 어찌 하래야 어찌할 수도 없고 낳[生]도 않고 죽도 않고 그저 본래 제작으로 왕래往來 무상無常하고 은현자재隱顯自在한 영원 불가사의의 본존本尊이여

우주를 낳고 만유를 낳고 인생을 낳고 키우고 거두고 없애는 활살자재活殺自在하고 밑도 끝도 없이 조화무궁한 생명의 혈맥이요 호흡이요 모태요 태반이여

오

크나큰 무덤이여 영원한 적멸궁寂滅宮이여

오

신성불가침의 어머니여

오

신성불가침의 어머니여

무섭게 좋은 어머니 한없이 고마운 어머니

그러나 좋아서 미운 어머니

고마워 딱한 어머니

이러면 어쩌잔 말이요 이 딱한 엄마야

그러면 어쩌잔 말이요 이 딱한 엄마야

어쩌잔 말이요 어쩌잔 말이요

하늘은 오늘도 속 모르게 푸르고 흰 구름은 유유히 흐르는데

앞뜰 마당 상록수 밑에 암놈을 거느린 호사스런 장닭 한 마리

황홀히 눈부신 대낮을 자랑스럽게 긴 목 빼어 울어 마친 그 그윽한 여운에 앞뜰 마당은 홀연 적멸궁의 정적 완연하고

담장 밖에 제가끔 가슴마다 가지가지의 현실과 형형색색의 꿈을 품고 천파만파로 물결치며 분주히 왕래하는 중생의 행진곡 속에

당신의 발자욱 소리 그윽이 들려오는고여

허공에 인印쳐도 영원히 사라지지 않을 알고도 아지 못할 당신의 발자욱 소리 그윽이 들려오는고여

오— 구원 불멸의 나의 발자욱 소리
오— 구원 불멸의 나의 발자욱 소리—

『자유세계』, 1952.8·9(영인본 664쪽)

바닷물은 달다

『전쟁과 자유사상』의 출현을 축祝하면서

한강의 밑바닥이
거의 환히 들여다보인다고
백성들은 수군거리며
심각한 불안과 공포에 떨고
전답田畓은 마르고 지각地殼은 갈라지고
창천蒼天도 갈라질 듯———
산천초목이 마르고
뭇 생물과 동물과 인간이
운명의 마지막 심판의 전야인 양
기식氣息이 엄엄奄奄하———

강가의 일망무제一望無際한 백사장——
그 모래알들은 낱낱이 알알이
거의 그 발화점—— 그 초점에 달達할 직전의 순간인 듯
이글이글 끓을 듯 솥 속의 콩알 튀듯 튈 듯한 가운데
억조창생億兆蒼生의 운명의 사막을 예감하면서
나는 암담한 운명의 그림자를 밟으며
목 고개를 힘없이 떨어트리고 피의 고갈을 느끼면서
맥없이 풀이 죽어 그 위를 헤매며 거니는데

오── 보라! 눈을 부릅뜨고 보라!
무서운 사막 속의 기적의 오아시스를

난데없이──
억만 년의 태고색太古色 창연한 거대한 암석의 돌학(돌함)이
돌출하자
보라! 다시 눈을 부릅뜨고──
희다 못해 푸르고 속 모를 청열淸冽한 물더미
그 무한량의 물더미의 샘꼬가 힘차게 터져
용솟음치며 절대도絶對度로
힘차게 솟아 넘쳐흐름을───

한없이 샘솟는 이 수원水源은 실로 창망蒼茫한 동해바다로 직통하였음을
아니! 태초 혼돈에서 하늘과 땅이 나뉘고 하늘과 바다가 갈라지던 그
태고 겁초劫初의 창조의 바다 속에 뿌리박았음을───
나는 직관하고 영감靈感했건만
물맛은 짜지가 않고 감로甘露같이 달았다
이 생명수와도 같은 거룩한 샘물이 막망무제漠茫無際한
사막과 대지를 골고루 적시고 스며들어
전체를 녹화綠化하고 소생하여 꽃피고 열매 맺을 참 평화의 명일을 예감코
무한한 환희와 감사와 법열에 넘치며 잠기며 무심코 용을 써 몸을 뒤치는 찰나
깨고 보니 꿈일러라
한없이 좋고 든든하고도 서글프고 안타까운 꿈일러라

그러나 이것은 역시 꿈이 아니더라
꿈이 꿈이 아니더라
꿈이 꿈인 채 그대로 꿈이 아니더라

—임진壬辰 구월 하한下澣—

정필선, 『전쟁과 자유사상』, 해병대 사령부 정훈처, 1952.9.20(영인본 662쪽)

힘의 샘꼬는 터지다

병들어 여윈 몸이
힘이 그리워

떨리는 손에 붓을 잡아

사자獅子!
사자!
사자!

간신히 세 번 쓰고 나니
하염없는 눈물이
북받쳐 오른다

이윽고
힘의 샘꼬가 터지는 듯
속 모를――
태초의 힘의 심연이
소용돌이치며 북받쳐 올라――

나의 육체는 메어져
터져 나갈 듯
터져 나갈 듯——.

『자유예술』 1, 1952.11.15(영인본 669쪽)

바다

천하의 산악과 산맥과
삼림과 사막과 표범과 사자 떼를 일시에 통틀어
용해하여 액체화하라

표묘縹渺양양한 무한제無限際의
대해원大海原이 약동하는
파도의 심포니를 들으리라
그리고
태고 적적寂寂한 해심海心 깊이 드리운
곧은 낚시에
조약躁躍*하는 어족魚族이 걸리리라

바다를 응결 입체화하라
산악이 솟고
산맥이 흐르고
삼림이 우거지고
사막이 전개되고

* 발표 당시 원문의 한자 표기는 '跳躍'으로 되어 있으나, 한글 음 표기와 문맥을 고려하여 '躁躍'으로 수정하였다.

표범과 사자 떼가

포후咆吼하며 뛰어나오리라

『수험생』, 1953.4(영인본 670쪽)

일진一塵

나는 하나의 티끌이다
이 하나의 티끌 속에
우주를 포장包藏하고
무한한 공간을
끝없이 움직여 달린다

나는 한 알의 원자이다
이 한 알의 원자 속에
육합六合을 배태하고
영원한 시간을
끊임없이 흐른다

나는 하나의 티끌 한 알의 원자
하나의 티끌 한 알의 원자인 나는
우주와 꼭 같은 생리와 정혼精魂을
내포한 채
감각을 감각하고
지각을 지각하고
감정을 감정하고

의욕을 의욕하고………

우주의 호흡을 호흡하고
우주의 맥박을 맥박하고
우주의 심장을 고동하나니

한 티끌의 심장의 고동의 도수度數에 따라
일월성신과 지구가 움직여 돌아가고
바다의 조류가 고저高低하고
산山옥의 호흡이 신축伸縮한다

오! 그러나 그러나
한번 감정이 역류하여 노기를 띠고
한데 뭉쳐 터지면
황홀하고 신비한 광채의 무지개
찬란한 속에
우주는 폭발하여 무無로 환원하나니

오!
일진一塵의 절대 불가사의한 운명이여!
오!
일진의 절대 신비한 운명이여!

『문화세계』 1, 1953.7(영인본 671쪽)

해바라기

해바라기!

너는 무삼 억겁의 어둠에 시달린
족속의 정령이기에
빛과 열과 생명의 원천! 또 그 모체인 태양이
얼마나 그리웁고 핏줄기 땡기었으면
너 자신 이글이글 빛나는 화려한 태양의 모습을 닮아
그 뉘 알 길 없는 영겁의 원풀이를 위함인가
저 모양 색신色身을 쓰고 나타났으리——

태양이 꺼진 밤이면 청상靑孀스럽게도
목 고개를 힘없이 떨어트리고
몽마夢魔처럼 그 속 모를 침울한 향수鄕愁에 사로잡혀
죽은 듯 무색無色하다가도——

저 멀리 먼동이 트기 시작하면
미몽에서 깨어나듯 기적같이 생동하여
홀연! 활기 띠우고 찬란히 빛나며

태양이 가는 방향의 뒤를 곧장 따라
고개 틀어 돌아가기에 바쁘면서도
얼굴은 노상 다소곳이 수그려 수줍은 요조窈窕인 양
한없이 솟아오르는 그리움과 반가움의
심정 주체 못하는고녀!

오! 너는 무삼 뜻 있어
인간의 생리와 표정과 꼭 같은
그 속 모르게 수줍고 은근하고 향그롭고 화려하고
아아 황홀한 미소! 넘쳐흐르도록 발산하여
영원히 불타는 태양의 입맞춤과
포옹을 사뭇 유혹하고 강요하는 것이뇨

빛과 사랑과 생명에 주린 넋이 불붙는 정열을 다하여
태양을 겨누어 속에서 북받쳐 샘솟고 해일처럼 부풀어 오르는
사랑의 겁화劫火 다 쏟아 연소해 버리는——
신과도 같은 사랑과 열정과 창조 의욕의 결정체!
너 해바라기의 비장한 운명의 미美여——

이윽고
거룩한 태양의 씨앗을 받아
부풀어 터지도록 가슴에 품어 안고——

한 찰나 한 순간인 듯 짧고 긴 세월의

화려하고 찬란하던 그 화변花辨도 이파리도
하나 둘 시들어 땅에 떨어지면——
태양의 분신인 양 그 호사스럽던 빛깔도 열도 어느덧 사라져

태고 설화의 옛일인 듯 그 자취 찾을 길 없고
여위고 뼈 마른 어느 거인의 짝지모양
불붙어 다한 정열의 잔재—— 그 상징적 결정체——
너 영원히 비밀한 생명의 역사를 새긴 기념비!
올연히 창공을 꿰뚫어 버티고——

이제 나의 지극한 염원과 목적을 달성했다는 듯
나의 일은 이미 끝났다는 듯
아낌없고 남김없이 자족自足하여
대오철저大悟徹底한 고승高僧의 그것과도 같이
뽀얗게 서리 앉은 머리 경건히 숙여
엄연하고 고고하고 태연한 너 해바라기의
줄기찬 자세여!

오! 불보다 태양보다 빛보다 어둠보다
생명보다도 또 죽음보다도
더 두렵고 심각한 너 해바라기의
속 모를 사랑의 연원이여!
불멸의 정열이여!

오! 해바라기
너 정녕
태초 생명과 그 사랑을 더불어
영원 상념의 원천인 절대 신비한 대자연!
생명의 핵심! 그 권화權化요 화신化身이 아니런가!

『영문』 11, 1953.11(영인본 672쪽)

한 마리 벌레

나는 본시 단세포 아메바
지금은 육안에 보이지도 않는 지극히 미미한
한 마리의 벌레— 정충精虫이다.
고도의 현미경으로도 겨우 발견될 둥 말 둥한 미생물.

그 얄궂은 미생물의 수없는 분열과 통일—.
통일과 분열—.
그리고 또 분열과 통일 활동의 발전 과정을 밟아 드디어
우주를 상징한 완전한 조직체를 구성하고
우주의 초점인 양—
우주를 대표하는 우주의 주인공으로서 그 놀라웁고 엄청난 총명과 예지와
의욕은 구경究竟
우주의 단세포인 원자를 발견하고
그 원자를 파괴함으로써
우주 자체를 파괴하여
무無로 돌릴 수 있는 이법理法을 발명하고 재주를 부림으로써
두렵고 끔찍한 천재적 마력의 비밀을 여지없이 발휘하고 폭로하였거니—
오—, 한 마리 벌레의 절대한 마력이여!
오—, 명일의 우주와 인류의 새로운 운명을 창조하고 개척할 자—

그 누구이뇨

오—, 역시나, 너 한 마리 벌레인저!

『신천지』, 1953.12(영인본 674쪽)

표류表流와 저류의 교차점

비가 내린다
좌악 좍 내린다
나가 내린다
좌악 좍 내린다
비가 나가 한결에
좌악 좍 내린다
비도 나도 아닌데
좌악 좍 내린다.

소리가 흐른다
좌알 좔 흐른다
내가 흐른다
좌알 좔 흐른다
소리가 내가 한결에
좔 좔 흐른다
소리도 나도 아닌데
좌알 좔 흐른다.

노래가 흐른다

좌알 촬 흐른다
내가 흐른다
좌알 촬 흐른다
노래가 내가 한결에
촬 촬 흐른다
노래도 나도 아닌데
좌알 촬 흐른다.

빛깔이 흐른다
무지개 빛깔이 솨 솨 흐른다
내가 흐른다
무지개 빛깔이 솨 솨 흐른다
빛깔이 내가 한결에
솨 솨 흐른다.*
빛깔도 나도 아닌데
솨 솨 흐른다.

빛이 내린다
솨알 솰 내린다
내가 내린다
솨알 솰 내린다

* 발표 당시 지면에서는 이 지점에서 연이 구분되어, 다음 두 행이 다음 연의 첫머리로 되어 있다. 그러나 다른 연에서 반복되는 구조를 감안하여, 여기에서는 다음 두 행을 이 연의 마지막 두 행으로 수정하여 적기로 한다.

빛이 내가 한결에
솰 솰 내린다
빛도 나도 아닌데
솨알 솰 내린다.

파도가 움직인다
출렁출렁 움직인다
내가 움직인다
출렁출렁 움직인다
파도가 내가 한결에
출렁출렁 움직인다
파도도 나도 아닌데
출렁출렁 움직인다.

침묵이 움직인다
넘실넘실 움직여 돌아간다
내가 움직인다
넘실넘실 움직여 돌아간다
침묵이 내가 한결에
넘실넘실 굽이쳐 돌아간다
침묵도 나도 아닌데
넘실넘실 굽이쳐 돌아간다.

『신천지』, 1954.8(영인본 675쪽)

나의 스케치

나의 귀는 소라인 양
항시 파도소리의 그윽한 여운을 못 잊고

나의 눈은 올빼미인 양
고동하는 밤의 심장을 노린다

나의 코는 사냥개마냥
사향의 지나간 자취를 따라
심산과 유곡을 더듬어 헤매이고

나의 입은 거북마냥
담배연기 안개를 피워
일체의 잡음과 부조리와
일체의 중압과 불여의不如意를
가슴 깊이 안은 채

나와 나 아닌 것의 위치와 거리의 간격을
자유로 도회韜晦하고 조절하여
하나의 조화의 세계를 창조하여

그 제호미醍醐味에 잠긴다.

『신천지』, 1954.8

8·15의 정신과 감격을 낚다

8·15
8·15

그렇다
8·15다

나는 호올로
홍진만장紅塵萬丈의 잡답한 도심을 떠나
낚싯대 하나 둘러메고
인적人跡 부도不到의 한적한 강변을 찾아

태고의 적요寂寥인 양
산적적山寂寂
수적적水寂寂
산수 간에 나 적적

대자연의 정적 속에
낚싯대를 물속 깊이 드리우고
8·15를 낚다

8·15의 정신을 낚다
8·15의 불멸을 낚다

민족 비원悲願인 안전통일·완전자유·완전독립의
일편단심을 낚다

아침나절엔 고기를 낚고 태양을 낚고
지나가는 구름과 그 그림자를 낚고
석양엔 노을을 낚고 물새소리를 낚고
스쳐가는 바람과 그 소리를 낚고

밤에는 별을 낚고 달을 낚고
수水·천天이 접한 사이에 그윽이 속삭이는
밀어密語를 낚고
깊은 삼경엔 소리 없이 고동하는
대자연의 심장을 낚고——

이윽고 서방에 기울어 비낀 삼태성
유연悠然히 바라본 순간——
꿈속인 듯 황홀한 가운데
나도 낚싯대도 몰락沒落 잊어버리고

산적적山寂寂
수적적水寂寂

산수 간에 나 적적

태고의 적요인 양
대자연의 정적 속에
대자연의 심장의 고동소리만 그윽이 높아가고
엄숙히 깊어갈 뿐——

(갑오년 광복절에)

『동아일보』, 1954.8.15(영인본 678쪽)

생명의 비밀

너의 결혼송結婚頌

영원 태초부터
속 모르게 한없이 푸른 하늘 밑
끝없이 움직여 돌아가는 대지의 한 모퉁이
해동조선海東朝鮮——금수강산 어느 지점——
푸른 뜰에서 앞뜰 마당에서
태양에 빛나는 핏빛도 투명한
그 고사리 같은 어여쁜 손으로
향기 풍기는 흙으로 단壇을 모으고
깨져버린 질그릇 조각 사금파리 조각
깨진 거울 유리 조각 주워다가
싹트는 아름다운 꿈의 향연
소꿉살림 차려 놓고——
비듬초 뽑아다가
하아얀 실낱같은 그 뿌리 어루만져
핏빛인 양 뿕어 오도록

신랑 방에 불 켜라 !
색시 방에 불 켜라!

제비새끼 모양 어제같이 지저귀던
한 쌍의 동심童心과 동심——
어느덧 꿈결같이 성숙하여 사랑과 생명의 꽃 피우고 열매 맺으려——
그리고 하늘과 땅——
하늘과 땅 사이의 온갖 것 상속받고 지배하려——

기억幾億 광년光年의 성운시대星雲時代부터 유구한 세월을 무한히 시달린 어둠과 혼돈과 미몽에서 잠 깨듯 깨어나
프로메테우스의 거룩한 불씨의 선물을 받은 인간의 후예로서
뱀 같은 총명의 불 밝혀 지혜와 생명과 미의 결정結晶인
하늘빛 푸른 능금 심장빛 붉은 능금 따 먹어
신神만이 비장秘藏했던 그 예지 빼앗고
사랑은 원앙 같고 신信은 기러기 같고 상사相思뱀보다 심각한 애정의 결정체인 양 영원히 새로운 창세기— 영원히 새로운 에덴동산에
영원히 새로운 삶의 창조의욕에 불타는 한 쌍의 아담과 이브!
호화롭고 자랑스러운 듯 찬란한 허영의 의상에 휘감긴 채
적나라한 한 쌍의 인간 아담과 이브!
두 몸이 한 몸 되고 두 뜻이 한 뜻 이루어
천지조화의 대행진곡에 발맞추어
그 장엄한 첫 발걸음 내어딛는
이 엄숙한 역사적 순간——

무극無極은 태극太極을 낳고
태극은 음양을 낳고

음양은 인간을 낳고

인간은 음양을 포태胞胎하고
음양은 태극을 포태하고
태극은 무극을 포태하고

영원 순환하여 순역順逆 자재自在하며 흐르는 신성한 혈액의 철학
동방의 생명철학이 여기에 있어――

오―― 보라!
이 절대 신비한 생명의 철학 실천코저 20세기도 후반기 지금 여기 이 순간!
사랑의 정열에 불붙은 두 가슴 같은 가락에 두근거리며 환희와 법열에 넘쳐 엄숙히 경건히 머리 숙여 백년을 가약하고
천지신명과 우리 앞에 의연히 서 있는
한 쌍의 새 인간 아담과 이브!

기나긴 생명의 영겁의 운명의 세월을 서로 다른 모태의 핏줄을 타고 계계승승――
속 모를 어둠과 꿈과 섭리 속에 구을러 흐르며 더듬고 더듬어 찾고 찾던 이신동체異身同體의 손과 손은 기적인 듯
오늘 이 거룩한 역사적 순간에 맞쥐어지고 사랑과 그리움에 불타는 두 청춘의 샛별같이 빛나는 눈과 눈은
황홀히 서로 마주쳐

영원한 생명의 비밀에 입 맞추었네
영원한 생명의 비밀에 입 맞추었네

오 —— 생명의 비밀!
생명의 영원한 비밀은 이제
생명의 번갯불 찬란하고
우레雨雷 —— 천동天動치고 지동地動치며
약동하는 생명의 꽃불 찬란하고 휘황한 가운데
원자핵과 더불어 터지는 기적을 보리라!
이윽고
영원한 새 생명의 아침을 장엄하고 눈부시게 칠색 영롱한 창공에 걸린 무지개의 아아취*를 보리라!

『새벽』, 1954.9(영인본 681쪽)

* '아아취' : 아치(arch)로 추정된다.

우리 민족의 운명과 예술

이천 년 전——
이스라엘 백성은
종교의 천재시인 예수
목이 메이도록 피리 불어도
귀 기울이지 않고 춤추지 않았거니
우리 백성은
목동 초부樵夫가 부는 풀피리 소리만 들어도
남녀노유 빈부귀천 헤아릴 사이도 없이 제멋에
제절로 솟아오르는 어깨춤 엉덩춤 장단가락 맞추어
호응하는
아름다운 본능과 습성이 있어

우리는 예술을 행동하는 생리와
제멋에 겨워서 축 늘어진 능수버들
바람만 보아도 어깨춤 절로 나는 생리를 가진——
우리는 유구한 예술의 역사에 빛나는 배달민족
화랑의 후예

만화방창萬花芳暢 삼춘三春 가절佳節이며

녹음방초綠陰芳草 승화시勝花時는 말해 무얼하리요,
어느덧 서리 내리고 낙엽 져 만월황량滿月荒涼——
숙조肅條 적막한 깊은 가을에도——
눈 내려 쌓이고 삭풍 거칠은 엄동설한에도 노래 부르고
춤추는 습성과 전통을 게을리 하지 않게라
인생은 짧고 예술은 길어
예술의 멋이 생명보다 소중함이여—
우리는 유구한 예술의 역사에 빛나는
배달민족 화랑의 후예

우리는 기쁘고 반가우며 즐거웁고 좋은 때만
춤추고 노래 부르는 백성이어니
우리는 서글프고 쉶고 괴롭고 아픈 때에도 노래
부르고 춤추어 이기고 조화調和하는 백성
허물어진 폐허에서 노래 부르고
무덤 위에서 춤출 수 있는 백성

울 때에도 장단가락 붙여서 울고
피 흘려 싸울 때도 노래 춤 잊지 않고
춤과 노래로 만사輓詞에 발맞추어
친구 죽음의 마지막 길을 애도함이여
우리는 예술에 투철한 백성
무한한 예술의 멋과 신神에 철저한 백성

인생은 짧고 예술은 길고
인간은 유한하고 예술은 무한하고—

우리는 유구한 예술의 산 역사에 빛나는
화랑도 정신의 영광스럽고 줄기찬 계승자—

춤과 노래는 본래 우리의 것
일체 예술은 우리의 것
일체 예술은 누구의 것이라도 그것은
우리의 것
문학, 예술, 음악, 무용, 연극, 영화…… 일체 예술문화—
그것은 우리의 것
우리의 예술은 시대를 초월하여 세계로 통하고
인류로 통하는 영원한 예술—
우리는 예술을 호흡하고 예술을 살고 예술에 죽고 다시 살아날 예술과 더불어 운명을 같이하는 백성—
우리 예술의 특징과 생명은 선과 곡선에 있나니
선과 곡선은—— 예술의 생명선
우리 민족예술의 생명선
우리 민족생활의 생명선
선과 곡선은——
우리 민족정신과 운명과 역사의 생명선
우리 조국 삼천리강토 산하대지山河大地의 생명선

우리 국토——
자연 조화의 삼라만상 속에 그 위에 물결치는 영원한
선과 곡선의 흐름을 보아
우리 겨레의 일체 창조와 생산과 소산과 제작 위에
그 속에 맥맥脈脈이 흐르는 신비한 선과 곡선의 무한한
생명과 미와 멋과 맛을 보라

선과 곡선은——
우리 겨레의 혈관과 혈맥과 오장육부와 구곡간장九曲肝臟 속에 어리고 서리어 움직여 돌아가는
우리 겨레의 희로애락과 한恨과 멋은 끝없는
곡선으로 물결쳐 흐르고
우리 민족 예술의 생명은 끝없이 무한한 선과 곡선의 곤곤 용출하는 샘꼬와 바다에 발원發源하고 발상發祥하여 끝없이 무한한 선과 곡선의 심포니의 바다로 행하여 영원히 물결치며 흐름이여

우리들은——
우리 민족 생명의 본연 본능의 특징이요 미美요 진眞인 무진장無盡藏의 선과 곡선의 영원한 유동 속에 동서를 조화하고
고금을 관통하고 내재한 초월한
영원히 새로운 제삼第三 예술
세계를 창조하고 개척 발전할 사명과 운명을 짊어진 백성——
영원불멸의 선과 곡선의 예술의 생명선으로 세계를 미화하고 광피光被하고 인류에게 새로운 생명과 광명光命과 사랑과 평화와 복음을 재래齋來할 백

성이어니

오— 거룩한 우리 민족 예술 창조 의욕의 역사적 새 발족에 영광 있으라.

『신태양』, 1954.9(영인본 679쪽)

환상幻像

분명코 글라디올라스이었는데
글라디올라스는 홀연 간 곳 없고
오마!

언니!
언니!

어느덧 십 년의 세월이 흘러간
그윽하고 향기로운
죽은 언니의 완연한 그 모습 어인 일고——

오마!
글라디올라스!
글라디올라스!

눈을 닦고 다시 본 다음 순간—본연의 풍광!

미의 화신인 양 그림도 잘 하고 또 도취하던 우리 언니!
언니가 세상을 떠나던 바로 직전

꽃 피는 이팔二八 소녀시절의 나
메어질 듯 두근거리는 벅찬 가슴 어루만지며
금방 활짝 펴난 싱싱하고 향기 풍기는
핏빛인 양 새빨간 글라디올라스 한 가지[一枝]
조심조심 손에 들고——
오랜 동안 병들어 누워 있는
병실 문을 정숙히 밀고 들었으며
약한 신경 놀랄세라
말없이 가만히 서 있는 순간

그윽이 다가오는 엄한 죽음의 발자욱 소리에 귀를 기울인 듯
쌀쌀한 흰 침대 위에 죽음같이 고요히 누운 채
창백히 여윈 고운 얼굴에
차차로 물들어 올라 홍조 띠우며
글라디올라스와 나 번갈아 응시하며
갓난아기의 첫 웃음과도 같은 알 수 없는 그윽한
그러나 교교交交한 만감萬感이 미소 띠우다가
어느덧 죽음의 그늘 어린 울음과도 같은 표정으로 변하며

늦여름 밤
풀잎에 맺힌 진주알 같은 흰 이슬방울
달빛 머금고 구을러 떨어지듯
힘없이 빛나는 검푸른 눈에 맺힌
난데없는 하얀 눈물방울

어느덧 홍조 띠운 여윈 뺨을 구을러
흰 베개 위에 떨어지던
그 모습!
그 얼굴!
그 표정!
오— 그 표정!

그 때와도 같은 중복中伏 허리
찌는 듯이 무더운 칠월 하늘
오후의 한나절 지금 이 순간——
정적한 나의 서재— 책상 위에
아담한 이조백자— 흰 화병에 고이 핀 한 떨기 새빨간 글라디올라스 위에
그 속에 그 밖에 바로 그때 그 모습! 그 얼굴! 그 표정! 오— 그 표정!
꿈인 듯 기적인 양 어린고여!

갑자기 패연沛然히 쏟아지는 소낙비 소리에
서재 창문 활짝 열어젖히니
비에 젖은 일진一陣 양풍凉風은
글라디올라스 빛깔과도 같이
알 수 없는 꿈과 놀라움과 안타까움과 홍분에
홍조 띠운 나의 얼굴을 스쳐 가노메라

—서울 명동 '모나리자' 다방에서 유리 창문을 두드리는 요란한 소낙비 소리를 들으며 차를 마시며 한 모퉁이에 있는 화대花臺 위에 놓인 고려청자—푸른 화병에 움직일 듯 생생히 활짝 피어 향기로운 새빨간 글라디올라스를 바라보면서 나의 비장秘藏 제자인 철학도 송숙宋琡 군이 추억하는 애화哀話를 듣고서—

갑오년 7월 19일

『현대공론』, 1954.9(영인본 682쪽)

대추나무

적멸궁寂滅宮인 양
태고 정적이 깃들인
원院 앞뜰 마당 한복판에
창공을 꿰뚫고 우뚝 솟아 있는
무성한 대추나무 한 그루——.

번창한 가지마다
자연의 염주알인 양
주렁주렁 맺힌
푸른 대추 알맹이들….

날마다 깊어만 가는
가을바람 속에
핏빛처럼 붉게 물들어 익어가거니…

대추알들은
자연의 정액의 결정結晶—
가을을 빚어내는 혈액의 핵

뭇 결실을 익히고야 말리라는 듯이
숭엄하게 쪼이는 한없이 그윽하고
거룩하고 다사롭고 따가운 가을햇살의
빛나는 정열과
속 모르게 신비한 밤의 정기와
드높은 가을밤 하늘에
진주알인 양 총총들이 들어박혀
하늘을 잡아 흔들면
우수수 구을러 쏟아질 듯
수없이 반짝이는 별들과
활살자재活殺自在하고 조화무궁造化無窮한
가을바람의 애무가 죽도록 그리웠어라.

그러기에—
사랑에 주리고 목말라
차츰 영글어가는 귀뚜라미 소리 영롱하고
달빛 머금은 이슬방울 찬란한 가운데
가을바람과 더불어
무슨 영겁의 밀약이나 있는 듯
그 무슨 귓속이나 한 듯이
각각으로 짙어가는 가을바람 속에
붉게 물들어 익어가거니….

이 대추를 열매 맺으려

가을은 이 땅을 찾아오고
이 열매는 가을을 익히기 위하여
그 빛이 짙어가는 것이어니….

그야말로 핏빛으로 대추알들이
새빨갛게 무르익거들랑
그 육신과 아울러
그 정신- 그 정념-.

저 대추나무만이 아는
대자연의 그 속 모를
정精과 색色과
정靜과 동動과
진眞과 미美
비秘와 성聖을……
여지없이
내 만끽하리 만끽하리—.

(갑오 9월 14일
어서울於瑞蔚 · 중앙선원中央禪院)

『동아일보』, 1954.10.4(영인본 684쪽)

근조謹弔 삼청三淸 변영만卞榮晩 선생

하늘이 뜻 있어
삼청 선생을——
이 땅 이 조국——우리들 가운데 보내사

그의 고결한 인격과 고고한 지조의 생애를 통하여
측량할 수 없는 무진장의 심오한 진리와 섭리와
교훈을 계시하사
우리들에게 선사하시고

그 뜻깊고 거룩한 사명을 다하시고
다시 부르실 새
한 마디의 군소리도 없이 묵묵히 태연히
하늘의 지상명령에 순종하사

바람같이 가시다
구름같이 가시다
번개같이 가시다
꿈결같이 가시다

오— 창천蒼天이여

오— 창천이여

(갑오년甲午年 12월 24일 영결의 날)

『서울신문』, 1954.12.27(영인본 685쪽)

소나무

새해의 노래

한 그루 소나무에
하얗게 눈이 내렸습니다.

하얀 눈을 이고도 오히려
만장한 기개에 사는 나무여!

파란 겨울 하늘이
잎새마다 비끼고,

바람은 하잔히
하얀 눈벌을 스쳐갑니다.

모든 벗들이 깊은 잠을 자고 있을 때
홀로 깨어서 총명한 눈을 하는 소나무

소나무 가지와 잎에서 풍기는
먼 역사의 훈향!

어진 선비와 뭇 충신들의*

입김과 뜻이 여기 있나 봅니다.*

소나무

한 그루 겨울 아침의 소나무에!**

『학원』, 1955.1(영인본 686쪽)

---

* 발표 당시 원문에는 "어진 선비와 뭇 충신/들의"로 행이 나누어져 있으나, 삽화와 글씨가 겹치지 않도록 하기 위한 조치였다고 보고 여기에서는 한 행으로 표기하였다.
* 발표 당시 원문에는 "입김과 뜻이 여기 있/나 봅니다."로 행이 나누어져 있으나, 위와 동일한 사유로 한 행으로 표기하였다.

** 발표 당시 원문에는 "한 그루 겨울 아침의 소나/무에!"로 행이 나누어져 있으나, 위와 동일한 사유로 한 행으로 표기하였다.

입춘

세상은 거꾸로 가도
봄은 바로 왔나 보다.

염불하듯 염송念誦하고
넋두리하듯 고대苦待하던
봄은
드디어 오고야 말았는데,

너 자신의 봄은
어찌 되었기에

야릇하게 떠는 듯한
따사로운 햇볕살은
만화방창萬化方暢할 봄소식의
입김인 양 아롱지는데,

너는 왜
노상 이맛살을 찌푸린 채
펼 줄을 모르는지…….

『동아일보』, 1955.2.13(영인본 687쪽)

기미송가己未頌歌

독립을 찾아 흘린 피
강산을 물들이고
겨레의 신음소리 대지에 가득 차 갈 때
오! 기미己未 독립의 만세 소리 천지를 진동하였으니
이날의 기억—
오늘에 새로워라.

악귀보다 더한 학대와
인간으로서 차마 못할
갖은 만행 다하며
제국주의자들은 날뛰었거니

그러나 겨레의 의지와 민족혼은 영겁에 살아 있어
놈들의 총탄을 무찌르고
이 민족 이 백성은
독립의 문 앞에 달려 나갔느니라.

남자도 여자도
어린이도 늙은이도

모두가 독립과 자유의 기旗 앞세우고
피로 물들인
그날의 위대한 역사여!
망각할 수 없는
그날의 전통과 자랑,
이날—
이 겨레 이 백성의 얼에 되살아
대우주의 공간 속에 용솟음치거니

오! 기미의 회상이여
너의 불붙는 열정 속에
우리들의 넋은
경건한 축도祝禱를 드릴지니
이날의 맹약盟約 천추千秋에 이어
백의민족의 유구한 승리를 이룩하리라

『한국일보』, 1955.3.1(영인본 688쪽)

돌맞이의 독백

첫 돌맞이하는 어린이를 위한 하나의 대변

오늘은
나의 돌맞이 하는 날

머리는 하늘을 이고
발은 대지를 딛고
두 팔 활짝 벌려
하늘과 땅 사이 두려울 것 없이
버젓하고 힘찬 입체로
우뚝 서는 날——

엄마의 태궁胎宮——
유암幽暗의 열 달의 세월——
형성과 생장의
비밀의 투쟁을 거쳐
으앗 소리 지르며
땅 위에 구을러 떨어져
태양의 빛을 본
황홀한 삼백 육십 일

우리 인간 조상이
만유의 영장
만사의 도령導領
천지 주인공으로서
우주를 제패하고 활살活殺하는
처음이자 마지막인
승리자로서의
영관榮冠을 전취戰取한 동기動機는 실實로
대지를 입체로 딛고 선
놀랍고 장엄한 역사적 계기와
그 순간에 있었거니

누워서 천정만 바라보다
몸을 뒤쳐 엎드려 보다
밀어보다 기어보다
다시 뒤쳐보다 엎어보다
엄마 손에 이끌려 보다
벽을 잡고 벽壁도리 하여 보다

천신만고 이제 겨우
비장하게도 저 혼자 손 떼우고
따로 서 보는 날
그리고 한 걸음 두 걸음 내딛어
걸어 보는 날――

오늘은
나의 돌잡히는 날
평면에서 입체로
천지 사이에 엄연히
독립해 서는 날!

인류의 새로운 역사 창조의
대행진의 계열에 보조步調 맞추어
첫 발걸음 내어딛는 날——

태고적적太古寂寂 까마득한
그 광겁曠劫의 옛날
우리 조상이 오늘 나와 똑같이
하늘과 땅 사이 그 중심에
기적같이 두 발로 우뚝 서던 날

그날 그 순간
천지는 진동하고
산천초목도 나부껴 떨고
비금飛禽도 주수走獸도 발길을 멈추고
땅 위에 기어 움직이는 벌레들도
놀라 움츠러들고
백수百獸의 왕인 사자도 호랑이도
숨을 끊고 떨었거니——

천태만상*의 눈 가진 존재는
모두 경악한 가운데
눈과 눈을 부릅뜨고
눈과 눈 모아 군호 맞추어가며
속으로 부르짖었거니
천지 중심에 위치를 점한 듯
두 발로 우뚝 선
저— 동포를 보라
저— 사람을 보라!

경악하다 경탄하다 찬탄하다
드디어
그 영광에 빛나는
권위와 존엄 앞에
경건히 머리 숙이고
최대한의 경이와 경외에 가득 찬
환호와 환희에 넘쳐
파도처럼 우림雨霖같이 진동하는
찬송의 대합창을
천지가 무너지라 불렀거니——

인간 동물의 아들딸들이

* 작품이 최초로 발표된 『시작』 1955년 5월호에는 '천태만가(千態萬家)'로 되어 있다. 몇 개월 후 『조선일보』(1955.10.11)에 재발표된 것과 비교해 보았을 때, '천태만상(千態萬象)'의 오식으로 보여 여기에서는 '천태만상'으로 표기한다.

두 발로 대지를 딛고
천지에 우뚝 서서 걷고 움직이는
이 엄숙한 사실은
지구가 움직여 돌아가는
사실보다도 더
엄숙하고 확실한 사실이 아닌가
우리 인류 자신이
유구한 역사의 세월을 계계승승
직접 실천하는 사실이요
진리이기에――

오― 세계와 만유 역사의
행진과정에
크나큰 혁명과 기적과 영광의
눈부신 역사적 순간이여

오늘은
나의 돌맞이 하는 날
천지 중심을 나의 두 발로
힘차게 딛고 우뚝 서는 날
나와 인류의 영원한
입체 창조의 거룩한 첫날!

『시작』, 1955.5; 『조선일보』, 1955.10.11(영인본 689쪽)

그날의 회상

자나 깨나 잊지 못할
그 원한의 날이
다시 돌아왔다.

천지에 포성砲聲이 진동하고
무참히 쓰러진 겨레들의 시체
아 검은 연기는 하늘에 나부껴
수난의 날은 기어이 열리었거니
오천 년의 역사에 피어난 문화와 전통
민족의 넋은 낙화처럼 찬연히 져 가다.

아 걷잡을 수 없는 불안과 공포에 싸여
우리들 들과 산과 지하를 헤매던 날이여

그 어디로 가나
살육과 형틀과 납치만이 정의에 대신하여
어진 의지와 뜻
민족의 귀한 생명과 혼을 꺾던 붉은 마수,
침략자들의 검은 손이 다시 보인다.

어찌 만대萬代에 고하여
그 슬픔 그 원한 다 아뢸 수가 있으랴.

아득히 인류의 영계靈界를 넘어
하늘에 솟구치던 우리들의 분노가
조물주의 그윽한 포옹 속에
황홀히 눈물짓던 다섯 해 전에 그날
아 쓰라린 그날의 회상이
지금 나의 노쇠한 안막眼膜을 흐리게 하노라.

『한국일보』, 1955.6.25(영인본 690쪽)

나*

나는 나요
너는 너다.

나는 나 아닌 나
너는 너 아닌 너

나는 너요
너는 나다.

나는 일촌一寸의 여백이다.

나는 생生한다
그러나 나는
생生을 삼투滲透하고 관철貫徹하고
그리고 그밖에 일보一步 전진한다.

---

* 이 시는 설령학인(雪嶺學人), 「행운유수(行雲流水)의 공초 오상순」, 『희망』, 1955.7에서 전문(全文) 직접 인용된 것을 통해 발견하였다. 설령학인의 글에 초출서지가 밝혀져 있지 않아 시의 첫 발표지면은 현재 미상이며, 발표 시기는 적어도 1955년 7월 이전이므로 우선 1955년 7월 발표작으로 간주하여 본문 수록 순서를 정하였다.

나는 노老한다.
그러나 나는
노老를 삼투하고 관철하고,
그리고 그밖에 일보 전진한다.

나는 병病한다
그러나 나는
병病을 삼투하고 관철하고
그리고 그밖에 일보 전진한다.

나는 사死한다.
그러나 나는
사死를 삼투하고 관철하고
그리고 그밖에 일보 전진한다.

나는 시간이다.
그러나 나는
시간을 삼투하고 관철하고
그리고 그밖에 일보 전진한다.

나는 공간이다.
그러나 나는
공간을 삼투하고 관철하고
그리고 그밖에 일보 전진한다.

나는 수數다.
그러나 나는
수數를 삼투하고 관철하고
그리고 그밖에 일보 전진한다.

나는 일체一切다.
그러나 나는
일체一切를 삼투하고 관철하고
그리고 그밖에 일보 전진한다.

나는 무無다.
그러나 나는
무無를 삼투하고 관철하고
그리고 그밖에 일보 전진한다.

나는 일촌一寸의 여백이다.
나의 일촌의 여백은
나와 생生과 사死와 유有와 무無의 자궁이요 모태요.
무궁한 생명의 파도가 넘실거리는 끝없는 검푸른 바다——
그리고 생生과 사死와 유有와 무無가 처음이요 마지막 숨 쉬는 구원久遠의 무덤이요 적멸궁이다.

발표지 미상, 1955.7 이전 발표 추정(영인본 691쪽)

8월의 노래

천추에 사무치는 원한
뼈를 깎는 설움에서 벗어나
우리 겨레 해방을 맞던 달 8월이여!

모든 행복과 희망이 구름처럼 밀려와
도시 황홀함을 견디기 어렵던 그 날이여!
그 날의 화려한 노래 어디 가고
우리들의 신음 소리 이처럼 암담하느뇨.

그러나 8월의 하늘엔
작열하는 태양이 있어
나부끼는 깃발 속에 민족의 함성 일어오거니

이 감격 이 추억을
길이길이 간직하고
우리들——
대한의 내일을 빛내 가리라.

『학원』, 1955.8(영인본 692쪽)

청춘개화青春開花

광복이로다— 해방이로다—
나는 목이 터지도록 만세를 불렀노라—
울음이 터지고
목이 메이고
내—살아서 광복을 맞이하고 해방된 천지에서 발을 구르며 하늘을 우러러 만세를 부르다니
이 어찌 울지 않고 견딜 수 있으리요—
사나운 이리인 양 성난 파도인 양
거리에서 나는 만세를 외쳤노라

허무혼虛無魂의 선언 속에 내 청춘은 영영 가는가 했더니
8·15 광복으로 나의 청춘은 다시 개화되었노라—
청춘은 연륜에서가 아니요 정신에서 사는 것이어니
내 나이 육십이 넘었으되 정신은 영원한 청춘이로다
이는 오로지 조국의 광복에서 청춘이 꽃핀 것이니—
어찌 늙었다 해서 청춘이 떠나갔다 하랴—
우리 모두 짓밟혔던 청춘을 찾았고 다시 청춘의 개화 속에 이미 십 년을 살아 왔노라—

청춘이란 국가와 민족에 있어 희망과 생의 원천이요 혈맥이어니

조국 광복은 우리에게 청춘의 재생과 개화를 주었노라—

오늘도 내 가슴속엔 천지를 진동턴 8·15 그날의 만세 소리가 우렁차고

육십 넘은 나의 노도정老道程 앞에 정신의 청춘이 항상 슬기롭게 개화된 향기를 올리는도다.

『평화신문』, 1955.8.15(영인본 693쪽)

새날이 밝았네

새날이 밝았네!
이 나라 강산에 새날 아침이 밝았네.

아이들아 어서 오너라 새날 아침에
둥근 가슴을 벌려서 아침 해를 껴안자.

우렁찬 걸음걸이 모두가 기뻐서
때때옷 입은 몸에 햇살도 찬란타.

원숭이는 우리들의 즐거운 동무
언제 어디서나 재롱을 부려서
남이와 순이를 놀리고

오색 어여쁜 빛깔이 새 아침에 빛날 때
엄마나 누나의 얼굴에도 웃음이 피네.

아이들아 새날이 밝았네—
북을 치라 춤을 추라! 동해바다 채우며 아침 해가 오른다.

『한국일보』, 1956.1.1(영인본 694쪽)

영원회전의 원리
계절의 독백

봄이 온다
봄이 와——
순간이자 영원한
생명의 봄이 온다
뭇 생명이 분수처럼
솟구쳐 샘솟는
봄이 온다

봄이 오면
여름 오고

여름이 오면
가을 오고

가을이 오면
겨울 오고

겨울이 오면
봄이 오고

봄이 가면
여름 오고

여름이 가면
가을 오고

가을이 가면
겨울 오고

겨울이 가면
봄이 오고

봄은 여름을 배태하고
여름은 가을을 배태하고
가을은 겨울을 배태하고
겨울은 또 봄을 배태하고

봄은 봄대로
여름은 여름대로
가을은 가을대로
겨울은 겨울대로
일맥상통——
봄 여름 가을 겨울이
돌고 돌아

오고 가고
가고 오고
오가는 사이에

사사물물事事物物
모든 것이
변變하고 화化하고
화化하고 변變하고
옮겨지고 움직이고
움직이고 옮겨진다

하늘도 돌고
땅도 돌고
하늘과 땅 사이
온갖 것이 다 돌아

해도 돌고 달도 돌고
별도 돌고 꽃도 돌고

들도 돌고 산도 돌고
강도 돌고 바다도 돌고

먼지도 돌고 돌도 돌고
물도 돌고 불도 돌고

피도 돌고 숨도 돌고
평면도 돌고 입체도 돌고

인간도 돌고 벌레도 돌고
짐승도 돌고 새도 돌고

암놈도 돌고 수놈도 돌고
어린이도 돌고 어른도 돌고

음陰도 돌고 양陽도 돌고
태극太極도 돌고 무극無極도 돌고

물체도 돌고 물질도 돌고
원자原子도 돌고 무無도 돌고

무無가 도니 유有도 돌고
유有가 도니 무無도 돈다

안이 도니 밖도 돌고
속이 도니 겉도 돌고

위가 돌고 아래 도니
중간인들 안 돌손가

나도 돌고 너도 돌고
그도 돌고 저도 돌고

현상現象도 돌고 본체도 돌고
순간도 돌고 영원도 돈다

잘도 돈다

고추 먹고 맴맴
담배 먹고 맴맴

잘도 돈다
골치가 아프다

이 유구한 세월——
자연추이의 선율 속에
만유—는
영榮하고 고枯하고 융隆하고 체替하고
체替하고 융隆하고 고枯하고 영榮하고

중생—은
흥興하고 망亡하고 성盛하고 쇠衰하고
쇠衰하고 성盛하고 망亡하고 흥興한다

인생은

생生하고 노老하고 병病하고 사死하고

사死에서 또다시

생生 — 하고 노老하고 병病하고 사死하고

우주 — 는

성成하고 주住하고 괴壞하고 공空하고

공空에서 또다시

성成하고 주住하고 괴壞하고 공空한다

이 어마어마한

대자연의 추이 · 유동과

영원 질서의 '심포니 · 하모니' 속에

영겁에서 영겁으로 유유히

생멸유전生滅流轉하며 유희삼매遊戱三昧에 도취하여

자기 자체도 자기 자신을 어찌할 수 없이

자유자재하고 순역자재順逆自在하며 조화무궁한 —— .

보라!

이 불생불멸不生不滅 ——

절대비경絶對秘境의 소식의 심연인

끔찍하고 엄청난 '운명'의 꼴을!

오 — 그리고

이 '운명'은 곧 '너' '자신'인저——

오—
'너' 두렵고 엄숙한
불멸의 질서 법칙의 화신이여
항구불변하며 순환 무상한
계절의 생리여

색공일여色空一如—— 생사여래生死如來
유무상통有無相通하며 무한 샘솟는
영원청춘의 상징이여 본존本尊이여

『조선일보』, 1956.5.3(영인본 695쪽)

저무는 병신년丙申年

다사로운 한 해…………
번거로운 한 해…………
병신년이 저문다
무엇을 뉘우침이뇨
하늘의 별빛도, 어지러이
도회의 밤이 소란하여라
나의 사랑
그리운 사색의 실마리여

어두운 방안에 촛불을 밝히고
성모마리아 상 역겨워
시서詩書를 펼쳐든 손이 시름겹구나.

병신년은 어지러운 해였다
아니 시련에 찬 한 해였다
기꺼운 해였다
슬픔과 기쁨이 한데 얽힌 한 해였다.

『아리랑』, 1956.12(영인본 696쪽)

녹원鹿苑의 여명

서라벌에 눈이 내린다.
사슴들이 언덕을 오른다.

서라벌의 마지막 밤은 깊어
일체를 정화하는
봉덕사의 종소리…….

석굴암에 거룩히 서리는
대불의 숨결은
아직 이마에 찬데

찬란히 터 오는
동해의 새벽 언덕에 서서
조용히 손을 모으는
아아 새로운 목숨들이여

서라벌에 봄을 밴 눈이 쌓인다.
사슴들이 언덕을 오른다.

『녹원』, 1957.2(영인본 697쪽)

식목일에

겨레의 반성과 참회를 위하여

햇병아리 솜털처럼 향기롭고
부드러운 봄바람은
우리들의 피부를 스쳐 한공汗孔 스며들어
심장을 건드리고………

저 아득한 동방에서 꽃수레를 몰아 조수潮水처럼 밀려드는
봄의 정령——
봄 여신의 그윽한 발자욱 소리 소리
감돌아 요란한데
정든 옛 고향 근역槿域 삼천리
숭고한 장백산맥長白山脈의 물결치는 흐름과 함께
망망무제茫茫無際한 삼림의 바다
굽이쳐 돌아가던
이 강산 이 국토

해방 십 년 뜻밖에도
무지한 주인공들의 무자비한
난벌亂伐 도벌盜伐의 죄악은
어느덧 일망무제一望無際 황량 황폐를 거듭

백 년 이내에 사막을 암시하고 조종弔鐘을 울리며
시시각각 허물어져만 가는 자토赭土 암창暗滄하고 참혹한
이 강산 이 국토

옛날만 여겨
이 강산 이 국토에
기화요초奇花瑤草 만발코저
총총히 달려온
봄의 정령
봄의 여신
발 붙여 부접付接할 곳 바이없고
그 입김 불어넣고
그 맥박 통하여
그 신비한 마술의 멋 깃들어 부릴 곳 바이없어
대경실색大驚失色 기막히고 맥 풀려
북받쳐 오르는 가슴 어루만지며
어이할 도리 없어
긴 한숨과 함께
꽃수레 되몰아
무색無色히 되돌아서는 처절한
그 뒷모습이여

오—— 지나간 날의 꿈같이 화려하고 영예롭던 삼신산三神山——
이 강산 이 국토

금수강산의 끊임없는 잔인한 비극이여

『불교세계』 1, 1957.4.20(영인본 698쪽)

불나비

불나비!

사랑의 불속에 뛰어들어
자기야 있고 없고

불나비!

생명의 불속에 날러들어
목숨이야 있고 없고

불나비!

비밀의 불속에 달겨들어
목숨과 죽음을 넘어
그 '무엇'에 부닥치려는
무서운 몸부림이여

너

MEHR LICHT!* 에의 일편단심
그 생리의 실천자

너
영원히 처절하고 비장한
'프로메테우스'의 후예여 화신化身이여

깊은 밤빛같이 깜고
좁쌀알같이 작은
고 얄미운 눈동자

오직
불과 빛을 향해서만 마련되었기에
살아서 깜빡이는 순간이 없고
죽어서 눈 감지 못하는 숙명이여

불도 오히려 서늘한 듯
무서운 너 정열의 불꽃이여

단지
빛을 위하여 나고
빛을 위하여 살고

---

* 독일어로 '빛을 더!'라는 의미이다.

빛을 위하여 죽는—

한없이 비장하고 찬란하고
거룩한 너 운명의 조화여

생명보다 죽음보다
삶보다 사랑보다

오직 불과 빛
타오르는 불빛을—

불빛 속에 침투되어 무한히 감추어진
생명과 죽음을 빼앗고도 남음이 있을—
그 속 모를 불빛의 신비의 심연 속에
마구 뛰어들어 날러들어
부닥쳐 몰입하려는 너 뼈저리게 안타까운—

꽃가루인 양 향기롭고 보드럽고
꽃 이파리마냥 고운 나래의 기적이여

불 속에 몇 번이고 거듭거듭 덤벼들어
그 나래가 타고 알몸이 타고 기진맥진
땅바닥에 굴러 떨어져 소리 없는 신음 속에

고 작은 가슴팍 팔닥거리며
기식氣息은 암암唵唵해도
불 속에 불붙는 영원한 향수鄕愁여

『자유문학』, 1958.11(영인본 700쪽)

꿈

꿈이로다 꿈이로다
모두가 다 꿈이로다

너도나도 꿈속이요
이·저것이 꿈이로다

꿈 깨이니 또 꿈이요
깨인 꿈도 꿈이로다

꿈에 나서 꿈에 살고
꿈에 죽어 가는 인생

부질없다 깨려는 꿈
꿈은 깨어 무엇하리

『현대불교』 1, 1959.12(영인본 702쪽)

한 방울의 물

풀끝에 맺힌
한 방울 이슬에
해와 달이 깃들고.

끊임없는
낙숫물 한 방울이
주춧돌을 패어 구멍을 뚫고.

한 방울의 물이
샘이 되고
샘이 흘러
시내를 이루고.

시냇물이 합쳐
강이 되고
강물이 합쳐
바다를 이루나니

오! 한 방울 물의

신비한 조화調和여
무한한 매력.
단합의 위력이여

우주 영원한 흐름이
크낙한 너 발자취로 하여
더욱 난만爛漫한 진리의 꽃은
피는 것인가.

『예술원보』 6, 1961.6(영인본 703쪽)

희망과 승리에의 새 아침

임인년壬寅年의 새 아침에 부쳐

보라.
동방의 찬란한 새 아침,
너의 늠름한 어깨 너머로
아. 희망에 넘친 승리에의 저 원광圓光을………

회오리치는 용솟음이여.
그것은 너, 힘찬 진군進軍.
이 작렬하는 눈부심 속에는
원한의 피의 땅과
그 창공을
뚫고 가는
저 북쪽 피밭을
뚫고 가는
너 보라매 눈초리와
눈물겨운 옛이야기가 펄럭인다.

아. 다시는 피의 산하山河로 화化하지
말아야 할
그 어떤 이유도 봉쇄해야 할………

우리 슬픈
북창北窓의 소식이여
그 안타까운 메아리여.

다시 한번 밝아 오는
이 새 아침에,
너여,
한없이 푸르른 희망의 너여.
저 붐비는 승리의 깃발을 보는가.

두 어깨로 잇닿은
너와 나와의 끝없는 하늘,
그 하늘에 수없이 번져 가는
결의의 프로펠러,
프로펠러의,
아. 장엄한 진동이여.
너와 나와의 영원한 외침이여.

동방의 찬란한 새 아침,
너와 나와의 어깨 너머로 내다보이는
평화의 하늘에 원무圓舞하는 비둘기 떼를
보라.

이것은 하늘을 찌르는

너와 나의 몽매간夢寐間에
불러 보고 싶던
아. 동방의 새 아침.

한없이, 한없이 부르고픈
우렁찬 너 노래의 아우성!
그 우람함이여!

『미사일』, 1962.1(영인본 704쪽)

아세아의 여명

아시아의 밤
오, 아시아의 밤!
말없이 묵묵한 아시아의 밤의 허공과도 같은 속 모를 어둠이여
제왕의 관곽棺槨의 칠漆빛보다도 검고
폐허의 제단에 엎드려 경건히 머리 숙여
기도드리는 백의白衣의 처녀들의 흐느끼는
그 어깨와 등 위에 물결쳐 흐르는
머리털의 빛깔보다도 짙으게 검은
아시아의 밤
오, 아시아의 밤의 속 모를
어둠의 깊이여

아시아의 땅!
오, 아시아의 땅!
몇 번이고 영혼의 태양이 뜨고 몰沒한 이 땅
찬란한 문화의 꽃이 피고 진 이 땅
역사의 추축樞軸을 잡아 돌리던
주인공들의 수많은 시체가
이 땅 밑에 누워 있음이여

오, 그러나
이제 이단과 사탄에게 침해되고
유린된 세기말의 아시아의 땅
살육의 피로 물들인
끔찍한 아시아의 바다 빛이여

아시아의 사나이들의 힘찬 고환은
요귀妖鬼의 어금니에 걸리고
아시아의 처녀들의 신성한 유방은
독사의 이빨에 내맡겨졌어라
오── 아시아의 비극의 밤이여
오── 아시아의 비극의 밤은
길기도 함이여

하늘은 한없이 높고 땅은 두텁고
융륭隆隆한 산악 울창한 삼림
바다는 깊고 호수는 푸르르고
들은 열리고 사막은 끝없고
태양은 유달리 빛나고

산에는 산의 보물
바다에는 바다의 보물
유풍裕豊하고 향기로운 땅의 보물
무궁무진한 아시아의 천혜天惠!

만고의 비밀과 경이와 기적과 신비와
도취와 명상과 침묵의 구현체具顯體인
아시아!
철학미답哲學未踏의 비경秘境
돈오미도頓悟未到의 성지 대大아시아!

독주毒酒와 아편과 미美와 선禪과
무궁한 자존과 무한한 오욕
축복과 저주와 상반相伴한
기나긴 아시아의 업業이여

끝없는 준순逡巡과 미몽迷夢과 도회韜晦와
회의와 고민의 상암常闇이여
오, 아시아의 운명의 밤이여

이제 우리들은 부르노니
새벽을!
이제 우리들은 외치노니
우레를!
이제 우리들은 비노니
이 밤을 분쇄할 벽력을!

오, 기나긴 신음의 병상!
몽마夢魔에 눌렸던 아시아의 사자는

지금 잠 깨고
유폐되었던 땅 밑의 태양은 움직인다
오, 태양이 움직인다
오, 먼동이 터온다

미신과 마술과 명상과 도취와 향락과
탐닉耽溺에 준동蠢動하는 그대들이여
이제 그대들의 미녀를 목 베이고
독주의 잔을 땅에 쳐부수고
아편대를 꺾어 버리고
선상禪床을 박차고 일어서라
자업자득하고 자승자박自繩自縛한
계박繫縛의 쇠사슬을 끊고
유폐의 땅 밑에서 일어서 나오라

이제 여명의 서광은 서린다
지평선 저쪽에
힘차게 붉은 조광朝光은
아시아의 하늘에 거룩하게 비추어
오, 새 세기의 동이 튼다
아시아의 밤이 동튼다

오, 웅혼雄渾하고 장엄하고 영원한
아시아의 길이

끝없이 높고 깊으고 멀고 길고
아름다운 동방의 길이
다시 우리들을 부른다.

『예술원보』 8, 1962.6(영인본 708쪽)

단합의 결실

화발다풍우花發多風雨라

꽃이 피려니 비바람이 많도다

지나간 몇 해 동안의 음산하고 신산하고 험상궂던 불가佛家의 풍운은

드디어 운권청천雲捲靑天!

이 역사적인 무한 뜻 깊고 엄숙한 오늘 이 자리를 마련하고 백화난만百花爛漫

다투어 향기를 토하고 꽃 피어 만발케 하였네

유구한 역사는 유유히 벅차게 굽이쳐 흐른다.

풀끝에 맺힌

한 방울 이슬에

해와 달이 깃들고

끊임없는

낙숫물 한 방울이

주춧돌을 패어 구멍을 뚫고

한 방울의 물이

샘이 되고

샘이 흘러

시내를 이루고

시냇물이 합쳐
바다를 이루나니

오— 한 방울 물의
신비한 조화여
무한한 매력

단합의 위력이여

우주 영원한 흐름이
크낙한 너 발자취로 하여
더욱 난만爛漫한 진리의 꽃은
피는 것인가.

발표지 미상, 1962*(본문은 『공초 오상순 시선』, 자유문화사, 1963 참조)(영인본 705쪽)

* 발표연도는 정공채 편 연보 참조. 다만 향후 이 작품의 발표지면과 발표날짜를 추적할 때, 이 작품이 「한 방울의 물」과 이본관계에 있음을 고려해야 할 것이다.

새 하늘이 열리는 소리

낙엽을 밟으며
거리를 가도
서럽잖은 눈망울은
사슴을 닮고……

높은 하늘 속
날개 펴고 훠얼 훠얼
날으고 싶은
맑은 서정은 구름을 닮아라.

바람을 타지 않는
어린 갈대들……

물결이 거슬러 흘러도
매운 연기가 억수로 휩쓸어도
미움을 모르는 가슴은
산을 닮았다
바다를 닮았다
하늘을 닮았다.

....

이 밤
생각에 지치고
외로움에 지치고
슬픔에 지치고
사랑에 지치고

그리고
삶에 지친
모든 마음들이 이리로 오면
생각이 트이고
외로움이 걷히고
슬픔이 걷히고
사랑이 열리고

그리고
새 삶의 길이 보이리니
그것은 어쩌면 하늘의 목소리……
오오
이 밤의 향연이여
새 하늘의 열리는 소리여.

발표지 미상, 1962*(『공초 오상순 시선』, 자유문화사, 1963 참조)(영인본 706쪽)

* 발표연도는 정공채(1984)의 연보를 참고함.

아세아의 밤*

달—은 냉정하고, 침묵하고 명상하고, 미소하고, 노래하고, 유화柔和하고, 겸손하고, 애무하고 포옹한다.

여성적이요, 자모격이요, 수동적이요, 수세적이요, 몽환적이고 심령적이다. 따라서 현실에 양보하고 몰아적沒我的이요, 희생적이요, 예술적이요, 정신적이요, 애타적愛他的이요, 평화적이다.

달의 아들과 딸은 시고 떫고, 멋지고, 집지고, 야취野趣 있고, 운치 있고, 아취雅趣 있고, 천진 청초하고, 전아典雅하고, 윤택하고, 공상하고, 회의하고, 반성하고, 사랑하고 생산한다.

일체를 정리하고, 조절하고, 조화하고 영원히 피로를 모른다.

차별상差別相에 고답高踏하고, 혼융渾融하고, 그리고 무無의 바다에 유영遊泳하고 소요逍遙하다.

'아시아'의 미가 전적全的이요, 단적端的이요, 고답적이요, 창고蒼古하고 몽환적임은 '아시아'의 밤의 달빛이 스며 있는 까닭이다. 밤과 달을 머금은 미가 '아시아'의 미다.

태양이 지배하는 나라의 버들이 태양의 열을 받고 그 기운에 끌려 하늘을 꿰뚫듯이 넓은 벌판에 씩씩하게 소리치며 향상하고 엄연히 서 있을 제

---

* 이 작품은 흔히 1922년에 발표된 「아시아의 마지막 밤 풍경」의 뒷부분으로 알려져, 여러 선집 및 전집에서 같은 제목으로 소개돼 왔다. 그러나 1963년 오상순이 타계한 직후 원고가 발굴될 당시의 신문 보도에서는 이 작품의 제목을 「아세아의 밤」으로 소개하고 있다. 표제 옆에는 "(그 제1장의 후반)"이라는 부기가 있다.

수변水邊에 기도드리듯이 머리 숙이고 경건히 서 있는 동방의 버들을 보라.

밤의 정기精氣와 달빛과 이슬의 사랑에 젖어 묵묵히 감사드리며 물의 흐름을 따라 땅으로 땅으로 드리운다.

아세아의 마음—은

일광 밑에 용솟음치는 화려한 분수보다도 밤 어둠 속에 어디서인지 모르게 들릴 듯 말 듯, 그윽이 잔잔히 흐르는 물소리에 귀 기울이기를 즐겨하고, 서리는 향수보다도 물속에 천 년 묵은 침향沈香을 사랑하며— 꽃을 보고 그 아름다운 색에 취하기보다 꽃의 말 없는 말을 들으려 하고 흙의 냄새를 맡고 숨은 정욕을 느끼기보담, 흙의 마음을 만지려 한다.

장엄한 해나 달——그것에보다도 5월 신록의 나뭇잎을 새어 미풍에 고이 흔들려 어른거리며 노니는 땅 위의 일광의 그림자나 월광의 그림자의 춤의 운율과 여운에 그 심장이 놀라며 영혼이 잠 깨는 아세아의 마음—.

낮에 눈뜨기를 게을리 하고 밤에 눈뜨기를 부지런히 하나니 사물의 진상, 마음의 실상— 보는 자 자신을 보기 위함이다.

아세아의 마음—은

태양보다 더 밝은 자를 어둠 속에 찾으려 하며 밑 없는 어둠의 밑을 꿰뚫려 한다.

아시아의 안목—은

태양에 눈부시는 자도 아니요, 어둠에 눈 어둔 자도 아니요, 어둠에 조으는 자도 아니요, 실로 어둠 속에 잠 깨는 자이다.

어둠에 잠들 제 아세아는 타락한다. 지금의 아세아는 어둠에 잠들었다. 어둠의 육체적 고혹蠱惑에 빠져 취생몽사醉生夢死하는 수면 상태이다.

태양보다 더 밝은 자— 밤보다 더 어두운 자는 무엇이며, 그 정체는 무엇이며, 어디 있느냐.

이 — 물음이 실로 아세아의 교양이요, 학문이요, 영원한 숙제요, 과제이다.

'아시아'의 교양은 밤의 교양이요, 밤의 단련이요, 밤 자신의 자기 극복이요, 초극이다.

오 — 밤, 자신의 자기해탈 — 은 무엇이며, 언제 어디서 어떻게 실현되고 실천되느냐 — .

여기에 아세아의 교양의 중심 안목이 있다.

이는 자기가 밤 자신이 되어 자기가 자기 자신에 답할 최후구경最後究竟의 물음이다. 이를 입으로 물을 때 묻는 자의 입은 찢어지고, 이를 마음으로 답할 제 답하는 자의 마음도 부서진다.

여기 아세아의 비극적 기적적 운명이 있다.

그러면 그것이 무엇이냐 —

오! 이 — 무엇이란 무엇을 폭파하라, 그 무엇의 벽력으로 이 문問과 답을 동시에 쳐부수라. 이에 묻는 자는 곧 답하는 그 자이다.

오! 아세아의 비극적 기적 —

그리 아니하려 하되 아니할 수 없고, 이리 아니 되려니 하되 아니 될 수 없음이, 곧 아세아의 어찌할 수 없는 숙명이어니 용감히 대사일번大死一番, 이 영원의 숙명을 사랑하자.

오! 무無의 상징인, 기나긴 몽미夢魔 같은 아세아의 밤이여 사라지라.

오! 유有의 상징인, 아니 무의 상징인 태양아 꺼지라.

아세아의 기적은 깨지고 불가사의의 비부秘符는 찢어진다.

보라 — 이것이 아세아의 밤 풍경의 제1장이다.

(아세아의 밤 — 제1장 종終)

『조선일보』, 1963.9.10(영인본 711쪽)

잡는다, 머물 세월이면

잡는다
머물 세월이면
먼 세월 밉지 않고
올 세월 달가울 것 없어라.

문틈으로
사립을 지키며
간 곳 아들을 기다리는
어진 어버이의 귀를
싱거운 마을개가 어지럽히듯
이 밤이
서러워서는 못 쓴다.

노한 젊음들이
피로 쓴 글자들이 거품 되게 않고
슬기로운 용맹이
휘황한 꽃으로 망울진….
서럽잖은 세월임에
손 모아

눈을 감고
이 세월을 보내자.

잡는다
머물 세월이면
간 세월 밉지 않고,
올 세월 달가울 것 없어라.

〈유작시遺作詩 기축己丑 세모歲暮〉

『청동』 1, 1963(영인본 712쪽)

운명의 저류底流는 폭발한다

무심한 목동의 손에 잡혀와
어미개의 젖을 빨며
강아진 양 강아지와 함께
유순히 자라나던
한 마리의 사자새끼!

이와 같이 몇 세기의 세월이 무심히 흘러가면
지내간 옛날의 맹수이었던 개의 운명과도 같이
사람의 손에 때 묻고 길들여
그 본래의 존엄한 독립자존의 생존의 자유와 권리를
인간에 의탁하고 복종하고 충성을 다함으로써
또 하나의 노예의 비극의 주인공이 되었을는지도 모르는 위기일발에 놓여진 사자새끼의 위치——

어찌 뜻하였으랴
여기에 하나의 기적과도 같은
무서운 속 모를 운명의 저류는
번갯불이 흑운黑雲을 가르듯
풍랑에 번롱翻弄되는 운명의 표류를 가르고

화산 터지듯 폭발한
찬란한 혁명의 역사의 한 페이지
세기말의 숨 막히는 고민과
세계의 마지막 심판 날의 풍경을 방불케 하는——

우레 소리 지동地動치고
번갯불 요란히 흐르고
사나운 바람과 먹장 같은 검은 구름
천지를 휩쓸고 뒤덮어 버릴 듯
엄청난 기상변조氣象變調의 심포니의 밤——

폭풍우 직전의 심각한 정적——
간간이 긴장한 깊은 정적 속에
조수潮水같이 달리는 검은 구름 사이로
버젓이 뚜렷한 달빛도 간혹 엿보여
이상히도 더 깊어가는 정적의 순간

오——
들으라
저 뼈아프게 깊고 무겁고 그윽하고
한없이 침통하고 비장한
자식 잃은 어미 사자의 울음소리를
무너질 듯 우렁찬 저 산울림소리
그리고 저 천백 가지 짐승의 떠는 소리

그렇다
이 순간이다
이 찰나다

마루청 밑
친절한 어미 개 곁에
강아지 동무들과 깊이 잠들었던
안온하면서도 속 모르게 불안한
잠은 깨고 꿈은 깨졌다.

그는
마루청 속에서 삽시에 몸을 뒤쳐 마당으로 뛰어 나왔다.

그는
전신에 힘을 주고
네 다리에 힘을 힘껏 모았다.
만유인력의 결정체 그 축도縮圖인 양……

나는
적어도
심산深山과 유곡幽谷과 사막과 고독과 암흑과
일체의 힘을 지배하고
백수百獸의 제왕인 대웅大雄의 왕자로다! 라는
숭고한 숨은 의식의 환발喚發과

그 위의威儀의 정돈태세——
두 번째의 그의 어미의 울음소리와 산울림소리에
그의 전신은 절대한 힘의 긴장과 팽창으로
터질 듯——
그의 눈동자는 우주중심의 초점인 양
절대자의 신비로운 알 수 없는 빛의 번갯불 쳤다.

세 번째의 비창 장엄한 어미의 소리와
산울림소리의 그윽하고 우렁찬 율동과 여운 속에

그는
홀연 몸을 번득이자
비호飛虎처럼 번개같이 바람같이 자취 없이 사라졌다.
호리毫厘의 차差는 천리를 원격遠隔하나니
하마터면 무서운 회의와 미신에 빠져
본래의 자기 자신을 잃어버리고 잊어버릴 뻔
아슬아슬한 순간에
어미소리를 듣고 본래의 자기 소리를 듣고
일초직입一超直入 태초본연에 돌아가
자기 어미를 찾고 자기 자신을 찾고
어미 품속에 안겨
어미를 깨닫고 자기를 깨우친
건곤일척乾坤一擲의
비장 황홀한 혁명 정신의 한 페이지는

이리하여 써졌다.

우레 소리 다시 한번 우렁차고
번갯불 다시 새롭게 찬란히 흐른 뒤에
바람은 자고
흑운은 걷히고
운권청천雲捲靑天——

하늘엔 무수한 성신星辰이 영원한 질서의
정신을 상징하고
찬연히 빛나는 무한한 영광에 넘쳐
거창한 향연은 황홀한데

오랜만에 어미 품에 안겨
사자이獅子兒의 젖 빠는 소리 그윽이 들리는 듯

기적과도 같이 불가사의한 운명의 저류의
하나의 풍경은 여사如斯하거니——

운명의 저류는 인생과 자연을 통틀어
만유의 심장을 관통하여 흐르나니

각자 운명의 저류의 절대신비경의 소식——
그 신성한 힘과 미와 비밀의 비약적 약동과 그 영원한 생명의 유동을 모르고 범犯하고 모독하고 사사물물事事物物의 형형색색 천차만별의 운명의 표류에만 독사같이 집착하고 표착表着하고 미혹하고 변전하여 개가 되고 도야지가 되고 소가 되고 말이 되고 여우가 되고 원숭이가 되고 독사로 타락 전전하는 인생이여 인류여!

오——
두렵지 아니한가
두렵지 아니한가

운명의 저류에 침잠하여
그 정체를 파악하고
그 진면목을 봄으로써
운명의 표류에 부침浮沈하지 말진저!

멸망의 미몽과 악몽을 깨뜨리고
사자새끼의 정신을 배우라
불사신의 사자가 되라.

『한국문학』, 1978.7(영인본 713쪽)

제2부

산문편

1. 평문, 수필, 기타
2. 서발문, 신간소개
3. 문답
4. 서간
5. 좌담

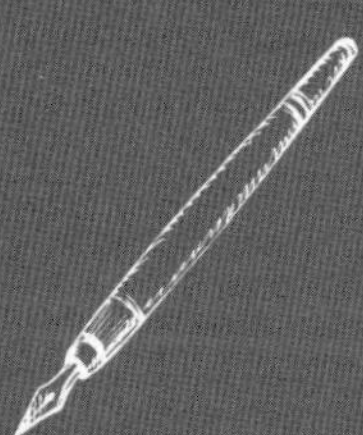

1. 평문, 수필, 기타

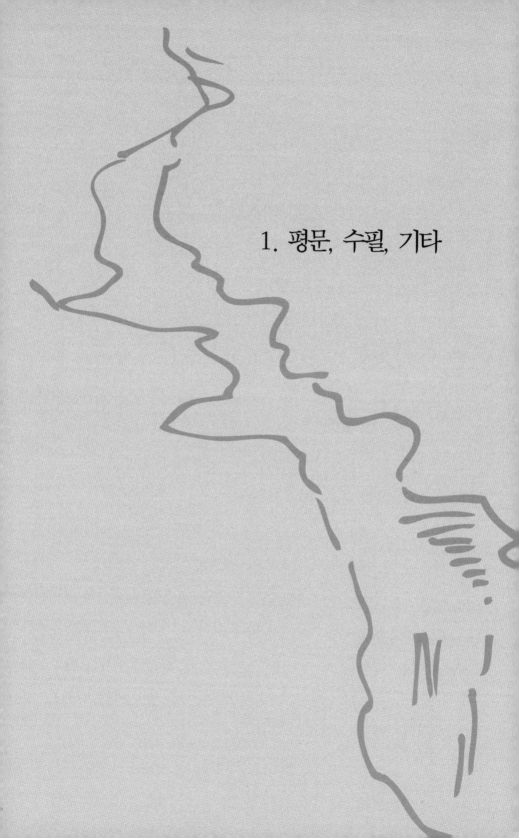

시대고時代苦와 그 희생

우리 조선은 황량한 폐허의 조선이요, 우리 시대는 비통한 번민의 시대일다. 이 말은 우리 청년의 심장을 쪼개는 듯한 아픈 소리다. 그러나, 나는 이 말을 아니할 수 없다, 엄연한 사실이기 때문에. 소름이 끼치는 무서운 소리나, 이것을 의심할 수 없고 부정할 수도 없다.

이 폐허 속에는, 우리들의 내적, 외적, 심적, 물적의 모든 부족, 결핍, 결함, 공허, 불평, 불만, 울분, 한숨, 걱정, 근심, 슬픔, 아픔, 눈물, 멸망과 사死의 제악諸惡이 싸여 있다.

이 폐허 위에 설 때에, 암흑과 사망死亡은 그 흉악한 입을 크게 벌리고 곧 우리를 삼켜버릴 듯한 감이 있다.

과시果是, 폐허는 멸망과 죽음이 지배하는 것 같다.

그러면 우리는 고만 죽고 말 것인가? 아니다! 아니다! 오늘날 우리는 사주팔자 운수 등의 미신을 타파해 버렸고, '사자'의 쇠사슬도 우리 손에 들어와 녹는 것을 배웠다.

우리의 생은 실로 우주적 대생명의 유동적 창조요, 그 활현活現임을 깨달았고, 우리가, 이 천지에 주인임을 확실히 알았다. 우리에게, 어찌 영구한 죽음이 있으랴. 과연 '음부陰府의 권위가 어디 있으며, 사망의 가시가 어디 있느냐'다.

황량한 폐허를 딛고 선 우리의 발밑에, 무슨 한 개의 어린 싹이 솟아난다. 아— 귀하고도 반갑다. 어리고 푸른 싹!

이 어린 싹이 장차 장성하여, 폐허를 덮는 무성한 생명수生命樹가 될 것을 생각하니 실로 기쁘다. 그러나 이 기쁨 속에는 슬픔과 아픔의 칼날이 예감된다.

이 어린 싹은 다른 것이 아니다. 일체를 파괴하고, 일체를 건설하고, 일체를 혁신 혁명하고, 일체를 개조 재건하고, 일체를 개방 해방하여 진정 의미 있고 가치 있고 광휘 있는 생활을 시작코자 하는 열렬한 요구! 이것이 곧 그것일다.

이 요구는 실로 우주적 의미를 가졌다. 최고 이상理想의 요구다. 우리가 이 요구에 대한 태도 여하는 우리의 운명을 결決할 것이요, 이 요구의 실현 여부는 곧 우리의 사활을 지배할 것이다.

이 요구의 의미는 이와 같이 깊고, 그 사실은 이같이 엄숙하다. 그러나 이 요구는 저절로 채워지는 것이 아니요, 스스로 실현될 것이 아님은 너무도 명백한 사실일다.

이 요구는 반드시, 우리가 실현해야 할 것이요, 우리가 하지 않으면 안 될 일이다. 그러나 실현의 과정에는 무서운 험난이 있고, 곤고困苦가 있고, 위험이 있고, 함정이 있고, 음모가 있고, 제한, 속박, 압박, 핍박 등 제마諸魔가 복재伏在할 것이요. 칼이 비껴 놓이고, 가시가 덮여 있어 우리를 기다릴 것이 분명하다. 생각만 해도 두렵다. 그러나, 우리가 이것을 피하고는 아무것도 안 된다.

이 요구 실현은 우리의 피와 육肉과 전심전령全心全靈을 요구한다. 우리의 절대 희생을 요구한다. 이 모든 것을 아낌없이 용맹스럽게 바칠 만한 철저한 각오와 자각과 자신이 있어야, 그 요구 실현전實現戰에 참가할 자격이 있을 것이다. 우리는 잘 싸워야 할 것이다.

우리 싸움의 제일선第一線의 대상은, 위선爲先 파괴에 있다. 세우기 전에 먼저 깨트려야 하겠다. 우리의 칼과 창끝은 먼저, 우리의 일체 내적內的 외적外的의, 퇴패頹敗하고 부패하고 고루하고 편협하고 침체하고 정체하고 잔인하고 악독한 모든 인습적 노예적 생활의 양식 — 그 구각舊殼으로 향해야 할 것이다. 여기에는 비상한 반동과 반항과 알력과 쟁투와 동란이 있을 것을 예상 각오하고 작전 계획을 해야 할 것이다. 우리 사회 한 끝에는 이미, 이 싸움의 봉화가 드문드문 비치기 시작하는 것 같다. 우리는 이 싸움을 두려워해서는 안 되겠다. 우리는 우리의 유일의 생명, 이상理想 자유의 요구 실현을 위하여 싸우려 하는 것이요, 다른 뜻은 아무것도 없다. 우리 싸움은 신성하다. 불가침일다. 이 싸움을 거절하거나, 부정하거나, 반항하거나, 방해하는 자는 아무나, 우리 민족이나 타 민족이나 물론하고 우리 부모가 아니요, 형제가 아니요, 자매가 아니요, 또 벗이 아닐 것이다. 아—니, 우리의 적이 아니고 무엇이냐. 우리의 참 부모요 형제요 자매요 친구일 것 같으면, 젊은이나, 노인이나, 아이나 어른이나, 여성이나 남성이나 우리 민족이나 혹 타 민족이나 원근遠近 친소親疎를 막론하고 일치 공동 협력하여 우리 생활의 기조요, 모든 문화의 원천이요, 유일의 생명의 도道인 우리 요구 실현을 위하여 싸울 것이 아닌가.

우리가, 이 파괴전에 승리를 점하고, 성공을 수收하고라도, 그는 우리 영구전永久戰의 제일선에 불외不外할 것이다.

또 제반 건설의 싸움이 있고, 영원한 창조의 싸움이 또 있다. 우리의 싸움은 더욱 격렬해질 것이요, 우리의 희생은 더욱 클 것이다. 그러나, 우리는 두려워할 것 없다. 주저할 것 없다. 생과 사를 도賭하여 싸울 희생의 정신이 투철하고 불에라도 뛰어들고, 물에라도 뛰어들 용기와 자신이 있으면 최후의 승리는 우리들의 것일 것이 확실하다.

이 세상은 고해苦海와 같다고 말한다. 진실에 가까운 것 같다. 태殆히 우리 인류 생활의 전체를 지배하는 것은 고苦가 아닐까. 사실을 회피하고 은폐하고 부정함은 어리석다. 사실은 사실대로, 그대로 승인하고, 그것을 처리하며, 그것을 초월치 않으면 안 될 것이다.

약한 인간이나 민족은 그 고苦에 눌려서 그의 노예가 되고, 그 고에 못 견뎌서 쇠멸하고 만다. 강한 자는 그 고와 싸우고, 정복하여 쳐 이기고 퇴치코자, 최후까지 백방으로 분투한다. 이에 불꽃이 뛰고, 천지를 움직이는 대활동이 일어나고 처참한 대비극이 연출된다. 그리고 분투의 정도를 따라 승리의 운명을 복ㅏ한다. 강자의 승리는 과시果是 선전건투善戰健鬪에만 있다. 우리는 그 싸움 속에 사는 가치와 의미를 발견한다. 소극적으로, 일체 곤란, 압박, 부자유, 불여의不如意의 고통과 싸워 이기고, 적극적으로 일체 진, 선, 미와 자유, 모든 위대한 것, 신성한 것, 숭고한 것을 얻기 위하여 싸운다. 그 싸움이 얼마나 신성하며, 이 — 싸움을 잘 싸우는 자 — 얼마나 영광이랴.

'나는 허무와 싸우는 생명일다. 밤에 타는 불꽃일다. 나는 밤은 아니다, 영원한 싸움일다. 어떠한 영원한 운명이라도 이 싸움을 내려다보지는 못한다. 나는 영원히 싸우는 자유의지일다. 자—, 나와 함께 싸우자, 타거라. 부단히 싸우지 않으면 아니 된다. 신神도 부단不斷코 싸우고 있다. 신은 정복자일다. 비유하면, 육肉을 탐식貪食하는 사자와 같다.' 이는 근대 영웅 정신의 권화權化인 로맹 롤랑Romain Rolland의 말일다.

우리는 인생이니 인생고人生苦가 있고, 인간이니 인간고人間苦가 있고, 개성이니 개성고個性苦가 있고, 세계를 무대로 하고 섰으니 세계고世界苦가 있고, 사회에서 사—니 사회고社會苦가 있고, 시대에 처해 있으므로 시대고時代苦가 있다. 이 제고諸苦 중 어느 것이 심각한 고苦가 아니랴마는, 취중就中 우리 운명에 대하여 직접 영향을 미치고, 가장 핍절逼切하고 가장 절박한 관계와 지배권을 가진 것은, 시대고일다. 왜 그러냐 하면, 우리는 시대의 자子인 동시에 특히 우리는 비상한 시대에 처해 있는 까닭이다. 고故로 시대고의 문제를 해결하면, 기타의 고苦의 문제는 비교적 쉽게 해결될 수 있지 않을까 생각된다. 가장 중요한 선결 문제는 시대고일다. 오늘날과 같이 비상하고 혼돈한 시대에 있어서는 이 시대고의 문제가 일층 긴급하고, 또 중대한 지위를 점령할 것이다. 고로 위선爲先 나는 급한 대로 이 시대고와 그 희생과 그 의의의 일단一端을 논하여 일종의 암시를 얻고자 하며 겸하여 비상한 시대, 특히 그 과도기에 처한, 뜻있고 마음 있는 우리 남녀 청년의 충정衷情의 고민을 조금이라도 위로할 수가 있기를 바란다.

어떠한 의미로 보든지 희생이란 것은 비극일다. 일층 가치 있는 것을 위하여, 일층 가치 있는 것의 출생 또는 발전을 위하여, 의식적으로 희생이 되는 것은 말할 것도 없이 존귀한 일이나, 그 역亦 비극이다. 왜냐하면 진眞의 자기가 자기 이상以上의 것의 존재를 지속하기 위하여, 자기의 존재와 의욕을 절대로 부정하는 고故라.

자기 의욕은 자기의 생명이요 자기 그것이다. 그것을 부정함은 자기에 대한 최대의 비극일다. 그러나 자기가 의식적으로 자기를 희생할 때 그 희생이 자기와 타인들에게 인식될 때는 희생에 대한 가치 감정이 생生하기 때문에 비극은 그 정도를 감減한다. 그러나 자기희생이 무의식적으로 혹은 강박적으로 수행된 경우, 그리고 그것이 타인들 즉 시대 일반에 인식되지 못하고 암흑 속에 망각되고 매몰되어 갈 때는 실로 전율할 아픈 비극으로 될 수밖에 없다.

금일과 여如히 암흑한 미래를 덮어 있는 번뇌를 배어 있는 시대에 있어서는 이러한 후자의 비극적 희생이 얼마나 많이 실행되며, 얼마나 무서운 침묵리裡에 장葬사되어 갈까!

자기는 본래 자기를 위하여 혹은 자기 이상以上의 것을 위하여 존귀한 희생이 될 운명을 타고난 것 같다.

희생이 되는 것은 물론 참자기自己일다. 우리는 항상 참자기와 하관何關이 없는 기생아寄生我 또는 감각아感覺我를 희생하는 것같이 생각하나 그는 결코 존귀한 희생은 못 된다. 또 두려워할 비극도 아니다. 우리는 진자기眞自己를 희생하지 않으면 아니 될 종국의 결의를 강요할 때, 거기 말할 수 없는 고통이 동반한다.

물론, 강요된 종국의 결의를 긍정하고 실행하는 것은 진자기일다. 그러나, 그 실행과 공히 그 자기는 침묵 속에 멸해 간다. 이 놀라운 모순, 무서운 부정, 이것이 비극이 아니고 무엇일까. 그런데, 자기는 감히 이것을 감수한다, 자기는 자기를 도賭하여 이를 강행한다. 여기에, 자기의 신비 불가사의의 위력이 있다. 자기는 자기이나, 또한 자기가 아닌 것 같다. 자기는 자기와 함께 자기 이상의 것 절대인 것을 포장하고 있다. 이에 위대한 가치와 비창한 운명의 연원이 있다.

이 자기 이상의 것은 무엇인가. 자기에 대하여 자기부정의 희생을 요구하는 잔인한 것은 그 무엇인가. 그는 분명히 의식됨이 적다. 또 명료하고 판연하게 인식될 것도 아니다. 특히 모든 것이 그 가치를 전환하려고 동動하는 시대에 있어서는 더욱 그렇다. 그러나 그것은 간단없이 동하고 있다. 시대의 정신을 통하여 불가항不可抗의 역力으로 유동하여 있다. 시대의 사람들은 강하나, 약하나, 이 위대한 흐름의 지배를 면치 못한다. 과연 사람은 시대의 자子일다. 시대의 자인 이상, 그 부父 되는 시대의 정신을, 환언하면 그 두려운 분명히 의식되지 아니하는 불가항력을 비장秘藏함은 부정할 수 없는 사실이다.

이 우리의 본성에 뿌리깊이 박힌 힘이 어느 시기에는 가장 열렬한 가장 맹렬한 가장 심각한 충동적 감정으로, 우리들을 근저로부터 충상衝上해 온다. 그때 우리는 그에 대하여서는 아주 무저항일다. 오늘날 우리 백성들은 이 상태에 있다.

그것을 절대로 긍정할 때 모든 경우가 참담한 비극으로 종終하고 만다. 비극은 그 당사자에 대하여 직각적直覺的으로 예각豫覺된다. 그러나, 이 예각은 대단한 힘은 없다. 그는 불가항력을 긍정하는 무상無上의 매력을 둔하게 할 수 없다. 도리어 비극의 예상은 반동적으로, 이 매력을 일층 강렬하게 하는 것이다. 따라서, 비극은 일층 통렬을 극極한다.

이 당연 동반할 비극이 얼마나 전율할 것임을 알면서도 오히려 그것을 스스로 구하여 가지 않으면 안 될 강박력強迫力, 연애같이 단 매력을 가지고 모든 사상과 억제를 홍모鴻毛보다도 경輕하게 충파衝破하고 가는 인간 영靈의 비약, 거기 인생의 숭고한 미가 있다고는 할지라도, 현재의 상식적 판단으로 생각하면 실로 인생의 참극사慘劇事가 아니냐. 이렇게 하면 감滅의 도道로 알면서도 말려 해도 말 수 없는 영靈의 도약………… 이러한 비극은 결코 공상은 아닐다. 과거시대의 쓴[苦] 회상도 아니다. 우리 현재의 사실, 우리 청년 간의 가장 신뢰할 만한 자 중에 목격하는 사실일다. 청년시대를 경과한 자 혹은 경과하려고 하는 자에게는 거의 상상키도 어려울 것이다. 우리는 그것을 나무라는 것은 아니나, 이같이도 시대가 원격遠隔하여, 거의 이해도 없고 동정도 없는 많은 젊은 비극이 암흑의 흐름 속에 잠겨 간다 함은 어찌 우리의 참을 수 있을 바랴.

우리의 시대는 말할 수 없는 오뇌懊惱를 가지고 있다. 그는 결코 생활난의 고생이나, 허영심에 뜬 초조나, 속적俗的 성공열成功熱에 달뜬 불만과는 비교를 불허하는 엄숙한 오뇌일다. 진자기眞自己도 희생함을 요구하여 가차假借치 않도록 잔인하고 필연적인 고민일다. 이 시대의 고민 오뇌는, 가장 진실한 청년 남녀에게만 이해되고 체험되며, 또 가장 처참하게 심각하게 오뇌된다. 차종此種의 청년은 실로 시대 요구에 제일 충실하고 무구한 희생자일다. 저이들은 영원한 침묵리에 파묻혀 가는 비애를 가지고 있는 희생자일다. 오늘날, 생각 있고 진실한 우리 청년들은 모두 이러한 상태에 있다.

단 이뿐이면 참을 수도 있겠다. 저들은 물론 시대 사람들의 동정이나 이해를 얻지 못한다. 왜 그런고 하니 시대 사람들은, 저이들의 시대적 고뇌를 상상할 수도 없으니까. 저들은 자기에 가장 가깝고 믿을 만하다는 사람에게 향하여 자기의 오뇌를 소訴한다. 그는 반드시 자기에게 동정을 얻으려 하는 박약하고 비천한 마음으로 나온 것이 아니요, 다만 자기의 하는 바를 알지 못하는 답답함에서 나오는 것이나 가엾은 저들은 예상치 못한 무이해無理解와 냉담한 응답을 듣고, 암흑한 고독의 심담深潭을 볼 뿐이다. 그러나 정열적인 저들은 그 전율할 고독의 적연寂淵에 뛰어 들어가기를 피避치 아니한다. 그래서 자기희생을 더욱 비극으로 한다.

가깝고 동정이 있을만한 자에게도 이해理解가 없거든, 황차況且 기타其他에서랴. 세상은 저들을 대待하되, 마치 가시로 살을 찌르는 듯한 냉소와 모멸과 매리罵詈로써 한다. 세상과 저들과는 시대가 틀리고, 세계가 전이全異하니 부득이한 현상이라 하고라도 격리隔離가 너무도 심하다.

세인의 눈에는 생활난이나 성공난의 불평이나 혹은 허영야심의 권화權化같은 무지몰각자無知沒覺者밖에 비치지 않는 것 같다. 무슨 생각이 있고 열정이 있고, 무엇을 진정 해 보고자 하며, 참 의미 있는 생활을 영위코자 하는 청년들은, 다만 함부로 전통과 습속習俗과 권위에 반항하는 부도덕자不道德者, 비애와 고립을 자초自招하는 우자愚者, 자기와 세상을 보지 못하는, 또 세간世間과 보조步調를 합해 갈 줄 모르는 유치자幼稚者라는 냉평冷評을 퍼붓는다. 또 조금 하면 「어른」들의 우레 같은 꾸지람이 비 오듯 한다.

그뿐만 아니다. 밖에도 또한 마적魔賊이 있다. 소위 설상雪上에 가상加霜일다.

저— 남들은, 우리들의 생각, 말, 행동, 태도를 멸시하고, 더구나, 우리들의 요구, 이상, 정신을 꺾고 밟는다.

우리의 모든 것과, 모든 일은, 다— 소용이 없단다. 모든 것을 다 해 줄 터이니, 너희들은 국으로 가만히 있으란다.

저이들에게는, 우리의 입은 꼭 봉하고, 우리의 눈은 꼭 감고, 우리의 귀는 꼭 틀어막고, 손과 발을 꼭 비끄러매고 무형無形한 정신이나, 마음까지라도, 꼭 비끄러매고 있었으면 좋을 듯이나 싶이………… 우리들도, 하도 답답할 때에는 차라리, 그렇게나 되어 버리고 말았으면 하는 절망의 탄식, 암흑과 사死의 비통이 있다. 우리의 절대 제한과 부자유와 억울과 고민은 이에 있다. 우리의 희생은 더욱 비장悲壯해 간다.

이같이 하여 시대를 오뇌하는 진지한 청년은 무저항 속에 침沈하여 간다. 저들은 남에게 이해도 못 되고, 또 이해할 수도 없는 절대 불가해不可解 속에 고독한 혼을 안고 간다. 세상은 더욱 속적俗的으로 추악하게 발전해 가고 좀 새롭다는 자는 웬만큼 낡아지고 무지無知한 자는 방탕하고 간교해 간다. 다만 진실한 청년만 영원한 정적靜寂으로 흘러간다. 세상은 참 기묘하다!

그러나, 시대의 애련哀憐한 희생은 과연 무의미無意義한 것일까? 전혀 무가치한 것일까? 물론 현재에 있어서는 하등의 동정을 얻기 어렵다. 그러나, 버—ㄴ해 오는 새 시대에는 누가 능히 이 젊은 침묵의 비극에 대하여 따뜻한 회상의 꽃을 던져 일국一掬의 눈물을 뿌려나 줄까? 어느 누가 능히 그 현실의 자유와 문화 속에 비통한 과거의 역사가 파묻혀 있는 것을 상상할까. 다만 신神 같은 시인뿐이, 이 「때」의 냉혹을 울 것이 아닐까.

물론 이러한 희생은 어느 시대나 있었을 것이다. 그러나 우리 시대처럼 가장 많이, 가장 심각하고 냉담한 때는 드물었을 것이다. 오늘날 깊은 자각이 있고 진실한 우리 남녀 청년의 고뇌를 아는 나는 이같이 말한다.

아아 그러나 우리 청년은 약하게 비관해서는 안 되겠다. 다만 감상적으로 실망해서는 안 되겠다. 우리는 지금 시대의 오뇌를 체험하고 고민하고 있다. 우리는 우리 이상의 것 즉 영원한 생명을 애愛하기 때문에, 그리고 그곳에, 가장 자유와 정열이 충만한 생활의 영원미永遠味에 투철하려 원하는 고故로 시대 속에, 시대를 위하여, 우리를 뇌惱케 하는 것이 아닌가. 고로 우리는 자기 일개一個를 위하여 혹은 자기 일개의 의식 세계 속에 우리들을 고뇌케 하는 것은 아니다. 그리고, 자기의 협애狹隘한 의식세계 중에 독거獨居하여, 거기서 모든 문제를 속히 해결하려고 해서는 안 되겠다. 그곳에는 난감한 실망과 단념과 적멸 이외에 다른 것은 찾아보지 못할 것이다.

우리 청년은 영원한 생명을 잊어서는 안 된다. 우리의 눈은, 늘 무한한 무엇을 바라보아야 하겠다. 우리의 발은 항상 무한한 흐름 한가운데서 서 있어야 하겠다. 우리의 심정은 항상 영원한 애愛와 동경 속에 타 있어야 하겠다. 이러한 태도로 우리는 우리의 체력이 계속하기까지 의력意力이 열熱하기까지 진행치 않으면 안 되겠다. 어떠한 오해나 핍박이 있을지라도 우리는 자유에 살고 진리에 죽고자 한다.

물론 우리는, 이 광열적狂熱的 노력이 어느 때까지 계속할 수 있을는지 모른다. 또 알 필요도 없다. 우리들은 그런 것을 생각해서는 안 되겠다. 우리는 무엇을 생각하려고 멈출 때, 우리의 발은 전율을 각覺할 뿐이요, 우리가 자기의 적은 세계를 돌아볼 때, 우리의 눈은 고독의 비애로 혼암昏暗해질 뿐이겠다. 우리는 항상 영원한 광대한 세계에 있어야 하겠다. 그리고 강한 신앙을 가지고 노력하고 분투해야 하겠다. 이 강한 신앙과 노력 속에만, 우리의 의의와 가치를 구하지 않으면 아니 되겠다. 일체 편견, 고루固陋, 사념邪念을 파기하여야 할 것이다.

우리는 시대의 희생이 되는 것을 두려워할 필요는 없다. 또 구태여, 남으로 하여금 피하게 할 것도 없다. 희생은 본래부터 비극일다. 그러나 영원한 내적 세계에서는, 그것은 가장 숭고하고 장엄한 부활이다. 아무리 적은 희생이라도, 아무리 정익靜謐한 침묵에 파묻힌 희생일지라도 영생의 빛 속에 들어오지 않을 것은 없다. 그는 우리의 시대를 뇌惱케 하고 있는 영원한 생명의 세계에서는 여하한 존재라도 축복 아니 되며, 영생화永生化되지 않고 소멸하는 것은 절대로 없을 것이므로. 이것이 우리 청년의 열정적 신앙일다.

우리의 생존하는 시대의 오뇌는 영원한 의미를 가지고 있다. 그는 탐욕적으로 무수한 젊은 비극을 요구하나, 그중에 하나라도 무의미無意味하게 망각리忘却裡에 장사葬事될 것은 없을 것이다. 그러한 희생은 하나도 없을 것이다. 그는 즉 영원에서 사는 고로.

이 시대의 오뇌는 언제까지든지, 이대로 울굴鬱屈해 있을 것은 아니니다. 그는 반드시 가까운 장래에 격렬한 변동을 일으키고 말 것이다. 그 변화는 폭풍우일는지, 대홍수일는지, 대진동일는지 또는 무엇일는지는, 우리의 예언할 바 아닐다. 그는 아무 것이라도 관계치 않다. 그러나, 어떻든지 대변화가 올 것은 확실하다. 그는 영원한 생명의 활동을 자유로 분방적奔放的으로 현현顯現하려 하는 시대의 오뇌는 방금 그 고조高潮에 달해 있는 고로. 그리고 생명은 최후의 승리와 개가凱歌로써 더욱더욱 돌진할 것이다.

아— 이 시대의 대변동에 제際하여 하사何事가 심판될까. 하인何人이 영원히 축복을 받으며, 하인何人이 영원히 저주될까. 누가 가장 행복이며, 누가, 가장 화禍로울까? 우주의 심판자가 진리와 비진리를 처결할 제.

우리는 이러한 상상을 그만두자. 우리는 다만 용기를 가지고 나아갈 뿐이다. 최후까지 강한 신앙을 가지고 있으면 족하다. 영원한 생명과 축복은 그 가운데 있을 것이다.

그때 비로소 황량한 우리 폐허에는, 다시 봄이 오고 어린 생명수生命樹에는 꽃이 피겠다. 그때 그곳의 주인은 누구일까?

이 험난한 시대에 처하여 어느 형식으로나 진정으로 가장 애 많이 쓰고, 눈물과 피로써 일체와 잘 싸워 온 사람, 특히 남모르는 중 침묵리에 새로운 시대 창조를 위하여, 가장 희생을 많이 한 그 사람들일 것이다.

『폐허』 1, 1920.7

종교와 예술

인생은 일개 불가해不可解의 미謎다. 영웅 오이디푸스가 아니면 누가 능히 스핑크스의 게揭한 인생의 미謎를 해득하랴. 출어진出於塵하여 귀어진歸於塵이라 함은 육肉인 인人의 일면에 있어서는 실로 연然하다. 단 인간에는 불출어진不出於塵하는 '무엇'이 있음을 어찌하랴. "풍風이 취吹하매 인人이 기其 성聲을 문聞하되 하처래何處來 하처거何處去함을 부지不知라. 범凡 영靈으로 생生하는 자도 역여사亦如斯"라고 그리스도의 선宣함과 여如히 과연 인人은 하처何處로 래來하여 하처何處로 향하여 가려 하는가. 억抑 인생의 목적은 여하如何. 존재의 의의는 여하如何.

차此를 철학적으로 우又 과학적으로 해결하려 함은 용이한 일이 아니라. 인문人文이 생긴 이래 자玆에 기천재幾千載, 연然이나 차此 천고千古 의문에 대하여는 약백기約百記*의 저자도 파우스트의 작자도 기간其間 기허幾許의 경정徑庭 없음을 보지 못하는가. 여하간 인생은 일개 엄숙한 사실이다. 오인吾人이 능히 기其 미謎의 해득 여부를 부대不待하고 오인吾人은 필경 인생대해人生大海의 일적一滴 됨을 불면不免한다. 생명의 파동은 각일각刻一刻 오인吾人의 위에 밀어 들어와 부지불식간에 오인吾人으로 하여금 인생 항로에 도출棹出케 한다. 실로 인생처럼 진면목眞面目함은 없다. 허심탄회虛心坦懷 정靜히 오인吾人의 속사람의 미성微聲을 들으라. 일체의 번쇄적煩瑣的 사색을 피하고 모든 교치

---

* 욥기.

巧緻한 이론을 이離하여 단지 아我와 아신我身을 반성하여 전인격적 요구의 성聲에 오인吾人의 영이靈耳를 징澄케 하라. 기其 성聲은 열락悅樂하고 유의有意한 생애를 송送하라고, 오인吾人에게 말한다. 오호嗚呼 시是 아충인我衷人의 성聲이라. 진면목眞面目하고 허식 없는 인성 자연의 요구하는 성聲이라. 열락悅樂코 유의有意한 생生이란 하何오. 왈曰, 의미 깊고 가치 많은 생활을 의미함에 불외不外하나니, 시是 즉卽 예술과 종교 이자二者의 수유須臾도 인생에 불가결할 소이所以의 이유를 암시하는 자 아닌가. 인심人心 최강의 요구는 말할 것도 없이 생존의 의욕Will to live일다. 연然이나 인人은 단單히 생生하기 위하여 생生하는 것이 아니요, 즐거웁게 생활하기를 요구하는 자라. 즐거웁게 생활하는 도道 일이一二에 부지不止할지나 오인吾人으로 관지觀之하면 예술의 여與하는 심미성審美性의 만족은 인생으로 하여금 취미를 깊게 하는 데 가장 유력한 자로 승인 아니할 수 없다. 인생 하고何故로 불행이 충만함은 막론하고 우환이 번繁하고 한사恨事가 다多한 현상現狀대로의 현재의 세계에서 능히 속박 중에 자유를 현출現出하고 모순 중에 조화를 발견하고 준엄한 중에 쾌활을 미味하고 분투 중에 위안을 포捕하는 도道, 예술의 여與하는 미의 열락을 치지置之하고 과연 형변邢邊에 구함을 득得할까. 실로 예술은 제이第二의 조화옹造化翁이라, 불여의不如意하고 불완전한 현상現狀인 인생 중에 재在하여 자유 완전의 별천별지別天別地를 창조하며 또 기其 별천지에 유유자적悠悠自適함은 시是 기豈 예술의 여與하는 인생 해탈의 소식이 아니랴. 무시無是면 세상은 여하如何히 황요荒寥 소조蕭條한 사막이랴. 흡연恰然히 잠아蠶兒가 자기의 조造한 견중繭中에 안주하며 우화羽化하여 소생함과 여如히 인人은 예술의 세계에서 차세此世에서의 일개 낙원을 발견함을 얻지 아니하는가. 연然하다, 그리고 여사如斯한 신천신지新天新地는 역시 종교가 오인吾人에게 여與하는 천국의 풍광이 아니고 무엇이뇨.

오직 종교가 오인吾人에게 공供할 사명은 차此를 예술에 비하여 경更히 일층 근본적이요 심령적心靈的이다. 종교는 자연미의 형식과 육감의 매개를 불사不俟하고 직直히 영능靈能의 내관內觀 자각에 의하여 인령人靈 최심最深의 요구를 충실케 한다. 종從하여 종교 생활의 열락은 영구적이요 그 가치는 내면적일다. 자玆에는 도념道念의 향상이 있고 영안靈眼의 각성이 있고 생사의 초탈이 있고 영원의 생명이 있다. 소위 영계무변靈界無邊의 풍광에 소요逍遙하여 신인합일神人合一의 대자각大自覺에까지 도달하노니 시是 기豈 종교생활의 극치가 아니랴. 종교는 실로 인생 가치의 발휘자라, 영원한 견지로 인생을 관觀하여 기중其中에 무한한 가치와 존엄을 발휘케 하는 자라. 인생의 내용이 여하如何히 풍부하며 기其 의의가 여하如何히 심원深遠한가를 각覺케 함은 실로 종교의 사물賜物일다.

연然타, 예술과 종교는 기다幾多 기其 도道의 방면을 유有함에 불구하고 기간其間에 스스로 각자의 특색이 있고 우열이 있고 장단長短이 있다. 여사如斯함은 양자의 인생에 대한 사명이 좀 기其 취趣를 달리하는 소이所以를, 시示함이니, 오인吾人이 인생의 이대二大 요소로 인認하는바 열락하고 유의한 생애에 대하여 예술 종교의 이자二者 기일其一을 불가결할 이유도 역실亦實 재차在此라. 즉 낙樂하고 취미 깊은 인생의 일면은 차此를 예술에서 발휘함을 득得할지요, 유의하고 가치 많은 생활의 타他 일면은 차此를 종교에 의依치 않고는 실현하기 불능不能하도다.

자玆에 오인吾人은 재언再言하노니, 취미 깊고 가치 많은 생활이 진眞으로 인생의 이대二大 요구인 이상은 예술과 종교와는 즉 인생의 미謎를 해解할 설자楔子요, 생명의 비밀을 천闡할 건약鍵鑰이라. 유소唯所 잔문제殘問題는, 양자 본래의 관계는 여하如何. 양자 호상互相의 공헌貢獻은 여하如何. 억수抑誰가 분모分母요 숙孰이 분자分子일까. 환언하면 예술적 종교란 하何며, 종교적 예술이란 하何오. 차등此等 일체의 예술 대 종교의 문제는 다만 가장 취미 깊은 강구講究의 제목일 뿐 아니라, 구苟 인생의 하자何者임을 해解하려 하는 자, 우구又苟 세도世道 인심人心에 유의留意하는 자의 잠시도 홀저忽諸히 하지 못할 일대 문제라 하리로다.

여余는 천학미숙淺學未熟의 몸으로 차此 중대 문제에 대하여 아직 능히 일조一條의 미광微光도 주注키 불능할 것을 한恨한다. 또한 차此 문제를 심원深遠한 학설에 기基하여 계통적으로 조직적으로 예술 대 종교의 관계를 천명하려 함도 아닐다. 차此는 후일을 기期하려니와, 차此에 논하려 함은 종교와 예술의 열애자요 학도인 여余의 극히 평범하고 상식적인 일편의 종교예술관에 불과할 것이라. 또 여余는 원래 종교에 대하여 조금이라도 편벽된 사상을 가지는 자는 아니나, 종교를 논할 시에 기독교의 예를 다용多用함은 현금現今의 여余의 종교에 대한 지식과 이해와 친함이 타 종교보다 기독교의 그것이 비교적 나음으로써라. 예술적 작품의 예도 또한 이에 불과한다.

예술과 종교와는 인생의 쌍생아라. 피등彼等은 같은 우주의 오저奧底에 배태되며 같은 생명의 혈액에 길리어 고고지성呱呱之聲을 거擧하였다. 약若, 인문 발전의 원두源頭에 입立하여 차此 미美한 쌍생아의 탄생을 목격하였다 할지라도, 기其 하자何者가 자姉요 하자何者가 매妹임을 식별키 난難하였을 것이라. 하何뇨하면, 양자는 공히 인령人靈 최심最深의 요구에 응하여 태殆히 동시에 차세此世의 광光을 견見한 자者인 고故라. 인문발전사상人文發展史上의 예술과 종교의 기원에 지至하여서는 오인吾人은 차此를 전문 학자에게 일임하고, 다만 극히 유치한 문명 상태의 야만 몽매한 민족에 재在하여서도 종교와 예술과는 항상 양양병행兩兩倂行하여 존재했던 사실을 인認함으로써 족하리로다. 혹종或種의 종교를 유有한 민족은 차此와 동시에 하종何種의 예술을 유有치 않음이 없다. 그러면 저 — "인심人心에는 측지測知할 수 없는 심深이 있나니

기其 저底에 신이 존재하시는 고故라"라고 불국佛國의 사바티에Sabatier ― 가 갈파喝破한 말은 또한 인人의 심오心奧에 횡재橫在한 심미적 성정을 언명하기에 족하지 않은가. 신 아니고서는 만족하기 어려운 일종 숭고한 종교심이 자연히 인령人靈 중에 부식附植되어 있음과 같이, 미美를 모慕하며 미를 동憧하여 기己하려 기己할 수 없는 일종 우미優美한 심미성이 태초부터 인심人心 중에 조부彫附되어 있음은 불가엄不可掩의 사실이라. 인심人心 계발의 순서로 관지觀之하면 오인吾人은 인人의 심미성이 기其 종교심에 대하여 일일一日의 장長됨을 불사不思할 수 없다. 시試컨대 아동의 심리 상태에 취就하여 찰지察之하건대 아직 동서東西를 미변未辨하는 요롱搖籠의 영아嬰兒가 미려한 완구를 견見하고 여하如何히 희희이락嬉嬉而樂하며 미美한 음악을 문聞하고 흔연히 약躍하는가를 보라. 실로 유아의 두상에는 항상 천국이 있다던가, 피등彼等은 미美의 국國을 거去하기 불원不遠하다. 초장稍長하여 신神의 관념이 기其 뇌리에 부래浮來하매 피등彼等의 신은 금색 찬란한 우상의 고자高姿가 아니면 백발은염白髮銀髯의 미美한 노야老爺의 자안慈顔이라. 피등彼等의 천국은 화소조구花笑鳥謳하는 미美한 에덴동산 아님이 없다. 미美를 이離하여 피등彼等의 행복은 없고 피등彼等의 만족은 없고 피등彼等의 도덕은 없고 피등彼等의 종교는 없다. 여사如斯함은 즉 인류의 원시적 문명의 상태이었다. 피彼 풍화전정風火電霆을 포怖하여 기전其前에 궤跪하며 맹수 독사를 염厭하여 차此를 제祭하던 시대에 있어서는 아직 문명의 이자二字로써 차此에 관冠함을 부득不得하는 동시에 피등彼等은 유唯히 자연의 물력物力과 격투하며 자주 생존의 경쟁에 망살忙殺되어 아직 능히 생활의 능력을 미의 완상에 경傾함에 미지未至하였던 고로 오인吾人은 자玆에 하등何等의 미술, 문예라 칭할 만한 정신활동을 피등彼等 중에 발견함을 부득不得한다. 인류가 일보一步를 문명의 역域에 투投하여 농연朧然하게나마 정신적 생활의 자각에 입入한 시대에 급及하여야 피등彼等의 종교와 예술은 양양난이兩兩難離의 밀접한 관계를 유有한지라. 좀 발달한 종교와 좀 발달한 예술 간에 기다幾多 공통의 영역이 유有하여 종교는 즉 피등彼等의 예술, 예술은 즉 피등彼等의 종교가 아니냐고 의심날 만큼 호상互相 혹사酷似한 상태를 현現한지라. 일월성신日月星辰의 장미壯美에 대하여 언득言得할 수 없는 일종 숭고 유현幽玄한 감정에 부딪혀 탄미歎美의 여餘에 배지拜之하고 아신我神으로 숭제崇祭한 소위 자연숭배의 당시에 재在하여 피등彼等 민족의 중심에는 종교와 예술은 혼연 융화하여 기간其間 하등何等의 구별도 미유未有치 않았던가. 경진更進하여 우상숭배시대에 입入하여서도, 단려端麗 장엄한 미美한 우상 전前에 궤배跪拜하여 황홀히 숭미崇美 일념에 몰입해 버리는 경애境涯는 시是 즉卽 종교와 예술이 숭배자의 중심에 융합 접촉한 일경一境이 아닌가. 연然타, 인류의 종교가 경更히 일단一段의 진보를 수遂하여 소위 영적 종교의 영역에 도달함에 지至하여는, 일면 학술적 지식의 각성이 있고 타他 일면에 윤리적 도념의 발휘가 유有한지라. 지식은 기其 예리한 분해력으로써 종교를 비판하려 하며, 도념은 기其 엄숙한 권위로써 예술을 속박하려 하며, 또 양자는 협력하여 종교예술의 공통점인 감정, 직각直覺의 생활에 대하여 반항의 태도를 취하며 동시에 종교예술의 간에 존存하는 밀접한 관계를 이간하려 힘쓸지라도, 내하奈何오, 인류 최심最深의 요구는 학술로써 만족치 못하며 의지로 병식屛息되지 아니하고, 일방에서는 위대한 종교의 거인이 이성理性과 동화同化하며 도덕과 친목하면서 진행하는 동시에 타他 일면에서는 수려한 예술의 가인佳人이 지식을 순화하며 도념과 포합抱合하여 지玆에 어언간於焉間 합리적 윤리적인 숭고 심현深玄한 종교를 산産하며 진지코 건전한 웅대 영활靈活의 예술을 흥興함을 견見하는지라. 여사如斯히 하여 종교와 예술과는 온 인문의 역사를 일관하여 항상 상근상접相近相接하려 하는 경향을 유有하며, 때에 혹 종교적 예술을 산産하며 때에 혹 예술적 종교를 산産하며 또는 양양兩兩 휴수携手하여 포옹 접문接吻 동심일체同心一體의 아름다운 우정을 유지하였더라.

연然타, 이 아름다운 양자의 융합 접촉은 차此를 위선爲先 고대 희랍 문명에서 발견 않을 수 없다. 영靈과 육肉의 완전 원만한 발전 조화는 희랍 문명의 진수요 또한 피등彼等의 종교가 아니었던가. 지상地上의 생활 그것을 미화하여 자玆에 천상계의 열락을 미味하려 함은 피등彼等의 이상의 극치였었다. 희랍 민족의 종교는 미의 숭배에 불외不外하였다.

피등彼等에 재在하여 미의 열락은 즉 선의 추구였다. 미의 완상과 선의 숭경崇敬은 피등彼等에게는 동의의同意義였다. 미를 이離하여 선한 것이 없고 선을 이離하여 미한 것이 없음은 피등彼等의 일상생활을 지배한 인생관의 진상眞相이었다. 피등彼等의 시대는 인류의 청춘기라. 보는 바에 미美 아님이 없고 행하는 곳에 녹초 흐르는 춘야春野의 미美한 화원 아님이 없었다. 피등彼等의 가는 곳에는 훈풍이 영원히 향기롭고, 온화한 광光은 항상 기其 신변을 요繞하였다. 쾌활, 청신淸新, 웅혼雄渾, 장려莊麗의 수어數語는 실로 피등彼等의 생활을 사출寫出할 호개好個의 형용사가 아닐까. 실로 피등彼等의 심흉心胸에는 미美한 이상理想의 고동이 울었고, 기其 혈액에는 미를 동憧하여 불기不已하는 생명의 천泉이 흘렀다. 기其 여연如燃한 심내心內의 동경은 이오니아의 아름다운 천지의 자연미와 서로 감응하여 자玆에 인문사상人文史上 공전空前의 예술은 난만爛漫히 기其 미화美花를 개開하였다. 연然타, 피등彼等의 예술은 피등彼等의 종교였었다. 착着하라, 호머, 헤시오드의 작作, 취중就中「일리아드」,「오디세이」의 서사시는 개시皆是 고대 희랍의 신화가 아닌가. 피등彼等의 문예나 조각이나 하나도 종교적 색채를 대帶치 아니한 것이 없고 기其 걸작은 거개 당시의 신신神神을 그 대상으로 아니한 것이 없었다.

올림피아의 제일祭日은 용사의 격투경기로써 저명하였으나 국내의 시인은 차일此日에 자기의 작시作詩를 낭독하여 청중의 상탄賞歎을 박博하였다. 아테네 성의 파르테논은 고대 희랍의 일一 신전인 동시에 희랍 건축의 최완미最完美한 자가 아닌가. 가장 완전한 고대 조각의 모범으로 유존遺存한 피彼 라오콘 집상集像의 제작 시대에 취就하여 학자 간에 의논이 있는 바이나 기其 연대의 전후 여하를 불구하고, 라오콘은 즉 고대 희랍 신화의 일一 인걸人傑이요, 가장 숭고한 종교적 제목을 각刻한 것이 아닌가. 제우스, 아폴로, 뮤즈, 비너스의 신들은 희랍 민족에 취取하여 일면 종교적 숭배의 대상인 동시에 일면 피등彼等의 심미적 갈앙渴仰의 산출한 예술적 작품이 아닌가. 단순하고 쾌활하고 사기邪氣 없는 희랍 민족의 심心에 재在하여는 미美밖에 신神이 없고 예술 외에 종교가 없었던 바라. 실로 종교와 예술과는 화목한 쌍둥이와 여如히 손에 손을 잡고 이오니아 반도 풍훈風薰하는 아름다운 천지를 소요逍遙하였도다. 예술과 종교의 포옹 접촉, 기其 애연靄然한 우정 화락은 실로 차此를 고대 희랍 문명 중에 보는 바라.

× × ×

× × ×

아름다운 이인二人의 자매가 수手에 수手를 잡고 춘春의 야野에 놀던 행다幸多한 날은 피등彼等이 아직 무사기無邪氣할 유치한 시대에서만이었다. 나팔머리의 사기邪氣 없는 소녀의 교정交情은 그 연령의 장長함과 공히 어느덧 희박해지고 드디어 서로 상쟁상투相爭相鬪함에 지至하였도다.

화간花間에 광무狂舞하는 호접蝴蝶과 여如히 늘 춘春의 일광을 모慕하며 감로甘露의 밀蜜에 취하려 하던 고대 희랍의 인민은 기其 자연의 수數로 어느덧 미적 생활의 열락에 탐耽하며, 천박한 낙천주의의 와중에 함陷하여 드디어

기忌할 만한 현세주의의 탁류에 침닉沈溺함에 지至하였도다. 견見하라, 희랍 반도에 난만히 소출咲出하였던 문예의 미화美花는 여사如斯히 하여 당시 인심人心에 음일유타淫逸遊墮의 기풍을 양釀하여 풍교風敎가 날로 퇴폐하고 도덕이 거의 소지掃地함에 지至하였도다. 견見하라, 당시의 종교는 단單히 현세의 복지를 수호하는 제사 선탁宣托에 불과하였다.

디-몬 신령의 성聲에 천天의 상벌을 청聽하여 당시의 인심을 경성警醒시킨 성인 소크라테스는 희랍의 신 아닌 외신外神을 설說한다 하여 드디어 독배를 앙仰함에 지至하지 아니하였는가. 음飮하라 식食하라 명일 사死할 것이니 하는 극단의 현세주의는 사회 전면에 범람하여 종교의 권위는 자玆에 아주 추지墜地해 버리고 말았다. 플라톤의 철학도, 아리스토텔레스의 학술도 한번 종교 도덕의 힘과 이離하여서는 능히 차此 퇴세頹勢를 만회할 수 없고 국민의 원기는 날로 소모하여 드디어 로마의 정복하는 바 되어 근화일조槿花一朝의 영화榮華는 몽夢과 여如히 성醒하여 또한 석일昔日의 장관壯觀을 정呈할 길이 없다. 이에 오인吾人은 고대 희랍 문명을 평하여 예술의 자姉가 종교의 매妹를 능욕하고 학대 유수幽囚한 것이라 할 수 있다. 개蓋 당시의 종교는 미적 생활주의의 발현인 당시의 예술의 비복婢僕으로 근僅히 기其 여명餘命을 번繁함에 불과함을 봄으로써라. 희랍의 이상인 육肉과 영靈의 완전한 조화는 여사如斯히 하여 취약하게 파破해 버렸다. 한번 제휴 병치倂馳한 예술과 종교는 무단無端히 상쟁相爭하여 예술은 드디어 종교를 도倒케 하였더라. 헬레니즘Hellenism으로 이름 있는 희랍 문명의 정수는 이같이 하여 천박한 예술주의의 별명에 불과하게 되고 말았다.

희랍 문명을 계승한 로마 제정의 시대에 재在하여도 소피스트Sophist의 도徒, 에피큐리안Epicurian의 배輩 — 익익益益 사회의 상하上下에 도량跳梁하여 엄숙한 스토익 학파Stoic school의 기다幾多 성인聖人 현철賢哲도 능히 헬레니즘의 범람을 방알防遏하지 못하고, 음풍淫風이 일장日長하고 인심이 날로 부란腐爛함에 지至함은 세인世人의 숙지하는 바라. 여사如斯함은 즉 이교異敎 문명의 진상眞相이요, 아직 유치한 인류의 영성이 기其 발전의 도상途上에 있어 부득이 경과치 아니치 못한 바라. 연然이나 여사如斯한 영성의 타안惰眼은 과연 하시何時까지 계속할까. 인심의 오저奧底에 잠복한 종교심은 흡사히 용전湧田하는 천泉의 도저히 유流치 아니치 못함같이 음락淫樂과 회의懷疑 중에 취생몽사醉生夢死한 당시 인심에 일종 말할 수 없는 공허를 자각케 하여 차세此世의 영화권세로써 도저히 만족하기 어려운 일종 심각한 영적 기갈을 감感하여 자玆에 하물何物의 신新 광명光明을 접하지 아니치 못하게 하였도다. 그리스도교는 실로 여차한 영적 각성 시대에 재在하여 소아시아 일각에 발흥하였도다. 단單히 그리스도교를 유태교의 발전에 불과한다 오해치 말지어다. 인류의 심령적 각성은 드디어 그리스도교 같은 영적 종교를 산출치 아니치 못하게 하였도다. 차此가 권토중래捲土重來의 처창凄愴한 세勢로써 로마의 전 세계를 풍미하게 됨은 본래 무괴無怪한 사事라. 헤브라이즘Hebraism의 화신으로 볼 만한 그리스도의 종교는 이미 헬레니즘의 문명에 권퇴倦退하며 있던 당시 인심에 향하여, 기其 영성의 기갈을 유癒할 유일의 복음이었더라.

죄 없이 오래 배소配所의 월月을 조眺하고 있던 종교의 소녀는 이미 석일昔日의 소녀는 아니라, 연령 점장漸長하여 희미하게 자기의 사명을 자각함에 이르렀도다. 피녀彼女는 단연히 예술의 유수幽囚를 탈脫하여 쌍수雙手를 펴고 동방 유태 일우一隅로부터 침입한 그리스도교를 환영하였도다.

환영이라 함은, 일견 참담한 박해의 역사와 모순함과 여如하나 경更히 깊이 당시 인심에 횡재橫在했던 종교적 요구가 얼마나 절실하였던가를 상想하면 기독교의 전파는 기其 근본에서 이교 문명의 결함을 채우고자 당시의 정신계에 투합한 바 있음은 불가엄不可掩의 사실임을 보리라. 요한복음서의 전하는 바에 의하면, 기독 재세在世의 당시에 재在하여서도 유월절逾越節 연筵에 예루살렘 성에 상上한 사람들 중에 다수한 희랍인이 있어, 피등彼等은 인人을 개介하여 예수에게 회견을 구함을 본다. 차此 회견은 예수의 일신一身에 취取하여 안위존망安危存亡이 기岐하는 바이었다. 이방인에게 도道를 설說함은 유태교의 엄금하는 바라, 예수는 밝히 차사此事로 인하여 인심의 이반이 내來할 것을 알았다. 그러나, 일시동인一視同仁 미迷한 양羊을 위하여 생명을 조措함을 불고不顧한 피彼는 드디어 뜻을 결決하고 차此 회견을 감敢히 하였다. 기타 예수는 몇 번이나 이방의 민民이 이스라엘 민족에 앞서 천국에 입入할 것을 경고한 일도 있다. 이로써 여하如何히 당시의 인심이 영성의 기갈을 각覺함이 심한 바 있었던 것을 알 수 있다. 간看하라. 회왕會往은 철인哲人 소크라테스로 하여금 독배를 앙仰케 한 아테네 시민도, 아, 레오 산두山頭의 사도 바울[保羅]에게 일지一指를 가加하지 못하지 않았는가. 지知치 못하는 신에게라고 축築한 이교의 제단은 어느덧 파훼破毁되고 이교의 우상은 홀연 기其 적跡을 절絶하고, 기독교의 세력은 급전직하急轉直下 흡사히 대하大河를 결決함같이 도도滔滔하게 전 로마 천지에 창일하게 되었도다. 초대 기독교의 전파사傳播史는 비록 기다幾多의 순교자의 유혈流血로써 인印하였으나, 요컨대, 이 히브리 사상이 희랍 사상을 정복하여 나아간 간단없는 승리의 기록에 불외不外한다. 콘스탄틴 대제의 개종은 근僅히 차此 사실상의 교화를 형식상에 표함에 불과하다. 하何뇨하면 당시의 문명의 요소 되는 희랍의 예술주의와 로마의 권력주의와는 일찍 기其 주의상主義上에 재在하여 암약暗弱한 나사렛 사람의 군문軍門에 강降하였음으로써라.

차此를 세계종교사 상上으로 관觀하면 공전절후空前絶後의 장거壯擧임은 무의無疑하나 광廣히 인문 발전의 대국大局으로 견見하고 취중就中 예술 발달의 역사로 관찰하면, 오인吾人은 차此 이교 문명의 기독교화를 목目하여 창절비

절愴絶悲絶의 일대 비극이었다고 칭할 수밖에 없다. 하고何故뇨 하면 한번 예술의 유수幽囚를 탈脫하여 세계 인심을 지배하는 지위에 입立한 종교는 독獨히 자가自家 일신의 자유를 향락함으로써 만족치 않고, 어디까지 복수의 태도를 취하여 용사容赦 없이 이교의 문물을 파괴하고 취중就中 예술적 일체 활동을 저해함으로써라. 오인吾人은 차此 참담한 현상을 목目하여 종교가 적년積年의 원한을 예술에다 풀고 차此를 유수幽囚 압도壓倒한 것이라고 인認할 수밖에 없다. 부夫 엄숙 준열한 희생 헌신의 십자가의 종교는 기其 근본에서 당시의 이교 문명의 정수인 현세적 미적 생활주의와 빙탄불상용氷炭不相容하는 바 있었음으로써라. 더욱 당시의 기독교는 일면, 편협 고루한 유태민족의 배타적 정신과 훈화薰化되며 일면, 초세간적超世間的 둔세주의遁世主義의 스토익 학파와 결結하여 현세의 일체 쾌락을 부인하고 지식의 계발을 저해하여 전 세계를 거擧하여 일개 암담한 수도원을 작作치 아니하면 불기不已할 세勢를 시示하였도다.

사가史家는 차此 시대를 명名하여 중세기의 암흑시대라 한다. 실로 차此 시대의 구주歐洲의 천지는 종교의 폭풍이 인생 일체의 광명을 소멸한 암야暗夜이었다. 예술의 맹아가 어찌 능히 조락凋落치 않을 수 있으랴. 오인吾人은 사思하노니 성지聖地 회복의 목적으로써 기起한 중세기의 십자군은 참즉참慘卽慘이었으나 기其 결과는 세계 문명의 계발에 공헌함이 많았도다. 부夫 복음 선전의 성망聖望을 가지고 일어난 초대 기독교의 전도군傳道軍은 장壯은 장壯이었다 할지라도 기其 결과는 또한 세계 인문의 파괴와 예술의 박멸을 이래齎來하지 않았는가. 전자를 가민可憫한 아희兒戱에 비比함을 득得할진대 후자는 시是 가증可憎한 악희惡戱라 할까. 의재宜哉라, 근대 로맨틱 예술론자가 기독교로써 세계 문명의 구적仇敵이라 통론痛論함이여.

수연雖然이나, 역사의 보무步武는 오인吾人의 사思함보다 의외에 대고大股일다. 이교 박멸을 위하여 망살忙殺되었던 수 세기간의 암흑시대는 여장如長하나 실은 서광 부활 전의 일시의 심암深闇에 불과하였도다. 지구는 회전하고, 역사는 중반重返한다. 문예 부흥의 혁작赫灼한 서광은 벌써 이태리 지평선상에 창시漲始했도다.

영원히 유수幽囚의 비운에 함陷한 것같이 보인 예술의 처녀는 이제 요조窈窕한 여자麗姿의 숙녀가 되어 다시 수미愁眉를 개開하게 되었다.

문예부흥시대의 일체의 예술적 걸작 웅편은 즉시卽是 기독교화된 희랍 예술의 부활 재생이 아니고 하何뇨. 헬레니즘과 헤브라이즘의 이대二大 조류가 암흑시대의 심연 중에 와渦하고 전澱하여 자玆에 일대 활로를 초招하고 암岩을 벽擘하고 산을 천穿하여 도도滔滔 만 리의 옥양沃壤에 범람한 것이 아니고 무엇인가. 암흑시대의 참담한 만큼 부흥시대의 광채는 육리陸離하였다 찬란하였도다. 부夫 기독교의 정신이 근저로부터 구주 인민의 정신을 순화하고 훈화하고 영화靈化하여 드디어 능히 위대한 신문명을 발휘해 오기까지에는 수 세기의 준비와 수선修善은 아직도 장長하다 하기 부족하다. 오호嗚呼 종교와 예술은 구별이복우久別而復遇하였도다. 금今은 석昔의 무사기無邪氣한 교정交情은 아니요, 호상互相 타他의 장소長所를 인認하고 자가自家의 사명을 각覺하여, 애모와 존경으로써 심心의 우애를 경傾함이러라. 의재宜哉라, 피등彼等의 포옹은 발發하여 페트라르카와 보카치오의 시문이 되고, 라파엘, 레오나르도 다빈치, 티치아노 등의 회화가 되고, 미켈란젤로의 조각이 되고, 브라만테의 건축이 됨이여. 시試하여 차등此等 명장 거벽巨擘의 걸작을 취取하여 검지檢之하면 부夫 단單히 희랍 예술의 부활이라 함보다 영寧히 기독교의 미화된 것이라 볼 수 있다. 예술이 종교화하였다 할까, 종교가 예술화하였다 할까. 하何로 보든지 양자가 도저히 불가이不可離할 관계로 상결相結됨은 명백하다. 보라, 기독교의 신념을 이離하여 과연 라파엘의 「마돈나」는 존재함을 득得할까. 미켈란젤로의 「피에타」는 존재할 수 있을까. 차등此等의 걸작은 혹은 희랍 예술의 형식과 기교를 이離하여는 성립함을 득得할지나 기독교 사상을 이離하여 성립함을 미득未得함은 하인何人이나 간취할 수 있을 것이다. 오인吾人은 문예부흥시대의 예술을 단單히 희랍 예술의 부활 우又는 모방이 아니요, 예술의 의衣를 착着한 기독교의 환발煥發이라 평할 수 있다.

오호嗚呼 뮤즈의 여신은 암흑시대 장야長夜의 수면에서 성醒하였도다. 기其 성醒함에 피녀彼女는 자기를 제우스신의 포옹 중에 발견하였더라. 장구한 이별 후 다시 손에 손을 잡고 청징晴澄한 남구南歐의 천지에 활보한 피등彼等의 자세는 얼마나 우미優美하고 웅웅雄雄하였을까. 기記하여 자玆에 지至하매 다시 사가史家의 필筆을 집執하여 이래爾來 구주歐洲의 문명사 상에 재在한 양자의 이반 쟁투의 사실을 서敍함을 불인不忍하겠다. 사실은 어디까지 냉혹하여 한광寒光은 항상 역사 위에 표표漂漂하다. 희랍 문명의 말엽에 예술이 종교를 압도함과 정반대로 금번은 종교가 예술을 압도한 비극을 연演함에 지至하였도다. 차此 시기에 재在한 양자의 쟁투는 증曾히 초대 기독교 이래 암흑시대에 재在함과 여如히 호상互相 구적仇敵의 관계를 유有함은 아니요, 영寧히 부자父子의 쟁爭과 여如하며 우又는 형제혁장兄弟鬩墻의 유類라. 하何뇨하면 차此 예술 부흥의 말로에 재在하여 예술은 기其 보호자 되는 종교의 약롱藥籠 중에 기其 영활靈活한 생명을 실失하였으므로써라.

종교의 무상명령권無上命令權이 한번 나학羅學 법왕法王의 교권敎權이 되어, 인생 일체 활동을 속박한 당시 사회에 재在하여서는 신성한 예술도 또한 드디어 동일한 운명을 면키 불능하였다. 희랍 예술의 부활을 이상으로 한, 르네상스의 문예 미술도 어느덧 종교의 노예가 되어 기其 포교 전도의 일 기구됨에 불과하는 관觀을 정呈하였다. 간看하라. 광세曠世의 천재 라파엘, 미켈란젤로와 여如한 거벽巨擘도 당시 법왕의 권고眷顧와 보호 하에 서지 아니하면 능히 기其 천재를 발휘할 수 없었을 뿐 외外에 기다幾多의 제한이 기其 제작 상에 가加하여, 법왕의 비준과 인가를 경經치 않고는 기其 작품의 공표도 불능하지 않았는가. 거오불기倨傲不羈의 미켈란젤로도 다만 신구약성서 중의 화제畫題로만이라는 조건하에, 시스틴 채플의 대벽화에 종사함을 득得하였도다. 성 베드로 사원[聖彼得寺院]의 대건축도 당초에는 희랍식의 십자가 형상의 기설계其設計를 입立하였다가 후대 법왕의 엄명으로 차此를 로마식의 십자형으로 변경하는 부득이不得已에 지至하였다. 기타 라파엘의 기다幾多 「마돈나」 화상畫像과 여如한 것은 예술상의 작품으로서보다 영寧히 종교적 일종의 우상으로 인심 교화의 용用에 공供함이 되었더라. 당시의 예술이 얼마나, 로만 가톨릭교라는 일개 종교적 형식의 질곡에 속박되어, 일보一步도 능히 기其 권외圈外에 답출踏出하지 못하였던 것을 알 수 있다. 르네상스 시대의 말로를 평하여 종교가 예술을 압도한 시대라 함은 역亦 부득이하다.

16세기의 종교 혁명의 대운동은 화산의 폭발과 여如히 전구全歐의 천지를 진동하였다. 로마 법왕의 교권 하에 국척跼蹐하였던 종교 정치 문예 미술 기타 일체의 인심 활동은 자유 천지에 용약踴躍하였다. 간看하라, 종교상의 자유는 일전一轉하여 사상 상의 자유가 되고 재전再轉하여 정치 상 자유가 되었도다. 불란서 혁명의 선구자 루소는 세례 요한과 여如히 야野에 규叫하여 왈曰 '자연에 환還하라'고. 전구全歐의 인심은 향響과 여如히 차此 성聲에 응하여 기起하였다. 취중就中 예술계의 신기운新機運은 차此 '자연에 환還하라'는 표어 하에 약연躍然 발흥하였다. 종교 혁명 이후에 혼돈한 사회적 동란은 일견 예술의 발달을 저해함과 여如하나 예술로 하여금 일면 진부한 고전주의의 형식을 타파하고 일면 종교적 형식의 기반羈絆을 탈각하여 청신 영활靈活한 예술 기其 자등自等의 사명을 자각케 한 자는 즉시卽是 종교 개혁의 대운동으로 인하여 환발煥發된 자유의 대기운大機運의 혜사惠賜라 하리로다.

오래 고전주의와 로만 가톨릭교의 형식 중에 신음하던 미술 문예는 용사가 전장에 약입躍入함과 여如히 웅자雄姿 당당 자유의 천지에 활보하게 되었다. 소위 자연주의의 왕성, 로맨티시즘의 발흥, 또는 사실주의의 범람이 되어 근대에 급及하였다. 이 자연주의 내지 사실주의의 근대 예술이 일층 고高한 일치一致에서 종교와 제휴하려 하는 경향이 생生하게 되고, 근대 문명의 영향을 수受한 예술이 점차 자기의 독특한 사명을 자각해 오고, 종교 도덕의 노예인 구태舊態를 탈각하여 스스로 신천신지新天新地를 개척하는 기운機運에 향하게 되었다. 피彼, 자연을 위한 자연"Nature for its own self"이며 우又 예술을 위한 예술"Art for art's sake"이라 하는 규성叫聲이 얼마나 현대인의 흉저에 일종 금치 못할 쾌감을 여與하는가를 상想하면, 오인吾人은 자玆에 유수幽囚되었던 예술의 과거 역사가 얼마나 참담한 바 있었던가를 사思하고 일국一掬의 누淚를 뮤즈 여신을 위하여 쇄灑하려 아니한들 어찌 능할 바랴. 오호嗚呼, 불우한 자매의 쌍생아야, 너는 과연 영구히 상포상의相抱相依하여 인생 화원花園에 즐거운 꿈을 맺지 못하겠느냐.

× × ×

× × ×

쟁爭은 반드시 구적仇敵 간에만 불기不起하고 반反히 친근 간에 생生함은 인생의 상례 같다. 고로 설래說來함과 여如히 예술과 종교와의 반목 쟁혁爭鬩의 역사적 사실은, 양자의 관계가 너무 친밀한 바 있으므로써가 아닐까. 오인吾人으로 하여금 잠시 역사를 덮어 두고 이론과 실험이 지시하는 바에 종從하여 양자 본래의 성질을 검檢하고 기其 공통 유사의 점을 천명闡明케 하여라. 상上에 오인吾人은 예술과 종교를 인생의 쌍생아에 비比하였다. 이미 인생의 쌍생아인 이상, 피등彼等은 같은 혈액을 분分하고 같은 유즙乳汁에 양養하여 생장 발육된 바일 것이다. 하何를 동일한 혈액이라 하는고, 왈曰, 인성人性의 감정이 시是라. 실로 예술과 종교와는 공히 감정의 만족으로써 본래의 목적을 삼지 아니하는가. 인심의 이성은 과학 철학을 생生하고 인심의 의지는 윤리 도덕을 생生하고 인人의 감정은 일방一方에 예술을 산産하고, 타방他方에는 종교를 산産하였다. 무한을 모慕하고 절대에 동경하는 인人의 종교성은 감정의 가장 숭고 유원幽遠한 자요, 미美를 모慕하고 미에 동경하는 인人의 심미성은 감정의 가장 순결 자연한 것이 아닌가. 시간試看하라, 감정이 동반치 아니하는 종교가 비록 세상 존재할지라도 시是는 필경 고목枯木사회死灰의 종교요 기중其中에 하등何等의 활생명活生命이 있지 아니하며, 또 감정이 미未에 반伴하는 예술에 지至하여서는 당초부터 기其 존재도 상부想浮하기 불능하지 아니한가. 세상에는 이성에 기基한 종교가 있고, 의지에 기基한 종교가 있다. 전자는 대승불교에 차此를 견見할지며 후자는 스토익 학파 내지 유교에서 볼 수 있다. 그러나 대승불교는 심현深玄한 종교철학으로서 대大한 가치가 있고, 유교, 스토익 학파는 유력한 도덕 윤리로 하여 대大한 가치가 있으나, 아직 이상적 최고의 종교라 칭하기 난難할지도 모르겠도다. 기독교에 지至하여는 심현深玄한 철리哲理와 건실한 도덕이 유有함은 물론이나, 기其 종교적 생명의 원천은 영寧히 기其 순결 성고聖高한 감정생활에 존存한다 하겠다. '심心이 빈貧한 자는 복이 있나니, 그는 신을 보리라' 함은 기독의 산상대훈山上大訓의 진수요, 천부天父의 성지聖旨를 봉奉하여 차此를 열애熱愛하며 동경하여 소위 정결精潔된 심정으로 신인합일神人合一의 성경聖境에 달하려 함이 그 신자들의 일야기도日夜祈禱라. 오인吾人은 이성의 만족이란 일어一語를 상용常用한다. 그러나 상심詳審해 보면 만족하는 것은 이성이 아니요 감정이라. 이성에 의하여 토구討究되고 포착된 진리는 말할 수 없는 만족을 오인吾人의 감정에 여與하는 것이 아닐까. 도념의 만족이라 함도 차此 이理가 아닐까. 도덕적 생활의 만족이라 함은, 필경 차此 청징淸澄한 양심을 의미하며, 이 청징한 양심의 만족이라 함은 요컨대, 이 청징한 감정에 지도指導된 의지의 생활을 의미함이 아닐까. 실로, 슐라이어마허Schleiermacher의 도파道破함과 여如히, 종교 본래의 생명은, 이지理智가 아니요 도의도 아니요, 감정의 향상에 존存한다.

차此 향상의 감정이 오인吾人에게 여與하는 영적 실험을 회고하고 추회하며, 차此에 정연한 이성의 설명을 여與하는 자는 즉 오인吾人의 종교적 사상이요, 피彼 신학이라든가 교리라든가 신조라 하는 것은 필경 모두 차此 종교적 감정의 만족을, 경更히 공고한 반석 상에 확립케 하려 하는 오인吾人 이성의 부산물이 아니고 무엇일까. 약若, 종교자의 도덕적 생활에 지至하여서는, 충족한 종교적 감정의 자연한 발로에 불과함은 종교적 생활의 일경一境을 미味한 자는 다 실험할 바라. 진眞으로 신을 애愛하는 자 어찌 능히 기其 동포를 애愛하지 아니하겠는가. 오인吾人이 종교적 생활이라 함은, 요컨대 신과 접하는 감정의 생활이요, 이성은 차此를 지도하여 확립의 기초를 여與하며, 의지는 차此를 활현活現하여 실험상의 보정保証을 여與하는 자라 할 수 있다. 예술에 지至하여는 감정의 만족으로써 유일의 목적을 삼음은 자玆에 노노呶呶의 요要가 없다. 예술적 활동의 세계에 재在하여는 오인吾人의 의지와 이성은 전연 침묵의 지위에 거居하여 불관지언不關知焉의 관觀을 작作할 수밖에 없다. 이같이 예술의 세계는 철두철미 감정의 세계일다. 감정을 이離하여 예술이 없음은, 수水를 이離하여 어魚가 없음과 같다.

미의 열락이 예술 당안當眼의 목적으로 삼는 유일의 소식임으로써라. 예술 중에 진리의 광명이 불휘不輝함이 아니요, 도의의 세계가 존存치 않음이 아니나 기其는 오인吾人의 감정생활을 경更히 풍부하게 하며 경更히 심후深厚

하게 하기 위하여 존存함에 불과하다. 환언하면 진리를 배背하고 도의에 반하는 예술은 능히 오인의 최고 지순한 감정을 만족함에 부족함으로써라. 감정의 만족을 이離한 순연한 진리의 토구討究와 도의의 추구는, 차此를 학술 도덕의 세계에서 구할지요, 예술의 세계에서 망望할 바 아니니라. 고로 예술의 세계에 소요하는 자는 안중에 다만 미의 동경이 있을 뿐이요, 미의 열락뿐이요, 미美한 감정의 만족이 있을 뿐이라. 시가, 음악, 회화, 조각 등은 하나도 오인吾人의 감정생활을 이離하여 능히 성립함을 미득未得함은 기고其故라. 과연이면 예술과 종교는 공히 오인吾人의 감정이라는 동일한 혈액에 의하여 기其 생명을 양養하는 것이 아닐까.

예술과 종교와의 공통점은 이에 지止치 아니한다. 양자로 하여금 능히 기其 생생 발전의 활력을 지持케 하며, 청신 영활靈活의 원기를 휘揮케 하는 소이所以는 실로 오인吾人의 상상력과 밀접한 관계를 유有함으로써라. 실로 상상력의 종교 예술에 재在함은 우익羽翼의 조鳥에 재在함과 여如하도다. 오인吾人의 종교로 하여금 기其 내용을 풍부케 하는 자는 영활靈活한 상상력에 불외不外하는 것같이 일체의 예술로 하여 기其 미를 방放케 하는 자는 실로 인심의 청신한 상상력의 치致하는 바라. 피彼 상상력이 결핍한 예술적 작품의 무미소연無味素然하여 하등何等의 감흥을 오인吾人의 심중에 야기하기 불능함을 보라. 고래古來로 위대한 예술은 요컨대 위대한 상상력의 발현임을 의미한다. 시是는 종교에 재在하여서도 역연亦然하다. 고래古來로 위대한 종교가는 가장 영활불매靈活不昧한 상상력을 유有한 인人이었다. 피등彼等은 한번 우주의 추상적 진리를 포착하매 기其 풍부하고 순후醇厚한 상상력은 홀연히 차此를 정미진진情味津津하고 광채육리光彩陸離한 활活한 사상事相으로 화化하여 위선爲先 자신이 감感하고 또 인人으로 하여금 감感하게 하였다. 가장 여실히 가장 적확히 영계靈界의 소식을 묘출描出하여 오인吾人으로 하여금 목미견目未

見, 이미청耳未聽하고 심미염心未念한 별천별지別天別地의 풍광에 접케 하는 자— 시是 기豈 피등彼等 고매 위대한 상상력의 사물賜物이 아니고 무엇인가. 기독의 종교적 대천재로도, 들의 백합화, 공중의 조鳥, 우又는 방탕아의 아름다운 비유에 의依치 않고는 능히 신의 애愛를 전傳키 불능하였다. 시試컨대 기독의 설교 중에서 일체 시적 분자를 제거해 보라. 소잔所殘은 당시의 학자 바리세인의 종교와 과연 기허幾許의 택擇할 바 있으랴. 기독의 영안靈眼에 영映한 우주 인생의 진상眞相은 신을 천부天父로 앙仰하고 인류를 동포 형제로 한 일 대가족의 아름다운 단란團欒의 광경이었다. 시試하여 재천在天의 부父라는 간단한 일어一語를 완미翫味하여 보라. 여하如何히 풍부한 상상력이 기중其中에 충일充溢 비동飛動하는가를. 피彼가 삼 년간 전도에 능히 세계 심령계를 일신一新한 자— 원래 기其 신적 인격의 소치이나 우又 일면은 기其 영활靈活한 상상력에 충일한 시가적詩歌的 교훈이 심각히 인심의 금선琴線에 촉觸하여 교감부응交感孚應 능히 천계 묘락妙樂에 공명을 난금難禁케 함에 인因치 아니하는가. 실로 종교의 세계는 일면 신비의 세계라. 상상의 익翼을 적藉치 않고 어찌 능히 기其 풍광을 방불케 함을 득得하랴. 자玆에 가지可知라 상상의 역力은 종교 예술 공유의 우익羽翼이요, 일면 인人으로 하여금 예술의 미美한 화원에 소요逍遙케 하며, 일면 인人으로 하여금 종교의 고高한 천계에 고상翶翔케 하는도다. 오인吾人은 이미 감정과 상상 이면二面에 재在하여 예술과 종교와의 공통점을 약술略述하였다. 종終에 임臨하여 일개一箇의 관찰을 술述케 하라.

예술과 종교로 하여금 기其 본래의 사명을 발휘케 하는 공통의 이기利器는 인심人心의 직각력直覺力일다. 양자는 공히 직각적으로 우주의 직상直相을 해석하며 직각적으로 삼라만상 중에 잠재한 심현深玄 오묘한 의의를 포착해 온다. 학술과 철학이 어디까지 추리적으로 귀납 연역하여 비로소 도달함을 득得할 우주 인생의 진리가 예술가나 종교가의 영안靈眼 중에는 전연 직각적으로 가장 명철 여실하게 일종의 환영幻影과 여如히 파노라마와 여如히 현영顯映하며 개전開展하며 부동浮動하여 옴을 볼 수 있다. (우주 인생의 철학적 탐구에 직각이 필요함은 물론이요 또 철학에 직각이 있고 철인 중에 직각철학을 고창高唱하는 자도 있고, 또한 신비철학도 있음은 물론이나 대체로 연然타 함이라.) 인人은 미美가 하고何故로 미美인가를 설명할 수 없음과 같이 일체의 종교적 실험도 기其 감교부응感交孚應의 찰나에 재在하여는 기其 하고何故임을 입증키 불능하다. 연然이나 한번 아름다운 화상畵像의 전前에 입立하는 자— 하고何故인 줄 미지未知하는 일종 오묘한 미감美感에 혼을 빼앗겨 도연陶然히 용溶함과 여如한 낙경樂境에 입入함같이, 한번 신교영감神交靈感의 종교적 실험을 미味하는 자 무엇인지 모르는 일종 유현幽玄한 대광명에 접하여 황홀히 취함 같은 영계靈界의 묘취妙趣를 포득捕得하는 자— 시是 기豈 이지理智의 예봉銳鋒으로써 투관透貫할 수 있을 바랴. 피彼 심미적 성정을 미유未有한 자—며 종교적 영안靈眼을 불구不具한 자— 우愚라 하고 광狂이라 할지라도 불관不關하는 바라. 미美는 어디까지 미요 진眞은 어디까지 진임을 어찌하랴. 직각直覺은 사실이다. 고답高踏 탈속脫俗의 인人은 능히 차此 영적 이기利器를 제提하여 범안凡眼의 투관透觀키 불능한 우주인전宇宙人全의 진상을 동찰洞察하며 현상계의 오저奧底에 잠재한 대의의를 이해하여, 혹은 차此를 예술의 작품에 올리며, 혹은 차此를 자가自家 인격의 영광에 실현할지로다. 종교적 대천재의 세계관, 인생관을 보라. 차此를 화성畵聖 라파엘의 걸작, 괴테의 웅편雄篇에 보라. 소위 인스피레이션이라든가 천래天來의 기가氣呵라 칭하는 자— 시是 기豈 영적 직각력直覺力의 위謂가 아닐까.

상술한바 감정이나, 상상이나, 또 직각력, 차此 삼자三者는 예술과 종교의 성능을 발양發揚케 하는 활력이요, 우익羽翼이요, 이기利器가 될 뿐 아니라, 삼자三者 기일其一을 흠欠할 시時는 예술다운 예술이나, 종교다운 종교는 지상에 존재키 어려울 것일다. 예술과 종교를, 동일한 혈血을 분分하며 동일한 유乳를 포哺하여 양육된 골육骨肉의 친親이라 함은 이에 있다. 또 이 쌍생아의 성격에 재在한 차별 현격의 일면은 차호次號에 올리려 하노라.

『폐허』 2, 1921.1

봉선화의 로맨스

신수 좋은 백발 노인이 소녀들의 무리를 향하여

"이아들아— 너희들 손가락 끝에 들인 것이 무엇이냐?"

"봉숭아지 무어야요—"

"허— 그 봉숭아가 무엇인지 아느냐 말이야—"

소녀들은 서로 얼굴을 마주 쳐다보며 수군거린다.

"땅에서 생긴 것이야요—"

"낮이면 햇빛 쏘이고 밤이면 달빛 받고 이슬 받아먹고 사는 것이야요—"

"아니야요— 내가 아침마다 저녁마다 길어다 주는 우리 집 뒷동산 옥천암玉泉岩에서 솟아나오는 샘물 받아먹고 자란 것이랍니다."

노인은 무슨 감개한 모양으로 여름 밤하늘을,

머—ㄹ리 바라보며

"옛날 옛날에, 저— 하늘 서편에 한 아름답고 젊은 별이 있었다. 해가 지면 다른 별들보다 맨 먼저 나와서, 희미한 광채를 발하고 반짝이고 있었다, 참으로 성군星群의 왕자이었다."

"네— 그래서 어쨌어요—"

"어서 또 하셔요—"

"그래서, 그런데—, 그 별의 발밑에 있는 땅 위의 어느 집 후원에 청명한 밤마다 나와서 별을 쳐다보고 노래하는 꽃같이 어여쁜 처녀가 있었다."

"네— 그래서요—"

"……………………………"

소녀들은 노인 앞으로 바싹들 당기어든다.

노인은 여름 바람에 나부끼는 눈같이 흰 수염을 어루만져 가며—

"너—들도 다— 아—듯이, 하늘과 땅의 거리가 너무 멀어서 그 처녀의 부르는 노랫소리가 겨우 희미하게밖에는 들리지 않았다. 그래서 그 별은 그 노래와 그 의미를 좀 잘 들어보려고, 귀에다 손을 대이고 땅으로 기울이다가 아— 고만 실수를 해서 고만 떨어졌구나—"

"에고나—"

"아고 가여워라—"

"…………………………"

이렇게 한참 동안 수서—ㄴ하다가 다시 침묵과 정숙이 계속한다.

"그런데, 떨어지기는 바로 그 처녀의 노래하고 있던 그 동산으로 떨어졌는데, 그만 잘못해서 몸을 상했단다…….

처녀는 너무도 불의지변不意之變에 고만 몹시 놀라서 땅에 가 엎드러져서 잠깐 기색氣色까지 되었다 깨어나서 겨우 정신을 차리려 할 제, 그 떨어진 별이 그 옆에 비껴 누운 것을 발견하였다.

처녀는 몹시도 가여운 동정심이 솟아나서 정신을 수습할 새도 없이 상한 별의 몸을 무릎에 안았다.

그때 고만 치마 끝에 고운 '별의 피'가 묻었나—, 지르잡아도 빠지지 않았다, 그래서 인因해 다홍색을 들여 버렸다, 지금, 너들 입은 다홍치마는 그때부터 시작한 것이다.

그런데, 그 별은 얼마 신음하다가 고만 절명하고 말았다…… 처녀는 불쌍히 여겨서 슬피 울며— 그 떨어진 곳에다, 땅을 파고 묻었다— 그 '별의 시체'를—.

……………………

그랬더니, 그 이듬해에 그 자리에서 꽃이 피었다.

그 처녀는 그 꽃을

'봉선화'라고 이름 지어 불렀다."

노인은 말을 마치고, 가벼운 미소를 띠우며,

"헤헤 이것이 봉선화의 이야기란다"

……………

어느 소녀는

"에고 참……"

하고 탄성을 발하면서,

어느 소녀는 깊은 침묵 속에,

머리를 수그리고

각각 심홍색으로 물들인 자기네의 손가락들을 열없이 들여다본다—.

『조선일보』, 1921.7.17

방랑의 길에서 추억

이 어린 추억의 하나를 김정설金鼎高 형님께 드리오

향산香山에 원족遠足하고 여사旅舍에 돌아오는 어느 여름날 저녁에 목욕을 하고 나서 안락의자에 비스듬히 누워서 무심중에 완강히 발육된 피어가는 나의 두 팔뚝을 만져 보고 완고하게 벌어가는 가슴통에 손을 대어 응시하고 있다가 어느 틈에 이렇게 되었나? 의아 속에 잠겨 가면서 유년 시대의 일이 하나 생각난다.

아마 여섯 일곱 살 적 여름이었다. 나의 아버지의 적삼 소매를 위로 미루어 치키며 손아람이 버는 (한두 아람이 아님은 물론) 그의 팔을 만지고 또 만지고 '아구— 아구—' 경탄하여 가며 손깍지를 끼고 그 팔에 매달리며 그때 (생각에는 그의 팔은 아마 한 위대한 산기둥 토막처럼 인상되었던 듯하다)

혹은 그의 적삼을 풀어헤치고 광대한 그의 가슴을 들여다보고 또 들여다보고 (그때 그의 그—'들' 같은 가슴의 인상은 어린 상상에 넘치는 한 위대하고 장엄한 비밀의 세계이었다. 어리나 깊은 경이와 회의懷疑와 위력의 궁전이었다.)

그리고 나서는 무슨 지혜이던지 제 팔뚝을 걷고 물끄러미 들여다보며 다홍 모시적삼 단추를 땀을 흘려가며 애를 써서 단추 고리를 벗기고서 그야말로 새가슴만한 제 가슴속을 유심인 듯 무심인 듯 물끄러미 들여다보고 적삼 문을 닫았다가 또 열고는 다시 들여다보고 하던 한 어린 추억이라.

× × × ×

여하간 지금 나는 이만큼 자랐다!는 데 대하여 사람과 자연에 향하여 깊은 감사를 아니 드릴 수 없다. 그러나 어렸을 적의 경이와 회의는 여전히 불변이다.

그때와 시간의 거리가 있는 만큼 그만큼 다른 의미로 당시 나의 아비에 대하던 경이와 회의는 지금은 곧 '나' 자체에 대한 그것이다.

그런데 나는 여기 대하여

'그는 자연법칙의 필연의 결과이지' 하고 간단히 말해버리는 상식적 태도란 것은 결코 나의 취할 수 없는 바이다.

나는 실로 그 '자연 자체' '법칙기물法則其物'의 헬첸心睦* 을 찌르고 싶은 것이다.

그리하여 솟아오르는 그 적혈赤血이 보고 싶은 것이다.

× × × ×

그리고 그는 결국 실로 지금 나의 이 우는 듯한 이 육肉의 팔! 마가摩訶 불가사의의 복마전伏魔殿 같은

× × × ×

이— 육肉의 가슴 쪼개고 보는 그 순간에

솟아 흐를 뜨겁고 붉은 선혈 그것이 아닐까…………….

---

* 독일어로 '심장'을 뜻하는 'Herzen'의 음차. 한자 표기는 '심장(心臟)'의 오식으로 보임.

× × × ×

서쪽을 향한 반나체 몸 위에
땅거미 져 가는 어둠의 베일이 서리도다……………………………………
…………….

(북경에서)

『신민공론』, 1923.1

표현

세계는 표현을 요구한다. 확실히 요구한다. 어느 존재가 표현 아닌 것이 있으랴. 한 폭의 나뭇잎, 한 알갱이의 모래알, 어느 것이 존재 그것의, 자기표현 아닌 것이 있으랴.

존재 그것이 곧 표현 그것이다. 표현 아니고는, 존재 그것이 성립하지 못하는 까닭으로. 고로 세계는 표현을 요구한다 하는 말은, 소용이 없는 말이요, 자기모순인 것 같다.

그러니까 '세계는 표현을 요구한다' 함은, 즉 '나는 표현을 요구한다'는 말로 전환할 것이다. 나는 표현을 요구한다.

나라 하는 존재 그것이 이미 표현 그것이요, '나'의 의식 그것이 곧 표현 작용 그것이 아닌가. 그러니까 나는 표현을 요구한다 함은, 나 자신의 지분持分의 표현을 나는 발휘하고 실현하기를 요구한다는 말이다. 자아실현을 의미한다.

나는 나를 표현하여야 하겠다. 내가 살았다, 산다 함은 나는 표현한다 표현을 요구한다는 말이다. 나는 절대의 표현을 요구한다. 나는 나의 표현의 능력과 범위가 어디까지 뻗쳐 나아갈지를 알지 못한다. 그러면서도, 절대적 표현을 요구한다 함은, 일종의 망상도 같고, 사실 독단이다.

그러나 나는 독단임을 뻔히 알면서도 그 독단을 범하지 않을 수 없을 만큼 그 만큼 나의 요구는 절실하다 불가항력이다. 나도 어찌할 수 없는 일이다. 독단범의 죄목으로 지옥에 떨어진다 할지라도 마지못할 일이다. 오

— 표현, 표현! 나는 표현 속에 살고 표현 속에 죽으련다. 표현이 나요, 내가 표현인 생활.

그리고 세계는 그 일체를 '나'를 통하여 재표현再表現을 요구한다.

또, 나는 우주에 표현을 줄 것이다, 나는 우주 속에 표현을 요구하고 우주는 내 속에 표현을 요구한다.

오— 표현! 알 수 없는 표현, 거룩한 표현!

나와 세계는 표현을 요구한다. 세계는 '나'를 통하여 표현을 요구한다 강청强請한다. 세계는 그의 표현을 '나'를 향하여 주장하며 도전하며 절대로 명령한다.

나는 세계를 걸어 '나'를 표현할 것이다. 이것이 그의 무상명령无上命令* 을 순종하는 도리이다. 세계는 나에게 그 자신을 계시하는 것이며 나는 나 자체를 세계에 향하여 호소하는 것이다. 세계와 '나'는 실로 표현도表現道를 통하여 하나이다. 나는 나와 세계의 표현을 감당치 못하여 얼마나 고민을 하였으며, 나의 표현력의 빈약함을 울었더냐. 위대한 표현의 의식, 표현의 자각, 표현의 사명, 나는 이 심각한 감격에 잠기어 두 주먹을 터질 듯이 부르쥐고 얼마나 울었던고. 오— 나에게 표현의 힘을 주어라. 나는 세계를 다시 한번 창조하련다.

표현은 실로 세계의 창조적 충동이다. 창조자의 본능이요 본질이다. 아니 창조 그것이다. 표현의 대상? 표현은 '무엇'을 표현하는 것이라 하면 벌써 이미 일종의 시간적, 혹은 공간적 거리감이 생긴다. 그러나, 시간과 공간은 결국, 표현 그것 또는 그의 과정을 형용하는 부호가 아닐까.

세계와 나의 창조적 의지, 영원 실재의 지속적 활동, 그것이 곧 표현이

---

* 원문은 기상명령(旡上命令)으로 표기돼 있다. 그러나 원문에서 글의 제목인 "허무혼의 독어"의 '무'를 '旡'로 표기하고 있다는 점과, 문맥을 함께 고려하여 "무상명령(无上命令)"으로 표기한다.

아닌가.

표현의 길, 방법, 형식의 여하를 불문하고 나는 나의 전全생명의 절대적 표현을 요구한다. 이것이 나의 생명의 도道다. 사는 것은 표현하는 것이요, 표현하는 것은 곧 사는 것이다.

『폐허이후』 1, 1924.2(영인본 638쪽)

폐허행廢墟行

길고 긴 세월은 무심히도 흘러갔다.

오래 이방異邦에서 방랑하던 나그네의 고단코 무거운 몸을 끄을고 나는 돌아왔다. 옛 집 옛 고향에.

옛 고향은 다른 나라 사람의 마을이 되었고

이전 나의 집에는 아도 보도 못하던 사람이 장사를 하고 있다. 옛날 면영面影이 다 바뀌어 변해 버린 가운데도 옛날 우리 집 뜰 앞에 버드나무 하나만은 모양은 물론 많이 변하였으나, 여전히 그저 서서 있다. 오래 돌아오지 아니하는 옛 주인 그리워 바라고 고대하는 듯이.

오— 버드나무! 우리 버드나무! 나의 동무!

나와 같이 자라나던 옛 친구! 나와 같이 웃고 나와 같이 울고 발가벗고 나하고 소꿉질 하고 장난하던 동무— 내가 너의 등에 올라타고 말렁질하던 동무 너를 타고서 아무리 꺼덕거려도* 달아나 주지 않는다고 심술부리며 트집하던 '나'는 지금 다시 너에게로 돌아왔다. 그리고 어느 때 나는 너의 연약한 팔가지에 매달려 집적일 제 너는 아프다고 울었지. 나는 잊지 않고 지금도 어제같이 생각난다.

너의 잔등이는 나의 어릴 때의 눈물 콧물도 많이 받았고 너의 뱃가죽에는 개천 속에 번쩍이는 사금치나 혹은 유리조각을 주워다가 네가 아파할 줄도

---

* 원문은 '껏더거려도'로 표기돼 있음. 구상 편 전집(1983)의 표기에 따라 '꺼덕거려도'로 표기함.

모르고 핏덩이 같은 고사리 손으로, 글자 아닌 글자, 그림 아닌 그림, 말 아닌 말을 그리며 새기었다. 그때에 너는 참 인고忍苦하였다. 너는 실로 어린 나의 원시적 창조욕의 표현을 위한 나의 어리고 고마운 수난자이었다.

오 그러나 그 상처 그 흔적은 네 몸이 장성함을 따라 자라나가다가는, 무심한 바람 혹은 비의 힘으로 묵은 옷 갈아입을 적마다 조금씩 달라져서 드디어는 불가지不可知의 비밀 속에 감추어져 버렸을 것이다.

그리고 너하고 씨름도 많이 했다. 벌거숭이로 땀 흘려가며. 그때 우리의 흘리어 떨어트리던 땀은 바로 너의 발밑에 노래하며 쉬지 않고 흘러가는 맑은 냇물 속의 붕어가 받아먹었지 아마.

그동안 너도 나도 많이 변했다. 너는 같은 곳에 가만히 서서 점잖이 변하며 있는 동안 나는 이리저리 이동하여 돌아다니며 변하였을 따름이다.

네가 지금 서있는 그곳에 너의 어린뿌리를 손수 친히 심고 북돋아 주던 할아버지! 나를 안아 주고 업어 주시던 우리 할아버지는 이미 땅 속에 돌아가셨구나!

오 그리고, 나와 팔씨름 하던 너의 옛날 팔은 모르는 사람의 톱날에 끊어져 버렸구나!

그리고 너의 터는 사람의 살내음 같은 향내 나는 황토 대신에, 시멘트로 희게 발라졌고 자유롭던 너의 몸뚱이는 철강鐵綱 속에 갇혔구나!

오 너는, 멀고 먼 나라 나라를 표랑하여 헤매이다가 고향을 그리워 돌아온 피곤하고 고독한 여객旅客의 유일한 희망과 포옹과 위안의 원천일 것이다.

오 그러나 나는 슬퍼한다. 너와 나를 위하여 통곡한다. 그윽하게도 아름다운 곡선의 리듬에 떠[浮] 멋있게도 흐르는 듯이 축축 늘어져 가브여운 미풍에 보조步調 맞추어 춤추던 너의 가지가지[枝]는 이해 없는 모르는 이방 사람의 손에 유린을 받고 거친 환경에 외로이 서 있는 너의 모양!

길고 긴 세월의 익지 못하고 낯선 이역의 나그네길 위에 서 있던 나의 신세도 이해 못 받고 동정 없기에 너보다 나을 것은 조금도 없었다. 그러므로 나는 너를 찾아 돌아왔다. 옛 나라의 오랜 역사와 사건과 그 운명을 한 가지 하는 버들아! 옛 고향집의 융체隆替와 성쇠를 말하는 나의 어렸을 때의 벗아! 아픔의 경험을 가진 이라야 아픔에 앓는 이를 이해하며 살필 수가 있는 것이다.

옛날 동무야 용서하라! 나의 불순不純의 죄를 용서하라! 내가 이제 너의 몸으로 기어 올라가 굵어진 너의 목을 얼싸안고 오래간만에 이전과는 의미 다른 눈물 흐르며 너에게 홍분에 열熱한 나의 입을 대임은, 잊을 수 없는 옛날의 깊은 추억과 아직 생명의식의 분열 작용이 생기기 이전의 혼일渾一 순진하던 무의식적의 어린 열정을 못 잊음으로써라. 나의 생명은 어느 의미로는 그동안 성장하고 발전하였음은 의심할 수 없는 사실이다. 너의 그것과 마찬가지로.

그러나 나의 내면적 불순과 사기邪氣는 가릴 수 없는 엄숙한 사실이다. 그는 너 자신도 응당 느꼈을 것이다.

이전에 천진하고 난만하던 때에 생명의 피와 열에 김 서리는 맨발이 너의 살에 닿을 적—그때에는 너의 몸의 넘치는 생명과 생기는 나의 맨발을 스미어 나의 핏줄을 따라 전신에 자유로 돌았을 것이 의심 없다—과 밑에 쇠못 박은 가죽신이 너의 가슴에 닿을 적과 비교감이 어떠하냐. 나는 이제 너의 가슴에 눈물까지 뿌렸음은 사실이나 일종의 무서운 격리감—

너와 나 사이에 — 의 고통을 견딜 수 없다. 오 — 두려운 비극!

어찌하면 좋을까! 오 — 어찌하면 좋을까!

오 — 벗아, 옛 동무야! 나는 다시 한번 발가벗고 맨몸으로 너의 상한 가슴 싸안으련다!

버들! 오 — 버들!
너는 다른 아무 것도 아니다
동양 예술의 상징!
조선의 사람과 자연의 혈맥을 통하여
영원히 유구히 흘러가는 선의 예술의 상징!
목숨은 짧다, 그러나 예술은 유구하다

『폐허이후』 1, 1924.2(영인본 639쪽)

사월 팔일

사월파일! 이 얼마나 좋은 날이며
사월팔일四月八日! 이 얼마나 반가운 날이며
사월파일! 이 얼마나 고마운 날이며
사월팔일四月八日! 이 얼마나 즐거운 날이며
사월파일! 이 얼마나 거룩한 날이냐

× ×

오— 이날이 가진 성스러운 음악적 선율—은 태초에 우리가 태어날 때부터 아니, 태어나기 이전부터 우리 속— 깊이깊이 숨어 있는 알 수 없는 거문고 줄에 부딪쳐 그윽하고 미묘한 소리에 떨며 공명하고 합류한다.

× ×

오— 이날은 우리 본성 자각의 의식이 움트고 그 의지가 발동한 첫날, 자기가 자기의 무엇임을 적확히 발견한 날

오— 이날은 인생이 기나긴 미몽에서 활연히 각성하여 자아가 우주의 주인공 됨을 선언한 날—— 그리고 자아 해탈에 진자기眞自己를 결정한 날

오— 이날은 인간의 최고이상이 전적으로 실현될 수 있는 가능성을 파악한 최초의 날

오— 이날은 인류의 자기구제의 영원한 약속이 맺어진 날!

× ×

이날은 이천 년 동안 우리 조상들의 혈관을 통하여 의식 무의식 간에 면

면부절綿綿不絶—— 오늘날 우리 혈관 속에까지 길이길이 굽이치며 흐르고 흘러 유전하여 온 무궁한 감격과 감동과 감사와 환희의 날이다.

× ×

유구하고 빈빈彬彬할사 길이로 이천 년 가로 삼천 리—— 백 대代의 우리 조상들이 이날을 즐기며 이날을 숭앙하며 이날을 감읍感泣함은— 그 무엇 때문이며 그 무엇을 위하여서며 무슨 의의와 가치가 있었기 때문이냐— 고 새삼스러이 묻고 싶지 않으며 이에 그 내용을 검토하여 설명할 필요와 여가를 가지지 않는다. 만일 우리가 기어코 그 무엇 때문을 묻는다면 지하에 묻힌 조상의 백골도 깨어 일어나 이에 답할 의무를 가질 것이다.

지금 우리는 다만 이날이 배태하고 내포한 역사적 이념의 혼연한 불멸성을 느끼는 동시에 우리 조상의 흉금에 이날이 뚜렷이 살아 빛날 제 우리 겨레의 생명은 ○○하였고 문화는 찬란하였고 국운은 ○○하였고 황금시대를 이루었다는 역사적 사실에 경탄부기驚嘆不已할 뿐이다. 우리는 역사적으로 어제 살았고 오늘 살고 내일 살아야 할 운명의 약속을 짊어진 자로서 이 신비로운 운명의 날을 제際하여 실로 감개무량한 바 있다.

× ×

거룩한 이날의 이념의 기맥은 우리의 뼈와 살과 피 속에 서리어 있음에 불구하고 무상히 반복하는 세태의 변환과 추이推移하는 시대의 영향으로 일시一時는 이 날의 면목이 몰이해의 암영暗影에 가리는 바 되고, 우리의 무식無識은 이날의 정신을 무시한 지도 이미 오래이다. 그러나 변하는 가운데 변함이 없고 동動하는 가운데 ○연부동○然不動하는 것이 이날의 정신이다.

이제 우리는 다시 이날의 진의眞義를 캐고 천명할 때는 되었다.

의식의 눈을 뜨고 이날의 면목을 다시 음미하고 다시 인식하고 다시 악수하여 다시 살릴 때는 되었다. 우리 흉저胸底에 잠재한 이날의 의식을 다시 환기하고 황폐한 우리 심전心田에 이날의 이념의 씨를 다시 뿌려 움트고 꽃피고 열매 맺게 할 역사적 사명의 날은 왔다.

×

우리는 우주와 인생은 구경究竟 무엇이며 무엇을 위하여서냐고 침통한 물음을 가슴에 품고 그 정체와 귀결을 얻기 위하여 과학과 예술과 철학과 종교 등 일체 학문의 영역에서 기나긴 역사적 세월을 죽도록 암중모색하며 헤매어 왔고 방금도 헤매이며 그 진상을 적중치 못하고 그 실상을 깨지 못하니 오호라 이 일이 언제나 끝나려는가

×

이에 우리의 철학적 의문은 극도로 첨예화하고 인생 문제의 철저한 전적 해결을 구하여 마지아니하는 우리의 충심衷心의 요구는 더할 수 없이 심각화하며 달으며 불붙는다. 그리고 어찌할 수 없는 인생의 고민을 죽음의 길에 방황하여 생은 과중한 피로에 질식하며 허덕인다. 시대는 정正히 정신적 위기에 직면하였고 인생은 백척간두百尺竿頭에 섰음을 발견한다.

×

오— 그러나 다행히도 사월 팔일! 이날이 제시하는 경지, 이 날이 상징하는 세계 속에 우리는 시대의 위기를 구하고 인생의 문제를 바로 전적으로 결단할 수 있는 광명한 근거를 보고 있으므로 감사하고 감격하지 않을 수 없다. 이는 단지 종교적 본능이나 충동으로서뿐만이 아니라 실로 알고자 하되 알 수 없는 본연자각이요 신념이다.

×

이제 우리는 묵고도 새로운 인생 최고의 역사적 기념일을 계기 삼아 인연 깊은 이 산하 이 국토에 본성자각의 불일佛日이 재휘再輝하여 다시금 장엄한 화엄세계가 건립되기를 서원誓願하며 제창하노니

우리와 공명하는 천하 대중은 바쁜 걸음 잠시 멈추고 올 이 거룩한 기념제에 동참하여 정숙靜肅하고 경건한 마음으로 이날 하루를 뜻 깊은 우리의 역사적 과정에 잠심潛心하여 다시 한번 돌아봐 살피며

생각해 봄이 있기를 그리고 이날의 정신이 이 날의 안목을 실지 체득함이 있기를 충정으로 원하노라

불기佛紀 2962년 5월 5일 어於대구

(대구불교부인회와 대구불교청년회의 금회의 〈사월 팔일제〉를 위하여 초草한 것)

『조선중앙일보』, 1935.5.8~9

〈성극聖劇의 밤〉을 보냄

사월 팔일 제祭후에

여러 대중은 지금 이 자리에 무엇하러 모였는가
무엇을 그 무엇을 보려 하는가
오직 간절한 소원은 속지 말아라
크게 속지 말지어다
긴절緊切한 부탁——은 자기가 자기 자신을 속이지 말진저

×

이날 이 밤은 바로 삼천 년 전 그날 그 밤이다. 이날은 그저 날이 아니다. 한 인간의 우레 같고 벽력같은 철저한 자각의 힘으로 우주 자체가 자기혁명을 일으킨 일대 역사적 계기의 날이다. 천지만물이 잃어버렸던 자기를 찾고! 한 티끌 한 마리 벌레도 빠지지 않고 자기가 자기 자신을 자조自照하여 자기가 엄연한 실재임을 발견하고 천지간에 빼앗을 수 없는 지위를 차지하고 장엄한 화엄세계 속에 불생불멸의 시민으로서 등록된 그날——

나도 너도 그도 저도 한 마리 개도 한 알의 모래도 한 줄기 풀도 한 낱의 꽁지벌레도— 다 같이 비장한 우주적 교향곡의 신비로운 악장의 보표로 표현된 그날——

오— 이날은 사월 팔일 — 이 얼마나 고맙고 즐겁고 거룩하고 신비로운 인생의 역사적 운명의 날인고——

×

이 밤은 그저 밤이 아니다.

우주를 무대 삼고 아—니 우주의 모태인 진허공법계眞虛空法界를 무대 삼고 돌연 등장하여 만법萬法의 정체를 간파 시현示現하고 인생만유를 총동원하여 산산수수山山水水 (산은 산 물은 물) 화홍유록花紅柳綠 (꽃은 붉고 버들은 푸르고) ——각기 배역하여 전무후무하고 장엄무비壯嚴无比한 대조화의 '우주극'—을 실연한 바로 그 밤이다.

이 밤은 실로 삼천 년 전에 이 천지간에 천지 밖에 아—니 우리가 지금 밟고 있는 바로 이 땅 위에 탄생한 거룩한 배우——

삼천 년 전의 그의 이름은 석가모니—오늘은 곧 우리 자신인—그 배우를 송찬頌讚하고 갈채하고 예배하는 기념제의 밤이다.

×

우리는 처음부터 오늘 이때까지 말고자 하되 말 수 없는 하나의 조고마—한 충정과 적성赤誠을 가지고 극본을 쓰고 연습을 하고 연출 감독을 하고 의상을 짓고 무대장치를 하고 화장을 하고— 드디어 이날 이 밤을 맞이하고 말았다.

이—모든 현상과 내용과 기술—에 아무리 불비不備하고 부족하고 불완전한 점이 많다 하더라도 그— 모든 것들의 속을 꿰어 흐르는 가는 붉은 선線—은 우리의 등장인물과 감독과 내조內助 외호자外護者 전체의 어찌할 수 없는 적성赤誠의 상징이다.

출연자와 감독자는 발분망식發奮忘食하고 땀을 흘렸다.

그러나 출연자 전부가 가정— 모든 조건이 부자유하고 불리한 형편에 처한 조선가정의 부인들의 모임이라 아무리 명감독인들 더구나 극히 단촉短促한 시일에 어찌 그 무대기술의 심오한 온축蘊蓄의 백분일百分一을 전수할 수 있으리요. 로마[羅馬]는 일조일석一朝一夕의 작품이 아니다. 시일의 우리들의 죄이다.

회원 중 연습 기간에 혹은 귀여운 병든 애기를 여러 날 병상에 홀로 눕어 두고 혹은 이해 없는 가정의 제지와 항쟁하며 혹은 적빈赤貧하여 속 빈 배를 졸라매 가며 여러 날 동안 악전선투惡戰善鬪 일근一勤 정진하였다.

이것이 신앙의 대상인 진리의 표현을 위하여 부석신명不惜身命하는 용자勇者의 정열 아니고 무엇이랴.

이것만이 우리의 유일한 자랑이다.

그러나 우리는 각각 태초부터 석가 탄생 이전부터 이미 무진법계無盡法界의 명배우인지라 어찌 훼예포폄毁譽褒貶의 구구한 성공 실패 — 녹록碌碌한 시비득실 이해타산에 구애될까보냐.

×

자 — 때는 되었다. 우리는 어서 우리 마음에 등불을 준비하자. 만법연등萬法燃燈의 등불을 켜 들고 무대에 오르자.

○○○는 ○이고 ○○○은 ○니고 —*

그리하여 '그이'를 그리운 우리 자신의 님을 — 맞이하자 —

오월 팔일

『조선중앙일보』, 1935.5.12

* 원문에서 삭제돼 있음.

금강은, 우리를 부른다

운귀산雲歸山독립 일만 이천 봉

금강— 금강산! 오— 금강산은 지금 우리를 부른다.

금강—은 산악 정령의 호흡과 신경과 감정과 골수와 그 영혼의 결정체요 순수미학적 체계적 비약적 구현체요

대자연의 자유의사와 자율적 자동성의 현실상이요 그 정신 육체적 구현체이다.

금강산—은 실로 자연의 억제할 수 없는 천재적 약동이요 자연의 선기禪機요 맥박이요 그 심장이요 금강심金剛心의 숨길 수 없는 구체적 발로發露요 조선심朝鮮心의 예술적 상징적 활현活現이요

사람이 조선심을 물으면 우리는 침묵하고 손을 들어 우리의 금강산을 가리킬 것이다. 금강산은 멸하는 날이 있으리라. 그러나 우리의 금강심— 은 멸하는 날이 없으리라.

조선의 마음은 금강을 여의고 있을 수 없고 금강—은 조선심을 떠나서 설 수 없다. 금강산은 곧 조선심이요 조선심은 곧 금강산이다. 조선심과 금강산—은 정신 육체적으로 그 발생학적 역사적 주의主義 발전 과정에 있어 그 존재 이유를 한가지하고 그 호흡과 기맥과 그 심장이 상통 공명하는 불이不二의 쌍태아雙胎兒이다.

금강심은 즉 조선심이요— 조선심은 즉 금강심이다.

감정이 서로 자유 이입하고 이심전심—간間 불용발不容髮의 완전융합체이다. 조선심이 금강—을 최심最深한 의미에서 이해 파악할 수 있고 금강

심만이 조선심을 알 것이다. 이는 주관적 독단이 아니라 역사적 연기緣起가 이를 증명한다.

만일 조선심에서 금강적 요소를 빼앗는다 하자. 그는 상상할 수도 없는 두려운 가상假想이어니와 두말할 것 없이 그때는 곧 조선심의 타락이요 부패이요 멸망의 날이다.

우리는 금강에 나서 금강에 멸할 것이요 멸한 그 자리에서 다시 금강에 나리라. 전설에 불사조 모양으로——

금강—을 빼앗음은 조선의 마음을 빼앗음이요 조선의 마음을 빼앗는 것은 금강의 마음을 빼앗는 것이다.

오— 신성불가침의 금강성봉金剛聖峯—

금강—은 우리의 일종의 종교적 신념과 숭앙과 감사의 엄연한 대상이다.

조선의 마음은 언제나 금강산을 상기想起할 때마다 금강에 향하여 은미隱微한 중에 경건히 머리 숙여 기도드리며 끝없는 찬미의 노래를 읊조리고 있음을 발견한다.

금강을 사랑하는 우리의 마음은 곧 신을 사랑하는 마음이요 금강을 연모하는 우리의 마음은 곧 절대경이나, 천국이나, 극락을 우리 심오心奧에 상기 연모하는 플라토닉 에로스의 심경과 합치한다.

우리 이 땅의 모든 정신문화사적 위대와 고귀와 고아高雅와 강의剛毅와 그 영광은 실로 금강의 소산이요 공덕이라 하여도 과언이 아닐 것이다.

금강—은 우리를 높은 데로 끌어올린다. 우리의 정신을 더 높은 지경으로— 더 높을 수 없는 곳으로 이끌어간다.

금강행은 천국행을 의미한다.

만물상의 전설은 조물주가 천지만유를 창조하려고 발심發心하던 그 순간에 그 설계적 표본의 축도縮圖로 조출造出하였다 하거니와 그 이면의 의도는 이 지상에서 우리들에게 보여주기 위한 천래적天來的 본지本地 풍광의 상징으로 조화옹이 특별 창조 전개한 선물이라 할 것이다.

이런 의미에서 조선 민족은 대자연의 선민選民으로 긍지할 특권을 가진 자이다.

조선심을 쪼개고 보라— 그 속에 금강 이자二字가 깊이 새기어 있음을 발견하리라.

(금강을 소개한다거나 설명한다는 것은 죄스러운 일이요 무지를 폭로함에 그친다.

금강—은 가서 보라! 직접 가서 보라! 이 한 마디 말이 있을 뿐이다.)

보고도 모르겠거든 눈을 씻고 보고, 마음의 눈을 뜨고 보라.

마음속의 금강을 먼저 보고 허공에 솟은 저— 금강을 볼 것이다.

금강은 신성비경神聖秘境이라 누구나 천박한 유산遊山 기분이나, 유흥 자세로 갈 곳은 아니다. 그는 금강에 대한 모독이기 때문이다.

금강의 진면목은 그의 눈으로부터 영원히 감추어지리라.

품品 높은 예술적 감상안鑑賞眼과 진실한 종교적 경건성으로 대앙對仰할 그것이다.

평생에 금강을 위하여 시를 아끼어 간직하였던 우리의 옛 시인은 "시도금강불감시詩到金剛不敢詩"라 하지 않았는가. 금강은 실로 시詩도 이르기 어려운 곳이다.

원생고려국願生高麗國하여 일견금강산一見金剛山—이라고 만 리 밖에서, 몽매간夢寐間에 금강을 멀리 동경하는 한 외국 시인의, 대표적 탄식 속에는 실로 일종 억제할 수 없는 측은한 종교적 연모의 정을 읽을 수 있고 일국一掬의 동정의 눈물을 자아내는 바 있다. 고래古來로 우리 조상들이 금강을 못보고 죽으면 극락을 못 간다고 하였거니와 금강을 보고자 하는 우리의 간절한 마음은 신을 보고자 하는 종교적 요구요 미의식의 지상명령이다. 금강을 보고 죽으라! 이는 우리 역사의 전통적 공약이요 우리 민족의 전체적 공명共鳴의 표어이다.

오— 금강산을 보고 죽고지고——

이는, 우리 심오心奧의 절절한 소원이요 충정의 속삭임이다.

일찍이, 멀리, 만 리의 바다를 건너, 이 땅에 와서, 금강을 한 번 보고 간 서역의 한 여인은 그의 간절한 소원과 유언에 따라, 그의 백골을 금강산록에 묻은 일이 있거니와, 이 땅에 생生을 받은 자 누구나 생전에 제백사除百事하고 반드시 한 번 금강을 보아야 할 엄숙한 역사적 의무를 졌거니와 죽어서 백골이라도 금강에 묻히고 싶다는 것이 우리의 금강에 향한 간절한 소원이요 솔직한 고백이라 할 것이다. 사별하여 영원히 만나볼 길이 끊어진 부모나 형제나 친구나 애인도 금강—속에서는 다시 만나볼 수 있다는 것이 우리 민간의 소박한 민속학적 전설이요 신념이다. 그렇다. 그리고 이는 개명開明한 우리의 금강이념과 일치 융합한다.

자— 가자—, 금강으로——

산수미山水美의 심포니—적的 리듬의 수정궁水晶宮인 금강으로 가자! 금강은 미美와 진眞의 무진장無盡藏의 보고寶庫이다. 금강—은 우리 민족적 고전이요 성경이요 시편이다.

거기서, 우리는 우리의 가장 그립고 그리운 님—을 만나 보리라.

언제나 변함없이 약동하는 금강산악의 정령은 장엄무비壯嚴無比한 산수미진山水美眞의 극極을 다한 교향악적 대향연을 베풀고 인연 깊은 우리를 부른다.

"운귀산독립雲歸山獨立"하니 "일만이천봉一萬二千峰"!

이는 가을 금강의 절경이요 그 진면목일 것이다.

그리고 풍악楓岳의 금강—은 금강심의 불붙는 정열의 상징적 표현이라 할 것이다……끝……

『조선중앙일보』, 1935.10.29~30

고월古月 이장희李章熙 군
자결 칠주년기七週年忌를 제際하여

시인 장희의 죽음

이장희! 그 이름은 그 얼마나 고웁고, 아름답고, 맑고, 깨끗하냐. 9월 9일에 강남으로 돌아간다는 맑게 개인 푸르고 깊은 가을 하늘을 가르고 지나가는 제비의 날개 소리와도 같은 그 미묘한 향響을 나는 듣는다. 그의 이름이 나의 머릿속에 떠오르는 순간— 입을 열어 그의 이름을 불러보는 순간, 나의 붓끝을 통하여 그의 이름이 나타나는 순간 나는 형용할 수 없이 반가움과 경이와 신비를 느끼는 동시에 말할 수 없는 애석과 애수와 비통에 사로잡히어, 울고 싶다가, 가슴을 뜯고 싶다가, 드디어는 망연자실하고 만다.

그의 육체는 흙으로 돌아간 지 이미 오래나, 그의 이름은, 나의 머릿속에 깊이 새겨져서 가시어지지 않을 뿐, 날이 갈수록 일신우일신日新又日新으로 더욱 선명히 나의 신경에 얽히고 심장에 스미고 가슴속에 영주永住의 보금자리를 치고 떠나려 아니하며 간장肝腸에 스며들고 눈에 어리고 귀에 젖고 코에 서린다.

방금 아프리카의 흑인 제국의 심장을 독수리 같은 눈초리로 엿보며 돌진하는 이태리의 한 애국자는 "나의 심장을 쪼개고 보라! 그 속에 '이태리' 삼자三字가 뚜렷이 새겨 있음을 발견하리라"— 고 일찍 말한 바 있거니와 나의 심장을 쪼개고 보면 "이장희" 삼자가 박혀 있을는지도 모른다.

하여간 이장희란 이름이 그 무엇의 상징으로 불멸의 우상으로 내 속에 진좌鎭坐한 사실만은 엄연하다.

그러나 실체를 잃은, 그 이름만이 나의 속 깊이깊이 뿌리박고 떠나지 않고, 사라지지 않는다는, 이 모순의 현상과 사실은 나에게 있어, 견디기 어려운 고통의 씨요 오뇌懊惱의 샘이다. 실체를 유리遊離한 이름! 이 얼마나 적막하고 허무하며 답답고 애닯고 안타까우며 괴로운 모순의 비극인고——.

일찍이, 몽마夢魔같이 "다이몬"의 정령에 사로잡혀 한없이 미혹하며 시달리며 고뇌하던 한 철인哲人의 경험을 상기케 한다.

실체 없는 그대의 이름! 실로 무섭고 답답다.

실체가 없거든 이름도 없을 일 아닌가.

실체가 가거든 이름마저 갈 것 아닌가.

그러나, 이 일이 어찌 유독 그대 한 개인 한 개체의 모순이리요.

이렇게 말하는 이놈도 살아 있으면서, 이미, 이 모순을 범하였고 범하면서 있고 또 장차도 생사지간生死之間에 범하지 않으리라고 어찌 보장하리요.

이는 실로 생을 받은 모든 개체와 지음에 참여한 뭇 개성의 숙명적 모순이요 중생 전체 — 우주 자체의 운명이 아니라고 뉘라서 하리요. 이만한 모순의 악惡과 동시에 그 선善을 느끼지 못하는 둔감 아니요, 이 영원의 운명을 사랑 못하는 바보도 아니언마는 — 이제 문득 그대를 생각하매 이러한 하소연 같은 탄식이 저절로 나와지는 것이다.

그대, 이미, 이 어찌할 수 없는 생존의 모순을 자각하고, 그 모순의 극복, 조화의 선善을 자결에 구하고 개인적 사회적 인류적 역사적의 일체 전승적 유산 유업 전체를 통틀어 청산해 버리고 감연敢然 초연히 일도양단一刀兩斷 — 죽음을 통하여 우주적 숙명의 모순의 핵심을 가르고, 한길 땅 속에 무사히 누워 있는 고고한 그대의 영혼 — 그대의 시혼詩魂 — 예술은 길고 생명을 짧다 할까. 장희 그대 자결 일거一去 후에, 내 얼마나 그대의 과감한 자결의 미에 취하였으며 철저한 자결의 준지濬智를 찬讚하였으며 숭고한 자결의 의지를 존중하였으며, 그러는 반면에, 내 얼마나 타기唾棄할 취약, 비겁, 준순逡巡, 주저, 우유부단의 추악을 질타 저주하였던가.

세인世人은 못된 사람을 가리켜, “개나 돼지 같은 놈”이라 하거니와 나는 때와 경우에 따라, 이 말을 인용하다가, 그 순간에 깜짝 놀라 후회, 아니, 회개하며 “개나 돼지만 못한 놈” —— 이라고 수정하나니, 첫째, 개나 돼지에게 대한 미안한 마음의 발로요, 둘째는 그리하여야만 울분한 나의 감정이 개운한 까닭이다.

나는 과문협견寡聞狹見의 소치인지 반생에 아직 개나 돼지보다 나은 인간을 많이 보지 못하였고 개나 돼지만 한 인간도 드물게밖에 보지 못하였으니 이 불행을 어떻다 말하리요. 그러나 행여나, 개나 돼지보다 나은 인간을 찾고, 창조코자 하는 일로一路의 희망과 노력으로 겨우 절망의 함정에 떨어짐을 면하고 있는 위태로운 상태이다 —— 아니 절망이다! 절망은 밋치오,* 희망은 팀에 불과하다. 사람다워야만 할 사람이, 개나 돼지만 못할 바에야 —— 자살을 부인하는 놈은 어떤 놈이며, 자결을 시인하는 놈은 어떤 놈이냐. 결국 자살을 부정하는 놈은 겁자怯者요 자결을 긍정하는 놈은 약자이다. 그리고 자결을 자행할 수 있는 자만이 겁약怯弱을 면한 자라 할 것이다.

사람이 사람으로서 정정당당하게, 그 생활을 영위하지 못하고, 인간의 자율성과 자동성과 자립성을 여지없이 짓밟히고 인간 개념의 컴마 이하에 국척跼蹐하여 온갖 부자연하고 불합리하고 부당한 굴욕과 모멸과 모욕과 모독의 탈을 뒤집어쓰고도 오히려 사는 것이라 할진대, 그는 의심할 것도

* ‘밋치오’: 현대어 의미가 불분명하여 발표 당시 지면대로 표기함.

없이 죽음만 못한 그것이다. 우리 사람은 모두, 이 무서운 모순을 예사로 범하고 있다. 이 얼마나 무서운 모독이냐. 이 얼마나 끔찍한 자아에 대한 모욕 죽음만 못한 인생! 상상도 못할 이 일이, 인간이란 우리로 말미암아 사실로 실천되고 있으니, 이것이 어찌 사람으로서 견딜 수 있는 일이랴. 지금 우리란 인간이, 돼지보다 낫다고 할 용기 있는 자 있거든 말하라.

순수애를 타락부패한 인간 속에 경험 못하고 "개" 가운데 발견한, 한 인도주의자—"세인은, 나를 인도주의자라 하거니와 기실 '견도주의자犬道主義者'라고 하는 것이 타당하다"고 말한 일이 있거니와 나는 그 비통한 해학의 진리와 진실을 믿고도 남음이 있다.

돼지만도 못한 인생, 개만 못한 인간! 노예만도 못한 생활!

이런 문구를 늘어놓으면, 인생의 모욕이라고 역정이 나서, 필자를 박살하고 싶은 유혹을 받는 이 있으리라. 기필코 있어야만 할 것이다. 나는 그에게 감사하고 달게 타살을 당하리라. 그러나, 한 마디 말을 남기고 죽으리니 그런 것을 안 그렇다 못하고 동시에 안 그런 것을 그렇다고 못한다—고 이런 문구가, 나의 붓끝을 새어 흘러나오는 이 순간—— 나의 심장은 터지려 하고 눈은 캄캄해지고 기절 졸도할 위기인 것이다.

이에, 오히려 자결 못하는 자는 노예적 용기 있는 자 아니면 노예를 노예로 감각 못하는 극도의 저능아일 것이요, 자결 아니 하는 자는 철저히 타락한 속악무비俗惡無比의 영리자怜悧者일 것이다.

백금사白金絲 같은 신경과 메스 같은 양심의 소유자인 이 군李君 장희는 실로 생의 권리와 사람의 자유와 자아의 존엄을 위하여 죽음으로써 이 욕된 노예의 쇠사슬을 절단한 것이다.

산 자는 살 권리와 자유가 있는 동시에 죽을 권리와 자유가 있는 것이다.

1929년 11월 3일!

이날은 우리의 이 군李君 장희가 인생의 권위와 존엄을 위하여 자기의 목숨을 자기의 손으로 끊어— 써 인류에 항의하고 자연의 반역한 순교적 기념일이라고 나는 보고 싶다.

이에 나는 자결하지 못하는 구차한 조건적 타협성을 면목 없이 부끄럽게 생각하는 동시에 차라정 돈견豚犬의 영예와 신성을 부러워하며 자각한 자결자의 광영을 그리지 않을 수 없는 것이다.

자각의 자결행위에 대한 일체의 소위 윤리성적 비판이란 자는 구차한 가면적 위선의 폭로밖에 그 무엇이냐. 자결 의지의 발동이야말로 가장 깊이 윤리적인 것이다.

또 그에 대한 소위 사회적 비판이란 것은 왕왕히 그 개성을 무시하고 인생의 주체적 본질을 무시하고 인간을 단지 평면경平面鏡으로밖에 볼 줄 모르는 천박한 공리주의적 이기심에 불과한 것이다.

천성의 시인 장희 군의 죽음을 그 누가 인생 패배자의 소극적 행위라고만 하느냐. 소극적 아님도 아니지마는——

현대는 "저널리즘"이 지배한다. 그리고 저널리즘의 정체는 인생의 타락, 인류의 노예화적 과정에 불과한 것— 기름진 노예 창조의 역할을 맡은 자이다.

인심은 고권高權의 지상명령 하에 춤춘다. 살찐 노예 되기 위하여——

고전에 위도일손爲道日損이란 말이 있거니와 살진 노예의 영광을 버리고 지중至重한 인도人道를 위하여 생을 희생하여 철저 절대한 손損을 보았으니 영예로운 상업 인생의 패배자는 그 이 군李君인저——

우리 시인 이 군은 자결에 임하여 일언一言의 유언도 반구半句의 유서도 남기지 않았다.

그의 철저한 사람으로서의 자존과 고귀한 시인으로서의 기품은 이것을 허락지 않았다. 이 얼마나 고귀한 시인의 담담명지淡澹明志이며 담담여수淡淡如水한 자존자중自尊自重의 결벽성이냐 — 티끌 하나도 아니 남기려는 성결聖潔의 경지인고——

이 군은 일찍 나로 더불어 아리시마 다케오[有島武郎]의 자살을 논하여 그 무사기無邪氣의 천진스러움을 찬讚하였고 아쿠타가와 류노스케[芥川龍之介]의 자진自盡의 용기 — 그 약자적 용기를 가可타 하고 그의 남기고 간 일편의 유감遺憾을 유일의 흠절로 위爲하여 유감遺憾이라고 말한 일이 있었다.

그러나 생전의 소산인 시고詩稿를 불속에 처넣지 않고 죽음을 볼 때, 그래도 그의 심정의 어느 한 구석에 세상에 대하여 차마 완전한 무정장부無情丈夫 되지 못하는 정적情的 일면一面이 있었다 할까.

본래 생生다운 생의 욕구에 불붙던 정염情焰의 시인 이 군인지라 죽음을 앞에 놓은 이 군은 적어도 여러 달을 끌며 최종 찰나에 이르기까지에 그는 실로 살을 저미고 뼈를 깎는 심각한 고민에 고민을 거듭하였던 것이다.

그러나 아무리 헤매어 더듬어 보아도 생에의 희망과 광명의 줄은 손에 잡히지 않았던 것이다. 드디어 생에 대하여 기진맥진 — 암흑 절망의 심연 속에 오직 영원한 안식, 적멸의 열반경涅槃經만이 시인의 눈에 비쳤을 뿐이다. 단지 죽음을 통하여서만 절망에 질식된 생을 구하고 세속에 파산된 자기 시의 완성의 세계를 구하여 — 아니 생의 영욕과 사死의 미추美醜와 시의 성불성成不成을 통틀어 적멸에 맡기고 일사일결一死一決이 있었을 뿐이다. 고로 그의 최후 심경은 광풍제월光風霽月, 명경지수明鏡止水이었다 할까.

오 — 천성天性 시인의 생사는 시비선악是非善惡의 피안彼岸임을 보다. 죽음은 일체를 초월한다.

이 군은 시작詩作에 있어 선기禪機로 날을 삼고 배미俳味로 씨를 삼았다. 그의 시는 저급한 민중과는 타협할 수 없는 성질에 속하였다 할 것이다. 그의 시는 근본적으로 개성적이요 귀족적이요 미학적이요 고답적이다. 그의 시는 그의 음닉한 개성과 절대로 타협을 불긍不肯하는 철저한 고독과, 그 고독한 영혼이 갈구하는 미의 추구와 동경의 소산인 것이다.

미는 그의 영육靈肉의 양식이었던 것이다. 그의 영혼은 오직 미의 술잔에만 취할 수 있었고, 그의 고독은 미신美神의 애무에만 위로될 수 있었던 것이다. 오직 이슬만 마시고 노래 부르는 가련한 음악가인 매미를 생각케 한다. 그는 만유萬有의 형形과 내용과 광光과 양良과 선線과 유형 무형 일체 속에 미의 신을 찾고 미의 씨를 캐는 시인이었다. 고목에 붙어 벌레를 쪼아 내는 탁목조啄木鳥와도 같이——

그의 시 가운데는 하등의 공리적 실용적인 것의 그림자나, 무슨 사상이나 이상이나의 색채도 보기 어렵고, 무슨 목적 의지의 발동조차 보기 드물고, 단지 비수같이 날카로운 신경과 섬세 미묘한 감각— 미에 주리고 목마른 미각과 해각解覺이 어른거림을 볼 뿐이다.

그렇다고, 그의 시가 비현실적 공상 환몽만의 신기루는 결決코, 어느 의미에서, 가장 현실적으로 황연恍煉되고 정제되고 확실히 파악된 미학적 입체적 감각의 음악적 리듬인 것이다.

극도로 사치한 감각과 신경과 언어의 구성체 — 이것이 곧 그의 시라 할 것이다. 나는 그의 그를 순수 미학적 이상에 가까운, 한 전형적 시인이라고 부르고 싶다. 만일, 그의 시가 비실용적이라 하여 그 가치를 시비是非하는 이 있다면, 그는 어김없이 시신詩神과 미신美神의 노염을 사서 인페르노에 이주자 됨을 각오할 것이다.

이 군 장희는 틀림없는 일개一個, 시도詩道의 순교자임을 보나니 그는 빼앗을 수 없는 자기의 독특한 시혼과 시풍을 처녀의 정조와도 같이 조심스럽게 지키면서 시로 더불어 살았고 시로 더불어 죽었다. 시와 미에 살았고 시와 미에 병들어 죽었다. 그는 짧은 일생이긴 하지마는 일생을 일관하여 시밖에 몰랐다. 시밖에 생각한 것이 없고 시를 쓰는 이외에 아무것도 하지 않았다. 그런 만큼 그는 우리 시단의 가장 독보적 특색을 가진 고귀하고 빛나는 존재이다. 이 군은 시도詩道의 퓨리탄이다. 그는 시도詩道를 위하여 연애 한 번 해볼 겨를조차 못 가졌다. 시즉애詩卽愛였다. 하다못해, 한 십 년만이라도 더 살게 하였더면 싶다.

장희 군의 시편 전체를 통하여, 그를 감상하고 연구하고 검토함으로 말미암아, 그의 성격과 개성과 인격과 그 생활과 예술의 생성 발전의 자좌를 살피며, 그의 독특한 특징을 추출 전개해야 할 임무를 느끼는 바이다.

기미己未 전후에 각양각색의 주의—사조가 혼연잡연히 폭풍노도와 같이 이 땅에 밀려들어와 소위 우리의 미성未成문단은 말할 것도 없거니와 사회 전체를 휩쓸어 덮친 팽창한 와중에 있어 자기 의견을 사회 표면에 공공연하게 발표하거나 비판의 화살을 던져 적극적으로 싸운 투사는 아니었을망정 일체 유행성적流行性的 조류에 초연하여 은인자중隱忍自重 일보一步 물러앉아 자기를 지키고 자기 예술의 길에 충근정성忠勤精誠을 다한 지조는 실로 경탄할 만하다. 따라서 자기가 창조한 상아탑 속에 자복은거雌伏隱居하였음은 성격적으로 보아 어찌할 수 없었던 일이다.

주위의 사람들이 아무 주견主見도 정견定見도 없이 지동치서之東馳西—고양이 눈알 모양으로 변전하여 조삼모시朝三暮四함을 볼 때 그는 상을 찌푸리며 가장 불쾌히 여겼고 더욱 친지 중에 자기의 성격이나 개성을 기시旣視하고 무반성無反省 몰비판沒批判으로 유행을 따라 흐름을 볼 때 가장 심통心痛하였다. 그러는 반면에 그의 고독은 더욱 심각화深刻化하였다. 그는 철저한 반속

反俗주의자이다.

속악俗惡, 퇴굴退窟, 권태 — 이 세 마디 말은 시인이 세상 물정을 알기 시작한 때부터 죽음의 직전에 이르러 더욱 심각하게 그의 입을 달아서 연발되었다.

구할 수 없는 인생 권태 — 그는 어찌할 수 없는 권태에 사로잡혔던 것이다.

권태! 하는 소리가 그의 가슴을 누르고 창자 속에서 훑쳐나오는 듯한 그 소리가 그의 입을 새어나올 제 그의 기색氣塞되고 흥분된 표정과 아울러 바로 저주의 소리 그것이었다. 몽미夢魔 같은 권태와 우울과 피로는 찰거머리 모양으로 시인의 심장을 좀먹었다.

부지불식중에 그의 인생과 자연에 향한 정열은 식고 생활의 최후 근거이던 예술에 대한 정열마저 상실해 버리고 말았다. 베를렌의 만년의 심경과 같이 —. 이때의 시인의 심사는 실로 공공적적空空寂寂 — 가장 침통한 백척간두百尺竿頭의 위기이었던 것이다.

그는 새삼스럽게도 인생은 무엇이냐 — 고 다시 묻고 물었다. 그러나 아 — 무런 광명한 답은 없었다. 그리고 그의 눈에는 오직 허무의 바다가 비쳤을 뿐 — 영원한 휴식과 안식의 장소인 허무의 세계를 발견했을 뿐이다. 그는 드디어 최후를 각오하고 독배를 마시고 방장方壯한 삼십의 고개를 의미심장한 미고소微苦笑를 띠우며 맹목적으로 그러나 마지막 열정으로 허무의 바다로 전신轉身하고 말았다.

시인이 허무에 자진自盡한 시체가 가로놓여 있는 냉기 엄습하고 허기적적虛氣寂寂한 방 — (그 방은 한 간間의 행랑방行廊房이었나니 그가 최후의 고요한 사색과 고민을 위하여 서재를 버리고 소사小使의 거처하는 방을 택하여 빌어들었던 것이요 그 골방 같은 음침한 냉방 속에서 백 일 동안이나 우민憂悶에 깊이 잠긴 시인의 섧고도 아름답고 고운 영혼의 촛불을 유무생사지간有無生死之間에 부침명멸浮沈明滅하였던 것이다.) 그 방 안에는 다른 아무것도 없고 책상 하나 책 한 권, 원고지 한 장 없었고 단지 죽어가는 시인의 손에 친하던 낡은 만년필 한 자루, 시인의 시체— 그리고 방바닥 위에 만년필로 그려진 대소각양大小各樣의 무수한 우리 시인의 자화상! 이것이 있었을 뿐이다.

이— 얼마나 애닯고 정빈情貧한 죽음인고——.

이— 얼마나 암담한 인생 비극의 절정이냐——.

이리하여 그는 죽지 아니치 못하였나니 우리의 귀중한 참 시인으로 하여금 그같이 하여 그토록 하여 죽게 한 우리 사회는 적어도 우리 시단은 시인의 죽음을 나무라기 전에 먼저 목 놓아 통곡하고 참회할 것이다.

우리 시인의 심경과 말 못할 속사정을 철저하게 이해하고 동정할 수 있는 세 사람, 두 사람, 아니 단 한 사람의 지기知己라도 있었더라면 그는 혹시 강렬한 최후결판의 용기와 의지를 생의 실현에의 길에 향하여 돌려, 생을 통하여 발휘하였을 지도 모르나니, 이 일대一大 통한사痛恨事라 할 것이다.

장희 군의 자살의 소인素因을 이룬 개인적 심정이나, 가정적 사정이나, 사회적 환경의 복잡다단한 정황에 대하여는 이에 논하고자 아니하거니와 하여간 이 군은 삶에 있어 약하였고, 죽음에 있어 강하였음을 본다. 약한 그만큼 강하였고 약하였기 때문에 강하였다 할까?

그리고 그의 자결의 사상적 배경 그 결행의 실천적 원동력이 되었으리라고 나로서 보는바, 그의 허무적 경향에 언급할 필요를 느끼나, 여기는 생략하고 다만 한마디——

장희는 과연 허무의 가면에, 메스를 그어 허무의 정체를 폭로하고 허무의 핵심을 갈라— 무無도 무無될 수 없고 유有도 유有될 수 없고 유무구절有無

俱絶한 절대진경絶對眞境을 타개 포착하였는가 못 하였는가.

"대승각大乘覺"의 입장에, 섰는가 못 섰는가—— 이 엄숙한 물음은 그의 죽음과 한 가지 영원한 비밀일 것이다.

이 군의 자살의 원인은 일면, 개성적 사상과 감정에 발원한, 염세비관과 사死의 미에 대한 적극적 예찬에 기인함과 동시에 또 일면, 냉혹한 자본주의 사회와 아울러 군의 유물적唯物的인 자본주의 가정(군은 소위 백만장자의 집의 아들이었는만큼)의 무자비한 몰이해—— 그 압박과, 천대와 학대에 대한 적극적 반역과 혁명적 의지와 용기를 결여한 한 약하고 선량한, 그러나 양심을 팔아먹지 못하고 무도無道한 자, 악한 놈에게 머리 숙일 줄 모르는 날카로운 양심의 소유자—— 그리고 강렬한 전통적 유심사관적唯心史觀的 자존심의 전승자로서의 비관적 절망적 단념적 체관에 배태된 병적 고독과 자기 학대와 자기 분열과 성격파산과 자기파멸— 철저한 무저항적 소극적 자기희생인 만큼, 그에 대한 시대적 이유, 환경적 근거 등을 해부 폭로하고 비판 천명하는 일의 중요성을 모르는 바 아니나 지금 나는 그에 대한 과학적 또 사회과학적 분석이나 유물사관적 비판을 가할 마음의 여유를 못 가진 채 베를렌이나 보들레르를 연상케 하는 이땅의 한 철저적徹底的 고독한 영혼의 시인— 학대 받은 고고한 시인의 죽음— 이라는 중심 관념에 지배되어 그를 죽인 개인적 가정적 사회적 죄악에 향한 불붙는 의분義憤과 보복과 감개와 억울의 감정의 폭발을 억지로 눌러 가면서 하룻밤 느낀 바 있어 붓대를 움직인 만큼 다분의 감상적 흥분에 흐른 필자 자신의 약점과 모순을 부끄럽게 생각한다. 그렇기는 하나 적어도 나로서는 다소의 감상感傷과 감격의 과장 없이는 그의 고귀한 장처長處와 약점을 뚫어지게 잘 아는 나로서는 천애天涯 역여逆旅의 고객孤客 같은 우리 이 군의 그 고독한 고혼故魂을 위로할 길이 없는 것이다.

부자연하고 불합리한 과도기적 환경과 정세로부터 오는 인간으로서의 개성으로서의 결함과 약점과 과오와 병증이 뉘라서 없다 하리요.

그리고 이 글은 제목과 같이 추억이요, 소감이요, 이 군의 죽음에 대한 엄정한 전적全的 비판은 아니다. 이 군은 인간으로서 개인으로서 사회인으로서 좀 더 자중하고 인욕忍辱하고 힘을 기르고 참된 시대정신에 철저히 각성하여 힘차고 충실한 전투력을 준비하고 생을 위하여 생에 의하여 생을 통하여 일체의 인간적 사회적 모순을 향하여 적극적 혈전血戰을 돋우고 신명身命을 도賭하여 참된 생을 실현하는 데 생의 의의와 가치를 발견치 아니하고 못하고 생을 자진自盡한 곳에 준엄한 사회적 책임이 있다 할 것이다.

그러나 설사 발견하였다 할지라도 군의 타고난 치사侈奢한 성격과 떼리케—트*한 신경과 섬약한 기질은 그리고 그의 치우친 예술지상주의적 결벽성은 그 실현을 감당치 못하였을 것도 사실이기는 하다.

그러므로 그의 죽음은 난마亂麻같이 얼크러진 모순과 죄악이 횡일橫溢한 악착하고 더러운 우리의 가정과 사회에 향하여 가장 철저한 소극적 반항을 시試한 한 전형적인 숙명적 비극이라 할 것이다. 고로 나는 뼈아프게 비통한 그의 생래적 과도기적 숙명 비극적 운명에 향하여 소태같이 쓰디쓴 일국一掬의 눈물을 아끼지 아니하는 자이다.

때는 마침 두옹杜翁의 25주週의 기년忌年이다.

기나긴 일생을 일관하여 잠시도 끊임없이 사회적 모순과 인류의 죄악을 위하여 피와 땀으로써 그의 심신을 물들이고 기력을 다하여 싸우고 싸우다가 싸우다 하지 못하는 욕심스러운 원한을 품은 채 거치른 삭풍— 황량

* delicate.

한 벌판에 객사 죽음으로 일생의 막을 닫친 82세의 두옹!을 상기할 제 우리 시인의 생존—그 생활력은—두옹의 그 중重하고 후厚하고 끈끈하고 욕심스럽고 줄기차고 억센 그것에 견주어 그 얼마나 표표飄飄하고 경묘輕妙하고 담염淡恬하고 무욕無欲하고 단기短氣하고 섬약한고——. 이렇게 볼 때 나는 일면, 우리 시인을 대신하여 두옹께 대하여 좀 부끄러운 감도 없지 아니하다.

그러나 이 대조는 양자의 심도心度의 심천深淺이나 우열을 의미할 수는 없다.

그는 별문제이다.

하나는 철두철미, 이상주의적 사실주의적 현실적 실천가—

서방적 경세가—

하나는 철저한 무이상주의적 허무주의적 초현실적 공상가—

동방적 시인이라 할까.

하여간 성격적으로 개성적으로 흥미 깊은 동서의 한 대조라 할 수 있다.

지금 나는 졸拙하나마 이러한 만화漫畵적 공상을 하나 그려본다.

만일 이때 이곳에 두 분의 고혼古魂을 초대하여 일석一席에 회견케 한다면 두옹—은 무쇠처럼 무겁게 우울한 표정에 약간 미소를 띠우며 마른 참나무가지 같은 손으로 우리 시인의 등을 두드리며, 칠빛 같은 머리를 쓰다듬어 주고 시인—은 비수같이 날카로운 신경질적 침울한 표정과 창백한 손으로 들판 모양으로 벗어진 늙은이의 그 대머리를 가장 공경하는 태도로 만지며, 파뿌리 다발 같은 인간적 일체 영욕 그 수염을 땡겨 보리라—고.

자연사自然死거나 부자연사不自然死 간에 양자는 이미 북망산에 한 줌 흙을 보탰을 뿐이다.

제행무상諸行無常의 감회를 새삼스럽게도 다시금 금할 것 없다.

우리는 죽는다! 죽음은 생의 총결산이다— 시비선악是非善惡 간에.

당장에 죽어도 좋으니 숨길이 끊어지기 전에 우리도 우리의 속 찬 개성이 전적으로 만족할 수 있는 그 무슨 "일"을 하나 해내고 싶다.

필자가 장희 군의 자결의 비보를 듣기는 지금부터 7년 전 늦은 가을—동래東萊 범어사梵魚寺에서였다. 나는 즉시 대구로 달려왔다. 그때는 이미 장례가 끝난 뒤였다. 친우들을 통하여 차차로 그의 임종 전후의 정경을 들어 볼 수 있었는데 그중에 특히 나의 마음을 암담케 하고 일대一代의 유한遺恨을 품게 한 하나의 에피소—드가 있으니 그것은 군이 자결 직전에 수차 나를 찾았다는 사실이다.

당시 군은 경성에 주거하고 1년에 한두 번 고향인 대구로 다니러 오던 터인데 그때 군의 눈앞에 어른거리는 죽음의 그림자를 따라 대구 향제鄕第에 와서 누운 지 이미 석 달 이상이 되었으되 아무도 모르고 지내다가 하루는 뜻밖에도 군이 극도로 초췌하고 창백한 얼굴로 힘없이 떨리는 다리를 끄을며 친우親友 백기만白基萬 군에게 나타나 의외에 깜짝 놀라는 백 군을 앞세우고 나의 우거寓居의 사립작문을 두드렸으나 내 이미 없는지라 무슨 반향이나 반응이나 있었으리요. 백 군과 익일翌日 재심再尋을 약속하고 군은 돌아갔는바 과연 익일에 군은 다시 동반차로 백 군의 집에 백 군을 찾았으나 공교로이 백 군도 외출하고 없으므로 한숨과 한 가지 고영孤影 초연히 그대로 돌아갔는데 그러고 3일 후에 죽어 버렸다는 것이다.

추측컨대 군은 이미 이미 죽음에 대한 기나긴 사색의 고민의 길을 거쳐 일절一切을 청산하고 자결을 결정하고 절박한 최후 일순을 격隔하여 마지막으로 나를 한번 만나보고 싶었든지— 그렇지 않으면 최후 결행에 임박하여 생사판단—사생결단에 대한 일점一點 의운疑雲이 미제未霽한 바 있어 나와 직접 다물려 좌우간 마지막 결판의 귀결을 짓고자 함이든지——

둘 중의 하나임은 의심할 여지가 없다. 그런 만큼 나로서는 천추의 유한

遺恨인 것이다.

그리고 나는 마지막으로 이 기회에 우리 시단에 한 가지 제안이 있으니 고인의 유고 간행에 관한 그것이다.

고인의 시혼의 결정체인 무려 기백편幾百篇의 주옥편— 그 중에 적어도 몇 편은 조선시단의 정화精華요 그 자랑임을 무론毋論 백대百代에 전수할 만한 귀중한 국보적 작품이라 하여도 과언이 아니라고 나는 본다.

시인이 자요自夭한 1929년 11월 30일, 12월 1일 양일 간 대구조양회관大邱朝陽會館에서 대구서의 고인의 친지 사우詞友들이 중심 되어 고인의 추도회를 겸한 유고전람회를 열었었는데 유고 출판 문제는 그때부터 있었던 것이나 비용 기타 여러 가지 부득이한 사정과 지장으로 그 뜻을 얻지 못하였던 것이요, 그 후도 여러 번 그 문제는 숙제로 재연再燃되기는 했으나 우금于今 임염荏苒 그 뜻을 실현치 못하였음을 심히 유감으로 여겨 오던 터이다.

그러한 가운데 여기에 천만 뜻밖에도 일대 불행한 사건이 돌발하였으니 유고 전부의 분실 사건이 그것이다.

유고는 작품 전체를 그 연대별과 성격 별로 질서정연하게 고인이 생전에 손수 가철 편집한 것으로 유소시幼少時부터의 묵적墨蹟과 영상影像과 기타 유품 전부와 추도 전람회에 제공되었던 우리 친우들의 조사弔詞, 만장輓章, 보조補助, 시고詩稿 등을 총합하여 전람회 끝난 즉시 기회 보아 출판할 의도 계획으로 이상화李相和 군이 책임 대표로 맡아서 간직해오던 터인데 그 전부를 이상화 군의 어떠한 불가항력적 사정(말이 애매하기는 하나 나로서는 더 할 말이 없다)에 의해서 분실한 채 우금于今 오리무중에 있다는 것이다.

필자는 금춘今春에 급한 소간사所看事로 상경하여 수일 동안 유留한 일이 있었는데 그때 유엽柳葉, 김소운金素雲, 유도순劉道順 등 제군과 일석一席에 회합하였을 제 의외에도 장희 군의 유고 유실에 대한 말이 나서 어느 정도의 흥분 속에 주거니 받거니 논의한 일이 있었는데 나는 초문初聞일 뿐 아니라 또한 그럴 리도 없음을 믿었기 때문에 그것은 풍문에 불과할 것이라고 강변한 일이 있었다. 그리고 제군이 나에게 보도한 내용의 대략은 이러하다. 서울에 현주現住하는 장희 군의 제씨弟氏 되는 성희聖熙 군이 고인의 유고를 출판하려고 경성에 있는 고인의 몇몇 친구와 상의하고 시집의 장정裝幀 의장意匠, 용지, 활자형까지 고인의 기호와 취미에 맞도록 용의用意하여 제반 준비를 해 가지고 이상화 군에게 원고를 보내달라고 통기通寄를 했더니 분실했다는 회답이 왔기로 몹시 놀라서 대구로 좇아와서 직접 물어보아도 역연亦然하므로 절망코 돌아갔다는 것이다.

나도 궁금해져서 대구로 와서 상화 군을 만나 물어보았더니 과연 듣던 말과 부합하므로 나는 실로 아연 경악하였고 다시 수사搜査의 길이 묘연하다 하므로 이 군과 서로 걱정 한탄만 하고 오늘까지 막연코 답답한 불안 가운데 놓여 있는 중이다.

사세약시事勢若是한지라 우리들이 시인의 고혼에 대할 면목 없음도 물론이어니와 우리들 자신의 안타깝고 답답한 불행을 어떻다 하리요.

고인의 두 번 죽음 같은 심각한 유감을 아니 느낄 수 없다.

이에 우리는 특히 분실 장소인 대구에 있는 우리는 고인을 위하여 또 우리들을 위하여 미궁에 들어간 그 유고의 행방 — 물속이거나 불속이거나 — 을 엄밀한 수사 방법에 의하여 찾아내야 할 엄중한 의무를 느낀다.

그리해서 찾아지면 만행萬幸이지마는 만일의 여의치 못한 불행의 경우를 위하여 비備하는 바 있어야 할 줄 아노니 그때는 대부분의 미발표의 작품은 영원히 태양을 볼 기회를 잃은 채 흑암黑闇 속에 사라진 것으로 억울하나마 단념할 수밖에 없을 것이다.

그러고 부득이 이미 세상에 발표된 작품(극소수이지마는)의 영편산구零篇散句일지라도 거두어 모을 방도를 강구해야만 될 줄 아는데 —— 그 실행 방법으로는 생전에 고인과 직접 친교가 있는 분은 말할 것도 없거니와 그렇지 않더라도 평소에 고인의 작품을 통하여 고인과 친하고 사랑하고 애석히 여기는 분들과 상호 제휴하여 문단과 독자층의 유지有志들을 망라해서 서로 호응 규합하고 원조 협력하여 연락을 취하도록 하고 경성(지리적 편리가 있으므로)에 있는 분으로 자진하여 수고를 아끼지 않고, 그 일에 당해 줄 특지特志를 가진 개인이나 기관이 있으면 제일 좋겠고 그렇지 못하면 유지들이 기회 있는 대로 상의해서 적임자를 선택해서 그 책임을 맡기고 중앙에다가 일정한 장소를 정하고 사무를 취급하도록 했으면 좋겠는데 어떠할는지 —

경성에는 박월탄朴月灘, 유엽, 변수주卞樹州, 김여수金麗水, 김석송金石松, 김소운, 김영진金永鎭, 유도순, 방인근方仁根, 손진태孫晉泰, 김안서金岸曙, 홍노작洪露雀, 이성희李聖熙 그 외에 여러 분이 계시고 평양에는 양주동梁柱東 군이 계시고 대구에는 이상화, 백기만 군이 계시고 또 필자가 있으니 서로 기맥氣脈을 통하고 연락을 취하여 이번에는 기어코 이 일을 실현 달성하도록 되기를 간원하여 마지아니하는 바이다.

이것은 일에 대한 나의 이상의 일단이지마는 — 모두들 시대적으로 또 업무상으로 골몰汨沒 무가無暇한 차제此際에 비교적 대중성이 적은 고인의 유고를 그나마 산재한 것을 편편이 모아서 간행한다는 것은 좀 한가로워 보이기도 하고 미안하기도 하고 또한 상당히 어려운 일이기도 하겠으나, 어찌하리요, 충심으로 사랑하는 우리들의 시인의 고혼古魂을 위하여 동시에 우리들 자신의 한 아름다운 행복을 위하여 성의誠意로운 노력의 일점을 힘써 모으는 데 있어 우리는 인색치 않을 것을 믿는다.

『동아일보』, 1935.12.3~5 · 7 · 8 · 11

짝 잃은 거위를 곡哭하노라

내 일찍이 고독의 몸으로서 적막과 무료無聊의 소견법消遣法으로 거위 한 쌍을 구하여 자식 삼아 벗 삼아 정원에 놓아 기르기 십개성상十箇星霜이러니 금하今夏에 천만 뜻밖에도 우연히 맹견의 습격을 받아 한 마리가 비명非命에 가고 한 마리가 잔존하여 극도의 고독과 회의와 비통의 나머지 식음과 수면을 거의 전폐하고 비 내리는 날 달 밝은 밤에 여윈 몸 넋 빠진 모양으로 넓은 정원을 구석구석 돌아다니며 동무 찾아 목메어 슬피 우는 단장곡斷腸曲은 차마 듣지 못할러라. 죽은 동무 부르는 제 소리의 메아리인 줄은 알지 못하고 찾는 동무의 소린 줄만 알고 홀연 긴장한 모양으로 조심스럽게 소리 울려오는 쪽으로 천방지축 어기뚱거리며 달려가다가는 적적무문寂寂無聞, 동무의 그림자도 보이지 않을 때 또 다시 외치며 제 소리 울려오는 편으로 쫓아가다가 결국은 암담한 절망과 회의의 답답한 표정으로 다시 돌아서는 꼴은 어찌 차마 볼 수 있으랴. 말 못하는 짐승이라 때 묻은 말은 주고받고 못 하나 너도 나도 모르는 중에 일맥의 진정이 서로 사이에 통하였던지 십 년이란 기나긴 세월에 내 호올로 적막하고 쓸쓸하고 수심스러울 제 환희에 넘치는 너희들의 약동하는 생태는 나에게 무한한 위로요 감동이었고 사위四圍가 적연寂然한 달 밝은 가을밤에 너희들 자신도 모르게 무심히 외치는 애달픈 향수鄕愁의 노랫소리에는 나도 모르게 천지 적막의 향수를 그윽이 느끼고 긴 한숨 쉰 적도 한두 번 아니러니 ——. 고독한 나의 애물愛物아 내 일찍이 너에게 사람의 말을 가르칠 능能이 있었던들 이내 가슴

속 어리고 서린 한없는 설운 사정과 정곡情曲을 알려 드리기도 하고 호소도 해 보고 기실 너도 나도 꼭 같은 한없는 이 설움 서로 공명도 하고 같이 통곡도 해 보련만, 이 지극한 설움의 순간의 통정通情을 너로 더불어 한 가지 못 하는 영원의 유한遺恨이여——.

외로움과 설움을 주체 못 하는 순간마다 사람인 나에게는 술과 담배가 있으니 한 개의 소상반죽瀟湘班竹의 연관煙管이 있어 무한으로 통한 청신한 대기大氣를 속으로 빨아들여 오장육부에 서린 설움을 창공에 뿜어내어 자연紫煙의 선율을 타고 굽이굽이 곡선을 그리며 허공에 사라지는 나의 애수의 자취를 넋을 잃고 바라보며 속 빈 한숨 길게 그윽이 쉴 수도 있고, 한잔의 술이 있어 위으로 뜨고 치밀어 오르는 억제 못 할 설움을 달래며 구곡간장九曲肝腸 속으로 마셔들어 속으로 스며들게 할 수도 있고 십이 현 가야금이 있어 감정과 의지의 첨단적 표현기능인 열 손가락으로 이 줄 저 줄 골라 짚어 간장에 어린 설움 골수에 맺힌 한을 음율과 운율의 선에 실어 자아내어 기맥氣脈이 다 타도록 타고 타고 또 타 절절한 이내 가슴 속 감정의 물결이 열두 줄에 부딪쳐 몸부림 맘부림 쳐 가며 운명의 신을 원망하는 듯 호소하는 듯 밀며 당기며 부르며 쫓으며 솟으며 잠기며 맺으며 풀며 풀며 맺으며 높고 낮고 길고 짜르게 굽이쳐 돌아가며 감돌아들며 미묘하고 그윽하게 구르고 흘러 끝 가는 데를 모르는 혼연한 선율과 운율과 여운의 영원한 조화미 속에 줄도 있고 나도 썩고 도연陶然히 취할 수도 있거니와——. 그리고 네가 만일 학鶴이더라면 너도 응당 이 곡조에 취하고 화和하여 너의 가슴속에 가득 찬 답답한 설움과 한을 잠시라도 잊고 춤이라도 한 번 덩실 추는 것을 보련마는— 아, 차라리 너마저 죽어 없어지면 네 얼마나 행복하며 내 얼마나 구제되랴. 이내 애절한 심사心思 너는 모르고도 알리라. 이내 무자비한 심술 너만은 알리라.

만물의 영장이라는 인간아 말 못 하는 짐승이라 꿈에라도 행여 가벼이 보지 말지니 삶의 기쁨과 죽음의 설움을 사람과 꼭 같이 느낌을 보았노라, 사람보다도 더 절실히 느낌을 보았노라. 사람은 살 줄 알고 살고 죽을 줄 알고 죽고 저는 모르고 살고 모르고 죽는 것이 다를 뿐 저는 생사운명에 무조건으로 절대 충실하고 순수한 순종자—. 사람은 아는 것을 자랑하는 우월감을 버리고 운명의 반역자임을 자랑 말지니 엄격한 운명의 지상명령에 귀일歸一하는 결론은 마침내 같지 아니한가.

너는 본래 본성이 솔직한 동물이라 일직선으로 살다가 일직선으로 죽을 뿐 사람은 금단의 지혜의 과실을 따먹은 덕과 벌인지 꾀 있고 슬기로운 동물이라 직선과 동시에 곡선을 그릴 줄 아는 재주가 있을 뿐. 십 년을 하루같이 나는 너를 알고 너는 나를 알고 기거起居와 동정動靜을 같이 하고 희노애락의 생활감정을 같이 하며 서로 사이에 일맥의 진정이 통해 왔노라. 나는 무수한 인간을 접해 온 십 년 동안에 너만큼 순수한 진정이 통하는 벗을 사람 가운데서는 찾지 못했노라. 견디기 어렵고 주체 못 할 파멸의 비극에 직면하여 술과 담배를 만들어 마실 줄 모르고 거문고를 만들어 타는 곡선의 기술을 모르는 직솔直率 단순한 너의 숙명적 비통을 무엇으로 위로하랴. 너도 나도 죽어 없어지고 영원한 망각의 사막으로 사라지는 최후의 순간이 있을 뿐이 아닌가 말하자니 나에게는 술이 있고 담배가 있고 거문고 있다지만 애닯고 안타깝다 말이 그렇지 망우초忘憂草 태산 같고 술이 억만 잔인들 한없는 운명의 이 설움 어찌하며 어이하랴. 가야금 십이 현에 또 십이 현인들 골수에 맺힌 무궁한 이 원怨을 만분의 일이나 실어 탈 수 있으며 그 줄이 다 닳아 없어지도록 타 본들 이놈의 한이야 없어질 기약 있으랴. 간절히 원하거니 너도 잊고 나도 잊고 이것저것 다 없다는 본래 내 고향 찾아 가리라. 그러나 나도 있고 너도 있고 이것저것 다 있는 그대로 그곳이 참 내 고향이라니 답답도 할사 내 고향 어이 찾을꼬 참 내 고향 어이 찾을꼬.

창밖에 달은 밝고 바람은 아니 이는데 뜰 앞에 오동잎 떨어지는 소리 가을이 완연한데 내 사랑 거위야 너는 지금도 사라진 네 동무의 쉷고 아름다운 꿈만 꾸고 있느냐.

아앗 이상도 할사 내 고향은 바로 네로구나. 네가 바로 내 고향일 줄이야 꿈엔들 꿈꾸었으랴. 이 일이 웬일인가 이것이 꿈인가 꿈 깨인 꿈인가. 미친 듯한 나는 방금 네 속에 내 고향 보았노라. 천추의 감격과 감사의 기적적 순간이여. 이윽고 벽력같은 기적의 경이와 환희에 놀란 가슴 어루만지며 침두枕頭에 세운 가야금 이끌어 타니 오동나무에 봉鳳이 울고 뜰 앞에 학이 춤추는도다. 모두가 꿈이요 꿈 아니요 꿈 깨니 또 꿈이요 깨인 꿈도 꿈이로다. 만상萬象이 적연寂然히 부동不動한데 뜰에 나서 우러러보니 봉鳳도 학도 간곳없고 드높은 하늘엔 별만 총총히 빛나고 땅 위에는 신음하는 거위의 꿈만이 그윽하고 아름답게 깊었고녀 — 꿈은 깨어 무엇 하리.

…(舊稿)…

『문화』 1, 1947.4

결혼송結婚頌

사랑하는 그대들이

인간적인 가장 인간적인 한 쌍의 원앙으로서 극치의 환희와 감격의 정열이 조수潮水같이 복받쳐 넘치는 가슴을 두근거리며 경건히 손길을 마주 잡고 그대들과 가장 인연 깊은 부모형제와 붕우朋友와 선배들의 심중深重한 사회적 연대 책임의 간곡한 기원과 축복 속에 힘차고 씩씩하게 맞이하는 오늘 이 순간은 진실로 거룩히 빛나는 생명의 역사적 순간이다.

대자연은 영겁을 통하여 기幾 억 광년의 우주의 활무대活舞臺를 준비하고 간단間斷없이 각각刻刻으로 삼라만상을 창조 장엄하고 일월이 상조相照하고 성신星辰이 질서를 어기지 아니하고 사시四時가 순환하고 산하대지山河大地는 인생이 요구하는 모든 것을 산출하고 제공하여 마지아니하는 뜻은 인생을 축복하기 위함이라 하여도 과언이 아닐 만하다.

천지는 실로 우리 인생이 살기에 하나도 부족함이 없다. 다만 한 가지 부족한 것이 있다면 그는 천지의 절대한 은혜를 충정으로 철저히 심각하게 느끼지 못하는 사람의 마음이라 할 것이다. 인생의 운명이 이른바 영원순환의 생로병사의 생리작용과 그 조건에 의하여 규정된다면 우주의 운명은 이른바 영원윤회의 성주괴공成住壞空의 생리작용과 조건을 통하여 결정됨은 엄연한 사실이다. 그런데 인생과 우주의 운명의 정체 그 운명의 주인공이 누구임은 별문제로 하고 하여간 인생과 우주의 운명이란 것이 길고도 짜르고 짜르고도 길고, 크고도 작고 작고도 큼도 사실이다.

인생은 짜르고 예술은 길다――

아침 이슬과도 같이 사라지는 짧은 인생을 영원불멸로 길게 하는 길은 실로 진실한 육체적 정신적 사랑을 통하여 실현되는 인생의 최대지고最大至高의 본능적 예술적 결합으로서의 구체적 구성체인 결혼에 있다 하리라.

하나의 창해일속滄海一粟의 존재로서 기약 없던 이성異性 이신異身의 개체와 개체의 두 몸이 기적적으로 실로 기적적으로 결합하여 한 몸 되는 창조적 계기인 결혼을 통하여 억만 년 과거의 생명의 시간의 줄을 타서 파악하는 동시에 영겁 미래 제際의 생명의 시간을 창조적 지속적으로 전개하는 자격과 자유와 권리와 의무와 그 영광을 획득할 수 있다 하리라. 따라서 창조적 생리적 결합의 계기인 이 결혼의 순간은 실로 대자연의 생명의 창조적 조화造化의 묘기妙機에 직참直參하여 생명대해生命大海에 융합 연결하는 엄숙 장엄한 기적적 순간이다.

서로 다른 이성異性의 성격과 개성의 두 뜻이 한 뜻으로 융합 교류하여 간절하고 절실하고 심각한 생명의 본질적 핵심적 요소요, 그 초점인 사랑을 통한 지극한 인간적 이해와 동정과 연민의 공덕의 힘으로 진실한 투쟁과 인욕忍辱과 극복과 연마의 과정을 거쳐 모든 인간적 약점과 단처短處와 결점을 보충하여 상호부조하고 서로 권장하고 편달하고 격권激勸하고 추존推尊하고 양보하고 서로서로 입장과 처지를 바꾸어 생각해주고 인생의 반분半分은 고해苦海라 한 많고 설운 인간의 정곡情曲을 살피어 애무와 위로의 지정至情을 다하여 일로향상一路向上 장엄한 도덕적 미를 극치로 발휘하여 생명의 예술적 창조미와 아울러 천지를 관통하고도 남음이 있는 숭고지심崇高至深한 전인격全人格 완성의 대조화미大調和美로 우주를 광피光被하고야 말지어다.

그때에 천지는 그대들에게 속하고 그대들은 하늘과 땅을 이으리라.

피는 피를 요구하고 생명은 생명을 요구하고 피와 생명은 자연적으로 내적 외적으로 분열을 요구하고 분열은 통일과 완성을 요구하여 마지않는다. 그대들이 서로 만나기 위하여는 적어도 백만 년의 기나긴 세월의 계계승승하는 존귀한 조상의 혈맥의 핏줄을 타고 순일純一하게 흐르고 구을러 결국 이 세계 이 국토에 나타나 머리로 하늘을 이고 발로 땅을 밟고 그 거룩한 영생의 목적 불멸의 약속을 달達하기 위하여 오늘 지금 현재 이 자리에 가장 힘차고 충실하고 긴장한 이 순간에 경건히 머리 숙이고 엄연히 서 있지 아니한가.

우리는 단지 그대들의 전도양양前途洋洋한 힘차고 씩씩한 만리장정萬里長程의 행진곡에 화和하여 충정을 기울여 한잔의 축배를 높이 드노라.

끝

『백민』 14, 1948.4·5

독신獨身의 변辯*

이성異性이라고 해야 여자란 나에게 있어서는 한 인간으로서의 친구 정도의 느낌 이외의 것이 못 되었다. 여자란 아무리 미모라기로서니 그렇게도 매력적이요 충동적인 것인지? 그렇기 때문에 그처럼 생사적生死的인지?를 나로서는 도저히 감득感得할 수 없는 일이다.

나는 지금 새삼스러이 기억을 더듬고서야 비로소 내 나이가 육십이 가까운 것을 알게 된다. 그러한 내가 오늘날에 이르기까지 결혼을 하지 아니하고 지난다는 것은 그렇다고 해서 여자가 그처럼 애정적이란다든지 매혹적인 것이 못 된다는 점에서만은 아니었다. 거기에는 특수한 이유랄 것이 있었던 것도 아니다.

일찍 나에게는 코스모폴리탄의 의식이 싹트기 시작하였었다. 그리하여 그에 대한 정열은 우주적인 것에의 향수를 지니게 되었던 것이다. 하기야 나도 청소년 시절에 이성에 대한 충동을 아니 받은 바도 아니었다. 그러나 벌써 그 이전부터 나는 퓨리터니즘이 강하여 실로 스파르타적으로 채찍질하여 왔기 때문에 그것이 한 습성을 이루어 끝내 그러한 생각에 포로가 되덜 않았었다.

그리하여 모든 것을 나는 오직 자연적인 데로 우주적인 데로 깊이깊이 파고들어감에 따라서 "관천冠天 석지席地"의 경境에다 나의 '홈'을 찾게 되니

---

* 이 글은 『민성』 1950년 3월호에 일회적으로 마련된 '나의 변(辯)'이라는 코너 아래 작성되었다. 오상순 외에는 홍효민(洪曉民)이 「애처(愛妻)의 변(辯)」이라는 글을 작성했다.

인간 사회가 자연히 더러운 것으로만 생각이 강하여져서 여자에 대한 관심이 희박하여졌었다. 나는 또한 수십 년래 집을 나와 돌아다니는 일종의 방랑자다. 따라서 동양적인 의미에서 심한 불효의 자者이다.

나의 아버지는 삼 년 전에 미수米壽로 서거하였지만 나는 끝내 그로 하여금 유한遺恨을 품고 가시게 한 것을 통감하는 순간적인 반성을 가끔 되풀이하기도 한다. 그 순간적인 반성의 자취가 지금 이 지면에 문자로 기록도 되는 사실이지만 참으로 그것은 순간적인 반성이고 만다.

×

나의 집은 형세도 괜찮고 동기同氣도 5, 6형제나 연지連枝하다. 나는 그중의 둘째로 가장 촉망을 받아서 대학(도시샤[同志社] 신학부) 교육까지 받았건만 잘 키운 닭이 오리[鴨]알을 깐 격의 결과가 된 셈이다.

나는 선禪을 합네 하고 혹은 산(절)으로 들어가서 몇 해씩 있기도 하고 이리로 저리로 방랑하다가 근 십 년 만에 집에 돌아갈 적이 있었다. 그럴 때면은 집안이 왼통 곡성哭聲으로 진동하기 한두 번이 아니었다. 그것은 출가하여 생사의 소식도 없는 나인지라 죽은 것이라고 치고 제사를 지내오는 터에 홀연히 나타남에서였다.

"이제 너는 어떻게 할 작정이냐?"

이것은 그처럼 내가 몇 해 만큼씩 집에 돌아갈 때면 으레히 반복하시는 아버지의 말씀이었다. 이 말씀 가운데는 아무리 아들이 5, 6형제 되어 그 틈에서 7, 8인의 손孫이 있다고 하더라도 '너의 손孫을 하나 보고 죽고 싶다' 하는 간절한 소원이었던 것이었다.

그럴 때면은 나도 소위 '인자人子의 도리'를 반성하지 못하는 것도 아니었다. 그러나 '착심삼일着心三日'이고 보니 다시 출가하여 전전轉轉 유랑의 생활은 계속되고 말았다.

지금으로부터 이십여 년 전의 일이다. 어느 봄날 모모某某의 친구들과 창경원에 꽃구경을 갔다가 멀지 않은 저만치의 거리에서 우연히 아버지를 뵙게 되었었다. 그러나 그만 나는 친구의 옷자락을 붙잡고 어린애처럼 응응 울었던 일을 기억한다. 그것은 아버지의 염불같이 외이시던 소원의 말씀에 질려 왔었다. 그러나 달려가서 뵈올 수도 그렇지 않을 수도 없는 심정에서이었다.

×

나이가 차츰 들어감에 따라서 혹은 인간적인 도리 또는 민족적인 관심 내지는 책임감이 심각할 적이 있는 것도 사실이다. 즉 자연, 우주 그러한 형이상학적인 데에서 인간계에로 전환되어 감을 느낀다. 그러한 느낌에서 인간을 볼 때 전에는 의식으로 추악시醜惡視하고 멀리하던 즉 일종一種 염厭하고 민憫하던 나의 생각이 인간 속에서 미美하고 귀한 것을 찾아볼 수 있고 동시에 그중 한 사람의 나라는 책임과 의무 그러한 것을 느끼는 순간이 있다. 그리고 우리 민족에 대한 애착이 심각하고 철저한 바 있다. 그것은 미와 예술의 창조적 천재성 때문이다. 그러나 절실히 통감하는 것은 가족적인 데 더하다. ——아버지의 유한遺恨이 심절深切하니만치. 그리하여 친지간에 가정을 훌륭히 이루어 장성한 자손을 거느리고 생활하는 것을 볼 때 나도 순간적인 선망을 느낄 적이 있다. 또는 여자에 대한 매력도 가져지기도 한다. 따라서 연애의 의욕도 생길 때가 있다. 아마 이러한 생각들이란 것이 보통 인간으로서의 일종의 고독감일 것이리라. 그러나 그러한 느낌이란 실로 순간적이요 다시 코스믹한 데로 생각은 집중되기 때문에 일체 사라지고 마는 것이다.

×

'독신과 유랑의 생활' 이것으로 나의 생은 시종始終할는지 모른다. 하기야

나의 집 형제나 동기同氣도 많다. 그러나 오늘은 박朴 내일은 김金 모레는 부산 글피는 대구 이렇게 동가식東家食 서지숙西地宿한다. 그렇다고 나로서는 체면이 어떠한 것인지 그것이 도무지 의식선상에 떠 오지를 않는다. 그렇지만 좋지 않게 여기는 집에는 가질 않는다. 일 년간이나 묵던 집을 아무런 이유도 이렇단 기별도 없이 2, 3년씩 안 가기도 한다. 그렇다고 틀려서 그런 것이 아예 아니다. 그 속칭 체면이란 것에 대해서는 나의 마음속 깊이깊이 그저 한 가지 '감사'의 염念이 있을 따름이다. 그 모든 음덕陰德에는 내가 모르는 중에 일종의 가피加被의 힘이 정신적 물질적인 도움을 가져다 주는 것이라고 나는 믿는다. 그리하여 나는

'무엇을 먹을까, 무엇을 마실까, 무엇을 입을까'의 걱정을 해본 적이 일생에 한 번도 없다. 앞으로도 아니할 것이다. 이 점에 있어서 나는 그 동안 살아온바 역사적인 프라이드의 하나이기도 하다. 나의 머리 둘 곳이 오늘은 어디의 누구네 집이냐고? 그것은 나 자신도 모른다. 가령 오늘 밤 '마돈나' 혹은 '플라워' 다방에 앉았다가 통행금지의 사이렌을 비로소 듣고 거리로 나선다 치자. 나의 발길이 그 어느 곳에 이르자 문득 생각이 몰아가게 되는 곳이 그날의 나의 집[宿所]이요 나의 가정이다.

×

시간의 관념이 나에게는 제로다. 내 나이가 지금 쉰일곱이란 것도 새삼스럽게 헤아려보기 전인 평소에는 그저 '17, 8세거니' 하는 느낌 이외에 없다. ——혹 비웃을 자가 있을지 모른다. 그러한 모순된 말이 어디 있느냐고. 그러나 그에 대해서는 해명이 서질 않는다. 그것은 나의 정신 상태이기 때문이다.

일종의 도취경陶醉境이라고나 할까? 나는 영원한 청춘에서 산다.

『민성』, 1950.3

고월古月과 고양이

고월은 죽고 고양이는 살다

고월古月 이장희李章熙 군은 수많은 우리 작고 시인 중에서도 유달리 이십구 세를 일기一期로 자결한 시인이다.

자기 손으로 자신의 생명의 줄을 끊은 자인만큼 그의 생존과 그의 죽음에는 독특한 성격과 특이성이 없을 수 없는 것이다.

그는 반세기 전에 대구 어느 부호의 집 아들로 태어났다. 이목구비가 수려한 그는 꽃이야 옥이야 별이야 하고 전 가족의 총애의 대상으로 자라났다.

그는 그의 탁월한 천재적 재질 때문에 신동으로 불리워졌다. 어떠한 난문難問에도 궁窮할 줄 모르고 전광電光같이 응구첩대應口輒對하는 돈지頓智와 기상奇想으로 어른들을 놀라게 한 일화가 무수하다고 한다.

그는 소학시대小學時代에 이미 불순한 물질적 분위기 속에 시종始終하는 자기 집이 자기 마음의 고향도 영혼의 집도 아니요 못 됨을 발견하고 어린 마음이 상하고 우울해지고 비통해져서 질식을 느끼었다고 한다.

고월의 그야말로 금방울과도 같이 호동그랗게 구을리는 그 눈 샛별같이 빛나는 그 눈, 날카롭게 쭉 뻗어 내린 그 코, 문빗장과도 같이 한 일자로 꽉 다물린 그 입, 피골이 상접한 듯 수척한 그 몸새, 그리고 바늘 끝과 같이 첨예한 그 신경의 촉각, 예민한 감광체와 같은 그 감각, 고월은 타협할 줄 몰랐다. 타협이란 말을 미워하고 타협이란 글자를 보기 싫어했다. 따라서 세상과 타협하지 않았다. 누구하고도 타협하지 않았다. 가족과도 친구와도 타협할 줄 몰랐으리라. 그는 철두철미 비타협주의자이다. 간디 이상

철저한 비타협주의자이었다.

고월은 누구보담도 속세를 싫어하고 미워했다. 세속을 정신의 부패와 타락으로 보았기 때문이다. 걸핏하면 '속되다' '속물이다' 하고 연달아 외쳤다. 그리고 보니 세상과 타협할 도리가 없었던 것이다.

시지詩誌『금성金星』 시대의 동인인 백기만白基萬 · 양주동梁柱東 · 유엽柳葉 · 손진태孫晋泰 · 이상백李相佰 제군과 자별한 친교였음에도 불구하고 유엽 군은 좀 속되다는 이유로 단지單只 그 의미에서 우리 시인의 기휘忌諱에 촉觸한 바 되어 삼 · 사차의 절교장絶交狀을 받았다는 희귀하고도 명예로운 숨은 일화는 우리들로 하여금 일종의 미소 혹은 공소拱笑*를 금치 못하게 하기에 족하지 아니한가. 고월과 가장 이해가 깊은 무애無涯**도 상필想必 그 영예의 절연장絶緣狀을 받은 적이 있을 것이다.

우리 시인이 자기 자신의 가정은 갖지 않았으나 외관상으로 보면 소위 부잣집 아들로서 부모 구존俱存하고 형제도 많고 당대의 굴지屈指하는 시인으로 자타의 공인을 받고 자신만만히 시도詩道에 정진하는 사람이었으나 내면으로 관지觀之하면 실로 고독하고 적막한 사람이었다.

그는 운명적으로 고독했다. 우리 시인은 참새같이 소심하고 수석水石같이 결백하고 청빈淸貧을 사랑하고 세속에 초연하고 고월古月같이 고고한 시혼詩魂이 깃들인 육체의 소유자이었기 때문에 그 고독은 철저하지 않을 수 없었던 것이다.

우리 시인은 무엇을 어떻게 보고 생각고 느낌인지 가만히 앉았었다가도 군중 속에 끼어서 길을 걷다가도 돌연히 그 얼굴에 홍조를 띠우며 권태다! 권태다! 권태다! 하고 연거푸 외치는 때가 많았다.

---

* '홍소(哄笑)'의 오식으로 보인다.
** 양주동의 호.

여러 해 동안 그는 일종 권태병 환자와도 같았다.

고월은 며칠이고 몇 달이고 두문불출을 예사로 했다. 어느 해는 그야말로 완전히 봄을 등지고 봄이 오는지 가는지 모르고 방 안에 처박혀 있은 때도 있었다.

그는 혼자 정히 심심하고 쓸쓸하고 무료하면 휘파람을 곧잘 불곤 하였다. 무슨 좋은 시상詩想이 떠오르거나, 시흥詩興이 동할 적의, 그 휘파람 소리는 씩씩하고 명랑하고 아름다운 멜로디로 화하는 것이었다. 고월의 휘파람은 그의 고독을 자위하는 유일한 음악이었다. 그는 휘파람의 명수이기도 했다.

우리 시인은 간혹 외출하는 때도 있었다. 마음에 맞는 친구를 찾아 한잔의 차나 한잔 술을 나누며 담소지간談笑之間에 심각하게 긴장해 가는 자기 고독을 완화도 하고 잊기 위함이다.

그러나 찾아가는 도중 문득 심중에 무슨 못마땅하다는 생각이 하나 떠오르면 고만 발길을 돌이켜 버리는 버릇도 있었다.

그리고 그의 외출 시간은 거의가 일몰 후였다. 그 이유는 주로 거리에 넘쳐흐르는 속인俗人 속물의 추악한 표정이 보기 싫었기 때문이다. 그래서 우리들은 그에게 박쥐라는 별명을 증정했던 것이다.

고월은 침묵을 사랑했다. 그는 며칠씩 입을 닫고 말도 없고 웃음도 없었다.

그러나 영서상통靈犀相通하고 뜻 맞는 친구를 만나면 그는 곧잘 고도로 세련되고 재치 있는 해학과 신자辛刺하고 날카로운 풍자의 말이 샘솟고 꽃피곤 하였다. 고월의 은근한 미소엔 매력이 있고 그 웃음엔 인력引力이 있었다.

고월의 시혼은 고월 그대로 어디까지나 고답적이요 고고하고 청고淸高하고 모럴이나 윤리를 모를 지경으로 철두철미 미학적이요 심미적이요 탐미적이었다.

고월의 시풍은 로맨티시즘과 리얼리즘의 부합符合이요, 균형이요, 융회融會요, 그 회화적 음악적 조화라 할 수 있을 것이다.

고월의 시작詩作에 대한 태도는 그가 시의 테—마를 하나 잡으면 그야말로 누골조심鏤骨彫心 뼈를 깎고 피를 말려가면서 며칠씩 밤을 새워 그 완벽을 기필期必하고 마치 쥐를 노리는 고양이, 알을 품은 암탉의 태도요 자세였다. 우리들의 고월은 평생 시밖에 몰랐다. 고월은 시에 나서 시에 살고 시에 죽은 진실로 고고한 시인이다. 고월의 죄는 시를 너무 안 데 있다 할 것이다.

대관절 우리 고월은 왜 죽었을까, 왜 자살하였을까, 어째서 자살하지 않으면 안 되었을까, 그 자결의 원인과 동기와 이유와 목적은 무엇일까. 이 문제는 고월 자신의 개인 문제인 동시에 한 시대와 한 사회와 가정 문제와의 상관성도 있는 복잡 미묘하고 중대한 문제요 사건인지라 간단히 해명하고 처리될 문제도 아닐 것이다.

그러나 단도직입으로 일언이폐지一言以蔽之하면 모—든 내적 외적 조건이 결합하여 그로 하여금 자결 행위를 취하지 아니치 못하게 한 것만은 엄숙한 사실이다.

고월은 보통 인텔리의 특징 이상으로 섬약纖弱한 체질의 소유자로서 감수성은 극도로 예민하고 신경은 날카롭고, 감정은 항시 긴장 상태에 있어 일체 부자연하고 불합리하고 불여의한 환경과 생활 조건을 오래 용납할 수도 없었고 또 용납될 수도 없었던 것이다. 중첩하는 내우외환內憂外患의 고민을 극복하는 데는 심신心身의 절대絶對한 건강이 필요했던 것이다. 그래서 나는 그의 건강을 은근히 기도하고 축복해오던 터이다. 그러나 '마음은 원願이로되 몸이 약하도다'의 탄식이 날이 갈수록 심각하지 않을 수 없었다. 심신의 분열과 자기분열의 고민苦悶과 고통이 절정에 달함에 따라 일체

一切냐 무無냐의 백척간두百尺竿頭의 분기점에서 그는 죽음의 길을 택한 것이다. 어느 자살한 시인의 말과 같이 시인은 대사일번大死一番, 사死로써 시를 완성한다는 하나의 시정신의 발동으로 볼 수도 있다. 그러나 자기가 자기를 죽일 수는 있으되 자기를 죽이는 그 자기는 영원히 죽일 수 없다는 엄숙한 경지의 한계를 실제로 파악하고 체득했던들 어쩌면 소위 자살을 안 하고 못 했을는지도 모른다. 하여간 가장 인간적인 극도의 고독과 설움과 절망의 하나의 결론이요 그 귀결임을 염念할 때 실로 무한 적막을 느끼지 않을 수 없다.

고월이 죽을 때 나는 동래東萊 범어사梵魚寺에 가서 있었다. 그때 그곳에서 신문지상으로 그의 자결의 비보를 보고 악몽인 듯 경악하고 아연하고 암담했다.

급거急遽히 방랑의 여장旅杖을 힘없이 끄을며 대구로 달려오니 친우 지기知己들의 놀람과 애석과 애통과 비창한 눈물 가운데 그야말로 감개무량한 장례도 이미 끝났고 대구 천지는 실로 무인지경無人之境같이 텅 비고 적막했다.

고월은 죽었다 그러나 고월은 죽지 않았다. 그런데 나로서는 죽기 직전의 고월을 한 번 만나지 못한 것이 나의 가슴에 못을 박았고 천추의 유한사遺恨事가 되었다.

어느 날 고월이 피골이 상접한 채 초췌한 모양으로 당시의 나의 남산동南山洞 여사旅舍를 찾아왔더란 것이다. 여사 주인의 말이 한 달 전에 동래 가고 없다 하니 안색이 돌연 창백해지며 어깨를 툭 떨어뜨리고 멍하니 한참 동안 말도 없이 서서 있다간 눈에 눈물이 글썽글썽해 가지곤 힘없이 발길을 돌리더란 것이다. 주인은 하도 이상하기에 문밖에 나서 황혼 가운데 사라져 가는 그의 뒷모양을 멀리 바라본즉 곧에 쓰러질 듯해서 마음에 몹시 안 됐더란 것이다.

나는 우리 고월이 죽었다는 사실보다도 그 무엇보다도 죽음을 앞둔 최후 순간의 우리 시인 고월의 그 모습과 그 정경과 죽음 직전에 나를 마지막으로 찾은 고월의 그 흉회胸懷와 그 심경………

고월 간 지도 어느덧 이십여 성상星霜이로되 날이 갈수록 일신우일신日新又日新으로 그야말로 욕망이난망欲忘而難忘하고 불사이자사不思而自思하여 영원한 몽마夢魔와도 같이 나의 심안心眼에 비치어 원망하는 듯 호소하는 듯 혹 책망하는 듯 나의 마음의 심각한 설움과 괴로움의 샘이 되고 수수께끼와도 같이 영원한 후회와 오뇌懊惱의 씨가 되는 것이다.

고월이 마지막으로 나를 찾은 그 동기와 그 심사心事를 나는 잘 알고 있다, 하나는 엄격한 생사기로生死岐路에서 천사만려千思萬慮 끝에 이미 죽음을 결정하고 마지막으로 나를 한번 만나보고 싶었거나 또 하나는 천사만려해 보아도 끝장이 나지를 않고 새끼 꼬이듯 꼬이기만 하고 풀리지 않고 끝나지 않으므로 난마쾌도亂麻快刀를 나에게 구하여 마지막 해결의 담판을 지어볼 배짱이었음이 틀림없다.

고월을 만났던들 물론 공초는 언하言下에 생사를 일도양단하라 했을 것이다. 그리고 고월은 언하에 대오철저大悟徹底했을는지도 모른다. 만년의 고월의 예지는 깊을 대로 깊었고 숙달할 대로 숙달한 천재적 섬광의 법기法器로서 이미 백척간두의 비수의 날을 딛고 일보 전진을 가장 긴장한 상태에서 대기 중에 있었음을 나는 잘 알고 있기 때문이다. 마지막 한 번 만나고 마지막 한 마디 해 보지 못한 천추유한千秋遺恨을 어이하랴.

일체 속사俗事와 속물과 속세에 권태하고 절망하고 단념한 고월의 만년은 그의 유일한 생의 거점인 동시에 무이無二한 생의 의의와 가치와 미의 창조적 원천인 음악과 시와 탐미의 세계에도 권태와 허망을 심각히 느꼈던 것이다.

고월은 어디로 가느냐, 여기에 시인 고월의 정신발전사적 마지막 중대 위기가 정면으로 닥쳐온 것이다. 돌에도 나무에도 닿을 곳 없고 산궁수진山窮水盡 절박한 그의 마지막 위기를 구하는 단 하나의 길은 오직 철저하고 절대적인 최대 부정을 통한 철저하고 절대적 최대 긍정에의 길, 즉 긍부일여경肯否一如境을 대사일번大死一番의 모험과 각오와 발분, 환언하면 일대 정신 육체적 입체적 혁명과 비약을 통하여 단도직입 무관문無關門을 돌파하고 일초직입여래지一超直入如來地의 소식을 간파하고 체득하여 일체 무애경지無碍境地를 타개하는 심기일전의 길밖에는 없었다.

그리하여 신천신지新天新地를 창조적으로 발현發顯함으로써 면목일신面目一新 새로운 가치 전도의 세계와 인생을 새로 출발하는 수밖에는 없었다.

그리고 최초요 최종인 이 절대 경지를 체달体達하는 최첩경最捷徑은 일체 경이와 의문의 구경究竟 첨단적 결정체의 핵심인 화두를 통하여 일체를 방기放棄 휴식하고 무념위종無念爲宗으로 일로정진一路精進하는 선학적禪學的 방법 즉 선행禪行이 있을 뿐이다.

고월은 천작天作으로 그 개성과 정신이 철두철미 고고하고 고귀한 귀족적 천재로서 중속衆俗을 무시하고 속물과 이쌋을* 어울리기를 싫어한지라 진리연眞理然한 일체 사이비적인 학문이나 교양이나 사상이나 주의主義 따위는 그에게는 무용無用의 장물長物이었다. 따라서 논리 중심의 서구 철학적 방법이나 유식唯識 중심의 인도 철학적 방법이나 격물치지格物致知의 중국 철학적 방법 등등은 어디까지나 고매 호탕한 귀족적 천재로서의 우리 고월의 생사관두生死關頭에 선 절박한 고민苦悶을 어찌할 도리도 없었고 아무런 매력도 자력磁力도 없었고 오직 제일의적第一義的이요 제일구적第一句的인 단방

* '이쌋을' : 현대어 의미가 불분명하여 발표 당시 지면대로 표기함.

單方의 선적禪的 방법 즉 철저한 선행禪行이 요청되었을 뿐이다.

일대一代의 비범한 개성인 고월의 숙명적인 정신사적 과정을 잘 알고 관파觀破한 내가 선학적禪學的 방법으로 유도誘導하고 선행禪行을 진권進勸하였음은 무론無論이다. 민첩한 고월이라 유일의 활로임을 깨닫고 호응 공명했음은 물론, 서로 사이에 선禪을 중심으로 간담肝膽이 상조相照하고 영서상통靈犀相通한 바 있었다.

고월은 자유 방목한 굴레 벗은 말과도 같이 일체 세루世累의 기반羈絆을 벗고 자유 방랑하는 나의 편력의 여정과 구도 행각을 몹시 부러워하고 나의 선행禪行을 존중하고 장차 부급종사負笈從師의 격으로 사숙하기를 서약한 것이었다. 나는 절대한 책임감과 동시에 일층 발분하여 일일지장一日之長의 선구자적 책무를 다하기 위하여 엄격히 노마駑馬에 자편自鞭 정진하는 것이었다. 사실 고월은 이후 선행禪行에 정진하기 사오 년간 고월 만년에는 상당한 정도의 진경進境을 보여 은근한 기대와 촉망도 컸던 것이다.

법은 무슨 법이거나 또 전통 여하는 별문제로 하고 법맥 계승의 상징적 표현인 나의 의발衣鉢을 고월에게 전할 배짱이러니 이 의발 어이하고 고월이 먼저 가단 말가. 실로 언어도단言語道斷 고약한 놈!

하여간 고월과 나와의 영혼과 영혼이 일월日月같이 상조相照하고 음향音響같이 호응하고 형영形影같이 상수相隨하면서 일종의 플라톤적 에로스의 상사相思 연모와도 같이 두 사이의 우정은 깊을 대로 깊었고 두 사이의 정신적 교의交誼는 한산寒山과 습득拾得을 연상할 만큼 자별했다. 일 년에 몇 번씩 해후하여 적체積滯한 정회를 창서暢敍하고 법담法談을 교환하고 피력하여 역력한 진경進境이 엿보이는 순간순간의 법열과 환희는 지극한 것이었다.

피차 대구에 와 있을 때는 상화尙火 집 사랑에서 많이 놀았고 이따금 아침저녁으로 나의 우거寓居를 찾아와 청담淸談 고론高論으로 날을 맡우고 밤을 새우곤 하였다.

고월이 나에게 올 때에는 남의 눈에 띄지 않게 혼자서 가만히 오는 것이었다. 혹시나 누가 따라와서 제삼자가 우리 둘 사이에 개입하여 은밀한 우리들의 속이야기에 방해가 될까 꺼리었기 때문이다.

나는 고월의 시편 중에서 「봄은 고양이로다」의 일편을 제일로 소중히 여기고 애송한다. 애송할 때마다 엄숙한 경이를 느끼고 옷깃을 바로잡는다. 동서고금을 통하여 이만큼 완벽으로 완성된 고양이의 시가나 회화를 보지 못했다. 봄은 한 마리 고양이 속에 완전히 살았고 고양이는 봄 속에 그 생을 심미적으로 최고도로 빈틈없이 완전히 발휘하고 완성했다. 이 일편이야말로 우리 시인의 예술적 천재가 대자연의 창조적 조화 묘용妙用의 신비적 호흡과 혈맥으로 그대로 맞이어 통하고 완전 일치 조화하여 신운神韻이 표묘縹渺한 또 하나의 자연 소산의 신기신품神技神品으로서 우리는 그 속에 자연과 인생의 조화 일치의 엄숙한 계기를 파악할 수 있고 신비한 소식을 엿볼 수 있다. 이 일편은 우리 민족의 최고도의 문화적 국보의 하나요 자랑이요 영광으로 이미 하나의 고전적 유산임을 나는 예언하고 보증한다. 나 자신 나의 과거 전체를 부인하는 나도 죽는 날까지에는 혹시나 죽어도 좋을 만하고 아깝지 않고 흔연히 명목瞑目할 수 있는 일생회심의 일품작을 하나—— 꼭 하나만——어쩌다 소위 학문개學問個나 하고 글줄이나 호작질해 왔다는 사나이 세상에 한번 나왔던 표적으로 하나의 족적으로 남겼으면 하는 구차한 하나의 염원이 없는 바 아니나 고월과 같이 한 마리 고양이나 호랑이 속에 자기 전체를 영원히 살릴 수 있고 우주는 꺼져 재가 될지라도 다시 부활시키고 소생할 수 있는 프로메테우스나 피닉스의 불씨를 비장秘藏한 그러한 천화天火의 불씨를 나 자신 분골쇄신粉骨碎身 재가 될지라도 도적질해 낼 수가 있느냐 없느냐가 일대사一大事요 일대 문제인 것이다.

고월의 시혼은 자기 손으로 그려논 고양이 속에 봄과 더불어 완전히 살았다. 영원히 불멸하리라. 고양이 속에 봄을 살리고 시를 살린 그 순간은 바로 영원 그것이다.

고양이와 봄과 시와…… 이 얼마나 혼연한 조화이냐?

고월은 한 마리 고양이를 완전히 살리기 위하여 이 세상에 태어난 시인이다. 그는 시를 통하여 한 마리 고양이를 완전히 살렸다. 그리고 그는 죽었다. 무삼 유한遺恨이 있으리요. 인생은 짧고 예술은 길다.

이것은 고월에게 꾸지람 들을 사족의 말이나 고양이보다도 호랑이를 그리는 데 흥미가 더욱 깊지 않았을까? 그러나 모두가 인연 소치라 도회에 생生하고 사死한 고월이라 고양이 생태의 정세精細한 관찰과 감상을 위한 거리 인연의 위치는 가까웠고 호랑이와의 그것은 멀었다. 호랑이는 원래 심산유곡深山幽谷 밀림 속에 첩식捷息하는 놈이기 때문에. 만일 고월이 호랑이와의 접촉의 인연 거리의 위치가 가까웠던들 물론 호랑이를 택하였으리라고 나는 본다.

한 마리 고양이를 창조적으로 완전히 살릴 수 있는 신기神技의 수법은 또한 능히 호랑이를 살릴 수도 있고 자기는 물론 사람도 말도 소도 개도 돼지도 사자도 봉鳳도 학도 새도 벌레도 돌도 나무도 백골도 시인의 예술적 생명의 호흡을 불어넣고 혈맥을 통하게 함으로써 완전히 살릴 수 있는 기적을 출현시켜 천지조화의 주인공과 같이 또 하나의 새로운 우주—— 새로운 천지 삼라만상을 창조할 수 있기 때문이다.

약간 치사侈奢스런 생각이나 일대一代의 대시인大詩人의 뜻있는 자결행自決行을 장엄하여 그 최후를 장식하기에 상응한 향기 높고 화사하고 값진 약품을 지닐 기회를 갖지 못하였음은 유감이라 아니할 수 없다. 목적이 약에 있지 아니한지라 약의 여하가 문제리요마는 그리고 물론 하나의 우연한 기연機緣이요 돈 없는 시인이라 입수하기 쉬운 탓이었겠으나 고양이의 일대 걸작을 산출한 명장이어늘 그 자살행에 있어 하필 쥐 잡는 약을 썼다는 것은 하나의 운수運數의 아이러니요 해학이요 비장이기까지도 하다.

고월은 대시인이라 청탁병탄淸濁倂呑의 격으로 그리할 수도 있었으리라.

마지막으로 고월의 임종 풍경의 일절을 소개하고자 한다.

시인의 자결한 장소는 뜰 아래채 행랑방이었다. 그것은 고월과 가정과의 부조화를 의미하는바 그 불화의 원인인즉 극히 단순하다. 그의 가족들의 간권懇勸이 있음에도 불구하고 그가 황금이나 권세나 명예 등 세속의 상식을 무시하고 시의 세계에만 소요 정진한 데 있는 것이다. 세구歲久 연심年深할수록 그 심적 깨프*는 깊어지고 거리는 멀어졌다. 가족이고 내객來客이고 간에 속중들이 내로라고 뽐내며 우글거리는 안방이나 사랑의 불순한 분위기의 접촉보다는 타협할 줄 모르는 고월에게는 차라리 행랑방 거처가 단순하고 안이하기 때문에 거처로 택한 것이다.

고월은 서울서 돌아온 후 삼사 개월 동안이나 무엇을 함인지 두문불출하고 그 행랑채에 칩거했던 것이다. 그동안 외출이라고는 자결 삼사 일 전에 부재중의 나의 우거寓居 방문이 처음이요 마지막인 모양이다. 그러기 때문에 지척에 있는 상화도 상화 사랑에 노는 친구들도 고월이 대구에 와 있는 것을 몰랐다고 한다.

어느 날 돌연 그 방안에서 음독飮毒하고 고민하는 고월을 발견한 가족들은 일대 소동을 일으켰다. 의사가 왔다. 해독제를 권하여 강경히 거절당한 가족들은 백방으로 강권도 해 보고 애원도 해 보았으나 돌문같이 꽉 다물린 고월의 입은 숟가락으로 빼겨도 미동도 하지 않았고 그 부친이 나도 죽

* '갭(gap)'으로 추정됨.

는다고 땅을 치고 뒹굴었으나 소용이 없고 무가내하無可奈何였다. 다량의 쥐 잡는 극약을 삼켜서 내장이 모두 불붙어 녹는 가운데 우리 시인은 태연하고 냉정히 눈 감은 채 절명하고 말았다. 이리하여 이십구 세의 아직도 청춘인 시인 고월은 영원히 사라지고 만 것이다.

상화 사랑에서 급보急報를 듣고 김봉기金鳳箕, 김준묵金準默, 백기만白基萬, 이상화李相和, 이곤희李崑熙, 차경수車景洙 등 여러 친구들이 달려가서 통곡 소리가 진동했다. 한 줄의 유서도 유언도 없었다. 그리고 고월의 소지품이라고는 방안에 헌 만년필 한 자루가 구을러 있을 뿐이었다. 고월이 오랫동안 죽음과 더불어 이야기하고 속삭이고 싸우는 여가여가餘暇餘暇에 무수한 소형의 초상과 금붕어를 방바닥 장판지 위에 그린 그 만년필이었다.

나는 십육 년 전에 『고월의 자결 제칠주기를 당하여』라는 추모문을 동아일보 지상에 7회에 걸쳐 발표한 일이 있다. 고월은 왜 자결하였는가, 왜 자살하지 않고는 못 배겼을까, 고월을 자결케 한 자는 누구냐, 고월로 하여금 자살하지 아니치 못하게 한 것은 무엇이냐, 고월을 죽인 자는 그 누구이냐 등등 나는 상당한 흥분과 감정의 격동 가운데 고월의 자결의 사회적 죄악과 책임을 추궁하고 드디어 고월의 자결의 용기와 의의와 가치를 극도로 찬미한 글이었다.

이번에 목우牧牛가 장구長久한 시일에 비교적 희소한 자료를 각 방면으로 수집하고 정리하고 연찬硏鑽하는 열렬한 정열과 노력의 결정結晶으로 근간에 상재 출판되는 『상화와 고월』을 위하여 비교적 냉정한 가운데 이 일문一文을 초草하면서도 진실로 감개무량한 바 있다.

우리 고월이 간 뒤에 만해萬海, 상화尙火, 노작露雀, 곤강崑岡이 가고 이번 사변事變 전화戰禍로 인하여 영랑永郎이 가고 금년 초춘初春에 불란서 시문학의 진실한 학도요 젊은 시인인 전봉래全鳳來 군이 피난지 부산에서 자살하고…… 회고하면 유위유능有爲有能한 시인과 시학도들의 죽음이 상당한 수에 달하여 심각한 적막과 애수를 금할 길이 없다. 나 같은 무위무능한 한 마리 기생충만도 못한 놈은 악한 자는 흥하고 선한 자는 망한다는 말을 하나의 상식과 같이 개탄이 아니라 자랑삼아 예사로 하게쯤 된 이 악착하고 가혹하고 썩어빠진 더러운 세상을 극도로 분노도 하고 욕도 하고 저주도 해 보고 자살이라도 해 버리고 싶은 생각이 하루에도 열두 번씩이나 속에서 북받쳐 오르는 때가 있음에도 불구하고 죽도 않고 자살도 못 하고 무엇 때문에 세상에 붙어 있는지 알다가도 모르겠고 도대체 이런 놈이 도적놈이요 죽일 놈의 표본일 것이다.

——끝——

백기만 편, 『상화와 고월』, 청구출판사, 1951.9.5

가을

가을에 영사映寫된 조국의 양상*

①

봄은 동방에서 꽃수레를 타고 온다는데 가을은 지금 먼 서방에서 나의 파이프의 연기를 타고 온다. 오늘 아침 나의 파이프의 연기는 산뜻하고 선명하고 담배는 맛있다.

가을 맛이다.

일엽一葉이 떨어짐을 보고 천하의 가을됨을 알았다는 말도 있지만 나는 오늘 아침 세수할 때 손가락 끝에 감촉되는 물의 감각, 세수를 하고 나서 쌩긋 웃는 가인佳人의 소리 없는 미소 소리와도 같은 경금속성輕金屬性의 산뜻한 바람이 피부를 스쳐 오는데 머리에 빗질을 하다가 머리카락이 두서너 개 빠짐을 보고 가을을 느꼈다.

심신이 쾌적하게 긴장한 가운데 책상머리에 망연히 앉아 있으려니 머리도 꼬리도 없는 단편적인 나의 가을의 수상隨想의 실마리는 나의 사랑하는 자연紫煙의 방향을 따라 푸른 가을 허공에 곡선을 그리며 단속斷續하고 명멸한다.

가을은 온대지방의 지리적 위치와 기온과 기상의 특색이요 선물이요 혜택이다.

가을은 이상하게도 환희와 비애가 서로 교차하고 융합하는 계절이다.

---

* 2회 연재분부터는 부제에 '양상'이 아니라 '풍광(風光)'이라는 단어를 사용했다.

가을이 되면 모르는 중에 무엇인지 하나씩 둘씩 여위어가고 시들어가고 떨어져가고 없어져가는— 호젓하고 고독하고 애닯은 반면에 건강하고 씩씩한* 생의 환희의 힘이 골절骨節 속에서 샘솟듯 솟아오르는 계절이다.

조선의 가을하늘은 한없이 높고 속 모르게 깊고 애타게 푸르다.

이 가을의 하늘이 맛있는 조선의 곡선적 예술과 문화와 인물을 낳았다.

나의 육체와 영혼은 저 푸른 가을하늘 속으로 끄을려 빨려 올라간다.

나는 그 속에 사라지고 싶다.

이 땅에 가을이 오면 심신이 침착해지고 침잠하면서도 청천靑天 백운白雲 만리통萬里通의 저 지평선 땅 끝까지 가보고 싶은 영원한 향수적 유혹을 감당치 못하겠다.

이 땅의 가을의 정열은 삼간초가지붕에 태양에 반사하여 불타는 붉은 핏빛보다도 짙은 고苦초에 있고 이 땅의 꿈과 시詩는 초가지붕 위나 담장 위에 창백하고 그윽한 월광 속에 꿈꾸며 잠자는 흰 박 속에 어리어 감추어 있다.

조선의 가을밤의 청아한 다듬이 소리는 두 방망이의 장단長短으로 울리어 나오는 가을의 음악이다. 자연과 인간의 합주곡이다.

태백太白의 문자로 장안長安 일편월一片月에 만호萬戶도 의성衣聲 속에는 응당 멀리 나그네 길을 떠난 님 혹은 먼 이역에 수자리 간 님 혹은 영어囹圄에 갇힌 님 또는 모진 바람 부는 삭북만리朔北萬里에 원정의 길을 떠난 님을 그리워하고 호소하는 단장곡斷腸曲의 애상적인 한숨 소리도 얽히고 서리어 있음을 들을 수 있다.

이는 가을만이 가질 수 있는 섧고도 감미한 음악적 정조이다.

---

* 원문에서는 '씩 한'으로 표기되어 있는데, 문맥상 '씩씩한'의 오기로 보인다.

밤늦도록 애정과 지성至誠을 다하여 두드리던 다듬이질을 쉬고 등불을 낮추고 독수공방에 누웠으랴면 바로 베개 밑에서 밤새는 줄도 모르고 즐즐거리고 우는 가련한 가을밤의 악사인 귀뚜라미 때문에 꿈을 이루지 못하고 전전반측輾轉反側하다가 밤을 새우는 정경은 역시 가을이 아니면 있을 수 없는 일견 그다지 반갑지 못한 가을의 선물이다.

동방 여류 시가의 그 대부분은 이러한 가을의 적막과 고독과 애수의 소산일 것이다.

그 기원도 아마도 사람의 속을 알지 못하는 무심코 가련한 귀뚜라미를 원망하는 순간에 있었을 것이다.

②

대동강의 가을

낙랑樂浪의 이국적인 정조의 여음餘音은 천 년을 흘러간 대동강 가을 물결 위에 아직도 어리고 감돌아든다.

가을 석양에 애절한 수심가愁心歌는 가을 자신이 우는 소리다.

달부達府의 가을

달부의 가을은 밉도 곱도 않고 그저 어리무던한 평범한 여인이다.

금강金剛의 가을

일만 이천 봉 새새 틈틈이 핏빛보다 더 붉게 타오르는 단풍 빛은 적나라한 개골皆骨의 해탈을 예감하고 각오한 직전直前의 행자行者의 청춘의 마지막 약동의 혈조血潮이다.

해운대의 가을

해운대는 가을 신神들의 그랜드·오-케스트라이요 그 무답장舞踏場이다.

경주의 가을

신라 천 년의 영화榮華는 바람같이 가고 가을바람과 같이 갔다. 운명의 가을을 고하던 봉덕사奉德寺의 범종만이 영원한 침묵 속에 엄연하다.

낙화암落花巖의 가을

낙화암에 추색은 깊은데 백마강白馬江의 창백한 수색水色과 월광은 낙화진 삼천 궁녀의 추상秋霜 같은 그 결백한 충절의 넋을 머금은 듯-

서울의 가을

가을 아침저녁에 청량리 깊은 숲 사이로 우러러 보이는 창고古 장엄하고 서릿발 나는 만고萬古 부동不動의 북악北嶽 만장봉萬丈峰의 위용偉容-대각大覺한 고승高僧의 위엄- 거기에 가을은 오도 않고 가도 않는다.

그는 영원 그것이다.

×

천만 년의 유구한 광음의 역사의 과정을 통해서 일 년 중에 사철의 계절이 촌분寸分을 어기지 않고 순환하고 변천하고 추이推移하는 현상과 활동은 실로 대자연의 엄숙하고 엄격한 입법정신의 상징적 표현 작용이요 자연의 심장의 고동이요 그 대동맥의 맥박이요 자연 생명의 간단間斷없는 영원한 호흡이다. 천지 삼라만상은 이 비밀한 호흡 속에서 생성하고 소장消長한다.

그 형태와 현상과 내용에 있어 소천지小天地요 소우주小宇宙인 인생에 이 대자연 법칙에 준칙準則한 춘하추동 사계의 율동적 순환이 있음도 엄청나게 기이하고도 자연하다. 따라서 자연의 자연과 인생의 자연은 무엇보다도 누구보다도 때의 흐름의 추이와 변천에 따라 그 인과적 결연이 깊고 상관적 교섭이 지극히 복잡 미묘한 것이다.

천지간 일체의 유기물과 무기물－유기체와 무기체 유생물과 무생물의 대부분은 시간의 흐름과 계절의 추이를 따라 비교적 수동적으로 영향을 받고 소극적으로 반영하고 반응하면서 변화한다.

그러나 비교적 고도의 진화과정을 걷는 생물과 식물과 동물은 비교적 능동적으로 적극적으로 그 영향을 받으면서 변화하고 진화함을 볼 수 있다.

그런데 생물 동물의 세계에서 최고도의 진화를 완수하고 최고 단계의 왕자적王者的 지위를 획득한 인간－천지간에 유독히 입체적으로 우뚝 선 우리 인생은 계절을 따라서 각기 특이하고 독특한 그 무궁한 자연의 영향과 감화를 받아들일 뿐만 아니라 돌이켜 자연 자체에 영향과 감화를 줄 줄 알고 자연의 법칙을 본받아 무한한 그 소재를 섭취하고 자원을 발굴하고 활용하여 생활에 응용하여 이용후생利用厚生에 이바지하고 천문, 지리, 기상, 기타의 이법理法을 연구하고 구명究明하여 계기적季期的으로 돌아가는 자연의 현상과 표정과 그 행동을 관찰하여 분석하고 해부하고 분류하고 종합하고 정리하고 조직하고 체계를 세우고 인간의 생활의욕과 기도企圖와 계획과 설계와 그 목적을 위하여 자유로 취사선택하고 절장보단折長補短하여 활용해 쓰는 방법과 기술을 연마하고 정밀한 기계를 발명하여 때로는 자연의 상相모를 변혁하고 때로는 자연의 진행과정을 신축伸縮하고 때로는 그 행동을 예언하고 감시하고 경계하고 자연의 목적 동향을 휘잡아 틀어서 인간의 의사에 복종시키고 인생 생활 목적에 부합하도록 조정하고 조화한다.

그리하여 자연의 의사를 무시하고 자연을 지배하고 정복한다.

자연환경이 인간을 한정하고 지배하는 동시에 인간이 자연환경과 내용을 결정하고 지배한다는 자의식을 가지게 되었고 일보一步 나아가 인간이 자연을 창조한다. 인생이 우주의 창조자라는 구의究意의 자각점까지 도달했다. 사실 위대한 개인이나 위대한 민족은 위대한 자연을 창조한다.

③

구경究竟 능동 소산所産의 자연과 수동 소산의 자연은 둘이 아니다. 따라서 자연과 자연 인생과 자연은 율동적으로 혼연히 융합 일치한다.

우주는 결국 신비적, 예술적 절대경이다. 무궁한 시간적 공간적으로 영원 순환하면서 생멸生滅 유전流轉하는 삼라만유는 실로 대자연의 예술적, 극적 표현작용이요 만화경적萬華鏡的 조화造化이다.

자연은 그 자체 속에 본질적으로 예술적 충동과 운명을 포장하고 있음을 볼 수 있다.

자연의 능산能産인 동시에 소산所産적 존재인 인간은 자연과의 예술적 공연자共演者요 불가분의 협력자이다. 자연의 호흡과 인생과 인생의 호흡이 상통하고 자연의 혈맥과 인생의 혈맥이 서로 연連하고 자연의 맥박과 인생의 맥박이 함께 고동한다.

춘하추동의 사계는 그 현상의 표현작용이 상수相殊하고 특이함은 물론이나 그 근저根抵는 동일한 자연의지의 표현 활동인지라 봄 없는 여름이 없고 여름 없는 가을이 없고 가을 없는 겨울이 있을 수 없고 또 다시 겨울 없는 봄이 있을 수 없는 것이다.

자연의 동일한 통일체의 공간적 특수상特殊相인지라 그 근저에 불가분리의 맥락이 있고 연쇄적 상관성이 있음도 물론이다.

봄 자연의 생명은 자유분방하여 샘같이 용출하고 홍수같이 격류하고 폭발적으로 터져 나오고 입체적으로 약동한다.

여름의 자연은 백열적으로 연소하고 왕성하고 무성한다.

가을 자연의 성격은 성숙과 결실과 축복이 그 특색이요 이동과 유전流轉과 별리別離와 조락凋落과 휴식이 그 특징이요 명랑성과 투명성과 청정과 청초가 그 본색이다.

가을의 자연은 봄이나 여름이나 겨울의 자연의 성격이나 표정과 같이 그 기질과 성미와 분위기가 단조치 않고 단순치 않다. 둔탁하도 않고 비습濕하도 않고 건조치도 않고 우울치도 않다.

그 감각은 유리같이 예민하고 천재적 신경질이요 기질은 양징陽徵이요 성미는 다소 까다롭고 성질은 냉정하고 체질은 섬약질이요 감상적이고 애상적이다. 따라서 고독하고 쓸쓸하고 그런 만큼 님을 동경하고 연모하고 포옹을 요구한다. 그러기 때문에 몽상적이요 회고적懷古的이요 반성적이요 내향적이요 사색적이요 시가적詩歌的이고 음악적이고 신앙적이고 정신적이다.

가을의 품성과 품격은* 가장 세련되고 침착하고 고아高雅하고 청고淸高하고 고독하고 지극히 경건하고 겸허하고 자기희생적이다.

탈속脫俗하고 고답高踏하고 해탈적이요 종교적이다. 오도悟道한 고승高僧과 냉철한 철인哲人과 불혹不惑의 고개를 넘어서 지천명知天命하는 사군자士君子의 숙연한 풍모를 연상케 한다.

가을의 성격은 이와 같이 그 특색이 다채 영롱하고 복잡 미묘하여 어느 계절보다도 인간적으로 공명하고 침투될 다분多分의 요소를 포함한 만큼—

인생의 감정이입의 작용이 민활敏活하고 자연의 심회와 인생의 감회가

---

* 발표 지면에는 '품격을'로 표기돼 있으나, 문장 구조상 오기로 판단하여 '품격은'으로 쓰기로 한다.

상통하고 융합하여 자연과 인생의 거룩한 향연이 벌어지고 일대 교향악이 전개된다. 따라서 가을은 자연의 가을인 동시에 인생의 가을이요 운명의 가을인 것이다. 가을은 자연 생명의 호흡이 교차하는 순간이요 자연의 호흡과 인생의 호흡이 교통하는 계절이다.

가을은 자연생명이 그 맹렬한 활동기를 거쳐 그 근본에 환원하여 잠시 휴식하려는 순간이요 상태이기 때문에 가을의 자연은 정적靜的이요 평화적이다. 등화가친燈火可親의 계절이요 인생을 반성하고 사색하고 관조하기에 적호適好한 기회이다. 가을은 과연 인생의 끝없는 귀향심과 향수의 정서를 자아낸다.

④

한국의 가을은 식욕과 미각의 계절이다.

봄 미나리 살진 맛을 님께 보내고저… 운운하는 시조도 있거니와 초춘初春의 미각의 첨단인 향기로운 봄 미나리와 아울러 삼동三冬 동안 쌓이고 쌓였던 눈이 채 사라지기도 전에 얼어붙었던 땅을 뚫고 흙을 헤치고 나와 소녀들의 색바구니를 배부르게 하는 씀바귀, 물쑥, 소리쟁이, 냉이 등속은 첫봄의 미각으로서 식탁에 올라 미각을 새롭게 하고 혀를 차게 하며 봄소식과 한 가지 님을 생각케 하는 것은 약동하는 봄의 소식이어니와 드높은 푸른 하늘 밑에 나뭇가지가 벌어지고 찢어질 만큼 무겁게 누르고 주렁주렁 복스럽고 풍부하게 경건히 매어달려 이슬을 머금고 일광과 월광에 빛나는 오색이 영롱한 가지각색의 과실 — 밤, 대추, 감, 배, 추자, 능금, 포도, 연밥, 치자, 석류, 은행, 머루, 다래, 송이 등속은 가을의 음악적 회화적 조각적 소식이요 가을 자연의 생명의 상징적 결정체요 가을의 시가詩歌적 주옥상珠箱이요 가을의 선물이요 가을의 축복이요 혜택이요 공덕이요 감격이요 감사이다.

이 자연의 소식과 선물과 축복을 ◯ 때마다 먹을 때마다 임 생각이요 먹고 난 뒤까지라도 임 생각의 그윽한 여음은 사라지지 않는다.

천고마비天高馬肥 — 하늘이 높고 말이 살진다. 이 얼마나 힘차고 씩씩하고 건강한 말[言]이냐.

바로 건강 그것의 매혹 있는 생리적 구체적 시적 표현이다.

오곡이 풍등豐登한 넓은 들 복판 여위어 들어가기는 하나 자양분과 영양소가 많은 풀두덩[草原]에서 풀 뜯어 먹다가 터질 듯이 살찌고 기름져 가는 속에서 솟아오르는 생의 활력과 환희를 이기지 못하여 감사하는 듯이 가끔 푸른 하늘을 쳐다보며 먼 곳을 바라보며 코를 ◯거리고 발굽으로 땅을 파헤치며 응흥 소리를 높이 힘차게 지르는 그 소리만 들어도 가을의 건강이 저 푸른 하늘빛과 한 가지 몸에 스며드는 듯 생의 환희의 공명감을 억제할 수 없다.

그렇다. 가을의 건강은 말의 울음소리 속에 들었다. 나는 염불하듯이 때때로 "아! 천고마비!"를 입속에 불러봄으로 말미암아 건강 증진법을 삼는다. 사실 이 말은 나의 식욕과 성욕을 자극하고 증진시킬 뿐 아니라 나는 천고마비라는 말만큼 실감적이요 효과적인 말을 모른다.

나에게 생의 환희와 활력을 준다.

이 말은 살았다. 이 말 한 마디로 가을을 표현하기에 족하지 않을까.

가을의 미각은 어느 계절보다도 신선하고 청결하고 상량爽凉하고 싱싱하고 풍부하고 귀족적이고 음악적이고 시가적이요 종교적이다. 사람은 물론 육축六畜과 비금주수飛禽走獸와 바다와 강물과 하천의 어족까지도 풍부히 살찌고 기름지고 향기 나고 맛 나는 때는 정正히 가을철이다. 가을에 여위는 것은 초목뿐이요 폐환자뿐이다.

가을은 진실로 미각과 시각과 청각의 계절이요 식욕과 성욕과 동경의 철이다. 식욕이 움직일 뿐만 아니라 그야말로 손톱 발톱이 다 먹으라드는 왕성한 식욕의 충동이 일어나고 따라서 성욕의 자극과 유혹도 강렬해지고 동경의 감정도 심각해진다. 사람은 누구나 다 균등하게 한 사람도 빠지지 않고 이 본연 자연의 본능적 욕망을 각자의 역량에 따라 채워야 할 권리와 의무가 있다. 일하지 않은 자는 먹지 못한다 — 는 필연적 부수副隨 조건의 의무도 있지마는 — 생활의 욕망은 충족해야 할 것이다. 단 인생 생활의 건전한 건강과 위생적 발전을 위하여 — 라는 엄한 책임을 잊어서는 안 된다. 식상食傷과 색상色傷과 신경쇠약은 금물이다. 생활의 기능을 파괴하기 때문이다.

가을은 욕망의 낙원인 동시에 위기이다. 건전히 융성하고 발전하는 개인이나 민족의 교양의 중점은 자연적 동물적 욕망의 조절과 조정과 그 조화에 있을 것이다.

⑤

가을의 미각은 무덤에까지 연장하나니 신곡新穀으로 각종 떡을 만들고 국화로 술을 빚고 각종 과물果物을 갖추어 천지신명에 고사告祀하고 조상에 제사하고 하나님께 추수감사제를 드리는 미풍순속은 자연의 혜택에 향한 자연한 인간의 지정至情이다. 유명幽明이 경계를 달리하여 지척인 듯 억만 리요 한 번 가면 다시 못 오는 주검의 길을 떠난 조상과 부모와 부처와 형제와 자녀와 친구의 무덤을 찾아 백 종의 과실과 술과 떡을 헌수獻酬하여 결국은 다 같은 운명의 길을 밟을 인간이 희로애락을 작용하는 생리적 육체적 현실로 호흡을 같이하고 말을 통하고 정을 나누던 그 육친肉親 지기知己를 그윽이 추도하고 사모하고 상기하는 인간적으로 가장 아름다운 지정至情의 제전을 전역적으로 남녀노유男女老幼 총동원하여 성대히 거행하는 팔월 추석을 의미심장한 가을의 선물의 하나로 나는 지극히 좋아하고 친애하나니 영원히 나를 떠나간 그리운 님을 만나는 듯한 진실한 진정의 분위기 속에 침잠할 수 있는 고마운 날이기 때문이다.

기나긴 장강長江 은하수를 동서로 격隔하여 있어 다리도 없고 배도 없어 건너오도 가도 못하고 불붙는 연모의 정열을 가슴에 안고 애타는 고충과 고뇌를 호소할 곳 바이없어 속절없이 초조히 불타면서 일 년 삼백 육십 일을 멀리 서로 바라만 보고 눈물로 지내다가 지상地上의 길조吉鳥인 까치들이 그 지극한 정곡情曲을 이해하고 측은한 동정을 금치 못하여 족중族中 회의를 열고 작수首 상의한 결과 전全족이 감연敢然히 하나의 외인부대 의용군으로 결사대를 조직해 가지고 일제히 천상으로 날아가서 은하수에 다리를 놓아서 일 년 일도一年一度 단 한 번의 상봉을 가능케 했다는 천고에 가련한 견우와 직녀의 신비적 전설의 밤인 칠월 칠석도 고마운 가을의 빛나는 선물의 하나이다. 이 얼마나 아름답고 거룩한 전설이며 이 얼마나 위대하고 청고淸高한 '로맨스'이냐. 전설의 백미요 로맨스의 극치이다.

이는 진실로 인류의 천재적 상상력과 구상력의 구체적 결정結晶이요 이는 인간의 우의적 상징적 표현력의 극한이다. 인간은 이 상상적 구상력과 이 상징적 표현력으로 능히 우주를 새로 창조할 수 있는 가능성이 부여되어 있다는 자신을 가져도 망발은 아닐 것이다.

주옥같이 빛나는 간결하고 소박한 이 일편의 전설시傳說詩 속에 얽히고 어린 자연과 자연의 아름답고 따스운 이해와 동정, 자연과 인생의 지극히 아름답고 따스운 이해와 동정과 그 실천력을 통해서 능히 천지신명의 가호와 축복과 그 은총을 받을 자격이 있고 지상의 주인공으로서 땅위의 만유를 상속받을 명예와 영광을 누리기에 족하지 않을까. 너무 심한 과찬인 듯도 하나 이 때문에 조물자의 불평과 노염을 산다면 흔연히 그 심판정에

나서 흑백을 판단할 자신과 각오가 있다.

지상 생활의 피로와 불안과 불평과 불만이나 번뇌나 고민 있을 때 잠간暫間 밖에 나서 별 하늘을 치어다보라— 부지중에 운산무소雲山霧消하여 너의 뇌중腦中에 운권청천雲捲靑天의 별을 보리라—.

조선 사람은 사족동물四足動物도 아니언만 별 하늘을 치어다보기를 잊은 지 오래인 것 같다.

농촌에서 소박한 농민들이 은하수가 입 위에 바로 비끼면 햇곡식을 먹는 때라 해서 간혹 치어다보는 이외에는 천문학자에게 일임하고 있다.

그러나 칠석이 되면 비교적 일반적으로 저 전설의 은하수의 성운星雲을 일 년에 한 번이라도 치어다보는 기회와 효과를 주는 일건一件만으로도 이 전설에 대하여 감사치 않을 수가 없다.

⑥

임술지추壬戌之秋 칠월기망七月旣望에 청풍淸風은 서래徐來하고 수파水派는 불흥不興하고 백로白露는 횡강橫江하고 수광水光은 접천接天한 적벽강상赤壁江上에서 벗으로 더불어 술잔을 나누며 명월지시明月之詩를 송하고 요조지장窈窕之章을 노래하며 빙허어풍憑虛御風하고 우화등선羽化登仙하는 듯한 가운데 미인을 천일방天一方에 바라보며 흥겨워 놀 제 천지간에 부유같이 붙여 있고 창해蒼海의 일속一粟 같은 인생이라 그 생이 수유간須臾間에 번듯 지나감을 설워하고 장강長江의 무궁함을 부러워하는— 그 소리가 여원여모如怨如慕하고 여읍여소如泣如訴하여 여음餘音이 요요부절不絶하는 동洞소 소리를 듣고 그 변하는 자者로 관觀하면 천지도 일순一瞬이요 그 불변하는 자로 관觀하면 물여아物與我가 다 무궁하니 또 무엇을 부러워하리오. 천지간에 물각유주物各有主하여 나의 소유가 아니면 일호一毫라도 취할 바 아니나 청풍淸風과 명월明月은 취해도 금할 자 없고 용지불갈用之不竭하니 이는 조물자의 무진장이라고 간파한 것은 소동파蘇東坡의 달관이다. 이는 동파가 그의 세련된 시인적 감각과 정서와 순수한 직관과 예지적 섬광을 통하여 가장 평온하고 정밀하고 유현幽玄하고 순수한 가을 자연의 감각을 스치고 그 정수에 혼연히 융합하여 법열에 도취한 심경을 표현한 주옥편 적벽부의 대의大意다. 동서고금에 가을 시편으로 이보다 더 우수한 걸작은 있기 어려울 것이다. 우리는 역사적으로 오래 두고두고 이 일품逸品을 애송해 오는지라 가을이 되면 추칠월秋七月 기망旣望을 바라보고 적벽부를 상기치 않을 수 없는 것이다.

"예술은 길고 인생은 짧다." 그러나 시인, 철인, 과학자, 현자, 성인 아니 — 천사의 입을 빌려 말해 볼지라도 자연도 인생도 무상한 것만은 의심할 수 없는 확호부동確乎不動의 사실이요 오직 대자연만이 변전과 무상을 일관하여 엄연히 영원하고 유구하다 하리라.

추풍이 일어남이여 백운이 날으도다. 초목이 누르러 떨어짐이여 기러기는 남南으로 돌아가도다. 난초가 빼어남이여 국화가 꽃다웁도다. 가인佳人을 생각함이여 잊을 수 없도다. 환락이 극함이여 비애가 많도다. 소장少壯한 때가 얼마나 되느냐. 늙어 옴을 어이할꼬— 이는 배를 분하중류汾河中流에 띄우고 군신群臣으로 더불어 주연酒宴을 배설配設하고 가을의 청량한 풍광을 상賞주며 흥겨워 즐기다가 문득 가을의 자연 풍경 속에 이른바 흥진비래興盡悲來와 영고성쇠榮枯盛衰의 인생 소식을 듣고 자연과 인생의 극한의 환락과 애상의 정서가 교교交交히 엉클려 끝없이 감도는— 당대 천하를 평정하여 그 위엄이 천하에 떨치고 영화의 극치를 자랑하던 가장 인간적인 영웅 한무제漢武帝의 추풍사秋風辭에 나타난 탄식이다.

가을 선물 가운데 약간 쓸쓸하고 섭섭한 애수의 선물 하나가 있으니 그것은 삼월 삼일에 강남에서 나온 제비가 돌아가는 구월 구일이 즉 그것이다. 그러나 그것은 견디기 어려울 만큼 무자비한 그것도 아니고 가벼운 미소 가운데 느껴지는 그러면서도 어쩐지 그지없이 애달픈 애수의 실마리가 끝 가는 데를 모르게 사라지지 아니하는— 말하자면 일종의 시적 정서의 그것이다. 이 애수는 사람의 심성을 해하거나 다치는 것이 아니요 사람의 마음을 약간 시적으로 고요하게 만들고 그윽하게 하고 일종의 정화작용을 하는 그것이다.

구월 구일이라면 늦은 가을 중허리라 가을 자신도 번화하고 빛나고 유쾌하고 즐겁던 한창 시절을 청산하고 일체의 아름다운 허영의 가장을 벗고 자기도 자기를 이별하고 장차 겨울이라는 고담枯淡 엄격嚴格한 노골적 해탈경解脫境으로 돌아가려는 직전의 순간인지라 철저한 해탈삼매解脫三昧를 위한 빈틈없는 만단준비萬端準備와 방위防衛 때문에 인간이 가을에서 받은 많은 아름답고 귀중한 선물에 대한 감사의 보답이나 추억의 미련이나 속정俗情의 유혹을 돈망일척頓忘一擲키 위하여 자기에게로 향하는 우유부단優柔不斷하는 인간적 미련의 정서의 실마리의 가는 방향을 그 교묘한 수법으로 넌지시 슬쩍 강남 가는 제비 쪽으로 틀어놓은 결과나 아닐까 상상해 보는 것도 아주 무의미하지는 않을 것도 같다.

⑦

그러나 그 점은 어찌 되었든지 간에 제비도 유쾌한 가운데 그 생활을 지켜오던 터이라 어느덧 서리가 내리기 시작하여 맑은 강이나 냇물도 점차 줄어들고 그 조그만 어여쁜 발로 쏜살같이 차고 스치며 다니던 수양버들 잎도 하나 둘 누르러 떨어져 가고 그 맛있는 파리, 벌, 나비, 잠자리 등속의 식량도 떨어져 가고 사위四圍가 적요해지고 만일소조滿日蕭條 해 가는 정든 이역異域의 이 땅도 쓸쓸하여 향수의 정을 못 이김인지 촌가의 빨랫줄 위에 또는 도회의 전선줄 위에 악보의 보표와도 같이 늘어앉아서 힘없이 들 나즉나즉 지껄이는 소리는 아마도 고향 그리워하는 사향가思鄕歌나 몽상곡夢想曲으로밖에는 보이지 않는다. 여하간 저 — 어여쁘고 아름다운 가련한 이국의 방랑적 음악가들과 이별치 않으면 안 된다는 사실만은 그지없이 섭섭하고 애달프지 않을 수가 없다.

지금의 조선 사람은 동족을 사랑하기에 급급하여 여가가 없어 그러함인지 대체로 동물이나 곤충이나 조류를 사랑할 줄 모른다. 불친절하기까지도 하다. 애마주간愛馬週間이란 것이 매년 강조되고 실천되어 있으나 그것도 진정한 동물애에서 출발한 것이 못 되고 일종의 형식적 연중행사에 불과한 인상을 주고 마는 것은 실로 유감이라 아니할 수 없다. 그런데 일반 동물에 대하여 냉정한 조선 사람도 사랑할 줄 아는 동물이 있다면 그것은 제비족에 대한 애정이 그것이다. 이상하게도 유일한 예외라고 하여도 과언이 아닐 것이다.

기호畿湖지방에서는 제비를 해하면 학질에 붙잡힌다 하고 영남嶺南지방에서는 제비를 만지면 물속에 들어갈 때 뱀이 덤빈다고까지 하여 제비를 귀중히 여기고 사랑하고 보호한다. 그 동기를 살펴보면 제비는 사람이 땀 흘려 만든 곡식을 먹지 않고 해치지 않는 익조益鳥요, 가인佳人을 가리켜서 물 찬 제비 같다느니 곡식에 제비 같다고 형용하는 말속에 표시된 바와 같이 그 자태가 아름답고 색이 곱고 소리가 애연哀憐하고 그 행동이 활발하고 기민해서 착하고 애정이 갈 만큼 사랑스러워서 그러함인지, 또는 흥부와* 놀부의 아름다운 전설 속에 포함된바 은혜를 아는 동물이라서 그러함인지, 또는 삼월 삼일에 나왔다가 구월 구일에 어김없이 돌아간다는 지후조

* 발표지면에는 '흥부가'로 표기돼 있으나, 문맥상 오기로 판단하여 '흥부와'로 쓰기로 한다.

知候鳥로서 그 감각과 신경이 예민하고 정확한 총명을 사랑하여 그러함인지 알 수는 없으나, 여하간 사람과 공통된 지정의知情意를 가진 동물이라기보다도 영물靈物로서 침해해서는 안 된다는 엄연한 불문율의 계령이 역사적으로 인심 가운데 게시되어 동물에 대한 동물로서의 본능적 애정과 동시에 동물 학대의 잔인성도 겸유兼有한 소년들까지도 전토全土를 통해서 제비도 잡아가지고 장난치거나 해롭게 하는 자는 절무絶無하다고 하여도 과언이 아닐 만큼 놀랄 만한 사실이다. 신성불가침神聖不可侵의 태도라고까지 할 만하고 일종의 종교적 태도라고도 할 만하다. 일반 조선 사람이 일반 동물에 대해서 너무도 무관심하고 냉정하고 무정하고 불친절함을 볼 때 증오를 느끼고 진정한 동포감이 마비됨을 느끼고 개탄하여 마지않는 자이나 제비에 대한 지극히 조심스러운 관심과 사랑과 친절과 축복을 봄으로 인하여 그러면 그렇지 몰라서 그렇지 동물에 대한 애정의 본능이 마멸된 바 아니요 교양과 좋은 관습의 양성에 의하여 동물애의 본능을 충분히 발휘할 수 있다는 희망의 싹을 이— 제비에 대한 따뜻한 사랑과 동정과 진정한 애정과 친절 가운데 보고 안심하는 자이다.

인자人子는 신의 아들로서 대지를 상속받고 만물을 지배한다는 명예스러운 특권을 짊어진 반면에 만유를 진정으로 사랑치 않으면 안 되는 엄숙한 의무를 잊어서는 안 된다. 만일 그 의무를 이행치 않는 때는 그 위대한 명예는 소멸되고 특권은 박탈되고 만다. 왜냐하면 정신적으로 동물과 같이 피지배적 지위에 타락되고 말기 때문이다. 조선 사람의 제비에 대한 참된 사랑만은 부앙천지俯仰天地에 부끄럼 없이 자랑할 만한 것이다.

⑧

조선사람은 누구나 삼월 삼일이 되면 초춘初春의 상서祥瑞스러운 호소식好

消息이나 가져오는 반가운 귀빈을 맞이하듯이 깃들일 장소를 준비하고 강남서 찾아올 제비를 손꼽아 기다리며 남녀노유男女老幼의 온 가족이 제비 이야기를 한다. 이 얼마나 즐거운 인생과 자연의 향연이며 이 얼마나 아름다운 교향악이며 이— 얼마나 순수한 사랑과 축복의 교환이냐. 구월 구일은 애달픈 명년 춘삼월의 신의信義 있는 약속은 있지마는 그지없이 애달픈 날이다.

제비 이야기를 하고 나니 제비와 같이 상서스러운 길조吉鳥요 지후조知候鳥요 신조信鳥로서 인간생활—특별히 우리 민족의 정신생활—그 중에도 특히 예술藝術고— 시가詩歌 생활과 역사적으로 인연이 깊고 그 상호부조의 영향이 원대한 기러기를 연상하지 않을 수가 없다. 긴 이야기는 생략하고 제비는 춘래추거春來秋去하고 기러기는 추래춘거秋來春去하여 계절적으로 거취가 분명하여 제비와 더불어 무슨 숙약宿約이나 있는 듯 질서정신의 상징인 듯이 정확히 거래교대去來交代하여 이 하늘과 이 땅의 가을을 소조적막蕭條寂寞치 않게 장엄하나니 그지없이 고맙고 즐거운 자연의 연중행사로서 이 땅의 크나큰 가을 소식의 교향악의 일장이다. 하늘이 높고 달이 밝은데 장강백사지長江白沙地나 흰 갈대숲 우거진 속에는 또는 벽공추월碧空秋月을 횡단하여 쌍쌍이 짝을 지어 혹은 단독으로 혹은 떼를 짓고 혹은 질서정연한 대오隊伍를 지어 끼—룩 하며 긴 목 빼어 기이하고도 속 모를 소리로 우는 그 소리 속에는 무한한 시가 깃들어 있다. 우리들은 그 소리 속에 한없고 끝없이 감도는 시를 배운다.

기러기는 순위와 절차 등의 질서정신이 투철하여 자기위치의 순서를 추호도 어기지 않고 엄수하여 그 개체나 단체생활 행동에 있어 그 질서정연한 품이 인간이 미치지 못할 정도요 도리어 그들의 질서정신과 행동을 배우며 부러워하고 예찬하며 그들을 본받아 그들을 모범 삼는 것을 부끄러이 여기지 않을 뿐 아니라 자랑을 삼을 만한 지경이다. 사실 인간이 참으로 그들의 질서정신을 배우고 질서행동을 완전히 본뜨기만 한다면 진실로 이상적인 인간의 사회질서의 완벽을 기할 수 있을 것이다.

삼강오륜三綱五倫의 공맹지도孔孟之道나 소학小學이나 대학지도大學之道를 교육하지 않아도 이 수치스럽고 자기모욕적인 극도의 무질서 상태와 난마亂麻 이상으로 엉클어진 인류사회의 이 혼란지옥混亂地獄을 능히 전복하고 탈출하여 가장 평화적인 인간사회의 이상향을 무난히 건설하고 창조할 수 있을 것이다. 기러기는 확실히 그 엄격한 질서정신과 그 실천행동에 있어 인간의 대사大師 되기에 족한 훌륭한 자격자라 할 것이다.

그렇기에 인류 형제간의 순위를 안행雁行이라 함은 실로 자미진진滋味津津한 표현이라 할 것이다.

기러기는 신의 있는 신조信鳥인지라 심 봉사의 천출天出의 효녀 심청이가 그 부친의 전맹개안轉盲開眼을 위한 일편단심의 염원이 목적을 달성코자 희생적 제물로 뱃사공들에게 쌀 삼백 석에 팔려 갔을 제 투해投海의 희생물이 되기 직전에 끼—룩 하며 추공秋空을 날아가는 기러기 소리를 듣고 단장斷腸의 피눈물 어린 편지를 써 가지고 소중랑蘇中郎의 편지 전하던 저 기럭아 도화동桃花洞 우리 아버님께 이 편지 전하여 달라고 목메어 울면서 호소하며 부탁하는 단장곡斷腸曲의 가사 속의 정경은 실로 우리 민족의 골수에 깊이 침투되어 있는 비곡悲曲의 하나이다. 기러기는 인간이 따르지 못할 정도로 철저한 애처가요 애부가愛夫家임을 알지니 암놈이 죽을 때는 수놈이, 수놈이 죽을 때는 암놈이 절대로 재혼하거나 재가하지 않고 독신으로 각자 죽은 이를 생각하여 여생을 마치는 것이다. 이야말로 가위可謂 열녀는 불경이부不更二夫하고 충신은 불사이군不事二君하는 윤리정신의 실천적 구현이 아닐까.

⑨

옛날에 어느 농가에서 혼사에 사용할 목적으로 기러기 한 쌍을 열심으로 구해 보았으나 겨우 수놈 한 마리밖에 구하지 못한 채 혼일이 당도하여 부득불 한 마리만 쓰면서 혼례식을 거행하여 진행하는 도중에 돌연히 난데없는 기러기 한 마리가 비창悲愴한 비명과 함께 하늘에서 떨어지듯 쏜살같이 홍사紅絲실로 단단히 비끄러매어 놓은 암기러기에게로 달려들어 그 기다란 목으로 암놈의 목을 비꼬아 감아서 밀며 당기며 하다가는 결국 두 놈이 다 같이 함께 죽어 버리고 말았다는 실화가 있다.

이 얼마나 엄청나고 철저하고 심각한 부부애의 비장미의 극치일까.

그럼으로 해서 구식 혼사에는 부부애의 금실이 좋으라고 축복하는 의미에서 반드시 기러기를 한 쌍 쓰되 그 발목에다가 청사홍사靑絲紅絲의 실을 매어 늘임으로써 신랑신부의 길吉상스러운 백년가약의 체결을 상징하고 산 기러기가 없을 때는 목제의 기러기라도 상징으로 쓰는 아름답고 놀라운 습속을 우리들은 잊을 수가 없는 것이다.

그리고 또 기러기의 모성애母性愛는 절대적인 것이라 한다. 모성애는 인간은 말할 것도 없고 비금주수飛禽走獸도 거의 다 공통적 보편성으로 다소 정도의 차는 있으나 대체로 거개가 상당히 투철한 모성애를 발로하고 발휘함을 볼 수 있거니와 특히 기러기의 모성애란 거의 절대적이라 하나니 예를 들면 어미가 새끼를 품고 있다가 야화野火가 나서 불이 맹렬히 타서 들어오는 위기일발에 직면했을 제 품에 품은 새끼와 함께 타서 죽을지언정 결단코 새끼 홀로 내어버리고 도망갈 줄 모른다는 것이다. 오호嗚呼 불속에 타지 않는 영원한 모성애의 정신이여.

불의를 은폐코자 하는 사심과 부정不正한 체면을 억지로 세우려는 허영과 약간의 생활고 등등으로 기아棄兒를 예사로 하는 인면귀심人面鬼心의 인간이란 것이 적지 아니하거늘 이 얼마나 철저하고 절대하고 거룩한 모성애의 극치일까.

절대 신성불가침의 신神의 애愛에 방불彷彿하고 육박한다느니보다도 차라리 완전합치完全合致한 그것 아니 그것이 바로 신의 모성애 그것이 아닐까.

이렇고 보면 인간이 그 반생이나 일생을 도賭하여 근근勤勤고고히 고심참담苦心慘憺한 양육과 교육과 수양을 통하여 극소수의 우수한 인간이 겨우 달성하고 성취할 수 있는 대사업을 그 천부의 천재적 예지와 절대적 의지력으로써 생이지지격生而知之格으로 능히 달성하고 실행할 수 있는 능력자 일대정신미一大精神美의 실천자 즉 일대一大인격자로 숭앙하며 선망하여 찬탄하지 않을 수 없나니 만사는 도시都是 절대 불가사의의 희롱이라 아니할 도리가 없구먼—

현대 일본의 문호인 아리시마 다케오[有島武郎]는 일찍이 죽음보다도 강한 그 심각한 애욕의 절항絶項에서 영원히 다시없을 생존의 마지막 순간에 "아—일본의 가을이 더 한번 보고 싶다"고 외쳤다. 이것이 일세一世의 문장文章이 그 명예와 지위와 형제와 자녀와 그 거대한 개성과 그의 조국까지도 아낌없이 버리고 가는 죽음의 순간에 그의 유일한 소원이요 다시없는 유한遺恨이었다. 그리고 단 한 마디의 유언이었다. "사랑은 아낌없이 빼앗는다"—라는 말은 그의 창작이었다. 그는 과연 말과 같이 심각하고 철저한 사랑 때문에 다시없는, 그렇다 두 번 없을 그의 목숨— 그리고 그 목숨과 유기적으로 종횡으로 관련되고 결연된 무수한 세계 전체 — 하늘의 별도 땅위의 꽃도 아낌없이 빼앗겼다. 사랑을 위하여 태양을 빼앗기고 밤을 잃어버려도 애석할 줄 모르는 그에게 맑고 푸르게 개인 지기국토至己國土의 가을만은 빼앗기기가 아까울 뿐 뼛속에 사무치게 원통했던 모양이다. 그가 비련의 주인공으로 자진自盡한 그의 문학적 운명은 실로 의외의 일대 경악이 아닐 수 없었다. 그의 죽음의 시비선악是非善惡을 여기에 비판할 필요는 없다. 그리고 그는 위대한 문학적 업적을 많이 남겼다. 그러나 나는 그의 조심누골彫心鏤骨의 문학적 생명의 결정結晶인 그 수십 권의 전집이 가사假使 회灰신해 버린다 할지라도 그토록 애정*하지 아니하려니 "조국의 가을이 더 한번 보고 싶다"—는 그가 최후에 남기고 간 한 마디의 말이 나의 가슴속에 영원히 살아서 있기 때문이다. 이— 이상한 한 마디 말의 반향이 나의 흉저胸底에서 소멸하지 아니하는 한 그는 나에게 있어 우상적이 아니요 창조적 진화적으로 영원히 불멸할 것이다. 그리고 아리시마[有島] 자신도 그의 업적 어느 속에서보다도 그 마지막 한 마디 말속에 창조적 예술적으로 영원히 살아 있지 않을까. 청고淸高하고 숭엄崇嚴한 대지의 가을의 미를 사랑하는 마음— 조국 향토의 청정한 추광秋光을 충정으로 사모하고 동경하여 그 파멸의 순간에도 차마 눈감지 못하는 그 절절한 심정은 실로 '이데아'적 본질 본체의 세계에 향한 영원한 사모동경思慕憧憬의 "에로스"— 그것이기 때문이다.

"일본의 가을이 더 한번 보고지고"— 이— 마지막 한 마디 말을 남기지 않았던들 죽은 그 자신이나 그를 알고 그를 사랑하는 사람들의 심정은 그 얼마나 공허하고 적막할까. 아마도 그의 인상과 기억은 어느덧 망각의 사막으로 사라져 버리리라. 그러나 망망한 망각의 사막에서 때때로 홀연히 '오아시스'로 나타나 사람의 추억을 새롭게 하고 사모하는 마음과 사랑을 깊이 하는 매력은 실로 이 한 마디의 말의 비밀이라고 나는 생각지 않을 수 없다. 나는 아리시마[有島] 그 사람 전체보다도 그 한 마디 말을 더 사랑한다. 아리시마는 죽었다. 그러나 이— 말은 죽지 않았다. 죽을 수가 없다.

---

* 발표지면에서는 '애정(愛情)'으로 표기했으나, 문맥상 '애석(愛惜)'의 오기로 판단하여 수정하였다. 구상 편 전집(1983)에서도 해당 단어를 '애석'으로 수정 표기하였다.

가을이 올 때마다 그의 생애와 예술과 그의 죽음과 동시에 그의 영원한 시인적 진실을 토로한 그 한 마디 유언이 나의 심금을 울려 가을의 적막과 무상無常과 감상感傷을 심각케 하며 가슴을 무겁게 눌러 그지없이 괴롭게 하고 까닭 모르게 눈물을 자아내며 살아서 육안으로 가을의 자연으로 볼 수 있는 자연의 은총과 자연의 혜택에 대한 감사의 기쁨을 이기지 못하는 바이다. 시인의사동詩人意思同이기 때문이다.

우리 조선의 가을은 세계 제일의 가을이다. 조선의 가을 하늘은 우리들의 독특하고 특수한 예술과 문화적 생명의 모태요 그 원천인 것이다. 조선의 무한 신비한 가을 하늘빛 속에서 고려자기 청자기의 영원한 빛과 끝없는 선과 우리들의 고전아악과 무용예술의 유구하고 고아高雅하고 멋들어진 곡선미의 유동적 음률이 배태되어 유출되었음을 상기하여 보라.

아시아의 어느 나라의 가을 하늘이나 유럽의 이태리나 서서瑞西의 가을 하늘이나 아메리카와 캐나다의 가을 하늘 — 천하의 가을을 총집성하여도 조선의 가을 하늘엔 못 미칠 것이다.

우리들은 여사如斯히도 그지없이 신성하고 은혜롭고 고마운 가을을 이고 그 속에 호흡하는 영광스러운 민족임을 깊이 반성하고 자각하여 하늘에 보답하고 땅에 평화를 가져올 엄숙한 사명이 부하負荷된 백성임을 깨달아야 할 것이다. (구고)

『동아일보』, 1952.11.9~17

문화시감文化時感

신인과 중견들의 활동에 관심 지대

문화의 발달이란 일조일석一朝一夕에 이루어지는 것이 결코 아니다. 또한 오직 한 사람의 손에 의해서 이것이 완수되는 것도 결코 아니다. 문화의 발달이란 만 사람의 피어린 노력에서만 기대할 수 있는 문제인 것이다. 그러므로 만 사람의 손에 의하여 추진되는 문화적 제반 작업이나 현상에 대하여는 편견적이요 동시에 자기취미적이어서는 안 될 것이다. 문화현상——특히 요즈음의 현상을 더듬기 위한 이 고稿에서 이러한 문제를 통절하게 느끼는 바이다.

주목할 것은 중견

최근의 문화계 동향을 일언一言으로 종합해서 말한다면 기성인들보다도 신예 내지 중견들의 그것이 훨씬 더 활동적이라고 할 수가 있을 것이다. 내가 시를 전문으로 하는 사람이니 시단 이외의 부문에 대해서는 이렇다 할 중요한 발언을 할 수가 없으나 소설의 분야에 있어서도 아주 노대가老大家들보다 중견 혹은 신인들의 활약이 크다고 할 수 있겠고 이러한 흐름은 악단樂壇이나 화단畵壇에도 동일하게 흐르고 있다고 생각한다. 신인들은 대체로 용기가 있고 정력적이어서 내 기분에 맞는다.

그들은 어디까지나 의지적이며 또 진취적이다.

신구新舊 교체의 시기

최근뿐 아니라 벌써 오래전부터 평론가와 몇몇 시인들의 사이에 있어서 우리 문단이 지금이 바야흐로 신구 교체의 시기라는 발언을 함을 가끔 보았는데 구태여 이러한 발언을 긍정하지 않고서라도 뜻 있는 사람이라면 이를 시인是認하지 않을 수 없을 것이다.

물론 신인 혹은 중견들 사이에는 문학이나 예술의 사색과 방법에 있어서 병적이요 동시에 서구 모방의 단지 그것에 그치는 듯한 인상을 던져주는 층도 있으나 대체로 정직하고 순수하게 예술적 지향을 바로잡으면서 있는 것이 사실이 아닌가 한다.

예술의 시대성 문제

문학도 그러하려니와 무릇 모든 예술이란 시대와 함께 발달하는 것이다. 역사의 흐름에 대한 올바른 통찰력이야말로 우리들이 오늘날 가져야 할 가장 귀중한 에센스가 아닐 수 없겠다.

한국의 문화가 국제적인 진출을 못 하고 또한 출판문화의 침체가 사회제반 정황의 혼란에 따르는 어쩔 수 없는 현상이라고는 하지만 그래도 금년에 들어서 이미 다수의 우량작품의 출판을 보았고 또 지금도 이것의 추진을 위해 작가나 시인들이 투쟁을 계속하고 있다.

나는 새삼스럽게 우리 문화의 부진이나 침체를 논하고 싶지는 않다.

지금은 오히려 분발해서 각자가 맹렬한 투쟁만을 해야 할 중요한 시기이기 때문이다.

새로운 사상의 교착交錯

구체적으로 이제 문화현상 일반에 대해서 언급하자면 기성인의 '모럴'

은 대체로 구세대의 그것을 탈피 못 하고 있는 데 비하여 신인들의 그것은 훨씬 더 자기중심적이며 또 나아가서 내성적內省的인 데가 있다. 자기중심적이라는 것은 서구적인 모든 새로운 사조들을 가리키는 말이 될 것이다.

'도스토예프스키'나 '셰스토프' 혹은 '니체'나 '사르트르'나 '카뮈' 등 뭇 현대 사상가들의 자세를 말함이다.

신인, 중견들의 정신은 일률적으로 아방가르드적인 데가 있다.

이것은 좋건 궂건 간에 '영거 · 제너레이션'이 받아들여야 할 하나의 숙명이었다고 한다면 오늘의 문화현상 속에 있어서 이러한 현대서구정신의 수입이 분망奔忙할 정도로 행해지고 있다는 것은 기꺼운 일이 아닐 수 없을 것이다.

시는 소멸치 않았다

나는 기회 있을 때마다 젊은 사람들과 의견을 교환하기를 좋아하며 또 그들의 생기발랄한 발언에 감탄하기를 즐겨하는 바다.

젊은 문학자들은 그들이 뜻하는바 목적(문학상의 혹은 예술상의)을 위해서 그 어느 '장르'를 가리지 않고 피나는 노력을 하고 있다.

누가 문화의 퇴보 혹은 소멸을 감히 논○하고 있는 것인가?

가령 시의 소멸을 말한다든지 소설의 침체를 운위하는 사람들이 있다면 우리는 그들에게 좀 더 현대의 풍토 위에 살고 있는 시인이나 작가들에 대해서 연구하고 공부할 수 있는 기회를 가지라고 권하고 싶을 따름이다.

신인의 올바른 지도指導

예술의 참다운 이해라는 것은 어디까지나 그 작품을 통해서 행해지지 않으면 안 된다.

덮어놓고 신인은 무력하다든지 덮어놓고 현대 한국 문학은 위기에 직면했다든지 하는 말을 해서는 안 될 줄로 믿는다.

그러한 평가評家나 시인은 도대체 현대 세계문학 내지 세계문화의 위기 자체를 어떻게 보고 있는지 참으로 답답하게 느껴지는 때가 한두 번이 아니다.

요要는 오늘의 문화현상을 투철한 눈으로 통찰해서 옳은 부분은 추려서 힘을 돋우어 주고 만일 좋지 않은 부분이 있을 때는 이를 피하도록 지도를 아끼지 말아야 할 일이 중대한 일 몫이다. '영거 · 제너레이션'의 진출을 우리는 적극 도와주어야 하겠다.

문화인의 사회참가

이 일은 우리 문화인 전체의 커다란 사명이기도 하다.

'저널리즘'을 멀리하고 있으나 실력 있는 신인들이 노력을 하고 있음을 알아야 하겠고 응당 그가 처해야 할 사회적 위치가 있음에도 불구하고 불우한 경지에 놓여 있는 젊은이들을 많이 끌어내어서 보다 훌륭한 처소에 적재적소의 임무를 맡겨 주어야 하겠다.

이러한 움직임이란 얼마나 아름답고 기대에 찬 모습일까 보냐?

나는 기회 있을 때마다 문화인의 보다 적극적인 사회참가를 역설力說하여 마지않았다.

예술 제작과 행동

'사회참가'란 것은 다시 말하자면 문학이나 예술의 효용을 보다 앙양昂揚시키기 위한 행동을 말하는 것으로 작품 실천에 따르는 작가나 시인의 직접적 행동을 말하는 것이다.

이것은 젊은 '제너레이션'을 향한 나의 지극한 부르짖음이 아닐 수 없다. 모든 예술가는 자기의 작품세계에만 머물러서 환상을 주무를 것이 아니고 보다 실지 사회현실에 작용을 가져야 할 것이라는 문제는 심히 심각한 문제가 아닐 수 없으므로 작가의 '사회참가' 문제에 대해서는 고稿를 달리해서 논하기로 하고 여기서는 우선 최근의 문화현상에 대해서 내가 느낀 몇 가지 상황을 막연하게 논의해 둠으로써 문화인 각자의 반성과 분발을 촉구해 두자는 것이다.

『한국일보』, 1955.4.6

자탄·자찬

공초 오상순 씨의 독신의 변

나의 애인·님·사랑·——은 우주 자체요 자연이요 무한이요 영원이요 허虛요 공空이요 무無다. 동시에 삼라만상森羅萬象이요 유상무상有象無象이요 만유윤회萬有輪廻요 인생유전人生流轉이요 진진찰찰塵塵刹刹이요 유한이요 순간이요 현現이요 색色이요 실實이다.

그——는 나의 품 안에서 나의 벅찬 심장의 고동과 뛰노는 맥박의 율동의 장단 가락 속에 영원히 숨 쉬며 생멸유전生滅流轉한다. 이것이 행인지 불행인지 의식할 겨를조차 없다. 때때로 유성流星같이 황홀한 천래天來의 법열法悅이 있을 뿐이다.

시인, 예술원 회원, 당년 62세.

『여원』, 1956.4

애연소서愛煙小敍

삼십까지는 담배를 피운다는 걸 불가하다고 생각하였을 뿐만 아니라, 심지어는 부도덕적으로까지 느끼고 있었다. (마치 완고한 '크리스찬'들의 상식과도 같이) 그러다, 삼십을 전후하여 우연히 피우기 시작한 것이 지금은 아주 고질이 되어 버렸다. 늦게 배운 도적질이 밤새는 줄 모르는 격으로 그 후 삼십여 년의 오늘까지, 세수하는 동안 밥 먹는 동안을 제외하고는 잠이 깨는 순간부터 시작하여 다시 잠들 직전 순간까지 담배를 물고 지낸다.

처음의 흡연의 이유나 동기는 막연한 '순수애연純粹愛煙'에 있었다 볼 수 있다. 육체 주변의 허공 속에 자연紫煙이 엉기기도 하고 흐르기도 하다가 드디어는 그것이 사라져 가는 것을 이윽히 바라보는 소유법消遺法에 마음이 끌리어서였다.

또 어느 시기는 '감정의 연소燃燒'라 느끼기도 하고 또한 어느 시기는 '호흡'으로도 알았다.

×

내가 싫어하는 글자로는 '금연'이라는 두 자다. 이 두 자를 볼 때는 무슨 송충이나 독사를 본 것같이 소름이 끼친다. 이 두 자가 멋없이 걸리기를 좋아하는 버스나 극장은, 그래서 도무지 가까이 하고 싶지가 않다.

처음에는 '순수애연'이던 것이 차츰 생활철학을 해 오는 동안, 과도한 긴장 상태와 완만 상태의 템포를 조절하고 조정하고 나아가서는 조화調和하는 바를 효험함으로써 이제는 연아일체경煙我一體境에 산다고나 할까, 하여튼 무연無煙 인생을 생각할 도리가 없게끔 되었다. 그만큼 애연은 생활상에 있어 나에게 절대불가결의 필수품이라 함이 마땅하겠다. 담배를 손가락 새에 끼고 있으면, 그것이 다른 어떤 물건같이나 생각되질 않고, 꼭 내 육체의 일부분으로까지 느껴지는 것이다.

그리고 뿜어낸 자연紫煙이 한참 동안 허공에 머물다가 사라지는 것을 내 육체의 일부분의 명멸明滅의 모습으로 짐작하는 것이다. 다른 것, 이를테면 과학이니 예술이니 철학이니 종교니 하는 데 대한 이야기에 염증을 느낀 지는 이미 오래지만 담배에 대한 이야길 하라면 언제라도 흥미를 안 잃고, 흥이 나면 며칠 몇 밤이라도 이야기할 자신이 있다. 삼십여 년의 흡연 역사에 '에피소—드'는 헤아릴 수 없을 만큼 많기 때문이다.

한때 술을 많이 마시어 모자고 '스티크'고 마구 잃어버린 채 코를 골고 곤드라져 자면서도 파이프는 손가락 새에 쥔 채로 있었다 한다. 옆에서 누군가가 파이프를 빼려고 했으나 이놈은 도무지 빼지지를 않더란다.

×

나에게 있어 실로 애연기愛煙記를 빼 놓고는 내 자서전은 백지와 다름없다.

『현대문학』, 1956.7

신년송新年頌

이제 다시금 폐허 된 이 골목에 여태 밀렸던 아우성들이 한껏 울려 나리라. 어쩌면 이북에 두고 온 아내와 얼핏 오마고 한 번쯤 돌아보다 떠났을 많은 아버지들은 시방 네 또래 성숙한 딸들을 이따금 보았으리라. 언젠가 슈사인이*의 야무진 표정에서 두 돌이 채 못 된 채 헤어진 손주놈 이름이 막내둥이라고 옷고름을 적시던 아침도 있었다.

오늘도 수없는 아버지와 어머니들이 벽도 창도 없는 판자 한구석에서 밤 이슥토록 반죽을 말고 또 밤을 구워 팔아야 하는 것이다. 그리고 굶주림에 보채는 어린 가족들을 생각하고 빠락촌**을 향해 분주히 언덕을 오르는 생활이 얼마든지 있는 것이다.

비단 이뿐이랴.

"우리 어린이들을 돌봐 주시오. 우리들은 남아서 끝까지 싸웁니다"고 외친 헝가리의 자유의 사도들………

얼마나 숨차고도 눈물겨운 이야긴가. 그들의 통곡이 식기도 전 해는 바뀌어 온다.

환도還都하던 들판에는 이때쯤 눈이 펑펑 내리고 있으리라. 언젠가 터진 파편들은 그냥 녹슬어 갈 것이다. 방안에는 여인들이 유—다의 모럴을

* shoeshine. 구두닦이.

** 'barrack'과 '촌(村)'의 합성어로, 판자 등 다양한 재료를 사용하여 지은 무허가 건축물의 밀집 지역을 말한다.

말하고 있을 것이다.

1956년의 제야의 종소리는 암흑에 잠겼던 육대주六大洲의 모퉁이를 말끔스쳐 가리라.

우린 우리대로 내일을 메모해 두자. 내일의 의미. 그것은 새날과 함께 통일성업統一聖業을 이루어야 할 최대의 과정이 남아 있는 것이다. 그때까지 우리들은 골고다를 올라야 한다.

이젠 모든 걸 다 버리고 육중한 4290년의 문을 두드릴 시간이 됐나 보다.

이제 다시금 풀지 못했던 아우성을 온 천지에 울리자꾸나. 하나의 축원祝願을 간직한 채…………

『여성계』, 1957.1

여대생과 시가렛트

자연紫煙을 통한 아름다운 분위기

아직까지도 하늘은 구름을 띄우고 화산은 열을 뿜어 올리고 붕어는 그 좁은 어항 속에도 물거품을 내뱉고……

인간은 담배를 피워 왔다.

이것은 하나의 생활을 지배해 온 영원한 유산이 아닐 수 없다. 나는 누구보다도 무연무생無煙無生을 고집하는 한 사람이다. 적어도 나의 경우에는 이런 사실을 새삼스럽게 이야기한다는 것부터가 우스운 일이다. 일찍이 나는 담배를 피운다는 일을 완전히 생리화시켜 왔기 때문이다. 그만큼 담배 속에는 나이 예순넷이 뒤엉킨 낭만과 웃음과 사랑과 더불어 아무에게도 더럽혀 본 적이 없는 얼이 배어 있는 것이다.

인간과 보통 동물과의 특이점의 경계선은 주초酒草라고 나는 보지만 특히 끽연喫煙으로써 선을 긋고자 한다.

남자가 담배를 피우는 풍속의 역사는 오백 년 내지 천 년 사이라 하지만 여성은 청상과부라든지 수심이 있는 사람, 연로한 사람 등 특수 부류에 속하는 사람 외에는 못 피우는 것처럼 또는 피워서는 안 될 것으로 여기고 심지어는 금지되어 왔던 것이 사실이다.

현대 법률에 있어서 미성년자의 끽연은 금지되어 있으나 성년자에게는 남녀의 구별 없이 용허되어 있는 것이 사실이니 법률상으로도 끽연이 남녀평등의 원칙에 의거하였음을 알 수 있다.

대다수의 남성이 끽연을 자유로이 하고 있는 데 반하여 여성에 있어서는 극소에 국한되어 있음은 단순히 봉건적 인습에 불과한 것이 아닐까.

여성도 케케묵은 인습을 타파하고 해방되어 누구든지 원하는 사람이면 눈치 보고 체면 보고 주저할 것 없이 자유로이 끽연의 미덕을 즐길 수 있지 않을까.

더구나 여성은 아름다운 꿈과 아름다운 정서와 아름다운 감정의 소유자인 만큼, 그들의 적당한 아름다운 자연紫煙의 표현을 통하여 끊임없이 물결쳐 흐르는 그들의 아름다운 꿈과 정서와 감정과 의욕의 리듬과 자태를 엿볼 수 있음은 여성의 미를 금상첨화로 더할지언정 감쇠하는 것은 결코 아닐 것이다.

꽃 피는 화창한 봄날이나 낙엽 지는 쌀쌀한 가을에 두 사람이 말없이 담배를 피울 때 그 무언중에 자연紫煙을 통하여 교류되는 정서와 감정의 말없는 분위기는 그 얼마나 아름다운 것일까.

이렇게 끽연의 예찬을 늘어놓다가는 한이 없을 것 같은데 이미 제한된 지면이 다 되었으므로 유감이나마 미진한 것은 후일로 미루기로 하고 현대 여성이 끽연자나 끽연자 아님을 막론하고 담배와 자연紫煙과 향연香煙에 관한 관심과 흥미와 감상력이 부쩍 늘어 가고 있음은 사실인 것 같다.

내 주위에 모여드는 여성들이 거의 담배를 피우지 않는 여대생들이고 젊은 여성들이지만 그 끽연을 간상하는 능력으로 비추어 보아 여성도 끽연에 대한 충분한 관심과 이해와 흥미와 감상력이 날카로운 동시에 또 커 가고 깊어 가고 있는 사실은 실로 놀랄 만한 현상이라 할 것이다.

내가 이름난 끽연자이기 때문에 그래서인지는 모르나 청동문학青銅文學 여성 멤버—들 중 나의 자연紫煙에 관한 예찬과 찬미의 글발이 수없이 많은데 여기에 한 실례를 들어 참고 재료로 제공하여도 무방할 것이다.

담배연기 속에서 꿈틀거리는 소심小心이 있습니다.

어느 날 저녁노을이 짙어가는 한가한 창가에 앉아 흐르는 자연紫煙의 생활을 그리고 있습니다.

그 속엔

어린 소녀와 할아버지가 막연한 서산 길을 넘어가는 뒷모습도 어리어 있고,

온 집안 식구들이 웅성거리는 집으로 돌아가고파 하는 소녀의 철없는 응석도 어리었고

분주한 연기 속에서 한 가닥만의 선을 그려 보려는 소녀의 소심小心이 붉은 저녁 노을에 타 버리는 순간이… ——. 노을 짙은 서라벌 창가에서

님께서 훈향한 자연紫煙의 유유한 흐름을 서서히 뿜으시는 동안,

무수한 꽃잎들은 피고, 또 져 가고 무수한 인간의 수레바퀴들은 미끄러지고 있는 것이다.

님은 유탄색乳炭色 연기의 향기 속에 언제나 이런 사실을 투시하시며 못 미쳐올 곳에서의 구원의 손길로서 자연紫煙의 슬픔을 지니신다.

그들 어쩌면 낙오자일 양들은 님의 자력磁力 같은 구원의 힘으로 불꽃 허식이 씻겨 간 보다 맑은 삶을 되찾는 성실聖室이 서라벌인 것은 평범에 싸여 흐르는 님의 신비이리.

무엇을 막론하고 인습과 전통에서 벗어나 새로운 길을 개척하는 데 있어서는 일종의 자유 해방에의 필연적 과정으로서 새로운 각오와 결의와 레지스탕의 일대 용단이 필요한 것은 두말할 나위도 없다.

1957.4.16 적광寂光

『여성계』, 1957.6

그날의 감격

초야草野에 묻혀 사노라 고생은 말할 것도 없고 그 고독함이란 어디 비할 데가 없었다.

살아서 조국 광복을 보고 해방된 천지에서 단 일 년이라도 살다 죽어야 한다는 이 일념 때문에 나는 허무와 고독 속에 살아 왔다. 해방의 기쁜 소식을 나는 몸을 숨기고 있던 시골에서 알게 되었다.

"허 — 살아났도다."

"나는 청춘을 다시 찾았노라 — " 이 벅찬 감격 때문에 눈물이 쏟히었다.* 오십을 넘은 내가 그 당시 청춘을 다시 찾았다 함은 세월과 연륜에서가 아니요 정신에서였다.

"독립만세 — "

목이 터져라 나는 외치며 목이 메어 계속할 수가 없었다.

목이 콱 — 메어 소리가 나오질 못했던 것이다.

모두 얼싸안고 기쁨과 감격에 어린애처럼 울며 만세를 부르는 겨레들 속에서 나도 더덩실 춤을 추면서 울음이 터지었다.

생각해 봐라 — 그 얼마나 사무치게 그리운 마음으로 기다려 왔던 날인가 —

내 어찌 춤을 추지 않을 수 있고 내 어찌 기쁨의 통곡을 쏟지 않을 있겠

* '쏟다'의 피동형은 '쏟아지다'로 '쏟히었다'는 표준어 규정에 어긋나나, '쏟아지다'와 '쏟히었다'는 표기 상 차이가 크므로 발표지면 상의 표기를 그대로 사용하였다.

느냐 말이다.

늙은 내가 이럴진대 청춘기를 왜놈들 채찍 아래서 학병學兵이니 노무동원이니 증병이니 산송장이 되어 끌려 다니고 또 이를 피해 산속으로 들어가 초근목피草根木皮로 연명을 해 가며 해방의 날을 기다리던 젊은 청년들의 마음은 그 어떠했겠는가—

나오느니 만세요 벅찬 감격의 통곡뿐이다.

이날의 감격은 누구고 모두가 한결같았을 것이다. 조국과 민족을 위해선 뼈가 가루가 되어도 마다않고 바치려던 그 아름답고 숭고한 마음씨가— 그러나 오늘의 사회 현실과 인심동태를 보면 한심하고 통탄뿐이다.

생각하면 앞날이 암담할 뿐이다.

슬픈 일이요 허망한 일이다.

그러나 내 비록 육십이 훨씬 넘어선 노골老骨이로되 그날의 감격은 지금도 내 가슴속에서 파도치고 있다. 공초空超의 공초담배를 피우며 그날의 감격을 생각하며 눈시울이 뜨거워지는 것을 어찌할 길이 없다.

(필자—시인—예술원 회원)

『자유신문』, 1957.8.15

여시아관如是我觀

결혼 · 성性 · 여성 문제를 중심으로

여자끼리 부부로 맺어지는 사례가 없고

내가 나이 육순六旬을 넘어서도록 매양 독신으로 있으며 일정한 거처조차 가지지 아니하였으매 이를 기이히 여기는 젊은이가 없지 아니하며 더러는 내게 묻기를 무슨 연유로 결혼을 하지 않았느냐고 한다. 또 어떤 미혼남녀들은 결혼이란 하는 쪽이 나을 것인가 아닌가 하는 그런 문제의 해답을 내게서부터 구하려 하기도 한다. 이럴 때 나는, 일찍이 사도使徒 '바울'이 한 말 그대로를 그들에게 전하여 준다.

"내가 혼인하지 아니한 자들과 및 과부들에게 이르노니 나와 같이 그냥 지내는 것이 좋으리라. 만일 절제할 수 없거든 혼인하라, 정욕이 불같이 타는 것보다는 혼인하는 것이 나으니라."(고린도 전서 7장 8절)

무릇 혼인이란 무엇인고.

가로되 가정 구성의 한 과정이요, 가로되 인간의 행복이 깃드는 보금자리를 이룩하는 첫걸음이요, 또 가로되 제2의 탄생이라 하여 여러 가지로 뜻 매기는 말이 많다. 그러나 그 근본을 따지고 보면 결국 혼인이란 '성욕의 해결'을 위한 한 방편임에 지나지 않나니, 남자와 남자끼리가 결혼하는 법이 없고 여자와 여자끼리가 부부로 맺어지는 사례가 없으며, 반드시 양성兩性이 결합하여야만 비로소 그를 일컬어 혼인이라 하지 않는가.

그러므로 결혼하지 않고도 능히 절제할 수 있으면 결혼이란 구태여 할 필요가 없는 것이요, 그렇지 못한 자들은 저희의 욕망을 굳이 억압하면서까지 결혼하지 않을 필요가 또한 없는 것이다.

그러나 '정욕이 불같이 타는 것보다는 혼인하는 것이 낫다'는 말의 뜻을 잊지 말라. 이는 혼인 그것이 곧 인간 최상의 목적이 아니요, 육肉의 쾌락이 인생 최고의 기쁨이 아니라 함이니, 영靈으로써 모든 것의 으뜸을 삼는 바임을 깨달아야 할 것이다.

일체一切가 유심조唯心造로다

신라의 고승 원효元曉와 의상義湘의 양 대사가 당나라로 유학의 길을 함께 떠났던 때의 이야기이다.

머나먼 길을 두 사람은 걸어서 갔다. 어느 날, 밤이 이슥하여 그들은 한 원두막에 들어 자기로 하였다. 그곳은 중국의 심양성瀋陽省으로 지금의 봉천奉天 근처라고 전한다.

곤히 잠들었던 원효대사는 한밤중에 심한 갈증을 느끼고 눈을 떴다. 캄캄한 원두막 안이라 눈에는 아무것도 보이지 않으므로 그는 손으로 사방을 더듬어 살폈다. 행여 물바가지라도 그 안에 있을까 하는 생각에서였다. 잠깐 더듬더듬하는 차에 그의 손에는 요행히도 바가지 하나가 닿았다. 양손에 집어본즉 그것은 분명히 물바가지요 그 속에는 물이 제법 담겨 있었다.

그는 그 물을 단숨에 들이마셨다. 아아, 감로甘露처럼 달고 시원스러움이여! 그는 이렇게 여겼다.

그 이튿날 아침.

날이 밝으매 눈을 떠서 본즉, 그들이 하룻밤을 새운 그곳은 원두막이 아니요 송장을 버리는 집이었고, 간밤의 그 바가지는 물바가지가 아닌 해골바가지이며 감로처럼 달게 마셨던 그 물은 해골의 뇌장腦漿이 아닌가. 이것을 보자 원효는 갑자기 속이 메스꺼워지고 구역이 자꾸만 나려 해서 견딜 수가 없었다.

그 다음 순간, 그의 머릿속에 번갯불처럼 번쩍 스치는 것이 있었다.

"일체가 유심조一切唯心造로구나. 모든 것이 마음 하나에 따라 이리도 되고 저리도 되나니, 이 해골바가지의 물이 감로처럼 달기도 하고 또 구역질나는 것일 수도 있음은 오직 내 마음가짐 여하에 따르는 것에 지나지 않는다."

이리하여 그는 그 길로 발걸음을 되돌려 혼자 신라로 향하였다. 이理를 깨치고 난 다음에야 구태여 당나라까지 유학할 필요가 없어졌기 때문이다.

생로병사의 대법칙은 인간이면 누구나 벗어날 수 없는 숙명인즉, 순식간에 썩어 없어질 육신을 어찌 영겁으로 통하는 혼령보다 앞세울 수 있으리오. 누구든지 모름지기 육신의 쾌락을 추구하기에 앞서 먼저 혼령의 정화에 힘씀이 올바른 인생의 길이라 하겠다.

혹자는 영혼의 영겁성永劫性을 부정하여 말하기를, 육체가 있으므로 비로소 영혼이 있는 것이라 하고 따라서 육체가 사라지고 나면 그에 머물러지던 영혼도 동시에 소멸되어 버린다고도 한다. 그러나 묻노니, 그대들은 '완전한 무無'를 상상할 수 있는가? 하늘도 땅도 별도 구름도 일체의 것이 완전히 없어진 진공眞空을 생각할 수 있는가? 사람이 죽어 그 육신이 이 세상에서 자취를 감추어 버리고 그 혼령마저 흔적 없이 사라져 없어져 버린 그런 허무를 느낄 수 있는가?

그럴 수 있다고 치자. 그러나 그대들이 '완전한 무'를 아무리 완벽하게 상상한다 하더라도 그 어느 한구석에는 무엇인지 분명치 않은 그림자 같은 것이 반드시 어른거리고 있을 것이다.

허허로이 텅 빈 공간에 무엇인지 알지 못할 것이 존재하는 것 — 이를 가리켜 진공묘유眞空妙有라 할 것이니 우리들의 영혼이 바로 그것이라 하겠다.

에헤야디야로 살아갈 것인가

일체가 유심조요, 영靈으로써 모든 것의 으뜸을 삼는다 함이 진리임에는 틀림이 없으나 그렇다고 육신을 전혀 무시할 수도 없는 노릇이니 여기에서 중생의 번뇌가 비롯하며 이곳에 인생의 묘미와 어려움이 있는 것이다.

물질문명이 극도로 발달된 오늘날, 자칫하면 본능적인 육욕의 충족만이 인생의 가장 크고 참된 행복인 듯이 착각하는 이들이 적지 않음을 본다. 그들은 흔히 주장하기를, 인간은 본연의 자세 곧 자연으로 돌아가야 된다고 한다. 그래서 식욕이 있으니 먹음이 옳을 것이요, 성욕이 있으니 그를 충족시킴이 자연스러운 것이라 한다.

일리가 있는 말이기는 하다.

그러나 자연으로 돌아가되 인간답게 돌아가야 함을 몰라서는 안 될 것이다. 식욕은 먹기 위해서 먹으라고 있는 것이 아니며, 성욕 또한 그 욕망을 충족하기 위해서 충족하라고 주어진 것은 아니다. 생명의 유지와 종족의 보존을 위하여 각각 부여된 본능인 것이다.

이러한 본능적인 욕망을 충족할 때는 그 주체에게 상당한 쾌락감을 주게 마련이며 그 쾌락감은 현실적으로 매우 강한 것이므로 그것이 곧 인생의 전부인 듯이 그릇 알게 되기가 쉬운 법이다.

'댄스 홀'에서 남녀가 손을 맞잡고 몸을 맞대이며 '탱고'나 '맘보'를 추면서 맛보는 쾌락이 결코 작은 것이라 할 수 없을는지는 모른다. 그러나 그 쾌락에는 도대체 무슨 의의가 있는가? 그것이 인생에 무슨 유익함을 가져다주는가? 의의가 없어도 좋고, 유익함이 없어도 그만이라고 하는가? 다만 즐겁기만 하면 어떤 즐거움이든 그것으로 족하고 그런 대로 한 세상을 에헤야디야로 살아가는 것이 인생이라 하는가?

아니다, 그렇지 아니하다.

대저 사람이란 지존지천至尊至賤의 존재이니, 영靈은 곧 지존에 통하고 육肉은 곧 지천으로 통하는 것인즉 누구든지 지천의 길을 떠나서 지존의 길로 지향하려 함이 올바른 인생의 몸가짐이라 할 것이다. 사람은 신神의 영혼을 가지고 마귀의 육신을 가졌다고나 할까. 어쨌든 우리가 지존의 길로 지향하기 위하여는 먼저 성욕의 정화에 힘쓰지 않으면 안 된다. 성욕의 정화는 곧 생명의 정화요, 생명의 정화는 곧 영혼의 정화라 할지니 누구든지 그를 완전히 정화한다면 수이 견성見性의 역域에 이르게 될 것이다.

인간만사人間萬事는 일득一得 일실一失이니라

만일 모든 사람이 아무도 결혼하지 아니하고 저마다 독신으로 산다면 인간이 멸종될 것이니 그를 어찌 하느냐고 걱정하질랑은 아예 말라. 사람에게 성욕이 있는 한 그런 염려는 얼토당토않은 기우에 불과할 것이다.

그러나 그렇다고 사람이 영원히 멸종되지 않는다고 오신誤信하지도 말아야 하리니 억겁을 두고 인종이 그대로 존재할 수는 없을 것임이 분명한 연고이다.

그러므로 이러한 것을 염두에 둔다면 아기를 낳아 대代를 잇게 하는 것이 반드시 결혼의 지상목표가 되지 않아도 좋은 것이다. 남녀가 서로 지향하는 길이 같고 그것을 기초로 하여 혼령이 맺어진 그런 부부라면 그 결혼 생활은 행복할 수 있을 것이다. 이런 경우, 이들 부부간의 성적 교섭은 도저히 폄론貶論할 수 없는 것이니, 그것은 그들이 지향하는 혼령의 세계에 적으나마 도움이 있을지언정 해로움을 끼치지는 아니할 것이기 때문이다. 결국 어느 쪽을 으뜸으로 삼는가 하는 데 따라 지존의 길로 지향할 수도 있고 그렇지 아니할 수도 있다는 말이다.

사람이 육체가 있어 살아 움직이는 한, 식욕과 성욕의 굴레에서 완전히 벗어날 수 없는 숙명을 짊어지고 있는 터이요, 따라서 우리는 우리의 육체 그 자체를 신중히 다루어야 하듯이 육욕도 진지스럽게 해결해야만 하는 것이다. 즉 성행위 그 자체가 곧 지천의 일은 결코 아니라는 뜻이니 그때 그때의 형편과 마음가짐에 따라 지존의 길로 통할 수도, 지천의 길로 통할 수도 있는 것이다.

올바른 삶을 영위하려 하고 인생의 참뜻을 터득하고자 노력하여 얻을 수 있는 것은 결혼을 한 사람에게나 안 한 사람에게나 별스러운 차이가 있는 듯하지는 않다. 인간만사가 일득일실人間萬事一得一失이니, 독신으로 살아감으로 해서 더 이득 보는 바가 있으면 그로 인하여 잃는 것이 없을 수 없고 결혼하여 살아가면서도 한 가지 더 얻음이 있으면 역시 다른 한 가지 잃는 것이 있는 법이기 때문이다.

평생을 독신으로 살아가려는 사람의 수효가 시대의 전진에 따라 점점 불어가는 듯한데 그 중에는 남자보다 여자의 수가 더 많은 모양이다.

여자들은 사실 예로부터 결혼에 있어 전혀 부당한 말을 너무 많이 들어온 것 같기도 하다.

서양의 어떤 이는 말하기를 결혼이란 법률이 인정한 장 값싼 매음이라고 했다. 또 영국의 옛말에는

'여자란 교회에서는 성자요, 거리에서는 천사요, 부엌에서는 악마요, 잠자리에 들어서는 원숭이이다'고 한 것이 있다.

이러한 말들은 여성들이 결혼을 일단 하고 나면 전혀 남자에게 예속되다시피 하여 대등한 인격자로서의 처우를 받지 못하기 때문이었다 하겠다.

오늘날 여성들의 지위가 눈에 띄게 향상되기는 하였으나 그래도 아직 '아내'는 '남편'의 한 종속물처럼 여겨지고 있음을 우리는 부인할 수 없다. 그러므로 이러한 것이 싫어서 혼인하기를 꺼리고 혼자 살기를 결심하는

여자가 많은 것 같다.

천계만사량千計萬思量 홍로일점설紅爐一點雪

그런데 남자들의 경우를 보면 거개가 아내를 남부럽잖게 먹이고 입히고 할 그런 자신이 없어서 혼인을 단념하는 수가 많은 모양이다. 남의 아내들이 남편에다 대고 긁는 바가지 소리가 미리부터 두렵고 귀찮아 결혼할 의욕을 상실해 버린다는 것이다.

비겁하다고 비웃지 말지어다.

결혼을 하는 데에도 만일 용기가 필요하다면 독신으로 지내겠다는 결심을 하기에는 그보다 몇 갑절 더한 용기가 필요한 것이다. 다시 한번 인생을 깊이깊이 생각해보고 자기라는 개체의 존재 가치를 몇 차례씩이나 스스로 따져보지 않을 수 없는 과정을 거쳐 그런 결심을 하게 되는 젊은이를 가리켜 어찌 비겁하다고 할 수 있을 것인가. 육욕에서부터 유래되는 정열을 영靈의 세계로 쏟아 넣고, 인생의 진의를, 우주의 법칙을 단지 하나라도 터득해 보려고 애쓰는 인간의 무리들——

『여원』, 1959.7

2. 서발문, 신간소개

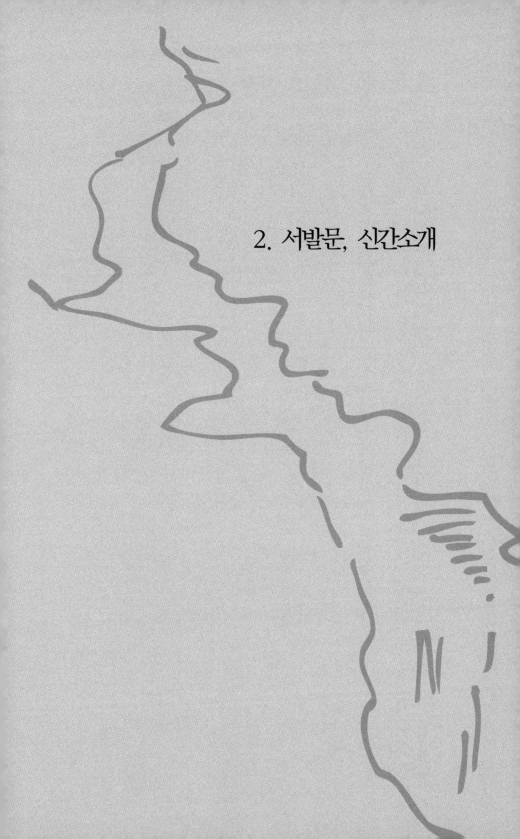

정필선鄭弼善 평론집 『전쟁과 자유사상』

저자는 슬픔 속에 깊이 잠겨 가지고 마침내는 자신을 영영 절망 속에 매몰해 버리는 연○한 낡은 세대의 인텔리는 결코 아니다. 그는 비애를 초극하고 절망에서 비약하여 끝까지 전진하는 인간이다. 그러기에 "비관이란 낡아빠진 구舊 사전에 속하는 문자"라고 외치는 씨는 동란과 더불어 해병대에 종군하였던 것이다. 『전쟁과 자유사상』은 생리적으로 군복과는 먼 자리에 있어야 할 것 같은 씨가 군복으로 어색한 단장을 하고 멸공 성전聖戰의 전초에 나서서 온 겨레에게 정의의 분노를 외쳐 보내는 애국 애족의 순수한 민족정신의 폭발이다.

"반항과 투쟁을 종말 짓는 조화의 세계! 이것이 있음으로써 건설이 생기고 인류사회의 끊임없는 발전과 진보가 있을 수 있는 것이다…… 그러나 이러한 세계를 이루기 위해서는 자각적인 고뇌를 스스로 구하여 사양하지 않는 전투적인 인생관이 확립되지 않으면 안 될 것이다."(「자유에의 희원希願」 중의 일절)

이 얼마나 냉철하고도 절실한 사상이념의 발로인가.

『동아일보』, 1952.10.15

서문

우리들의 주위에서 시에 대한 관심이 점차 높아 가고 있는 것은 세계와의 관련 위에 맺어져야 할 우리 시의식의 '플러스'와 전진에 도움이 되는 한 우리는 이를 육성해 주어야 할 것은 물론 새로운 시의 면모가 하루빨리 창조되게끔 하는 커다란 작업을 위해서도 시를 위한 뭇 계기와 '엘레멘트'에 협력해야 할 줄 안다. 왜? 그러냐 하면 시의 새로운 개척이라는 것이 늘 시정신의 총화總和를 토대로 생성되어 오는 까닭이다.

확실히 시가 어느 일정한 시대의식에 답보하고 있지 않는 이상 그것은 어떠한 모로든지 변천 전화轉化해 가고 있음은 문학사가 이를 반증하고 있는 것이고 인간의 생활감정이 고대나 근대를 통하여 현대에 이르는 과정에 정련精練되어 온 압축을 보더라도 허버트 리드Herbert Read의 안목을 빌 것 없이 우리는 이를 쉽사리 짐작할 수 있겠다.

감성이 조직되면 항용 지성과의 교류점에 서게 되는 바로 이 순간에야말로 형상이 비롯하는 것이므로 전기前記한 압축을 자아의 경험 속에 소화해야 할 것이고 또 우리가 오늘 시인이고자 하는 경우 감정의 수액 속에 체류한다든가 또는 오늘의 시대적 현실성과 유리된 위치를 고집함은 시를 위한 옳은 시인의 태도라고 볼 수는 없겠다. 이러한 점에서 요번 시집 『기억의 단면』의 시인 석계향石桂香 여사의 시를 읽고 내가 느끼고 추장推奬할 점이 있으니 그것은 다름 아니다.

감정의 발산에 풍겨지는 인간적인 태도의 내용과 또 그것이 식물적인 후각과 흐름을 갖고 있다는 점에 대해서다. 이러한 흐름이 제 골을 찾아 기복起伏을 이루면서 방향을 확보하고 있는 보이지 않는 표준을 보여 주고 있음을 볼 때 내 또한 즐겁지 않을 수 없어 몇 자 붓을 들어 기쁨을 서술하는 바이다.

석계향, 『기억의 단면』, 세문사, 1954.11.30

『무지개』

공중인孔仲仁 전시집全詩集

민족 광복이란 그 거대한 낭만과 민족적 의욕의 불 속에서 함께 자라고 허다한 시작詩作을 계속해 온 공 시인이 이번 그 주옥의 시편들을 묶어 전시집 『무지개』를 내어놓게 됨을 경하하는 바이다.

공 시인이 그 시작詩作에서 '로덴바흐'의 채색성彩色性에 어긋남이 없음은 더 말할 필요도 없으며 '키츠', '쉘리'의 낭만적인 '레토릭'이 적어도 언어의 채색 면에서 인계받고 그 시 정신을 충실히 이어 온 공적은 큰 바 있으며 공 시인에게 특유한 언어가 채색을 입고 때때로 아니 항용 비상飛翔하면서 피로를 모르는 것도 주로 그러한 백그라운드를 에네르기―화化해 갖고 있는 데 기인하지 않는가 생각된다. 공 시인이 그 시의 날개 기슭에 품고 기르는 낭만정신은 청춘독일파靑春獨逸波나 또는 '라마르티느'나 '하이네'의 사회파적인 낭만파나 또는 '바이런'과 같이 '이모션'의 선풍을 일으켜 '에고' 과잉을 일으키는 그러한 계보와는 시의 추세를 달리하고 있음을 명심해서 읽어야 하겠다. 여기에 독자들이 공 시인을 주목해야 할 거점據點이 있고 공 시인이 걷는 독보적인 '코스'가 있다고 본다. 아마도 공 시인이 자부하다시피 한국 낭만주의의 본류를 창조하는 데 그 거대한 도정으로서 이번 주옥의 시편을 정선精選하여 시집을 엮었음이 분명하다.

『동아일보』, 1957.4.9

『막간풍경幕間風景』

김지향金芝鄕 제2시집

김지향 양이 재작년에 대학을 갓 나오면서 상재한 그의 첫 시집 『병실』로서 이미 그 문학적 천품성天稟性을 충분히 발휘해 주었다.

양孃의 정열과 총혜聰慧와 부단한 노력으로 결실된 이번의 제2시집 『막간풍경』을 대함에 더욱 흐뭇한 안도의 기쁨을 느낀다. 『병실』에서의 가냘픈 여인의 염원과 호소가 이젠 발랄한 생명의 의욕으로써 보다 고고한 별의 의젓한 자세로 위치했기 때문이다.

『막간풍경집』에 수록된 전 작품의 편편이 그대로 싱싱한 과물果物이요, 절절이 거기 담겨진 영양이다. 참다운 고독, 그리고 지성과 감성의 융화 — 이것이 이 시집에서 풍겨주는 첫 인상이며 때로는 산발적인 이미지가 신기한 결합을 이루는 묘미와, 언어가 그의 사색에 의한 창의創意로 진전해 나가는 몇 가지 형태의 시도가 엿보인다.

살벌한 이 현실을 감내하고 초극하기에는 아직 연약한 연령의 작자이지만 그의 건실성에 신뢰와 기대를 갖지 않을 수 없다.

우리 시단은 요즘에 와서 여류들의 진출이 현저한 것은 경하할 일이지만 지향 양의 경우 이번 『막간풍경』으로 확고한 위치와 여류시인으로서의 한 이정표를 세워놓게 된 것을 기쁘게 여긴다.

『동아일보』, 1959.1.23

서序

유대건 동요집『두루미 선생』

지난해 유대건 군의 동요에 하인두 군의 그림으로 시화 전시회가 있다 해서, 나가 봤더니 참으로, 꽃동산에나 간 것처럼, 하루를 동심의 세계에서 놀다 방명록에 '동심의 세계는 우리가 돌아갈 마지막 고향이다'라고 써 두고는 하루라도 빨리 동요집을 출판하라고 부탁하고 왔더니 이제 이렇게 좋은 책자가 되어 나오게 되니 참으로 반가워하는 바이다.

동요라면 어린이만 읽을 것으로 생각하는 이도 있으나, 늙은이가 된 나에게도 동요집『두루미 선생』에 엮어진 동요들은 재미있어 되풀이하여 읽고 싶고, 노래로 불러보고도 싶다.

군은 부산에 있으면서 몇 년 전에『통통배』라는 동시집을 낸 바 있고 이번에 제2시집을 내면서도 항상 자기를 자랑할 줄 모르는 소박한 동심의 시인이다. 앞으로도 계속하여 많은 동요를 불러 주기를 바란다.

1960년 3월

공초 오상순

유대건,『두루미 선생』, 새로이출판사, 1960.3.15

『차원次元에의 저항』

김성애金聖愛 시집

단편집 『사랑의 영역』을 세상에 내놓았더니만 이번엔 시집 『차원에의 저항』이 출간되었다. 이 시 속에 담겨져 있는 내용들은 여사가 오랜 인생의 뒷길을 걸어가면서 맵고, 쓰고, 짠 현실을 독백하고 절규하며 반항해 온 수기(?) 오십여 편이 시로 엮이어진 것이다. 1928년 겨울 북간도에서 쓴 방랑수첩에서 "노쇠한 입김이 금세 수염에 고드름이 되고 스스로 감당할 수도 없는 생명을 그저 망명하여 가고 가다가 실심失心한 듯 임종해 버린 그 이름조차도 없는 아버지의 숨결, 그 아름답고 거룩한 임종의 숨결이 얼어붙는 거칠고 광막한 호지胡地 어느 산허리에 겨울날의 비창한 얼굴의 기억…" 이렇게 여사는 오랜 어린 시절부터 해외로 방랑하는 어버이를 따라 몸소 생활로 체험했다. 그가 글을 써온 지는 꽤 오래되었다. 단지 문단에 등록되지 않았을 뿐이다.

여사의 싸늘한 성품 그대로 지난 현실을 직시하고 냉혹하게 대담하게 쪼개 놓은 이 인생 오십의 반항이 시혼으로 승화된 『차원에의 저항』을 나는 독자들에게 서슴지 않고, 권하고 싶다.

『동아일보』, 1960.5.26

머리말*

박종우, 『습지』

잇따른 혁명으로 자못 위축의 길 위에서 머뭇거리고 있는 문단에 혜성 하나를 발견하는 기쁨은 어디라 비할 데가 없다.

무릇 스무 해에 가까운 동안을 시업詩業해 오면서도 합명시집合名詩集『조국의 노래』를 내었을 뿐 오직 침묵 속에서 꾸준하던 본『습지』 주인 박종우朴鍾禹 군이 이러한 조국의 긴절緊切한 문화의 춘궁기에 그의 작품집을 세상에 내어놓게 된 것을 마음 깊이 기뻐해 마지않는다.

군의 시는 그 성격적으로 오는 밝고 폭이 넓은 '이미지'와 그런가 하면 보다 날카롭게 선택된 시어로 일관되어 있어 현대시가 가지는 난해성 그 밖의 일련의 현대시가 가지는 단점을 탈피한 것을 지니고 있다.

지열地熱 바로 곁에서 솟는 용용湧湧한 샘 같은 그의 즉감적即感的 시구들은 그가 한결같이 현실의 부조리에 저항하고 있는 자세를 보여주고 있다.

아직은 아직은 건드리지 말라
도사린 설움
설움을 터뜨리지 말라

「종鍾」

* 이 글은 오상순과 유치환(柳致環)이 함께 작성했다. 글의 말미에 두 사람의 이름이 나란히 기재돼 있다.

어찌 보면 오만불손傲慢不遜한 그의 시에서 그러나 우리는 『습지』에서 태양을 그리는 그의 순수한 시적 영혼을 발견할 수 있는 것이다.

못 견디게 어두운
이 동굴의 세계에
크낙한 창을 하나 마련해야겠다.

「창窓」

바라건대 그가 스스로 저항하고 있는 이 불안한 현대의 '벽이 흘리는' 날 한결로 밝은 그의 시詩 영토領土의 양지陽地를 찾을 것을 믿고 빌면서 머리말을 예서 줄인다.

1961년 7월 20일
오상순 유치환

박종우, 『습지』, 청구출판사, 1961.7.15

서문

아르투르 쇼펜하우어, 『삶과 죽음의 번뇌』

전 세기의 독일 철인 아르투르 쇼펜하우어는 차안此岸의 이녕泥濘길에서 고난을 쌓아서 사상의 피를 닦은 사람 중의 하나인 줄로 안다.

세상에서 그를 어떻게 말하든 간에 나는 알기를 그가 처한 곡경曲境에서 누구보다 냉철한 이지로 자신을 구원하고 길을 마련했다고 생각하는 것이다.

한때 풍랑이 세었던 '염세'의 조류에서도 그가 행하고 걸은 길은 의곡된 차계此界를 정시正視하고 명석히 파헤치었으며 그가 얼마나 짙은 피의 진통 속에서 정곡正鵠을 찾았는가의 확실한 해답은 '인간은 세상에 탄생하지 않았던 것이 더 행복하다'고 말하면서도 '죽음'을 스스로 택하는 것에 대해서는 철저히 거부하고 유용하게 살아갔다는 데서 구할 수 있을 것이다.

워털루의 참혹했던 전란과 혁명의 소용돌이에서 '죽음'의 암영暗影만이 최후의 승리처럼 유혹하던 그 상황에서 성장된 그의 사상이 세상을 떠들게 하던 헤겔과의 알력에서 환영받지 못했음에도 그의 세상에서 말하는 '염세'에 한결 더 박차를 가했을 것이다.

이 책은 그의 여러 저서에서 주옥같은 정수만을 발췌 상재上梓하여 다시 오늘의 교양과 지성에 보탬을 한다니 그 의의와 함께 장한 일로 안다.

오늘날의 풍세에서 방황하는 젊은 지성들은 이 책에서 '사랑'에서부터 '독서론'에 이르기까지 광범위한 사상을 편력한 새로운 지혜를 배울 것이다.

지금의 세대는 쇼펜하우어가 처했던 그것보다도 더욱 참혹 처절한 전란의 상처를 입고 무수한 생령들이 피안의 꽃으로 떨어져 갔으며 오늘의 감정은 전화戰禍의 회진灰塵 속에 백지처럼 고갈되어 가고 있는 것이다.

초조와 불안의 어두운 방에서 커튼을 내리고 아픈 영혼의 홍역을 앓는 이들의 패배한 사랑에 그의 철리는 훌륭한 자양滋養이 되리라 믿으며 모름지기 그가 불타올랐던 저항을 육신으로 느낄 수 있으리라.

그의 치밀하고 명석한 이론과 예지가 밝히우는 세상의 이면에서 진실로 인간의 본질을 새삼 볼 수 있을 것이며 인간 구경究竟의 오뇌와 각고를 맛볼 수 있을 것이다.

하면 끝으로 그에 대한 나의 지론持論은 그가 서구의 유수한 철인 중에서 어떤 철인보다도 보다 동양적인 정신세계를 구축했으며 심오하고 유현幽玄한 동양 정신에의 인연은 그의 사상의 요약 즉, 열반의 세계에 이르기 전에는 평화의 구원을 받을 수 없으며, 궁극적 열반의 경지에서만, 영원하고 완전한 평화의 빛을 받을 수 있으리라는 것이다.

그러므로 열반의 구경에 득달치 못하면 부단한 번뇌의 형관刑冠을 쓰고 기여羈旅의 혈로血路를 가야 한다는 결론이 나서는 것이다.

아르투르 쇼펜하우어, 송영택 역, 『삶과 죽음의 번뇌』, 미문출판사, 1962

3. 문답

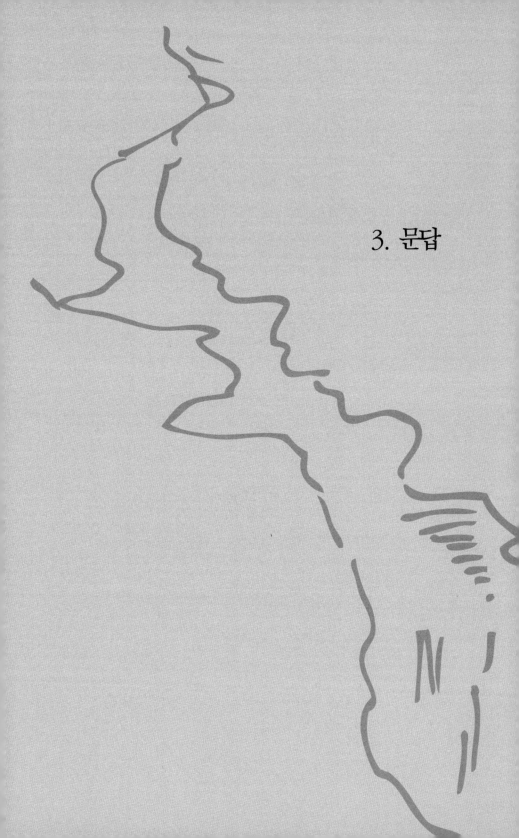

민족혼과 시를 논하는 '허무혼의 선언'자 오상순 씨 방문기*

1918년 이후 조선 신시운동은 『창조』, 『폐허』, 『백조』 등 문예지를 중심으로 발효되었는데 이 시기에 주로 『백조』를 둘러싼 시인의 한 사람으로 공초 오상순 선생을 충신동忠信洞 하숙에 찾으니 일생을 독신으로 아호雅號 그대로 '공空'과 '초超'를 벗삼는 선생인지라 좀처럼 만날 수 없다가 기자 우연히 거리에서 공초 선생을 만나서 사社의 용무를 다행히 수행하게 되었다.

현재로도 창작에 전심專心하나 발표는 보기 어렵고 과작寡作으로 유명한 것은 시혼詩魂의 사색에서 시의 율조를 이룬 「아시아의 밤」, 「허무혼의 선언」, 「폐허의 제단」 등으로 당시 조선 지식인의 침통한 현실에의 반영이었다고 볼 수 있다.

도시샤[同志社]의 종교철학과를 나온 후 교단教壇을 거쳐 승방僧房에 적을 두었다가 웬 셈인지 속세에 다시 돌아와서 방랑으로 '무無'의 세계에 통하려는 공초 선생에게는 일찍 '안나'라는 따님이 있었을 뿐으로 부인이 없으니 자녀도 없었다.

이 따님이 갑작스레 별세하자 공초 선생 손수 입관하고 홀로 슬퍼하는 중 친우들이 모여서 조상弔喪하고 자동차 4, 5대로 정중한 장례를 치르었는데 나중 알고 보니 실상은 따님이 아니라 따님같이 사랑하던 개 '안나'여

* 인터뷰 진행자는 'R 기자'라고 표시돼 있다.

서 친우들이 ◯연대소◯然大笑한 유명한 에피소드의 주인공——'안나'를 못 잊어 '안나'의 딸◯를 초계草溪 허 씨 댁에 가서 도로 찾아왔다고 한다. 예법승例法僧의 자연관에서 얻은 마음인지 일목一木 일초一草 일괴一塊라도 그냥 버리지 못하는 까닭인가 "특히 동물 중에서도 개와 더불어 함께 놀면 침체한 때라도 원시적인 생명의 약동을 느낀다"는 이 공초 선생을 붙잡고 차 한 잔 마시고 용건을 전하니, 사위四圍가 소란하다 하고 남산 ◯◯◯◯ 댁으로 기자를 도로 안내한다. 불 끌 사이 없이 피우는 담배로 어느덧 석양夕陽방 안에는 황혼같이 연기가 자욱하다. (사진은 오상순 씨)

선생께서는 혼이라는 것을 시에서 많이 찾고 있는데 민족이란 어떤 것을 말씀하는 것일까요.

우리는 난국에 처할수록 민족적 기백이 있어야 하고 거기에서 민족적 정의감이 발생한다. 우리는 과거에 이 민족정신의 집중적 표현을 이루지 못한 채 이민족의 침략을 받았으므로 자주독립이란 엄숙한 과제를 앞에 두고서도 각자 그 소주관小主觀에 사로잡혀 소병적小病的인 것과 동시에 무정견無定見한 메커니즘이 횡행하고 있음을 보게 되었으니 이것은 과거의 사대주의를 신속하게 지적 비판하여서도 어떤 특수계급이 이 사대事大의 경향을 버리지 않고 모某 외국의 투쟁 방식을 모방하여 민족적 환경을 불리케 할 뿐 아니라 파괴행동을 일삼는 것은 참으로 위태로운 일이다.

그러므로 첫째로 민족의 고유한 기본적 자주정신을 확립하여 세계에 통할 수 있는 기백과 신념과 긍지를 가져야 한다. 그래야 외래문화에 굴복되지 않고 문화적 수준을 향상시킬 수도 있다.

그래야 비로소 미소美蘇의 양대 주의의 대립에 있어서도 자립이냐 분열이냐 이것을 냉철히 비판할 수 있는 동시에 자신 있는 능력으로 이 시련기를 극복할 수 있을 것이다.

또 이 능력만이 양대 조류에 대해서 시是와 비非를 가질 수 있고 능히 절장보단折長補短과 취사선택할 용기를 가질 것이니 그 원동력은 민족의 혼—— 민족의 기백에 있을 것이다. 이것이 진실한 민족혼의 제일보第一步가 되어야 할 것이다.

그러면 그러한 관념으로 보아 문단에 대한 감상과 희망은 어떠신지요.

문화란 결국 진眞, 선善, 미美, 성聖의 탐구다. 진은 과학이나 철학이, 선은 윤리가, 미는 예술이, 성은 종교가 대상으로 하는 부문인데 문학은 이 4대 과업을 혼연히 수행함으로 그 사명을 삼을 것이다. 그러므로 문학은 인간 생활 속에 뿌리를 박고 있는 이 요소를 개화開花 결실케 함으로써 생활을 풍부케 하고 윤택케 하고 진실케 하고 번영케 한다. 여기에서 문학인의 사명은 명백해질 것이다.

그런데 현 문단을 보면 이에 대한 사명과 실천이 얼마만큼 되고 있는지 유감遺憾이나마 빈약함을 느끼지 않을 수 없다.

일층 발전하여 엄숙한 자기 비판과 문화적 사명에 대한 깊은 각오가 있어야 할 것이다.

취재 같은 데 있어서도 민족문제나 세계문제를 내포한 광범위의 정치, 경제, 사회 등 각 방면에 걸쳐서 관심되고 감상되고 비판된 후 그 진상이 파악되어야 할 것이요, 그러려면 우선 위대한 '개성個性'을 통한 민족적인 세계의식이 토대가 되어야 할 것이다.

그런데 요사이 시에 대한 사상은 어떠신지요. 그리고 누구의 시에 관심을 가지시나요.

시인이란 시의 세계를 가지고 거기서 시를 찾아 개척하고 창조함에서 그 천재적 기품을 나타내는 것이지만 그보담도 우선 사사물물에 대한 관조라든지 또 그것을 시화詩化하는 데 대한 창조 노력이 요구된다.

그리고 시는 내재적이요 본질적인 동시에 대자연에 원천을 두고 있으므로 자연과 맥이 통하지 않으면 고갈된다. 근래 시를 쓴다는 사람들이 소위 '현실'이니 '생활'이니 하고 현상과 사건의 표현만을 능사로 삼음은 천박한 현상이다. '자연'이라면 '생활'과 무관한 것같이 여기는 모양이지만 자연에 통한다는 것은 '자연과 호흡이 통한다'는 것이요 이렇게 됨으로써 시가 '자연의 법칙', '자연의 예지'와 조화되어 비판력을 거치면서 영원한 모습을 이루는 것이다.

내가 요즘 관심을 가지는 젊은 시인으로서는 박두진朴斗鎭, 서정주徐廷柱, 유치환柳致環 군인데 치환 군은 말에 대한 관심이 좀 더 있었으면 한다.

해방 이후 문화 내지 문단 방면에 단체행동이 많은데 어떻게 보시나요.

문필가협회나 청년문필가협회는 물론 당연히 있어야 할 것이요 문화단체총연합회는 좀 더 일을 했으면 좋겠다.

그렇다고 무슨 동맹을 꾸미느니 해서 선동을 하라 함은 아니지만 진실한 동지적인 정신에서 문학 활동을 유효하게 할 가난한 문인 생활에 도움도 되었으면 좋겠다.

요사이 독서는 무얼 하십니까.

베르그손의 『창조적 정신론』(46년판—편저), 휴머니티의 사도 러셀의

『합리주의적 사회비판』에 감명됨이 컸다. 문학 방면으로서는 히틀러의 박해로 미국에 쫓겨 온 레마르크의 『파리의 개선문』을 흥미 있게 읽었고 이태리의 파피니 ○○로 고금의 철학자, 사상가, 시인, 소설가 등을 평한 『24○○』을 읽었다. 그밖에는 프란시스 톰슨의 『하늘의 사냥개』라는 종교시와 『시와 철학』이라는 영국인의 시론서이다.

〈흡연 불휴설不休說〉

이렇게 이야기하는 동안에 공초 선생 앞에는 '무궁화' 빈 곽이 네 개가 놓였다. '그렇게 피이시면 하루에 몇 개나 피시지요' 한즉 '세수하고 밥 먹는 시간 외에는 불을 끄지 않고 피이니까 백 개는 피일 걸. 그래서 내게 대한 인사는 담배 잘 있느냐가 되었지.'

원래는 철저한 금연주의자로 금연운동을 일으켜 대학을 세우려 했는데 흡연 동기는 공간에 사라지는 연기의 여운이었으니 그야말로 순수한 애연愛煙에서였다. 그러던 것이 그만 담배를 피우게 되었다. 담배가 있으면 빈한貧寒하지 않은데 담배만 없으면 말도 하기 싫고 웃음까지도 소멸해지고 긴장미緊張味가 없어져서 신경이 지완遲緩해 버린다. 예전에는 동무한테 가면 공초(담배꽁초)가 담배를 물고 들어오나 안 물고 들어오나 내기를 하다가 내가 들어가면 으악 하고 웃고 야단이었는데 상화想華, 빙허憑虛, 노작露雀 모두들 앞서가고 『백조』 시대의 사람으로 석영夕影, 월탄月灘과 가끔 만날 뿐이다.

『민중일보』, 1947.11.6

예술원藝術院에 기대와 희망

1. 문화보호법을 어떻게 생각하는가.

－제일 좋은 법이다. 그러나 공문화空文化되지 말아야 한다.

2. 예술원 회원을 선출할 예술가의 자격을 어떻게 규정할 것인가.

－각 부문별 심사위원회를 구성해서 예술가의 자격을 결정하되 문총文總의 협조를 거치는 것이 더 완전할 것 같다.

3. 어떤 사람이 예술원 회원으로 선출되어야 한다고 생각하는가.

－연한보다도 인격과 공적을 중시하는 것이 좋을 것이다.

4. 예술원에 대한 기대와 희망

－예술에 대한 우리의 민족적인 역량을 최고도最高度로 발휘시켜 주기 바란다.

『문예』, 1953.2

학생의 날에 부치는 말*

보다 더 고귀하게

세계사상에서 25년 전 광주 학생 사건의 그날처럼 순결하고 고귀한 날은 없었다. 학생들의 피로써 애국의 꽃을 피워 본 역사적인 날은 드물다.

사랑하는 학도들이여! 그대들은 항시 지식을 연마시키고 인격을 도야시켜서 가슴에서 약동하고 있는 그 피를 보다 더 순결하게 고귀하게 간직할 것이며, 어느 때나 우리 민족을 침해하는 적에게는 앞을 다투어서 항진한다는 태도에서 살아주기를 바란다.

『학원』, 1954.11

* 이 글은 1954년 '학생의 날'을 맞이하여 『학원』지에서 각계 인사들의 축사와 덕담을 모아 수록한 것이다. 해당 기사에 축사를 실은 인물들은, 무순(無順)으로 『조선일보』 주필 홍종인, 산업은행 총재 구용서, 사화가 최남선, 육군 총참모장 정일권, 국회의원 신도성, 법무부장관 조용순, 시인 오상순, 서울대학 음악대학장 현제명, 국립극장장 유치진, 국립도서관장 조근영, 홍익대학 미술학장 이종우, 국회의원 김철안, 기획처장 원용석이다.

인생문답*

소첩을 가진 아버지가 싫어

하숙방을 얻으려는데

문　저는 지금 중학 2년에 재학 중입니다. 어머니와 누나와 아버지 우리 네 식구는 단락한 생활을 하여 왔습니다. 그런데 약 3개월 전부터 아버지가 밖에서 주무시는 날이 많아졌을 뿐만 아니라 어머니와 말다툼을 자주 하게 되었습니다. 알고 보니 아버지는 첩을 두신 모양입니다. 며칠 있으면 아버지는 이 여인을 우리 집으로 데리고 와서 우리와 함께 살게 되리라 합니다. 그래서 저는 하숙을 얻고 딴 데 혼자 있을 작정입니다. 아버지는 영원히 우리에게로 돌아오지 않겠는지요.

(서울 · 김정준)

답　하숙을 얻고 집을 나가는 일을 어머님이 허락하시는지 알고 싶습니다. 만일 어머님이 그렇게 하라고 하시더라도 당신의 어머님은 지금 몹시 흥분해 계시는 상태이므로 사리를 분별하는 지성을 잃고 있습니다. 또 지금 아버님은 소첩에 정신이 팔려서 자식에 대한 관심을 소홀히 하고 있는 것이 사실입니다. 그렇다

---

* 이 글은 잡지 독자들의 고민에 대해 여러 분야의 인사들이 지면으로 상담해 주는 시리즈의 한 편이다. 상담자 명단은 매달 달라지며, 시인, 소설가, 학자, 영화감독, 언론인 등이 주로 포함되었다.

고 하더라도 아버님이 자기 자식에 대한 애정마저를 버렸다고 간주할 수는 없습니다.

이러한 계제階梯에서 자식으로서 지킬 도리는 부모를 어디까지나 공경하는 동시에 부모에게 더욱 더 충실하여야 한다는 일입니다. 만일 현재의 아버지가 자식에게마저 배반을 당한다면 정말 소첩에게로 마음이 돌아버리고 말지도 모르겠습니다.

아버지에게도 정이 있고 사물을 분별하는 높은 지각지심이 있는 이상 이대로 가족을 포기해 버리지는 않겠지요.

대개 바람난 아버지는 한동안 그러다가 다시 돌아오는 것이 보통입니다. 작은어머니(?)가 만일 집에 와서 살더라도 아버님이니 어머님을 노엽히는 언행은 일체 없어야 하겠습니다. 어디까지나 도리를 다하는 태도이어야 합니다.

지금의 환경에 비관이 되어 학교 성적이 나빠진다든지 혹은 불량소년이 되어 버린다면 당신들 남매만 믿고 사는 당신 어머님의 설움은 얼마나 크겠습니까.

어머님을 위로하십시오. 그리고 종전보다 더욱 더 분발해서 공부하십시오. 이렇게 하는 것만이 아버지를 하루바삐 당신들에게로 돌아오게 하는 유일한 길인 것입니다.

『아리랑』, 1956.10

그의 요구를 받아들일 것인가?

불구자인 나에게 동서생활을 요구하는 그!

문 당년 27세의 미혼여성으로서 불구의 몸입니다. 어렸을 때 차에

치여서 심한 절름발이가 되고 말았습니다.

장성함에 따라서 그 비관이란 것은 이루 다 말할 수 없습니다. 요즈음은 결혼을 아주 단념하고 집안일을 열심히 돕는 데 취미를 붙이고 있습니다.

며칠 전, 부친과의 상거래 관계로 집에 자주 드나드는 50세 가까운 K씨가 마침 나 혼자 있을 때 찾아와서 이 얘기 저 얘기 하던 끝에 하는 말이 불구자라고 해서 결혼은 못 한다 하더라도 여자의 행복마저 버릴 필요는 없지 않느냐고 하면서 별안간 나에게 달려드는 것이었습니다. 필사적으로 반항하고 있을 때 마침 일하는 계집아이가 돌아와서 위험한 고비는 넘겼습니다.

지금까지의 저는 집안일을 돕는 데 재미를 붙이고 이대로 일생을 마치면 행복하리라고 생각하고 있었는데 '여자의 행복을 버리겠는가' 하던 K의 말이 나의 마음을 혼란 속으로 몰아넣고 말았습니다.

이 다음에 그가 또 다시 찾아왔을 때 저는 어떠한 태도를 취해야 할지 자신이 없습니다. 저같이 결혼 못할 사람은 어떠한 각오를 하고 살아가야 되겠습니까?

(수원 · 영자)

답 50세 가까운 남자라고 하면 모든 사리에 분별이 있을 만한데 당신의 약점을 잡아가지고 더욱이 자주 드나드는 집의 따님이 혼자 있을 때 그러한 태도를 취한다는 것은 그가 얼마나 비열하고 파렴치한 인간이라는 것을 증명해 주는 것입니다.

부모님께서는 그 사나이를 신용하시고 계신 모양인데 그러한 남자는 언제 어느 때 부모님에게도 화를 입힐지 모르는 사람이니 어머니한테만이라도 '나 혼자 있을 때 흉측한 짓을 하려고 해서 혼났다'는 정도로 얘기해 두는 것이 좋을 것입니다.

성생활이 여자의 행복의 전부는 아닙니다. 사랑 없는 성생활이란 굴욕과 고통이 있을 뿐입니다. 그와 같은 남성에게 귀중한 당신의 육체를 범하게 해서는 절대로 안 됩니다. 그 사나이는 당신이 결혼 못할 것이라고 얕보고 있는 이상 당신에 대한 어떠한 책임도 질 리가 만무합니다. 절대로 악마의 속삭임에 귀를 기울이지 마십시오.

차 사고 때문에 불구자가 되었으니만큼 날 때부터의 유전이 아니니까 당신의 아름다운 마음씨나 가사에 전념하는 훌륭한 생활태도에 끌리는 남성이 나타나지 않을 것이라고는 누가 단언하겠습니까? 장님이나 꼽추와 같은 불구의 여성도 훌륭한 남편을 가진 사람이 많습니다. 가사에 전념하는 시간을 나누어서 한 가지 특기를 몸에 지니는 수업을 쌓게 되면 당신의 운명을 개척하는 힘이 될 것입니다. 무슨 일에든 열중하는 가운데서 당신은 산 보람을 느끼게 될 것이며 당신의 마음속에는 폭과 깊이가 생겨 사람을 사랑하는 힘도 길러질 것입니다. 그리하여 누구에게나 사랑을 받게 되고 명랑한 심경으로 돌변하게 되는 것입니다. 인간의 행복이란 그런 것입니다. 부디 자기 자신을 불구자라 하여 천대하지 말고 귀중한 인생을 아끼고 기르십시오.

『아리랑』, 1957.8

독신으로 지내겠다는 애인!

세상엔 여자도 많지만 그를 버리고 살 수 없다

문 세탁소에 일하고 있는 24세의 청년입니다. 아무하고도 의논할 사람이 없어 혼자 고민하던 나머지 붓을 들었습니다.

저는 1·4후퇴 시 단독으로 월남한 외로운 몸입니다. 현재 직장의 주인에게는 딸이 셋이 있는데 모두 친형제처럼 다정하게 지내는 사이이며 주인 부부도 부모님과 다름없이 저를 사랑해 주십니다.

장녀인 M은 20세의 아름다운 처녀입니다. 처음에는 친동생같이만 생각하고 있었는데 어느덧 ○○으로 변하여 저의 심정을 고백한즉 처음에는 곧이 안 듣기는 모양이었으나 나중에는 저의 사랑을 받아들이겠다고 말하였습니다. 그리고 나쁜 줄 알면서 육체관계까지 맺고 말았습니다.

그 후부터는 일하는 보람을 느껴 즐거운 마음으로 성심껏 일하였습니다. 그런데 며칠 전 우연한 기회에 M에게 보내 온 남자의 편지를 발견하였습니다. 저는 질투심이 폭발하여 M을 비난한즉 그는 울면서 모든 것을 고백했습니다. 그 남자 역시 저에게 못지않게 사랑하고 있으므로 두 사람을 다 불행하게 하지 않기 위하여 일생 동안 결하지 않겠다고 합니다. 저도 그 소리를 듣는 순간 눈앞이 캄캄해졌습니다. 세상에는 여자가 M 하나뿐만은 아니겠지만 그를 떠난 생활이란 상상할 수조차 없습니다. 어떻게 해야 할까요?

(대구·철수)

답 당신에게 있어서는 라이벌이 나타난 것이므로 괴로워하는 심정을 잘 알겠습니다. 거기에다가 상대방의 의향을 잘 알 수 없기 때문에 더 문제가 복잡해진 것 같습니다.

두 남성에게 의리를 지키기 위하여 결혼을 단념한다고 말하는 그 여성은 퍽이나 내성적이고 감상적인 여성인 것 같습니다.

그 여성을 잃을 것 같으면 살 희망조차 없을 것 같다는 당신의 심정이 진정이라면 결혼하기 위한 적극적인 노력과 용기가 필요합니다.

애정이나 결혼은 아무 노력 없이 얻을 수 있는 것이 아닙니다. '두 사람을 불행하게 하지 않기 위해 일생 동안 결혼하지 않겠다'는 그 여성의 말에 타격을 받아 그것에 저버릴 정도라면 결혼할 가망이 희박합니다. 결혼에 성공하기 위해 모든 노력을 아끼지 말아야 합니다.

편지만으로 판단하건대 그 여성의 결심은 당신의 정열 여하에 따라서 움직일 수도 있을 것 같습니다. 결국 결혼에 대한 당신의 정열과 노력이 라이벌인 남성보다도 강할 것 같으면 당신과의 결혼을 승낙할 가능성이 있을 것입니다.

쓸데없이 비관만 하지 말고 자기의 행복을 획득할 노력을 하십시오.

『아리랑』, 1957.11

처녀의 몸으로 임신 3개월

처자 있는 그는 낙태시키면 결혼하겠다고!

문 선생님! 저는 지금 인생에서 가장 중대한 문제에 부닥쳐 고민하고 있습니다. 몇 번이나 자살을 생각해 보았습니다. 그러나 제가 죽으면 뱃속의 아기가 너무 불쌍합니다. 저는 임신한 지 4개월이 된 19세의 미혼여성인 것입니다.

상대방은 현재 제가 근무하고 있는 직장의 경리과장으로서 1년 전부터 사랑하게 되어 육체관계까지 맺게 되었던 것입니다. 그는 기혼자로서 결혼한 지 8년째가 되며 아이가 셋이 있는데 부인과는 이혼하고 저와 정식으로 결혼하겠다고 합니다. 그러면서도 그는 저하고 함께 있을 때 그 부인의 이야기를 자꾸 하여 그럴 때마다 가슴을 쥐어뜯고 싶도록 괴로워집니다. 임신한 지 3개월에 접어들었을 때 그에게 알린즉 낙태시키라고 하며 만일 낙태시키지 않으면 부인과는 이혼하지 않겠다는 것입니다.

그런데 한 달 전에 고향인 충청도에 다녀오겠다고 하더니 그 후는 아무런 소식이 없습니다. 저는 궁금하고 애가 타서 그의 집에 편지하고 싶은 마음은 간절하지만 만약 그의 부인에게 발각되면 일은 다 틀어지고 말 것이므로 주저하고 있습니다.

선생님— 제발 저를 도와주십시오. 아기는 병원에 가서 유산시키려고 합니다.

(용산 · S)

답 편지를 내면 부인에게 들킬까 봐 주저하고 있다고 당신은 말하였지요. 그러나 이 문제는 현재의 상태를 깨뜨려 버리지 않으면 해결되지 않습니다. 그에게 편지를 내십시오. 그래도 답장이 안 오면 부인 앞으로 편지를 내십시오. 당신이 말하는 것같이 중대한 문제에 직면하고 있는 것입니다. 부인과 이혼하고 당신과 결혼하겠다고 하는 것은 이러한 경우에 남자가 여자를 유혹하기 위한 상투수단인 것입니다. 세 아이와 부인을 데리고 고향으로 가 버린 남자가 이제 와서 당신과 결혼하리라고 생각하는 것은 큰 오산입니다. 이제 겨우 열아홉 살인데 임신 4개월인 태아를 유산시킨다는 것은 좀 위험한 일입니다. 즉시 어머니에게 모든 것을 고백하고 의논하여 그 상대방의 남성에게 연락하십시오. 그리하여 남성이나 부인과 직접 만나서 당신과 당신이 낳을 아기에 대해서 의논하는 것이 선결문제입니다. 그때에는 아버지나 삼촌과 같이 어른 남자가 입회해야 될 것입니다.

얘기가 순조로이 해결되지 않으면 법원에 소송을 제기하십시오. 그러면 위자료라든가 또는 아이는 누가 맡는가, 양육비는 어떻게 하느냐 하는 문제에 대해서 적당한 해결을 지어 줍니다. 주위 사람들에게 축복받는 결혼을 하여 모든 사람이 반가워해 줄 아기를 낳을 수 있는 경우가 아니면 남자에게 그렇게 쉽사리 몸을 내맡기는 것이 아니라는 것을 이제는 뼈아프게 느끼셨을 것입니다.

자기가 한 행동에 대해서 반성을 했으면 너무 낙심만 하지 말고 용기를 내서 제2의 출발을 하십시오

『아리랑』, 1957.12

다가온 결혼 초야

성지식 없이도 원만할 수 있을까?

문 저는 당년 20세인 농가의 딸로서 같은 마을에 사는 K씨와 두 달 후에 결혼하게 되었습니다.

그러나 이 기뻐야 할 혼인날이 저에게는 두렵게만 여겨집니다. 왜 그러냐 하면 어렸을 때 어머니를 여의고 홀아버지 손에서 자라났기 때문에 성교육을 전연 받지 못했기 때문입니다.

그렇기 때문에 앞으로 얼마 안 있어 초야를 맞을 생각을 하면 불안하기 짝이 없습니다. 어떤 사람은 말하기를 너무 성에 대한 지식이 없으면 부부생활을 원만히 할 수 없으므로 이혼하는 사람까지도 있다고 합니다.

선생님! 주의가 필요한지요? 농촌이기 때문에 적당한 책도 없고 집안에 여쭤볼 만한 사람도 없어 고민하고 있습니다.

(경남·H희)

답 '초야란 신비의 문을 여는 신성한 것이다', '인생에의 새로운 첫 걸음이다' 등등의 여러 가지 표현이 있습니다.

미지의 세계이니만치 이렇게 저렇게 상상해 보아도 모를 것이며 누구한테 물어보아도 자세한 설명을 해 주지 않기 때문에 어떻게 하는 것인가? 어떻게 해야 좋은 것인가? 이러한 감정이 뒤범벅이 되어 머리를 어지럽히기 때문에 더욱 더 심란해지고 불안과 공포를 자아내는 것이겠지만 결코 그러한 것은 아닙니다.

갓난 어린애가 지극히 자연스럽게 어머니의 젖을 찾아내어 천천히 젖을 먹기 시작하듯이 우리들이 날 때부터 가지고 있는 본능의 작용으로 행동할 수 있는 것입니다. 초야에 특히 성적 지식이 필요한 것은 아니며 또한 특별히 숙련된 기술이나 기교를 필요로 하는 것도 아닙니다. 대부분의 사람들이 자연히 알게 되어 하는 행위로서 이것에 공포나 불안이 수반될 리는 없을 것입니다. 너무나 성적 지식이 없어 이혼한 사람이 있다는 말을 듣고 걱정하고 있는 모양인데 부부라는 것은 단지 그것만이 필요한 것이 아니고 그 외에도 중요한 많은 요소가 있는 것입니다. 건강한 신체와 정신의 소유자와의 결합이라면 절대로 걱정할 필요가 없습니다. 서로의 애정과 신뢰를 제일로 하고 결혼하십시오.

『아리랑』, 1958.1

결혼 전엔 안 된다는 그의 말

그 여자의 진심을 어떻게 하면 아나?

문 대학에 적을 둔 21세의 청년입니다. 우연한 기회에 한 살 위인 S라는 여대생을 알게 되어 그를 사랑하게 되었습니다.

어느 날, 둘이서 영화 구경을 한 뒤 S의 집 앞까지 바래다 준 일이 있었는데 S는 헤어질 때 저에게 키스해 주었습니다. 생전 처음으로 키스의 경험을 가진 저는 황홀한 기분에 완전히 도취되고 말았습니다.

그 후로는 S를 떠난 생활이란 상상할 수조차 없게 되었습니다.

하루는 열렬한 포옹 끝에 '동정이고 뭐고 다 너에게 바치겠다'고 저는 S에게 말했습니다. 그랬더니 S는 '남자는 관계를 맺어도 모르지만 여자는 그렇지가 못하다'고 하며 거절하는 것입니다. 그러면서 '결혼할 때까지, 꼭 처녀를 지키고 싶어. 그 외의 일이라면 무엇이든지 허락하겠어' 하고 말하는 것입니다.

저는 이 말을 듣고 퍽 섭섭했습니다. 진심으로 사랑할 것 같으면 처녀고 동정이고 문제가 아니라고 생각합니다. 저는 S가 기다려만 준다면 언젠가는 반드시 독립하여 S와 결혼하고 싶습니다. 이런 말을 S에게 하였더니 그는 생글생글 웃을 따름으로 아무 말도 하지 않는 것입니다. 저는 장난이 아니고 진실로 그를 사랑하느니만치 안타깝기 짝이 없습니다. S의 진심을 알아볼 도리는 없을까요?

(동대문 · HK)

답 여자는 날개를 가지고 있지 않습니다. 사지四肢를 날개 삼아 날려는 사람도 있지만 현명한 S는 능력의 한계를 알고 다리로서 길을 걸으며 도중에서 손에는 꽃을 꺾어 들고 과일을 따려고 하고 있습니다.

험한 길을 땀 흘리며 가는 것이 아니고 잘 다듬어진 평탄한 길을 순조롭게 갈 작정인 것입니다. 거기에는 자기 자신이 얻는 새로운 행복은 없을지도 모르지만 평범한 여자로서의 즐거움은 있는 것입니다.

오늘날의 사회 환경에 있어서는 처녀와 동정은 결코 동일한 것이 아닙니다. 동정을 버리는 것은 하나의 탈피도 되지만 처녀를 버리면 여자는 맨발이 되는 셈입니다. 맨발로 갈 것 같으면 발을 다치기 쉬워 다른 사람의 도움을 받으며 가지 않으면 안 됩니다.

의지할 수 있는 남편을 갖게 되는 결혼까지 신발을 신고 지내며 맨발이 되지 않으려는 것은 현실적이며 현명한 생활 태도입니다. 자기보다 나이가 어린 청소년은 과실이 열리기 시작하는 어린 나무로서 먼 길을 가는 도중에 있어서 잠시의 휴식 장소가 됩니다. 그러나 평생을 그 밑에 있을 수 있는 수목은 아닙니다. 조그만 나무도 언젠가는 큰 나무가 될 것이며 청소년도 장래에는 독립하여 결혼하게 되겠지요. 그러나 그것은 현재의 일은 아닙니다. 그렇게 될 때까지에는 어떤 장애가 있을지도 모릅니다. 장애를 반드시 이겨낼 수 있다고 생각하는 것은 과신에 지나지 않습니다. 장래를 맹세하고 바라는 것은 일종의 꿈이겠지요. 맹세하는 당신을 믿지 못하기 때문에 S는 웃기만 하고 아무런 대답을 안 하는 것입니다. 상처받기 쉬운 여자는 일찍이 꿈을 버리고 있는 것입니다.

『아리랑』, 1958.2

젊은 나에게 구애하는 미망인!
하숙집 아주머니를 진정시킬 방법을?

문 대학에 재학 중인 23세의 청년입니다. 고향이 시골이므로 서울에서 하숙을 하고 있었는데 어찌도 주인집 아이들이 떠드는지 공부를 할 수가 없어 친구의 소개로 하숙을 옮기었습니다. 그러나 요번에는 조용한 대신 미망인인 주인집 아주머니의 태도가 나날이 달라져 고민하고 있습니다.

아주머니는 30세 전후의 여인인데 저녁에는 별일도 없이 제 방에 들어와 앉아 있곤 하더니 며칠 전에는 별안간에 저를 끌어안더니 저의 허가도 없이 키스를 하는 것이었습니다. 그러고 나서는 저의 사랑을 구하는 것이었으나 저로서는 아무리 생각해도 그가 나를 사랑해서가 아니고 미망인의 외로움에서 일시적으로 저를 유혹하려는 것 같습니다.

그리하여 불길같이 일어나는 욕망을 간신히 억제하고 그의 유혹을 물리쳤습니다.

그러나 앞으로도 자꾸 이런 일이 있을 것 같으면 끝까지 유혹을 물리칠 자신이 없습니다.

또 다시 하숙을 옮기려고 이곳저곳 부탁해 놓았으나 쉽사리 마땅한 곳이 나서지 않아 무척 고민하고 있습니다.

어떻게 하면 좋겠습니까?

(서울 · 고민생)

답 물론 하숙을 옮기는 것이 급선무인 것은 두말할 것도 없습니다. 대개의 남성이 당신의 경우를 당했을 때에는 쉽사리 그런 유혹에 몸을 맡겨 외로운 상대방을 만족하게 해 주었다고 득의만만할 것입니다. 그런데도 당신은 의외에도 강경히 거절하고 인생문답에까지 낸 데 있어서는 요즈음 젊은이들이 뭐니 뭐니 말을 많이 들으면서도 올바른 성윤리를 향해 일보 전진해 온 증거를 본 것 같아 대단히 마음이 든든해졌습니다. 그리고 당신이 말하는 대로 그 여인은 진실로 당신을 사랑하고 있는 것이 아니고 억제된 성을 만족시키기 위한 대상으로 당신을 유혹하려고 한 것일 것입니다.

당신은 아마도 남자다운 용모와 건강한 체격을 가진 청년일 것입니다. 그 여성에게 있어서는 꼭 당신이 아니더라도 남성이기만 하면 되는 것이 아닐는지요?

이러한 동기에서 출발한 단순한 성관계는 앞으로 당신보다도 더 나은 남성이 나타남으로써 쉽사리 깨어질 것입니다.

부디 애정은 진실하고 신중해야 된다고 당신에게 당부하고 싶습니다.

『아리랑』, 1958.6

우리의 사랑은 변함없으나
청년이 결핵이라고 부모가 결혼 반대

문　무역회사의 타이피스트로 있는 22세의 여성입니다. 저에게는 약 2년 전부터 교제를 시작하여 결혼의 약속까지 한 S라는 청년이 있습니다. 반 년 전에 정식으로 약혼을 하여 쌍방의 양친도 결혼할 날만을 기다리고 있었던 것입니다.

S는 샐러리맨이며 27세의 청년입니다. 그의 집이나 우리 집이 모두 넉넉하지 못하므로 우리들의 결혼을 봐줄 형편이 못 됩니다. 그리하여 우리 두 사람이 다달이 결혼자금을 저축하기로 결정하고 실행해 왔습니다.

그런데 지난 3월 초순에 갑자기 S가 집무 중에 객혈하여 그대로 병원에 입원하고 말았습니다. 의사 선생님은 '빠른 객혈이니까 요양하면 얼마 안 있어 건강을 회복할 것이다'라고 말하고 있으므로 S와 의논하여 내년에 결혼하기로 하였는데 저의 양친이 반대하며 절대로 결혼시키지 못하겠다고 주장하십니다. 한번 객혈에 걸린 사람은 남과 같이 일할 수도 없으며 아기를 낳아도 전염하므로 평생 불행하다는 것입니다.

저와 S는 오랫동안 깨끗한 교제를 계속하여 왔으며 올가을에는 결혼할 수 있으려니 했는데 S는 병으로 쓰러지고 부모님은 결혼을 반대하시므로 절망 속에서 헤매고 있습니다. 저의 취할 길을 가르쳐 주십시오.

(원남동 · C)

답 결핵은 좀처럼 낫지 않고 무서운 병임에 틀림없지만 현재에 있어서는 불치의 병이 아닙니다. 신약도 많이 나왔으며 또한 치료법도 발달했고 외과적으로 수술할 수도 있게 되었습니다.

당신의 경우에 있어서는 우선 S의 병을 고치는 것이 선결문제입니다. 결혼문제에 있어서는 S가 건강해진 다음에 생각해도 되지 않겠습니까.

내년의 일을 가지고 지금부터 고민할 필요는 없습니다.

당신도 S도 아직 젊은 몸이니 끈기 있게 결핵과 싸워 항상 그의 힘이 되어 하루속히 전쾌하도록 격려하여 주십시오.

『아리랑』, 1958.7

현하現下 한국(현대, 해외, 고전)문학에 관한 동의動議

1. 현하 우리나라 국문학계를 어떻게 보십니까.

고전에 대한 주석적 언어학적 단계에 머물고 있는 것 같다. 고전에 대한 문학적인 해석에까지 발전되지 않는다면 국문학계는 아직도 연구 권위를 갖춘 것이 못 된다.

2. 현하 우리나라의 외국문학계를 어떻게 보십니까.

외국어 연구와 외국문학 연구와를 혼란하고 있는 것 같다. 그 어느 편도 아직 보잘것이 없지마는.

3. 현하 각 대학의 국문학 강좌가 어학과 고전 중심으로만 편성되고 있는데 이에 대한 귀견貴見 여하如何.

국문학 강좌 편성의 중대한 맹점이다. 국문학이란 고전과 현대문학을 합친 개념이다. 현대문학 강좌가 대학 교육에서 제외되다시피 되어 있는 현상은 우리의 국문학을 불구화시키는 중대한 오류이다.

4. 외국문학 연구계에 있어 외국어 연구와 외국문학 연구가 가끔 혼동되고 있는데 이에 대한 귀견 여하.

2항과 같다.

5. 현하 우리나라 국문학계는 국문학에 대한 문학적 평가보다도 주석적인 데 머문 감이 있는데 이에 대한 귀견 여하.

1항과 같다.

6. 고전문학과 현대문학과의 관련에 관한 귀견 여하.

고전의 전통적 요소와 현대문학의 반反전통적 요소의 조화가 고전과 현대문학을 연결시키는 기본적인 태도가 되어야 한다고 본다.

7. 우리나라 문학과 외국문학과의 관련에 관한 귀견 여하.

이것은 세계문학과 민족문학과의 관련의 문제라고 본다. 가장 개성적인 것이 가장 민족적이요 가장 민족적인 것이 가장 세계적인 것이라는 괴테의 말을 상기하는 것이 좋을 줄 안다.

『현대문학』, 1956.10

'당신의 인생' 상담실*

지금 당신의 청춘 가로街路에는 인생의 도표道標가 서 있습니다. 그것은 아무 말도 없으나 그러나 길은 거기서 두 갈래로 나누어져 있습니다. 이 상담실은 당신의 가슴에 그려진 꿈이 열매를 맺게끔, 당신의 명일明日을 대답해 드릴 것입니다.

아내는 처녀가 아니었어요

문 저는 3년 전 19세의 아름다운 처녀와 결혼하여 이제까지 동거하고 있는 26세의 청년입니다.

3년 전 늦은 봄날에 결혼했습니다. 결혼 초야에 어떻게 된 일인지 그는 조금도 고통을 느끼지 않으며 누구에게나 있다는 피가 조금도 비치지 않으니 바보 천치가 아닌 이상 의심을 하지 않을 수 없었습니다. 그렇다고 해서 갓 시집 온 신부에게 말할 수도 없어 그저 후회가 막심할 뿐이었습니다. 결혼한 지 5, 6개월이 지난 초가을 어느 날 밤에 본격적으로 캐어 보았습니다. 처음에는 부인하더니 나중에는 전부를 고백하였습니다. 그러나 알고

* 이 글은 잡지 독자들의 고민을 매달 다른 해답자들이 지면으로 상담해 주는 시리즈의 한 편이다. 이달의 해답자 명단은 오상순(吳相淳, 시인), 김내성(金來成, 소설가), 최정희(崔貞熙, 소설가), 서상덕(徐尙德, 『명랑』 편집장)이며, 본문에서는 답변 각각의 작성자가 누구인지 명시하지 않고 있다.

보니 도리어 기분은 더 나빠질 뿐이었습니다. 그래서 당장에라도 깨끗이 처리해 버리려고 부모에게도 알려 이혼하려 하였으나 울고불고 다시는 안 그러겠다 하며 매달리는 그를 보니 불쌍한 마음이 들어서 그대로 뜻 없는 결혼생활을 오늘날까지 계속해 왔습니다. 그러나 무슨 재미가 있으며 사는 보람이 있겠습니까. 혹시 거리에서라도 아내와 관계했다는 그 남자라도 보일 때면 정말 환장할 지경이겠지요. 아무래도 아내와는 그대로 살 마음이 없습니다.

그런데 요즈음 어떤 처녀와 약 1년간 교제해 왔는데 나만 승낙하면 그 처녀는 결혼을 하기로 되어 있습니다.

어떻게 했으면 좋을까요. 앞날을 하교해 주십시오.

(경북 대구 김진수)

과거지사는 잊어버리시오

답 당신의 아내는 당신하고 결혼하기 전에 다른 남자와의 관계를 가졌을 뿐, 당신하고 결혼하고 나선 조금도 그런 눈치가 보이지 않고 자기의 잘못된 과거지사를 뉘우치는 동시에 당신에게 매달려 용서를 빌고 있으니 당신은 아내의 과거지사를 흐르는 세월 속에 띄워 보내고 아내를 사랑하도록 노력해 보십시오.

현재 어떤 처녀와의 관계는 끊어 버리기 바랍니다.

불행을 피해 달아나기보다 불행을 극복하는 데서 행幸을 찾으려고 해 보십시오.

애인이 저의 정조를 요구합니다

문　그이는 어느 대학교 2학년에 재학 중입니다. 지금부터 2년 전 제가 여학교 3학년 때에 우연히 기차 안에서 서로 자리를 나란히 하고 앉았던 것이 인연이 되어 그때부터 교제하여 왔습니다. 그런데 그는 요즈음 나의 귀중한 정조를 요구해 오고 있습니다. 그 당장에 이것을 거부하였고 앞으로도 그렇게 할 마음의 준비는 단단히 되어 있습니다.

그런데—, 문제는 다음 달 보름날 밤에 다시 만나서 같이 지내기로 했습니다. 그이는 그날이 교제의 마지막 날이라는 것입니다. 물론 몸을 허락하면 아무런 탈은 없습니다만…… 저는 어떻게 하면 좋겠습니까?

(대구시 종로 이정자)

최후의 성을 굳게 지키기를……

답　당신은 대단히 위험한 처지에 있습니다. 그러나 당신은 한 번도 아닌 여러 차례의 시련을 이겨 왔습니다. 그러한 태도에 경탄하는 바 적지 않습니다. 당신과 같은 길을 밟다가 마침내는 여우에 홀린 듯이 정욕에 사로잡혀 냉철한 이성을 잃고 그 결과는 남자에게서 버림을 받아 비운에 울면서 있는 여성이 세상에는 허다한 것입니다. 당신은 지금 불의 구렁텅이로 떨어지느냐 아니면 마땅히 지켜야 할 도덕률을 고수하느냐 하는 엄숙한 분수령에 다다른 것입니다. 그러나 당신은 결연코 당신의 몸을 지켜야 합니다.

만일 그이가 당신을 참되게 사랑한다면 학생의 몸인 당신에게 그러한 요구를 할 까닭이 없습니다. 당신은 그 요구를 걷어지게끔 한 번 더 노력해 보십시오. 그리고 또한 당신은 오랜 동안을 그이와 사귀어 왔기 때문에 아마도 정이 두텁게 들기도 했을 것입니다. 만일 그이가 당신을 진심으로 사랑하고 성실한 사랑이란 것을 알거든 지체하지 말고 두 분의 부모님에게 모든 것을 말씀드리고 아예 밀회를 하지 않고 당신이 학교를 졸업한 후에 정식으로 결혼하는 것이 이치에 맞는 일이며, 그이에게는 그때까지 기다리게 해야 할 것입니다.

그때까지는 어떠한 감언이설甘言利說에도 귀 기울여서는 안 될 말입니다.

최후의 성城을 굳게 지키십시오.

아내는 부모를 섬기고 나는 기생과……

문 농촌에 묻혀 사는 25세의 청년입니다. 실연의 고배를 마시고 난 후 부모님 말씀을 좇아서 착실한 촌색시와 5개월 전에 결혼을 했습니다.

그러나 결혼 당초부터 뜻이 맞지 않아 별거생활을 해 왔습니다만 말없이 부모님을 섬기는 그는 불쌍하기만 합니다.

결혼 후부터 요정에 출입하기 시작하여 화류계 여성과 교제하게 되었는데 이제 와서는 끊을 수 없는 애끓는 사랑으로 변하고 말았습니다.

온 가족이 꺼리는 기생이지만 그지없이 사랑하는 그를 단념할 수는 없습니다.

그렇다고 순진한 아내를 무조건 이혼할 수도 없으니 어떻게 하면 이 고민 속에서 자신을 구할 수 있겠습니까. 좋은 길로 잘 인도하여 주십시오.

『명랑』만을 하늘같이 믿고 기다리겠습니다.

(강원도 영월군 영월면 영흥리 엄동동)

착한 아내를 인간적으로 존경하라

답 25세라면 당신은 이미 한 사람의 훌륭한 성인입니다. 나어린 소년이라면 모르지마는 그러한 성인의 이성을 가지고 스스로의 의사로서 그처럼 착실한 색시와 결혼을 하였습니다.

부모님의 말씀을 좇아서 했다고 하지마는 결국은 당신도 하고 싶은 마음이 있어서 한 결혼입니다.

더구나 아무런 불평불만 없이 부모님을 섬기는 그 아내를 불쌍히 생각하는 마음이 있다면 이후는 요정 출입을 삼감으로써 그 기생과의 인연을 끊어 버리도록 노력해야만 할 것입니다.

사람은 자기가 저지른 행동에 대해서 책임을 지려고 노력하는 데 인간다운 존귀함이 있는 것입니다.

만일 그것이 없이 그때그때의 욕망대로 행동해도 무방하다면 아무런 이성도 갖지 못한 짐승들과 무엇이 다르겠습니까?

결혼생활 5개월도 못 되어 이미 화류계 여성과의 관계가 그처럼 깊어졌다는 것은 당신이 자기 자신의 인격을 스스로 망쳐 놓은 결과밖에 안 되는 것입니다. 당신은 이미 인간적으로 사회적 신용을 잃은 사람입니다.

노력이라고는 조금도 해 보지 않은 당신 자신을 다시금 한번 곰곰이 돌이켜봄으로써 잃어버린 인간적 신용을 도로 찾기를 굳이 노력하시오.

그렇지 못하다면 당신은 이후 수없이 많은 결혼을 되풀이해야만 될 것입니다.

싫어지면 또 이혼하고 또 싫어지면 또 이혼을 하고 이래서야 세상의 여성들이 누구를 믿고 결혼하겠습니까.

그 착실하고 얌전한 아내를 우선 인간적으로 한번 존경해 볼 필요가 당신에게는 있는 것입니다.

그리고 그러한 존경의 마음은 이윽고 당신에게 참다운 애정의 싹을 틔워 줄 것입니다.

양부인인 저는 죄수를 사랑해요

문 기구한 운명이 반평생동안 저를 괴롭히었다면 일껀 참된 사랑이라고 생각하는 저의 가슴속에 지금 불붙고 있는 이 사랑도 또한 슬픈 것이 아닐 수 없습니다.

저는 열여덟 살 때부터 천애고독한 몸을 어떻게 가눌 줄을 모르고 허둥대다가 드디어는 화류계로 술집으로 전전하던 끝에 지금은 미군을 상대하는 세칭 '양부인'인 올해 스물다섯 살 난 사람입니다.

사람인 까닭에 사랑도 이런 도탄 속에서도 피어났나 봅니다. 그런데 이 사랑도 안타깝고 슬픈 비련이랍니다.

일인즉 작년 가을에 우연히 서울 서대문 쪽에를 갔다가 사역으로 나올 죄수를 보고 저의 가슴에는 죄수 '○○○호'*를 동정하는 마음과 함께 연모하게 되었습니다.

가슴에 붙인 번호를 외워 두었다가 형무소로 찾아보았습니다.

해방 후 단신 월남하여 남한에는 친척관계가 없는 외로운 몸이란 것과 저와 같이 생활난 때문에 절도죄를 저질러서 1년 6개월의 형을 받고 복형 중이란 것을 알았습니다.

보기에는 착하고 유순한 성품이었습니다.

서로 간에 아무런 고백도 말도 없습니다만 저는 저대로 면회를 가고 그이는 그이대로 그윽이 눈물 어린 눈으로 저를 바라보고 말없이 섰을 따름입니다.

이 말할 수도 기약할 수 없고 저주받은 우리 둘의 사랑은 어떻게 해야겠습니까.

(수원시 이용녀)

애정을 어떤 조건 위에 세우지 마십시오

답 서로 같은 처지에 있다고 하는 것은 결혼생활의 균형이 잡히는 제일조건이 아닐 수 없다고 봅니다.

더욱이 당신의 과거를 보고 지금의 환경조건을 볼 때 당신과 같은 사람에게는 좀체로 배우자가 없는 것입니다.

이 말은 그분에게도 합당한 말입니다.

그런데 여기서 명심해야 할 것은 애정은 결코 어떠한 조건 위에

* 원문 복자 처리돼 있음.

서 성립되어서는 안 된다는 말입니다.

이른바 당신이 '양부인'인 까닭에 죄수를 택하고 은혜를 주어 그것을 미리삼는다든가 그분은 처지가 곤란해서 당신과 같은 분의 동정을 받는 것이 자신에게 유리하다는 이런 조건 위에 사랑이 놓여서는 안 된다는 말입니다.

다만 이런 상호 간의 불우함이 서로를 사랑하게 된 동기로서 그쳐야 합니다.

그리고 그분과 당신은 아직 밀접한 교제를 해 보지 못한 탓으로 서로의 성품이며 사람의 됨됨을 모르기 때문에 장래가 행복하게 되리라고는 믿어지지 않습니다.

당신이 그분을 사랑한다면 그분이 출옥한 후에 다시금 생각해 볼 일입니다.

보통 전과자라면 경원敬遠되는 수가 많지만 그것은 조금도 생각할 필요가 없습니다.

사회에서 불량하게 지내는 것보다는 죄를 범했다손 치더라도 복형생활에서 진실로 개과천선改過遷善한 사람이 낫다고 하는 이유에서입니다.

당신은 아직도 그분의 의견을 들어보지 못한 듯합니다만 당신이 그분을 찾아가는 것이나 그분이 당신의 호의를 받아들이는 것으로 보아서 좋은 결과가 올 것으로 생각됩니다.

당신과 그분의 사랑은 세상에 흔하지 않은 아름다운 꽃일뿐더러 장래가 몹시 복될 것을 빌어 마지않습니다.

어찌하오리까? 이루기 어려운 사랑

문 철없는 16세부터 저는 어떤 남학생과 교제해 왔습니다.

시간이 흐름에 따라 우리들의 사랑은 깊어만 가고 이제 와서는 끊으려야 끊을 수 없는 사이입니다.

그는 1년에 한두 번밖에 만날 수 없는 400리나 떨어진 곳에 있는 사람인데 서로 서신으로써 마음을 통해 오고 있었습니다.

지나간 4년간의 교제는 영원한 결혼으로 맺을 수 없는 처지이므로 고민과 고통 속에서 지내야만 했습니다.

그의 의사를 들으면 10년 계획 아래 목적을 달성하기 전에는 결혼이란 글자도 보기 싫다는 것입니다.

그의 어머니도 우연한 기회에 만나 뵈었는데 저를 여간 귀여워하지 않아요.

그러나 그는 좀처럼 말이 없고 아주 고집이 센 사람입니다. 두 사람이 다 20세입니다.

아무리 생각해도 이루기 어려운 이 일을 어찌했으면 좋겠습니까.

저는 꼭 그와 결혼하고 싶으나 도저히 불가능하므로 그의 어머니의 의딸이라도 되고 싶습니다.

자유로 놀러갈 수도 있고 그 집안과 뚜렷한 인연을 가지고 싶어서요.

그러나 이것을 그가 응할는지 의문입니다.

그와의 교제를 끊자고 생각하면 그 순간 북받치는 저의 가슴은 메어질 듯하며 아무래도 끊을 수 없을 것 같습니다.

도저히 헤어질 수 없는 마음입니다.

어떻게 했으면 좋겠습니까.

(마산시 장군동 이경사)

부디 '결혼'에 '골인'하도록

답 끊으려야 끊을 수 없는 사이라면 무슨 방법으로써라도 결혼에 '골인'하도록 하는 것이 좋을 줄 압니다.

상대방의 남자가 '10년의 계획 아래 목적을 달성하기 전에는 결혼이란 글자도 보기 싫다'고 말한다면 그때까지 기다려서 결혼하도록 하는 방법도 있을 것입니다.

두 사람이 서로 열렬히 사랑한다면 굳이 끊어 버리려고 할 필요가 어디 있을까? 너무 초조로이 날뛰지 말고 부모님이나 믿을 만한 선생님께 둘의 사이를 말씀드려서 하교를 받는 것도 좋으리라고 봅니다.

동생들을 위하여 희생할 것인가?

문 저는 시골에서 사범학교를 나오고 서울 모 대학에 반 년 다녔으나 가정이 빈한한데다 부친께서 신병으로 눕게 되어 재산이라고 집 한 채 있는 것마저 팔고 지금은 남의 집 건넛방살이를 하고 있는데 날이 갈수록 생활은 곤란하여질 뿐입니다.

속없는 동생들은 짜증만 내니 이 집의 장녀인 저로서 도저히 안타까워 볼 수 없으며 앓고 계신 아버님과 수심에 잠긴 어머님을 다소라도 위로하고자 여태껏 세워 왔던 위대한 희망도 다 버리고 지금은 고향 국민학교에서 교편생활을 하고 있습니다.

이와 같이 하루하루를 넉넉지 못한 가운데 간신히 살아왔으며 기쁨이라고는 어린 동생들(여동생은 간호고등학교 재학, 남동생 하나는 국민학교 재학, 남동생 둘은 어려서 집에 있음)이 씩씩하게 자라며 공부하는 것입니다.

제 몸 하나 희생시켜 동생들을 가르치자고 굳게 마음먹습니다만 국민학교 교편생활로써는 도저히 동생들을 끝까지 공부시킬 자신이 없습니다.

그러나 하나만은 완전히 가르쳐야겠는데 이 딱한 사정을 어찌하리까?

아무도 돌봐줄 이 없는 동생들을 버리고 나만의 행복을 위하여 결혼을 해야 할 것인가, 그렇지 않으면 동생들을 돕기 위하여 늙도록 직장생활을 해야 할 것인가, 어느 길을 택해야 하겠습니까.

지금 제 나이 23세인데 차츰 앞길이 염려됩니다.

그러나 동생들을 믿고 살 수 있다면 모든 욕심과 명예, 부귀영화도 다 버리고 그대로 살겠습니다.

항상 근심 속에서 허덕이는 저에게 참된 길을 가르쳐 주십시오.

(전남 장흥국민학교 임결)

착하게 살아가면 천우天佑가 있는 것!

답 하늘이 무너져도 솟아날 구멍이 있다는 말이 우리 속담에 있습니다. 지금은 당신의 처지가 매우 암담해 보입니다마는 구름같이 걷히면 밝은 태양이 빛을 발휘하듯 당신 환경도 바꾸어질 때가 있으리라고 믿습니다.

그리고 이 글발을 적으며 그렇게 되기를 진심으로 빌고 있습니다.

나 알기에도 당신과 같은 처지에 있는 사람이 많은데 그런 사람 중의 Y라는 처녀의 이야기를 해 들려 주고 싶습니다.

양도 당신과 똑같이 늙으신 부모님과 동생들을 위해 학업을 중지하고 고향에 내려가 국민학교 교사 노릇을 했습니다.

그렇게 하기를 5년 동안, 그는 스물여덟 살의 노처녀가 되고 말았습니다.

Y양도 당신 모양으로 자기의 불행한 환경을 비관하는 나머지 때로는 자살을 기도하려는 생각도 있었으며 멀리 어디로 훌쩍 도망하고 싶은 생각도 가졌던 것입니다.

그가 나에게 편지할 때마다 낙관하는 말은 한 마디도 없었습니다.

오래 아프시던 아버님이 끝내 세상을 떠나시고 나선 그의 비관이란 말할 수 없으리만큼 대단한 것이었습니다.

이렇게 비관하는 그에게 나는 한 마디의 말로써 위로했습니다.

—착하게 살아가면 자기의 할 일을 꾸준히 해 나가노라면 보이지 않는 힘이 등허리를 밀어 줄 것이라고—.

임걸 양한테도 나는 이와 똑같은 말을 하고 싶습니다.

Y양은 지금 결혼해서 첫 아들을 낳았으며 그의 남동생 하나는 미국에 건너가 공부하고 둘째 셋째 넷째도 다 지금 고등학교 중학교 국민학교에 다니고 있습니다.

재혼과 옛사랑의 기로岐路서 헤맵니다

문　25세의 기혼 청년입니다. 5년 전 학생시절에 S라는 여자와 사랑하게 되어 서로 결혼까지 굳게 약속하였었습니다.

그런데 부모님의 반대로 그를 사랑하는 마음은 가득하면서도 억지로 다른 여자와 결혼하게 되었던 것입니다.

그 여자 역시 잊지 못하는 정이지만 멀리하는 수밖에 없어 다른 남자와 결혼하였습니다.

이렇게 서로가 결혼한 지 일 년도 못 되어 저는 이상이 맞지 않아 부득이 이혼을 하였으며 그 여성 역시 옛 정을 찾으려고 이혼을 하였습니다.

이리하여 지난날의 사랑을 다시 이어 우리들은 동거생활을 하여 왔는데 불행히도 저는 학교를 그만두고 군문으로 들어가게 되었습니다.

그 후 이 여성은 자기 자신도 모르게 다른 남성과 관계를 맺었는데 그 남성의 애기를 낳게 되었습니다.

그러나 그는 언제나 저를 잊지 못하고 애기를 데리고 집에 있으면서 저에게 사죄와 하소연을 할 때 저 역시 이 여성이 아니면 재혼하지 않으려던 것이므로 부모님이 다른 데 재혼하라는 것도 듣지 않고 서신왕래를 하고 있습니다.

완고하신 부모님은 아직도 절대 반대하시지만 저는 이 여성이 아니면 결혼하지 않을 생각이며 이 여성 역시 만일 제가 돌아서 버리면 죽음의 길을 택할 사람입니다.

제 생각은 옛 생활을 다시 찾아 사랑의 보금자리를 이루고 싶으나 부모님이 적극 반대하시니 어떻게 하면 좋을까요.

현명하신 선생님 잘 판단하여 주십시오.

(제○의무대 조.H.C)

애정이 길이 살아있기를……

답 당신이 그 여자의 불륜한 행동을 용서할 수 있는 감정을 갖고 있는 이상 문제는 간단하다고 생각합니다.

부모가 반대하는 것은 상식적으로 생각해서 당연한 일이기는 하지마는 결국에 있어서 그 여자의 일생을 책임질 사람은 부모님이 아니고 당신이기 때문에 당신의 애정만 길이 살아 있을 수 있다면 끈기 있는 열성을 가지고 부모님의 허락을 얻도록 극력 노력하도록 하시오.

불치의 병자인 의남매를 어떻게?

문 S대학에 재학 중인 학생입니다. 약 8개월 전부터 현재 L예고 3년에 다니는 H라는 여학생을 알게 되어 종종 만나는 동안에 서로 친한 사이가 되었습니다.

그러나 저는 '리-베'보다도 '걸프렌드' 정도로 지내왔는데 수일 전 L은 저와 의남매를 맺어 오빠가 되어 달라기에 누님도 누이동생도 없는 저는 쾌히 승낙하고 굳은 약속을 하였습니다.

L은 계속해서 다음과 같은 얘기를 하는 것이었습니다.

저에겐 구애하는 사람도 많았고 동생으로 삼겠다는 사람도 많았으나 모두가 허위만 같아 보이콧하였으며 작년부터 폐가 약해지기 시작하여 약과 주사로 치료를 해 왔으나 별 효과가 나타나지 않고 요사이도 때때로 피로를 느낀다는 것이었습니다.

저는 이 말을 듣고 정말 놀라지 않을 수 없었습니다.

L은 어려서부터 성악에 탁월한 소질을 타고나서 부친과 단둘이 남하하여 어머니의 따뜻한 애정도 모를뿐더러 아버지의 박봉으로 간신히 생활을 이어나가면서도 자기가 뜻하는 성악에 전심전력을 기울이며 학교에서도 선생님들의 신임이 두터워 수업료도 반액으로 줄여 주는 상태입니다. 저는 그 말을 들은 후 고민하던 끝에 친구들에게 상의한즉 친구들은 모두 반대하며 저의 집에서도 적극 반대를 합니다.

그래서 하도 답답하여 병원에 가서 물어 보았더니 아직까지 그 병은 완치된 일이 없다고 충고를 합니다

제가 만일 경제력이 풍부하다면 제가 희생하더라도 병을 고쳐서 H예고에서도 이름 높은 그 아름다운 목소리를 길러 반드시 사회적으로 성공시켜 주고 싶습니다만 제게 들리는 소리는 모두가 절망적인 얘기여서 저의 마음을 안타깝게만 하여 줍니다. 만일 제가 그 병으로 인해서 발을 끊는다면 그는 세상에서 다시없는 오빠로 생각하고 있는데 아마 실망하여 낙오자가 되어 버릴 것입니다.

저는 모든 점에서 그를 동생으로 만족합니다만 다만 그 병 때문에 망설이는 것입니다.

그의 소질을 살리고 그를 살리기 위한 건강한 제가 희생해야 도덕적으로 옳겠습니까, 저 자신을 위해서 깨끗이 관계를 청산해야 옳겠습니까

올바른 길을 가르쳐 주십시오.

(서울특별시 종로구 충신동 고민하는 K)

부정확한 질문입니다

답 학생의 편지를 읽어 보면 학생과 그 L이라는 여학생은 소위 연애 관계가 아니고 의남매로서의 관계로 만족한다고 하니 군이 L과의 친교를 끊을 필요가 없지 않은가고 생각합니다. 더구나 그런 종류의 어려운 병이라면 한 사람의 동생으로서 물심양면으로 위로해 주는 것은 아름다운 인간성의 발로일 것입니다.

편지의 내용이 정확성을 상실하고 있기 때문에 명확한 대답을 할 수가 없지마는 친구들이나 가족들이 반대하는 이유가 나변에 있는지 도시 알 수가 없습니다. 무엇을 반대한다는 뜻입니까?

또 학생은 다만 그 병 때문에 망설이는 것이라고 하지마는 병 때문에 무엇을 망설인다는 말입니까? 그런 불치의 병이 있으면 동생으로서의 교제도 끊어야 한다는 말같이 들립니다마는 그런 몰상식한 생각을 하는 학생이 우스꽝스럽기 짝이 없습니다.

모르기는 하지마는 친구들이나 가족에 반대하고 또 학생 자신이 망설인다는 말의 배후에는 아마도 연애관계로서의 교제를 의미하고 있는 것같이도 해석되지마는 그러한 뜻이 편지에는 명확히 나타나 있지 않기 때문에 거기 대해서는 이 자리에서 대답할 수가 없습니다. 무엇을 희생하며 무엇 때문에 L과의 관계를 깨끗이 청산해야만 하는 학생의 고민의 성질이 명확히 표시되어 있지 않는 이상 질문의 포인트를 잡을 수 없습니다.

『명랑』, 1956.12

담배는 나의 호흡*

공초空超 오상순吳相淳 씨는 시인이며 우리나라 예술원의 임명(종신)회원이다. 그리고 누구보다 담배를 좋아하는 분으로 알려졌다.

명동明洞 소재 서라벌 다방에서 눈자위가 파아란 선생을 만나 기호를 물었다.

"담배? 담배는 나의 기호가 아니라 호흡이야!"

노오랗게 찌들은 상아 물부리를(13년 된 것은 분실하고 지금 것은 5년이 된 것이다) 곤두세우고 선생은 공간의 일점一點을 응시한다.

"내 이십대에는 담배를 부도덕한 것으로 생각한 나머지 일생을 금연운동에 바치려고 굳은 결심을 한 적이 있었어…. 그 당시에 우리 인구를 2천만으로 헤아렸으니까 모두가 담배를 피우지 않으면 그 돈으로 1년에 대학을 하나씩 세울 수 있으리라고 엉터리없는 예산을 세워 보기도 했지… 그래서 동지를 규합하고 운동을 전개하려고 했는데…."

선생은 여기에서 담배 한 개를 새로 끼웠다.

"그러다가 잡지 『폐허廢墟』 시절에 명월관明月館이니 국일관國一館이니 하는 곳엘 동인들과 놀러가게 되어 술을 입에 대게 되고 담배도 피우게 된 것이야…."

---

* 이 글은 1957년 『경향신문』에 비정기적으로 수록됐던 '나의 기호(嗜好)'라는 코너 중 한 편으로 작성되었다. '나의 기호'는 매회 각 분야 학자, 작가, 화가, 음악가 등의 인사 한 명을 대상으로 하여 여가생활에 관한 짤막한 인터뷰를 실었다.

"얼마나 피우세요? 하루에?"

"하루에 6, 7갑 되지. 거기엔 객초客草도 나가니까… 하루 한 '보루' 있으면 든든해… 후후후."

기자는 한 '보루'의 담배 수효를 세어 보고 있으려니까,

"누군가 날더러 그랬어…. 독일의 어느 철학자는 세계 7 불가사의를 말했는데 공초가 누워 잘 때에 한해서만은 담배를 피우지 않는 것을 빠뜨렸다구…"

그렇게 말하는 선생은 세수할 때 식사할 때 수면 중을 제하고는(이때에도 끄지는 않고 옆에 피워 논 채) 줄담배다.

"담배 외에 즐기시는 것은 없습니까?"

그러나 기자의 질문을 허탕을 쳤다.

"순수 애연愛煙이란 것이 있지. 이렇게 말야. 뻐끔뻐끔 자연紫煙의 응시 그것이야. 끝없는 사색과 명상에 사로잡히는 것, 나는 그것을 '엔조이'해. 연기가 사라진 후의 여운… 일종의 '니힐리즘'… 떠날 수 없는 것… 선적禪的 생활에서 느끼는 것… 서양철학에서 논리적으로 해결 못하는 것을 선학禪學은 일체 사상과 논리를 초월해서 일초직입여래지一超直入如來地란 말 그것이야… 종국적인 진리의 목표 그 대상을 찾는 태도에 대해서 고양이가 쥐 노리듯 하고 암탉이 알을 품은 때같이 해야 되는… 긴장과 완만이 조합된 태도와 자세가 공부에 필수조건인데… 내게는 담배가 그래…."

기자는 피어나는 자연紫煙을 열심히 바라보았다.

"사람은 살아 있는 동안 호흡을 하듯이 나는 죽는 날까지 담배를 피우겠지… 최후의 순간까지…."

선생의 끽연은 기호가 아니라 호흡이었다.

『경향신문』, 1957.8.21

깨나면 갱생부활*

○… "하루를 청산하고 침상에 들 때엔, 언제 나는 뉘우침 없이 죽음의 세계로 간다는 마음으로 자지…. 다음날 아침, 그대로 깨어나지 않더라도 그만이라는 마음으로 말이야…. 그러나 다음날 요행히 깨어나면 나는 갱생부활하는 거야!

내 앞에 펼쳐지는 세계가 다시 새롭고, 내가 다시 새롭고, 내 삶이 다시 새롭고, 그래서 나는 언제나 깨어나기만 하면 기쁨, 감사, 감격이 생동할 수밖에 허허허…"

○… 공초空超는 '일신우일신日新又日新'의 생활철학을 이렇게 피력했다. 여전히 생화生花 속에 묻혀서 6월의 공초는 사뭇 푸르다. "산도 푸르고 강도 푸르고 플라타너스도 푸르고 청동靑銅(공초가 모으고 있는 문집)의 마음도 푸르고 원기왕성이지, 허허허." 연방 그는 자연紫煙 속에 선인仙人 같은 웃음을 섞는다. [애꾸눈]**

『경향신문』, 1962.7.1

---

* 이 글은 『경향신문』에 비정기적으로 수록된 '방울새'라는 코너 가운데 한 편으로 작성되었다. '방울새'는 수록 내용의 성격이 일정하지 않으며, 간단한 인터뷰, 단신(短信), 이슈에 대한 익명의 만평(漫評) 등을 다양하게 실었다.

** '방울새' 코너를 담당한 기자의 필명으로 추정된다.

4. 서간

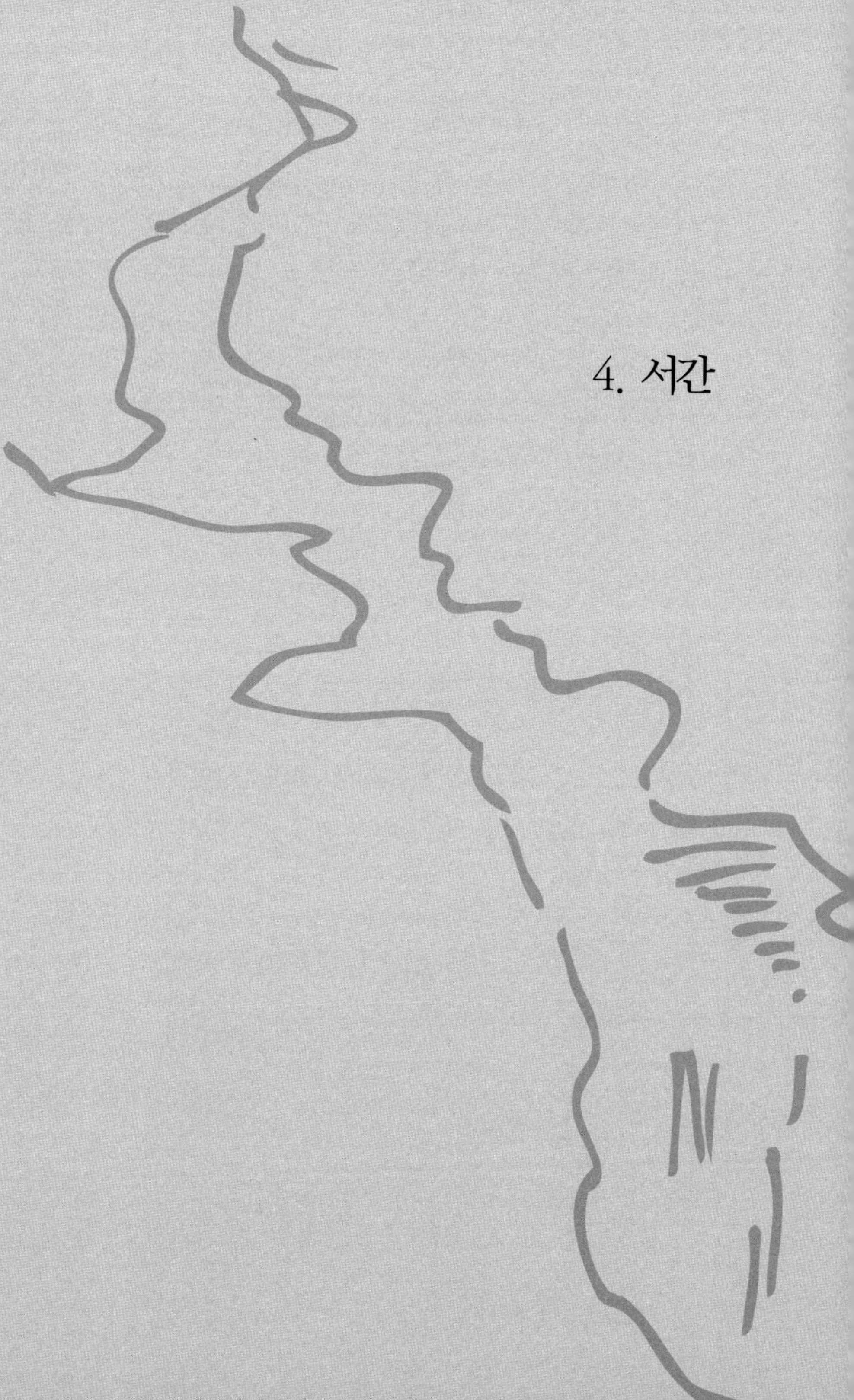

야나기 무네요시[柳宗悅] 선생님께

삼가 아룁니다.

십 년이고 이십 년이고 편지 한 장 올리지 않고 격조했던 것은 얼마나 분별없고 죄송스러운 일인지요. 여전히 선생님을 향한 플라토닉한 사모의 정과 동경의 염念에 불타는 저의 마음은 참으로 절실합니다.

맑고 투명한 선생님의 마음을 깊이 응시하는 일을 즐기는 저의 행복감과 감사의 염을 잊을 때가 없습니다. 일본을 대표할 숭고한 인격자로서의 선생님의 사랑과 진실과 예지와, 그 구체적 실현 및 표현에의 부단한 노력과 공덕에 대한 감격과 감사를, 어찌 잊을 수 있겠습니까. 지금 붓을 들고 경애하는 선생님의 자애로운 얼굴을 대하니, 눈시울이 뜨거워지고 가슴이 벅찰 정도로 무량한 감개에 젖는 것입니다.

선생님의 종교적 예술적 숙원, 대서원이 성취되시기를 합장하여 기도할 뿐입니다.

역사적으로 인연 깊은 조선 예술의 마음에 대한 선생님의 한없는 사랑과 이해와 동정과, 그 부흥과 재현에 대한 선생님의 기원과 건투에, 신의 도움이 풍부히 더해지기를, 그리고 가능하다면 소생의 작은 힘도 바칠 수 있기를 진심으로 염원합니다.

저는 그 후 일대사를 해결하고자 일체를 버리고 선문禪門에 들어가 생사를 넘어 상향일로上向一路, 비로봉毘盧頂 위에 본지 풍광에 접하는 기적과 환희를 체득했습니다. 선생님께서도 기뻐해 주시리라 생각하니 기쁩니다. 15

년 만에 경성으로 돌아왔습니다.

최근 개성박물관의 고유섭高裕燮 군을 만나 선생님의 비교적 최근 소식을 전해들은 터입니다. 고 군은 중학교 시절부터 저의 애제자였습니다. 아무쪼록 선생님께서도 앞으로 잘 지도편달 해 주시기를 부탁드립니다.

가네코[兼子] 씨, 리치[リーッチ], 다카모토[高本], 스즈키 다이세쓰[鈴木大拙], 싱[シング], 카슨즈[カスンズ], 고노에[近衛], 무샤노코지[武者小路], 아사카와[淺川] 형제, 야마모토 가나에[山本鼎] 등등—— 선생님을 떠올림과 동시에, 이런 사람들의 귀한 얼굴이 꿈인 듯 현실인 듯 뚜렷하게 떠올라, 선생님을 중심으로 한 당시의 아름답고도 그리운 역사적 인연이 연상되니 감개무량합니다.

모두의 소식도 접하고 싶다고 간절하게 생각합니다.

남궁南宮과 동생 아사카와와 김학수金學洙는 유명을 달리한 지 이미 오래되었는데도, 저는 그저 추모의 염에 견디지 못하여, 현세에서 같은 대기를 호흡하고 있는 우리 서로도 시공간적으로 멀리 떨어지니 거의 유명을 달리한 것이나 다름없는 듯이 느껴지고, 사모한 나머지, 일종의 애수심을 느끼지 않을 수가 없습니다. 그러나 이대로 천지가 무너진다고 해도 우리의 진리와 진실과 사랑은 멸하지 않는다는 확신으로 살아가는 것은, 성스러운 은총이 아니면 무엇이겠습니까.

염상섭廉尙燮 군은 『만선일보滿鮮日報』 주필로서 신경新京에 있고, 변영로卞榮魯 군은 미국 유학에서 돌아온 후 동아일보에서 일하다가, 지금은 종합잡지 『출발』의 간행을 준비 중이며, 이병도李丙燾 군은 사학史學에 정진하고 있고, 김억金億 군은 방송국에서 일하고 있습니다.

선생님의 건강과 댁내 가족분들의 번영을 기원하며 붓을 놓겠습니다. 이만 줄입니다.

쇼와[昭和] 14년 6월 일

오상순 올림

『조선화보』, 1939.6(영인본 651쪽)

아키타 우자쿠[秋田雨雀] 선생님께

삼가 아룁니다.

20년 만에 경성 땅에서, 그것도 춘향전의 재현자로서의 선생님을 뵌 것은, 실로 오랜 추모와 염원의 아름답고도 괴로운 실현이었습니다. 한없는 감개와 기쁨과 감사의 극치였습니다. 민족적으로, 개인적으로 고전화하고 있는 역사적 예술과 우애가 현대적으로 호흡하고, 그것을 통해 마음과 마음이 접촉하고 생명과 생명이 교류하며 재표현됩니다. 이러한 계기로 맺어져 영원히 사는 일의 기쁨과 아름다움은 실로 고귀한 감동과 감사 그 자체입니다.

선생님을 중심으로 맺어져 아름다운 인연이 된 가미치카 이치코[神近市子], 소마 곡코[相馬黑光], 예로센코[エロシエンコ] 등 모두의 얼굴을 한없이 그리워하고 떠올리는 기쁨과 행복은 연연하여 잊을 수가 없습니다. 성스러운 백발동안白髮童顔의 선생님을 만난 저의 감개와 기쁨은, 옛 성자에 대한 그것에 가까웠습니다. 조금 우스운 말입니다만, 당신도 일본인이신지요. 당신은 단지 일본인인 것만이 아닙니다. 이것은 저의 신념입니다.

고결하고 원숙하신 인격의 위력을 통해 일본, 조선, 아니 세계의 교화를 위해 은은히 빛나는 최후의 봉사를 해 주십사 진심으로 기원하고 부탁드립니다. 그럼 안녕히 계십시오.

쇼와[昭和] 14년 6월 일

경성에서 오상순 올림

『조선화보』, 1939.6(영인본 651쪽)

강건하신 정진을 기원하면서

근계謹啓

일엽 스님—.

지난 가을 선학원禪學院으로 혜송惠送하신 서신과 출가 이유서理由書를 읽고 진실로 감회 무량하였소이다.

물환성이物換星移 어언 30여 년의 세월이 꿈결같이 흘러간 폐허 시대, 우리들의 청춘 시절에 맺어진 인연이 어느덧 서로 노경老境을 바라보면서 구경究竟 같은 길을 걷고 있다는 이 엄숙한 역사적 사실은 하나의 불가사의의 소식이 아니고 그 무엇이오리까.

그런데 교시敎示하신 이유서의 발표가 너무나 늦어져서 참으로 죄송하외다. 불원간 발표될 것이오니 양승諒承하시고 관서寬恕하여 주시기 바랍니다.

우리 여성 문화의 지도자인 이명온 여사가 금번 일종의 발심發心으로 일엽 스님을 찾아 친견코자 귀산貴山에 가오니 환영 선도하사 좋은 도반刀瓣을 만들어 주시기 원하고 믿는 바입니다.

나의 순간의 소식의 대강은 이 여사가 전해 드릴 것이외다.

금봉金棒 선사와 언약도 있지만 나도 머지않아 귀산에 입산入山 직요直遙할 예정이외다.

금춘今春이나 초하初夏에는 갈 것이외다.

강건하신 정진을 기원하면서 총총히 붓을 놓습니다.

을미년乙未年 2월 22일

공초 오상순 합장

일엽 스님 정안淨案

김일엽, 『일엽선문』, 문화사랑, 2004

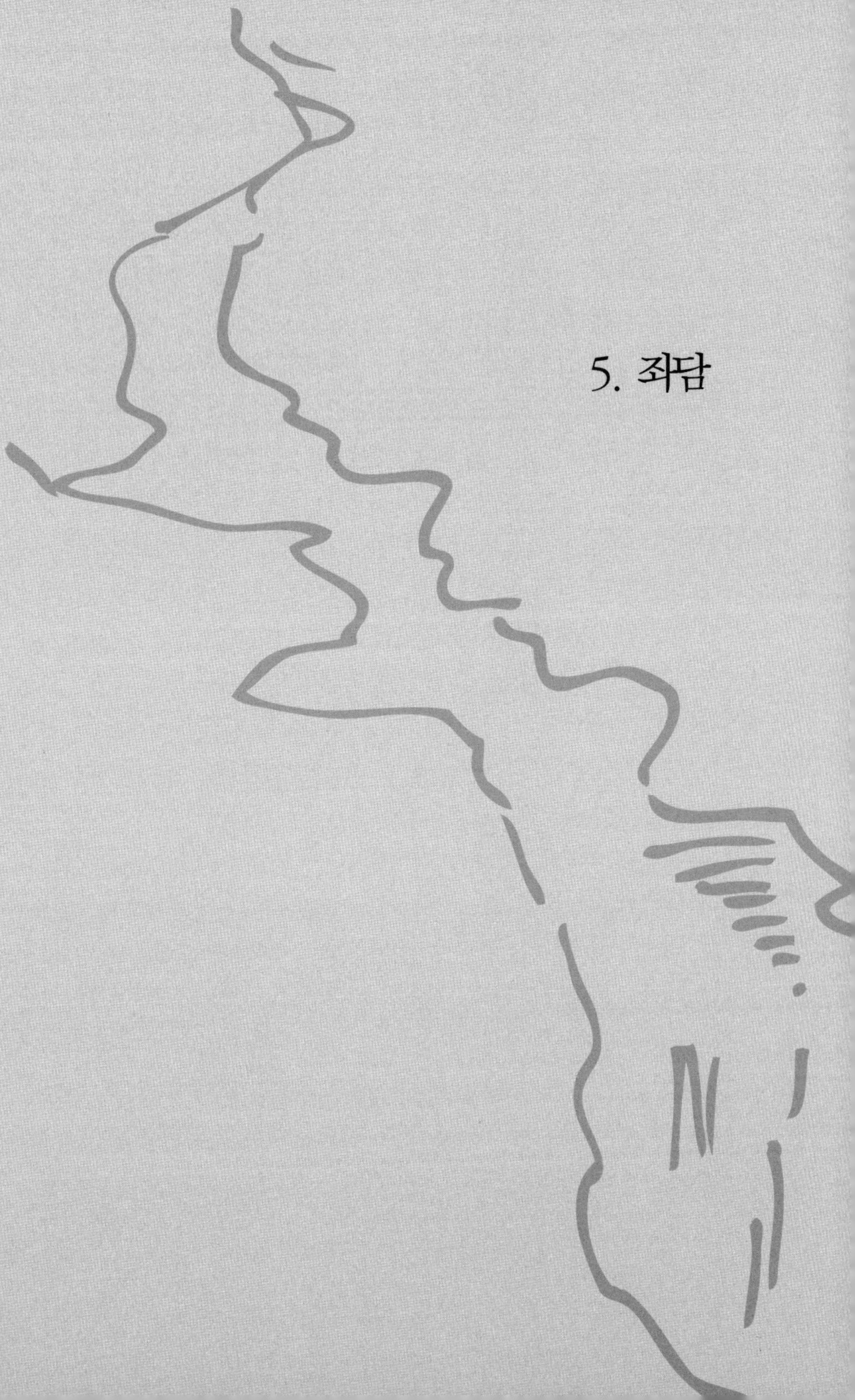

5. 좌담

40년 문단 회고 좌담회*

사회　바쁘신 중 이렇게 참석을 해 주셔서 대단히 감사합니다. 오늘 좌담회는 문단 40년의 회고담을 통해서 그때의 문학적 분위기를 선생님들 가운데에서 느껴 보고 알아볼까 합니다.

특히 월탄 선생님은 사社의 지위를 떠나셔서 이 자리에서는 작가의 처지에서 말씀해 주십시오.

월탄　그러고 보니 이건 모두 골동품들만 모였는데 그래. (일동 소笑)

사회　그 당시 여러 선생님들 연세는 얼마나 되셨지요? 우선 염 선생님 연세는?

횡보　네, 내가 그때 스물셋인가 봅니다.

월탄　공초가 아마 여기서는 제일 연장年長으로 그때 스물여섯이고, 수주는 스물둘, 내가 열아홉, 그러나 나이로는 내가 제일 젊었지만 그래도 활약이야 남보다 적었을라구— 하하하 (일동 소)

사회　그 당시 문학에 반영된 새로운 기운이 어떠한 형태로 나타났는지 그 예를 들어 말씀해 주십시오.

월탄　그때는 싹이 보였다는 정도지. 새로운 의미를 가진 잡지로 『태서문예신보泰西文藝新報』라는 것이 있었다고 기억됩니다.

---

* 좌담의 개최일은 1953년 2월 24일이며, 참석자는 기재 순서대로 공초(空超) 오상순(吳相淳), 횡보(橫步) 염상섭(廉尙涉), 수주(樹州) 변영로(卞榮魯), 월탄(月灘) 박종화(朴鐘和)이다.

수주　그렇지. 장두철張斗徹이가 한 것이지.

월탄　정열은 대단한 것이어서 학생이면서도 우리는 『피는 꽃』이라는 동인잡지를 지금은 행방불명된 정백鄭栢, 또한 지하에 돌아간 홍사용洪思容과 함께 프린트로 회람하고 있었습니다.

수주　홍사용도 참 재자才子였는데.

월탄　그러게. 노작露雀*이 아니요.

사회　제가 알기로는 그때 『창조創造』, 『폐허廢墟』, 『백조白潮』가 있었는데 어느 것이 먼저 나타났나요?

월탄　『창조』는 동경에서 『폐허』는 서울서 『백조』도 서울에서 그렇게 연달아 나왔지요.

횡보　그렇지요. 『창조』는 아마 3·1운동 3개월 전에 나온 게 아닐까 ── 햇수로는 그 전해 같은데 ─

사회　수주 선생님, 그때는 미국 갔다 오셨다는 소리를 들었는데 국내에 계셨던가요?

수주　아냐, 내가 미국 유학 간 것은 훨씬 그 후지.

공초　이야기를 하라고 술을 자꾸 주는데 입심이 있어야지 ─

사회　결국 3·1운동이란 1차 대전 후 '윌슨' 대통령의 민족지상주의 주창에 자극된 점이 많다고 볼 수 있습니다만, 그보다도 우리의 피압박민족의 반항정신이 억눌려서 필연적으로 폭발한 것이라고 볼 수 있는 게 아닙니까.

공초　사회 말씀대로 확실히 그러했지. '타임'의 조건이 우연히 맞아

---

* 홍사용의 호.

들었단 말이야.

월탄 말하자면 민심이 곧 천심이라는 말이 있지 않나. 우리는 그들의 하는 짓을 모두 보아 왔지만 저희들이 암만 압박을 해도 우리는 우리대로 살아왔지요. '윌슨'의 민족지상주의는 우리들의 사상 면에나 행동 면에 모든 준비를 다한 데다가 도화선이 되었다는 것을 증명하는 것이지. 문학의 역할은 민족주의 고취에 큰 선동을 하려고 노력하였었고.

횡보 나는 그때 일본 유학을 하고 있었기 때문에 국내 사정은 잘 모릅니다. 그러나 신문학운동 상으로 보면 육당六堂 최남선崔南善이 주재主宰한 『소년少年』 또는 『청춘青春』이 지금 와서 보면 문학적 수준으로는 아무것도 아니지만 당시로 보면 그것이 유일한 문화운동의 존재여서 민족정신의 고취나 혹은 계몽문화의 창달 의의가 자못 컸습니다. 말하자면 내가 못 하는 일을 후손에게라도 부탁해 보자는 그러한 생각으로 젊은이에게 하소연해 온 것입니다. 또 춘원春園*이 학생시절이었지만 소설에 있어서는 독단장獨檀場이었다고 할 수 있을 만치 많이 일을 했습니다.

공초 우리들의 신문학운동이 발아發芽 동기動機한 데다가 또 다시 목적을 말하면 그것은 일제 탄압 하에 모든 발언이 봉쇄되어 있는 질식 상태 속에서 우리가 엄연히 살 길을 찾았는 데 있었다고 봅니다. 우리는 정신적으로 예술을 통해서 우리의 감정 의욕을 왜놈에게 '컴푸러주'**하는 방편 수단을 썼던 것입니다.

---

* 이광수(李光洙)의 호.

** camouflage. 속임수, 위장.

월탄 모든 것이 우리는 우리였습니다. 그때 수주의 『조선의 마음』이라는 시집도 역시 우리 민족의 노래였습니다.

수주 월탄, 과찬 마시오. 이건 직접 문학 이야기와는 거리가 좀 먼 것입니다만, 우리의 3·1 독립선언서를 영문으로 번역한 것은 나와 지금 유엔 총회에 가 있는 우리 일석一石* 형님과 둘이서 했습니다. 청년회관에서 밤늦도록 '타이프라이터'를 찍는데 그 '타이프' 소리가 어찌나 요란스럽게 들리던지 밖에서는 기미騎馬 순사들이 오고가는데 참 땀을 함빡 흘린 일이 있습니다. 그때 그것이 외국인 또는 외국기관을 통해서 해외로 나갔는데—

월탄 그건 수주의 숨은 자랑의 하나이지.

수주 이건 자꾸 나의 자랑 같지만 그때 나는 반半 공부 반半 자위로 영시英詩를 공부했는데 아마 영시를 쓴 사람은 내가 처음일 것입니다. 16세 때 쓴 「코스모스」라는 시가 있습니다. 그리고 백낙천白樂天의 「비파행琵琶行」을 번역해 보기도 했습니다.

공초 백낙천의 「비파행」 번역은 대담무쌍한 일이지. 그때 우리의 문학이란 잔뜩 눌렸던 감정을 감출 길 없이 노출되어 나오는 그러한 것이었지.

월탄 문학사상적文學史上的으로 보면 3·1운동 이전의 육당의 경문硬文, 춘원의 연문軟文이 출발점이 되어 내려오다가 3·1을 계기로 그것이 더 내용적으로 질을 촉진시켰다고 볼 수 있습니다.

수주 오늘은 회고담이라니깐 내 또 하나 회고담을 하지. 그 당시 관

---

* 변영로의 친형 변영태(卞榮泰)의 호.

제貫齊 이도영李道榮 씨의 만화가 지금도 기억되는데 매일신보每日新報 지상에 이런 만화가 있었습니다. 쭈그리고 앉은 병구病狗를 백정이 타살打殺하는 그림을 그려놓고 거기 쓴 글이 걸작이란 말이야. 즉 '병준'宋秉畯 '용구庸狗'李容九 타살지도打殺之圖라 해 놓고 반역자 송병준과 이용구를 때려죽이는 그림을 그렸다는 말이지. 그리고 「금수회의록禽獸會議錄」이란 것도 재미있는 그 시절의 대표적 풍자라고 할 수 있어.

공초 「금수회의록」은 문학사 상으로 보아 우리 문학의 상징주의의 기원이라 할 수 있겠지. 하하하 (일동 소)

월탄 그건 너무 과장인데. 지금도 내 기억에 뚜렷한 걸. 「금수회의록」의 표지는 프록코트 입은 호랑이 대의원 양羊대가리의 의장으로 하는 풍자의 그림이 표지였어. 반역자들을 비웃고 놀려댔던 그 당시의 신문인新聞人들의 기백인 것이지—

사회 중복이 될지 모르지만 3·1운동이 끼친 영향이라고 할까, 작품을 쓰는 작가에게 그것이 어떻게 반영되었는가, 그런 것을 더 구체적으로 말씀해 주십시오.

횡보 나는 다른 부면部面은 모르니깐 문학에 한해서 말씀할 수밖에 없지만 그 당시의 문학은 동경東京유학생이 중심이었지. 동경유학생이라고 하면 그 당시 청소년들의 동경憧憬의 목표였습니다. 그때 우리들 청년층에는 두 가지 길이 있었다고 보는데, 그 하나는 정치 경제 법률을 공부하는 학생이고, 다른 하나는 문학을 지원하는 학생층이었었다고 생각합니다. 이들은 모두가 겉은 다르지만 목적은 동일하다고 볼 수 있습니다. 동경에 있어서는 비교적* 언론 집회 등의 자유가 있었습니다. 그러므로 민족적으로 박해를 받고 사상 언론 행동에 있어서 자유를 상실한 젊은 이들이 생의 충동에서 끓어오르는 속을 표현 배설하려는 문학도들이었고, 정치 경제 법률의 학도들은 앞으로의 독립을 위해서 결연한 태도를 가졌던 것입니다.

그런데 문학에 민족의식이 더 강렬했던 것만은 사실이야. 그러나 문학 원리로 보아서 춘원이나 육당 시대의 의식적 의도의 문학이 다음 세대에 와서 개인의 사상이나 정신 의지의 본격적 순수문학으로 심화해 간 것도 사실입니다.

월탄 옳은 말씀이오. 3·1 후의 우리 문학은 육당, 춘원 식의 북을 치고 간판을 내어 거는 그러한 문학이 아니었어. 민족적 의식에서 문학을 해 오다가 차츰 문학의 길로 깊이 들어가 그 결과 필연적으로 문학의 본도本道를 깨닫게 된 것이지. 즉 육당이나 춘원 식의 문학에서 더 본격적인 문학으로 들어가야만 그 문학이 생명이 오래 가고 힘이 있다는 것을 깨달은 것이지.

횡보 그래요. 3·1을 계기로 해서 우리의 문학이 본령으로 들어갔지.

공초 그때부터를 진정한 본격문학이라고 붙일 수 있겠지.

사회 그때 외국의 문예사조와의 관계나 소화 면은 어떠했습니까?

횡보 그때의 우리 문학의 무슨 주의 무슨 주의 하는 것은 그대로 직수입된 모방 같으면서 순전한 모방이 아니고 우리 민족의 체질과 처지가 본격적 문학에 눈을 뜬 증좌로서 자기 체질에 맞는 대

---

* 발표지면에는 '지교적(指較的)'이라고 표기돼 있으나, 문맥상 '비교적'의 오기로 판단하여 수정하기로 한다.

로 낭만이니 현실이니 상징이니 허무니 제각기 택한 것입니다.

월탄　공초는 허무주의고 수주도 허무주의고 횡보는 자연주의고.

공초　나의 허무야 말하자면 이상을 빼앗긴 데서 오는 허무지.

횡보　공초는 옛날 그때나 지금이나 같아.

공초　60이 되어도 철이 안 나니 참. (일동 소) 수주는 자꾸 철이 나라고 성화지만 횡보가 50이 넘어서 비로소 겨우 문학을 알겠다는 말은 좋은 말이 아닌가?

월탄　이건 횡보를 어린애로 아나? (일동 소)

수주　그런 이야기는 술 얻어먹는 값이 못 돼. (일동 소)

사회　3·1 후 34회째를 맞이하여 회고담을 하시는 여러 선생님들의 지금의 감상은 어떠하십니까?

공초　그저 감개무량합니다. (일동 소)

수주　나는 무감無感이오. (일동 소)

월탄　감개무량이라? 참 공초다운 말이로군.

공초　이거 웃지 말어. 이런 경우 별 소리 있는 것인가?

횡보　이제부터 나는 육작六作을 써 볼 문학적 야망뿐이오.

월탄　좋은 말이오.

횡보　생활과 세태에 쫓기어 뜻대로 되지 않지만 요즘 젊은이들의 문학은 너무 생각이 협소한 것 같아. 우리는 새로운 문학을 하려고 너무 악착하지 말고 그저 건실하게 문학을 해 나아가기만 하면 돼.

사회　오늘이 마침 안석영安夕影 선생의 4주년 기일이라고 들었습니다만 그분과 친분이 계신 여러 선생님들 감상은?

공초 좋은 친구였어. 석영은 순경順境에 있거나 역경에 있거나 그 표정, 행동, 태도가 변하지 않는 점이 참 탄복할 만하지.

수주 나는 석영 장인과 친구니까. (일동 소)

월탄 석영은 '진지한 사람'이라는 이 다섯 자로 다 표현할 수 있어. 나와는 『백조』 동인이고.

횡보 수주는 지금까지 살아있지만 내가 전에 제일 기대한 사람이 수주인 만큼 지금 내 실망은 여간이 아니야. 수주는 결국 술에다 그 정열을 다 쏟아 버렸어.

수주 그럼 횡보는 술을 안 했단 말이야. (일동 소)

사회 좋은 말씀 많이 들려 주셔서 감사합니다. 그럼 이 정도로 그치겠습니다.

1953년 2월 24일

— 부산釜山, 우풍雨風 —

『신천지』, 1953.5

공초 선생을 둘러싼 노총각 방담*

노총각의 자격 심사

사회　바쁘신 중에도 여러분이 참석해 주신 데 먼저 감사를 드립니다. 오늘은 특히 오 선생님을 모신 가운데 젊었지만 늙었다는 호칭을 받으시는 노총각들의 모임으로서 그저 서로 간에 무궤도無軌道한 방담放談을 해 주시기를 바랍니다.

양기석　그렇다면 여기 참석한 사람들의 자격 심사부터 해야겠는데…… 진짜 총각인지…… (폭소)

그러면 나 같은 사람은 물러나야 될 판이야……

신상우　목하目下 약혼 중이니까……

차태진　청춘 총각이란 말이야……

김태운　나는 지금까지 내 자신 노총각이라고 생각해 본 일이 없는데……

사회　그럼 먼저 노총각에 대한 정의부터 내려 보시죠.

신상우　청총각, 장총각, 노총각이 있는데 오 선생님은 대노총각으로 모셔야 할 거야…

차태진　나는 새파란 청총각인데 노총각이라고 하니 참 슬픕니다. 우리

---

* 좌담의 개최일시는 1955년 2월 28일 오후 5시이며, 사회는 홍명삼(洪命三, 여성계사 편집국장)이 담당하였다. 좌담의 참가자는 지면 기재 순서대로 오상순(吳相淳, 62세, 시인·예술원 종신회원), 차태진(車泰辰, 32세, 만화신문 편집국장), 양기석(梁基石, 32세, 사회평론가), 신상우(申相佑, 31세, 신태양사 사진부장), 김태운(金泰運, 31세, 『경향신문』 기자)이다.

의 대선배이신 오 선생님 어데서 어데까지가 노총각인지 좀 가르쳐 주십시오.

오상순 내 자신부터 총각에 속하겠지만 노총각의 정의는 내려 본 적이 없는데.

마…… 어쩌다가 홀로 늙어가는 것을 노총각이라고 하겠지……

양기석 그럼 아직 늙어가지 않는 사람은 노총각이 아니겠군……

신상우 그러니 우리는 새파란 독신자야……

오상순 전에는 서른 살이 넘으면 보통 노총각이라고 했지만 이 연령은 시대에 따라 변하겠지……

김태운 지금은 혼기가 보통 30 전후가 되니까 한 40 전후나 돼야 노총각 소리를 듣게 될 게야.

신상우 그렇다면 우리는 노총각 자격이 없으니 퇴장합시다. 오 선생님만 남겨 놓고……(폭소)

사회 총각이라고 하면 싱싱한 맛이 있어야 될 터인데 김 선생님쯤 되면 본질적으로는 노총각이시지만 그저 미혼자라고 해 두는 편이 좋을 거야.

총각성과 처녀성

양기석 그럼 이런 것은 생각할 수 없을까…… 말하자면 총각성을 가진 사람이라야 총각인가? 처녀성을 가진 사람이라야 처녀인가?

신상우 그런 것은 문제가 아냐. 미혼이면 다—— 총각 처녀지.

사회 그러니까 노총각의 정의는 '혼기를 놓친 사람' 또는 '미혼남자' 이런 정도로 해 두고, 왜 총각인가? 왜 지금까지 결혼을 못했던가?

양기석 못한 것이 아니라 안 한 거야.

신상우 나도 못한 것이 아니라 안 했어. 모든 면에 자신이 없어서. 첫째 공포심恐怖心이!

사회 신 씨는 키도 크고 얼굴도 미남자인데 무슨 생리적으로라도 자신이 없었던가? (폭소)

신상우 정신적으로 경제적으로 자신이 없어서!

김태운 나는 가끔 어째서 결혼을 안 하느냐? 하는 자문自問을 해 보는데 웬일인지 무엇인가 뚫고 나가기 어려운 것 같은 것이 있거든. 그래서 자꾸 주저하게 된다 말이야.

사회 그 뚫기 어려운 것이 무엇일까?

김태운 그것을 모른단 말이야, 무엇인지.

신상우 그거 굉장한 것 같군. 뚫기가…… (폭소)

차태진 오 선생님! 우리가 보기에 오 선생님은 참 행복한 것 같아요. 나도 결혼하지 않고도 행복할 수 있다면 오 선생님의 뒤를 따르겠습니다.

사회 결혼하지 않고도 행복할 수 있을 것인가요?

총각의 경지

오상순 그거 난문難問인데 그래. 그렇게 내가 행복하게 보일까? 나도 행복하지 않다고는 생각지 않지만 나는 그 행불행幸不幸을 초월한 경지를 향해서 전진하느라고 그런 행불행을 생각할 여가조차 없었단 말이야. 그것이 결혼할 여가도 없게 만든 중요한 동기가 되었단 말이지.

양기석 그러니까 지성적智性的인 사람은 먹고사는 것만이 그 생활의 전부가 아니고 그것 외에 다른 것을 열중하게 되니 아마 오 선생님쯤 되면 여성 아닌 다른 무엇인가하고 이미 결혼하신 거야. 다른 것과 타협하신 거야.

오상순 말하자면 플라톤의 '이데아'의 세계 그것을 사모 존경하는 그것이 플라톤적 '에로스'인데 나는 그런 감각이 어렸을 적부터 예민하고 그 느낌이 심각해서 내가 일인분一人分의 완전한 인간으로서 설 수 있는 그때까지 모든 것을 이루어 두자는 그런 생각이 있었을 뿐이지.

그러다 보니 지금까지 결혼을 하지 않고 지내 왔던 것인데 내가 그렇게 결혼문제에 등한했다고 해서 결혼 자체를 가벼이 보지는 않아요. 적당한 결합으로서 원만한 가정이 이루어지는 것은 보기도 좋고 모든 젊은이들이 훌륭한 가정을 갖기를 기원하는 마음은 간절합니다.

그러나 이런 원만하 가정은 극히 드문 것 같은데 이런 이상적인 가정을 이룰 자신이 없다면 아예 결혼하지 않는 것이 낫겠지. 인간 속에 이데아를 발견하고 에로스eros에 불붙는 날 나의 육탄肉彈은 자연히 폭발할 것이다.

사회 그러시면 일생일대에 연애 한 번도 못 해 보셨어요.

오상순 못 했지.

신상우 요즘도 늘 연애하시는 것 같던데…… (폭소)

아직도 기분은…

오상순 말하자면 나는 역逆으로 지내는 것이야. 보통 인간을 통한 인간미를 통해서 자연미를 탐구하는 것이 보통인데……

그렇지만 지금은 자연의 미에 갈 만큼 가 보니까 자연미에 대해서는 망극罔極해서 한恨이 없어요. 발견할 만큼 발견했어요. 그러다가 보니 인간에 도로 돌아온 셈이야. 비교적 최근에 와서 인간미를 발견하느라고 노력하게 되었어. 그 점 퍽 늦둥이라고 하겠지.

사회 그렇다면 지금은 결혼 같은 것을 생각하실 수 있을까요. 애정면에 있어서 공식적인 결혼이 아니라 애정의 어떤 결합을 보실 수 있을까요?

오상순 가능성은 있으리라고 봐요. 아직 구체적으로 생각해 본 적은 없지만……

미美와 정열과 모든 중요한 조건이 구비된다면 가능한 일이라고 본다 말이야.

작년에 얼떨결에 회갑이 지나고 금년에 진갑進甲에 들었지만 이것이 내 일 같지 않단 말이야. 남 일만 같아. 아직 내 자신 심신心身의 노쇠를 의식 못하거든.

신상우 그런데 오 선생님은 우리 젊은 사람이 질투를 느낄 만큼 '걸프렌드'가 많으신 것 같은데… (폭소)

왜 장가 못 가나?

오상순 그것이 해방적인 현상이야. 내 자신도 해방 후에 인간의 미를 발견하려고 느끼기 시작했거니와 우연히 그것이 합류된 셈이지.

사회 그러면 다음으로 어째서 노총각들이 장가를 못 가고 있는가 하는 문제를 이야기를 해 보시죠. 신 씨부터.

신상우 나는 어릴 때부터 전쟁을 겪고 더구나 결혼적령기가 6 · 25였기 때문에 흐지부지 결혼을 못 하고 온 것입니다. 결국 환경이 그랬고 마음의 여유가 없었던 것이죠.

양기석 나는 골라 봐도 상대자가 없어서………

사회 그것은 여성을 모욕하는 거야. 여성에게 걷어차였다고 그러시지… (폭소)

신상우 양 씨는 내가 폭로할 테야. 목하目下 모 실업가 재원하고 열렬한 사랑을 하는 중이야. 아마 약혼했을지 모르지?

양기석 아직 로맨틱한 연애를 못 해 봤어. 더 공부해 볼까 하는 이것밖에 없었어요. 그러나 요즘에 와서는 결혼하고 싶은 생각이 듭니다. 그래서 골라 봤습니다. 고르는 중에 마음에 드는 사람이 생겼습니다. 소위 ing입니다. 어떻게 될는지 몰라요. 내가 걷어차일 것 같아요.

여성은 무서워

김태운 내가 두려운 것은 여성을 이해하지 못한다고 하는 것입니다. 여성을 몇 번 사귀고 알면 알수록 자꾸 무서워진단 말이야. 여성의 어데서 어데까지가 진짜고 가짜인지를 나로서는 판단할 수 없어요. 과연 이성을 내 아내로 맞으면 내가 행복할 수 있겠다고 생각하다가도 그 여성이 혹시 결혼생활을 진행하다가 중도에 발작을 하면 나는 어떻게 하나 이런 것을 생각하게 되면 무서워지는 것입니다.

사회 신 씨처럼 결혼공포증에 걸리셨나 보군! (폭소)

총각의 울분

차태진 심각한 표정으로 나는 울분에 넘쳐나는 여기서 중대한 이야기를 할는지 몰라.

지금까지 내가 왜 장가를 못 갔느냐. 일전에 모 여자대학 졸업생의 통계를 신문에서 보고 놀랐습니다.

결혼 상대자를 택하는 데 70퍼센트가 실업가와 하겠다는 거야. 그렇다면 한국에 무역업자가 5백, 기업체가 1천여 개인데 여기에 사장만 해도 1천 5백 명인데 이들 실업가 중에 결혼 안 한 중역이나 사장이 과연 있을까? 결혼이 문제가 아냐. 첩과 2·3호를 안 가진 중역과 사장이 어데 있겠소?

그렇다면 적어도 최고 학부를 나오셨다고 하는 여성들께서 상당히 영리한지 알았더니 그 여성들은 돈하고 결혼하겠다고 하는 이야기밖에 안 되는 것이 아닌가? 그 여자들은 어째서 실업가하고 결혼하지 않으면 안 되겠다고 하는 생각을 갖게 되었는가? 그것은 시대의 조류에 따라 자기들 여성들의 생활의 안일만을 꿈꾸고 결국은 남자들을 노예로 만들자는 것이지. 첩이 있건 말건 돈만 있으면 결혼하겠다고 하는 이런 여성은 너무 많고 내 자신 돈이 없기 때문에 결혼 못 한다고 하는 것입니다. 여기에 대해서 여성들은 하나도 책임을 느끼지 않습니까. 나는 슬프단 말이에요. 이 슬픔을 여성에게 호소해야 현대 여성은 들어주지도 않거든. 이런 상태로서는 여성을 내가 데려올 수가 없어요. 이런 어리석은 여성들과 결혼해서 행복할 수 있을까요.

경제적 조건

오상순 결혼이 늦어지는 이유가 현재에 있어서는 경제 문제가 제일 중요한 것 같습니다. 속담에도 돈 떨어지자 님 떨어진다는 말이 있거든…

사회 그럼 돈 없으면 장가를 못 가느냐?…

차태진 그 책임은 여성에게 돌리고 싶어요…

신상우 여성들은 그렇기도 할 거라. 이왕 시집가려면 행복하게 살고 싶거든…

차태진 왜 자기 자신이 행복을 찾지 못합니까? 그렇게 남자에게만 의존하려는 것이 나는 불만이야. 내 자신이 아무리 벌어야 협잡을 안 하는 이상 여성을 만족하게 해줄 수 없어요. 민주주의를 부르짖는 현성들이라면 남자와 같은 위치에 서야 되겠는데 남자를 너무 의뢰하려고 한다면 이는 남자를 기생충으로 하겠다는 것이고 이런다면 여권의 신장은 기대하기 어려운 거야…

양기석 이런 풍조가 현대 여성들에 흐르고 있다는 것은 과도적인 기현상奇現象이라고 할 수 있는데 이런 것을 남성들이 너무 비참하게만 생각할 것이 아니라 여성들이 건전한 교양을 갖도록 깨우쳐 주는 데 노력해야 하겠어!

차태진 그것까지 노총각에 지워지는 책임인가? 그렇다면 나는 너무나

비참한 사회에서 살고 있어.

사회 그런 문제는 남성에게 의지한다고 하는 것보다도 어떻게 하면 자기의 허영을 만족시키겠는가? 자기 자신의 분수에 넘치는 욕심에서 그 이상의 것을 요구하는 데에서 일어나는 것이겠지.

여성을 컨트롤

신상우 모든 면에서 남성은 여성을 잘 컨트롤해야 된다 말이야.

양기석 여성은 다루기가 힘 드는 것이야. 입센의 「인형의 집」의 노라와 같이 너무 귀여워해 줘도 뛰쳐나가고 너무 귀여워 안 해 줘도 짜증을 내는 것이 여성이야……

사회 지금 너무 건실한 처녀로서 허영에도 날뛰지 않고 연애도 걸지 못해서 아직 결혼 못한 '올드미스'가 얼마든지 많은데……

신상우 그러니까 여성계사에서 하나 소개해 줄 수 있단 말이죠? (폭소)

사회 또 하나의 문제. 연애와 결혼은 양립할 수 있을까? 이것은 흔히 논의되던 문제이지만 노총각의 입장에서 검투해 보세요.

연애와 결혼

오상순 나쯤 되면 양립할 수 있다고 자신합니다마는… 그것은 특수한 경우일 것이고 일반적인 경우 원칙적으로는 연애는 결혼까지 가는 것이 보통 원칙이겠지.

양기석 나는 별로 흥미 없는 이야긴데. 그것은 각자의 인생관, 결혼관에 따라서 다르겠지만 연애로써 결혼을 완성시키는 사람도 있겠고 결혼해 가지고 비로소 연애하는 사람도 있겠지. 결국 양립

여부를 앞서서 따질 필요는 없을 거야.

오상순　결혼은 연애의 무덤이라는 말도 있지…

사회　그것은 인생에 대한 깊이를 몰라서 한 이야기일 거야. 결혼은 연애의 무덤이라고 하는 것은 연애하고 결혼하면 갈수록 깊고 묘하고 기막힌 것이 인생이라면 연애와 결혼이 같은 코스로서 한 열차야.

나는 연애하면 반드시 결혼해야 되겠다고 하는 것을 부정해 왔어요. 나는 연애도 하고 싶고 결혼도 하고 싶어요. 연애하면서 전반기를 보내고 싶고 결혼할 때에는 그 여자를 연애하면서 행복하게 보내고 싶어요. 그런 의미에 있어서 어떻게 하면 내 자신이 더 즐겁게 살 수 있을까 하는 그 이상은 없어요. 아마 여자도 그럴 거예요.

오상순　욕심스러워서 지금까지 결혼이 늦어진 것 같군…… (폭소)

차태진　나 참 지독한 연애 한 번 했어요. 얼굴도 아주 이쁜 여자였어요.

사회　짝사랑이나 해 본 게지… (폭소)

차태진　절대로 짝사랑이 아니었어. 키스까지 했어요.

양기석　강제로 한 게지………… (폭소)

키스와 결혼

신상우　미녀와 야수로군!

차태진　그 여자가 키스하면서 '당신과 나하고 결혼하게 됩니까' 그런 이야기를 나에게 했어요. 나는 아찔했습니다. 키스 치워 버렸습니다. 나는 그 여자에 대해서 말했습니다. 사랑할 수는 있지만 결혼할 수는 없다고……

사회 유부녀입니까?

차태진 절대로 아닙니다. 숫처녀입니다.

사회 그건 모순덩어리군.

김태운 결혼하고 난 뒤에 또 다른 여자를 사랑하고 싶다고 하는 것은 인간의 본능이 그렇게 되어 버렸는가 봐. 그러나 그것은 이성理性으로써 컨트롤해 나가야 될 문제이지.

신상우 그러나 감정적으로 흐르게 되면 이성으로 억압 못 하지.

사회 진정 자기가 사랑하는 여자가 키스하면서 '당신하고 결혼하기 위해서 키스를 드립니다' 하는데 왜 아찔할까?

양기석 결혼을 감옥으로 아는가 봐. 그런데 결혼문제를 생각하면 생각할수록 자신을 잃게 됩니다. 이것이 문화인들의 병인가 봅니다.

결혼공포증

사회 그럼 여기에서는 결혼한 내가 제일 선배가 되는 셈인데 내 자신도 결혼하기 전에는 공포를 느꼈던 것이 사실인데 일단 결혼하고 보니까 만족해서 한 것은 아닌데도 그런 불만감이라든지는 없어지고 그 대신 책임감을 느끼게 되더군.

김태운 결혼한 친구들을 보면 도리어 생활이 안정되고 마음이 가볍다는 거야.

신상우 그러니 결혼한 사람은 결혼해야 행복하다는 거지.

김태운 결혼은 해야 된다고 봅니다.

차태진 그렇다면 여기 모인 사람은 못난 사람들이지.

사회　제가 독신여자로서 성공하신 모 여사 댁에 가 본 일이 있는데 웬일인지 싸늘한 바람이 도는 것 같은 느낌을 가졌어요.
오 선생님만 하더라도 육십 평생을 홀로 지내시는데 오 선생님이 입고 계신 와이셔츠는 깨끗합니다. 그렇지만 웬일인지 먼지가 묻은 것 같거든.

노총각과 적막

오상순　그렇지 않아도 여성 제자들 가운데에서 나를 만나면 어쩐지 쓸쓸하다는 거야. 더구나 눈물겨운 표정으로……

신상우　벌써부터 처녀들이 상당히 그런 면에는 민감들 한데.

오상순　그렇게 남들이 내게 적막을 느끼니 새삼스럽게 내 자신 무엇인가 느끼는 것이 있는 것 같아.

양기석　독신자가 아무리 멋을 내고 근사하게 차리고 산책을 한다고 하더라도 그것이 남이 볼 때에는 어덴가 낙엽 지는 숲속을 지나가는 것으로밖에 보이지 않을 거야.

신상우　그것이 인생의 황혼이라고 하는 게지.

사회　그럼 노총각 여러분이 과거에 선 보신 이야기를 해 보시지요. 먼저 오 선생님.

선 본 이야기

오상순　나는 선 본 일이 없는데…

양기석　나는 선 본 일이 수없이 많고 불장난 한 일도 수없이 많습니다.

차태진　선 본 일 참 많습니다. 선 보고서 결혼하고 싶은 여성이 없었어요. 그래서 술주정을 해서는 차 버렸습니다.

사회 차 선생이 여자를 찼다고 하면 저 사람은 여자를 찬 사람이라고 처녀들이 안 오면 어떡해요. 그러니 사실은 여자가 나를 찼는데 술 먹고 주정을 하다 보니 내가 여자를 찬 셈이 되었더라고 그러세요.

차태진 그러면 실질적인 면에서는 내가 찼습니다. 현실적인 면에서는 여자가 나를 찼습니다.

사회 실질적인 면에서 여자가 나를 찼습니다. 그래야지 동정이 가지…

차태진 네, 그럼 실질적인 면에서 여자가 나를 찼습니다. 내가 어리석었습니다. (폭소)

사회 결혼하면 술을 끊을 수 있을까?

차태진 이상에 맞는 여자 결혼해서 그분의 명령이라면 끊을 수 있습니다. 그러나 그런 여성이 있을는지요…

사회 그럼 이상적인 여성은 어떤 타입의 여성일까요?

차태진 첫째, 돈하고 결혼하지 않을 여성. 얼굴이 못생겨도 좋다. 마음이 좋았으면 좋겠어. 대학을 안 나와도 좋다. 대학 나온 여성은 70퍼센트가 돈하고 결혼하다니까…

둘째, 실질적인 면에 있어서 나를 도와줄 수 있는 여성. 나는 나 혼자 살 만한 능력밖에 없어. 그것은 내가 이 사회에 태어났기 때문이지. 그러니 자기 자신이 살 수 있는 여성…

그렇지만 여성이 여성다운 여성. 남성다운 여성은 난 싫어. 연령은 20세부터 35세까지 좋아…

양기석 그런 조건의 여성이 있을지 몰라. 나도 내가 기대할 여성이 있을는지? 나는 이것저것 듣고 싶지 않아. 고상하고 귀엽고 복스럽게 보이면 고만이야…

차태진 한 가지 빠졌어. 나는 음치니까 노래 잘하는 여자가 좋아…

양기석 연령은 나하고 여섯 살 차이의 여성을 희망합니다.

신상우 희망이 아니고 여섯 살 차이의 여성과 약혼했단 말이지. 솔직히 말하시지! (폭소)

김태운 나는 확고부동한 지론이 있어. 첫째, 그 여자의 얼굴이 이쁘지 않아도 좋다. 너무 이쁘면 곤란하다.

둘째, 사회적인 경험이 있어야 할 것. 그 여자가 최소한도 연애 두 번쯤은 했을 여자. 왜냐하면 남자의 진가를 알기 때문이다.

그 여자가 문학을 모르고 영화·연극을 몰라도 좋다. 너무 센치하면 곤란하다. 유행가 정도라도 들을 줄 알면 족하다. 그런 느낌만 가질 수 있다면 좋다.

사회 상당히 지성적智性的이고 건실하시군. 김 선생 같은 결혼관을 가진 남성들이 많을수록 여성들이 좋아할 것이야.

차태진 그렇다면 아까 내가 말한 것은 전부 취소하겠다. 나도 김보다 조금 나은 지론을 이야기해야겠다. 그래야 장가가지. (폭소)

태운아, 너는 내일이라도 장가가겠구나. 아! 나는 슬프다. (폭소)

누가 먼저 장가가나?

신상우 나도 태운이하고 똑같은 지론이다.

첫째, 인생에 대해 어떠한 꿈을 지니고 있는 사람, 둘째, 유형類

型보다는 개성적이고 매력 있는 사람, 그리고 신문이라도 읽을 줄 아는 여자, 셋째, 키는 조그맣고 깜찍한…….

양기석 품 안에 안기는 여자 말이지? (폭소)

사회 바야흐로 봄을 지향하고 있는 이때 노총각의 마을은 어떤지 봄과 더불어 마음은 또는 육체적으로는 어떤 것이 발동하나?

신상우 봄과 더불어 멋진 연애를 하고 싶다. 그리고 낙엽 지는 가을에 결혼해야겠다.

김태운 봄을 당하고 보니 우리 젊은 인생의 가슴은 부풀어오르지 않을 수 없어. 그러나 우리에게는 낙엽 지는 가을이 있거든. 〈제3의 사나이〉에 나오는 조셉 코튼 그것이 좋다고 하는 거야.

사회 가을에 결혼하겠다고 하는 것이지. 다음은 '봄과 오 선생.'

노총각의 봄

오상순 나는 봄에 대한 욕심이 너무 커요. 봄은 왜 이토록 불안한 것일까? 어찌해서 봄은 오고 또 봄은 봄대로 왔다 가고 나는 나대로 홀로 남아 있고 늘 안타까운 것이 봄이야. 그런데 금년 봄은 어떻게…

사회 결혼하고 싶으세요. (폭소)

오상순 내 욕망을 어느 정도 충족시키리라……

사회 그중에 인생의 욕망도 어느 정도 충족시키고 싶으신 게지. (폭소)

차태진 가상假想! 봄과 더불어 오 선생은 드디어 결혼할 것이다? (폭소)

오상순 이번 봄에는 무슨 일이라도 하나 저지를 것 같다고 하는 충동을 받을 것 같기도 해!

사회 그것 함축성 있는 이야기이신데.

양기석 벌써 춘기 발동기를 지냈으니까 봄과 더불어 아낙네들이 옷자락을 나부끼며 거리로 나오면 나는 차라리 구석진 골방에서……

차태진 나는 봄이 오면 내 눈에 촛불을 켜고 여인을 찾겠다. 그 촛불 속에 여인이 나타나지 않는 경우에는 올봄도 쓸쓸히 지낼까? 아니야. 올봄만큼은 절대로 결혼하겠어요. 그렇지 않으면 죽을까 싶어요. (폭소)

사회 재미있는 말씀 많이들 해 주셔서 감사합니다. 그러면 여러분이 좋은 상대자를 골라서 하루바삐 행복한 가정을 이루시기를…

『여성계』, 1955.4

비원秘苑의 춘색春色

봄날이 화창하여 나뭇잎 푸르고 꽃들이 미소를 띠어 상춘객의 인파가 시내 방방곡곡에 범람하고 있었습니다. 공초空超 오상순吳相淳, 최형종崔衡鍾 두 선생이 동반하여 비원秘苑을 산책하셨다.

R기자

최형종 봄의 여신은 푸른 수레를 타고 소리 없이 왔습니다. 부드러운 화기和氣의 포옹 속에 산에는 푸른 빛이 나고 들에는 종달새 노래하여 삼라만상이 모두 봄입니다. 양지 쪽 고목에 꽃이 피기 시작하니 만수춘심萬樹春心이 바야흐로 무르녹아 생生의 약동은 용솟음칩니다.

녹초綠草 덮인 땅을 밟으며 설백雪白한 배꽃, 살구꽃을 구경하는 사람들은 봄을 기려 노래합니다. 홍염紅艶은 눈을 매혹하고 방자芳姿는 그만 마음을 취하게 하고야 맙니다. 달 아래 미인이라 하거니와 꽃 아래 미인은 어떠합니까. 달은 슬프다 하지만 꽃은 기쁨을 뜻하리니 꽃이 방끗, 방끗 웃는데 미인도 생글, 생글 웃으니 담담호탕淡淡浩蕩한 봄빛 속에 이 표정 저 표정이 서로 엉클어짐을 봅니다.

도심 지대를 오락가락하며 남산南山의 취색翠色이 하루하루 달라짐을 볼 때에 봄이 깊어 감을 깨달았습니다. 언제나 단조로운 느낌 가운데 고궁의 봄을 찾아 비원秘苑에 가벼운 걸음으로 산책하는 기회를 가졌습니다.

오상순 오래간만에 고색古色이 창연蒼然한 그윽한 자연의 품 속에 안기니 고궁 담 밖의 속진세계俗塵世界의 어지러운 풍경이 허망한 꿈속임을 새삼스러이 느껴지는 동시에 담 안의 풍경은 본지풍광本地風光의 별유천지別有天地요, 소요逍遙하는 이 몸은 감개무량할 뿐.

자연에 돌아가라!

자연에 돌아가라!

속세에서 애타게 희구 동경하던 선경仙景이 바로 이곳임을 느꼈습니다.

최형종 눈앞에 즐비한 전각殿閣이 옛날엔 호화찬란이 극진했을 것이요, 기화요초奇花瑤草로 정원이 장식되었었을 것이요, 꽃과 미美를 다투는 요조窈窕한 궁녀들이 임군을 모셨을 것이요, 문무백관이 국정을 보필했을 뿐 아니라 희극과 비극이 연달아 연출되었을 것임이 막연하나마 회상됩니다.

오상순 세사世事는 돌고 돌아 쉬지 아니하며 흥망성쇠興亡盛衰와 영고융체榮枯隆替는 물레바퀴처럼 돌아감이 어찌할 수 없는 운명인가 합니다. 불교에서는 모든 것은 변하지 아니하는 것이 없다 하여 제행무상諸行無常을 말하였으며 또한 같은 뜻이지만 모든 일은 흘러져 흘러져 이리 구르고 저리 굴러 마지아니한다 하여 만유유전萬有流轉을 말했습니다. 오백 년 동안 이곳을 중심으로 희, 비극이

벌어졌고 따라서 인생의 묘미가 여기에 있지 아니합니다.

최형종 장엄한 수목이 녹음을 이루어 창공을 덮었으니 알 수 없으나 천년 고수古樹는 아니 될 것 같으며 오백의 연륜쯤은 가졌으리라고 봅니다. 큰 새, 작은 새들의 슬픈 노래로 적막을 깨트릴 뿐. 이곳의 풀 한 포기, 나무 한 그루, 돌 한 덩어리, 모래 한 알……… 이 옛날의 영화를 말하고 무상無常을 한탄하는 듯합니다. —— 시인에게 명상을 주고 화가에게 신운神韻을 주지 않습니까?

오상순 진실로 이 풍경이 시와 문학과 회화와 음악 등 일체 예술의 연총淵叢이 되고도 남음이 있으리라고 봅니다.

최형종 벽옥碧玉으로 깎아 세운 듯, 뾰족한 북악北岳 아래 터를 잡은 경복궁景福宮을 비롯하여 몇몇 대궐은 이조李祖 오백 년 역사의 축도縮圖인지라, 울고, 웃고 하였던 자취가 역연하며 상춘객의 감회를 한없이 자아내고 있습니다.

옛날 영화榮華의 보금자리
일찍 우러러 보던 궁궐
이제 구원舊苑의 폐허는
끝없는 침묵이러라

굶주린 쥐들이
인적人跡에 놀라
깨어진 고와古瓦 새로
빼소니치네

귀화鬼火에 청광靑光
청광靑光에 음삼陰森
음삼陰森에 소조蕭條
소조蕭條에 적막寂寞

천지자연이 왼통 푸른데
꽃을 사랑하기보다
향기에 취하기보다
새소리 즐기기보다

가슴 속 깊이
떠오르는 애수哀愁
인간무상人間無常을 흐느껴
서글픔이여 애달픔이여 쓸쓸함이여

오상순 해[年]가 가고 또 해가 돌아오면 꽃이 피어 아름답지마는 인사人事는 그렇지 아니하여 지난 날 영화와 부귀는 꿈처럼 사라져서 오늘에 적막과 빈천으로 변함이 다반사라 할 것입니다. 내가 만일 음악가라면 대자연과 인생의 복잡미묘한 운명의 교향악을 작곡할 것이며 파란중첩波瀾重疊하고 변전무상變轉無常한 우리나라 역사의 운명에 관한 서사시나 '드라마 포에지'를 창작할 의욕의 충동이 가슴 벅차게 부풀어 오르는군요.

『여성계』, 1955.6

문학방담회文學放談會*

담뱃값보다 적은 상금

사회　오늘 여러분을 모신 것은 특별한 과제를 내걸고 그것을 중심으로 토의하려는 것이 아니고, 날씨도 덥고 하니 시원한 이야기나 좀 들을까 하는 것입니다. 여러분들은 한국문단의 초창기부터 오늘까지 3, 40년 동안을 문학과 함께 생활해 나왔다고 보므로 자연히 여러 가지 재미나는 회고가 많이 있을 줄 압니다. 이야기부터 화제가 시작되었으면 좋겠습니다.

변卞　회고보다도 먼저 긴급한 제안이 있는데, 여보게 공초空超, 이번에 상(예술원상을 말함)을 타게 되었다니 상금이 얼만지는 모르나 상금 받거든 먼저 담뱃값을 좀 갚게.

오吳　그래 그래.

주朱　담뱃값이라니?

변　매일 다방에 앉아 어린애들에게 한 갑 두 갑 외상 진 게 수만 원이래. 공초로 봐서야 가장 중요한 보급이었으니 말이야. 애들 담뱃값을 먼저 청산해야지.

---

* 좌담은 1956년 6월 23일 오후 4시, 시내 국제호텔에서 개최되었다. 참석자 명단은 다음과 같다.
〈무순(無順)〉 오상순(吳相淳, 시), 변영로(卞榮魯, 시), 박종화(朴鍾和, 소설), 이병기(李秉岐, 시조), 주요한(朱耀翰, 시), 전영택(田榮澤, 소설), 김동명(金東鳴, 시). 현대문학사 사측에서는 조연현(趙演鉉), 오영수(吳永壽), 박재삼(朴在森).

사회 상금이 적어서 담배 외상값도 모자랄 겁니다.

주 일국一國을 대표하는 문학상금이 담뱃값도 못 된대서야 이야기가 너무 우습군!

회고는 아름답다

사회 선생께서 문학생활에 들어선 것은 몇 살 때쯤인가요.

오 20 전후겠지.

전田 그때 『태서문예신보泰西文藝新報』라는 게 있었지. 우리가 『창조創造』를 내기 전에.

주 순문예 동인지의 효시를 찾아본다면 그것이지. 『청춘青春』은 그것이 종합지였으니까 『청춘』의 발간이 계속되고 있는 중에 『태서문예신보』가 나왔어요. 그때의 문단을 이야기한다면, 글쎄, '단壇'이라는 게 없었던 셈이죠.

변 『태서문예신보』는 장철수張徹壽가 했지.

박朴 그렇지.

오 그것은 잡지가 아니고 신문 비슷한 것이었지.

사회 그 후에 나온 『창조』, 『백조白潮』, 『폐허廢墟』 등의 동인지들을 보면 동인이 서로 이중삼중으로 겹쳐 있더군요. 이광수李光洙 같은 분은 어느 동인지에나 다 끼어 있은 것 같은데요.

전 글쎄, 그랬던가요. 내가 알기로는 별로 그런 분이 없었다고 알고 있어요. 이광수는 동인이 아니라 그때 유명했으니까 모두들 원고를 얻었던 게지요.

우호적인 문단

사회　그때는 주로 몇 개의 동인 그룹이 문단이라는 것을 대표해 왔는데 그 동인의 형식이 문학적인 경향이나 견해의 동일성에서보다도 우정이나 인정을 중심으로 결합된 것 같은데 그건 어떠했나요.

오　그렇지요, 일정한 문학적인 이념이란 게 뭐 별로 없었지요. 우연한 친교가 동인 구성의 원인이 된 게지요.

주　후세의 문학사가들이 보면 물론 『창조』, 『폐허』, 『백조』 기타의 그 당시의 동인지에서 경향 상의 어떤 상위점相違點을 추상抽象할 수 있겠지요마는 대체로는 문학관에 있어서는 모두 막연했으니까요.

전　무애無涯가 중심이 되었던 『금성金星』이 있었고 또 『장미촌薔薇村』이라는 것도 있었지. 『창조』와 같은 무렵이던가. 기억이 확실치는 않은데……

사회　『장미촌』은 『백조』보다 1년 먼저고, 『금성』은 『백조』 후입니다.

박　그래요, 『금성』은 훨씬 늦어요.

사회　그때는 그 각종의 동인 그룹이라는 것이 문학 상의 경향에서가 아니고 우정적인 것이 그 기초가 되었던 만큼 각 동인 그룹 사이에 어떤 감정적인 알력 같은 것이 흔히 있을 수 있었을 텐데 그 당시의 분위기는 전혀 그렇지 않고 대단히 순수한 우의와 애정이 각 동인 그룹 사이에서도 교류되어 있었다고 보는데 어떻습니까. 역시 요새와 같은 반목도 있었나요.

박　그런 건 적었지요. 동인 그룹이라고 해야 그 그룹들이 몇 개 되지 않았고 그러니만큼 우선 그 수가 적었습니다. 몇 사람 되지 않았으니까 서로 호의와 우정이 강하게 나타날 수 있었던 게지요.

전　그리고 그때는 다른 잡념보다는 문학 한다는 사실에만 열을 내고 있었어요.

오　저마다, 우리 문학의 개척자라는 당당한 프라이드가 제가끔 넘쳐흐르고 있었지.

한국 최초의 시낭독회

변　아까 『장미촌』 이야기가 났으니 말이지, 그때 YMCA에서 제일 처음 '장미촌사' 주최로 시낭독회를 열었지. 처음 보는 시낭독회였으니까 그때만 해도 신기했을 거 아냐. 그런데 황석우黃錫禹로 말하자면 그야말로 장발풍長髮風이요, 눈이 불거져 나오기로 퉁방울이거든. (일동 소笑) 황석우가 낭독하고 나서 재미있는 일이 생겼단 말야. 제일 앞줄에 앉은 사람으로 나이가 한 50 된 어떤 술 취한 친구가 하는 말이 걸작이었어.

"어따, 그 친구, 냉수독에 빠졌다 나왔나, 제엔장 떨기는 왜 그렇게 떨어." (일동 소)

오　그때 사회는 이병도李丙燾 씨가 했지. 나는 그때 「봄은 오다」란 시를 읽고.

변　나는 「카페 화오리스트」였지.

오　그때만 해도 사회주의, 무정부주의의 방망이질에 무척 반항했지. 그러니까 우리들은 처음부터 순수문학주의자였던가 봐. (소성笑聲)

사회　그 당시의 수주樹州 선생의 시를 요새 뒤져 보니까 정신지상주의적인 경향이 아주 강하더군요.

변　뭐, 그렇고 그런 거지. 그런데 번역시집으로는 안서岸曙의 『오뇌懊惱의 무도舞蹈』가 처음이었지. 내가 거기 서문을 쓰고 했지. 그때 가람은 뭘 했어. 옳지, 위당爲堂한테 따라다니며 한문이나 배우고 했지. (소성)

이李　자네가 시조 배운다고 사실은 따라다녔지. (소성)

유능한 시인들

변　아니야. 연전延專에서 위당이 강의한 '정情'에 대한 의견이 상충해서 석 달 동안을 절교를 했는데 그때도 내가 가람만큼 위당을 따라다니고 그랬단 말야. (일동 소)

그때 시로서는 요한의 「불노리」가 좋았지. 나 중형仲兄도 송아頌兒는 재주가 있다고 칭찬을 했지만…… 사실 그때 시 같은 시를 쓴 시인이 없었어. 송아하고 나 정도였지. (소성)

오　송아를 지적하는 것은 좋지만 자기를 내세우는 것은 자기과찬이 심하군. (소성)

변　뭘 그래, 과찬할 만했지. 지금은 형편이 없지만, 나이가 드니까 아주 전락했단 말야.

사회　왜요, 상화相和의 시도 좋은 게 몇 개 있지 않아요. 좀 나중이지마는 김소월金素月 같은 혜성도 있고.

변　좋지 않아. 상화의 시는 그게 심볼인지 리얼인지 알 수가 있어야지. 희미해서. 도대체 '마돈나'를 침실로 들어오라는 건 뭐야. 마돈나하고 동침하겠단 말인가. 어쩌겠다는 말인가.

오 그게 좋은 게야. 그게 참 좋은 게야.

박 수주는 재담으로써 상화를 깎으려 들지만 상화의 시야 좋았지.

그때의 작품과 요새의 작품

사회 그때 여러분들이 쓰신 작품과 요새 우리나라에서 발표되고 있는 작품들과를 비교해서 어떤 감회가 있습니까. 별로 나아진 것이 없다고 느껴지십니까, 그렇지 않으면 천양지차天壤之差로 변모되었다고 봅니까.

오 글쎄, 작품세계가 진보해 온 건지 퇴보해 온 건지 잘 알 수는 없어도 알쏭달쏭해. 우리가 젊었을 때만한 정열과 패기는 약해진 것 같아.

이 그렇게 보는 게 옳아요. 기술은 나아졌고 기백이나 패기는 줄어졌어요. 내가 보기로는, 시는 지용芝溶에 와서 시의 옳은 모양을 갖춘 것 같은데, 지금에 와서 지용보다 더 나아갔느냐 하면 그렇지는 않은 것 같아요. 지용은 가장 새로운 말을 많이 찾아냈어요, 고전을 살리는 길 위에서. 고전을 살렸다는 면에서 상허尙虛 역시 그랬습니다. 그런데 요새 글 쓰는 이들은 아주 고전과 등진 바탕 위에서 글을 쓰려는 것 같아요.

주 엄격히 말해서 우리 시가 지용의 재주 부린 말장난에서 시작한 건 사실입니다.

박 나는 지용 시에 대해서는 가람과 이견異見입니다. 지용이 나올 때는 그때대로의 사조가 있을 것이고 오늘은 오늘대로의 사조가 있을 겁니다. 지용의 시가 언어의 수사나 기교에 있어서는 확실히 일 분수령을 지은 건 사실입니다. 그러나 그것은 그때의 일본문단에서 유행하던 신감각파의 영향에 지나지 않은 거예요. 물론 그때는 그것으로서 의의가 있었습니다. 자연발생적인 감정의 노출을 언어의 연금적鍊金的인 기교를 통하여 정리하고, 언어의 감각적인 면을 중시한 것은 분명히 지용의 공적입니다. 그러나 요새 시인들이 그곳에서 더 나아가지 못했다는 것은 요새 작품들을 잘 읽지 않은 것 같아요. 요새 시인들이 단순한 기교나 언어의 감각성만에 만족하지 못하고 좀 더 근원적인 생명을 형상화하려고 하는 노력이 확실히 보입니다. 이것은 대단한 전진이에요. 물론 일부의 신기파新奇派는 다르지만……

요새 시는 알 수가 없다

변　그 신기파라는 것 말야. 모더니즘이라던가 뭐라던가 나는 도무지 뭔지 모르겠더군. 아이디어나 필링이나가 다 모호하단 말야. 이건 어떻게 된 셈판인지 모르겠어. 되도록 노력해서 남들이 알아볼 수 없는 시를 쓰자는 거란 말야. 금년 정초에 어느 화가더러 "당신도 이젠 우리 같은 사람까지 알 수 있는 그림을 금년부터는 그려 주시오" 했더니, 이 사람의 기상천외의 대답에 내가 놀랐단 말야. "수주 선생이 알 수 있는 그림을 그리라면 나는 자살하고 말겠어요" 한단 말야.

오　그건 역시 건전치 못하단 애기야.

변　피카소는 피카소의 예술적 프로세스가 있잖아. 그런데 우리나라의 요새 젊은 사람들은 어마어마한 모방들만 하고 있단 말야.

오　말하자면 자기비판, 자기반성들이 없어. 이미테이션도 옳게 하려면 그건 어려운 거야.

박　젊은 층의 시인들 말은 선배가 걷던 길을 다시는 걷기 싫다는 거야. 자기들의 주체정신의 확립에 노력한다는 거야.

이　그렇다면 일가성一家成을 위해서 좋은 태도지. 그런 데서 청출어람靑出於藍이란 말이 나오니까.

사회　수주 선생은 요새 젊은 시인들이 일부러 노력해서 알 수 없는 시를 쓴다고 하셨지만 일부러 알 수 없는 시를 쓰는 게 아니라 시에 대한 태도가 그만치 달라진 게지요. 시를 감정의 산물로 생각한 것이 오신 여러 선생님들의 시에 대한 태도였다면 시를 지성의 산물로 보는 것이 현대 시인들의 중요한 경향입니다. 즉 정서적 서정적인 것이 지성적 주지적인 것으로 바꾸어진 게요. 그 때문에 시가 어려워진 게지요. 일부러 어렵게 쓴 게 아니라…….

변　T. S. 엘리엇은 서정시인인지 주지시인인지 모르되 우리나라 젊은 시인들의 시처럼 모르는 말을 쓰지는 않았던데 주지적이라는 것은 모르도록 만든다는 겐가. 지성이라는 것은 난해란 말인가.

오　요컨대 반성하고 소화하고 해야 돼.

전통을 존중하라

변　전통을 함부로 무시하면 안 돼.

사회　전통을 무시하는 게 아니라 전통을 비판하는 입장에 서려고 하는 게지요.

변　비판은 좋지만 마구 부숴 버리니까 탈이지.

사회　전통에 대한 비판이나 반항의 결과가 오히려 전통의 부활을 가져오기도 하지 않습니까. 서정주徐廷柱 씨 같은 경우를 두고 보면 그는 처음에 반反전통적인 것에서부터 출발했지만 누구보다도 전통적인 세계로 돌아와 있습니다. 물론 김기림金起林의 경우와 같이 전통에의 비판이 전통에의 단순한 거부 혹은 이탈로서 그친 예도 있지만.

주　내가 「불노리」를 쓸 때만 해도 굉장한 반항의식으로 썼어요. 슬픈 일도 없는데 그냥 슬픈 것이 한시였어요. 그래서 어디 슬프지 않은 시를 써 보자는 것이었어요. 말하자면 전통에의 반항이었었는데 이제 보면 오히려 전통이 된 셈이에요, 사회의 말처럼.

사회　「불노리」는 내용 면에도 그랬지만 형식상에서 봐도 큰 혁신이었다고 봅니다. 말하자면 그것이 최초의 산문체 시였으니까요.

주　그러나 요새 시인들에게 하고 싶은 말은 이상야릇한 신조新調에 현혹되지 말 일입니다. 일상용어에서도 얼마든지 있는 좋은 걸 골라서 현대시를 못 쓰란 법은 없습니다. 요새 시인들은 그렇지가 않아요.

변　옳아. 한자만 봐도 그래. 아주 전폐하든지 아니면 제대로 써야 돼. 말이 안 되는 한자를 만들어내고들 있지. 한 번 쓰는 건 잘못하면 유례類例가 돼. 어제 아침엔가 조병화趙炳華의 시를 봤더니 글쎄 '소롱巢籠'이란 말이 있어. 소巢면 소고 농籠이면 농이지 소롱이 뭐란 말야.

박　옳아. 그렇게도 볼 수 있지.

변 공초는 한때 호를 소류巢流라고 했지. 그게 글이 안 되는데, 그것도 뭐 반항정신이야. (소성)

오 수주가 뭔지 모르는 데 매력이 있잖아. (소성)

박 공초는 꽁초가 공초로 되었나 공초가 꽁초로 되었나. (소성)

모방보다 개성을 살려라

김金 시는 원래 그 시인이 절실히 느낀 인생을 가장 집중적인 언어로 가장 효과 있게 표현하는 다시 말하면, 그 시를 쓰지 않고는 배길 수 없는 데 이르러서 비로소 시를 쓰는 게 아닐까요. 그렇다면 오늘의 시문학은 정말 시가 없다는 얘기 아닙니까. 하고 싶은 얘기는 없고 남들이 시를 써서 시인 행세를 하니까 나도 덩달아 시인은 돼야겠고, 그래서 설사하듯이 마구 난해한 걸 내놓는 거예요.

사회 모두가 다 그렇지는 않습니다. 새로 나오는 작품들을 선생님들은 안 읽으시는 모양입니다. 막연한 피상적인 선입관이 아닐까요. 현대시는 지성의 상당한 참여를 보이고 있는데 말하자면 세대의 차이가 있습니다.

김 논리가 낙하솔落下率같이 비약을 봐야만이 위대한 철학자가 되고 위대한 시인이 되나요. 그럼.

박 요는 모방을 버리고 자기 개성을 찾아야 돼요.

요새 소설은?

변 요는 우리나라의 글 쓰는 분들은 생활이 없다는 데 부진不進이 있어요. 그러니까 실감이 있어야지 생활이 없다는 건 작가의 안계眼界가 좁다는 얘기가 돼요. 티-룸이나 댄스홀이나 그런 분위기만 그려서 뭣이 나와.

주　소설도 그래요. 나는 소설은 잘 모르지만, 소설이라면 먼저 인물의 '성격'이 있어야 한다고 생각해요. 막연한 인물만 등장시켰지 어디 산 사람을 그렸나요. 캐릭터리즘이 없는 것 같아요.

오　그게 곧 실력부족이야.

주　노력부족이라고 보는데요.

이　단편은 반드시 성격창조만이 그 전부가 아닌데 그건 별문제요. 적어도 성격창조라면 중, 장편에 가서 가능할 겁니다. 외국의 중, 장편을 읽어보면 작중 인물이 우리 이웃사람보다 더 가깝게 와 있어요. 그런데 우리나라 소설은 상허 이후 여태까지 단편이 위주니까 성격묘사에 구체성이 안 보이는 건 명약관화明若觀火한 사실입니다.

주　가령 대화 같은 것도 성격창조에 결정적인 효과를 거두는 방편으로 삽입치 않고 막연하게 집어넣는 것 같아요.

변　그리고 언어 구사에 있어 그 고심苦心이 좀 약해요. 예를 들면 뚱뚱보가 웃는 것도 '해쭉 해쭉 웃는다' 하고, 이렇게 '건너다보는' 것도 '쳐다본다'고 하고 아주 엉터리거든. 말은 '에' 다르고 '애' 다른데.

주　피아노 치는 사람이 '바이엘'도 안 떼고 모차르트니 슈베르트로 훨석 뛰는 거 한가지야.

잘 읽지 않는다

사회　지금 소설에 대한 몇 가지 의견을 말씀하셨는데 사회자의 안목으로 볼 때는 그 견해가 사실과 대단히 배치된다고 봅니다. 그것은 첫째로 수주 선생께서 티-룸이나 댄스홀 같은 분위기만 그린다고 했는데 지금 나타나고 있는 소설에 그런 것을 그린 것은 극히 적습니다. 특히 댄스홀을 취재한 소설은 하나도 없었습니다. 둘째로 주 선생께서 성격이 통 창조되어 있지 않다 했는데 성격을 보여주려고 애쓰고 있는 것은 현재 우리나라 단편의 일반적인 노력의 하나입니다. 수주 선생님께서 읽으신 소설은 뭡니까. 그 댄스홀과 티-룸만을 취급했다는 소설 말입니다.

변　그거 저…… 정비석鄭飛石의 무슨 소설이었던가 그런 게 있어.

사회　그 말고는요, 대중소설 말고요.

변　잘 생각이 나지 않는데.

사회　주 선생께서 읽으신 소설은 뭔가요. 두서너 편만 말씀해 주세요.

주　그거 저 뭐더라, 나는 사실 요새 창작을 통 읽지 못하고 있어요.

변　예술소설이라는 건가 그거 왜 창작이란 것 말야, 통 읽을 맛이 없어.

사회　선생님들의 의견은 대체로 신문소설을 두고 하시는 말씀 같은데 우리나라의 신문소설은 대중을 위한 것이기 때문에 문학적인 가치는 전혀 문제가 되지 않는 겝니다. 여러분들이 지적하신 대로 성격창조 같은 면이 전혀 무시되어 있어요. 그러나 현재 우리 문단을 대표하고 있는 것은 단편이고 그 단편은 주로 순문예지에 발표되고 있습니다. 이것들이 우리나라의 소설을 대표하는 건데 이런 것을 통해 볼 때 그 수준이 괄목할 만치 높아졌습니다. 티-룸이나 댄스홀보다는 농촌의 소박한 서정이나 도시인의 복잡한 근대적인 생활감정이나 그렇지 않으면 전선戰線을 취재하고 있는 것이 많아요. 성격창조나 문장이나 구성이나 그 모두가, 2, 30년 전에 비하면 땅과 하늘만치 발전되어 있어요.

변 그래도 신통한 게 별로 없어.

사회 요새 문단의 현역들이 이렇게들 말하고 있어요. 대중들은 그리고 현역이 아닌 문인들은 요새 작품을 도무지 읽지 않고 있다고요. 작품을 읽지도 않고 문학적인 발언을 한다는 것은 엉터리라고요. 어떻습니까, 선생님들은 요새 작품을 더러 읽고 계십니까.

박 아까 사회께서도 말했지만 시에 주지적인 경향이 강해졌다고 했는데 소설에도 그런 게 있습니다. 철학적인 독백 같은 것, 장모張某, 김모金某 같은 소설이 그래요. 소설은 우선 소설이 돼 놓고 봐야지 철학적인 독백과 혼동되어서는 안 돼요.

전 「인간동물원초人間動物園抄」를 보았는데 사실의 개념도 요새 와선 달라진 것 같아요.

자기의 생활을 가져라

사회 많이 달라졌습니다. 그렇게 달라진 것을 긍정하든 부정하든 그러한 것과는 상관없이 현 문단에 대한 여러 선배들의 요망要望이라고 할까 그런 말씀을 좀 해 주세요.

박 각자가 노력해서 훌륭한 작품을 내는 것만이 우리 문단을 전진하게 하고 융성하게 할 것이라고 생각해요.

주 단적으로 말한다면 형식상으로는 새로운 기교를 통하여 내용상으로는 새로운 사실주의에 회귀하는 데 '신, 테제'가 있다고 봐요.

전 아까 수주가 '생활이 없다'는 말을 했는데, '인격이 없다'는 사실에 다들 자각이 있어야 할 줄 알아요.

사회 '생활'이라는 개념도 많이 달라졌습니다. 생활을 보통은 외부적인 행동만으로 보는데 내부적인 사유의 세계가 요새는 퍽 중시되어 있습니다.

주 외면의 생활이 풍부해지면 내면의 사고도 풍부해지는 게죠. 다방면의 실제 경험의 풍부도 결국은 생활의 윤택에서 오는 게 아닐까요.

변 헤밍웨이도 생활이 풍부하니까 아프리카도 가 보고 했지.

오 그러나 선행先行은 역亦 내면적 의욕이지. 외부생활과 이욕이 상호 병행해 간다면 좋지.

앞으로는 작품도 쓰겠다

사회 그런데 이 자리에 모이신 몇 분을 제외하고는 너무 작품발표를 안 하고들 계시는 현상입니다. 외국의 예를 보면 노년에 대작을 발표하는데 앞으로의 창작생활에 대한 포부를 좀 말씀해 주세요.

변 조금 더 기다려 보세요.

오 우리는 이제 겨우 기초 닦음 정도를 해 놓은 셈이지. 이 토대 위에 좋은 종자를 뿌리는 게 우리 임무야. 그건 미지수라 해 두지.

주 더러 쓰기는 쓰는데 과거에 썼던 것보다 훌륭하게 쓰여지지가 않아요. 그래서 썼다간 찢어 버리고 썼다간 찢어 버리고 해요.

오　너무 엠비션이 커서 그렇지.

사회　적어도 자기 세계를 이룬다는 것은 오래도록 많이 쓰고 많이 발표해 가는 동안 서서히 이루어져 가는 것이라 생각합니다. 오늘, 횡보橫步 선생은 몸이 불편해서 안 나오셨지만 그래도 횡보 선생 같은 분은 이 땅에 사실주의 소설을 확호히 이루어 놓으시지 않았어요.

변　횡보도 생활이 없었어. 그러니까 다찌노미* 지식이고 다찌노미 문학밖에 안 돼.

사회　그건 엉뚱한 말씀인데요.

변　나는 리얼하게 말하는 거요. (일동 소)

주　그런데 '완성'이란 건, 특히 문학에 있어서 완성이라는 건 전통에의 복귀인 것은 사실이에요. 엘리엇도 종교시에 돌아가고 있지 않아요.

김　저는 6·25를 겪은 것으로 「피난시초避難詩抄」란 걸 지금 쓰고 있습니다. 6·25는 역사적 사변이었으니까요. 비판을 받기 위해서 책을 곧 내겠어요.

사회　오랫동안 좋은 말씀 많이 해 주셔서 대단히 감사합니다. 후진들에게 좋은 참고가 되겠습니다.

『현대문학』, 1956.8

---

* 立ち飮み. 선술.

『폐허廢墟』 동인시절*

——지금은 너 나가 백발 엉킨 노장老壯이지만 40년 전 우리는 이 땅의 신진문학도로서 꿈도 컸었다. 오늘 이 자리에 마주앉지 못하는 분 중엔 이미 유명을 달리한 동인들도 여럿이 있지만 회고하면 즐거운 추억과 가슴 아픈 일도 한두 가지가 아니구나——

첫 번 시낭독회

기자記者 우리나라 문단계의 원로 되시는 『폐허』 동인을 이렇게 한 자리에 모시게 됐음을 영광으로 생각합니다. 먼저 『폐허』를 발간하게 된 동기부터—

이李 한 마디로 말해서 『폐허』가 탄생하게 된 것은 당시의 사회적 환경과 시대사조의 요구에 호응한 것이라 볼 수 있지요.

변卞 그렇지, 3·1운동이 실패로 돌아가고—.

이 그러니까 그게 1920년이지, 바로 내가 조대早大**를 나온 다음해니까… 참, 3·1운동 직후이기 때문에 우리가 독립운동에는 실

---

* 좌담의 개최일은 1957년 12월 13일이며, 참석자 명단은 다음과 같다.
〈무순(無順)〉 이병도(李丙燾, 서울대학교 대학원장), 변영로(卞榮魯, 대한공론사 사장), 황석우(黃錫禹, 시인), 오상순(吳相淳, 시인), 김영환(金永煥, 음악가)

** 와세다대학(早稲田大学).

패했지만 민족 자립의 기초는 자각과 문화적 노력이 있어야 되겠다고 해서 교육 면, 산업 면, 문화 면에서 이러한 길로 이끌어야 되겠다는 결의에서 일어섰던 거지——

변　그때는 그렇게 되지 않을 수가 없었지.

이　지금은 우리들이 천하고물이 되었지만 그때는 다 신진문학청년들이었어. 멋쟁이였고……

변　자네 청년을 면한 지가 며칠이나 되나. (웃음)

기자　그때 일본에 계신 분이 많았지요?

변　그렇지, 아주 애송이들이었으니까.

황黃　나는 대학 3학년에 학적을 두고 있었어요.

변　우리가 학교를 갓 나왔고 공초空超*는 그때 시를 전공했고!

이　그래서 문화 방면에 새로운 사조를 지향하겠다고 해서 동인들이 모여가지고 처음에는 시낭독회를 했지.

황　종로 YMCA회관에서 했는데 그것이 최초의 시독회였지 아마?

이　그것이 『폐허』 동인회의 전신이야.

변　그때 김억金億, 김만수金萬洙, 남궁벽南宮璧, 그리고 김한용…… 도 나왔었지.

오吳　또 김영환!

이　『폐허』가 탄생될 때 '폐허'라는 이름을 누가 지었더라? 자네(황을 가리키며)던가?

황　아니야, 남궁벽이가 지은 것이야.

---

* 오상순의 호.

이　이름은 『폐허』로 지었지만 폐허 위에서 새로운 출발을 하자는 그것이었는데 요새 문학사를 볼 것 같으면 우리들을 '데카당'이라고 몰아붙이고 있단 말이야.

오　그런 사람들은 그때의 우리 환경과 잡지 제목만을 보고 하는 말이지—

변　추상적으로 그때 그랬을 것이다— 이것이지.

기자　동인이 몇 명이나 됩니까?

오　십오륙 명이었지.

이　그렇던가?

황　아까 시낭독회 얘기가 나왔는데 그때가 1920년 2월경이던가? — 그래서 내가 시를 읽는데 추워서 목소리가 떨리고 해서 흉을 잡혔었지.

변　시낭독을 한 사람 중에서 저 사람(황을 가리키며)이 제일 인기를 끌었지. 이채로운 존재였어. 장소가 지금은 불타 버렸지만—— 청년회관 소강당이었는데 우리는 시를 낭독하라면 그저 얌전하게 나가서 읽을 정도인데 저 황석우는 몸짓도 좋은데다가 굽실머리를 길게 해서 뒤로 넘기고 또 커다란 눈을 떴다 감았다 하면서 머리를 뒤로 제끼고 소릴 높여서 읽을 때는 참 멋있었어! 그때 웬 중년신사가 술이 얼근하게 취해 가지고 하는 말이…

오　그러나 그땐 요샛말로, 야지*를 하는 것은 아니었어.

변　그럼. 야지가 아니고 혼자서 중얼거리기를 '저건 냉수독에 빠졌

---

* 　'야지' : 일본어 'やじ.' 'やじうま'의 준말로 '야유, 놀림'이라는 뜻.

다 나왔나 왜 저렇게 떨어' (웃음) 그래가지고 장내가 그야말로 웃음판이었지.

이　어쨌든 시낭독회가 그때 처음이었고 또한 인기도 대단했어.

변　그리 큰 강당은 아니었지만 꽉 찼었으니까, 요새 출판기념회 정도였지.

오　그때 사회를 누가 봤더라!

변　사회는 이병도가 보고 바이올린은 홍난파洪蘭坡가 키었지.

잘라먹기만 하구…

황　시낭독회를 마치고, 내가 『중앙시단中央詩壇』이라는 잡지를 발간하려고 했더니 수주樹州,* 남궁벽, 공초 등이 그것이 팔리겠느냐? 또 유지가 되도록 하려면 일반문학잡지를 내는 것이 좋지 않겠느냐 해서 결국은 『폐허』로 옮겨졌단 말이야——.

변　그래가지고 재정문제 때문에 고경식 씬가? 광익서관廣益書館을 하던 고경상高敬相 씨한테 가지 않았어!

황　그렇지, 그때 남궁벽과 수주, 공초와 내가 고 씨에게 가서 얘길 했더니 '좋습니다. 해 봅시다' 해서 고 씨의 후원으로 잡지가 나왔어, 그때 우리의 폐허에 모였던 동인들의 정항을 보면 한 가지 주의 사상에 집중되었던 것이 아니고 각 개인이 주의와 사상을 달리했지. 염상섭廉想涉 씨는 역시 민족운동자의 한 사람이며, 문학청년으로서 두드러졌던 사람이고, 공초는 민족주의자로서 허

* 변영로의 호.

무적 경향, 수주로 말하면 그렇고——

변　난 철두철미 민족주의지.

이　모두가 민족주의자지.

오　적어도 독립하는 날까지 우리가 싸워서 이 폐허 위에 꽃을 피우고 결실을 보자는 이런 결의를 가졌었고 정열에 넘쳐 있었으니까——.

황　자네李는 우리가 모이면 흔히 사회를 맡아보았지, 그러나 그때도 사학을 전공하고 『폐허』 창간호에 역사논문도 발표했고……

들　창간호를 자네(이를 가리키며)가 가지고 있나.

이　없어. 가진 사람이 통 없어.

기자　『폐허』 뒤에 『백조白潮』가 나왔지요.

변　그 후이지. 『금성金星』, 『백조』가 다 그 후에 나온 것이야.

황　그때 『백조』에 공초나 수주의 회고기回顧記가 났었지.

기자　『백조』가 『폐허』의 영향을 다분히 받지 않았습니까?

황　그렇지. 먼저 나왔으니까—.

기자　젊었을 때의 좋은 회고담을 좀 말씀해 주십시오.

변　그때 동인 호평기互評記를 쓰기로 해서 내가 공초를 썼는데, 공초는 언제가 남의 것을 떼어먹기만 하고 갚지는 않는 사람이야——. 나는 주기만 하고 받지를 못했어. (웃음)

오　한몫으로 갚지. (웃음) 호평기는 『폐허』가 처음이었지.

황　그럴 거예요.

오　그때 시 구절을 다 잊었지만 한 구절은 생각나는데 '우리 공초는 건물상乾物商의 척도로 잴 수 없는 것이다—'

변 자기한테 좋은 것만 외워가지고 있구만. (폭소)

황 건물상의 척도라니?

변 장사꾼의 척도란 말이지.

이 수주, 얘길 계속해 봐.

변 내가 그렇게 공초를 칭찬해 주었더니 그 버릇이 그냥 맺혀가지고 지금은 정말 자기가 건물상의 척도로 잴 수 없는 존재처럼 행동한단 말이야. (웃음) 공초가 저렇게 된 책임의 대부분이 나한테 있어. 그런데 저 친구는 누구가 칭찬해 주는 것은 바라지만 써 주면 갚을 줄을 몰라서 탈이야. (웃음)

오 갚으려고 늘 벼르고 있는데—. 수주를 다 쓸 수는 없지만 내가 수주를 쓰면 책이 한 권은 될 거야.

변 근 40년 전의 일이니 아득한 옛날이지.

임간林間 결혼 창시자?

이 정말 40년이나 바라보는군!

황 서른일곱 해인가 되지.

오 『폐허』 때에 수주를 알았지만……

변 참 공초와 처음 만났을 때 그냥 헤어지는 것이 슬프다고 해서 남산에 올라가 밤을 새웠지.

황 도시샤[同志社]대학을 졸업해가지고 말이야?

변 그때 피울 줄 모르는 '칼'표 담배를 여러 갑 사가지고 남산 꼭대기에 올라가서 그 담배를 다 피우면서 얘기얘기 하다가 그냥 그 자리에 쓰러져서 자 버렸지, 그러다가 저 공초하고 잠을 깨 보니 선뜩선뜩 몸이 떨리는데 밤새 이슬을 맞아서 비 맞은 것 이상으로 옷이 젖었단 말이야. 그래 둘이서 부둥켜안다시피 해가지고 진고개 일본사람 술집으로 갔지. 그때가 아직 밝기 전이라 전부 문을 닫았는데 욕을 먹을 줄 알면서 문을 요란히 흔드니까 사람이 나오더군. 그래가지고 그 집에서 몸을 풀었지. 어쨌든 공초와 처음 만나던 기록이 이랬으니까….

오　기억력이 좋군. (웃음)

변　공초는 그때만 해도 술을 먹을 줄 모르면서 그저 기분으로 마셨다가 취했었지—. (웃음) 그러나 나는 그때 벌써 관록이 붙었었어. (웃음)

이　공초가 목사에서 전향한 것이 언제부터야? 김영호하고 나하고 동경東京에서 공초를 만났을 때는 아주 점잖은 사람으로서 술 담배를 통 안 했는데—.

황　그것이 악우惡友인 나의 유혹을 받아가지고……

오　하긴 그때부터 술 담배를 시작했어.

변　너는(황을 가리키며)! 원래 소행이 불량해서 많은 여자를 후려 처먹었어…… (웃음)

황　저런 나쁜 놈!

변　저놈은 원체 불량자로서 출발했던 것이니까…… (폭소)

오　임간林間 결혼도……

변　우리나라에서 첫 기록을 가진 일이라——. 임간 결혼의 창시자지! 그래가지고 현장에서 왜 형사들한테 붙들려서 유치장으로 끌려갔지.

오　왜놈들은 정치적으로 결부시켜서 하나의 반역도로 생각했지.

황　　세상이 오해를 하고 있는데 말이야, 실은 일본대학 문학과를 졸업한 정응렬이라는 사람이 하루는 찾아와서 결혼을 해야겠는데 결혼식을 어떻게 하면 좋겠느냐 묻는단 말이야—. 면사포를 쓰고 예배당에 가서 하기는 뭣하고 또 사모관대紗帽冠帶하고 구식으로 하자니 그것도 쑥스러우니 어떻게 할까요 하고 묻기에 내가 결혼을 한다면 이러이러한 의식을 취하겠다 하는 두 가지 생각을 갖고 있다고 하면서 임간 결혼 얘기를 했더니 그거 좋다고 해서 임간 결혼의 주례를 해준 일이 있는 거야—. 그래서 결혼식을 무사히 마치고 피로연까지 무사히 치렀는데 또 제2차를 명월관明月舘에서 하자는 바람에 그곳으로 가는 길에 청량리파출소 앞에서 왜놈 형사 두 명이 나타나기에 또 나를 늘 따르는 미행 순사가 온 줄로 짐작을 했지……

오　　그때는 우리한테 모두 왜놈 형사들이 따라다녔지.

황　　그런데 이 사람들 말이 '동대문서에서 왔는데 사법주임이 당신을 모셔오라고 합니다'

오　　모셔오라고 해서…… (폭소)

황　　웬일이냐고 물으니 서에 가 봐야 안다고 해서 예복을 입은 채로……

변　　임간 결혼에서도 예복을 입나…… (웃음)

황　　어쨌든 그래서 따라갔는데, 그 이튿날 알아보니 뚱딴지같은 소리란 말야, 뭐냐 하면 청량사淸凉寺의 여승과 내가 임간 결혼을 했다고 주지가 고소를 했다는 거야……

변　　글쎄 네가 여승을 꾀어냈어…… (웃음)

황　　그런 혐의를 받게 된 것이지. 그래 경찰서서 조사를 해 보니 사실과 전부 다르단 말이지, 그래서 다음날 무사히 나왔는데, 그때 왜놈이 하고 있던 『조선신문』에서 이 사건을 3단 기사로 뽑아 쓰길 '조선의 일류청년시인 황석우가 여승과 '가께오찌*를 했다''는 식으로 보도했고 또 『동아일보』 휴지통에는 임간에서 여승을 강간하다가 붙들렸다는 기사를 썼단 말이야. 이런 것이 오늘날까지 오해를 받게 된 것인데. ——사실 변명할 필요도 없지만——『매일신문』에서는 이 사건을 트집 잡아서 툭하면 쓰기를 3년간이나 계속했지만 통 반응이 없으니까 말아 버렸지.

오 무슨 단서라도 잡아서 골리자는 것이겠지.

여승과 키스하고

변 그 문제의 여승 얘기나 좀 하시지.

황 저 사람이...... 여기서 무슨 얘기를 해.

변 자네 입으로 안 불면 내가 하지. (웃음) 내가 양사골 살 때에 하루는 석우가 찾아와서 술을 마시러 가자는 거야. 처음엔 아서원으로 가서 술을 마셨는데 저 친구 말이 '내가 새로 얻은 마누라가 있는데 노래도 잘 부르고 장구도 칠 줄 아니 인력거를 보내서 오게 하세' 한단 말이야—. 내 내심으론 문제의 여승이 어떻게 생겼는지 보고도 싶었지만 꾹 참고 '여보게 고만두게. 우리끼리 마시고 가지, 집의 사람을 오라고 하는 것은 뭣하지 않나' 했더니 저 친구가 날더러 완고한 대가리니 썩어빠진 생각이

---

* 일본어 '駆落ち(かけおち).' 사랑의 도피. 눈 맞은 남녀가 다른 곳으로 몰래 달아남.

니 하기에 하는 대로 내버려 두었더니 참말로 문제의 여자가 왔거든—. 요새 여자들은 모두 화장을 잘 해서 미인 같지만——그때만 해도 화장한 여자가 별로 없었지——그 문제의 여승의 육색肉色이 참으로 곱단 말이야. 그렇게 고운 여자를 본 일이 없었어. 그런데 문제는 저 사람이 성性의 공유론을 주장하면서 날더러 여승과 키스를 하라는 거야. ——그때는 아주 사상적으로 첨단을 걷고 있었지만——간단히 말해서 남녀 간에 네 것 내 것이 어디 있느냐—. 즉 성적 공산公産을 주장하는 것이지. (웃음) 그래 재산도 공산을 못 하는데 성을 공유한다든지 공동화한다는 것은 생각조차 할 수 없는 일이 아니냐 말이거든. 그러나 저 사람이 '머리가 썩은 놈이'니 뭐니 뭐니 하면서 자꾸 키스를 하라기에 내가 호기심도 있고 해서 여성에게 대들어 보기 좋게 키스를 한번 했더니, 아, 글쎄 금방 자기모순적인 행동을 한단 말이야. 이런 (손으로 접시를 들며) 요리접시를 '풋볼' 던지듯이 탁 던지는데 뭣이 '철컥' 하더니 볼에서 피가 나오질 않겠나. (폭소) 그때 얻어맞은 허물이 그대로 이 얼굴에 있으니까 숨길래야 숨길 수 없지——

황　아니야, 순서가 그렇지 않았어. 그때 정경을 내가 얘기해야지.

변　여기에는 변명이 필요 없어.

황　그때 사람이 너더댓 있었는데——

변　그랬던가?

황　그때 우리끼리만 술을 마시자니 맹숭맹숭하고 기생을 부르자니 돈이 없고, 그래 '이거 싱겁구나. 장구라도 치면서 마셔야 할 터인데' 해서 일대의 호기를 부려서 내가 데리고 있는 승녀를 부르기로 됐는데, 문제는 내가 성의 공유론을 말해서 키스를 하게 하도록 하라고 한 것같이 말하나……

변 그럼, 그랬지.

황 글쎄 내 얘길 들어 봐——. 네가 키스를 하겠다고 하기에 그건 '당자하고 타협할 일이라' 했더니 자네가 강제로 대들어 키스를 했던 것이 아닌가——. 그것만은 묵인할 수 있으나 그 키스 끝에 나를 발길로 걷어차서 땅바닥에다가 두 번이나 내굴리니까 내가 술김에 뿔근 노해서 부지중 접시를 내던졌던 것이야——. 남의 애인과 키스를 한 것도 뭣한데 발길로 차서, 더구나 여자 앞에서 모욕을 주기에 그랬던 것인데 그 이튿날 술이 깨어서 생각하니 아차 내가 잘못했구나!

이 공기가 험악했구만. (웃음)

황 이튿날 변 군 일이 염려돼서 알아봤더니 병원에 입원했다기에 찾아가서 '얘, 어저께 내가 잘못했다!' 했더니 '뭘, 술 먹고 그런 것을…… 다 낫거든 어디 가서 또 술이나 마시자!' 하더만——.

변 그렇지 않아——. 그 승녀하고 같이 문병을 왔단 말이야. 그때 나는 맞은 자리를 꿰매고 나서 간신히 일어나 있었는데 그것을 보니 자기가 저지른 일이 끔찍했던지 저 사람이 울면서 하는 말이 나를 볼 낯이 없다고 하면서 같이 죽자는 거야——. 그래 '내가 왜 너하고 같이 죽어, 죽으면 나 혼자 죽지!' 했더니 저 친구가 우는데, 보기에 우스워서 견딜 수가 있어야지……. 웃는 바람에 간신히 꿰매 놓았던 것이 다시 터져서 '좋다 잘 알았다. 그러

면 제발 가 달라고' 했어—— (웃음)

황 그랬던가. 그것은 모르겠는데.

변 그때 방귀환 씨 병원에서 꿰맸는데 사금파리가 든 것을 그냥 꿰맸기 때문에 다시 수술을 했어——.

풋술 마시던 때!

황 그 후에도 변 군과 가끔 같이 술을 먹었는데…… 괘씸하게 생각돼서 한 번은 피했지만……

변 그때는 술 한잔을 먹어도 정말 반갑게 먹었지 요새처럼 깍다구패는 아니야——.

이 그런데 공초도 부부생활을 좀 해 보시지.

오 나는 그때부터 쭉 방랑 생활을 계속했는데, 주로 산으로 많이 다녔지. 언젠가 사인첩에다 수주가 쓰기를 '공초여, 고만 착륙함이 약하若何오!' 했지만——.

변 요새 인공위성처럼 돌기만 하니 착륙하라고 했지. (웃음)

오 나도 그런 것을 느낄 때가 있으나 그 생각은 순간적이고 그 다음 순간에는 잊어버리곤 해서 지금껏 방랑생활을 계속하고 있는데 아닌 게 아니라 내 자신의 시간을 갖고 싶은 마음이 절실할 때가 있어요. 그래서 여생을 고요히 생각해 가면서 정리할 것, 정돈할 것을 깨끗이 청산하고 여생을 마치고 싶은데 뜻은 있어도 아직 이루지 못하고 있는 형편입니다. 내 시간을 가지고 내 공간이 있어야 될 터인데 아직 내 집이라고 방 한 간 없으니 그저 동서남북으로 떠돌아다니지…… 그래서 방랑객이니 현대의 김삿갓이니 별의 별 얘기가 다 나오고…….

황　김삿갓이 아니라 오삿갓이지. (웃음)

이　특색이 담배인데 담배를 언제부터 시작했소?

오　『폐허』 때부터지.

변　담배는 다 그때부터지? 아마…

이　하루에 담뱃불을 끌 때가 어느 땐고?

오　누워 잘 때만—. 그러나 오줌 누러 깨면 반드시 한 대……

변　잘 때에 담배가 요에 떨어져서 타 죽을 뻔한 일도 몇 번 있지— (웃음)

황　내가 부산 피난생활을 할 적에도 이불에 담배를 떨어뜨렸었어—.

변　이건 내가 다옥동 큰형님 댁에 있을 때 일인데 한 번은 공초가 찾아왔길래 먹을 줄 모르는 술이지만——그때는 내가 경제적으로 공초보다 좀 나을 때인데——술을 한잔 사라기에 십 원을 가지고 바로 집 앞에 있는 청요릿집 경회루로 갔는데 밑천이 적어서 별로 안주는 안 먹고 그냥 배갈만 먹었으니 얼마를 먹었는지도 알 수 없으나 하여간 굉장히 마셨어. 그때만 해도 나는 먹던 술이라 이미 술이 위에 뱄지만 공초는 술을 먹지 못했었는데 마구 마셨으니 취해가지고 같이 집에 와서 쓰러져 잤는데——그때나 지금이나 나는 건강해서 술을 암만 먹어도 괜찮지만——이른 아침에 일어나서 학교 갈 준비를 하고 공초를 잡아 흔드니 영 송장이 되어 버렸어. (웃음) 이 자가 죽었나 해서 코에 손을 대 보니 약간 온기가 나오기에 죽진 않았구나 하는 안심을 하면서 잡아 흔들어 봤으나 꼼짝도 못 해! 그때는 공초라는 호도 없는 때라 '상순이 일어나'라고 한참 동안 흔드니까 간신히 실오라기만치 눈을 뜨고 하는 말이 '가만히 내버려 둬' 하더군. 그래 '그러면 어떻게 하니. 무엇을 좀 먹어야지—. 미음을 끓여 줄까, 설렁탕 국물을 사다 줄까? 뭣을 먹어야 될 것이 아니냐?' 했더니 '가만히 두어 둬. 내 창자가 끊어져서 속에서 맴을 도니 내버려 둬——.'

오 정말 그때 죽는 줄 알았어——. (웃음)

변 그때 정말 죽었는 줄 알았다—— (웃음)

이 배갈을 얼마나 먹었는데——?

변 십 원어칠 배갈만 먹었으니까 굉장하지. 하여간 학교YMCA 영어학교에 가서 가르칠 것을 가르치고 저녁때 집에 돌아와 보니 그때까지도 의식이 완전히 회복되지 않았더구만…

오 그때 설렁탕을 사다 주었지?

변 설렁탕 물을 입에 물고 모래알 넘기는 것 같다고 해! (웃음) 그때 한 사흘 동안은 꼼짝 못하고 있었지. 그때 같이 찍은 사진이 6·25 전까지 있었는데 6·25 때 고만 타 없어졌어.

장안의 4대 장발

황 수주가 술값을 내고 술을 샀다는 것은 참 드문 일인데——

변 저 사람 술을 한 번 얻어먹고 갚지를 않았더니 날 만날 때마다 '수주 술을 얻어먹은 사람도 있나' 하는데 그게 속에 맺힌 것이 있어서 그러는 거야—— (웃음)

이 수주, 그건 이관구李寬求도 그러는데… 자네 술을 못 얻어먹었다

고 하데. (웃음)

황　내가 제일 밉게 생각하는 것은 부산에 있을 때 어떻게 돈이 한 5만 환 생겨서 그날 결국은 나절로, 이관구를 만나서 다 써 버렸지만……

변　화장품을 팔았다는 애기이지?

황　이 사람 가만히 있어 —— 말을 다 맺어야지 —. 그래 남포동 거리를 지나노라니까 저 친구가 술이 취해가지고

오　수주가 말이야?

황　그렇지, 아주 만취가 돼가지고 날더러 술을 사라고 매달리는데, 가만 보니 수주 바른손에 무엇이 들려 있단 말이야. 그래 바른 손을 잡아채 보니까 '위스키' 한 병이 들려 있거든!

변　조병옥趙炳玉이 술을 도적질한 거야. (웃음)

황　아 이놈이 술을 들고 술을 사라고 하기에 그 술을 먹자구나 했더니 이 술은 조병옥이한테서 얻은 술이라 꼭 집에 가져가야 한다 하므로 미운 생각이 나서 홱 돌아서 오고 말은 일이 있는데 그 뒤에 들으니까 그 술은 팔아먹었다지 않아. (폭소)

변　청조다방 마담이 팔았지!

황　그러니 어느 친구에게도 용이하게 막걸리 한잔을 안 사는 사람이 십 원이나 써서 공초를 대접했다는 것은…… 공초 매수책이 아니었던가. (웃음)

이　우리 동인 중에 지금 생각나는 사람이 안서岸曙(김억金億)인데, 그 사람은 싸움을 해도 줄기차게 싸우는 것이 아니라 시끄러울 정도로 발작을 잘 했지.

황 그렇지만 악의는 없는 사람이야.

변 그 사람이 외국역시집을 처음 낸 것으로 아는데 그때 서문을 내가 썼지.

오 안서가 그때 『장미촌薔薇村』이라는 것을 냈었지!

변 시 잡지는 황석우가 처음 냈지—

오 '장미촌사' 주최로 시낭독회를 가졌었지.

황 그때 사회도 이병도가 했지…

오 시낭독회 얘기가 났으니까 말이지만 그때 서울 장안에 사四 장발이 있었는데 제일 머리 길기론 남궁벽이요 제이가 황석우 제삼이 안서 다음이 나—. 모두가 『폐허』 동인들이야.

변 아무래도 본격적인 장발은 남궁벽이야——.

오 그때 남궁벽하고 나하고 같이 뒷골목에 가면 애들이 주루루 따라오고 때로는 길 가다가 돌멩이에 얻어맞기도 하고, 지나가는 사람마다 반드시 한 번 돌아다보고 손가락질을 하고—. 그래서 남궁벽이보고 머리를 약간 짧게 하는 것이 어떠냐고 했더니 머리를 설레설레 흔들면서 하는 말이 걸작이야. '민족성이 못돼서 이 백성의 교육을 위하여 언제까지나 이렇게 하고 다닐 판이라'고 아주 심각한 표정으로 말하곤 했어.

이 남궁벽이가 일본에 있을 때에 『태양』이라는 잡지에 글을 실렸던 일이 있는데 명문이었지?

변 암, 명문이고말고.

이 그때 「조선의 광휘」라는 논문을 내가 썼었지.

기자 그때 횡보橫步*도 소설을 썼나요.

변　아니야 횡보의 얘기는 내가 잘 아는데 「표본실의 청개구리」가 처음이야—. 요새로 말하면 단편소설의 형태도 아니고 일종의 수필 비슷한 것인데 그것이 처녀편이고——. 그리고 그 사람이 동경에 있는 것을 기자記者로 불러낸 사람이 진학문秦學文이지.

황　그 사람이 동경에 있는 것을 내가 불러왔지……

변　아니야!

황　아니긴 무에 아니야…… 내가 기미己未 운동 때에 상해上海로 건너가려고 동경에서 미행을 떼어 버리고 대판大阪에 가서 무슨 모임에 나갔다가 그 자리에서 염廉 군을 처음으로 만나가지고 경도京都로 함께 왔었고. 그 뒤 동경에 가 있는 염 군을 너희들에게 소개했던 것인데—— 그때 염 군은 문학청년이면서 독립운동의 투사의 한 사람이었지! 염상섭 군이 나와 있어서 인사를 하고 — 염 군은 소설보담 평론으로 먼저 존재를 나타냈던 사람인데 염 군은 『삼광三光』을 통해서 시평詩評으로 나를 조선 문단에 추천하고 내가 염 군을 『폐허』 동인으로서 추천했던 사람일세. 염 군의 당대의 재기才氣는 대단한 것이었지!

결백한 남궁벽

변　참! 자네黃 신익희申翼熙 씨하고 같이 조대早大에 다녔나.

황　나와는 같은 해에 입학했지!

이　신익희 씨가 2년 선배야!

---

* '횡보' : 염상섭의 호.

변　그때 나하고 이희승李熙昇이가 여기에YMCA 영어반 동창이고 황석우, 이병도는 일본 조도전早稲田대학 동창이고!

기자　이 선생은 보성普成 몇 기期지요?

이　보성전문학교 8회지. 대정大正 8년이니까.

변　우리 큰형이 보성 1회야, 우리는 모조리 1회니까—— (웃음)

이　자넨 몇 회인가?

변　나는 회를 초월한 사람이지.

오　특회特回로군. (웃음)

황　변 군은 아닌 게 아니라 입으로는 상당히 독설인데 문장으로 남을 욕하는 것을 좀처럼 못 봤어.

오　그런 특색이 있지.

이　하여간 남궁벽이는 참 아까운 사람이 죽었어.

오　횡보하고 명월관에서 우리가 모임을 가졌던 날 같이 밤새도록 술마시고 얘기도 하다가 돌아가서 감기몸살처럼 앓다가 고만……

변　그 사인死因은 아직까지 몰라. 왜 그런고 하니 절명하는 날 식도원食道園에서 같이 놀았거든!

오　우리가 명월관에서 같이 논 것이 아니고?——

변　아니야 식도원이지! 그때 남궁벽 부친한테서 나한테 사람을 보내서 빨리 와 달라기에 새벽같이 쫓아갔더니 '내 손이 떨려서 명정銘旌을 쓸 수 없으니 좀 써 주게' 하기에 내가 명정을 써 줬어. 그 사람은 부자불상견父子不相見이었으나 죽기는 자기 아버지 집에 가서 죽었어——

이　그때 몇 살인가?

오 스물일곱, 여덟 정도였지.

변 남궁벽이가 죽은 것은 이상해! 어쨌든 그 사람은 마음도 깨끗했지만 몸도 깨끗했지. 하루에도 손을 몇 번이나 씻는지 몰라, 그리고 수염이 원체 많기도 하지만 하루에 면도질을 몇 번씩 하고 양복바지는 언제나 금을 내 입는데 '네지키'*를 매일 해 입고 앉아도 우리처럼 이렇게 앉는 것이 아니라 비스듬히 앉아서 바지주름이 구겨지지 않도록 발을 앞으로 뻗고 앉았지.

이 일종의 괴망스러운 사람이었지.

변 그런데 내가 왜 남궁벽이하고 싸웠더라……. 옳아 내가 청진동에 살 때 남궁벽이가 의지할 데가 없으니까 우리 집에 와가지고 한 3개월 동안 같이 내 방에서 지냈는데――, 어떻게 괴망스러운 사람인지 원―― 이부자리가 하나밖에 없으니까 추운 겨울에 어떻게 하느냐 말이야. 자다 보면 혼자 이불을 두루루 말고 간단 말이야. 그래서 처음엔 뺏기지 않기 위해서 의례히 한쪽씩 깔고 자지, 그러니 가운데 '돈넬'**이 생겨서 추울 수밖에――. 그래서 이불 속에서 싸운 일이 몇 번 있었어―― (웃음)

이 그 사람이 장가를 안 갔지.

변 장가는 안 갔지만 기생이 하나 있었어――.

이 가정적으로는 참 불행한 사람이야――.

오 그 기생이 한정배던가?

변 그렇지, 그 한정배하고의 로맨스가 극진했지. 요새는 화류계 여

* 일본어 '寝敷き(ねじき).' 바지나 스커트 따위를 요 밑에 깔고 자서 주름을 잡음.
** '터널'의 일본식 발음 '돈네루(ドンネル)'로 추정됨.

자가 어떤 남자에게 순정을……

오　　정말 그건 순정이었지.

변　　그럼, 아 그때 남궁벽이한테 무슨 돈을 바라고 했겠어—.

오　　일류 기생이었지. 노래 잘 하고 눈이 이글이글 했지——.

이　　가정적으로는 불행했지만 자기 이상에 의해서 행동한 사람이야.

오　　결국은 사상적인 신구新舊 충돌이었지. 자기 아버지는 아주 엄격하고 자기 자신에 충실한 사람이라——

변　　그래서 자기 고생을 자기가 사서 한 것이지. 부잣집 외아들이——

이　　그런데 죽은 원인은 뭐야.

황　　급성 맹장염이 아니던가?

오　　자살이라는 설도 있었어.

황　　맹장이야 맹장——. 그런데 거— 남궁벽이가 유종열*이 부인하고 어떻게 되지 않았었나?

오　　그것은 추측이지.

황　　내가 증거를 봤는데——

변　　유종열이가 자기 아내인 유금자**를 의심한 건 사실이지. 그 사람에게 아들이 넷 있는데 위로 두 아이는 사랑했고 밑으로 둘은 미워했는데 그 이유가 뭔고 하니 위로 둘은 자기 자식이고 밑으로 둘은 남의 자식일 거라는 관념에서 미워했던 것이야. (웃음)

황　　남이란 남궁벽이?——

---

* 야나기 무네요시[柳宗悅].

** 야나기 가네코[柳兼子].

변　남궁벽이가 그 집에서 식객 노릇을 했지. 그러나 내가 알기엔 유금자의 반주자로 다닌 '사카키'를 의심한 것 같아—. 그 아랫자식들은 '사카키' 자식이라는 거야, 일종의 의처증으로 그랬다는 애기도 있지만——.

여류시인 김명순金明淳

오　그런데 여류멤버 애기가 없었는데—— 우리 동인으로 김명순, 나혜순, 나혜석羅惠錫, 김원옥, 김일엽金一葉……

변　옳아 그 애기를 안 했구만, 일전에 둘째 형님이 수덕사修德寺를 갔다 와서 그러는데 사찰로서의 면목을 아주 완전하게 갖춘 것이 수덕사라고……

이　왜 더 좋은 것은 계석사溪石寺지.

변　그 말을 들으니 수덕사에 한번 가 보고 싶어지던데…… 절놀이 가는 셈 치고.

오　김일엽이는 아직 수덕사에 있지.

황　김일엽이 애기가 나왔으니 김명순 애기도 해야지——

이　그분은 혼자서 고생을 많이 했지.

황　김명순 씨는 이 선생의 부인하고 동기동창인데……

이　내자內子하고 한 학교를 다녔다지만, 뭐!

변　그럼 자네 내자도 구식이겠군.

오　왜 김명순이가 얼마나 첨단을 걸었는데……

황　가만히들 있어, 내가 멋있는 애기를 할 테니까—. 한번은 이 선생 서재로 찾아갔더니 이 친구(이병도 씨)는 '바이올린'을 하고…

좀 그렇더구먼… 좀 음큼한 면이 있던데…… (웃음)

이 내가 얘길 하지, 그 김명순 씨라는 분은 여류시인으로 아주 오래된 분인데……

변 원 이름은 탄실彈實이야—.

이 글쎄, 그 사람이 일본 유학 시절에는 연애대장인데, 실연을 했단 말이야—. 지금 살아 있는 사람이라 이름은 안 밝히지만——귀국해가지고 방랑생활을 하는데 어디 있을 데가 있나, 그래가지고 한번은 나를 찾아왔는데 나만 아는 줄 알았더니 우연히 내 내자하고도 안단 말이야, 옛날 진명학교를 다닐 때 동기동창이라는 거야——. 그래 갈 데가 없으니 좀 같이 있게 해 달라고 해서 방을 한 칸 치워 줬는데, 밤낮 시집을……

변 독서열이 굉장하지.

이 밤낮 독서를 하고 밤낮 우는 소리를 한단 말이야. (웃음)

변 나도 우는 것을 몇 번 보았어. (폭소)

이 나도 젊은 사람이고 그 여자도 젊은 사람이니까 기회만 있으면 연애를 할 수 있었지만, 여자라는 것이 매력이 있어야 될 터인데 매력이라는 것이 통 없단 말이야—. 원체 '오텐바'*라서.

오 남성다운 여성이지.

이 그래서 우리 내자도 안심하고……

변 이왕 얘기를 하려면 정직하게 얘기를 하지 그래. (폭소)

이 아니야, 솔직하게 얘기하는 거야. 의심을 했으면 내 내자가 붙

* 일본어 '御転婆(おてんば).' 말괄량이.

일 리가 만무하거든—. 그래서 가끔 농담도 하고 원고 정서도 시켰고, 또 대신 용돈도 주고, 그러면서 우리 집에서 몇 해를 지냈는데……

변 아니 몇 해 동안이나? (웃음)

이 1, 2년 지냈지. 그때 마침 나한테 '바이올린'이 있어서 내가 바이올린을 하고 그분은 독창을 하고!

황 바로 그 얘기를 고문하기 전에…… (폭소)

이 아니야, 무슨 일이 있었다면 내 내자가 붙일 리가 있겠어——

변 그것은 미약한 구실이야! (웃음)

이 하여간 그 뒤에 이 여자가 일본으로 갔었는데 얼마 후에 어린애를 하나 안고 또 찾아왔어. 누구냐고 물었더니 '혼자 떠돌아다니기가 쓸쓸해서 고아를 얻었다'고 해. 정말 고아인지 아들인지는 모르지만……. 그런 일이 있은 지 7, 8년 뒤에 다시 찾아와서 어디 갈 데가 없으니 좀 있게 해 달라고 해서 안방을 치워 줬는데 아주 질색이야 울고불고 떠들고……. 그러나 불쌍해서 같이 지냈지. 그때 나는 문학사를 쓰고 있었던 때라 정서를 많이 시켰지. 지금도 그이가 정서한 원고가 집에 있는데 그것을 볼 때마다 김명순이가 생각난단 말이야——.

오 그런데, 김명순이는 죽었나 살았나?

이 죽었어——.

변 누가 해방 후에 동경에서 봤다는데.

이 여하간 그렇게 내 집에서 몇 달을 지내다가 다시 일본으로 가겠다고 한단 말이야…… 노자路資를 장만해 달라고!

변 밥 얻어먹고 노자까지 달라고 하면 필시 무슨 곡절이 있었군. (웃음)

이 거야, 원고를 정서하니까……

황 바른대로 말해. (웃음)

이 글쎄 이 사람은 오해를 하고 있어! (웃음) 여자라는 것이 귀여운 데가 있어야지 그것이 없는데 무슨……. 그래 노자를 달라기에 주었더니 어린애를 데리고 일본으로 갔단 말이야…… 그것이 중일전쟁 말기인데 그 후로 아무 소식도 없지. 그러나 가끔 일본을 다녀온 사람의 얘기를 들으면 아주 거지가 되다시피 되어서 이 집 저 집 돌아다닌대!

변 '금좌통金座通'으로 떠돌아다니면서 구걸하다시피 해 사는데 아주 나쁜 놈들을 만나면 욕도 당하고 그런대.

황 아, 가슴 아픈 일이로다──.

이 얘기를 들으니까 해방 후에 미쳐서 죽었다고 해……

오 요전에 일본을 다녀온 사람의 말을 들으니까 일본에서 보았다는 말을 해. YMCA에 자주 나온다던가…… 김명순의 호가 망향초望鄕草였던가?

변 그럼, 여하튼 여류문인으로서 빼놓을 수 없는 이름이지.

황 문학여성적인 소질을 충분히 가졌던 여자야──.

화가 나혜석

변 평안도 여자이고──

기자 나혜석 씨 얘기를 좀 해 주시지요.

변 그 여자는 참 다정한 여자야, 남성을 너무 좋아했어. '애로'의 적극성을 발휘했지.

오　자유연애주의자이고——.

변　어떤 남자한테나 침략을 당하는 게 아니라 침략을 하는 편이지. (웃음) 나중에 남편인 김우영金雨英 씨가 부산에서 변호사 노릇을 했지만 그 사람과 동거 생활을 하는 동안에도 대단했어. 최린崔麟 하고는 파리에서 같이 지냈는데 서로 왔다 갔다 한 '러브레터' 십여 통을 보니 이런 좌석에서 감히 옮길 수 없는 음탕한 구절이 굉장히 많아——. 서로 주고받은 얘기를 여기서는 도저히 얘기할 수 없어. 그런데 문제의 '러브레터'를 어떻게 얻어 보았는고 하니, 나중에 나혜석이가 최린한테 위자료 삼천 환을 청구했는데, 죽자 살자 할 때를 생각해서라도 선뜻 주었으면 좋았을 것을 내주지 않았기 때문에 소송을 했단 말이야. 그 소송을 맡은 사람이 바로 소완규蘇完奎(소선규蘇宣奎 의원 백씨伯氏) 씨였는데 그것을 『동아일보』 모 사회부 기자가 기미를 알아가지고 소완규 씨가 법정에 가고 없는 사이에 서랍 뒤짐을 해서 몰래 그 편지들을 훔쳐가지고 와서 우리한테 보여주었거든——. 차마 말할 수 없는 문구가 많고——. 어쨌든 나중에 합천陜川 해인사海印寺에 정양하러 가서 거기 스님 한 분과 뭐해서 주지한테 쫓겨났지.

오　그때 그 주지가 누구였더라…….

변　여하튼 그 중도 여자를 좋아했거든, 그래서 절에서까지 쫓겨났어. 저 동구 밖으로……

오　사건 이후에 휴양을 갔는데……

변　글쎄 반신불수가 돼가지고 휴양을 가서, 반신불수가 된 상태로서 '애로' 행각을 계속했거든. 참으로 성도性道에 그 이상 더 철저한 사람은 동서고금을 통하여 없을 거야. (웃음) 해인사 동구막에 가 있을 때 누구 하나 돌봐 주는 사람이 없었지, 그때 가본 사람이 누군고 하니 이당以堂 김은호金殷鎬 씨였지.

오 말하자면 연애지상주의를 몸소 실행한 사람이야. 그리고 비극의 주인공이지——.

변 그리고 나혜석의 첫 애인으로 최성구*라고 있었어——30여 년 전에 죽었지만——미남이었고 문필이 여간 놀라운 것이 아니었지.

이 보성전문학교를 나왔어.

변 그의 무덤이 전라도 목포에 있는데 그 당시에 김우영 씨와 나혜석 씨가 결혼을 했어. 그래 김우영이가 신혼여행을 어디로 갈까? 하고 제의를 하니 나혜석이가 하필이면——온천도 있고 좋은 데가 많이 있을 텐데——첫 애인 최성구의 무덤이 있는 목포로 신혼여행을 가자고 했단 말이야——. (폭소) 좋게 말하면 선량한 사람이고 나쁘게 말하면 바보인 김우영 씨가 나혜석의 제의에 동의해가지고 따라갔는데, 그저 가기가 뭣하니까 꽃다발을 가지고 갔단 말이야—. 그래 가서 보니 무덤에 비碑가 없으니까 우리 결혼기념으로 비석이라도 세우자고 해서 건비建碑까지 해놓고 왔어요. (폭소)

황 아마 안 되었던 모양이지. (웃음)

---

* 최승구(崔承九)의 오식.

김일엽의 결혼 초야

(김영환 씨 입장)

일동　아 이 사람 지금이야 오나. (웃음판)

김金　벌써 시작했나! 이거 미안하네.

오　어제의 청년들이 백발에 가깝구나——

변　지금 막 탄실이 얘길 했네.

황　이 사람(김)이 탄실이를 좋아했지.

김　나하고야 누이동생이지, 그런데 지금 동경에 있는 청년회관 안에서 하꼬방*을 짓고 산대…… 오순식이가 말하더만——

오　아니 살아있단 말이야?

김　살아있어.

이　죽었다는데!

김　김명순이가 거지같은 옷을 입고 청년회관에서 살고 있는데 거기서 나가라고 하니까 막 악을 쓰고 야단해서 그냥 있다고 하던데.

변　동경 청년회관에 물어보면 알겠네?

김　그럼 알 수 있지.

황　거 반가운 소식이군!

김　양자를 하나 둬 가지고……. 지금 열댓 살 났지.

이　내가 한번 찾아봬야겠는데.

황　한 육십 되었지?

김　그렇게 됐을 거야.

* '판잣집'의 일본식 표현.

이 지금 우리는 죽었다고 했는데! 말로가 불쌍하게 되었군——.

변 분명히 알고 하는 얘기지?

황 아 같은 평안도인데 모를 리가 있나.

변 언제 만나서?

김 6·25 직전이야.

이 그럼 그 동안에 죽었어.

김 아직 든든해요.

변 그러면 어린애가 지금 이십여 세가 되었겠군!

김 6·25 전이니까—. 그렇게 됐겠지.

기자 김일엽 씨 얘기를 좀……

변 김일엽이는 전에 이화학당梨花學堂을 다녀 나와 가지고 혼자 지냈는데 누가 중간에 나선 사람이 있어서……

오 이— 익홍이던가?

변 뭐 이익홍이면 전 내무부장관인데. (웃음)

오 옳아 이노익李老益이다. 이노익이라고 해서 연희전문학교延禧專門學校 교수인데 미국에 가서 공부하다가 다리를 다쳤지.

변 절름발이야, 그런데 누가 중매를 서서 결혼을 하게 됐어. 나중에 김일엽이가 「청산과부의 설움」이라는 것을 썼는데……. 첫날밤에 정이 떨어졌던 모양이야……. 참 기막힐 일이지. 첫날밤에 이부자리를 깔고 자리에 누우려고 하니 신랑이 벽에 기대서서 덜거덕 덜거덕 하면서 나사못을 틀더니 한 다리를 뚝 떼서 못에 거니, 이 모습을 본 젊은 신부의 안색이야 가히 상상할 수 있는 일이지——

황　전신이 짜릿했겠지.

변　요새 같으면 그 길로 '택시'를 잡아타고 도망했을 거야. 그때만 하더라도 옛날이니까 참고 참아서 몇 해 동안 부부생활을 했지.

이　한 2년 살았나.

변　2, 3년 계속했어. 그것은 참 인고의 생활이지. 기 막히는 것을 참고 살았으나 결국은 나중에 김노을, 석공 김성문 등과 살았지만……. 그때 김노을하고 연애를 하게 되었고 그 후부터 만성이 돼가지고 이 사람도 좋고 저 사람도 좋고, (웃음)

오　고高 씬가 하河 씬가도 있었는데? ——

변　어쨌든 그래가지고 나중에는 심기일전心機一轉해가지고 삭발을 하고 중이 되었어.

이　일대 용단이지.

오　정열적인 여성이었지.

이　아주 대단하고.

변　남을 욕하거나 남의 말을 나쁘게 하는 일이 절대로 없어요.

오　그러니까 병신하고 3년 동안이나 살았지.

황　고병양이는 어떻게 되었어?

이　죽었대.

개화開花 결실을 봐야지

기자　『폐허』를 발간한 그날의 감회를 잠깐 말씀해 주세요.

오　『폐허』를 시작했던 그 정신으로 지금까지 살아왔지. 초지일관하다가 죽을 것이야.

변　　그래야지.

오　　그리고 지금에 있어서 또 한 번 폐허가 됐지만 이 폐허 위에 꽃을 피워서 개화 결실을 봐야지.

변　　내 개인으로 말하면 내가 무술戊戌생이니 무술년을 기해가지고 재출발을 해 보려고 하는 개인적인 '프라이드'가 있어.

황　　끝으로 이 자리에서 우리는 민족정신 사수와 그 앙양을 위해서 문학운동을 해온 것이니만큼 역시 앞으로도 민족정기에 입각한 문학운동으로 지탱해 나가는 데 노력을 해야지.

기자　여러 선생님 바쁘신 중에 대단히 감사합니다.

〈속기 : 노원호盧元鎬〉

『신태양』, 1958.2.1

제3부

해제

해제

공초 오상순의 작품세계와 활동 영역*

이은지

오상순은 1920년대부터 1963년 작고할 때까지 꾸준히 글을 발표했다. 다만 활동 기간에 비해 그 수가 많지는 않으며, 현재까지 확인된바 활발하게 글을 발표한 시기와 공백기가 뚜렷하게 구분되는 편이기도 하다. 작품연보를 보면 1925~1934년, 그리고 1937~1946년 두 차례의 긴 공백기가 눈에 띈다. 이를 기준으로 오상순의 창작활동을 1920~1924년, 1935~1936년, 1946~1963년의 세 시기로 구분해볼 수 있다.** 그런데 제2기인 1935~1936년에는 9편의 작품만이 발표되었고, 그 중 3편은 이미 발표한 작품을 짜깁기하거나 보완한 것이며, 나머지 6편 중 4편은 짤막한 산문이다. 따라서

---

* 이 글의 내용 일부는 이은지, 「증보(增補) 작품연보를 통해 본 1950년대의 오상순」, 『민족문학사연구』 73호, 민족문학사학회, 2020에 수록되었던 것이다.

** 1932년에 발표된 시 「향수」와 1939년에 공개된 일본어 편지 두 편은 사실 이러한 시기 구분에서 벗어나 있다. 이 중 편지 두 편은 작품 활동 이력으로 보기는 어렵다는 점에서 작품 활동 시기 구분에서 어느 정도 차치할 수도 있겠지만, 「향수」는 공백기 한가운데 발표된 유일한 시 작품으로서 눈여겨볼 만하다. 다만 아직까지 1926~1934년 사이의 작품은 이 한 편밖에 발견되지 않아, 현재로서는 향후 수정 가능성을 열어두고 일단 1926~1934년, 1937~1946년을 공백기로 상정해도 무방할 것이다.

사실상 오상순이 시 창작을 활발하게 해나간 시기는 대략 1920년대 초, 그리고 1950년대라고 할 수 있다. 이 글에서는 두 시기에 오상순이 발표한 시 작품들을 보고 그 대체적인 특징을 간략히 제시하고자 한다.

생애에 있어서나 작품세계에 있어서나, 오상순에 대한 기존의 평가에서 항상 언급되는 단어는 '허무'와 '방랑'이다. 이 단어들은 일차적으로 오상순의 대표작에서 나왔다. 예를 들어 「허무혼의 선언」1923에서 그는 물, 구름, 흙, 바다, 별, 인간, 신을 차례로 부정하는 허무적 태도를 보였고, 앞서 언급한 「방랑의 마음」1935.8에서는 자신의 혼이 "흐름 위에 보금자리" 쳤다고 노래했다. 또 첫 발표작인 「시대고時代苦와 그 희생」에서는 당대 "우리 조선은 황량한 폐허의 조선"이라고 단언하기도 했다.

실제 행적에 있어서도 오상순은 30대 이래 줄곧 한곳에 정착하지 않고 전국 각지의 사찰이나 지인의 집을 전전하며 살았다. 장년기에는 하루 종일 다방에 앉아 오가는 문사들이나 학생들과 이야기 나누는 것을 일과로 삼았다. 그 외에 평생 결혼하지 않은 점, 연기가 끊이지 않을 정도로 담배를 즐긴 점, 기독교 전도사였다가 점차 불교에 깊이 경도된 점 또한, 그를 기억하는 많은 사람들이 공통적으로 떠올리는 그의 특징이다. 이렇듯 작품에서 관찰되는 태도와, 생전의 생활방식이 함께 작용하여, 오상순에 대해서는 다소 회의적이고 달관적이라는 이미지가 형성돼 있다고 할 수 있다.

그러나 '허무'나 '방랑'이라는 단어의 일반적인 뉘앙스와 달리, 오상순이 항상 어떤 퇴영적인 자세만을 견지한 것은 아니다. 오상순을 다룬 국문학 연구들은 1920년대 그가 속했던 '폐허' 동인의 활동에 주목하는 경우가 많은데, 이때 오상순이 선언한 '폐허'는, 모든 것이 무너졌다는 인식에 그치지 않고 무너진 다음에 올 창조와 재건의 비전까지를 내포하는 것으로 해석된다. 오상순은 "우리 조선은 황량한 폐허"이지만 그 발밑에서 "한 개의 어린 싹"이 솟아난다고 했으며「시대고와 그 희생」, "폐허 벌판 한 모퉁이"에서 "핏덩이 애기"가 갓 태어난다고 했기 때문이다「폐허의 제단」. 사실 이처럼 격변의 시대를 맞이하여 파괴와 재건을 함께 외치는 것은, 오상순과 함께 활동한 당대 조선 문인들은 물론, 비슷한 시기의 일본 사상계에서도 널리 나타난 현상이기도 하다.

파괴와 쇠락을 의미하는 '폐허'가 재건을 염두에 둔 것이었다면, 모든 것을 부정하는 '허무'와 영혼의 보금자리를 찾지 못했다는 '방랑' 또한, 뒤집어보면 긍정할 무언가와 영혼이 보금자리 칠 어딘가를 끊임없이 찾고자 한다는 것으로 읽힌다. 실로 오상순은 작품들 전반에 걸쳐 자신이 품은 굵직한 철학적 의문과 그에 대해 스스로 찾은 답을 부지런히 제시했는데, 이미 잘 알려진 대표작 이외의 작품들까지 찬찬히 읽어 보면 조금씩 그러한 양상을 확인해 볼 수 있다.

세 살 때 끌던 나의 신
나는 울고 싶다
너를 볼 적마다
생의 신비에——.

—「때때신」(1921) 전문

초기 시에서 오상순이 출발하는 의문이란 '세상의 만물을 변화시켜 가는 것, 생겨났다 사라지게 하는 것이 무엇인가'이다. 「때때신」은 그러한 내용과 그 제시 방식을 잘 보여준다. 「때때신」에서 화자인 '나'는 세 살 때신던 작은 신발과 커져버린 지금의 발을 비교해 보고, 생의 신비로움을 느낀 나머지 울고 싶어진다고 말한다. 자신의 몸을 천천히 바꾸어 나가는 어떤 동력이 있다는 것, 그러나 스스로는 그 과정을 의식하거나 주도하지 못한다는 것 사이의 부조화가 신비로움을 느끼게 하는 요인이다. 이처럼 이 시는 사물의 변화에 대한 의문과 그 계기의 단편을 직접적이고 간결하게 제시한다.

산문 「방랑의 길에서 추억」1923은 「때때신」의 내용을 뒷받침해 준다. 이 글에서 오상순은 어릴 적 아버지의 넓은 가슴과 튼튼한 팔뚝을 보고 감탄했던 기억을 떠올리며, 그때 아버지의 몸이 "위대하고 장엄한 비밀의 세계"였다고 말한다. 그리고 성인이 된 지금, 지난날 아버지를 향했던 "경이와 회의"는 이제 아버지만큼 커 버린 자기 자신을 향하게 되었다고 말한다. 이어서 그는 그러한 변화가 자연 법칙에 따른 것이라는 상식적인 설명으로 만족할 수 없으며, 한 걸음 나아가 자연 법칙 자체의 핵심을 간파하고 싶다고 말한다.

> 돌아――
> 희망을 품으라
> 너의 차디찬 가슴에도
> 위로를 받으라
> 너의 굳어진 심장에도
> 돌아――
> 부단코 변화함은
> 물리物理의 약속이요

쉼 없이 유전流轉하고 순환함은
생명의 비밀이다
돌아——
너도 말을 하고
너도 보고
해탈을 얻고
자유로 뛰고
자기표현을
마음대로 할 때 있으리라
영원한 비밀과 약속 맡은
생명의 여신이 다시 돌아오는 날에——
돌아——
그때
나는 네가 시詩까지 짓기를 바란다.

—「돌아!」 일부

한편 오상순은 사물을 변화시켜 가는 생명의 비밀이, 무언가를 창조하는 행위의 촉발 지점과 긴밀하게 관련돼 있다고 보았다. 「돌아!」1921의 화자는 움직이지 못하는 돌을 가리켜 장님과 벙어리의 운명을 타고났다고 동정하고, 이어서 모든 사물을 끊임없이 변화하게 하는 "물리의 약속"과 "생명의 비밀"이 이 돌을 자유롭게 해 주리라 생각한다. 그래서 돌이 보지도 말하지도 못하는 상태로부터 벗어날 뿐만 아니라, 시를 짓는 등 새로운 것을 원하는 대로 표현하게 되리라고 본다. 여기서 "물리의 약속"이라는 말은 생명체가 변화해 가는 현상의 보편성과 필연성을 강조하여, 시 짓기와 같은 창조적 행위 또한 '살아 있는 어떤 존재나 저절로 갖게 되는 보편적이고 필연적인 자유'에 해당함을 암시한다.

이와 관련해서는 산문 「표현」1924에서 보다 심화된 주장을 확인할 수 있다. 오상순은 이 글에서 이 세계에 존재한다는 것, 산다는 것 자체가 곧 '표현'하는 것이라고 단언한다. 나뭇잎 한 장, 모래알 하나의 존재도 모두 각자의 자기표현에 해당한다고 보고, 그러한 세계의 질서에 맞추어 자신도 스스로를 완전하게 표현하겠다고 다짐한다. 그리고 이러한 다짐은 개인적인 취향이나 바람에서 나온 것이 아니라 세계의 요구에 순응하는 데서 나오는 것이라고 한다. 이 세계의 질서를, 오상순은 한편으로 '표현도表現道'라고 일컫고, 다른 한편으로는 '나의 생명의 도道'라고 일컫는다.

> 어렸을 적에
> 하늘에 떠오르는
> 여름의 흰 구름을
> 손가락질하면서
> "어머니 저것 보아
> 하느님이 밥 지어—" 하였다.
> (…중략…)
> 그 말은 나에게 대하여
> 불가침의 충실성, 영원성을진 전자아의 상징적 표징이었다
> 곧 나의 전생명의 창조적 걸작이었다
>
> —「상한 상상의 날개」 일부

그렇다면 자기 존재를 완전하게 표현한다는 것이 무엇일까? 시 「상한 상상의 날개」로부터 오상순이 제시하는 한 가지 예를 확인할 수 있다. 오상순은 자신의 어린 시절 기억을 이 작품의 소재로 삼았다. 어머니의 손을 잡고 걸어가던 어느 여름날, 하늘에 떠 있는 흰 구름을 보고 '하느님이 밥 짓는다'고 말한 일이다. 이후 그는 여러 교육기관에서 구름을 둘러싼 많은 지식을 배운다. 하지만 어느 것도 어린 시절 자신이 했던 말만큼 충실한 것은 없었으며, 그 말이야말로 어떤 겉치레나 분열의 흔적도 없는 자기 "전자아全自我의 상징적 표징"이자 "전생명의 창조적 걸작"이었다고 평가한다. 즉 훌륭한 말 한 마디는 대상을 충실하게 그리는 동시에 말하는 주체의 전부를 남김없이 드러낸다는 것이다. 오상순은 현재의 자신이 더 이상 그런 말을 해낼 수 없게 되었으므로, 다시 한 번 어린애의 상태로 돌아가고 싶다고 말한다. 상식적으로 생각했을 때 그것은 개인의 주관을 독단적으로 제시한 것일 뿐이리라고 예상하면서도, 이러한 독단이 당연하고 보편적인 것으로 받아들여지는 공간을 또한 상정하며, 그 공간을 '어린애의 왕국'이라고 부른다.

어린아이의 상태를 회복하기 위해 결국 오상순이 도달하는 보다 구체적인 공간은 어린 시절을 보낸 고향 땅이다. 산문 「폐허행廢墟行」1924의 '나'는 오랜 방랑 생활 끝에 돌아온 옛 고향에서 유일하게 남은 버드나무에게 반가움의 말을 건넨다. 이 버드나무는 어린 '내'가 어떤 장난을 해도 받아주던 '어린 나의 원시적 창조욕의 표현을 위한 고마운 수난자'이다. '나'는 다시 한번 어린 시절처럼 버드나무와 일체감을 느끼고 무의식적인 열정이 넘치던 때로 돌아가기 위해, 버드나무를 감싸 안는다. 그러나 오랜 시간을 떨어져 지낸 탓에 금방 메워질 수 없는 격리감을 느끼고, 그것이 두렵다고 외치기도 한다. 글의 마지막 부분에서 오상순은 이 버드나무가 바로 조선의 예술을 상징하는 것이라고 말한다.

지금까지 확인된바 이 「폐허행」이 발표된 시기는 오상순의 1920년대 활동이 점차 마무리되어 가는 때이다. 이후에도 여러 편의 작품이 발표되었지만, 앞서 언급한 바와 같이 1920년대 전반만큼 그가 꾸준하고 활발하게 활동하는 것은 1950년대에 접어들어서이다. 오상순의 1920년대 작품들은 추상적 문제에 관해 탐구해 가는 과정을 문면에 그대로 드러내고 있었다. 아버지, 돌아가신 어머니, 관찰한 사물 등 주변에서 소재를 채용하기도 한 듯하나, 작품 내에서 그 소재는 대부분 의문에 자답하기 위한 하나의 예로 동원된다. 오상순의 시가 언어예술품으로서의 시적 형상화보다는 주제의식의 철학적 깊이 면에서 더 많이 조명되는 이유가 여기에 있을 것이다.

이처럼 1920년대의 시들이 '생명'과 '창조'에 관한 의문을 던지고 그 존재론적 의의를 탐색하는 과정으로 요약된다면, 1950년대의 시들은 대체로 생리적 현상이나 발달과업의 보편성을 강조하고 그 초역사적인 의미를 도출하거나, 혹은 감각의 이면에 집중함으로써 자타의 구분이 무의미해지는 경지를 보여주고자 한다.

> 오늘은
> 나의 돌잡히는 날
> (…중략…)
> 인간 동물의 아들 딸들이
> 두 발로 대지를 딛고

천지에 우뚝 서서 걷고 움직이는
이 엄숙한 사실은
지구가 움직여 돌아가는
사실보다도 더
엄숙하고 확실한 사실이 아닌가
우리 인류 자신이
유구한 역사와 세월을 계계승승
직접 실천하는 사실이요
진리이기에—

—「돌맞이의 독백」 일부

먼저 「돌맞이의 독백」1955에서 화자는 첫 돌을 맞이한 아기가 걸음마를 떼기 시작하는 발달 현상이, 인류가 직립보행을 시작한 이래의 역사를 계계승승 실천하는 것이자 '인류가 입체를 창조'하는 "크나큰 혁명"이라고 상찬한다. 비슷한 예로 「생명의 비밀」에서 오상순은 결혼하는 남녀가 "영원히 새로운 삶의 창조의욕에 불타는 한 쌍의 아담과 이브"라고 했으며, 「한 마리 벌레」에서는 정충精蟲을 가리켜 "우주를 대표하는 우주의 주인공"이라고 했다. 이처럼 같은 종種의 생물이라면 누구나 겪을 수 있는 현상들에 적극적으로 의미를 부여하는 것은, 우리가 인류 전체의 긴긴 역사나 광대한 우주에 대해 느끼는 경이감을 우리들 스스로에게 돌리도록 유도하며, 우리에 대한 우리 자신의 인식이 어디까지 고양될 수 있는지를 한번 가늠해 보게 한다.

나와 나 아닌 것의 위치와 거리의 간격을
자유로 도회韜晦하고 조절하여
하나의 조화의 세계를 창조하여
그 제호미醍醐味에 잠긴다.

—「나의 스케치」 일부

비가 내린다
좌악 좍 내린다
나가 내린다
좌악 좍 내린다
비가 나가 한결에
좌악 좍 내린다
비도 나도 아닌데
좌악 좍 내린다.

—「표류와 저류의 교차점」 일부

한편 오상순의 1950년대 시에서는 우리의 감각 너머에 있는 조화의 세계를 강조하여 '나'와 '나 아닌 것'의 구분을 흐트러뜨리는 양상도 자주 발견된다. 「나의 스케치」1954에 그러한 관점이 직접적으로 설명되어 있거니와, 「표류와 저류의 교차점」1954에서는, 처음에 '비가 내린다'였던 인식이 점점 '내가 내린다', 나아가 '비와 내가 함께 내린다', '비도 나도 아닌 것이 내린다'로 발전해 가면서 자타 구별이 무의미해지는 상태가 제시되고 있다. 제목에 들어간 '표류'와 '저류'란, 「운명의 저류는 폭발한다」1978,

유작를 참고했을 때 각각 '우리에게 감각되는 사물의 표면'과 '모든 사물에 잠재된 진가眞價'를 뜻한다. 따라서 '비'와 '내'가 둘이었다가, 하나였다가, 그 무엇도 아닌 것이 되는 과정은, 사물의 표면에서 이면으로 향하는 사유의 전환을 보여주는 것이라고 할 수 있다.

이렇게 보면 1920년대에 오상순이 의문스럽게 생각했던 몸의 변화는 1950년대에 이르러 인류의 역사와 우주공간이라는 배경이 덧입혀지면서 더없이 무거운 의미를 지게 되었고, 적절한 창조적 행위를 통해 완전한 자기로 거듭나고자 노력했던 1920년대의 화자는 '창조하고 파괴할 수 있는 실재자實在者임이 유일의 자랑은 아님'을 깨닫게 되었다「백일몽」, 1952고 범박하게 정리할 수 있다. 실제로 오상순은 일찍부터 자신이 "우주적인 것에의 향수"를 지니게 되어 세사에 대한 관심이 자연히 줄어들었다고 말했다. 그러나 '생명의 비밀'을 알아내겠다거나 미물 하나에도 우주적 존재로서의 의의를 담겠다는 의욕을 생각하면, 그 천착의 태도만큼은 '허무'나 '방랑'이라는 단어의 뉘앙스만큼 그리 초연한 것이 아니었다고 여겨진다. 향후 새로 발굴된 작품들까지 읽어나감에 따라, 오상순에 대한 색다른 해석이 나올 여지는 얼마든지 있어 보인다.

*

한 가지 덧붙여서 꼭 소개하고 싶은 점은, 오상순에게도 '세사에 대한 관심'을 뚜렷하게 나타낸 글들이 일정 부분 있었다는 것이다. 1920년대 발표작 가운데 이에 해당하는 사례로 「방랑의 마음」1923과 「방랑의 한 페이지」1923를 들 수 있다. 「방랑의 마음」은 오상순이 1918년 베이징에 머물렀던 경험을 소재로 한 장시長詩이다. 이 작품의 뒷부분에서 오상순은, 거지 소녀와 쿨리가 구걸하기 위해 앞다투어 수레 뒤를 쫓아오는 장면이나, 머리를 찧고 피 흘리며 구걸하는 소년 앞으로 모른 체하고 지나가는 부자 신사의 모습을 참담한 심정으로 그려낸다. 「방랑의 한 페이지」 또한 마찬가지로 화자가 관찰한 참상을 제시하는데, 여기에는 베이징 경험을 소재로 했다는 직접적인 언급이 없다. 그러나 「방랑의 마음」과 발표 시기 및 제목이 유사하고, 참상이 목도되는 장소를 '그 나라'라고 지칭한다는 점에서, 이 작품도 베이징 경험을 바탕으로 했을 가능성이 높다. 이 글에서도 오상순은 반인륜적 행위가 공공연하게 자행되고 극심한 빈부격차가 단적으로 드러나는 여러 가지 광경들을 나열한다.

사회의 부조리와 참상이 제시되는 이 같은 부분은, 오상순에 관한 지금까지의 평론이나 연구에서 거의 항상 누락돼 왔다. 그러나 이 부분은 두 가지 측면에서 오상순을 다시 읽는 데 매우 중요하다. 첫째, '방랑'이라는 단어가 들어간 나머지 작품들도 모두 베이징 체류와 관련되므로, '방랑'이라는 키워드가 흔히 생각하듯 젊은이 특유의 심적 방황에만 초점을 맞춘 표현은 아님을 알게 해 준다. 둘째, 1923년에 발표된 「방랑의 마음」은 「방랑의 북경」1935, 「방랑의 마음」, 「방랑의 마음」1935.8으로 여러 차례 변주되며, 사회의 참상이 제시되는 부분은 이 중 「방랑의 북경」과 「방랑의 마음」1935.2에서 그대로 반복된다. 따라서 우리는 오상순이 이 부분을 상당히 중요하게 생각했고, 처음 작품을 쓴 1918년부터 마지막으로 발표한 1935년까지 이 부분에 대해 지속적으로 관심 가졌음을 알 수 있다.

실상 오상순은 이들 작품이 쓰였을 시기 베이징에 왕래하면서 루쉰[魯迅]과 저우쭤런[周作人] 형제 등 중국 신문화운동 세력과 교유했다. 그리고 두 형제 및 러시아 시인 바실리 예로센코와 더불어 중국에스페란토협회 행사에도 참가했다. 이 무렵 저우쭤런은 일본 문인 무샤노코지 사네아쓰[武者小路実篤]가 일본에서 주도한 이상촌 건설 프로젝트에 감화되어, 자신도 베이징에서 이상촌을 건설하려 시도한 바 있었다. 이때 오상순은 이정규, 이을규李乙奎 형제 등, 마찬가지로 중국에서 이상촌을 건설하고자 했던 조선인 아나키스트들을 저우쭤런에게 직접 소개해 주었다. 한편 1923년 오상순은 간도 소재의 '동양학원東洋學院'에서 철학 강사로 일하기도 했는데, 이 학교는 '프롤레타리아 민주주의를 기초로 한 새로운 교육'을 내세운 기관이었던바, 이로 인해 오상순은 일본 특별고등경찰의 감시 대상이 되기도 했다.

한편 광복 이후 오상순이 '세사에 관한 관심'을 뚜렷하게 드러낸 사례로는 1947년 11월 『민중일보』에서 응한 인터뷰를 들 수 있다. 여기에서 오상순은 당시 한창 제기되고 있었던 신탁통치 문제를 놓고 좌익을 비판하면서 민족의 분열을 막기 위해서는 '민족의 혼, 민족의 기백'이 중요하다고 강조했다. 이로 미루어 보면 오상순은 이즈음 신탁통치 반대가 미국의 입장에 해당한다고 여겼던 당시 반탁운동 세력의 이해를 공유하고 있었던 듯하며, 이를 바탕으로 '자립=독립=미국, 분열=사대=소련'이라는 도식을 형성하고 있었던 것으로 보인다. 반탁운동을 지지하고 그 맥락에서 '민족혼'을 강조하는 것은 이 무렵 박종화朴鍾和가 내세운 입장과도 상통한다. 실로 오상순은 일견 박종화와 상당 부분 겹쳐 보이는 행보를 밟기도 했다. 가령 1950년 3월에 잡지 『백민』의 발행처가 박종화가 주도하던 중앙문화협회中央文化協會 출판국으로 바뀌자마자 해당 지면에 작품을 발표하기도 했고, 과작인 가운데서도 『문예』, 『신천지』 등 박종화의 영향력 아래 있었던 지면에 특히 여러 번 글을 발표하기도 했고, 1954년 4월에는 '조선청년문학가협회朝鮮青年文學家協會' 계열 문인들이 대거 선출된 대한민국 예술원大韓民國藝術院에서 종신회원으로 추대되어 이후 예술원에서 상을 받거나 직책을 맡기도 했다. 이런 사항들은 모두 오상순과 박종화의 활동 범위가 비슷했음을 간접적으로 말해준다.

다만 오상순의 행보를 보다 면밀히 살펴보면, 그가 박종화만큼이나 청문협 계열 문인들과 밀착되었다고 판단하기는 어렵다. 그 대표적인 근거로 오상순이 예술원 종신회원으로 선출되었으면서도 자유문학자협회自由文學者協會 계열의 문인들과 꾸준히 호의적인 관계를 유지했다는 점을 들 수 있다. 가령 그는 1954년 10월 모윤숙毛允淑의 주도로 국제펜클럽 한국본부가 창립될 때 그 준비위원 및 중앙위원이 되었고, 1955년 1월 국제펜클럽 서西파키스탄국 초청대회에 파견 대표로 선정되었으며, 동년 6월 자유문학자협회 창립총회에서 명예회원으로 임명되었다. 1959년 3월 제1회 자유문협시상식에서 축사를 하기도 했으며, 동년 11월에는 자유문학자협회 측에서 오상순의 후고後顧 찬조를 위한 소위원회를 결성하기도 했다. 다만 그럼에도 오상순은 어떤 이유에서인지 『자유문학』지에 원고를 싣는 것은 번번이 거절했다고 한다.* 이상과 같은 정황으로 미루어 보면, 오상순은 넓은 의미에서 우익 문인들과 유사한 정치적 견해를 공유하고 신진 및 중견문인들로부터 공히 원로로 예우 받고 있었으면서도, 우익문단 내부의 분열 및 대립 양상에서는 딱히 어느 특정한 계열과 밀접하게 교유하려 하지 않았다고 정리할 수 있다.

---

* 김시철, 「시인 공초 오상순」, 『그때 그 사람들』, 시문학사, 2006, 128쪽.

때문에 1950년대 오상순의 자리를 정확히 짚는 과제는 여전히 남아 있다. 뿐만 아니라 1920년대에는 한국, 중국, 일본 각국에서 이상촌을 건설하고자 했던 여러 아나키스트들과 밀접하게 교류한 청년 오상순이, 어떤 과정을 거쳐서 노년에는 어떻게 달라졌는지에 대해서도, 향후 1937~1946년 사이의 자료들을 더 확보함으로써 설명해야 하는 과제가 남아 있다.

이와 관련하여 시인이자 아나키스트였던 박노석朴奴石은 오상순에 관해 매우 흥미로운 회고를 남긴 바 있다. 바로 오상순이 해방 직후 아나키스트 조직인 '자유사회건설자연맹自由社會建設者聯盟'의 결성을 위한 일종의 사전모임과 같은 자리에서 좌장으로 사회를 맡았으며, 1930년대에는 진우연맹眞友聯盟 사건이 있은 후 오상순이 연맹원이었던 방한상方漢相, 서학이, 그리고 박노석 자신과 자주 어울렸다는 것이다.* 실제로 해방 후 조직되었던 자유사회건설자연맹에는 위에 언급된 진우연맹 회원들이 모두 참여했다. 게다가 이 자유사회건설자연맹의 조직을 주도한 인물들이 바로, 앞서 1920년대에 청년 오상순과 교류했던 이정규·이을규 형제였다. 따라서 박노석의 회고가 사실이라면, 오상순은 1920년대에 각국 아나키스트들과 교류했을 뿐만 아니라 1930년대에 진우연맹 회원들과도 교분이 있었고, 이정규·이을규 형제와는 해방 직후까지도 관련 모임에 참석하여 사회를 맡을 정도로 그 행보에 우호적인 태도를 유지하고 있었다고 추론할 수 있다. 비록 오상순은 연맹의 사전모임에 한 차례 나타났을 뿐이라고 전해지며, 자유사회건설자연맹의 창립회원 명단에도 이름을 올리지 않았으나, 위 회고 내용이 해방 전후의 오상순에 대한 중요한 단서를 던져 주고

* 박노석, 「이 모습 저 모습」, 구상 편, 『공초 오상순 평전』, 자유문학사, 1988, 32~33쪽.

그를 한층 다각도로 바라보게 한다는 것은 분명하다.

이처럼 오상순이 여러 형태의 사회운동과 간접적으로 연관되었던 흔적은, 우선적으로 그의 대표작인 '방랑' 시리즈가 보다 정확하게 독해될 가능성을 높여 준다. 나아가 '생명의 비밀'처럼 우주적인 문제에 천착했던 많은 작품들과는 또 다른 문제의식이 오상순에게 존재했다는 것을 암시함으로써, 향후 오상순의 작품세계 전체를 보다 입체적으로 바라볼 수 있으리라 기대하게 한다. 비단 오상순의 글들만이 아니더라도, 충분히 조명받지 못했던 어떤 자료들을 꼼꼼히 추적하고 다시 돌아볼 때, 우리에게 비교적 선명한 인상으로서 굳어져 있었던 한 대상은 종종 다시 한 번 매력적인 탐구 대상으로 변모하기도 한다. 이것이, 오래된 자료더미를 뒤지고 읽어본 것을 다시 읽어보는 기쁨 중 하나가 아닐까 한다.

작가 연보

작가 연보는 기존의 오상순 평전 및 작품집에 수록된 작가 연보와 당시 신문기사 보도를 바탕으로 작성되었다. 각 연도별 기록 내용의 말미에 해당 정보의 출처를 표시해 두었으며, 이때 사용된 단행본 자료의 약칭은 아래와 같다.

정공채 : 정공채, 『우리 어디서 만나랴 – 공초 오상순 평전』, 백양출판사, 1984.
박윤희 : 박윤희, 「呉相淳の文學と思想 – 1920年代, 東アジアの知識往還」, 京都造形藝術大學 博士論文, 2008.

1894년(1세) 8월 9일, 서울 중구 장충동 1가 10번지에서 목재상인 부친 오태연(吳泰兗)과 모친 나씨 사이에서 출생함. 3남 1녀 중 차남으로, 형제는 장남 상익(相益), 차남 상순(相淳), 장녀 간난, 3남 상건(相健)이 있었음. (정공채, 311쪽)

1900년(7세) 동네 서당에 다니다가 양사동소학교(養士洞小學校, 현 효제초등학교)에 입학함. (박윤희, 48쪽)

1906년(13세) 양사동소학교를 졸업함. 4월 경신학교(儆新學校, 현 경신중고등학교)에 입학함. (박윤희, 56쪽)

1907년(14세) 8월 모친 나 씨가 작고함. (정공채, 312쪽)

1911년(18세) 3월 경신학교를 졸업함. 일본으로 건너가 도쿄 아오야마[青山]학원에서 단기간 수학함. (박윤희, 70쪽)

1912년(19세) 교토[京都] 도시샤[同志社]대학 신학부 종교철학과에 입학함.

1915년(22세) 12월 계모 최성녀가 호적에 정식 신고됨. 부친과 계모 사이에서는 상춘(相春), 상선(相善) 두 형제가 다시 태어남. (정공채, 311쪽)

1917년(24세) 도시샤대학 종교철학과를 졸업함.
유학 기간부터 바실리 예로센코(Vasilli Yakovlevich Eroshenko) 및 '나카무라야[中村屋]' 인물들과 교유한 것으로 추정됨. (박윤희, 99~101쪽)
6월 24일 조합교회 성서(城西)교회에서 일요설교를 함. (「종교계」, 『매일신보』, 1917.6.24)

1918년(25세) 귀국함. 몇 달간 하왕십리로 이사 간 본가에서 지낸 뒤, 계모와 마음이 맞지 않아 양사골 외갓집으로 나옴. 이후로 가족과 살지 않음. (정공채, 312쪽)
중국 베이징을 왕래함. (박윤희, 99쪽)

1919년(26세) 정동교회 전도사로 활동함. (정공채, 312쪽)
야나기 무네요시[柳宗悦]와 교유하기 시작. (박윤희, 108쪽)

1920년(27세) 문학지 『폐허(廢墟)』 동인이 됨. 이 해 말에 대구에 있는 이상화(李相和) 집에 기거하기도

하고, 부산에도 자주 왕래함. (정공채, 312쪽)

경성에서 열린 야나기 무네요시의 〈조선음악회〉 개최를 도움. (박윤희, 107쪽)

6월 12일 원산청년회(元山靑年會) 발기대회에서 축사를 함. (「원산청년회 발기」, 『매일신보』, 1920.6.17)

7월 9일 아현예배당에서 '감격의 생활'이라는 제목으로 강연함. (「모임」, 『동아일보』, 1920.7.8)

1921년(28세) 1월 19일 불교청년회 주최 강연회에서 야나기 무네요시의 통역을 맡음. (「유(柳), 박(朴) 양씨(兩氏)의 강연을 듣고」, 『조선일보』, 1921.1.22)

4월 9일 불교청년회 주최 강연회에서 '너 위에 서라'라는 제목으로 강연함. (「모임」, 『동아일보』, 1921.4.9)

신반도사(新半島社) 편집인이 됨. (「신반도사 조직 변경」, 『조선일보』, 1921.5.6)

조선중앙불교학교에서 철학교사로 근무. 시전문지 『장미촌(薔薇村)』 동인이 됨. (「동인의 말」, 『장미촌』, 1921.5)

5월 27일 중앙기독교청년회 주최로 개최된 '독시대회'에 참여함. (「독시대회개최」, 『조선일보』, 1921.5.27)

8월 8일 경성 전차구역 철폐를 요구하는 시민대회의 발기인으로 참여함. (「경성전차임금문제 열일하(烈日下)의 천여 군중」, 『동아일보』, 1921.8.9)

11월 바하이 신앙 선교사 아그네스 알렉산더(Agnes Baldwin Alexander)가 조선에 방문했을 때 강연회를 주선함. (박윤희, 103쪽)

1922년(29세) 2월 3일 운양(雲養) 김윤식(金允植)의 사회장에 반대하는 '문책 대강연회'에 원종린(元鍾麟), 황석우(黃錫禹) 등과 함께 연사로 참여함. (「문책 대강연회, 금3일 오후 3시에, 공회당에서 개회」, 『매일신보』, 1922.2.3)

4~5월경 중국의 베이징[北京], 톈진[天津] 지역에서 루쉰[魯迅], 저우쭤런[周作人], 예로센코, 이정규(李丁奎), 이을규(李乙奎) 등과 교유함. 루쉰, 저우쭤런, 예로센코와 에스페란토협회에 함께 참가함. (박윤희, 109~110쪽)

12월 5일 조선불교대회 강연회에서 '불교의식의 재생과 조선의 장래'라는 주제로 강연함. (「보고 들을 것」, 『매일신보』, 1922.12.5)

12월 24일 염상섭(廉想涉), 황석우, 변영로(卞榮魯) 등과 '문인회' 결성함. (「문예운동의 제일성(第一聲)」, 『동아일보』, 1922.12.26)

동경유학생단체 '동우회(同友會)'의 순회연극단에서 활동함. (마해송, 「여름방학을 어떻게 보낼 것인가」, 『동아일보』, 1955.7.22)

1923년(30세) 3월 4일 이주연(李周淵), 황석우, 원달호(元達鎬) 등과 '조선인학회'를 창립함. (「조선인학회」, 『동아일보』, 1923.3.6)

7월경 간도 동양학원(東洋學院)에 철학강사로 초빙됨. (조선총독부 경무국, 「간도 동양학원 학생의 악화(惡化)에 관한 건(件) 1」, 『高警』 제2271호, 1923.7.6)

귀국 후 보성중학교(普成中學校) 교사로 근무함. (정공채, 312쪽)

1926년(33세) 부산 범어사(梵魚寺)로 들어가 약 2년간 기거함. 그 동안 망월사(望月寺), 각왕사(覺王寺),

신계사(神溪寺) 등 여러 사찰을 돌며 고승을 만나고 참선함. 친구의 광산에 가 있기도 함. (정공채, 312쪽)

1927년(34세) 항일운동에 참가했다가 피검되어 대구형무소에서 복역함. (「찬(燦)! 민족문화의 거성 제2회 학 · 예술원상 수상자 면모」, 『동아일보』, 1956.7.20)

1929년(36세) 시인 이장희(李章熙) 추도회에서 추모사를 함. (이천숙, 「고월(古月)의 추도회를 마치고」, 『동아일보』, 1929.12.5)

1930년(37세) 중국에서 베이징 외 여러 지역을 오감. (정공채, 312쪽)

국내에서는 범어사, 통도사(通度寺), 해인사(海印寺) 등 경남 지역 여러 사찰을 전전함. (탐보군(探報軍), 「코-바듸스? 행방불명씨 탐사록」, 『별건곤』, 1930.7)

1934년(41세) 한글맞춤법 통일운동의 반대세력을 비판하는 성명서에 이름을 올림. (「한글철자법시비에 대한 성명서」, 『동아일보』, 1934.7.10)

부산 산리학원(山里學院) 교사(校舍) 건축을 위해 동정금을 냄. (「부산 산리학원의 동정가무대회」, 『동아일보』, 1934.7.13)

대구 해성보교(海星普校) 교주(校主) 김찬수(金燦洙) 위로연(慰勞宴)에서 축사를 함. (「해성보교의 교수 김찬수 씨 위안회」, 『동아일보』, 1934.10.4)

1935년(42세) 대구에서 '조선불교성극순례단'을 조직하고 9~10월에 열린 성극 순회공연 '불타일대기(佛陀一代記)'의 극본을 제작함. (「대구성극순례단 제1회 공연」, 『조선일보』, 1935.9.24)

1940년(47세) 시인 이상화 등의 주선으로 대구시 중국 덕산동 54번지에서 한 퇴기와 동거함. 6 · 25 피난 시절까지 교제가 있었음. (정공채, 313쪽)

1945년(52세) 9월 18일 박종화(朴鍾和), 김광섭(金珖燮), 이헌구(李軒求) 등과 '중앙문화협회'를 결성함.

1946년(53세) 3월 '전조선문필가협회' 결성준비위원회의 추천회원 명단에 이름을 올림. (「전조선문필가협회 13일 오후 10시 종로기독청년회관에서」, 『동아일보』, 1946.3.11)

6월 17일 조선청년문학가협회 주최 '예술의 밤' 행사에서 자작시를 낭독함. (「예술의 밤 오는 17일에」, 『가정신문』, 1946.6.3)

7월 9일 박종화 시집 『청자부(青磁賦)』 출판기념회에 발기인으로 참여함. (「"청자부" 출판기념회」, 『동아일보』, 1946.7.9)

12월 26일 부친이 작고하여 30일 영결식을 함. (「인사(人事)」, 『경향신문』, 1946.12.29)

부친이 작고할 무렵부터 서울 안국동 주변의 조계사(曹溪寺), 역경원(譯經院), 선학원(禪學院) 등을 전전함. (정공채, 313쪽)

1947년(54세) 조선청년문학가협회와 8월시회(八月詩會)에서 조선시단특별상 증정 대상자로 선정됨. (「조선시인상 제1회」, 『민중일보』, 1947.4.13)

10월 22일 김진섭(金晋燮) 수필집 『인생예찬』 출판기념회에 발기인으로 참여함. (「김진섭 씨 수필집 출판기념회」, 『경향신문』, 1947.10.22)

11월 7일 조선청년문학가협회 제2회 전국대회에 참석함. (「청년문학가협회 제2회 전국대회」, 『민중일보』, 1947.11.7)

12월 2일 유치환(柳致環) 시집 『생명의 서(書)』 출판기념회에 발기인으로 참여함. (「문화계

동정」, 『민중일보』, 1947.11.30)

1948년(55세) 12월 27-28일 열린 문화인궐기대회에 초대됨. (「문화인궐기대회」, 『동아일보』, 1948.12.25)

1949년(56세) 1월 26일 유치환 시집 『울릉도』와 김춘수(金春洙) 시집 『구름과 장미』 출판기념회에 발기인으로 참여함. (「유치환, 김춘수 시집출판기념회」, 『연합신문』, 1949.1.26)

6월 16일 박두진(朴斗鎭) 시집 『해』 출판기념회에 발기인으로 참여함. (「박두진 첫 시집 『해』 출판기념」, 『동아일보』, 1949.6.14)

12월 17일 '한국문학가협회' 결성 행사에 회원으로 초대됨. (「한국문학가협회 결성」, 『동아일보』, 1949.12.13)

12월 24일 김광섭 시집 『마음』 출판기념회에 발기인으로 참여함. (「김광섭 씨 시집 『마음』 출판기념회」, 『동아일보』, 1949.12.24)

1950년(57세) 1월 8일 윤복구(尹復九) 시집 『게시판』 출판기념회에 발기인으로 참여함. (「『게시판』 출판기념」, 『경향신문』, 1950.1.7)

1월 19일 신극협회 창립총회에 '무대미술' 담당 회원으로 이름을 올림. (「문화단신」, 『부인신문』, 1950.1.19)

2월 16일 '토이기(土耳其) 문화의 밤' 행사에서 시를 낭독함. (「문화」, 『동아일보』, 1950.2.18)

『연합신문』 가사(歌詞) 현상공모 심사위원으로 위촉됨. (「본사 모집 현상가사 "우리의 지도자" 심사위원 11씨 결정」, 『연합신문』, 1950.3.11)

6월 9일 문예사 주최 '자작시 낭독의 밤' 행사에서 시를 낭독함. (「자작시 낭독의 밤 6월 9일로 결정」, 『경향신문』, 1950.6.6.)

1951년(58세) 1·4후퇴로 대구와 부산에서 생활함. 대구의 '아리스', '향수', 부산의 '파도', '금강' 다방 등에서 지냄. (정공채, 313쪽)

1952년(59세) 4월 30일 중학교 국어교과서 『중등작문』(백영사)을 간행함.

1953년(60세) 환도 후 다시 서울 조계사에서 생활함. 명동의 '서라벌'(후일의 '청동'), '모나리자', '향지원' 등의 다방을 전전함. (정공채, 313쪽)

1954년(61세) 4월 24일 예술원 종신회원으로 추대됨. (「임명추천회원을 선정 예술원엔 모두 13명으로」, 『동아일보』, 1954.4.26)

8월 15일 전국문화단체총연합회 주최 광복절경축회에서 축시를 낭독함. (「문총주최 경축행사 덕수궁서 성대 개최」, 『경향신문』, 1954.8.16)

9월 5일 회갑연을 함. (「공초 오상순 씨 환갑 5일 성대한 잔치」, 『조선일보』 1954.9.7)

10월 한국비료공사 경기총회 위원장으로 임명됨. (「회장에 전병천 씨 비료공사서 총회」, 『경향신문』, 1954.10.25)

10월 23일 국제펜클럽 한국본부 창립위원이 됨. (「국제펜클럽 한국본부 창립」, 『조선일보』, 1954.10.26)

1955년(62세) 국제펜클럽한국본부에 의해 서(西)파키스탄국 초청대회 파견 대표로 선정됨. (「국제펜클럽 서파키스탄대회 대표 선정」, 『동아일보』, 1955.1.5)

2월 5일 제2회 자유문학상 시상식에서 축사를 함. (「제2회 자유문학상」, 『조선일보』, 1955.2.6)
고(故) 인촌(仁村) 선생 국민장 위원회 위원 명단에 오름. (「고 인촌 선생 국민장위원회 위원 명단」, 『동아일보』, 1955.2.21)
시인 정운삼(鄭雲三) 1주기 추도식에 참석함. (「문화단신」, 『동아일보』, 1955.3.9)
봄부터 자주 출입하던 '청동' 다방의 방문객들로부터 단상과 메모를 받아 사인북 『청동문학』을 만들기 시작함. (「『청동문학』에 숨쉬는 허무시혼」, 『경향신문』, 1983.6.2)
5월 15일 시인 이봉래(李奉來)와 조봉암(曺奉岩)의 장녀의 결혼식에서 주례를 맡음. (「시인 이봉래 씨 결혼」, 『조선일보』, 1955.5.14)
6월 12일 한국자유문학자협회 창립총회에서 명예회원으로 임명됨. (「문화소식」, 『경향신문』, 1955.6.15)
10월 9일 시작사(詩作社) 주최 시낭독회에서 시 「돌맞이의 독백」을 낭독함. (「시작사 주최 제1회 시낭독회 성황」, 『경향신문』, 1955.10.11)
10월 16~20일 문총 진주지부 주최 영남예술제(嶺南藝術祭)의 강연자 명단에 이름을 올림. (「영남예술제」, 『조선일보』, 1955.10.7)
11월 13일 김규동(金奎東) 시집 『나비와 광장』 출판기념회에 참석함. (「『나비와 광장』 출판기념회 13일 밤 성황」, 『경향신문』, 1955.11.16)
12월 3일 박치원(朴致遠) 시집 『하나의 행렬』 출판기념회에 발기인으로 참여함. (「박치원 씨 출판기념회」, 『조선일보』, 1955.11.30)

1956년(63세) 1월 21일 홍영의(洪永義) 장편소설 『애정백서』 출판기념회에 발기인으로 참여함. (「오늘 출판기념회 홍영의 저 『애정백서』」, 『동아일보』, 1956.1.21)
1월 26일 양명문(楊明文) 시집 『화성인』 출판기념회에 발기인으로 참여함. (「『화성인』 출판기념회」, 『동아일보』 1956.1.26)
1~3월 제3회 자유문학상 심사위원으로 활동함. (「자유문학상 첫 심위 개최」, 『동아일보』, 1956.1.29; 「자유문학상 2월 3일 후보작 선정」, 『경향신문』, 1956.2.3; 「자유문학상 시상식」, 『경향신문』, 1956.3.4)
6월 18일 펜클럽과 자유문협 공동 주최한 시인 고원(高遠)의 도영(渡英) 환송회 및 시집 『태양의 연가』 출간기념회에 참석함. (「시인 고원 씨 도영 환송회 성황」, 『조선일보』, 1956.6.21)
6월 28일 시동인 '오시회(午詩會)' 주최 행사에서 찬조시를 낭독함. (「오시회 주최로 시의 밤」, 『경향신문』, 1956.6.28)
7월 17일 예술원 공로상을 수상함. (「오씨(五氏)에 영예의 상」, 『경향신문』, 1956.7.19)
10월 12일 전국문화단체총연합회 주최 '사육신오백년추모제'에서 제문을 낭독함. (「사육신오백년제 문총 주최로 엄수」, 『경향신문』, 1956.10.14)
12월 12일 자유문협 주최 제1회 전국대학생자작시낭독 콩쿠르에서 심사위원을 맡음. (「자작시 낭독 콩쿠르 성황」, 『조선일보』, 1956.12.15)
12월 20일 성동구내 남녀고등학교 문예반 공동주최 '양지(陽地)문학의 밤' 행사에서 강연함. (「양지 문학의 밤 개최」, 『동아일보』, 1956.12.20)

1957년(64세) 4월 28일 '곽공(郭公) 문학의 밤' 행사에서 강연자로 이름을 올림. (「곽공 문학의 밤 28일 동화음악실」, 『조선일보』, 1957.4.27)
6월 18일 노천명(盧天命) 영결식에서 조사(弔詞)를 낭독함. (「노천명 여사 고별식 18일 엄숙히 거행」, 『경향신문』, 1957.6.19)
6월 29일 제5회 고등학생 문예작품 낭독회에서 축시를 낭독함. (「문예작품 낭독회 4개 고교 주최로」, 『경향신문』, 1957.6.28)
6월 29일 시인 김종문(金宗文) 제대 기념의 밤 행사에 참석함. (「시인 김종문 씨 제대 기념의 밤 29일 은성(銀星)」, 『조선일보』, 1957.6.29)
6월 29일 예술원 총회의 결정에 따라 예술원 문학부 상임위원장으로 임명됨. (「정부회장 유임 예술원 총회 결정」, 『경향신문』, 1957.7.2)
10월 9일 문총 주최 전국남녀중고등학교 학생백일장에서 고등부 심사위원을 맡음. (「자못 심각한 표정들」, 『조선일보』, 1957.10.10)
10월 30일 경기고등학교 문예반 주최 학생문예작품 낭독회에 참석함. (「학생문예작품낭독회」, 『조선일보』, 1957.10.31)
11월 10일 용산고등학교 문학동인회 '청맥(青麥)'의 문학발표회에 강연자로 이름을 올림. (「제3회 청맥 문학발표회」, 『조선일보』, 1957.11.9)

1958년(65세) 1월 18일 김광섭 시집 『해바라기』 출판기념회에 참석함. (「김광섭 씨 시집 『해바라기』 출판기념회 성황」, 『조선일보』, 1958.1.21)
6월 박화성(朴花城)과 함께 군(軍).실업(實業)야구 결승전을 관람함. (「군·실업야구 문인관람 스냅」, 『경향신문』, 1958.6.24)
9월 25일 최서해(崔曙海) 묘 이장식(移葬式)에 발기인으로 참여함. (「고 서해 최학송 이장」, 『경향신문』, 1958.9.21)
11월 23일 난민합동결혼식에서 축시를 낭독함. (「33쌍의 원앙새 출발」, 『경향신문』, 1958.11.24)

1959년(66세) 3월 제1회 자유문협시상식에서 축사를 함. (「자유문협상 수상식 성대」, 『동아일보』, 1959.3.14)
4월 11~12일 열린 제2회 문화인야구대회 고문을 맡음. (「제2회 문화인야구대회 11, 12일 양일간 서울야구장서」, 『경향신문』, 1959.4.10)
5월 2일 모윤숙(毛允淑) 시집 『정경』 출판기념회에 발기인으로 참여함. (「문화소식」, 『경향신문』, 1959.4.25)
6월 27일 예술원 문학분과위원장 유임이 결정됨. (「예술원상 결정 김동리 노수현 양씨」, 『동아일보』, 1959.6.30)
6월 27일 제5회 '양지문학의 밤'에서 찬조시를 낭독하기로 함. (「양지문학의 밤 27일 대성빌딩서」, 『조선일보』, 1959.6.26)
한국자유문학협회에서 오상순 후고(後顧) 찬조를 위한 소위원회를 결성함. (「병든 노시인에 귀숙처를」, 『조선일보』, 1959.11.20; 「시인 오상순 씨 후고찬조위 구성」, 『동아일보』, 1959.11.25)

1961년(68세) 불교분쟁 때 조계사를 나와 다음해 2월까지 안국동 정이비인후과의원에서 제자 심하벽(沈河碧)과 함께 지냄. (정공채, 314쪽) 정이비인후과는 김연숙(시집 『눈부신 꽝』) 시인의 외가였다. 그때 가까웠던 이로 심정구 선생이 있었는데, 건국병원 의사이자 건국대 교수였다.

3월 15일 변영로 문인장의위원회 위원장이 됨. (「'문인위' 구성 고 수주 장례 위해」, 『동아일보』, 1961.3.16)

3월 18일 변영로 장례식에서 조시(弔詩)를 낭독함. (「수주 고이 잠드시라」, 『경향신문』, 1961.3.18)

10월 29-30일 '시인의 밤' 행사에서 자작시를 낭독함. (「'시인의 밤' 개최 29, 30일 국민회당서」, 『동아일보』, 1961.10.30)

11월 11일 '문화인체육대회'에서 대회위원장으로서 개회선언 및 시상을 함. (「문화인 동심(童心)의 하루 친목운동회 진풍경 특집」, 『동아일보』, 1961.11.13)

1962년(69세) 순천 수재민(水災民) 구호성금을 냄. (「순천 재민에 따뜻한 손길을」, 『경향신문』, 1962.9.1)

12월 3일 서울시 문화상 문학부문 본상을 수상함. (「영예의 14명 표창 서울시문화상 시상식」, 『경향신문』, 1962.12.3)

1963년(70세) 2월 22일 고혈압으로 중앙의료원에 입원함. (「공초 옹 입원」, 『경향신문』, 1963.2.23)

3월 13일 증세가 호전되어 퇴원했으나, 19일 다시 고혈압에 폐렴이 겹쳐 입원함. (「공초 옹 13일 퇴원」, 『경향신문』, 1963.3.13; 「오상순 옹 재입원 폐렴병발로 중태」, 『동아일보』, 1963.3.20)

4월부터 시집 발간을 위해 제자들이 발표 작품들을 수집하기 시작함. (「작품 수집에 협조 요망」, 『동아일보』, 1963.4.20; 「시고를 수집」, 『경향신문』, 1963.4.23)

4월 불교문화예술원 발족 시 고문을 맡음. (「'불교문화예술원' 발족」, 『동아일보』, 1963.4.30)

5월 하순 오상순을 따른 문인들이 '청동문학회' 동인을 발족함.

6월 3일 밤 9시 37분 지병으로 작고함.

6월 6일 이은상(李殷相) 작사, 이흥렬(李興烈) 작곡의 조가(弔歌) 「공초 먼 길을 가다」가 발표됨. (「공초 조가 결정」, 『동아일보』, 1963.6.6)

6월 7일 국민회관에서 장례식이 거행됨. (「오상순 선생 가시다 7일 문단서 장례 엄수」, 『동아일보』, 1963.6.8)

8월 '청동' 문인들이 동인시집 『청동』 1집을 간행함. (「「청동」 1집 출간」, 『경향신문』, 1963.8.3)

『공초 오상순 시선』(자유문화사)이 출간됨.

1964년 6월 6일 1주기 추념식 및 시비제막식이 열림. (「공초시비 제막」, 『경향신문』, 1964.6.6)

1971년 11월 6~13일 유품 전시회가 열림. (「공초 오상순 씨 유품전」, 『조선일보』, 1971.11.12)

1973년 6월 2일 공초 10주기 추도식이 열림. (「공초 10주기 추도식」, 『조선일보』, 1973.6.2)

1977년 작품집 『방랑의 마음』(문화공론사)이 출간됨.

1978년 11월 4일 청동문학회가 서울 수유리의 오상순 묘역을 정화하고 묘역정화준공식을 가짐. (「공초 선생 묘역 정화 4일 오후에 준공식」, 『동아일보』, 1978.11.3)

1979년 작품집 『시대고와 그 희생』(한라출판공사)이 출간됨.

1983년 1월 청동문학회에서 사인북 『청동문학』 198권을 발췌 및 정리하여 『흐름 위에 보금자리 친 나의 영혼』(자유문학사, 1983)으로 펴냄.

작품집 『아시아의 마지막 밤 풍경』(한국문학사)이 출간됨.

6월 초순 수유리 묘소의 추념묘제(6월 3일), 조계사의 추념식 및 문학강연(6월 4일), 건국대박물관 유품전시(6월 8~10일) 등 20주기 추념행사가 개최됨.

1984년 3월 정공채(鄭孔采)가 쓴 평전 『우리 어디서 만나랴』(백양출판사)가 출간됨.

1987년 시선집 『허무혼의 선언』(자유문학사), 『아시아의 밤』(문지사)이 출간됨.

1988년 6월 6일 25주기 추념행사가 개최됨. 시인 구상(具常)이 편집을 맡은 추모문집 『현대한국의 초인, 시인 공초 오상순』(자유문학사)이 출간됨.

1989년 시선집 『나의 스케치』(선영사)가 출간됨.

1991년 10월 29일~11월 10일 공초문학상 제정 기금마련을 위한 시서화(詩書畵) 전시회가 개최됨.

1993년 30주기를 맞아 공초문학상이 제정됨.

2003년 산문집 『짝 잃은 거위를 곡하노라』(범우사)가 출간됨.

2012년 시선집 『아시아의 마지막 밤 풍경』(시인생각)이 출간됨.

2013년 시선집 『오상순 시선』(지식을만드는지식)이 출간됨.

2017년 공초문학상 수상작품집 『앉은 자리가 꽃자리이니라』(서울신문사)가 출간됨.

2020년 이승하(李昇夏)가 쓴 평전 『진정한 자유인 공초 오상순』(나남)이 출간됨.

작품 연보

발표일자	발표지면	제목	종류
1920.7	廢墟	시대고(時代苦)와 그 희생	논설
1920.11	開闢	의문	시
1920.11	開闢	구름	시
1920.11	開闢	창조–어느 청년 조각가에게	시
1920.11	開闢	어느 친구에게	시
1920.11	開闢	나의 고통	시
1920.11	開闢	생의 철학	시
1920.12	서울	만 10주년 전에 세상을 떠나신 어머님 영위에 올리는 말	시
1920.12	學生界	고기 먹은 고양이	시
1921.1	廢墟	힘의 숭배	시
1921.1	廢墟	힘의 동경(憧憬)	시
1921.1	廢墟	힘의 비애	시
1921.1	廢墟	혁명	시
1921.1	廢墟	때때신	시
1921.1	廢墟	수(粹)	시
1921.1	廢墟	신의 옥고(玉稿)?	시
1921.1	廢墟	화(花)의 정(精)	시
1921.1	廢墟	무정(無情)	시
1921.1	廢墟	이간자(離間者)	시
1921.1	廢墟	생(生)의미(謎)	시
1921.1	廢墟	돌아!	시
1921.1	廢墟	가위쇠	시
1921.1	廢墟	유전(遺傳)	시
1921.1	廢墟	추석	시
1921.1	廢墟	모름	시
1921.1	廢墟	창조	시
1921.1	廢墟	종교와 예술	논문
1921.2	學生界	시험 전날 밤	시
1921.3	我聲	몽환시(夢幻詩)	시
1921.5	我聲	어린애의 왕국을 ○○○○○○○○○○	시
1921.6	新民公論	타는 가슴	시

발표일자	발표지면	제목	종류
1921.7.17	朝鮮日報	봉선화의 로맨스	산문시
1921.7.21~27	朝鮮日報	상한 상상의 날개 (1)~(6)	시
1922.2	新民公論	아시아의 마지막 밤 풍경—아시아의 진리는 밤의 진리다	시
1922.2	新民公論	어둠을 치는 자	시
1922.8	갈돕	미로	시
1923.1	新民公論	방랑의 길에서 추억 —이 어린 추억의 하나를 김정설(金鼎卨) 형님께 드리오	수필
1923.1	東明	방랑의 마음	시
1923.1.1	東亞日報	방랑의 한 페이지—고(故) 남궁벽(南宮璧) 형의 무덤 앞에	시
1923.9.23	東亞日報	허무혼(虛無魂)의 선언	시
1924.2	廢墟以後	폐허의 제단	시
1924.2	廢墟以後	허무혼의 독어(獨語)	시
1924.2	廢墟以後	표현	수필
1924.2	廢墟以後	그는	시
1924.2	廢墟以後	꾀임	시
1924.2	廢墟以後	폐허의 낙엽	시
1924.2	廢墟以後	폐허행(廢墟行)	수필
1925.7	黎明	폐허의 첫 봄 (구고)	시
1932.2	回光	향수(鄕愁)	시
1935.1	三千里	방랑의 북경	시
1935.2	朝鮮文壇	방랑의 마음	시
1935.4	朝鮮文壇	쏜살의 가는 곳 (구고)	시
1935.5.8~9	朝鮮中央日報	사월 팔일(상)·(하)	수필
1935.5.12	朝鮮中央日報	『성극(聖劇)의 밤』을 보냄—사월 팔일 제(祭)후에	수필
1935.8	朝鮮文壇	방랑의 마음 (구고)	시
1935.10.29~30	朝鮮中央日報	금강은, 우리를 부른다 1·2 —운귀산(雲歸山)독립 일만 이천 봉	수필
1935.12.3~ 5·7·8·11	東亞日報	고월(古月) 이장희(李章熙) 군 —자결 칠주년기(七周年忌)를 제(際)하여	수필
1936.1.6	朝鮮日報	재생의 서곡	시
1939.6	朝鮮画報	柳宗悦先生へ	서간
1939.6	朝鮮画報	秋田雨雀先生へ	서간
1947.4	文化	짝 잃은 거위를 곡(哭)하노라	수필
1947.11.6	民衆日報	민족혼과 시를 논하는 '허무혼의 선언'자 오상순 씨 방문기	인터뷰

발표일자	발표지면	제목	종류
1948.4/5	白民	결혼송(結婚頌)	수필
1949.1.26	聯合新聞	화선화수장곡(花仙水火葬曲)	시
1949.12	文藝	한잔 술	시
1950.1	文藝	항아리-항아리와 더불어 삶의 꿈을 어루만지는 조선 여인의 마음	시
1950.1.22	聯合新聞	바다의 소묘(素描)	시
1950.2	新天地	나와 시와 담배	시
1950.3	白民	첫날밤-분열된 생명이 통일된 본래 하나의 생명으로 귀일(歸一)하는 거룩한 밤의 향연	시
1950.3	民聲	독신(獨身)의 변(辯)	수필
1950.4/5	民聲	소낙비 2	시
1951.9.5	『尙火와古月』	고월(古月)과 고양이-고월은 죽고 고양이는 살다	수필
1952.4.30.		『중등작문』(백영사 발행)	단행본
1952.8/9	自由世界	백일몽	시
1952.9.20	『戰爭과 自由思想』	바닷물은 달다-『전쟁과 자유사상』의 출현을 축(祝)하면서	시
1952.10.15	東亞日報	정필선(鄭弼善) 평론집 『전쟁과 자유사상』	신간소개
1952.11.9~17	東亞日報	가을	수필
1952.11.15	自由藝術	힘의 샘꼬는 터지다	시
1953.2	文藝	예술원(藝術院)에 기대와 희망	설문
1953.4	受驗生	바다	시
1953.5	新天地	40년 문단 회고 좌담회	좌담
1953.7	文化世界	일진(一塵)	시
1953.11	嶺文	해바라기	시
1953.12	新天地	한 마리 벌레	시
1954.8	新天地	표류와 저류의 교차점	시
1954.8	新天地	나의 스케치	시
1954.8.15	東亞日報	8·15의 정신과 감격을 낚다	시
1954.9	새벽	생명의 비밀-너의 결혼송(結婚頌)	시
1954.9	新太陽	우리 민족의 운명과 예술	시
1954.9	現代公論	환상(幻像)	시
1954.10.4	東亞日報	대추나무	시
1954.11	學園	학생의 날에 부치는 말	축사
1954.11.30	『記憶의 斷面』	서문	서문

발표일자	발표지면	제목	종류
1954.12.27	서울신문	근조(謹弔) 삼청(三淸) 변영만(卞榮晩) 선생	시
1955.1	學園	소나무-새해의 노래	시
1955.2.13	東亞日報	입춘	시
1955.2.22		강건하신 정진을 기원하면서-근계(謹啓) 일엽(一葉) 스님	서간
1955.3.1	韓國日報	기미송가(己未頌歌)	시
1955.4	女性界	공초 선생을 둘러싼 노총각 방담	좌담
1955.4.6	韓國日報	문화시감(文化時感)-신인과 중견들의 활동에 관심 지대	평론
1955.5	詩作	돌맞이의 독백-첫 돌 맞이하는 어린이를 위한 하나의 대변	시
1955.6	女性界	비원(秘苑)의 춘색(春色)	대담
1955.6.25	韓國日報	그날의 회상	시
1955.7 이전	(미상)	나	시
1955.8	學園	8월의 노래	시
1955.8.15	平和新聞	청춘개화(青春開花)	시
1956.1.1	韓國日報	새날이 밝았네	동시
1956.4	女苑	자탄·자찬-공초 오상순 씨의 독신의 변	잡문
1956.5.3	朝鮮日報	영원회전의 원리-계절의 독백	시
1956.7	現代文學	애연소서(愛煙小敍)	수필
1956.8	現代文學	문학방담회(文學放談會)	좌담
1956.10	아리랑	인생문답	문답
1956.10.1	現代文學	현하(現下)한국(현대, 해외, 고전)문학에 관한 동의(動議)	설문
1956.12	明朗	「당신의 인생」 상담실	문답
1956.12	아리랑	저무는 병신년(丙申年)	시
1957.1	女性界	신년송	수필
1957.2	鹿苑	녹원(鹿苑)의 여명	시
1957.4.9	東亞日報	공중인(孔仲仁) 시집 『무지개』	신간소개
1957.4.20	佛敎世界	식목일에-겨레의 반성과 참회를 위하여	시
1957.6	女性界	여대생과 시가렛트-자연(紫煙)을 통한 아름다운 분위기	수필
1957.8	아리랑	인생문답	문답
1957.8.15	自由新聞	그날의 감격	수필
1957.8.21	京鄕新聞	담배는 나의 호흡	인터뷰
1957.11	아리랑	인생문답	문답
1957.12	아리랑	인생문답	문답
1958.1	아리랑	인생문답	문답

발표일자	발표지면	제목	종류
1958.2	아리랑	인생문답	문답
1958.2.1	新太陽	『폐허』 동인시절	좌담
1958.6	아리랑	인생문답	문답
1958.7	아리랑	인생문답	문답
1958.11	自由文學	불나비	시
1959.1.23	東亞日報	김지향(金芝鄕) 시집 『막간풍경(幕間風景)』	신간소개
1959.7	女苑	여시아관(如是我觀) – 결혼 · 성(性) · 여성 문제를 중심으로	수필
1959.12	現代佛敎	꿈	시
1960.3.15	『두루미 선생』	서(序)	서문
1960.5.26	東亞日報	김성애(金聖愛) 시집 『차원(次元)에의 저항』	신간소개
1961.6	藝術院報 6	한 방울의 물	시
1961.7.15	『濕地』	머리말	서문
1962.1	미사일	희망과 승리에의 새 아침 – 임인년(壬寅年)의 새 아침에 부쳐	시
1962.6	藝術院報 8	아세아의 여명	시
1962.7.1	京鄕新聞	깨나면 갱생부활	인터뷰
1962.10.10	『삶과 죽음의 번뇌』	서문	서문
1962	(미상)	단합의 결실	시
1962	(미상)	새 하늘이 열리는 소리	시
1963.9.10	朝鮮日報	아세아의 밤	시
1963	靑銅 제1집	잡는다 머물 세월이면	시
1978.7	韓國文學	운명의 저류는 폭발한다	시

부록

시 작품 영인자료

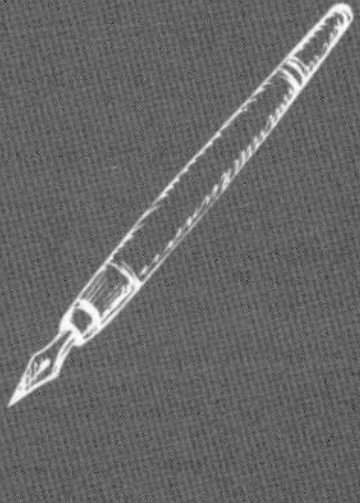

新詩

吳相淳

疑問

白髮의
八旬老한머니
거름발겨우떼어놋는
初齒의어린애
面과面을서로對하고
눈과視線이마조부듸칠때
나는뭇고십헛다
한머니에게
當身은그——아해를
「아—시나이까?」
나는듯고십헛다
어린애에게
너는저——한머니를
「아—느냐?」고——。

구름

흘러가는구름
쌀아가던나의눈
자최업시스스로슬어지는
彼女의幻滅보는瞬間에
슬몃이풀어지며
無心히픠웃고
잇대어
눈물짓다——

創造(어느靑年彫刻家에게)

엄지손가락하나를
三年동안
熱情과生命과精力을다—부어
맨들어왓고
또이압흐로
一生涯를
그의完成爲하야바치겟다는
熱情의젊은벗아
나는너를두려워(畏)한다
나는너의「속」에
創造의神의躍動을본다늑긴다。

어느親구에게

邪念과妄想이
侵襲할제
秋霜가튼銘刀를
빼여든다던
同道의옛벗아
너는只今어대잇서
健鬪하느냐努力하느냐
生을爲하야,더갑진
生의實現爲하야
나는너를追慕함이깁다
더욱이精進의氣銳가
鈍함을늑기는昨今에。

나의苦痛

웃는사람쌀아서
웃지못함은
苦痛이다
그러나
우는사람爲하야
울지못함은
더큰苦痛이다。

生의哲學

宇宙萬有의本質이모다
『生(레벤)』이라는
哲學的直覺의衝動속에
몸에다귀를
가마ㅣㄴ히기울여보고
쇠에다손을
슬몃이대여보앗다
미친듯이——。

「의문」 외 5편, 『개벽』 5, 1920.11

서울臨時號 一六〇

『滿十週年前에世上을떠나신 어머님靈位에올니는말──』

一九二〇첫가을 吳相淳

도라가신어머니갓흔
音聲가진婦人만보아도
어머니라고
불러보고십다──。

....

어느해첫봄旅行中에
汽車안에서
別世하신어머니갓흔
容貌가진女人보고
삼인가아닌가의심타가
中途에따러나려
나의視線경신업시
그의뒤ㅣ를따르다가
汽車써지노첫세라──。

──祈 願──

어렷슬때에
어머니에재
불기짝매맛기
몹시실여하던나도
昨今에는
다시한번마저보앗스며ㄴ하다
참으로그랫스면
실이오늘듯하다
아ㅣ그러나
이내몸을어이나풀어볼고
現世에선永遠히못할줄일면서도
天堂에설가?
地獄에설가?
이몸을일울수잇다하면
地獄에라도가고저──。

──일유이온──

흣허젓던兄弟
모혀들고
시집가잇는
누이까지
오래간만에
아바지모시고
한房에자보니
도라가신어머니도
그곳에게신듯──。

──祭 祀──

別世하신어마님께

「어머니、어머니ㅣ」라고만쓴
紙榜모서노코
어린同生들과
異國의옷을입은채
「神位」압해절하는
나의모양
우스려건우서라──。

──○──

法式에틀닌다고
反對하든아바지
「어머니、어머니ㅣ」라고써노흔
位牌(?)보시고
입설을굿이닷고
보고또보시는
그의神色ㅣ

──○──

拜獻前에
同生들다려
어머니生覺하면서

一六一

「만 10주년 전에 세상을 떠나신 어머님 영위에 올리는 말」, 『서울』 8, 1920.12

서울[illegible]時[illegible]

절한다햇더니
四兄弟中의엇해同生
「나는어머니몰나!」란다
아아!………。
그러나 그도無理치안타
네가어머니젓을
떠나자마자
도라가섯스니——。

——○——

업드려절할제
意識、無意識으로
어머니、어머니!
우리들은컷슴니다
어머니、어머니!
우리들은이갓치자랏슴니다」라고
念佛하듯
祈禱하듯
하엿다——。

——○——

못뵈못뵈心眼에
閃光갓치빗외시는
어머니의神像!
어머니는참말도라가섯슴닛가?
살어實在하시나잇가?
어듸에
엇더케
땅입닛가?
하날입닛가?
저의心與라하시나잇가?

——무덤우의달——

달아달아
靜寂코蒼白한
밝은달아
너는무슨뜻이잇서
뜻업고말업는
무덤우에빗첫느냐
달아달아
無心히이지러젓다찻다하는
밝은달아
너는무슨뜻이잇서
뜻업고말업는
무덤우에빗첫느냐
달아달아
쉬음업시흐르는
밝은달아
너는무슨뜻이잇서
뜻업고말업는
무덤우에빗첫느냐

別世하신어마님께

一六二 一六三

※廣　告※

今番에새로히設置된서울、學
分賣所의位置는左와如함

浦鹽斯德新韓村德昌書館
鄭鍊武 氏

釜山府草梁洞支那町蓬萊書院
任龍吉 氏

「만 10주년 전에 세상을 떠나신 어머님 영위에 올리는 말」, 『서울』 8, 1920.12

고기먹은고양이

吳相淳

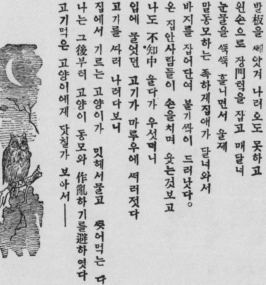

일곱살 먹든해 봄에
니웃의 힘세고 큰 아희와 싸호고
집에 도라가 白髮老人 하라바지 보고
눈물 그렁그렁하게 늣겨가며
「하라버지, 나는 니웃집애 언제나 이겨요?」
하라바지 우스시며
고기만이 먹어야지——하시는 對答듯고
어느날 点心前에 어른들의 눈을 피하야
발판을 집어다가 찬장밋헤 갓다노코
발디듬하고 올나서서
하라바지의 씨개그릇에 손을잡거
고기를 한주먹 움켜내여
半쯤 입에너 씹기 始作할 즈음에
할머니에게 들켜서 볼기짝 맛고
발板을 쌔앗겨 나려오도 못하고
왼손으로 장門턱을 잡고 매달녀
눈물을 뚝뚝 흘니면서 울제
말동모하는 족하게집애가 달녀와서
바지를 잡어단여 볼기짝이 드러낫다。
온 집안사람들이 손을치며 웃는것보고
나도 不知中 울다가 우서떠니
입에 물엇던 고기가 마루우에 써러젓다
고기를 써러 나려다보니
집에서 기르는 고양이가 밋헤서물고 뜻어먹는 다
나는 그後부터 고양이 동모와 作亂하기를避하엿다
고기먹은 고양이에게 닷칠가 보아서——

「고기 먹은 고양이」, 『학생계』 5, 1920.12

힘의 崇拜

病床에누어
偶然히싀름업시
여윈손에
셜며서
鐵붓을잡어
獅子、
獅子、
獅子！
라쓰보고
눈물지어——。

——힘의憧憬——

太陽系에軸이잇서
한번붓들고흔들면

暴風에사구라꼿가치
별들이
우수수
써러질듯한힘을
이몸에흠썩
늣겨보고십흔
清新한가을아침——

——힘의悲哀——

쏘호고도라온벗
니ー스체全集을
가슴에한아름안어다노코
읽기始作하는
瞬間의表情보고
異常한悲哀를늣기어——

「힘의 숭배」 외 16편, 『폐허』, 1921.1

—革 命—

하늘
짱
사람
불!

—때때신—

쎄살때설든나의신
나는울고십다
너를볼적마다
生의神秘에—。

—粹—

幼兒의손
處女의맨발
靑年의팔뚝

힘의崇拜

八一

廢 墟

初母의젖
老人에니마—。

—神의玉稿?—

어느少女의
아릿다운纖々玉手!
가만히만저보면서
고대로고옵게쎄여다가
멧々同모와營爲하는
藝術雜誌에실어나볼가?
偶然히늣김
造化翁의寄贈品으로
피날것도생각못하고—。

—花의精—

나의科學은
나의哲學은

八二

「힘의 숭배」 외 16편, 『폐허』, 1921.1

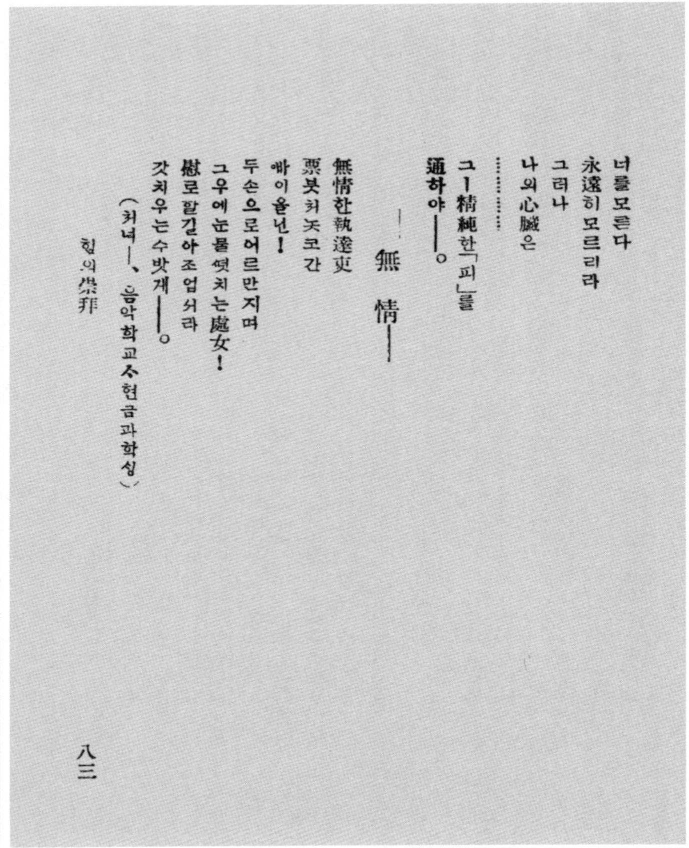

너를모른다
永遠히모르리라
그러나
나의心臟은
…………
그ㅣ精純한「피」를
通하야——。

—無　情—

無情한執達吏
票붓처놋코간
빠이올닌！
두손으로어르만지며
그우에눈물뗏치는處女！
樹로팔길아조업서라
갓치우는수밧게——。
（처녀—、음악학교ㅅ현금과학싱）

힘의崇拜　八三

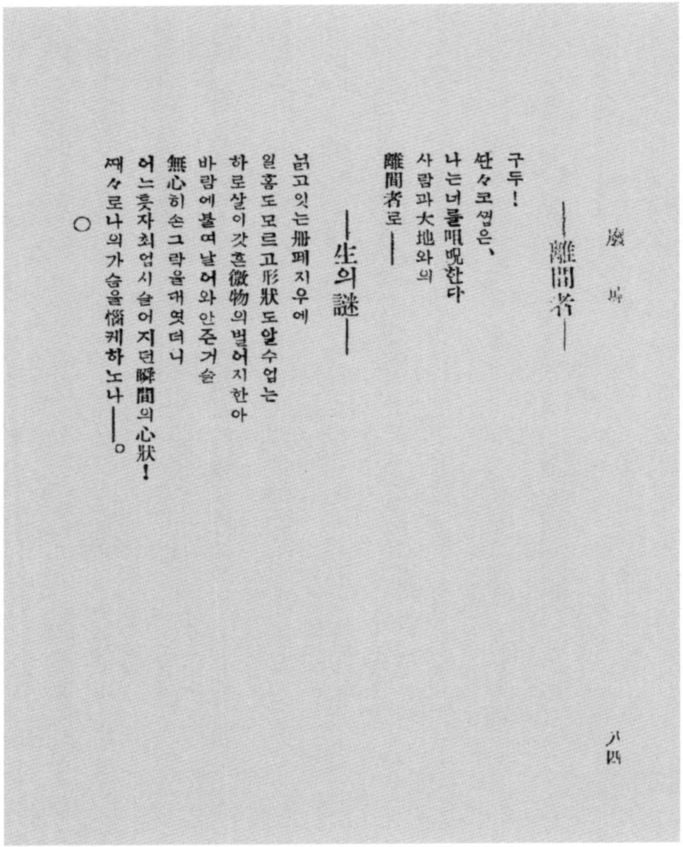

廢　墟　八四

—離間者—

구두！
싼々코셥은、
나는너를咀呪한다
사람과大地와의
離間者로——

—生의謎—

낡고잇는冊폐지우에
일홈도모르고形狀도알수업는
하로살이갓흔微物의벌어지한아
바람에불녀날어와안준거슬
無心히손그락을대엿더니
어느흣자최업시슬어지던瞬間의心狀！
때々로나의가슴을惱케하노나——。
○

「힘의 숭배」 외 16편, 『폐허』, 1921.1

별의무리沈默하고춤추는
깁흔밤
어둠의바다갓흔고요한房에
갓난아희의
어머니젓쌕지빠는소리만
繁滋히——。

——돌아!——

모르는中에
闇黑의비속에胚胎되여
永遠한벙어리의運命을타고난
돌아——
말못한다고그토록설어마라
혀업는너의말내둣노니
永遠한판수의運命을타고나온
돌아——
보지못한다고그토록우지마라

내魂의손으로너의몸만저주마
돌아——
希望을품으라
너의차듸찬가슴에도
戀로를밧으라
너의수더진心臟에도
돌아——
不斷코變化함은
物理의約束이오
쉬음업시流轉하고循環함은
生命의秘密이다
돌아——
너도말을하고
너도보고
鮮脫을엇고
自由로워고
自己表現을

「힘의 숭배」 외 16편, 『폐허』, 1921.1

마음디로할쌔잇스리라
永遠한秘密과約束맛흔
生命의女神이다시도라오는날에——
돌아——
그쌔
나는네가詩々지짓기를바란다。

——가위쇠——

바누질하던나의누이
「오라버니、그거웨그러오?」
十年前에어머니쓰시던
가위쇠를들어코에대엿세라
어머니살내암
或시나남어잇슬가하고
無心中에——。

힘의崇拜　八七

廢墟　八八

——遺傳——

갓난아기젓먹이는누이야
네乳房자조본다고
譏評히하지마라
그秘密너는모르지——
너의젓恰似히
前의어머니의것과갓흠으로쎄라。

——秋 夕——

秋夕이臨迫히오나이다
어머니!
거룩한데——
秘密의나라로서
거려오시는어머니의
고흔발자곡소린
머—ㄹ니어렴프시

「힘의 숭배」 외 16편, 『폐허』, 1921.1

들니는듯하오이다。

——모름——

모르는世界——
어둠
因緣
첫우름
變化
苦勞
衰滅
쌍
모르는世界——

——創造——

쌕기닥、쌕기닥!
産의苦를訴하느냐?
쌕기닥、쌕기닥!

힘의崇拜

生의깃븜을자랑느냐?
쌕기닥、쌕기닥!
홰우에달닌둥우리속에
손을느어보앗더니
고읍고땃듯한알한아집힌다
써니여손우에놋고
알속에잠겨잇는生命과
사람의生과의因緣을想覺코
凝視와沈默의깁흔속에
쟝승갓치서잇슬째
집웅우에날어올나가
놀난듯한것눈으로異常히
엿보는드시나를니려다보던
알의어미는、創造者는
어린哲學者의愚를嘲弄하는드시
쌕기닥、쌕기닥!
쌕々々、쌕기닥!

吳相淳

「힘의 숭배」 외 16편, 『폐허』, 1921.1

(12) 學生界第六號

試驗전날밤

吳相淳

자는줄노 아ㅣ시고
가마ㅣㄴ히 操心스럽게
덥허 주시는
아바지의 隱隱한 사랑
고마운 마음을 持續코저
試驗준비하려
이러날가 말가 망서리다가
나는 인애 말엇다
아ㅣ니 못하엿다
일것 가만히 操心스럽게
덥허주신 그의誠意에
反抗의罪나 犯하는듯해서

翌朝는 試驗날이엇다
머리를 쉬어가지고
試驗準備하랴고
저녁을 먹은후
옷입은채
暫間 누엇더니
어머니업는 아바지
가만히 操心스럽게
이불덥허 주신다
깨여 잇스면서도
불어 자는체ㅣ하고
눈을 슬적 감엇다

「시험 전날 밤」, 『학생계』 6, 1921.2

我聲第一號

夢 幻 詩

吳 相 淳

○
다섯자肉塊속에
肉의피는끌코
靈의불꼿은탄다
苦痛과煩惱를못견듸는「나」
大靈의無形한空氣꼼프를빌어
全身의피를모도다
짤아짜내어
透明純白한玉花瓶속에느어
쇠마개로封하야
空中에매달엇다
○
靈의불꼿은如前히
猛烈한氣勢로空中으로타오른다
무순원수나갑흐려는드시—
毒蛇의혀가튼그의혀로
玉花瓶을할는다——
甁속의피가기름가티탈려니
封한쇠마개가녹아흘러나려
피에석겨서한참
박을박을탈터니
보라!
그—甁口에무슨꼿모양이
熹微하게낫하난다
아—絕美芳醇한
白合花한송이!
宇宙創造時代에
떼래다이쓰동산에피엇든그것가튼——。
○
또보라!
불꼿의춤파람이深하면深할사톡
그—白合花는
猛烈하고아름다운불꼿의
춤의曲을따라空에떠올나서는
간곳업시자최업시슬어지고
슬어진자곡에서그모양가튼
다른白合花가또피어오른다
불꼿의가는노래의調子를따려
붓두셈에
비누물꼿처서불째에되는모양으로
피어오르고슬어지고
슬어지고피어오르고
限업시——
○
아—그러고또보라!
슬어저가는그—白合花속에
나의임에지(像)가
에레루가티夢幻처름낫하난다
아………

夢 幻

나의魂도意識도꼿속의나의임에지로
옴겨가는듯하든瞬間에
내가꼿속에서꿈가튼가온대
熹微하게아래를나려다보니
피와불꼿의싸홈에
못견듸어하던나의肉塊는
흠빗처름쌈엇케타서
그꼿에벗겨누엇다!
○
타오르는불꼿의춤을따려
피는瞬間에슬어저가는白合花의
애닯은노래
읏는가슴에쌔여
數업시空中에슬어저가는、痕跡도업시
나의임에지!
꿈?
…………
幻滅의美?
…………
(一九二〇、一〇—吳相淳)

「몽환시」, 『아성』, 1921.3

○어린애의王國을 [redacted]

吳相淳

○
어린애들의
邪氣업고
純潔하고
謙遜하고
사랑스럼을
그리워!
어린애들틈에섀어서
한가지놀아보나
참으로어린애가티
못되는내가怨망스러
心述부리고물러나틘
나의마음의외로움이여!
○
어린애우숨엔
못치피고
나의우숨엔
毒이석겨!
○
어린애말속엔
創造의힘이
潛겨잇고
나의말은비엇세라
댓종모양으로
○
어린애눈속엔
神이엿보고
나의눈에는
魔가숨엇세라
○
몽굴몽굴살씬
재쏫고부드러운
어린애의손!

「어린애의 왕국을 □□□□□□□□□□□」, 『아성』 2, 1921.5

쥐어보려다가拒絕當하고
나는할말아조업섯세라
罪만히지은
枯木가지갓흔손으로!

○

잘닉은앵桃가티
브드럽고, 고흔빗의
어엽븐두입설에
不知中에한번
입맛추고
다시할廉恥
업섯세라
거짓말만히한
더러운입으로
犯罪나하는듯해서!

○

어린애를가슴에
안을때의깃븜!
金銀寶玉을
안을때의늣김이
어이, 이에밋치랴?

나는이깃븜을貪낸다
그러나, 나는
오래아! ㄴ기難堪함을
슬퍼한다
왼일인지모르나!

○

샛별가티반짝이는
이슬먹은葡萄가튼
어린애눈이
나의눈에마조칠제
나는外面을햇세라
바로보도못하고!

○

偶然한機會에
어린애들의뭇눈줄이
군우나한드시
一時에
異常한빗을씌고
一齊히
나에게로向하는瞬間!
나는쌔원세라

「神命을어언者는不許入」
이라는懸板달닌
嚴肅코神聖한
어린애王國에闖入함을!

○

나는고개를푹숙이고
큰地境밧그로쫏겨낫세라
永遠히젊은王國의!

○

나서고보니!
모진바람은
숨을막고
[illegible]몬지는
눈을덥퍼어라!
아!에덴을쫏겨난
「아담」의運命!

○

아!그러나
하나님!
저는한번다시
침어린애가
되여보려하나이다!

○

아!하나님!
물가에서잡어다가
길으며동무하던
물새가
죽엇슬재
밥도안이먹고
終日토록울고!
썩어업서질때싸지
밤마다
어린가슴에품고자든
어린애가
다시한번됨을
許락!하소서……。

「어린애의 왕국을 □□□□□□□□□□□」, 『아성』 2, 1921.5

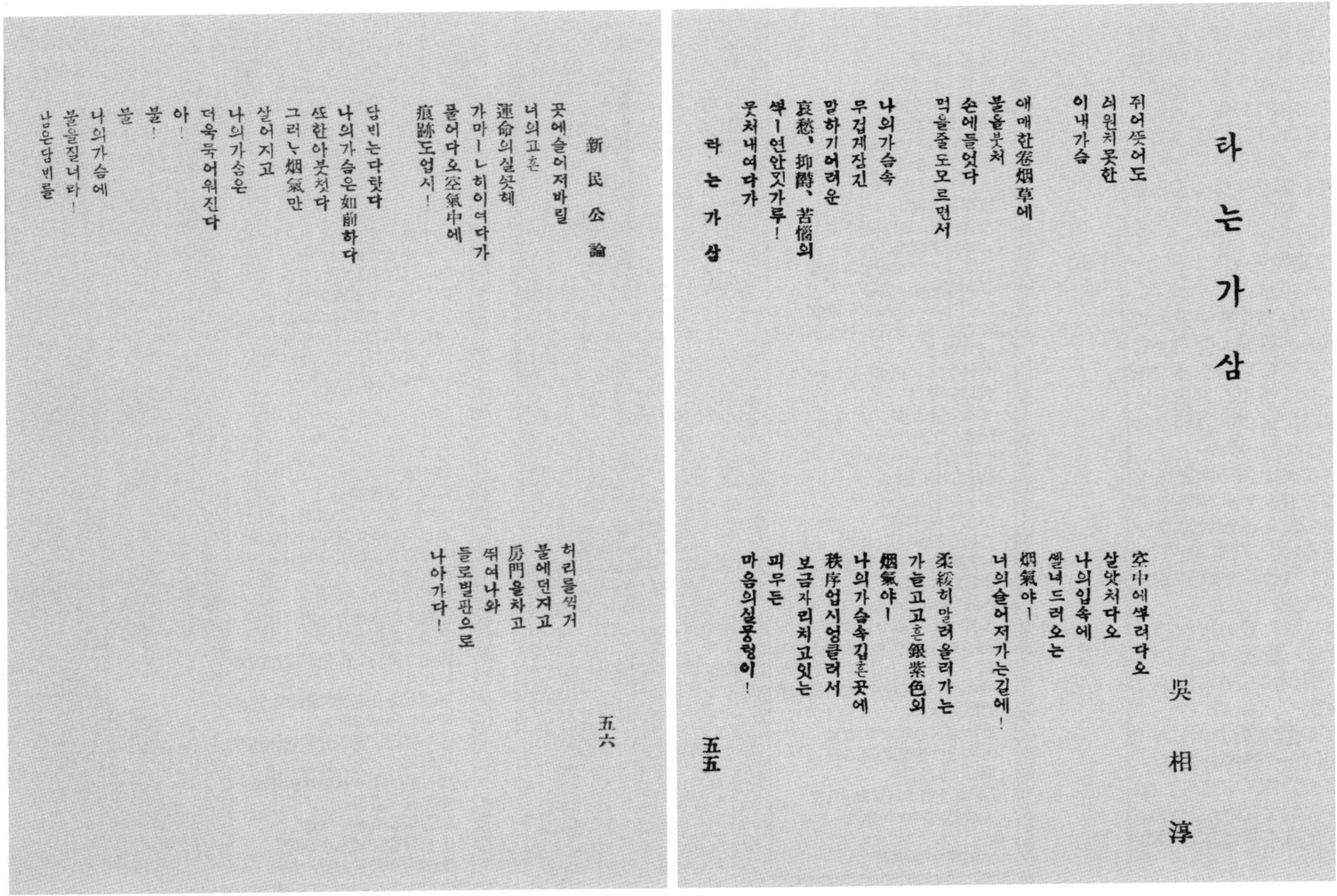

타 는 가 삼

吳相淳

쥐어뜻어도
싀원치못한
이내가슴

애매한卷烟草에
불을붓처
손에들엇다
먹을줄도모르면서

나의가슴속
무겁게잠긴
말하기어려운
哀愁、抑欝、苦惱의
ᄲᅮ―연안짓가루!
뭇처내여다가

空中에ᄲᅮ려다오
살앗처다오
나의입속에
쌜너드러오는
烟氣야―
너의슬어저가는길에!

柔緩히말려올려가는
가늘고고흔銀紫色의
烟氣야―
나의가슴속깁흔곳에
秩序업시엉클려서
보금자리치고잇는
피무든
마음의실몽텅이!

꼿에슬어저바릴
너의고흔
運命의실끗헤
가마―ㄴ히이여다가
뿔어다오空氣中에
痕跡도업시!

담비는다탓다
나의가슴은如前하다
또한아붓첫다
그러나烟氣만
살어지고
나의가슴은
더욱묵어워진다
아!
불!
불
나의가슴에
불을질너라!
남은담비를

허리를씩거
불에던지고
房門을차고
뛰여나와
들로벌판으로
나아가다!

「타는 가슴」, 『신민공론』, 1921.6

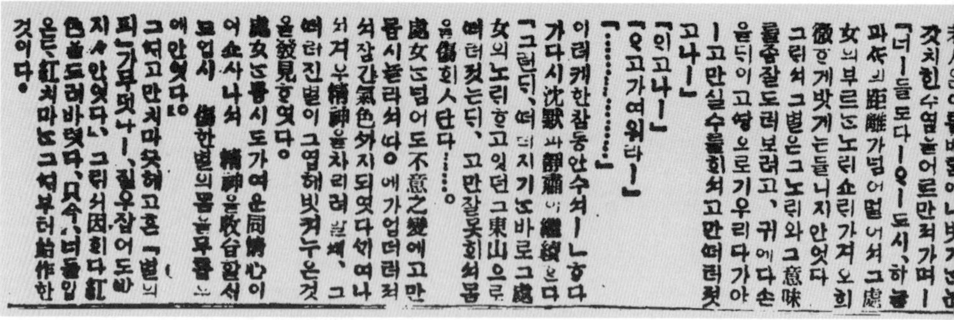

갓치힌수염을어르만지가며ㅡ
「너ㅡ들도다ㅡ오ㅡ도시、하늘
파는의距離가멀어서그處
女의부르는노릭쇼릭가져오희
微하게밧게는들니지안엇다
그린서그별은그노릭와그意味
를줄잘도러보려고、귀에다손
을딕이고쑝오로기우리다가아
ㅡ고만실수를히서고만떠러졋
고나ㅡ」
「아고나ㅡ」
「오고가여워라ㅡ」
「……………」
이러케한참동안수셔ㅡㄴ하다
가다시沈默과靜肅이繼續되다
「그런딕、떠더지기는바로그處
女의노릭하고잇던그東山으로
떠러졋는딕、고만잘못히서몸
을傷히人단다……。
處女는넘어도不意之變에고만
몸시놀라서따에가업더려져
서잠간氣色까지되엿다신떠나
서겨우精神을차리려할때、그
떠러진별이그엽헤빗커누은것
을發見하엿다。
處女는몹시도가여운同情心이
어쇼사나서 精神을收拾할서
도업시 傷한별의몸을무릅헤
에안엇다。
그리고만지며맛혀고흔「별의
피」가푸뎟나ㅡ、질우잡어도야
지々안엇다」그리서因히다紅
色을도러바렷다、又수、비둘입
은는、紅치마는그리부터始作한
것이다。

「봉선화의 로맨스」, 『조선일보』, 1921.7.17

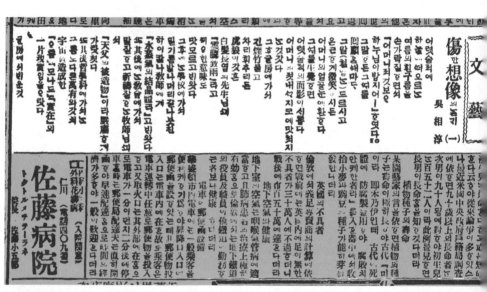

文藝

傷한想像의날기 (一)

吳相淳

어렷슬적에
하늘에떠오르는
여름의흰구름을
손가락질하면서
「어머니저것보오
하누님이밥지어ㅡ」하엿다。
그말하든그때를
回顧할때마다、
그말(君말는)드르시고
은근하게微笑하시든
어머니의얼골눈에환하다
그때를川覺하면
어렷슬적의面影이서롭다
어머니의첫내셔지코에맛쳐지
는것갓다
그후글房에가서
긴煙竹를고
짜리휘추리든
虎狼이갓흔
白髮長髯의先生님씌
「雲騰致雨」라고
뜻으한意味도
맛모르고비왓다
그후에는學校에가서
밋기를말나머리갈나보친
하이칼나教師에게
「水蒸氣의結晶體라」고비왓다
또其後에는敎會에가서
말잘하고祈禱잘하는牧師님씌
서
「天父의被造物」이라嚴肅하게
가라쳣다
또그後哲學科에가서는
그름노다른萬有와갓치
宇宙가造成한
「오름」의「모나드」는「實在」의
一片殘實임을알앗다
글房에서비운것

佐藤病院

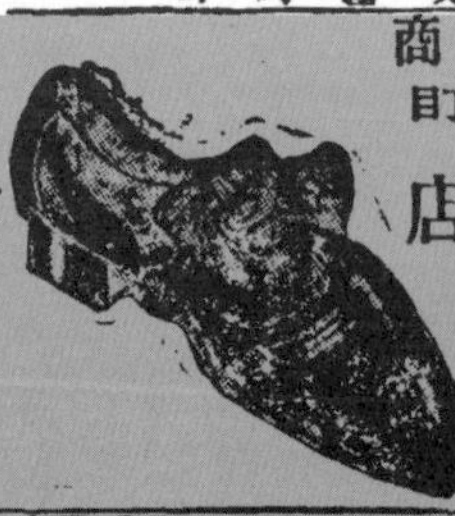
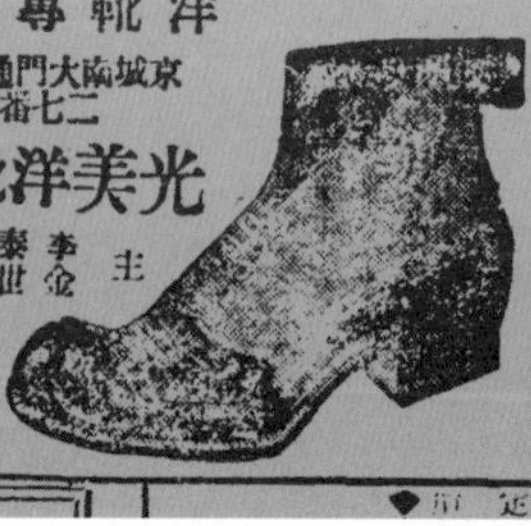

洋靴專門商

京城南大門通一丁目
二七番地

光美洋靴店

大成商會 主 金漢求

大邱府本町一丁目八三

文藝

傷한想像의날기 (二)

吳相淳

나는이世上에나서
二十餘年동안에
참으로속비지안이한
말갓흔말체번히보앗다
맨처음으로어머니胎에서
떠에떠러질때으오하든쇼릭와
들지로첫번엄마쇼릭와
배人자되하는 밥지어ㅡ
하든쇼릭다
글房
學校
敎會
哲學科
詩壇에서배워온
구름의말、表現、智識은
암만히도좀구석이빈것갓다
두다려보면무슨속빈쇼릭가날
것갓다
그모든것의原因은
知識의確實性의缺乏
哲學의證驗의不足
詩歌의實感의淺薄만보안인것
갓다
비록此等의消極的表現이積極
的으로變할지라도
第一義的、原始的、素朴的、
太極的
말ㅡ로고쇼ㅡ쇼릭의맛파色파
香파充實性은
經驗키어려운것갓다
나는그外락을알수업다
다만나의內的實感이다。

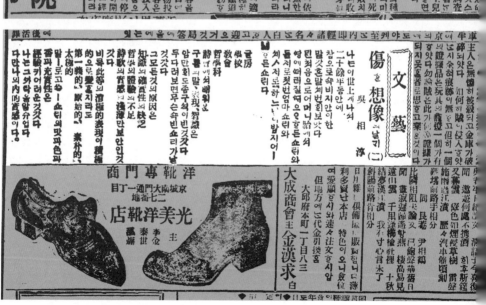

「상한 상상의 날개 1~6」, 『조선일보』, 1921.7.21~27

鳳仙花의로만쓰

吳相淳

선수조흔밤바로인이 쇼녀들의
무리를向하야
「이아동々—너이들은가봉옷
해도던것이무엇이냐?」
「봉숭々지무어야요—」
「허—그봉숭々가 무엇인지々
느냐말이야—」
少女들은서로얼골을마조보다
보며수근거린다。
「땅에서生긴것이야요—」
「天이 던진빗쓰이고 밤이 던달
빗밧고이슬밧어먹고사는것이
야요—」
「아니야요—내가々春마다져녀
마다기리다쥬는우리집뒤々東
山玉泉岩에서쇼사나오는시ᄆ
물밧어먹고자란것이랍니다」
老人은무슨感慨한모양으로며
름발한눌을、
머—ㄴ니바라보며
「예々날々々에、더—하늘에서면
제한오름답고졀눈별이잇섯다
해가지면다른별들보다맨먼저
나와서、奇미한光채를放하고
반작이고잇섯다」 참으로星群
의王子이엇다。」
「비—그럼서엇지々서요—」
「어서또하서요—」
「그럼서、그런대—、 그별의밤
맛혜잇는뜨우의어느집後園에
청明한밤마다나와서별을처다
보고노래하는꼿갓치어엽은處

滿ᄒ國에서出現ᄒ도다上으로三千餘年의往昔에箕子朝鮮을建ᄒᆫ後當時井田의制와禮樂의敎로民衆으로ᄒ여금太古의文明의泉源을作ᄒ얏슴바어며宮室과車馬와冠冕服飾의敎化로ᄒ야我와抗拮ᄒ얏다ᄒᆷ이엇지妄言이라ᄒ리오然ᄒ고常時의我朝鮮ᄂ民國으로外邦의始終該人事大을ᄒ야遼東의天山以東ᄂ勿論箕子의封建治下에屬ᄒ야中國의吉林一部와及西北間島等의地方이모다그管轄에包含되엿던것을韓後에邊疆이不完을따라寸失尺退의衰沈에至ᄒ얏스나中國으로더부러往々이爭端가起ᄒ야唐에도旣히千丈도쳐天山一脈이有ᄒ야彼도此를收ᄒ야最後에落ᄒ얏고또ᄒᆫ韓國政府에서最近々지數十回의定界使를派送ᄒ야實際調査를行ᄒ얏스며公文上交涉도殆히止치안이ᄒ엿도다

此를歷史的으로追想ᄒ던지又ᄂ遺民과遺跡으로證明코져ᄒᆯ지라도明白ᄒᆫ事實이라안잇지못ᄒ노라그러ᄒ고或傳說을據ᄒ건댄箕子의當時鼎足의都가即今平壤이안이고即奉天省이라ᄂ遺傳이有ᄒ다ᄒ니勿論我古典에ᄂ實證키難ᄒ되奉天이我版圖在ᄒ엿든것이안일것갓ᄒ면엇지此等의傳說이有ᄒ리요然則地理的關係를見ᄒ던지또ᄂ宗敎와文學等의그由來를思ᄒ야도中國은我朝鮮과同文이며同種의友誼가업지못ᄒᆯ것안이라政治、敎育、農商의制度도亦是同一ᄒᆫ軌範으로써三千載의文化에消長을賭ᄒ야東亞大陸의敎化를維持ᄒ얏도다이와갓흔關係가有ᄒ야然한지、不知ᄒᆯ것이와大槪關西地方은더욱中國과의密接이頻繁ᄒ기로習俗과言語의發音이略似ᄒᆫ點도有ᄒ며家屋과飮食及耕作業에도그由來的相似ᄒᆫ式樣이存在ᄒᆷ을見ᄒ며도東

學校에서비운것
教會게서드른것
哲學科에서어든것
詩的比喩로
美的表現로
모다事實이것나
또모다眞理인지도모를것다
나의所謂常識、科學、
나의哲學、나의信仰、
이를證明하는것도갓다

그때나々々々
「어머니—하누님이말지어—」
하든한마되만나못하다
어말에나뷔ᄂ구석이엄다
나의過去에도또다시엄섯고
現在에도못하고
未來에도못할
(未來에는한기로願하지만)
다만그때그한마되
나의全生命、全人格의말이엇
다
實로永遠한로고쓰의結晶이엇
다
그말은나에게對하야
不可侵의充實性、永遠性을
가진全自我의象徵的表徵이엿
다
꼿나의全生命의創造的傑作이
엿다
實로나는그「말」압헤
손길을마조잡는다

世界奇聞

稀世大男

諾威人「따온、아손」이라ᄒ는人은世界에稀有한大男으로年齡은僅히十八歲나其身長은八呎九吋體量은五百三磅이라此를日本의尺度分量으로換算ᄒ면身長이八尺八寸餘요體重이六十一貫이라西洋人은五呎八吋即五尺七寸이普通의身長임으로此를比較ᄒ면其人이如何히巨大한것을可[illegible]

警務機關과警察制度의未備는此犯罪의容易ᄒ게ᄒ다

犯罪ᄂ何所ᄒ今回大戰後世界到處에犯罪者를增ᄒ야歐米各國은特히警察機關의擴充을ᄒ야[illegible]面昨年十二月中旬頃에[illegible]經濟市場一流되는[illegible]가橫行ᄒ고其後大道上에서[illegible]覆面强盜가出ᄒ야一寶石商을脅迫ᄒ야傍若無人의强奪을ᄒ고又ᄒ도로쓰ᄂ河附近은지내ᄂ시市街에ᄂ三週間을亘ᄒ야自動車賊이橫行ᄒ야白晝에市民을脅迫ᄒ고市俄古市에서恐慌一한恐怖가生ᄒ야市民이安心치못ᄒ며또스톤市에ᄂ「街道가決히安全을缺ᄒ얏다」고地方裁判所長이宣告ᄒ얏셧다

而此ᄂ但히歐米에限치안이ᄒ고世界的으로一流行性犯罪가되엿다[illegible]面을開ᄒ얏다云ᄒ야도過言이안이라技에ᄂ其犯罪如何를論ᄒ기要가無ᄒ고但히其對抗策으로探偵術上에現出ᄒᆫ各國의差異點을通코자ᄒᆫ다

英國式搜索法

倫敦의一閑寂한僻村에一人의貪慾男이有ᄒ얏다彼ᄂ過去二十年間에土砂[illegible]金錢을貯蓄ᄒ얏다金錢이貯蓄될수록彼ᄂ世間에서ᄂ漸次恐怖ᄒ게되야終에ᄂ彼自身一人以外에ᄂ何者던지信用치안이ᄒ게되얏다

彼가獨居ᄒᄂ家屋에ᄂ二重三重으로鍵을封ᄒ고入口와窓ᄂ開ᄒ면直히招人鐘이鳴動ᄒ도록家中을電線으로網羅ᄒ얏다如斯히防備ᄒ얏슴지라도安心키不能ᄒ야此網羅한電線에ᄂ更히鈴을多數히付ᄒ얏스니此ᄂ若何人이던지電線을巧妙히切斷ᄒ고家에潛入ᄒᆯ境遇던지其鈴가床上에落下ᄒ

오—어머니는距今十年前에도
라가셧나
나의科學도、나의哲學도、나의
宗敎도
나의詩라는것도못드러보시고
그는永遠히나의內外의變化
移動을모르실것이다。
좀게도라가셧스니
萬若地下에서도魂魄이잇다한
면
그나의어머니가살엇에는
그때우리집뒤마루뜻헤서々
고사리갓흔종손으로
어머니의뒤치마자락을잡어단
이며
홀손으로
鳳仙花를무럭々々피어오르는
여름의한구름을가리치며
젓너나는입오모떠듬거리며
「엄마저것보ᄋ— 하누님너받
지어—」
하든그말을드르신常時의微笑
의깃붐이잇슬것이다。

오그러나
그때의나의「말」은
먼記憶의나라에서찻게되엿고
그때의우리어머니의우슴은
영々으로나를引導하노나—

나도그말가지고
어머니의그우슴차저
영々에도라가보고저—
저어모
나도그말한그때마음으로生活
을살다가
(七八十되더라도)
그때그말、그마음、그生活에應
허주시든
어머니의微笑의가슴에한번다
시안겨보고저—。(未完)

詞藻

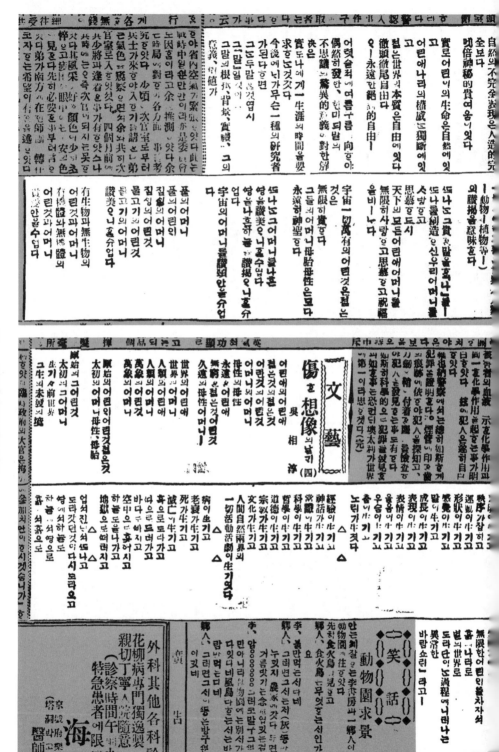

自然의不完全表現은人造的完
全보다
멧倍神秘的價値이잇다

實로어린이의生命은自然에잇
고
어린에나라의權威도獨斷에잇
고
젊은世界의本質은自由에잇다
徹頭徹尾自由다
오ㅣ永遠한絶對的自由ㅣ

어렷슬적에여름구름向ᄒᆞ야
偶然히發ᄒᆞᆫ、한마듸말의
不思議의驚異的意義에對ᄒᆞᆫ解
決은
實로나에게一生涯의時間을要
求ᄒᆞᆯ것갓다
今後에나가무슨一種의硏究者
가된다ᄒᆞ면
그도두말ᄒᆞᆯ것업시
그「말」일것이다
그말의根抵、背景、實體、그의
意義、價値가

ᄒᆞ야省內空氣가緊張ᄒᆞ얏다此는戰時中일뿐만안이라亦是委員會로因ᄒᆞᆷ이라고余ᄂᆞᆫ推測ᄒᆞ얏다余ᄂᆞᆫ時局에對ᄒᆞ야各方面事情을考究ᄒᆞ얏다 少頃、次官室로부터兵士가來ᄒᆞ야入ᄒᆞ기를請ᄒᆞ는故로근氣色을觀察ᄒᆞ면서余와共히次官室로入ᄒᆞ얏섯다 四個月前에共少將과逢着ᄒᆞᆫ事가有ᄒᆞ얏스나其時에는오즉次官이되지는못ᄒᆞ얏다 其風采와顔色이少ᄒᆞ게憔悴ᄒᆞ고疲困ᄒᆞᆫ眼中에는不安의色을見ᄒᆞᆫ다 先히必要ᄒᆞᆫ事부터請ᄒᆞ엿다 弟가南方에在ᄒᆞᆫ師團에轉任코자ᄒᆞ는希望이有ᄒᆞᆷ을述ᄒᆞ얏다

ㅣ動物ㅣ植物等ㅣ)
의讚揚을意味ᄒᆞᆫ다

ᄯᅩ나도그貴ᄒᆞᆫ말을ᄒᆞᆫ나」를ㅣ
ᄯᅩ나를創造ᄒᆞ신우리어머니를
ᄉᆞ랑ᄒᆞ고
思慕ᄒᆞ도다시
天下의모든어린에에어머니를
無限히사랑ᄒᆞ고思慕ᄒᆞ고祝福
을비ㅣᄂᆞ다

宇宙一切萬有의어린것은젊은
것은
無限히貴ᄒᆞ다
그들의어머니母胎母性은모다
永遠히神聖ᄒᆞ다

ᄯᅩ나도그어머니를나흔
ᄯᅡᆼ을讚美ᄒᆞ니ᄒᆞᆯ수업다
ᄯᅡᆼ을나흔하ᄂᆞᆯ을讚揚ᄒᆞ니ᄒᆞᆯ수
업다
宇宙의어머니를讚頌안을수업
다

풀의어머니
풀의어린이
짐승의어머니
짐승의어린것
물고기의어머니
물고기의어린것
讚美ᄒᆞ니ᄒᆞᆯ수업다

有生物과無生物의
어린것과어머니
有機體와無機體의
어린것과어머니
讚美안을수업다

被害者의血液 示ᄒᆞᆫ化學作用과同一ᄒᆞᆫ化學作用을起ᄒᆞ는事가明白ᄒᆞ얏다 該犯人은遂히自白ᄒᆞ얏다
惟也納警察에서는總히如斯ᄒᆞ게犯罪를證明ᄒᆞᆫ다。煙管에印ᄒᆞᆫ齒의痕跡에依ᄒᆞ야犯人을探知ᄒᆞ고、刀劍、帽、付着ᄒᆞᆫ毛髮、等을檢査ᄒᆞ야犯人을發見ᄒᆞᄂᆞᆫ事도有ᄒᆞ다 如斯히科學的으로犯罪를發見ᄒᆞᆷ과如ᄒᆞᆫ事는恐컨ᄃᆡ墺太利가世界에第一이라思ᄒᆞ겟다(完)

文藝

傷ᄒᆞᆫ想像의날ᄀᆡ(四)

吳相淳

어린에의어린에
젊은것의젊은것
어린것의어린것
어머니의어머니
母性의母性
永遠의어린에
無窮의젊은것어린것
久遠의母性어머니ㅣ

世界의어린에
世界의어머니
人類의어린에
人類의어머니
萬象의어린것
萬象의어머니

原始의어린이어린것젊은것
太初의어머니母性、母胎

原始의그어린것
太初의그어머니
生기々前世界
그生의未發의境

秩序가잡히고
運動이生기고
形狀이生기고
感覺이生기고
말이生기고
成長이生기고
表現이生기고
表情이生기고
울음이生기고
우숨이生기고
춤이生기고
노ᄅᆡ가生겻다

△

經驗이生기고
神話가生기고
常識이生기고
科學이生기고
哲學이生기고
道德이生기고
宗敎가生기고
文化가生기고
人間自然兩界의
一切活動活劇이生기엿다

△

病이生기고
老衰가生기고
死가生기고
滅亡이生기고
ᄒᆞᆰ으로도라가고
ᄯᅡ으로ᄯᅥ러가고
바다로ᄲᅡ지고
空中으로흣허지고
하ᄂᆞᆯ로올나가고
地獄으로ᄯᅥ러지고

△

업서진이서ᄯᅩ나고
도라갓던것이다시모라오고
ᄯᅡᆼ에서하ᄂᆞᆯ로
하ᄂᆞᆯ에서ᄯᅡᆼ으로
ᄒᆞᆰ에서ᄒᆞᆰ으로

無限한어린이를차자서
ᄒᆞᆫ나라로
별의世界로
도라단이는過程에나려나는
異常한
바람소리ㅣ라고ㅣ

◆{}◆{}◆{}◆ 笑話 ◆{}◆{}◆{}◆

動物園求景

안는계잘오는李生房과一鄕人이動物園에往ᄒᆞ얏다
先히食火鳥를見ᄒᆞ고
鄕人、食火鳥는무엇ᄒᆞᄂᆞᆫ새인가요
李、불만먹는새다네
鄕人、그러면그새는재(灰)ᄯᅩᆼ싸누겟지 農家에갓다두면거름맛기는念려업것는걸
李、암○○○○○○그러코말구그새만아니라動物園에는別새가다잇다비風鳥다ᄒᆞ는새는바람만먹는다네
鄕人、그러면그새ᄯᅩᆼ은방구이겟네

「상한 상상의 날개 1~6」, 『조선일보』, 1921.7.21~27

니與ᄒᆞ면一番은實弊傷處 金庫破壞等 一番은所傷追剝 六番은空襲[illegible]다云ᄒᆞᄂᆞᆫ職務를分掌ᄒᆞ야ᄂᆞ

如何間此지안ᄒᆞ午前[illegible]에[illegible]ᄂᆞᆫ이ᄯᅢ公園에逮捕된者中四十二名의男女를往寃人物로認ᄒᆞ야未決監에投入ᄒᆞ고詳細[illegible]調査ᄒᆞ얏다其內一人의婦人이殺人盜殺人未遂犯人의情婦인事를發見ᄒᆞ얏다此犯人은二個所에서同一方法으로人을絞殺코자ᄒᆞᆫ者로目下에警察이嚴重히偵探中에在ᄒᆞ던者이라此情婦의口中에서遂히此男의在處가發覺되야彼를逮捕訊問ᄒᆞᆫ結果도終에彼가此殺人事件의犯人됨을自白ᄒᆞ얏다

如斯히獨逸의行ᄒᆞᄂᆞᆫ方法은極히人生을機械와如히取扱ᄒᆞ야機械的組織的으로事件을解決코자ᄒᆞ나此獨逸式은今回戰爭에서도遺憾이無ᄒᆞ게發揮ᄒᆞ엿다

文藝

傷ᄒᆞᆫ想像의낱기 (三)

吳相淳

그ᄯᅥ그말(生活、思想、感情、)에도何等의形式、外飾、粉裝、分裂의影子가업나

流動的持續的獨創的充實性이잇다

實로大自然的獨斷이다

어린애의말은

自然의가장不完全한素朴的表現이다

나의硏究의對象이될것이다

假定只今내가벙어리가된다할지라도

그ᄯᅢ를向ᄒᆞ야發ᄒᆞᆫ「한마듸말」과記憶의消滅ᄒᆞᄂᆞᆫ기억지도

나도그다지믄不平이업겟다

全人類의혀가모다어ᄯᅥ붓허바린다ᄒᆞ여도ㅡ

이世紀에어느누가어나와서

萬々의[illegible]을다저[illegible]ᄯᅢ바린다하여도

나도놀라지안케스다

萬卷의科學、哲學의知識과

千萬言의說敎도

全然的한마듸말을[illegible]ᄒᆞ나에거도

그다지[illegible]치안을것갓다

나는、그나의所謂한마듸말이란것을

過度히誇張한것이나잣치보인다

그러나、決코誇張은아니다

또主觀的個人的인어린나의經驗을

넘어推測ᄒᆞᆫ것도잇겟다

그러나玆의個人的經驗은即萬人에게通ᄒᆞᆫ도것임을나도밋노다

어린이王國의經驗이기ᄯᅢ문에

勿論어른의니라에서도그도確實히

獨斷이오專制오無法일것이다

그러나世界의어린이도다ㅡ갓흠을「오ㅡ」다

帽子로此[illegible]는少[illegible]ᄒᆞ고[illegible]ᄂᆞᆫ[illegible]에[illegible]한者인것을判明ᄒᆞ얏다[illegible]面又[illegible]引帽子를大ᄒᆞᆫ紙袋中에人ᄒᆞ고[illegible]ᄒᆞ게打ᄒᆞ얏다 如斯히付ᄒᆞᆫ帽子의[illegible]은[illegible]化學의應用에依ᄒᆞ야精密히檢査ᄒᆞ얏다帽子가發見된[illegible]舍의[illegible]塊를除外ᄒᆞ고其殘存ᄒᆞᆫ[illegible]塊의[illegible]要ᄒᆞᆫ者ᄂᆞᆫ木手工場에서出ᄒᆞᆫ者가分明ᄒᆞ고[illegible]의粉末도多數히發見되얏다玆에帽子의所有主ᄂᆞᆫ[illegible]의[illegible]工인事를[illegible]定ᄒᆞ얏다

然而此[illegible]莊附近에ᄂᆞᆫ以上[illegible]條件과거의符合ᄒᆞᆫ一人의作居[illegible]나後ᄂᆞᆫ貧困과飮酒로自暴自棄에陷ᄒᆞᆫ者가다直히彼의住宅을探索ᄒᆞ얏다然而其犯罪의凶器될만ᄒᆞᆫ鐵[illegible]이有ᄒᆞᆫ[illegible]一個와[illegible]一個의[illegible]一個를押收ᄒᆞ얏다그[illegible]ᄂᆞᆫ其端이大角形인[illegible]被害者의傷處形質과一致치안이ᄒᆞᆷ으로先히第一을除去ᄒᆞ고次에[illegible]의[illegible]를試驗ᄒᆞᆫ즉此로單히[illegible]化作用에依ᄒᆞ야生ᄒᆞᆫ者인不[illegible]한것을

그未發의可能性이엇기前에

未被의[illegible]의[illegible]

境外境ㅡ

空無ㅡ眞空ㅡ

原始의始太初의初

空無의無ㅡ

나는거기서서

空々寂々ㅡ

虛無虛空

虛에虛寂나는벙어도孤獨ᄒᆞ고

ᄋᆞᆯ시도孤寂ᄒᆞ니ㅡ

△ △

太初에

原始에

이孤獨과이孤寂의寂寞

永遠한沈默暗黑混沌의바다여서서

그것을못견되도 그「무엇」이

우도瞬間에

永遠히緊張안虛無와虛空의[illegible]限ᄒᆞᆫ線과點이烟氣갓치바ᄅᆞᆷ갓지無數히엇결여交叉ᄒᆞ야도리가도「길」의時間과空間의天地

먼지에서肉으로

肉에서靈으로

靈에서魂으로

魂에서肉으로

△ △

어것처無限히循環ᄒᆞᆫ다

엿다가업서젓다

업서젓다가ㅡ

또나어現象은

무엇을意味ᄒᆞ야?

왜?

科學者도徹底히말ᄒᆞᆫ다?

안니、말을못ᄒᆞᆫ다

哲學者도沈默ᄒᆞ고

고기숙니다

詩人은嘆息·쉬인다

藝術家도엇지스런지

울주어다、노린ᄒᆞᆫ자

우서라울어라ㅡㄴ다

△ △

나도한마듸로斷言ᄒᆞᆫ다

그는、

人生의사람은眞로
永遠히젊고어림에잇다
젊고어림에는죽음이업다
죽음이업스면외로움이업다
永遠한[illegible]「人生의眞理」는眞로
永遠히젊은어린애되야
永遠한어머니의가슴에
안기움에잇다ㅡ

△

이맛게나의게는
오모것도업다
나의게는다만
永遠한生命創造의
어머니와어린애의王國이
잇슬뿐이다

△

우리의永遠한希望、憧憬、光明은
오직어머니와어린의나라에잇다
우리의唯一의깃븜、平和、詩歌는
그나라에만…
우리人生의價値는어린애오
自然의意味는어머니에잇다

△

우리人生、世界도다
自然에서나와서
自然으로도라가는

어머니
어린애
自然의世界에서
멀어질사록
病이잇고
老衰가잇고
罪惡이잇고
災禍가잇고
死亡이잇는것은
個人에나
民族에나
人類에나
同一한嚴肅한經驗이다
이에우리는
一切興亡盛衰
榮枯盛衰의原因
消息을드를수잇다
어린애와어머니를
理解하고사랑하고尊崇하는
個人이나民族이나人類나萬物은
다旺盛하고繁榮하고
生命이잇고自由가잇고祝福이
잇고

△ △

此反對를取하는이들에게
衰殘、頹廢、滅絶、死亡이
支配하는現象은實로神秘나
그러나그는
어린애、어머니나다의
嚴肅한神聖한法則을理解
하는者、거는平凡한
常識에不過하다

文藝

傷한 想像의 날기 (六)

吳 相 淳

現今、世界의
個人과個人、民族과民族、
國家와國家、人類와人類
人類자ㅣ[illegible]ㅣ무섭고
殘兇한爭鬪、殺戮、
猜忌、嫉妬、憎惡、壓制、奴隷
等諸ㅎㅣ
오들날우리의一切煩悶、嘆息
、呻吟、抑鬱、苦痛、痛哭、悲哀

하나님、어ㅡ—면
建설에며人면그구름는슬어칫
다
그애나와갓치
그구름보시던어머니도
쏘예모라가섯나ㅣ

△

二十年後이여름、날에
그나그구름과그름업도
흰구름흡벋나바라보며
그때그구름을생각한야歎한면
그말을새삼覺고
어머니를覺고
눈물짓는나의
외로움이여ㅣ
참으로異常하다
모다가秘密이오꿈갓나
人間도自然도슬핑쓰나
나도
나의말도
나의記憶도
나의思想도
나의哲學도
나의詩도
나의肉도
나의靈도
모도다
더구슴과갓치슴어지는때도
어느때일가ㅣ
過히오라지도안을것이다
그러나 오ㅡ그때에도
나도어머니품속으로도라가고
저ㅣ
나ㅣ「구름」의말을한번더희보
고저ㅣ
그리고그말을ㅎ옹ㅎ시던
어머니의平和롭ㄴ스
微笑의낫을다시한번뵈옵고자
한다
오ㅣ어느다만夢想갓흔空想인
夢일가ㅣ
오…꿈ㅣ라ㅎ여고

「상한 상상의 날개 1~6」, 『조선일보』, 1921.7.21~27

가能되면새新...이生하야
父母도安心하고勞働일자오又如
家庭상의此幸福하면共同情도
亦深할것 다

文藝

傷ㅎ想像의날기(五)

吳相淳

原始와自然에갓가울사록
沈默性이高하고深할수잇
다
어린이를보고
그말을드러보고
少女를보고 處女의자긔을보고
호랑이와獅子색기를
오어보오라—
오—沈默의秘密
말업는말
未生한嬰兒의神秘
果然말업는곳이
萬國語를通하는地境
우리어머니가나를나실제
永遠한沈默과神秘속에나오셧
다
너가太陽빗表現의世界로
나올그瞬間에도
어머니도
나도
숨을만코
天地로더부러
그呼吸을停止하엿슬것이다

逐次 품속에서
動하고生하고死할도것이다
△
우리도그갓치
永遠하어머니에再現할것이오
久遠한어머니의로도라갈것이
다
우리도다
그리로도라가는旅路에오른
巡禮의巡禮者들이아니고무엇
이냐—
△
너가人類와自然의
永遠한平和와和諧와光明을
안
어린이의王國
어머니품에
도라감에잇다함은
決코空想이아니다
嚴肅한 內的事實이다
△
칸트—의哲學的「永遠平和論」
보다
그나라一女性母性의
다른나라어린애에게
本能的으로大眞으로
自然히고고음게
면서도
平和도윤운命이우슴이
世界人類平和우에밋치도
影響과感化가얼마나더偉大할
것은나도疑心치안는다
宇宙의壯嚴과能力이
雨雷나暴風雨보다

[illegible]

死滅도統制
人類의母性과어린아나라民族
에對한秋霜갓치嚴命을「민긴」
書翰이다
△
어쩌면人類는破壞와[illegible]
自覺하아[illegible]後의날—이다
△
오—우男性은
법어도母性과어런니하고
無視하고[illegible]하엿구
그리하고어린애王國을
封鎖하엿다—
그結果도
傷害、搶奪、爭鬪、壓迫
野獸의貪慾의[illegible]
모든陰謀、離間、猜忌、爭鬪
破壞、破滅、破滅…
△ △
人類의救援은어로

나는그꿈의醉하고저…
그꿈의서살고
꿈에서죽고저—
△ △
나는原始의밤이만한內部에
秘密한꿋진나
그러나나는보수업시던지려
다
個創性充實性도 決定된것가
흐름의말과자로범어버서
復興羅列히는것갓다
良心未安하
그러나나는永遠으로엇마되마
며한다
以上의말로보다
永遠히어떤想像의날기를貫徹
永遠히 ㅎ하기어려운
나 魂의病든어떤세가
그리우고그리우든원죽이
날어본經驗이잇도 안이그이

아시아의 마지막 밤 風景

—아시아의 眞理는 밤의 眞理다

아시아는 밤이 지배한다 그리고 밤을 다스린다
밤은 아시아의 마음의 象徵이요 아시아는 밤의 實現이다
아시아의 밤은 永遠의 밤이다, 아시아는 밤의 受胎者이다
밤은 아시아의 産母요 産婆이다
아시아는 實로 밤이 낳아준 선물이다
밤은 아시아를 지키는 主人이요 神이다
아시아는 어둠의 검이 다스리는 나라요 世界이다。

아시아의 밤은 限없이 깊고 속모르게 깊다
밤은 아시아의 心臟이다, 아시아의 心臟은 밤에 鼓動한다
아시아는 밤의 呼吸기관이요 밤은 아시아의 呼吸이다

밤은 아시아의 눈이다, 아시아는 밤을 통해서 一切相을 뚜렷이 본다
올빼미처럼
밤은 아시아의 귀다 아시아는 밤에 一切音을 듣는다。

밤은 아시아의 感覺이요 感性이요 性慾이다
아시아는 밤에 萬有愛를 느끼고 임을 抱擁한다
밤은 아시아의 食慾이다, 아시아의 몸은 밤을 먹고 生成한다
아시아는 밤에 그 靈魂의 양식을 求한다, 猛獸처럼……
밤은 아시아의 芳醇한 술이다, 아시아는 밤에 醉하여 노래하고 춤춘다。

밤은 아시아의 마음이요 悟性이요 그 行이다
아시아의 認識도 叡智도 信仰도 모두 밤의 實現이요 表現이다
오— 아시아의 마음은 밤의 마음……
아시아의 生理系統과 精神體系는 실로 아시아의 밤의 神秘的 所產인저。

밤은 아시아의 美學이요 宗敎이다

「아시아의 마지막 밤 풍경 – 아시아의 진리는 밤의 진리다」, 『공초 오상순 시선』, 자유문화사, 1963
(최초 발표는 『신민공론』, 1922.2)

밤은 아시아의 唯一한 사랑이요 자랑이요 보배요 그 榮光이다
밤은 아시아의 靈魂의 宮殿이요 個性의 터요 性格의 틀이다
밤은 아시아의 가진 무진장의 寶庫이다 마법사의 魔術의 보고와도 같은——
밤은 곧 아시아요 아시아는 곧 밤이다
아시아의 悠久한 生命과 個性과 性格과 歷史는 밤의 記錄이요
밤神의 발자취요 밤의 造化요 밤의 生命의 創造的 發展史——

보라! 아시아의 山河 大地와 物相과 風物과 格과 文化——
有相 無相의 一切相이 밤의 洗禮를 받지 않는 者 있는가를,
아시아의 山脈은 아시아의 물의 「리듬」을 象徵하고 아시아의 물의 「리듬」은
아시아의 밤의 「리듬」을 象徵하고……
아시아의 딸들의 칠빛같은 머리의 흐름은 아시아의 밤의 그윽한 呼吸의 「리듬」。

한손으로 地軸을 잡아 흔들고 天地를 含吐하는 아무리 억세고 사나운 아시
아의 사나이라도 그 마음 어느 구석인지 숫처녀의 머리털과도 같이 끝 모르

게 감돌아드는 밤물결의 흐름같은 「리듬」의 曲線은 그윽히 서리어 흐르나니

그리고 아시아의 아들들의 자기를 팔아 술과 美와 한숨을 사는
浩蕩한 放遊性도 감당키 어려운 이밤 때문이라 하리라
밤에 취하고 밤을 사랑하고 밤을 즐기고 밤을 嘆美하고 밤을 崇拜하고
밤에 나서 밤에 살고 밤속에 죽는 것이 아시아의 運命인가

아시아의 沈默과 靜謐과 幽寂과 枯淡과 典雅와 曲線과 餘韻과 玄晦와 幽影
과 後光과 또 滋味 醍醐味—는 아시아의 밤神들의 饗宴의 交響曲의 樂譜인저
오— 崇嚴하고 幽玄하고 神秘롭고 不可思議한 아시아의 밤이여!

太陽은 燃燒하고 刺激하고 誇張하고 傲慢하고 君臨하고 命令한다
그리고 男性的이요 父格이요 積極的이요 攻勢的이다
따라서 物理的이요 現實的이요 學問的이요 自己中心的이요 鬪爭的이요 物體的
이요 物質的이다。

「아시아의 마지막 밤 풍경 - 아시아의 진리는 밤의 진리다」, 『공초 오상순 시선』, 자유문화사, 1963

태양의 아들과 딸은 기승하고 질투하고 싸우고 건설하고 파괴하고 돌진한다
白日下에 自信있게 萬有를 분석하고 해부하고 綜合하고 統一하고
繁할 줄만 알고 衰하는 줄 모르고 氣勢 좋게 모험하고 製作하고 외치고 몸
부림치고 疲勞한다
差別相에 低廻하고 有의 面에 固執한다
여기 뜻아니한 悲劇의 胚胎와 誕生이 있다。

<一九二三>

— 56 —

「아시아의 마지막 밤 풍경 – 아시아의 진리는 밤의 진리다」, 『공초 오상순 시선』, 자유문화사, 1963

어둠을 치는 者

바다속처럼 깊은 밤
주검같이 고요한 어둠의 밤
회랍 彫刻에 보는 듯한
頑强히 용솟음치는 骨肉의 主人
젊음에 타는 그는
그 어둠 한가운데에
끝없고 限없이 넓은 벌판 大地 위에
꺼질 듯이
두 발을 벌려 딛고 서서
힘의 象徵、牛翁같은 그의 팔!
무쇠로 만든 것같은
그 손을 주먹 쥐어

— 42 —

「어둠을 치는 자」, 『공초 오상순 시선』, 자유문화사, 1963
(최초 발표는 『신민공론』, 1922.2)

터질 듯이 緊張하게
부술 듯한 確信있는 모양으로
어둠을 치도다 虛空을 치도다!
그리고
어둠과 虛空을 깊이 잠근
안개의 바다를 치도다。

잠기어 나리는 안개는
퍼부어 흐르는 땀과 한가지로
그의 몸 위에 타도다!
밑 모르는 불꽃에 닿는
힘없는 이슬의 모양으로……
어둠과 虛空의 秘密 부수는 듯한
그의 〈침〉은 끊임없이
치고 치고 또 치도다!

— 43 —

안개의 바다는 첨차로
쓰러지도다
그리고
그 어둠의 빛은 어느덧
멀리 희미하게 變해 오도다。

오— 힘의 象徵!
〈침〉의 勇士는
그 變해 오는
어둠과 虛空의 벌판과 大地 위에
넘어가도다!
오! 그는
쓰러지도다!
山속의 巨木 같이……。

— 44 —

「어둠을 치는 자」, 『공초 오상순 시선』, 자유문화사, 1963

오ㅡ 大地는
異常한 소리로 우도다
어둠과 虛空은
알 수 없는 춤을 추며
알 수 없는 웃음 웃도다。

오ㅡ 저 大地의 끝으로부터
고요히 발자욱 소리도 없어
넘어오는 黎明을
永遠한 曙光의 서림은
偉大한 싸움으로 쓰러진
젊은 勇者의 모양을
大地 위에 발견하는 그 瞬間에
그의 屍體를 안아 싸도다
고요히 소리도 없이

— 45 —

그를 吊喪하는 듯
그를 祝福하는 듯……。

그의 몸은 벌써
돌같이 굳어져버렸으나
그의 입술 위에는 오히려
未盡한 나머지의 表情 서리도다。

오ㅡ 異大한 어둠은 가도다
오ㅡ 偉大한 曙光은 오도다。

〈一九二三〉

— 46 —

「어둠을 치는 자」, 『공초 오상순 시선』, 자유문화사, 1963

迷 路

吳 相 淳

麋鹿의樂園
愛와力의「유로피오」
平和의瑞氣서린
不老草동산에
이리(狼)가들엇다
사나운바람일고
검은구름動하던
하루ㅅ밤에——

×

平和의무리들은
暗黑속에흐터젓다
四面八方으로
恐怖와怨恨과盲目中에

×

그中의어떤사슴한머리
길을여위여
沙漠으로뛰여들엇다
偶然히공교로히
그는업드러지며
빠지며
무서운彷徨의거름을
繼續햇다無聊하게

×

아ㅡ그는
풀도업고샘도업는
불가튼熱의
씃업는모래바다에선(立)
自己를發見햇다
저ㅡ편모래바다水平線우에
붉은해도다올재——

「미로」, 『갈돕』, 1922.8

×
저는부르지젓다
絶望속에압호제
아ㅣ그러나그러나
이미느젓다느젓다
저는속절업시默默히
運命의길을
繼續하는수밧게업섯다
×
沙漠에도
無心한밤이오고날이가고
날이가고밤이오기를
여러번거듭햇다
×
뜨거운모래에빠지는
저의발자곡에는
赤血이고엿다
全身에선땀이흘럿다
×
最後의衝動으로
번적뜬저의눈에
풀파붕의形跡이
희미하게비추엇다
저ㅣ편하늘파모래바다가
맛다흔곳에——
오ㅣ그는「오아시쓰」엿다
×
오ㅣ저는最後의힘을다하야
그리도한번에쌔어가코저
몹시애썻다
아ㅣ그러나
못하엿다못하엿다
×
아ㅣ그는그대로그곳에
엽드러지고말엇다
엽파묘에서피가흘럿다
그瞬間이다
斷末魔의그瞬間이엇다
迷路前의不老草동산의
「비저언」(幻影)이展開되어
朦朧한저의눈에비추엇다
×

그곳에는如前하게
以前自己동모들은
不老草를뜨머막고잇섯다
이運命의벗을
기들써보도안코——
×
不老草의象徵
힘의自現이던
젊은사슴의
最後의숨은끈허젓다
그幻影의슬어지는
가는瞬間에……
×
이리하야만
異常한運命의
沙漠의悲劇은
未解決대로永遠히
最後의幕이셜어젓다
×
오ㅣ웃업는沙漠에
太陽은써지다
어둠의「제인」이
迷路의어떤사슴의
屍體를엽도다
고요히말업시。

「미로」, 『갈돕』, 1922.8

【18】 (大正十一年九月四日第三種郵便物認可) (每週日曜日發行) 東明 (第二卷第一號) 大正十二年一月一日

「放浪의마음」

吳相淳

(이[illegible]──「[illegible]」[illegible]──北京에서天津까지[illegible]放浪生活의記念으로──)

흐름(流)우에
보금자리(巢)친
오ㅡ흐름우에
보금자리친
나의魂……
×
바다업는곳에서
바다를憧憬하는남어지에
눈을감고마음속에
바다를그려보다
가만히안저서때를넘고ㅡ
×
옛城우에발도둠하고
들넘어山넘어 보이는듯만듯
어덧거리는바다를바라보다
해지는줄도모르고ㅡ
×
바다를마음에불러일으켜
가만히凝視하고잇스매
깁흔바다소리
나의피의潮水를通하야우도다。
×
茫茫한푸른海原ㅡ
마음눈에떠오르는때에
안개가튼바다의香氣
코에서리도다。
×
高壽山저便에기울어지는
달에엇올며
오늘도또한밤이새엇서라ㅡ
×
오ㅡ오늘도
나의生의한째지는넘어가고말엇다
저太陽으로더불어ㅡ
「때」의어김은잇스나
드되어가튼運命의太陽과「나」,
오ㅡ그러나나에게는
힘도熱도빗도업시ㅡ
×
오늘도죽지안코잠자리를써낫다
나는무엇을해야할가?
어째게살어야할가?
이마에손을대이고
쏘다시생각하다
太陽은소리도업시
나의이마우에키쓰를주고
온몸을비의어에워싸도다
사람도나무도물도
개도쥴도하늘도땅도
一切가閑調한中에
오늘도쏘한눈을감고
코스모쓰(宇宙)나기前의
「星雲狀態」를마음속에불러보다
저ㅡ끗업는限업는안개바다에
헤염처나가는瞬間에만
미친듯한하염업는끗업는放浪의마음은
저윽히鎭靜되도다
아ㅡ그러나 거긔도,거기도
나의魂의 흠 은보이지안호도다
아아 저ㅡ한개바다破하는
그 모멘트에나?
나는어느때한번ㅡ
中國人파빈대!합비몰아滅하라!
不知中에부르지젓다
그리고나는울엇다
나는다시世界를찾아보앗다。
×
世界를 나의것」이따고
疑心업시미드면서도
이다섯자몸을찬아
安穩할곳이업단말가?
×
生의無聊와倦怠를
號訴하는사람에게
默勢의길모르는마음의다다이함어, 술
쫑이어ㅡ!
×
자다가일어나서
어쭘속을더듬어서성양을차저
긋고또긋고
한갑을다태웟다
……
빈갑을내던지고나는울붓젓도다
×
인사의말도업고愛憐도부리지안코
늘默默한속에
날마다세세밥을들어다주는
키큰中國생이의鎭重한모양!
×
하로세번식
그때가되면또따또따갓다놋는
飯舍의밥상ㅡ
[illegible]하는것가해서
그리고,'장승불리고한새숨엇다
×
나는요새
날파이약이하기가젓난다
한곤무거운짐을눗긴다
나를홀로내버려두기를願한다
나는懇切히山中을생각한다。
×
주인에손님이찻다
魂과魂이서로말할機會를주기爲하야
그의魂을미ㄱ히觀照하고며사랑하기爲
하야

雅藝一年 —(其十一)—

小亭 卞寬植 薔伯 ……【十一月】……

나는모쓰독입을열지안코沈默속에對하
엿다ㅡ
그는愛慮의빗을때우고돌아가다。
×
미불어말할버업는나그네(旅)길에
씨정지고수파탐불며
구름가는癖을쳐다보다。
×
나에재무순격정이잇스랴는뜻이
생생하게살연사람보면
말할수업는一種의술픔이늣기어진다。
×
거울에비추이는나의모양
품시어위엇스나,'마음에반기하하
무엇을차잣나매아는고로。
×
어느날밤,'지술을손에들고,
얼굴을드러다보고,'쏘드러다보고……
천가뭐건은머리틀어도만지고쏘어로만
지고……
팡은며우김허진다,'나그녀하늘에。
×
저는,'대답해
때울따서주며나속에넘흠
비지안(幻)을보앗다
×
저는
줄운제끝고피루셔어가피에
씨우에업코메진호
당이웅을또보앗다
×
物像속(夢)이
보(觀)고싶흔남아
지에
×
돌(石)이나하나새
놀여보고싶헛다ㅡ
×
나의피로살젠한
머리모기를
모기장속에서빨가
벗은몸으로
쏘차단이다가。
슬작히보쓰러어워
지도다
헤입수업는生物을
잡아먹어온
人間의입생각코ㅡ
×
나의피를잔뜩마신
한머리모기를
손이로쳐서죽이고
붉은피로물들인손바닥ㅡ
물그럼히드려다보고섯는나의
정신업시엄업서ㅡ
×
무엇을깁히생각이나, 하는듯이
축축늘어진、垂楊버들숨을逍遙하다가
나는,'無心히,기룹지고,살찐
아릅、
입에물어서찻다。
나는,'葉의柄을,'손으로꼿잡고,'물그럼
히無心히
드려다보고잇섯다。
葉은,'금방금방萎縮해진다
[illegible]에날가는, 어대든지[illegible]
생생하던生氣는,'어느듯沈衰해간다。
그變化의度數를따라서,'나의心臟은一種
異常한微動을늣긴다
나는,'그肢身에,'손을대어,'어로만지고,
쏘다시어로만진다
나의눈에는,'눈물이 저어 지어진다,'다만셀
、、、
圓편만있나니다
그러나,'아ㅡ그러나ㅡㅡ
그의本體와 大地를써난,'미물의肢身은
꼬되어 다시 그의生氣를回復할줄모른
다,
生의呼吸의길음일흠……。
어도만질스록,'미묘하게 이울어지고말
앗다!
나는,'그可憐한작은房舍를 손에들고
면지비明朗氣가업섯다
ㅡ(未完前曲)ㅡ
×
『PAN』을읽다가
「96」ㅡ페지,'에왓다。「96」ㅡ이눈에띄
우자,'異常한感이腦裏에動하얏다。왜?
어째해서,'가로글字를,'바로세워노코는
「아홉」이라하고,'그것을거구로안쳐노
코는,'「여섯」이라하는고?」하는極히어
리고簡單한疑問이엇다
그래서 나는,'읽든책을거구로들엇다
가,'또다시바로잡엇다가,'無心히여러번
거듭해가며,'「96」ㅡ을 드러다보앗다。
그래도終是그疑問은풀어지지안핫다。
그책을讀了할때까지,'그「96」이눈에
가로걸려서
甚히不安햇다。다읽고책을덥허버렷
다。그로ㅡ한쓰의內容보다도,'「96」ㅡ
의印象과疑問이더깁허졋다。
×
故鄕에서永遠히여원벗을꿈에보고
장도北京까지생하와주엇다고
희미한재소기면서잠깨운오늘아츰
말하기어려운悲哀에잠겨ㅡㅡ
×
가튼旅舘에苦와樂을한가지하든
「봄」못하는벗을멀리그의나라로보내버
리고
그의버서두고간검가튼것은長靴와빨불
적마다
그대지혯이몰빵고只今쯤은어느곳을彷
徨할고생각하는마음의외로움이어ㅡ
×
달러가는수레뒤로
손비리고따차오든
일곱여덟(살)의옷비슨中國사람의쌀
銅錢한푼을던져주엇더니
쏘다른것을바라고
거의五里나되는길에「쿠리」와다투어
붙가리나리쏘이는太陽빗헤
쌀하오던少女ㅡㅡ
發見하던瞬間의나의마음메여지는듯하
앗다。
×
사람이쓰는車우에놉히안저
고개ㅅ짓하며오는비단옷에싸힌紳士보
고그압헤업드려두손으로쩡을집고
니마로땅을씨코또찌어피흘려내던
열살前后의中國사람의아들ㅡㅡ
紳士는보고도못본듯이아모感覺의表
情도업게지나가고말앗다。
×
한손으로
가슴에안키어젓싸는갓난애기부둥켜잡
고
다른손은놉히들어벌리고
馬車뒤로달여가는발좁힌中國사람의안
해ㅡㅡ
×
온미천이던洋銀一元을빌어질하는
老婆에게주어노코
無一分의나를돌아보아
뚝애두엇드면하는假想誘惑이일어나라
할제
나는監獄가튼담들이욱어진
컴컴한좁은골목길몸을감추온다
누가나의마음속을드러다보는듯해서。
×
발이째지는몬지싸힌
네거리한복판에
네발을되는대로쌔더바리고
낫잠자는中國개볼때마다울고십다
수레가그압호로시치고지나가나
自動車가소리를지르며몰아오나
「나모른다는」듯한그쌍은
가장偉大한듯도하다
나는同時에中國苦力을생각한다
그리고쏘中國사람全體를聯想한다

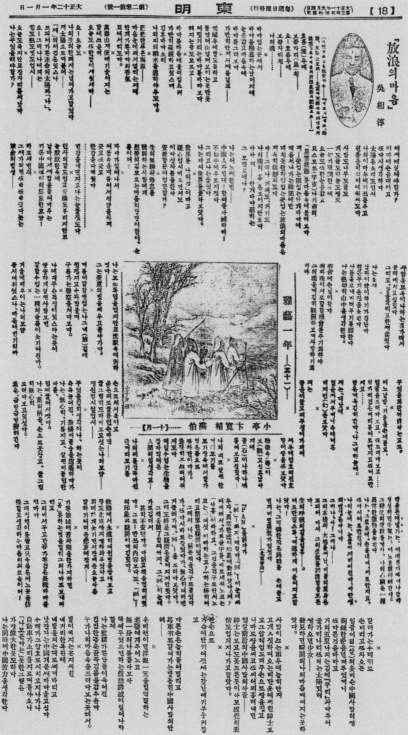

「방랑의 마음」, 『동명』, 1923.1

放浪의한페지

(故南宮璧兄의무덤압헤)

吳相淳

放浪의마음은
압흐고하염업는
放浪의마음은
흙비나리고
발이빠지는먼지의길ㅡ
무릅이잠기는개흙의「늪」로ㅡ
밤에먼지언저먹고
혁에흙뭇처먹는
그땅으로ㅡ

×

山다운山도업고
메갓흔메도업는
뭇업고가업는
바다갓흔벌판의나라로ㅡ

×

피빗갓흔물결이
끌는듯이용소슴치는
바다의나라로ㅡ

×

죽은사람의骸骨에金裝飾하야
銀소반우에밧드러논그나라로ㅡ

×

죽어가는사람이
길가에누어
呻吟하며苦悶하되
한번의졋눈질도업시
지내가는사람들사는그곳으로ㅡ

×

들에내여바린
사람의子女들의
屍體를차자오는
까마귀떼로
하늘이덥힌ㅡ

×

기르는개들이
무리를지어물어다삿는
사람의骸骨들이
발에걸니며채우되
놀라지안는百姓들사는대로ㅡ
도야지에게
人肉을먹이여
市場에내다파는
사람잇는곳으로ㅡ

×

女性들이
男兒들의동을팔라고
말弄질치는그나라로ㅡ

×

肉의骨髓를
黃金의精가지고
化學的으로鍍金한
그骼을삼아주던ㅡ

×

그들의天國인
「나라」와城을기우리게하던ㅡ
뜨거웁기불갓고
차기가늘서리갓고
妖艶하기꽃갓흔ㅡ

×

도야지기름으로
「세멘트」갓치굿처논
그들의腸子ㅡ
묵처럼엉켜바린
그들의피를ㅡ
봄바람에싯치는
어름갓치녹여주는
歷史的美色의그나라로ㅡ

×

午后에나려나
처녁머리에
幽會에사진하야
밤새우기例事로하는
그들의나라로ㅡ

×

自己[illegible]손으로
쌈과피흘려차흔
自己집城우에
自己옷닙고
오르지못하는그들의나라로ㅡ

×

처어머니목을
베여
이웃집大門안에
던저드릿다리는
아달잇는그리로ㅡ

×

銅錢열닙도독한사람을
대낫에
大都네거리에서
무된칼로
목자르는그나라ㅡ

×

龍의肝, 鳳의骨髓
猿의코, 猩의입술
毒蛇의침과燕子湯
마시는反面에
주리돈한닙의조혁ㅡ
못먹어주려죽는
無數한人子들잇는
그나라로ㅡ

×

누구나비단파렬로
몸을차는듯한그裏面에
아래를가리울
누더기가업서서
거지노릇도못하야
죽어가는无數한
生靈들이呻吟하는그나라로ㅡ

×

…………
…………
오ㅡ그나라!
무서운그나라!
偉大한그世界로ㅡ

×

…………
…………
…………
압흔마음
묵어운다리로ㅡ
扶搖杖쓰을며도라오는
바다갓흔
가업고한업는
遼東벌판에
太陽은써지도다……
…………

「방랑의 한 페이지」, 『동아일보』, 1923.1.1

虛無魂의宣言

吳想殉

물아ㅡ
쉬음업시끗업시흘러가는물아
너는무슨뜻이잇서
그와가치흐르는가
異常하게도나로하야금
애를태운다
끗모르는地境으로나의魂을
꾀이여간다
나의思想의無碍와感情의自由는
實로네가나아준선물이다
오 그러나 너는
(각)?
갓급하다
넘어도갓급해서못견듸겟다
×
구름아
하늘에迷하야방황하는
구름아
虛空에浮하야흘러가는
구름아
낫하낫다가는슬어지고
슬어젓다가는낫타나고
슬어지는것이너의美오生命이오
滅하는瞬間이너의享樂이다
어ㅡ나도너와가치죽고십다
나는애타는가삼안고얼마나울엇
던고
슬어저가는너의뒤를따러ㅡ
오ㅡ너는永遠의放浪者
설음만흔『싸가본드』
天性의거륵한『헤카단』
오ㅡ나는얼마나너를안고
몸부림치며울엇더냐
오ㅡ그러나 너는
넘어도외롭고애달다

×
흙아ㅡ
말도업시默々히누어잇는
흙아 大地야
너는順하고쌋々하고
香그롭고 고요하다
가지々々의物相을나앗코
一切를容納하고
一切를먹어바린다
소리도아니내고 말도업시ㅡ
오 나의魂은얼마나
너를우리『어머니!』라불럿던가
나의魂은 살지고
쌋々하게번너의乳房에
매여달니고자ㅡ
哀憐케도너의품속에
안키려고애를썻든고
어린애기모양으로ㅡ
그러나 흙아大地야
이異端의魂의아달을안어주기에
너는넘어도갑갑하고답々하고
感覺이鈍하지아니한가
×
바다야!
깁고아득하고끗업고
偉大와莊嚴과悠久의象徵인
바다야
너는얼마나
限업는보이지아니하는나라으로
나의魂을손짓하야꾀이며
醉하게하엿든가
오ㅡ그러나
너에게도밋(底)처잇다
밋바닥(底地)에支撑되여잇는
너도 드듸여
나의魂의벗은될수업다
×
별아ㅡ
오ㅡ美의極ㅡ
絕美와莊嚴의秘宮ㅡ
깁흔啓示와神秘의深淵인
별아
오ㅡ너는얼마나깁히
나의魂을움지기(動)며淨化하며
傷해여지려하는나의가슴을
慰勞하엿든가
너는진실로나의戀人엿다
愛와美와眞그것이다
그러나
별아별의무리야
나는실타
恒常變함업는갓흔軌道를도라단
이며잇는ㅡ
아모리만타하여도限잇는너에게
厭症이낫다
×
사람아ㅡ
人間아
너는果是地上의쏫이다별이다
宇宙의光榮ㅡ그자랑이오
生命의結晶ㅡ그焦點이겟다
그리고너는事實偉大하다
하늘에까지다을
『바벨』의塔을쌓으며 事實싸으
며잇다
絕對의完成과圓滿과幸福을巴입
업시쌓으며
쉬음업시憧憬하고追求하는
人子들아
너이들은
自然界를征服하고神들을暗殺하
엿다한다
事實그러햇다
오ㅡ그러나
峻嚴하고異大한破壞와死滅의
『스핑쓰』
너를捕捉할때
너의
검은썩도
붉은피도
一切의役事도
씩씩한자랑도
그다무엇인가ㅡ
×
世界의創造者되는神아ㅡ
宇宙自體 一切그것인佛아ㅡ
全智와全能은
너이들의自慢이다
그러나
너이도『무엇』ㅡ이란것이다
적어도『神』이오『佛』이다
그만큼너이도ㅡ한
偶像이오獨斷이오專制다
그러나오그러나
나는아모것도실타!
一切가所用이업다
一切의一切가다所用이업다
그럼으로나는斬하는것이다
너이들까지도
虛無의劍가지고ㅡ
불쏫아ㅡ
오ㅡ무섭고거륵한
불쏫아
다태워라
물도구름도
흙도바다도
별도人間도
神도佛도
모든것을
모조리헐러바려라
오ㅡ그리고
宇宙에充滿하여라넘처라
×
바람아ㅡ
오ㅡ暴風ㅡ
그불쏫을
불어날리어라!
힘것불어헛처라!
오ㅡ偉大한暴風아
世界에充溢한그불쏫을
오 그리고
限겁고끗업는
虛空에춤추어밋처라!
×
虛無야ㅡ
오!
오虛無야
불쏫을끄고
바람을죽이라!
그리고
虛無야ㅡ
너는너自體를
째물어죽이라!
피도살도
모양도그림자도업고다만
어름가치참도갓흔ㅡ
偉大하고莊嚴하고무섭고嚴肅
한어둠의바다속도갓흔ㅡ
말할수도업고알수도업는
그리고나를밋처뛰게하며메여
부싀게하는너自身을ㅡ
째물어죽이라!
오々……………
『虛無의屍體!』
『虛無의屍體!』
오ㅡ나는!
나의두팔과가슴의썌가썩서지
도록너를얼싸안고죽으련다!
ㅡ ㅡ一九二三,四•二十日
아츰ㅡ
追言ㅡ
나는宇宙世界人生ㅡ그리고그
속에包藏된一切의ㅡ그過去現
在及其將來에亘한 모든現象
事件 活動과그運命과歸趨를ㅡ

「허무혼의 선언」, 『동아일보』, 1923.9.23

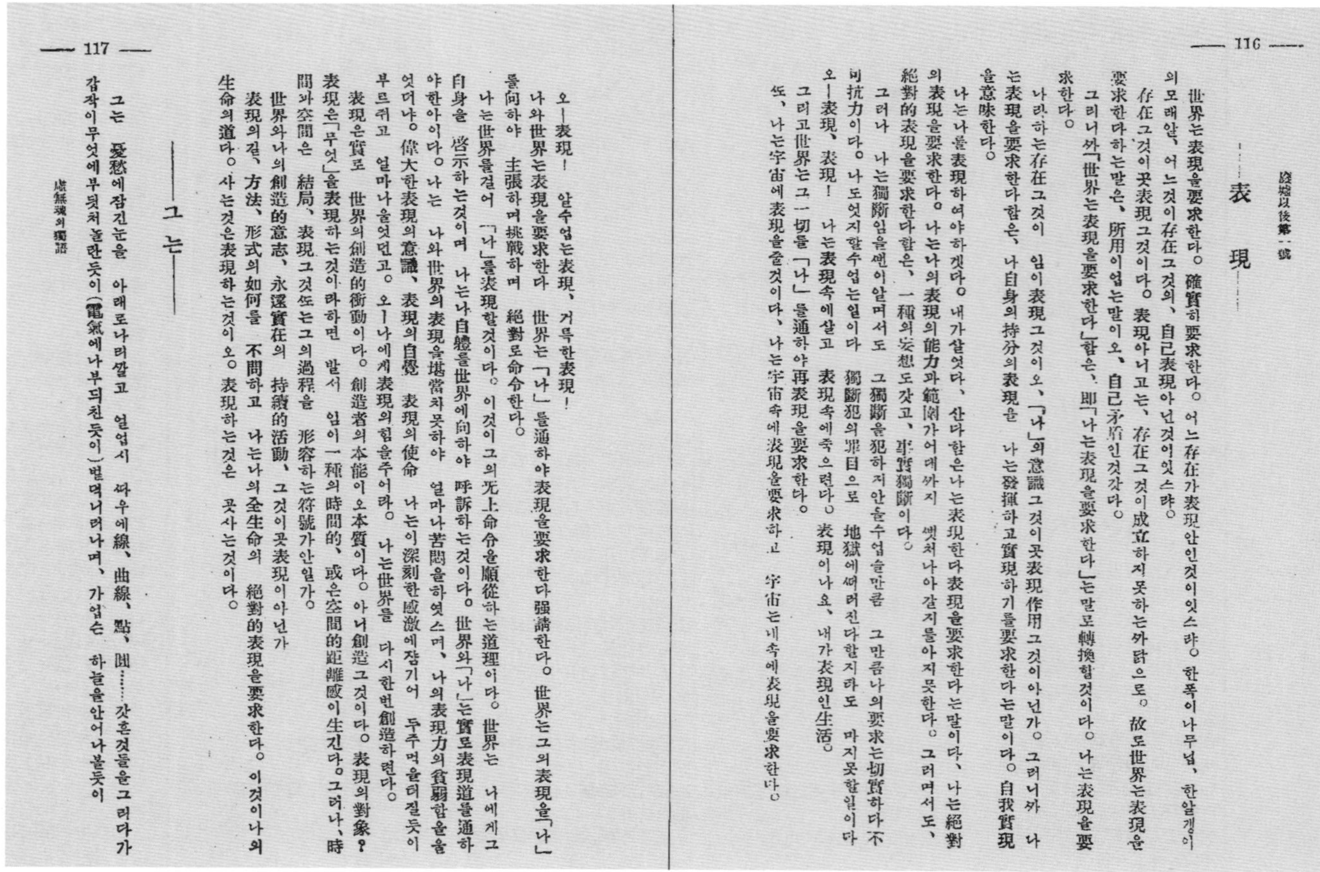

表 現

世界는表現을要求한다。確實히要求한다。어느存在가表現안인것이잇스랴。한폭이나무닙、한알갱이의모래알、어느것이存在그것의、自己表現아닌것이잇스랴。

存在그것이곳表現그것이다。表現아니고는、存在그것이成立하지못하는外닭으로。故로世界는表現을要求한다하는말은、所用이업는말이오、自己矛盾인것갓다。

그러니까「世界는表現을要求한다」함은、即「나는表現을要求한다」는말로轉換할것이다。나는表現을要求한다。

나라하는存在그것이 임이表現그것이오、「나」의意識그것이곳表現作用그것이아닌가。그러니까 나는表現을要求한다함은、나自身의持分의表現을 나는發揮하고實現하기를要求한다는말이다。自我實現을意味한다。

나는나를表現하여야하겟다。내가살엇다、산다함은나는表現한다表現을要求한다는말이다、나는絕對의表現을要求한다。나는나의表現의能力과範圍가어대까지 뻣처나아갈지를아지못한다。그러며서도、絕對的表現을要求한다함은、一種의妄想도갓고、事實獨斷이다。

그러나 나는獨斷임을뻔이알며서도 그獨斷을犯하지안을수업슬만큼 그만큼나의要求는切實하다不可抗力이다。나도엇지할수업는일이다 獨斷犯의罪目으로 地獄에써러진다할지라도 마지못할일이다

오—表現、表現! 나는表現속에살고 表現속에죽으련다。表現이나요、내가表現인生活。

그리고世界는그一切를「나」를通하야再表現을要求한다。

또、나는宇宙에表現을줄것이다、나는宇宙속에表現을要求하고 宇宙는내속에表現을要求한다。

오—表現! 알수업는表現、거륵한表現!

나와世界는表現을要求한다 世界는「나」를通하야表現을要求한다强請한다。世界는그의表現을「나」를向하야 主張하며挑戰하며 絕對로命令한다。

나는世界를결어「나」를表現할것이다。이것이그의无上命令을順從하는道理이다。世界는 나에게그自身을 啓示하는것이며 나는나自體를世界에向하야 呼訴하는것이다。世界와「나」는實로表現道를通하야한아이다。나는 나와世界의表現을堪當치못하야 얼마나苦悶을하엿스며、나의表現力의貧弱함을울엇더냐。偉大한表現의意識、表現의自覺 表現의使命 나는이深刻한感激에잠기어 두주먹을더질듯이부르쥐고 얼마나울엇던고。오—나에게表現의힘을주어라。나는世界를 다시한번創造하련다。

表現은實로 世界의創造的衝動이다。創造者의本能이오本質이다。아니創造그것이다。表現의對象?表現은「무엇」을表現하는것이라하면 발서 임이一種의時間的、或은空間的距離感이生긴다。그러나、時間과空間은 結局、表現그것또는그의過程을 形容하는符號가안일가。

世界와나의創造的意志、永遠實在의 持續的活動、그것이곳表現이아닌가

表現의길、方法、形式의如何를 不問하고 나는나의全生命의 絕對的表現을要求한다。이것이나의生命의道다。사는것은表現하는것이오。表現하는것은 곳사는것이다。

——그 는——

그는 憂愁에잠긴눈을 아래로나려깔고 얼업시 싸우에線、曲線、點、圓……갓흔것들을그리다가 갑작이무엇에부딋처놀란듯이(電氣에나부듸친듯이)벌덕니러나며、가업슨 하늘을안어나볼듯이

「표현」 외, 『폐허이후』, 1924.2

頑强한두팔을힘썻 벌니어손짓지어다。 그러고 그는다시짜우에쓰러지다。

——쎄 임——

굵고굵은먹구렁이갓흔모양으로、 바다와쌍속을쎄뚤어무엇이나가만히기다리는듯이潛伏하여잇는世界地震脈! 나는너를들여다볼때、 진저리처지는 異常한誘惑의줄에써을넌다。 배암으로化한 사탄이바늘갓흔불근혀로아담과 에바를쎄이든파라다이스의誘惑回想케하는ㅣ。 오한번서렷처쑴들거림! 의쎄임。알수업는쎄임!

——廢墟의落葉——

萬皆가보다가업는
어둠의품속에안기여
조으는듯 잠든듯한
깁고깁흔밤 하、트에 나는호올로
廢墟의뫼인들 한복판에서다

×

하늘잠근구름을새이여
이슬파서리의間色의感覺가진

가루갓치 가늘고도고흔
힘업는새음의粉沫도갓흔
느진가을의 가는비
어둠의고흔체(篩)를새여나리다

×

가는비나리는 어둠의廢墟의하늘우러〻
나의얼골내여노코 눈감도다
가는비는
나의속으로서 서리어오르는
눈물의이슬석거 입술을것처
가슴우에흘러써러지다

×

밤은더욱깁허가고서
비는異常하게도그윽한대
나의魂은 忽然히놀라 눈뜨다
어듸로부터인지 발밋헤바삭하고 써러지는 廢墟의落葉소래에。

——廢墟行——

길고긴歲月은無心히도흘러갓다

「표현」 외, 『폐허이후』, 1924.2

오래異邦에서放浪하던나그네의고단코무거운몸을싯고 나는도라왓다。넷집넷故鄕에。

넷故鄕은다른나라사람의 마을이되엇고

以前나의집에는아도보도못하던사람이장사를하고잇다。넷날面影이 다 밧괴여變해바련가운대도 넷날우리집뜰압헤 보들나무한아만은모양은勿論만히變하엿스나、如前히그저서々잇다。오래도라오지아니하는넷主人그리워바라고 苦待하는듯이。

오ㅣ버드나무! 우러버드나무! 나의동무!

나와갓치자러나던 넷親舊ㅣ나와갓치웃고 나와갓치울고 발거벗고 나허고 솟곱질하고 작난하던동무ㅣ내가너의등에올라타고 말령질하던동무 너를타고서아모러썻더거려도다라나주지안는다고심술부리며 희집하던「나」는只今다시너에게로도라왓다。그리고어느때 나는 너의軟弱한팔가지에매달여집적일제 너는압흐다고 울엇지。나는닛지안코只今도 어제갓치生覺난다。

너의장동이는 나의어렬때의눈몰코물도만히밧엇고 너의뱃가죽에는 개천속에번적이는사금치나或은류렷조각을주어다가네가압허할줄도모르고핏덩이갓흔고사리손으로、글자아닌글자、그림아닌그림、말아닌말을그리며색이엇다。그때에너는참忍苦하엿다。너는實로 어린나의原始的創造欲의表現을爲한 나의어려고 고마운受難者이엇다。

오 그러나 그傷處그痕跡은네몸이長成함을따러자라나가다가는、無心한바람 或은비의힘으로묵은옷갈어입을적마다 조금식닯어저서 드듸여는不可知의秘密속에감추어저바렷슬것이다。

그러고너하고쓰름도만히햇다。벌거숭이로땀흘려가며。그때우리의 흘니여떠르타리든땀은 바로너의발밋헤 노래하며쉬지안코흘러가는맑은냇물속의붕어가바더먹엇지 아마。

○

그동안 너도나도만히變햇다。너는갓흔곳에가만히서서 점잔히變하며잇는동안 나는이리저리移動하야도라단이며 變하엿슬다름이다。

네가只今서잇는그곳에 너의어린뿌리를 손수親히심으고북도다주던할아바지! 나를안어주고업어주시던우리할아바지는 임이쌍속에도라가섯고나!

○

오그리고、나와팔쓰름하던너의엣날팔은 모르는사람의톱날에끈어저바렷구나!

그리고너의터는사람의살내암가튼香내나는 黃土대신에、세멘트로회게발려젓고 自由롭던너의몸동이는 鐵網속에갓첫고나!

○

오 너는、멀고먼나라나라를漂浪하야헤매이다가故鄕을그리워도라온疲困하고孤獨한旅客의唯一한希望과抱擁과慰安의源泉일것이다。

오 그러나 나는슬퍼한다。너와나를爲하야痛哭한다。그윽하게도아름다운曲線의리듬에떠(浮)멋잇게도흐르는듯이축々느러저가브여운微風에步調맛추어춤추던너의가지가지(枝)는 理解업는모르는異邦사람의손에跋躝을밧고거친環境에외로히서잇는너의모양!

길고긴歲月의익지못하고낫서른異域외나그네길우에서잇던나의身勢도理解못밧고同情업기에너보다나흘것은조금도업섯다。그럼으로나는너를차저도라왓다。넷나라의오랜歷史와事件과그運命을한가지하는버들아! 넷故鄕집의隆替와盛衰를말하는나의어렷슬때의벗아! 압흠의經驗을가진이라야압흠에압는이를理解하며살필수가잇는것이다。

「표현」 외, 『폐허이후』, 1924.2

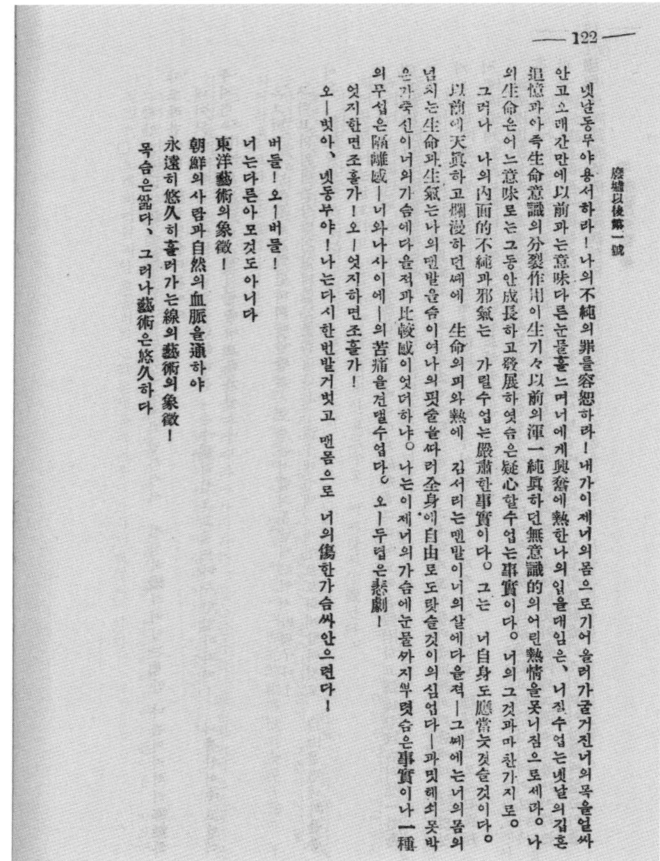
廢墟以後第一號

— 122 —

녯날동무야용서하라! 나의不純의罪를容恕하라! 내가이제너의몸으로기어올러가굴거진너의목을얼싸안고소래간만에以前과는意味다른눈믈흘느며너에게與奮에熱한나의입을대임은, 너질수업는녯날의집흔追憶과아측生命意識의分裂作用이生기々以前의渾一純眞하던無意識的의어린熱情을못니짐으로세라。나의生命은어느意味로는그동안成長하고發展하엿슴은疑心할수업는事實이다。너의그것과마찬가지로。

그러나 나의內面的不純과邪氣는 가릴수업는嚴肅한事實이다。 그는 너自身도應當늣겻슬것이다。

以前에天眞하고爛漫하던써에 生命의피와熱에 김서리는맨발이너의살에다을적―그써에는너의몸의넘치는生命과生氣는나의맨발은슴이여나의핏슴을써러全身에自由로도랑슬것이의심업다―파밋헤쇠못박은가죽신이너의가슴에다을적과比較感이엇더하냐。나는이제너의가슴에눈믈싸지쑤렷슴은事實이나一種의무섭은隔離感―너와나사이에―의苦痛을견댈수업다。오―두렵은悲劇!

엇지한면조흘가! 오―엇지하면조흘가!

오―벗아、녯동무야! 나는다시한번발거벗고 맨몸으로 너의傷한가슴싸안으련다!

버들! 오―버들!
너는다른아모것도아니다
東洋藝術의象徵!
朝鮮의사람과自然의血脈을通하야
永遠히悠久히흘러가는線의藝術의象徵!
목숨은짧다、 그러나藝術은悠久하다

「표현」 외, 『폐허이후』, 1924.2

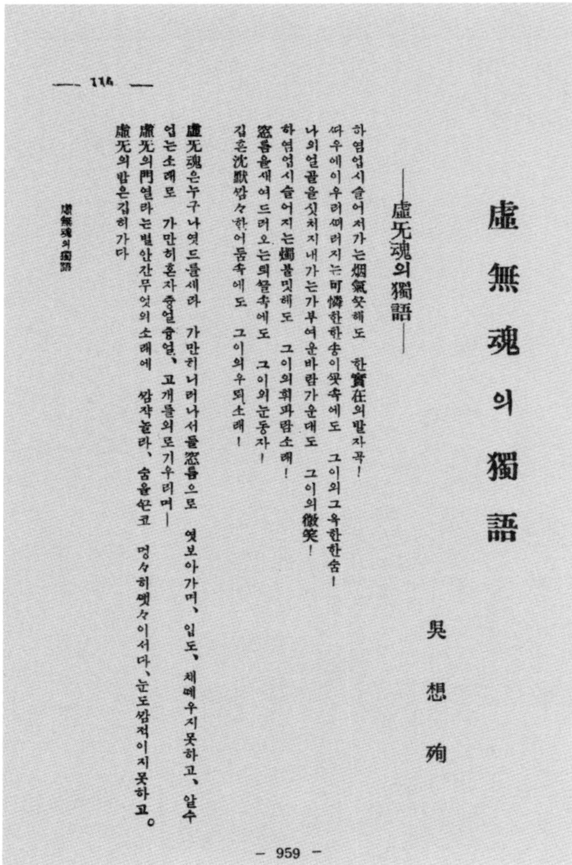
虛無魂의獨語

吳想殉

―虛无魂의獨語―

하염업시슬어저가는烟氣엣해도 한實在의발자곡!
싸우에이우러써러지는可憐한한송이쏫속에도 그이의그욱한한숨!
나의얼골을싯처지내가는가부여운바람가운데도 그이의微笑!
하염업시슬어지는燭불밋헤도 그이의휘파람소래!
窓틈을새여드러오는뫼쌀속에도 그이의눈동자!
김흔沈默쌈々한어둠속에도 그이의우뢰소래!

虛无魂은누구나엿드를세라 가만히니러나서들窓틈으로 엿보아가며、입도、체예우지못하고、알수업는소래로 가만히혼자중얼중얼、고개를외로기우리며―
虛无의門열라는별안간무엇의소래에 쌈쟉놀라、숨을쑨코 멍々히맷々이서다、눈도깜적이지못하고。
虛无의밤은깁허가다

— 959 —

— 114 —

虛無魂의獨語

「허무혼의 독어」, 『폐허이후』, 1924.2

『廢墟의 祭壇』

廢墟우에해는넘어가다無心히도—
알수업는悲壯한소래
ㅓ·ㅏ·!壯嚴壯幾運—
沈默의雄辯!
廢墟의雄辯!

×

呼吸이잇고
血脈이갓고
殉難의압흠갓치빗는
廢墟의무리—
廢墟우에살고
그속에죽음運命의무리들아!
입을봉하고

눈을감고
廢墟祭壇밋에업드려
心臟을니는—
世界가문허저바릴듯한
그의압흠의呻吟을드르라

×

넘어가는햇빗을마저
廢墟의虛空에
썩업시호을로서잇는
차듸찬녯榮光의
宮殿의돌기동한아!
그를두팔로쎠어안고
숨을쉰코눈감는자여!
마른덩굴、잇기에서런
廢墟의녯城두손으로붓옹켜안고
소래도마음대로내이지못하고
늣겨우는흰옷의무리여!

×

唐紅色저고리입은어린이의

「폐허의 제단」, 『폐허이후』, 1924.2

— 5 —

廢墟의 祭壇

터질듯이살진손목잇글고
구름에잠겨잇는廢墟의祭壇向하는
늙은한아바지의
씨우로내려짠、집신신은
늙은할아바지의兩肩間！
저녁해남어지빗헤서리는그의니마우의
칼자곡갓흔줄음살！

×

廢墟의祭壇에업드려애소하는
男兒의등우에는땀이용소슴치고
머리에는타는듯한김의烟氣서리도다

×

廢墟의祭壇에길(丈)이넘는검은머리풀고
맨발로素服입은處女들의
만도업시敬虔히드리는
목檀香과기름燈불은
죽음갓치소래업는廢墟의하늘
끗도밋도업는밤「어둠속」에
單調하고憂鬱하고도끈임업는

— 6 —

廢墟以後第一號

曲線의간、은「길」을차저虛空에
헤매이다、헤메이다！

×

廢墟의밤은깁허가고서
蒼茫히끗업는廢墟벌판한모통이
쓸々히서잇는한間풀집속에
따수에갓떠러지는
밤거버순뭇덩이애기소래！
產苦를닛고
새로나는이의深刻한복비는敬虔한
廢墟의어머니의쎠는소래—

×

애기의묵은보곰자리
그의넷玉座인胎살으는불빗은
呻吟에쎠는「廢墟의밤」갈르는(剪)
알수업는새로운
創造의神의거륵한햇불！

—二三·一二—

「폐허의 제단」, 『폐허이후』, 1924.2

廢墟의 첫 봄 (舊稿中에서)

吳 相 淳

×

굿게굿게 얼어붓흔
겨울짱의 매듭푸는
첫봄의 단비는、
무어라고 알수도업는말 속살거리며
서리도다 내리도다 싸우에
가업는어둠의 虛空을새여ㅣ

×

어둠을가(行)는 나그내의
머리털들을 쩌러기어나리고
가는毛孔들을 습이여
가삼속어대인지 감추어잇는
어느듯 성애는마음의 銀잔속에
봄비는 새여드도다
봄의 香긔로운술은피이도다

— 44 —

×

쌩푸러하는 첫봄의비는 이세상아닌
어느 그욱고 머ㄴ나라로서
옴기어오는듯、들너는듯 마는듯한
그무엇의 異상스러운 발자꾹소래에
가브어운 리듬과 旋律의 步調맛추어
거룩한 봄비는 내리도다
녯나라 虛空의 묵은밧(田)집흔속에
남모르게 秘밀히 파뭇처잇는
묵고묵은 金잔속에
봄의첫비는 새여드도다
香긔로운봄술은 피이도다

×

가는길 먼길 굽은길에
봄비는안개갓치 자욱하게나리는때
들넘어 재넘어 강넘어로
나는 헤매이도다 나는 헤매이도다
그秘藏의 술잔을차저ㅣ
비는 봄비는 한숨갓흔노래속에
나리도다 브슬々々나리도다
쑴醉에한放浪의 나그내우에ㅣ。

— 45 —

「폐허의 첫 봄」, 『여명』, 1925.7

回光詩壇

회광(回光)의 노래!!

茂根生

하올일이 바라보니
참한일은 영(永)이줏네
이즌일을 자아내니
구천(九天)에도 사못처라

◇ ◇

삼천리(三千里)에 밝든해가
황혼(黃昏)되야 궁금터니
그빛이 새로히밝어
넷터전에 빛어주네

二九五九新春把溪山房

鄕愁

吳相淳

것잡을수업는 이不安
鎭靜할길 무엇인가
泰山으로 눌러본들
萬斤쇠를 달어본들

×

불가티라는 이가슴
무엇으로 安定할고
바람결에 헷쳐보면
바다속에 잠겨보면

×

오ㅣ 그러나 어이할고
逆旅의길떠난 나의靈魂
그리우는 그故鄕 이르기전에야
이不安 쉬일날잇을가

×

鄕愁에여위는 나의마음
不安의바다 低氣壓에
숨ㅅ길눌닌 나의生命!
오! 죽음의길 얼마나쉬울고

×

나를救할이 누군가 그누군가
오! 님이여 내靈魂의 故鄕인님이여
오시오 번개가티 流星가치 곳오시오
아득한 저나라의 雲霧의바다 헷치고

×

聖의바다에 숨쉬고 久遠의길것는
사랑과生命의 母胎요
나의分身인 거룩한님이여
오시오 啓示로 祝福으로 곳오시오

×

當身을맛나 뵈옵기전에는
대낫도 밝은줄모르겟고
당신의낫 뵈옵고야
어두운 이밤도 빛나려나

×

무거웁고 그윽히 드리운
萬古秘密의 帳幕거두고
거룩한美에 永遠히빗나올
당신의낫 뵈여지이다。

×

오! 당신의 本來面目 뵈여지이다
만약 그러치안으려면
나의에 죽음을 허락하소서
푸른比首 잇사오니!

×

當身을못보고 사는이목숨
꿈을거티는 버레만하오릿가
당신을 뵈옵기는 그瞬間
當場에죽은들 무슨恨잇사오리 (舊稿)

山村에와서

辛夕汀

밤나무 숲넘어 푸른하울에
저녁노을 붉게 타올으고
넌즈시라러온 꿀작이를 꿀작이를
저녁안개 흩으재 흩으고 흩으네

「향수」, 『회광』, 1932.2

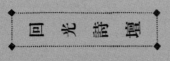

放浪의 北京

吳 想 殉

故鄕에서 永遠히 여윈벗을 꿈에보고
잘도 京京까지 쌀하와 주엇다고
회미하게 눗기면서 잠께운 오날아츰
말하기 어려운 悲哀에잠겨——

×

가튼旅域에 苦와樂을 한가지하던
「봄」못하는벗을 멀리그의나라로 보내버리고
그의버서두고 간 꼼가튼 검은長革바라볼적마다
그대집행이를쓸고몃수씀은어느곳을 彷徨할고 생각
하는 마음의 외로움이어!

×

달려가는 수레뒤로
손 버리고 쪼차오든
일곱여덟(살)의 헐버슨中國사람의 딸
銅錢한푼을 먼저주엇더니
쏘다른 것을바라고
거의 五里나되는길에 『쿠리』와다투어
붙가려 나러쏘이는 太陽빗헤
쌀하 오던少女——
發見하면瞬間의 나의마음 메여지는듯 하얏다。

×

사람이 끄는車우에 놉히안저
고개ㅅ짓하며 오는비단에요싸힌 紳士보고 그압헤
업드려 두손으로 쌍을집고
니마로 쌍을씨코 쏘씨어 피흘려내던
열살 前后의 中國사람의 아들——
紳士는 보고도 못드른듯이 아모感覺의 表情도업게
지나가고 말앗다。

×

한손으로
가슴에 안키어 젓빠는 자난애기 부둥켜잡고
다른손을놉히 들어 벌리고
馬車뒤로 달여가는 발좁힌 中國사람의안해——

×

온미천이던 洋銀一圓을 빌어질하는
老婆에게 주어노코
無一分의 나를 돌아보아
쑥애두엇드면 하는假想誘惑이 일어나라할제
나는 監獄가튼 담들이 옥어진
컴컴한 좁은골목길 몸을감추운다
누가 나의마음속을 드려다보는듯 해서。

×

발이 빠지는 몬지싸힌
네거리 한복판에
네발을 되는대로 뻐더바리고
낫잠자는 中國개볼때 마다울고 십다
수레가 그압흐로 시치고 지나가나
自働車가 소리를지르며 몰아오나
「나모른다는」듯한 그쌀은
가장 偉大한 듯도하다
나는 同時에 中國苦力을 생각한다
그리고 쏘中國사람全體를 聯想한다

—一九一八年北京서—

「방랑의 북경」, 『삼천리』, 1935.1

放浪의 마음

吳 相 淳

호름(流)우에
보금자리(巢)친—
오—호름우에
보금자리친—
나의魂……
사람도 나무도 돌도
개도 굴도 하늘도 땅도
一切가 罪調한極에
오늘도 또한 눈을감고
코스모스(宇宙)나기前의
『混沌狀態』를 마음속에 불러보다
커—끝없는 限없는 안개바다에
헤엄처 나가는 瞬間에만
미친듯한 하염없는 끝없는放浪의 마음은
커옥히 鎭靜되도다
아—그러나 거기도 거기도
나의魂의『홈』은. 보이지않토다
아아 커—안개마다 被하는
그모멘트에다?
(PAN)을 읽다가

『96』—페지에왓다。『96』—이눈에 띄우자
異常한 感이 腦裏에 動하엿다
왜? 어쩌해서 갖은글자를 바로세워 놓고는
『아홉』이라하고 그것을 거구로 앉처놓고는
『여섯이라하는고?』하는極히 어리고簡單한疑問이엇다
그래서 나는 읽든책을 거구로 들엇다가
또다시 바로 잡엇다가 無心히 여러번 거듭해가며
『96』—을 돌려다 보앗다
그래도 終是 그疑問은 풀어지지?않햇다
그책을 讀了할때까지 그『96』—이눈에 가로걸여서
甚히 下安햇다。다읽고 책을덮어버렷다
그 로—만쓰의內容보다도『96』—의印象과疑問이 더깊엇다
×
달려가든 수레뒤로
손버리고 쫓자오는
일곱여덟(살)의 옷버슨 中國사람의딸
銅錢한푼을 던저 주엇더니
또다른것을 바라고
거의 五里나되는 길에『쿠리』와 다투어
불강이 나리쪼이는 太陽밑게
딸아오던 少女를
發見하던 瞬間의 나의마음 메여지는 듯하엿다
×
사람이 끄는車우에 높이않어

고게멧하며오는 비단우에싸인 紳士보고
그앞에 엎듸려 두손으로 땅옭집고
이마로 땅을쪼꼬또쪼꼬피 흘려버린
열살 前后의 中國사람의 아들—
紳士는 보고도 못드른 듯이
아모 感覺의 表情도 없게 지나치고 말앗다
×
한손으로
가슴에 안키어 젓빠는 갓난애기 부둥켜잡고
다른손은 높이들어 버리고
馬車뒤로 달려나는 얇쫄힌 中國사람의안해—
×
온몸권어면 作錢一元을 빌며질하는 老爺에게주어놓고
孫一分의 나를 돌아보아
속에 두엇되면하는 與熱靈感어 일어나 파할때
나는 監獄같은 단돌이 욱어진
컴컴한 좁은 골목길 몸을 감추엇다
녹과 나의마음속을 돌며다 보는듯해서
×
발이 빠지는 몬지싸인
비거리 한 복판우에
네발을 되는대로 때며 바리고
낫잠자는 中國개 볼때마다 울고싶다
수레가 그앞으로 시치고 지나다가

自動車가 소리를 지르며 몰아오나
『나모른다는』듯한 그꼴은
가장 偉大한 듯도하다
나는 同時에 中國苦力을 생각한다
그리고 中國사람全體를 聯想한나

「방랑의 마음」, 『조선문단』, 1935.2

쏜살의 가는곳 (舊稿)

吳 相 淳

머리우에는 높고도 속모를 푸른하늘,
땅우에는 쌓이고쌓인 눈의바다——
닿으면깨여질듯 이상하도 키ㄴ있는
가없는空虛——
꿰뚫고 날어닷는 화살의무리——
머리우로 끊임없이 꼬리를니어
꾸불렁거리며 直線으로 날어닷는다——
성난독사모양으로——
귀신의 휘파람같은 앎수없는 소리치며——
오ー그러나 그살을쏘는이는 그누구오
그살의떨어지는곳은 그어대오
널판이나 布帳으로 지은貫역아닌은
이마음이뚫정녕코 의심안는대——
닷는그살의가는곳은 그어대메오——。

「쏜살의 가는 곳」, 『조선문단』, 1935.4

放浪의 마음 (舊稿)

吳 相 淳

一

흐름우에
보금자리 친—
오— 흐름우에
보금자리 친—
나의 魂

×

바다없는 곧에서
바다를 戀慕하는 남어지에
눈을감고 마음속에
바다를 그려보다
가만히 앉아서 때를잃고—

×

옛城우에 발돋음하고
들넘으 山넘으 보이는듯 마는듯
어릿거리는 바다를 바라보다
해 지는줄도 모르고—

×

바다를 마음에 불너 이르켜
가만히 凝視하고있으며
깊은 바다소리
나의 피의 潮流를 通하여 우도다。

×

茫茫한 푸른海原—

마음눈에 펴서 열어는대에
안개같은 바다의香氣
코에 서리도다。

二

나그네의 마음—
오—永遠한 虛無에의
나그네의 마음—
虛無의 품속에
보금자리친 나의마음—

×

나는 우다
모든것이 다있는 그世界보고
나는 우다
모든것이 다없는 그世界보고
나는 우다
限없는 그世界보고
나는 우다
限있는 그世界보고
나는 우다
有와無가 交叉하는 그世界보고
나는 우다
生과死가 서로싯처 지나가는 그世界보고
나는 우다
나의肉의발이 멀깃는 世界에 닿을때
나는 우다
나의靈의발이 밑없는 世界에 싯처헤나일때
나는 우다
오— [illegible] 는 우름
나는 [illegible]

「방랑의 마음」, 『조선문단』, 1935.8

再生의序曲

吳空蕉

죽엄가튼 沈默의 季節
기나긴 冬眠의 밤은길기도하엿다
오ー그러나 來日은 嚴한緘口令이풀니는날
來日은 解放의約束이 實現되는날
빗나는自由의 靈宴이 열니는날——

죽엄의 沈默깨트리고 긴숨쉬고 기지개펴고
그윽하나 우宙가튼 蹦躍의소리
땅과하늘을 잡어흔들려니——
緊張한 待機中의 再生의群生——
莊嚴하고 터질듯한 復活의交響曲
그序曲을 알외는날——
오ー來日은 黎明! 啓明의날!

닫이엿든입은 열니고
감엇든 눈은뜨워지고
막혓든귀는티이고
옴으렷든 발떼여노코
접엇든 나래펴고——
직직하는놈 우는놈 노래하는놈——
기는놈은 기고 뛰는놈고 뛰고 나는놈은 나르고
때아슬이업는 이自由와解放의權道를
세로뛰고 가로뛰며 힘것기겨
하늘과 땅이좁으려니——
오ー 來日은 黎明! 啓明의날!

우리의 冬眠의밤은 支離도하다
오ー우리人間의 黎明은 啓明의날은
언제나 오려나! 언제나오려나!

「재생의 서곡」, 『조선일보』, 1936.1.6

柳宗悅先生へ

謹啓

十年も二十年も手紙一本差上げないで打過したことは何んと心なく罪深きことでございませう。しかも尚、先生に向かへるプラトニックな思慕の情と憧憬の念に燃ゆる私の心事はまた切實なものでございます。

清く澄み渡れる先生の心境をば陶然と凝視することを樂しむ私の幸福感と感謝の念を忘れる時はありませぬ。日本を代表すべき崇高な人格者としての先生の愛と眞實と叡智と其の具體的實現と表現への絶えざる御努力と功德に對する感激と感謝とをいかでか忘れることが出來ませう。今、筆を執つて敬愛する先生の御慈顔に對すれば喩が熱くなり、胸が詰る程無量な感慨に浸されるのです。先生の宗教的藝術的御宿願、大誓願を成就せられんことを合掌してゐるのみです。

歷史的因緣深き朝鮮の藝術の心への先生の限りもなき愛と理解と同情と、其の復興と再現への先生の御祈願と御健鬪の上に神の力の裕かに加はらんことを、そして出來得べくんば、不肖私も一臂の力をば獻げんものと衷心より念願する次第であります。

私は其後一大事を決解すべく一切を打棄て、禪門に入り生死を超えて上向一路、毘盧頂上に本地風光に接するの奇蹟と歡喜を體得しました。先生も喜んで下さることゝ信じ喜んでゐます。十五年振りに京城へ歸つて參りました。

先日開城博物館の高裕燮君に逢ひ、先生の比較的最近の御消息を承はりました次第です。高君は中學時代の私の愛弟子でございます。何卒先生にも今後宜しく御指導御鞭撻下さるやう御願ひ申上げます。

兼子さん、リーツチ、富本、鈴木、大拙、シング、カスンズ、近衛、武者小路、淺川兄弟、山本鼎、今、等等――先生を想起すると同時に、斯う云ふ人々の貴き面影が夢の如く、現の如く歷々と想ひ浮ばされ、先生を中心としての當時の美しくも懷かしき歷史的因緣が偲ばれて感慨深かうございます。

諸氏の消息にも接したく切に思ひます。

南宮と小淺川と金學洙は幽明を異にして已に久しく、唯一追慕の念に堪へず、現の世に同じ大氣を呼吸しつゝある御互ひも時空を長く遠く隔てれば、亦殆んど幽明を異にせるも異らざる心地して、思慕の餘り、一種の哀愁心を感ぜずには居られません。然乍ら天地は崩るゝとも、我等の眞理と眞實と愛は滅びないとの確信に生きることは聖き恩寵でなくして何んでありませう。

廉尙燮君は滿鮮日報の主筆として新京に在り、卞榮魯君はアメリカに學び歸りて東亞日報に勤め、今は綜合雜誌「出發」の刊行準備中、李丙燾君は史學に精進、金億君は放送局に働いて居ます。

先生の御健康と貴堂御一同樣の御祥榮を祈り先づは之れで擱筆致します。　草々不一

昭和十四年六月　日

呉相淳拜

秋田雨雀先生へ

謹啓

二十年振りに京城の地に於て、しかも春香傳の再現者としての先生に御目に懸つたことは實に永い間の追慕と念願の美しく懷しき實現でした。民族的に個人的に古典化しつゝある歷史的藝術と友愛の現代的呼吸を通じての心と心との接觸、生命と生命との交流と再表現の契機に結ばれて永遠に生きることの喜びと美しさは實に高貴な感動と感謝そのものであります。

先生を中心として結ばれ美しき因緣となつた神近市子、相馬黑光、エロシエンコ等々の諸氏の面影を限りなく懷しく想起す喜びと幸福は戀々として忘れることは出來ませぬ。聖き白髮童顔の先生に接した私の感慨と喜びは、古の聖者に對するそれに近いものがありました。一寸可笑しい話ですが、あなたも日本人でせうか。あなたは唯の日本人ではありませぬ。是れは私の信念であります。

高潔圓熟せる御人格の威力を通じて日本、朝鮮、否世界教化の爲めに彌々光輝ある最後の御奉仕あらんことを衷心より祈願し、御訴へ申上げます。

昭和十四年六月　日

敬具

京城にて　呉相淳拜

「柳宗悅先生へ」,「秋田雨雀先生へ」,『조선화보』, 1939.6

詩

花仙火水葬曲

空超 吳相淳

花仙이가단말가 花仙이죽단말가
다시못볼임이여 이내가삼메지네
晴天벽력어인일 天地도야속허이
삶의짐이무거워 헌신같이버림가
花仙이가단말가 花仙이죽단말가
眞善美化閑한듯 그姿態고와맵고
그대의一動一靜 그대의一빈一笑
一擧手一投足이 꿈인듯그림인듯
그몸의그맵시에 그다음그맘세여
그聰明과그智慧 번개같이빛나고
불타는文化意欲 무지개냥韻律해
龍宮龍王딸인듯 月宮月桂化한듯
꿈인듯그윽하고 아지랑이서리어
보고보고또봐도 그面影잡기어려

寸尺인듯저彼岸 잡는손무색하고
不可侵의그色身 宗敎처럼고마워
그리운나머지에 구름박게어리어
사람肝臟태우던 그대存在그功德
理想의별도같고 幻影의꽃이러니
그별빛간데없고 그꽃香氣아득해
별빛꺼진가삼속 빈골같이어둡고
花香사라진呼吸 죽엄같이싸늘해
우리花仙태운불 원망도스럽고여
故鄕로소遙하던 지난날꿈터松島
산꿈사랑깃드린 萬頃滄波그속에
가루된花仙白骨 꽃가루냥휘날려
꿈없는懷疑의꿈 꿈속에또꿈깊어
色空寂滅의消息 無限疑惑솟고다
하늘바다말없고 하늘가에별하나
소리없이떠러저 원누리다시寂寞
呼吸心臟血管도 얼어붙은이瞬間
땅에선내그림자 滄波에伸縮한뿐
난데없는구름떠 잡시에비이루니
가루백골내림가 모다그의발소리

◇ □ ◇ □ ◇ □

「화선화수장곡」, 『연합신문』, 1949.1.26

한 잔 술

吳 相 淳

나그네 主人이여 平安하신고
곁에 앉힌 술단지 그렁범히어
한잔 가득 부어서 이리 보내게
한잔 한잔 또 한잔 저달 마시자
오늘해도 저물고 갈길은 머네
꿈 같은 나그네길 멀기도 허다

나그네 主人이여 이거 어인일
한잔 한잔 또 한잔 끝도 없거니
深山幽谷玉泉샘 흙을 대였나
地下千尺水脈에 줄기를 쳤나.
바다는 말릴 망정 이 술 단지사
꿈같은 나그네 길 멀기도 허다

나그네 主人이여 좋기도 허이
盃觴은 말어 없고 달이 둥근데
한잔 한잔 또 한잔 채우는 마음
한잔 한잔 또 한잔 비우는 마음
路傍에 피는 꽃아 서러를 말어
꿈 같은 나그네길 멀기도 허다

나그네 主人이여 한잔 더 치제
한잔 한잔 또 한잔 친잔이 한잔
한잔 한잔 또 한잔 석잔이 한잔
아홉잔도 또 한잔 한잔 한없어
한없는 잔이었만 한잔에 차네
꿈같은 나그네길 멀기도 허다

나그네 主人이여 섧기도 허이
속 깊은 이 한잔을 누구와 마시
東海바다 다져도 시원치 않은
끝없는 나그네 길 恨많은 서름
꿈양인 달래보는 하염없는 잔.
꿈같은 나그네길 멀기도 허다

「한잔 술」, 『문예』, 1949.12

항아리

—항아리와 더부러 삶의 꿈을
어루만지는 朝鮮女人의 마음—

吳相淳

朝鮮의하늘빛과 젖빛구름과
그윽한高麗土와 朝鮮의꿈과

蒼穹에물결치며 달리는山脈
大地에구비치며 흐르는長江

春夏秋冬四時의 눈부신調和
燦爛한日月星辰 우렁찬旋律

이自然이造化의 脈搏과呼吸
길이숨여흐른다 朝鮮항아리

하늘빛모수치마 허리에감고
이슬맺는달밤에 호올로서서
너를어루만지는 나의속마음
살뜨리셋는내맘 너는아리라

이내마음허정해 어루만지고
답답고서글퍼도 어루만지고
우울하고설어도 어루만지고
외롭고쓸쓸해도 어루만지고

심심코무료해도 어루만지고
내靈魂적막해도 어루만지고
이내마음꽉차도 어루만지고
이내마음텡벼도 어루만지고

懷疑에잠기어도 어루만지고
或情이격동해도 어루만지고
或意이까란져도 어루만지고
神經이날카뤄도 어루만지고

둥그런수박같은 빛난흙그릇

「항아리」, 『문예』, 1950.1

길게흐른流線形
항아리는百하나
황금寶玉일없네
항아리는내分身

찻다벗다自由다
있다없다自在다
채면차고비면벼
꽃과달을배우는

後園의장독壇은
조와서서른生命
짧고긴내살림의
크고작고나라니

길고둥근흙그릇
高麗磁器靑磁器
李朝磁器白磁器
梅蘭菊竹四君子
사슴거북十長生
人生과自然歸一

藝術은길어
莊嚴도할사
그진죽은것
呼吸이通해

내마음따라
나의뜻대로
내멋의創造
敬虔한道均

내꿈의祭壇
呼訴의法庭
意慾의秘庫
내맘의秩序

丹粧한그멋
縹渺한神韻
沈潛한稚談
香氣도높고
氣品도좋아
調和의極致

—(162)—

흙으로비진네몸
生動하는숨결이
文明歷史자랑는
흙으로비져내진

내키크도다섯자
네키크도다섯자
無限을限定한양
永遠을주름잡은
사람손에비져낸
너에게손은없되
내손에쥐여지고
가만히서고앉아

禪定에든네모양
瞑想에잠이든잠

발도둥하여볼까
나의발은自由나
나는屈伸自在나

약간다쳐도
머저지려니
人間의몸도
傳說을프다

진정서그려
너도그려리
너와내身勢
나와네立躰
너의存在나
걸자리있어
어루만져저
내사랑받네

나는애닯어
깨워보련다

누가더큰가
너는선뻥이
너는어이해

—(163)—

「항아리」, 『문예』, 1950.1

自然生命네속에 숨여흐르고
天才藝魂네속에 아득히動해
무뎐한너의性格 손에잡히고
안뵈는네발도둠 心眼에비처
수집은네속삭임 귀속에아련
소리없는네微笑 恍惚도하다

春風秋雨四時節 씻고또씻고
日光月光雲影속 채우고비고
이슬서리비눈에 多彩한表情
裕豊한네살림의 旺盛한·風·格
달밤에꾸는네꿈 설은에·로·쓰·

一片丹心내사랑 알뜰한사랑
병드러여윈때도 너를못이져
玉泉샘淨安水로 채우고비고
聖體같은네몸에 不淨이탈까
어루만져씻고사 이맘노이네

여기고초장단지 저기간장독
장아찌굴항아리 게장굴단지

김치깍두기단지 菊花술단지
옹기종기늘어서 百花로繚爛
철철이때따라서 味覺을펴여
家族生理營理의 生長을돕고
生日잔치돌잔치 神明께빌고
明節慶節祝賀로 작만한餘裕
一家親戚이웃에 나누어먹고
淨誠을다한祭酒 고이빚어서
祖上의奉祭祀날 손꼽아고대

항아리속이비면 내마음비고
항아리속이차면 내마음차네
항아리속이차면 내마음비고
항아리속이비면 내마음차네

빈마음찬것비어 빈맘채우고
찬마음빈것채워 찬맘비우니
항아리와나와는 循環因果律
쪼갤수없는運數 予定의調和

「항아리」, 『문예』, 1950.1

찬속에有못겨며
有無의숨박꼭질
有無의끝나는곳

寂滅宮에가는길
時定을주름잡은
가슴속銀河水에
牽牛織女만나듯
寂滅宮우리님을
比岸方寸에뵈는

항아리의아득한
久遠의길동무냥
모르고도아는길
어루만져젯는맘
재우고비는마음

항아리어루만져
항아리거문고타
달래도또달래도
끝없는이내꿈은
달래도또달래도
끝없는이내꿈은

無를부르네
끝도없거니
涅槃寂滅宮

하도멀기에
曲線항아리
烏鵲橋놓아
靈魂을피여
저·彼岸인양
필·로·소·피·아·

설·운·에·로·쓰·
손을이끌고
뵈는항아리
너는아리라
너는아리라

世事를잊고
내꿈달래네
잖어만가는
단지에어려
잖어만가는
단지에어려

보고보고또봐도
자셋치항아리의
아지못할사이에
어깨춤절로나고
아득한아리랑재
거문고가야금줄
龍宮月宮樂師들
그윽고神秘할사
眞善美聖의饗宴

네꿈이내꿈인가
내꿈이항아린가
내꿈이숨여드려
네꿈이밀며드려
꿈과꿈交流融會
꿈과꿈의審判者
꿈밖의꿈꿈속꿈
끝없으니無의꿈
두어라꿈打鈴은
永遠히애태우는

또보고지고
끝없는曲線
넋을꼬이어
노래제절로
넘겨주는듯
타지않진만
伴奏하누나
흠그윽造化
天來의消息

내꿈네꿈가
네가내꿈가
네꿈때았고
내꿈때스니
分間없고녀
두꿈밖의꿈
깨임없는꿈
이꿈참꿈가
끝도없거니
속몰을이꿈

「항아리」, 『문예』, 1950.1

바다의 素描

空超 吳相淳

바다는 溶解한 崑崙山脈—
바다는 용해한 砂漠—
바다는 용해한 豹범 獅子—
바다를 凝結 立體化하라—
山嶽이 솟고 森林이 우겨지고
砂漠이 展開되고—
豹범 獅子가 咆哮하며 뛰어
나오리라

「바다의 소묘」, 『연합신문』, 1950.1.22

詩

나와 詩와 담배

吳相淳

나와 詩와 담배는
異音同曲의 三位一體

나와 내 詩魂은
滾滾히 샘솟는 烟氣

끝없는 曲線의 旋律을 타고
永遠히 푸른 하늘품속으로
刻々 물들어 슴여든다.

「나와 시와 담배」, 『신천지』, 1950.2

詩壇

첫날밤

空超 吳相淳

——分裂된 生命이 統一된 本來 하나의
生命으로 歸一하는 거룩한 밤의 饗宴——

어어 밤은 깊어
華燭洞房의
촛불은 꺼졌다
虛榮의 衣裳은
그림자 마저 사라지고

그靑春의 알몸이
깊은 어둠 바다 속에서

魚族인듯 노니는데——
忽然히 그윽한 소리 있어

아야…………

太初生命의 秘密 터지는소리
한生命 無窮한 生命으로 通
하는소리
涅槃의門 열리는소리
오 久遠의 聖母마리아——

머언 하늘의 뭇 星座는
이밤을 爲하여 새로빛나리
밤은 새벽을 배고
駸駸히 깊어만간다

「첫날밤」, 『백민』, 1950.3

(詩)

소낙비 (Ⅱ)

吳相淳

비가 내린다
콱콱 내린다
詩가 내린다
콱콱 내린다

비가 詩가 한결에
콱콱 내린다

비도 詩도 아닌게
넘처 쏟아져

햇발같이 쏟아져
눈부시어라。

「소낙비 2」, 『민성』, 1950.4/5

바다물은 달다

——『戰爭과 自由思想』의 出現을 祝하면서——

空超 吳 相 淳

漢江의 밑바닥이
거이 환히 드러나 보인다고
百姓들은 수군거리며
深刻한 不安과 恐怖에 떨고
田畓은 말으고 地殼은 갈라지고
蒼天도 갈라질듯——
山川草木이 마르고
뭇 生物과 動物과 人間이

運命의 마지막 審判의 前夜인양
氣息이 奄奄하 ——

江가의 一望無際한 白沙場——
그 모래알들은 낱낱이. 알알이
거이 그 發火點——그 焦點에 達한 直前의 瞬間인듯
이글이글 끓을듯 솟속의 콩알 튀듯 튈듯한 가운데
億兆蒼生의 運命의 沙漠은 豫感하면서
나는 暗憺한 運命의 그림자를 밟으며
목고개를 힘없이 떠러트리고 피의 涸渴을 느끼면서
脈없이 풀이 죽어 그우를 헤매며 기니는데
오—— 보라! 눈을 부릅뜨고 보라!
무서운 沙漠속의 奇蹟의 오아시스를

난데없이——

「바닷물은 달다」, 『전쟁과 자유사상』, 1952.9.20

億萬年의 太古色 蒼然한 巨大한 巖石의 동하(동합)이
突出하자
보라! 다시 눈을 부릅뜨고——
희다 못해 푸르고 속모를 淸冽한 물더미
그 無限量의 물더미의 샘표가 힘차게 터저
湧소슴 치며 絶對度로
힘차게 솟아 넘처 흐름을——

限없이 샘솟는 이 水源은 實로 蒼茫한 東海 바다로 直通하였음은
아니! 太初 混沌에서 하늘과 땅이 난위고 하늘가 바다가 갈라지던 그
太古劫初의 創造의 바다속에 뿌리박았음은——
나는 直觀하고 靈感했건만
물맛은 짜지가 않고 甘露 같이 달았다
이 生命水와도 같은 거룩한 샘물이 漠茫無際한
沙漠과 大地를 뚫고두 적시고 슴여들어

全體를 綠化하고 蘇生하여 꽃피고 열매 맺은 참 平和의 明日은 豫感코
無限한 歡喜와 感謝와 法悅에 넘치며 잠기며 無心코 勇솟써 몸을 뒤치
는 刹那
깨고 보니 꿈일러라
限없이 좋고 든든하고도 시글프고 안타까운 꿈일러라
그러나 이것은 亦是 꿈이 아니더라
꿈이 꿈이 아니더라
꿈이 꿈인채 그대로 꿈이 아니더라

—壬辰 九月 下澣—

「바닷물은 달다」, 『전쟁과 자유사상』, 1952.9.20

(詩)

白日夢

이 一篇은 솔퍼은 벙어리와도 같이 永遠한 沈默에 숨 쉬는 知己之友들에게——

吳相淳

내 일찌기 지파만 靑春時節 五月 薰風의 한해 여름철 世界의 心臟의 鼓動 소리가 들리고 그 毛孔이 환히 뚫어다 보이는듯 눈 부시게도 透明하고 고요한 午後의 한나절

長安 鍾路 한복판

어느 書肆의 어둡 침침한 房房 골속에 나는 누어서 깊은 瞑想에 잠기다가 어느덧 깜박 조을았거니

그 꿈 속에, 보라! 旋風처럼 忽然히 일어 난 一大 風樂의 旋律로 因하여

世界 壞滅의 奇蹟은 일어 났으니

거룩한 世界 壞滅의 奇蹟은 일어 났으니

하늘과 땅과 꽃 풀과 물과 寶石과 하날의 꽃 별과 바다 속의 꽃 魚族과 量勿에 잠근 나와 나문 궁참게 구는 파리와 벼룩과 나문 굼벼 쌈 바람벽과 그렇다, 天地 森羅萬象의 頭頭物物이 突然 一大 樂譜로 變하고

金木水火土——

五行과 꽃 原子와 그리고 꽃 生物의 魂靈이 모다 樂音으로 化하고

有와 無가, 生과 死가 모다 音樂으로 和하여 돌아 가……!

마치 깊은 꿈 속에 일어나는 크나 큰 바람소리 큰 바다의 밀물 소리와 波濤소리 바다속의 꽃 魚族이 춤추며 行進하는 소리, 雨雷소리 地動소리 樹海의 바람소리 소낙비 쏟아지는 소리 颱風雨 몰아치는 소리 瀑布 떨어지는 소리 여울 부다치는 소리 雪山 무너지는소리 氷山 더지는 소리 千兵萬馬 달리는 소리 蒼穹을 울리는 주토페라 소리 地心을 두드리는 엔징 소리 꽃 工場의 機械 돌아가는 소리 山속의 호랑이 소리 그 山울려하는 소리 獅子소리 뻐꾹 울며 가는 소리 개미때 울며 가는 소리 벌때 울며 드는 소리 蟋蟀이때 울며 드는 소리 市場터에서 와글거리는 소리 개소리 닭소리 온갖 즘생소리 온갖 버레 소리 꿀떼방아 돌아 가는 소리 사랑은 속삭이는 소리 꽃 어린이들 이미젓 빠는 소리

얼어 붙었던 온갖 水脈의 풀리는 소리 무춤에 꽃 꽃이 망울 돕고 쌍 터 우표는 소리

온갖 풀들이 香氣를 뭉기며 피어 열리는 소리

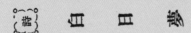

「백일몽」, 『자유세계』, 1952.8/9

뭇 動物의 새 生命이 숨 쉬는 소리
幻想의 世界 무너지는 소리
꿈의 바다 물결치는 소리——

온갖 소리 소리가 한목에 모이고 어울리고 和하여 크나 큰 風樂을 일으키고

地樂는 天樂을 이루어 온 누리는 全體가 빈틈 없는 하나의 그랜드・오—케스튜라・썸포니—로 움직여 흐르고……

無의 바다는 밑 없이 샘 솟아 우렁차게 용솟음치는 樂曲의 소리로 터진듯 아찔하게 맴 돌고 소용돌이쳐 돌아 가고……

내란것은 그 속에 完全히 녹아 흘러
巨浩한 音樂바다의 潮水와 함께 波濤치며 구비쳐 돌아가 흐느껴 恍惚한데

深淵속 같이 嚴肅한 驚愕과 驚異와 歡喜와 法悅의 絕頂의 한 刹那
문득 꿈에서 깨어나 다시 한번 自我로 轉落한 나는
눈을 떠보니, 눈은 뜨고 보니

— 84 —

나와 房안의 冊床과 그 위의 冊들과 바람壁과 掛鐘은 依然한듯 하면서도
方今 그 天來의 大썸포니—의 餘韻에 그윽히 떨고 있어

이것이 꿈인가 꿈 아닌 꿈인가 꿈 속의 꿈인가 꿈 깨인 꿈인가
識無識間에서 疑心은 그윽하고 아득한데

異常도 한사 바로 아까 그 썸포니—의 餘韻이 宛然히 밖에서 들려 오지 않는가
나는 다시 한번 놀래여 눈을 부비고 귀를 기울이며 門밖에 나서보니 門밖에 나서보니

方今 大썸포니—의 神秘스러운 無限大의 秘密과 旋律은 한딱 呼吸해 먹음은양 대낮의 輝煌한 日光은 微妙히 떨며 天地에 넘쳐 흐며 萬物은 光波하고 누히는듯 한데

아아 웃담고 異常한사
저 西大門 大路 水平線 지속으로
똥桶 馬車의 長蛇陣의 마지막 꼬리가 그 썸포니—의 그윽한 餘韻과 함께 사라져가며 있지 아니한가

쇠똥 말똥 개똥 돼지똥 닭똥 새똥 사람의 똥
똥 똥 똥……

— 85 —

「백일몽」, 『자유세계』, 1952.8/9

그렇다 疑心할 餘地없이 우렷한 똥桶 馬車의 長蛇陣이어라

나는 그리고 깨우쳤노라
그 宇宙的인 씸포니―의 참 動因은 眞實로 이 똥桶 馬車이었음을――

낮 꿈에 醉한 나의 골房 앞을
여러 말굽 소리 수레바퀴 소리 요란히 덜덜거리며 行進하는 長蛇陣의 똥桶 馬車의 우렁찬 律動은 白晝 大道를 울리고 골房을 울리고 壁을 울리고 구들을 울리고 구들은 낮잠 자는 내 몸을 울리고 내 몸은 내꿈을 흔들어
꿈과 깨임 사이 한 瞬間에
永遠의 奇蹟이 생기었음은!

千緣萬象의 雜然한 騷音이
創造的인 나의 꿈속에 스며 들어
緋緞결 같이 고운 五色 玲瓏한 내 꿈의 체를 걸러 造化 無窮한 꿈 天才의 設現活動의 過程을 거쳐
宇宙的인 大씸포니―의 調和를 이루었음은――

나는 깨달았노라 明確히 깨쳤노라
꿈이 무엇이며 現實이 무엇인가를

나는 무엇이며 나 아닌게 무엇인가를
瞬間이 무엇이요 永遠이 무엇임을
生과 死가 무엇이요 有와 無가 무엇임을

아아 꿈의 奇蹟이여 꿈의 奇蹟이여
아아 꿈의 맛이여 꿈의 내음새여
온 누리가 一曲의 樂笛속에 휘감기고 휘말리여 우렁차게 구을며 돌아 가는 거룩하고 神秘한 꿈의 奇蹟이여

三十有餘의 歲月이 꿈결같이 흘러 가 不惑의 고개를 넘어서 永久히 이 거룩한 꿈의 奇蹟을 가슴속 깊이 안은채
아아 나는 벙어리
꿀 먹은 벙어리
아아 나는 永遠한 벙어리 꿀먹은 벙어리 奇蹟의 꿀 먹은 벙어리

오 人類를 위한 거룩한 太初의 逆天者 푸로메듀―스여
다시 한번 하늘의 불이 닫힌 불 倉庫를 깨뜨리고

「백일몽」, 『자유세계』, 1952.8/9

그 神聖한 하늘의 문은 새로 가서 오라 永遠한 奇蹟의 꿀 먹은 아늠의 벙어리 쇼가슴
그 문 문어 爆破하며
그 불로써만 답답한 이내가슴 녹히지며
이내 가슴속 깊이 서디고 엉키이
水晶같이 凝固한 奇蹟의 結晶體 녹히지며
그렇고사 내 自由自在의 몸 되어
그 奇蹟 만하며
奇蹟으로 하여금 奇蹟 自身은 말하게 하비
그렇다 奇蹟은 奇蹟은 만하미라
아앗!
벙어리 만하고 돌도 만하고 碑도 만하고 木枕도 만하고 짝지도 만하고 영장도 만하고 白骨도 만하고 無도 만하고 손고락이 만하고 발고락이 만하고 눈섭이 만하고── 有緣 無緣이 모다 만하는 奇蹟의 奇蹟이여
奇蹟 아닌 奇蹟이여
오오──
奇蹟의 自己 消滅 奇蹟의 自己 解脫이여
오오 奇蹟은 어디 있으며 奇蹟 아닌건 어디 있느냐

아 아
面紗布 벗은 宇宙의 本面目이여
假面 벗은 世界의 赤裸體여
假面 벗은 萬有의 露骨相이어
自由解放한 自我의 眞實相이어
모도가 그대로 奇蹟이요 모도가 그대로 奇蹟 아니고녀

오오──
人類여 生은 사랑하고 死는 感謝하고 밥먹고 똥 누다가 울며 웃으며 눈 감으면 그뿐일까
피와 땀과 눈물로 一切 虛僞와 僞善과 醜惡과 日沒과 싸우며 眞과 善과 美와 聖의 追求와 그 實踐으로 生의 보람은 삼는 奇特한 動物이란 稱呼한 榮譽로 足할까

또 하나의 宇宙를 自己 손으로 創造할수 있고 破壞할수 있는 能力이 賦與된 實在者이이 唯一의 사랑인까
億萬번 죽었다 께어 나도 닫비는 어쩌한 道理 없는 宿命의 主人公이여
本然히 안면서도 本然히 아지 못한 運命이어

오오!

「백일몽」, 『자유세계』, 1952.8/9

無여 空이여 虛여 玄이여 象이여
있다 해도 남고 없다 해도 남고
있고도 남고 없고도 남고 알고도 남고 모르고도 남고 밉고도 남고 안밉고도 남고 죽일수도 없고 살릴수도 없고 어찌 하며야 어찌 할수도 없고 낭(生)도 않고 죽도 않고 그지 本來 제작으로 往來 無常하고 隱顯 自在한 永遠 不可思議의 本體이여
宇宙도 낳고 萬有도 낳고 人生은 낳고 키우고 거두고 없애는 活殺 自在하고 밑도 끝도 없이 造化 無窮한 生命의 血脈이요 呼吸이요 鉢胎요 胎盤이여

오
크나 큰 무덤이여 永遠한 寂滅宮이여
오
神秘 不可說의 어머니여
오
神秘 不可說의 어미니여

무섭게 좋은 어머니 限없이 고마운 어머니
그러나 좋아서 미운 어머니

고마워 딱한 어머니
이러면 어쩌잔 말이요 이 딱한 엄마야
그러면 어쩌잔 말이요 이 딱한 엄마야
어쩌잔 말이요 어쩌잔 말이요

하늘은 오늘도 속 모르게 푸르고 흰 구름은 悠悠히 흐르는데
앞뜰 마당 常綠樹밑에 암놈을 거느린 豪傑스런 장닭 한마리
恍惚히 눈부신 대낮을 자랑스럽게 길게 빼어 울어 마친 그 그윽한 餘韻에 앞뜰 마당은 忽然 寂滅宮의 靜寂 宛然하고
담墻밖에 제가끔 가슴마다 가지가지의 現實과 形形色色의 꿈을 품고 千波萬波로 물결치며 奔走히 往來하는 衆生의 行進曲속에
當身의 발자욱 소리 그윽히 들리오는고여
虛空에 印처도 永遠히 사라지지 않은 안고도 아지 못할 當身의 발자욱 소리 그윽히 들리오는고여

오— 久遠 不滅의 나의 발자욱 소리
오— 久遠 不滅의 나의 발자욱 소리—

—끝—

「백일몽」, 『자유세계』, 1952.8/9

힘의 샘꼬는 터지다

吳相淳

병들어 여윈 몸이
힘이 그리워
떨리는 손에 붓을 잡아
獅子!
獅子!
獅子!
간신히 세번 쓰고 나니

하염없는 눈물이
북바쳐 오른다

이윽고
힘의 샘꼬가 터지는듯
속모를——
太初의 힘의 深淵이
소용도리치며 북바쳐 올라——

나의 肉體는 메여저
터저 나갈듯
터저 나갈듯——。

「힘의 샘꼬는 터지다」, 『자유예술』, 1952.11.15

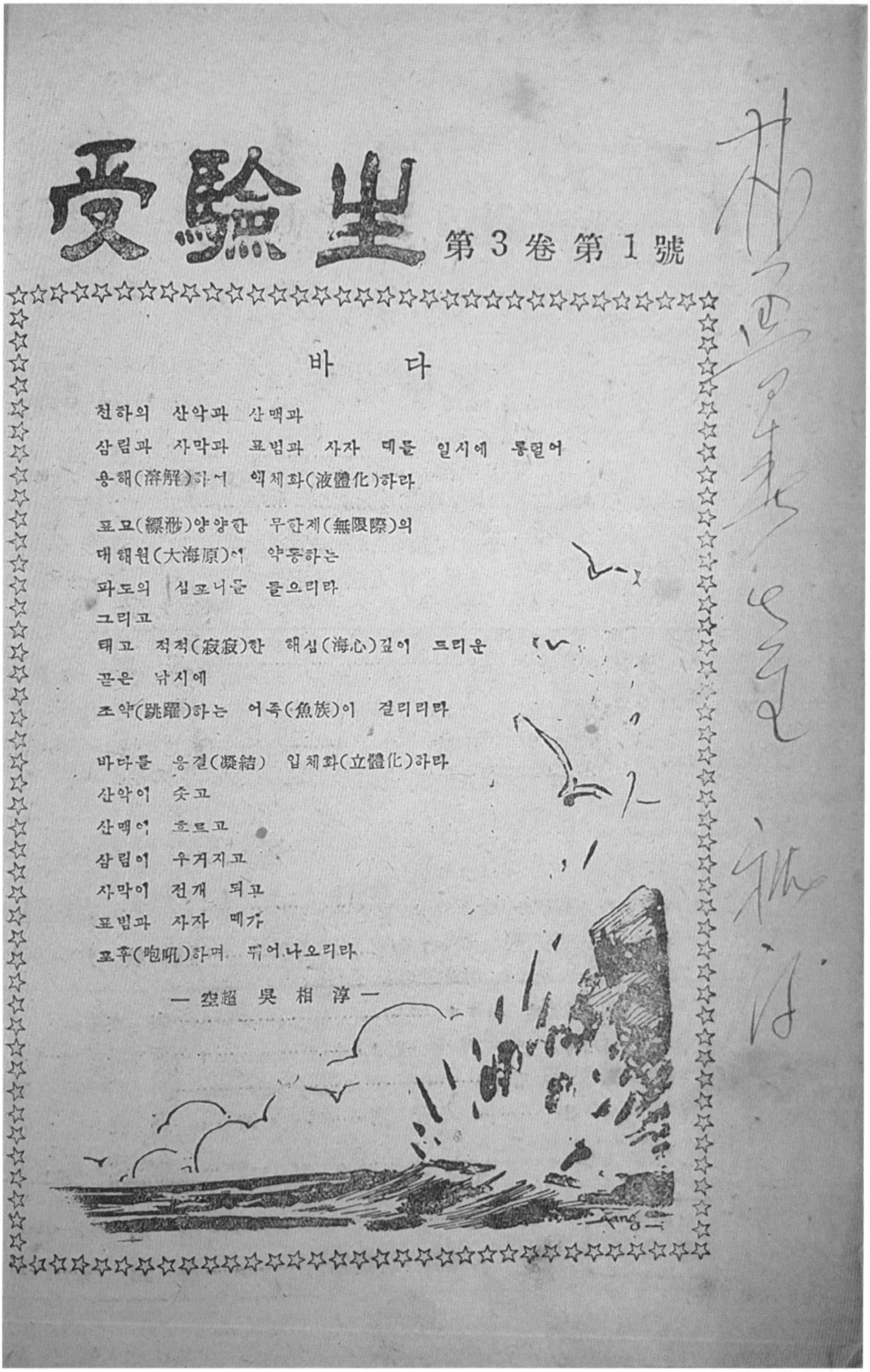

受驗生 第3卷 第1號

바 다

천하의 산악과 산맥과
삼림과 사막과 표범과 사자 떼를 일시에 몰털어
용해(溶解)하여 액체화(液體化)하라

표묘(縹渺)양양한 무한제(無限際)의
대해원(大海原)에 약동하는
파도의 심포니를 들으리라
그리고
태고 적적(寂寂)한 해심(海心)깊이 드리운
곧은 낚시에
조약(跳躍)하는 어족(魚族)이 걸리리라

바다를 응결(凝結) 입체화(立體化)하라
산악이 솟고
산맥이 흐르고
삼림이 우거지고
사막이 전개 되고
표범과 사자 떼가
포효(咆吼)하며 뛰어나오리라

— 空超 吳相淳 —

「바다」, 『受驗生』, 1953.4(소장 : 한국잡지박물관)

〔詩〕

一塵

吳相淳

나는 하나의 티끌이다
이 하나의 티끌 속에
宇宙를 包藏하고
無限한 空間을
끝 없이 움직여 달린다

나는 한 알의 原子이다
이 한알의 原子 속에
六合을 胚胎하고
永遠한 時間을
끝임 없이 흐른다

나는 하나의 티끌 한 알의 原子
하나의 티끌 한 알의 原子인 나는
宇宙와 꼭 같은 生理와 精魂을
內包한채

感覺을 感覺하고
知覺을 知覺하고
感情을 感情하고
意欲을 意欲하고……

宇宙의 呼吸을 呼吸하고
宇宙의 脈搏을 脈搏하고
宇宙의 心臟을 鼓動하나니

한 티끌의 心臟의 鼓動의 度數에 따라
日月星辰과 地球가 움직여 돌아 가고
바다의 潮流가 高低하고
山岳의 呼吸이 伸縮한다

오! 그러나 그러나
한번 感情이 逆流하여 怒氣를 띠고
한데 뭉쳐 터지면
황惚하고 神秘한 光彩의 무지개
燦爛한 속에
宇宙는 爆發하여 無로 還元하나니

오!
一塵의 絶對 不可思議한 運命이여!
오!
一塵의 絶對 神秘한 運命이여!

「일진」, 『문화세계』, 1953.7

해바라기

吳 相 淳

해바라기!

너는 무삼 億劫의 어둠에 시달린
族屬의 精靈이기에
빛과 熱과 生命의 源泉! 또 그 母體인 太陽이
얼마나 그리웁고 꽃줄기 땡기었으면
너 自身 이글 이글 빛나는 華麗한 太陽의 모습을 닮아
그 뉘 알길 없는 永劫의 원푸리를 위함인가
저 모양 色身을 쓰고 나타 났으리——

太陽이 꺼진 밤이면 靑孀스럽게도
목고개를 힘 없이 떨어 트리고

夢魔처럼 그 속모를 沈欝한 鄕愁에 사로 잡혀
죽은듯 無色 하다가도——

저 멀리 먼동이 트기 시작하면
迷夢에서 깨어 나듯 奇蹟 같이 生動하여
忽然! 活氣 띄우고 찬란히 빛나며

太陽이 가는 方向의 뒤를 끝장 따라
고개 들어 돌아 가기에 바쁘면서도
얼굴은 노상 다소곳이 수구려 수집은 窈窕인양
限없이 솟아 오르는 그리움과 반가움의
心情 주체 못하는고녀!

오! 너는 무삼 뜻 있어
人間의 生理와 表情과 꼭 같은
그 속모르게 수집고 은근하고 香그롭고 華麗하고
아아 恍惚한 微笑! 넘쳐 흐르도록 發散하여
永遠히 불타는 太陽의 입마춤과
抱擁을 사뭇 誘惑하고 强要하는 것이뇨

「해바라기」, 『영문』, 1953.11

빛과 사랑과 生命에 주린 넋이 불 붙는 情熱을 다 하여
太陽을 겨누어 속에서 복바쳐 샘솟고 海溢처럼 부풀어 오르는
사랑의 劫火 다 쏟아 燃燒해 버리는——
神과도 같은 사랑과 熱情과 創造意慾의 結晶體!
너 해바라기의 悲壯한 運命의 美여——

이윽고
거룩한 太陽의 씨앗을 받아
부풀어 터지도록 가슴에 품어 안고——

한 刹那 한 瞬間인듯 짧고 긴 歲月의
華麗하고 爛爛하던 그 花瓣도 이파리도
하나 둘 시들어 땅에 떨어 지면——
太陽의 分身인양 그 豪奢스럽던 빛갈도 熱도 어느듯 사라져

太古說話의 옛일인듯 그 자취 찾을 길 없고
여위고 뼈 마른 어느 巨人의 짝지모양
불붙어 다한 情熱의 殘滓—— 그 象徵的 結晶體——
너 氷遠히 秘密한 生命의 歷史를 색인 記念碑!
兀然히 蒼空을 찌둛어 버티고——

이제 나의 至極한 念願과 目的은 達成했다는 듯
나의 일은 이미 끝났다는 듯
애낌 없고 남김 없이 自足하여
大悟徹底한 高僧의 그것 과도 같이
뽀얗게 서리 앉은 머리 敬虔히 숙여
嚴然하고 孤高하고 泰然한 너 해바라기의
줄기찬 姿勢여!

오! 불보다 太陽보다 빛보다 어둠보다
生命보다도 또 죽음 보다도
더 두렵고 深刻한 너 해바라기의
속모를 사랑의 淵源이여!
不滅의 情熱이여!

오! 해바라기
너 정녕
太初生命과 그 사랑을 더불어
氷遠想念의 源泉인 絶對 神秘한 大自然!
生命의 核心! 그 權化요 化身이 아니런가!

「해바라기」, 『영문』, 1953.11

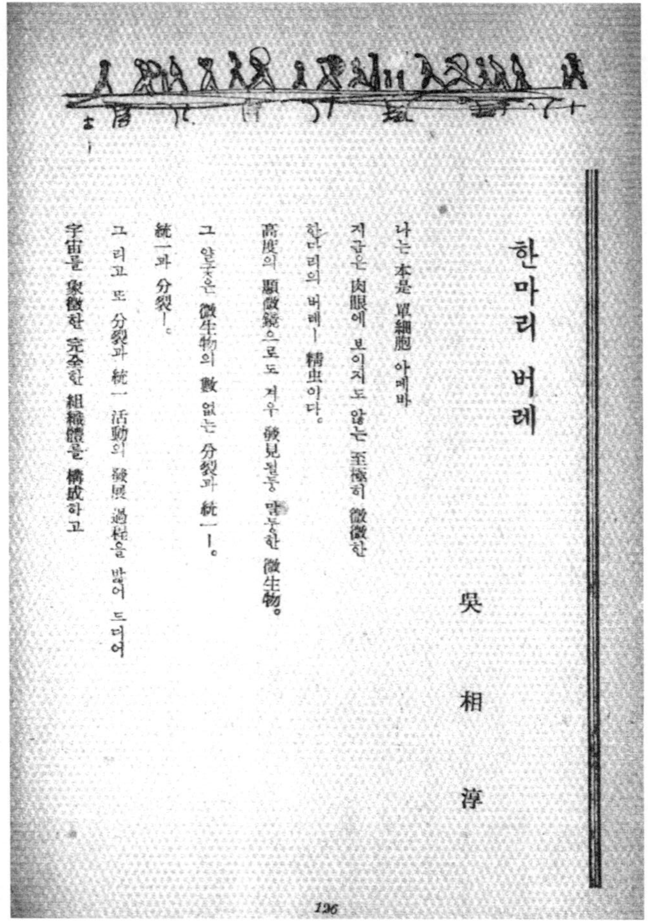

한마리 버레

吳相淳

나는 本是 單細胞 아메바
지금은 肉眼에 보이지도 않는 至極히 微微한
한마리의 버레— 精虫이다。
高度의 顯微鏡으로도 겨우 發見될뚱 말뚱한 微生物。

그 얄궂은 微生物의 數 없는 分裂과 統一ㅣ。
統一과 分裂ㅣ。
그리고 또 分裂과 統一 活動의 發展 過程을 밟어 드디어
宇宙를 象徵한 完全한 組織體를 構成하고

126

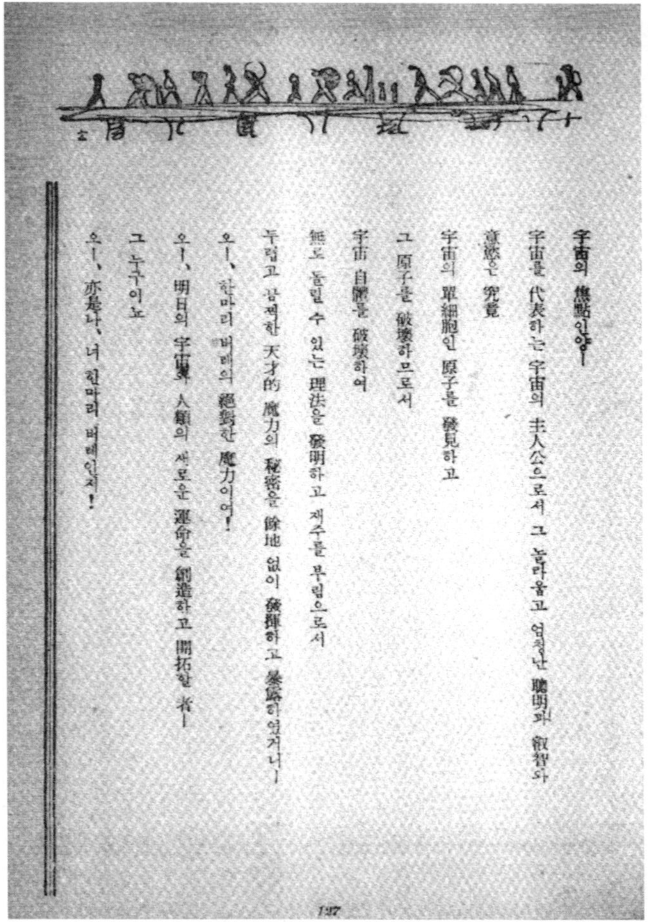

宇宙의 焦點인양—
宇宙를 代表하는 宇宙의 主人公으로서 그 놀라웁고 엄청난 聰明과 叡智와
意慾은 究竟
宇宙의 單細胞인 原子를 發見하고
그 原子를 破壞하므로서
宇宙 自體를 破壞하여
無로 돌릴 수 있는 理法을 發明하고 재주를 부림으로서
두렵고 끔찍한 天才的 魔力의 秘密을 餘地 없이 發揮하고 暴露하였거니—
오—、한마리 버레의 絶對한 魔力이여!
오—、明日의 宇宙와 人類의 새로운 運命을 創造하고 開拓할 者—
그 누구이뇨
오—、亦是나、너 한마리 버레인저!

127

「한 마리 벌레」, 『신천지』, 1953.12

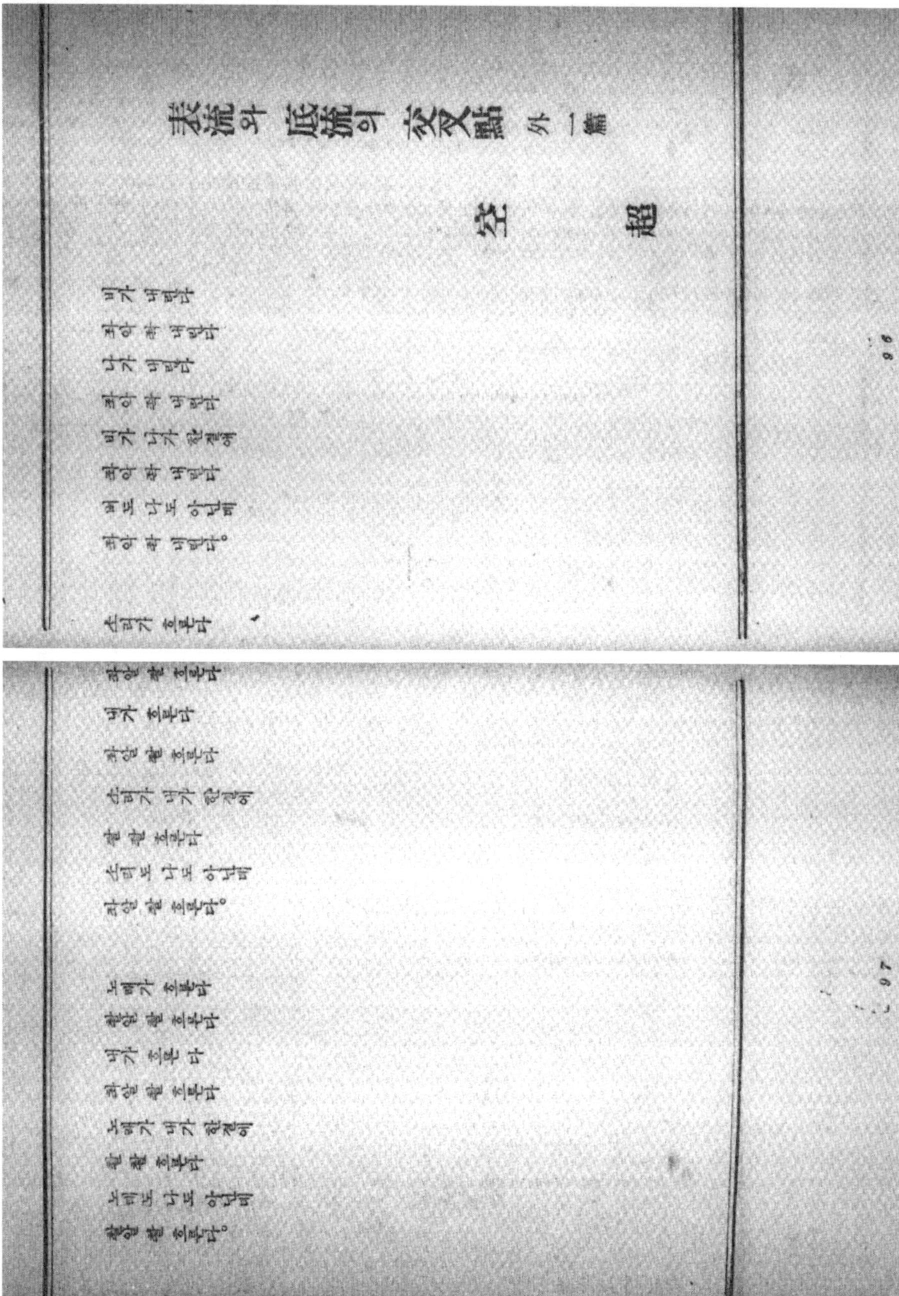

表流와 底流의 交叉點 外 一篇

空超

비가 내린다
좌악 좍 내린다
나가 내린다
좌악 좍 내린다
비가 나가 한결에
좌악 좍 내린다
비도 나도 아닌데
좌악 좍 내린다。

소리가 흐른다
좌알 찰 흐른다
내가 흐른다
좌알 찰 흐른다
소리가 내가 한길에
찰 찰 흐른다
소리도 나도 아닌데
좌알 찰 흐른다。

노래가 흐른다
촬알 촬 흐른다
내가 흐른 다
좌알 찰 흐른다
노래가 내가 한결에
찰 찰 흐른다
노래도 나도 아닌데
촬알 촬 흐른다。

96 97

「표류와 저류의 교차점」 외 1편, 『신천지』, 1954.8

빛갈이 흐른다
무지개 빛갈이 촤 촤 흐른다
내가 흐른다
무지개 빛갈이 촤 촤 흐른다
빛갈이 내가 한결에
촤 촤 흐른다。

빛갈도 나도 아닌데
촤 촤 흐른다
빛이 내린다
촤알 촬 내린다
내가 내린다
촤알 촬 내린다
빛이 내가 한결에
촬 촬 내린다
빛도 나도 아닌데
촤알 촬 내린다。

波濤가 움직인다
출렁 출렁 움직인다
내가 움직인다
출렁 출렁 움직인다
波濤가 내가 한결에
출렁 출렁 움직인다
波濤도 나도 아닌데
출렁 출렁 움직인다。

沈默이 움직인다
넘실 넘실 움직여 돌아간다
내가 움직인다
넘실 넘실 움직여 돌아간다

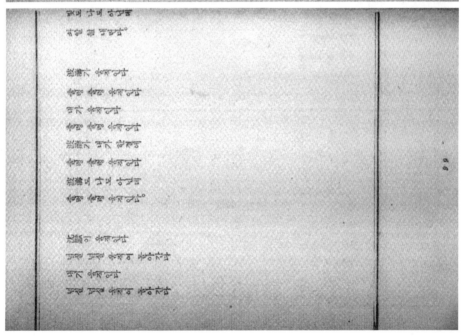

「표류와 저류의 교차점」 외 1편, 『신천지』, 1954.8

沈默이, 내가 한결에
넘실 넘실 구비처 돌아간다
沈默도 나도 아닌데
넘실 넘실 구비처 돌아간다。

나의 스켓취

나의 귀는 소라인양
恒時 波濤소리의 그윽한 餘韻을 못 잊고

나의 눈은 올빼미인양
鼓動하는 밤의 心臟을 노린다

나의 코는 사냥개마냥
麝香의 지나간 자최를 따라
深山과 幽谷을 더듬어 헤메이고

나의 입은 거북마냥
담배 연기 안개를 피워
一切의 雜音과 不條理와
一切의 重壓과 不如意를
가슴 깊이 안은채

나와 나 아닌 것의 位置와 距離의 間隙을
自由로 蹂躪하고 調節하여
하나의 調和의 世界를 創造하여
그 醍醐味에 잠긴다。

「표류와 저류의 교차점」 외 1편, 『신천지』, 1954.8

(詩)

八・一五의精神과 感激을 낚다

空超 吳相淳

八・一五
八・一五
그렇다
八・一五다
나는 오늘도
紅塵萬丈의 雜踏한 都心을 떠나
낚싯대 하나 둘러메고
人跡不到의 閑寂한 江邊을 찾어
太古의 寂寥인 양
山寂寂
水寂寂
山水間에 나 寂寂
大自然의 靜寂 속에
낚싯대를 물속깊이 드리우고
八・一五를 낚다
八・一五의 精神을 낚다
八・一五의 不滅을 낚다
民族悲願인 安全統一・完全自由・完全獨立의
一片丹心을 낚다
아침나절엔 고기를 낚고 太陽을 낚고
지내가는 구름과 그 그림자를 낚고
夕陽엔 노을을 낚고 물새소리를 낚고
스쳐가는 바람과 그 소리를 낚고
밤에는 별을 낚고 별을 낚고
水・天이 接한 사이에 그윽히 속사기는
密語를 낚고
깊은 三更엔 소리없이 鼓動하는
大自然의 心臟을 낚고──
이욱고 西方에 기울어 비낀 三台星
悠然히 바라본 瞬間──
꿈속인듯 황홀한 가운데
나도 낚싯대도 沒落 잊어바리고
山寂寂
水寂寂
山水間에 나 寂寂
太古의 寂寥인 양
大自然의 靜寂 속에
大自然의 心臟의 鼓動소리만 그윽히 높
아가고
嚴肅히 깊어갈 뿐──

(甲午年 光復節에)

「8 · 15의 정신과 감격을 낚다」, 『동아일보』, 1954.8.15

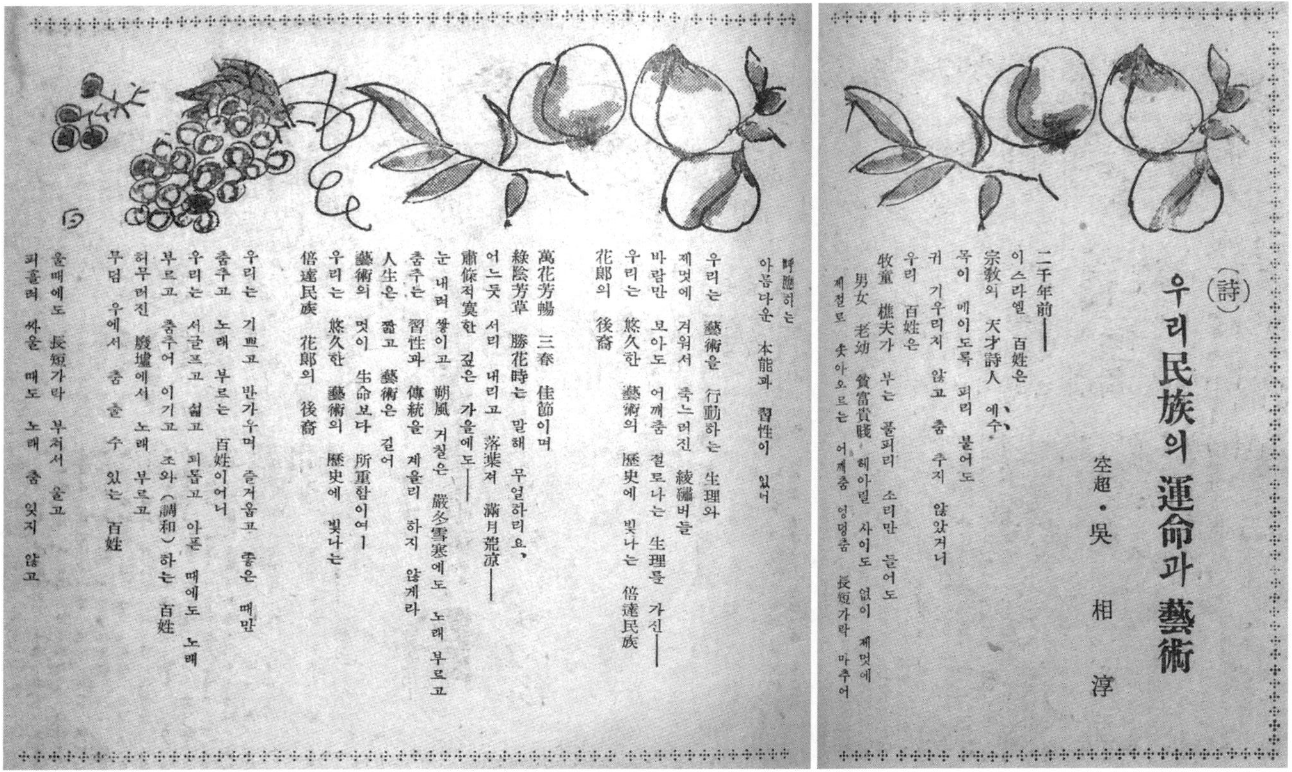

(詩)

우리民族의 運命과 藝術

空超 · 吳相淳

二千年前——
이스라엘 百姓은
宗教와 天才詩人 예수、
목이 메이도록 퍼러 불어도
귀 기우리지 않고 춤 추지 않았거니
우리 百姓은
牧童 樵夫가 부는 풀피리 소리만 들어도
男女 老幼 貧富貴賤 헤아릴 사이도 없이 제멋에
제절로 솟아오르는 어깨춤 엉덩춤 長短가락 마추어
呼應하는
아름다운 本能과 習性이 있어

우리는 藝術을 行動하는 生理와
제멋에 겨워서 축느러진 綾羅버들
바람만 보아도 어깨춤 절로나는 生理를 가진——
우리는 悠久한 藝術의 歷史에 빛나는 倍達民族
花郞의 後裔

萬花芳暢 三春 佳節이며
綠陰芳草 勝花時는 말해 무엇하리요,
어느듯 서리 내리고 落葉져 滿月荒凉——
肅條적寞한 깊은 가을에도——
눈 내려 쌓이고 朔風 거칠은 嚴冬雪寒에도 노래 부르고
춤추는 習性과 傳統을 제울리 하지 않게라
人生은 짧고 藝術은 길어
藝術의 멋이 生命보다 所重함이여 ㅣ
우리는 悠久한 藝術의 歷史에 빛나는
倍達民族 花郞의 後裔

우리는 기쁘고 반가우며 즐거웁고 좋은 때만
춤추고 노래 부르는 百姓이어니
우리는 서글프고 쉽고 괴롭고 아픈 때에도 노래
부르고 춤추어 이기고 조와(調和)하는 百姓
허무러진 廢墟에서 노래 부르고
무덤 우에서 춤 출 수 있는 百姓
울때에도 長短가락 부처서 울고
피흘려 싸운 때도 노래 춤 잊지 않고

「우리 민족의 운명과 예술」, 『신태양』, 1954.9

춤과 노래로 輓詞에 발마추어
親舊 죽엄의 마지막 길을 哀悼함이여
우리는 藝術에 투徹한 百姓
無限한 藝術의 멋과 神에 徹底한 百姓

人生은 짧고 藝術은 길고
人間은 有限하고 藝術은 無限하고、、

우리는 悠久한 藝術의 산 歷史에 빛나는
花郎道 精神의 榮光스럽고 줄기찬 繼承者—

춤과 노래는 本來 우리의 것
一切 藝術은 우리의 것
一切 藝術은 누구의 것이라도 그것을
우리의 것
文學、藝術、音樂、舞踊、演劇、映畵……一切 藝術文化—
그것은 우리의 것
우리의 藝術은 時代를 超越하여 世界로 通하고
人類로 通하는 永遠한 藝術—
우리는 藝術을 呼吸하고 藝術을 살고 藝術에 죽고 다
시 살아날 藝術과 더불어 運命을 같이 하는 百姓—
우리 藝術의 特徵과 生命은 線과 曲線에 있나니
線과 曲線은— 藝術의 生命線
우리 民族藝術의 生命線
우리 民族生活의 生命線
線과 曲線은—
우리 民族精神과 運命과 歷史의 生命線
우리 祖國三千里疆土 山河 大地의 生命線

우리 國土—

自然 造化의 森羅萬象속에 그우에 물결 치는 永遠한
線과 曲線의 흐름을 보아
우리 겨레의 一切 創造와 生產과 所產과 制作우에
그속에 脈脈히 흐르는 神秘한 線과 曲線의 無限한
生命과 美와 멋과 맛을 보라

線과 曲線은—
우리 겨레의 血管과 血脈과 五臟六腑와 九曲肝臟속에
어리고 서리어 움식여 돌아가는
우리 겨레의 喜怒 哀樂과 恨과 멋은 끝 없는
曲線으로 물결처 흐르고
우리民族 藝術의 生命은 끝없이 無限한 線과 曲線의
곤곤 湧出하는 샘교와 바다에 發源하고 發祥하여
끝없이 無限한 線과 曲線의 심포니의 바다로 行하여
永遠히 물결치며 출음이어

우리들은—
우리 民族生命의 本然本能의 特徵이요 美요 眞인 無
盡藏의 線과 曲線의 永遠한 流動속에 東西를 調和
하고
古今을 貫通하고 內在한 超越한
永遠히 새로운 第三藝術
世界를 創造하고 開拓發展한 使命과 運命을 질머진
百姓—
永遠不滅의 線과 曲線의 藝術의 生命線으로 世界를
美化하고 光被하고 人類에게 새로운 生命과 光命과
사랑과 平和와 福音을 齎來한 百姓이어니
오— 거룩한 우리民族 藝術創造 意欲의 歷史的 새 發
足에 榮光있으라。

「우리 민족의 운명과 예술」, 『신태양』, 1954.9

生命의 秘密

——너의 結婚頌——　吳 相 淳

永遠 太初부터
속 모르게 한없이 푸른 하늘밑
끝없이 움직여 돌아가는 大地의 한모퉁이
海東朝鮮——錦繡江山 어느 地點——
푸른 뜰에서 앞뜰 마당에서
太陽에 빛나는 깃빛도 透明한
그 고사리같은 어여쁜 손으로
香氣 풍기는 흙으로 塼을 모으고
깨져버린 질그릇쪼각 사금파리쪼각
깨진 거울 유리쪼각 주서다가
싹트는 아름다운 꿈의 饗宴
소꼽살림 차려놓고——
비듬草 뽑아다가
하아얀 실날같은 그 뿌리 어루만져
피빛인양 붉어오도록

실랑방에 불 켜라!
색씨방에 불 켜라!

제비새끼모양 어제같이 지저귀던
한 쌍의 童心과 童心——
어느듯 꿈결같이 成熟하여 사랑과 生命의
꽃 피우고 열매 맺으려——
그리고 하늘과 땅——
하늘과 땅 사이의 온갖것 相續받고 支配하며——

幾億光年의 星雲時代부터 悠久한 歲月을 無限히 시달린 어둠과 泥沌과 迷夢에서 잠 깨듯 깨어나
프로메튜우쓰의 거룩한 불씨의 선물을받은
人間의 後裔로서
별같은 聰明의 불 밝혀 知慧와 生命과 美의 結晶인
하늘빛 푸른 능금 心臟빛 붉은능금 따먹어
神만이 秘藏했던 그 叡智 빼앗고
사랑은 원앙같고 信은 기러기같고 相思별보다 深刻한 愛情의結晶體인양 永遠히 새로운 創世紀—永遠히 새로운 에덴동산에

永遠히 새로운 삶의 創造意欲에 불타는 한쌍의 아담과 이브!
豪華롭고 자랑스러운듯 찬란한 榮華의 衣裳에 휘감긴채
赤裸裸한 한 쌍의 人間 아담과 이브!
두 몸이 한 몸 되고 두 뜻이 한 뜻 이루어
天地造化의 大行進曲에 발 맞추어
그 壯嚴한 첫 발걸음 내어딛는

이 嚴肅한 歷史的瞬間——

無極은 太極을 낳고
太極은 陰陽을 낳고
陰陽은 人間을 낳고

人間은 陰陽을 胞胎하고
陰陽은 太陽을 胞胎하고
太極은 無極을 胞胎하고

永遠循環하여 順逆自在하며 흐르는 神聖한 血液의哲學
東方의 生命哲學이 여기에 있어——

오——보라!
이 絶對神秘한 生命의哲學 實踐코저 20世紀도 後半期 지금 여기 이 瞬間!
사랑의 情熱에 불붙은 두 가슴 같은 가락에 두근거리며 歡喜와 法悅에 넘쳐 嚴肅히
敬虔히 머리숙여 百年을 佳約하고
天地神明과 우리앞에 毅然히 서있는
한 쌍의 새 人間 아담과 이브!

기나긴 生命의 永劫의 運命의歲月을 서로 다른 母胎의 깃줄을 타고 繼繼承承——
속 모를 어둠과 꿈과 攝理속에 구울며 흐르며 더듬고 더듬어 찾고 찾던 異身同體의
손과 손은 奇蹟인듯
오늘 이 거룩한 歷史的瞬間에 맞 쥐어지고
사랑과 그리움에 불타는 두 青春의 샛별같이 빛나는 눈과 눈은
恍惚히 서로 마주쳐
永遠한 生命의秘密에 입 맞후었네
永遠한 生命의秘密에 입 맞후었네

오——生命의 秘密!
生命의 永遠한 秘密은 이제
生命의 빈섯불 찬란하고
雨雷——天動치고 地動치며
躍動하는 生命의 꽃불 찬란하고 휘황한 가운데
原子核과 더불어 터지는 奇蹟을 보리라! 이윽고
永遠한 새 生命의 아침을 壯嚴찰 눈부시게
七色玲瓏한 蒼空에 걸린 무지개의 아아취를 보리라!

「생명의 비밀 – 너의 결혼송」, 『새벽』, 1954.9

幻像

吳相淳

分明코 글라디올라스이었는데
글라디올라스는 忽然 간곳 없고
오마!

언니!
언니!

어느듯 十年의 歲月이 흘러 간
그윽하고 香氣로운
죽은 언니의 宛然한 그 모습 어인 일고—

오마!
글라디올라스!

글라디올라스!

눈을 딱고 다시 본 다음 瞬間—本然의 風光!

美의 化身인양 그림도 잘하고 또 陶醉하면 우리 언니!
언니가 世上을 떠나던 바로 直前
꽃 피는 二八少女時節의 나
메어질듯 두근거리는 벅찬 가슴 어루 만지며
금방 활작 펴난 싱싱하고 香氣 풍기는
핏 빛인양 새빨간 글라디올라스 한 가지(一枝)
조심 조심 손에 들고—
오랜 동안 病들어 누어 있는
病室 문을 靜肅히 밀고 들었으며
弱한 神經 놀랄세라
말 없이 가만히 서 있는 瞬間

그윽히 닥아오는 嚴한 주검의 발자욱 소리에 귀를 기울인 듯
쌀쌀한 흰 寢臺우에 주검 같이 고요히 누은 채
蒼白히 여윈 고운 얼골에

「환상」, 『현대공론』, 1954.9

次次로 물들어 올라 紅潮 띄우며
글라디올라스와 나 번 갈아 凝視하며
간난 애기의 첫 우슴과도 같은 알수 없는 그윽한
그러나 交交한 萬感이 微笑띄우다가
어느듯 주검의 그늘 어린 울음과도 같은 表情으로 變하며

늦 여름 밤
풀 잎에 맺 眞珠 알 같은 흰 이슬 방울
달 빛 먹음고 구울러 떠러지듯
힘 없이 빛나는 검 푸른 눈에 맺인
난데없는 희얀 눈물 방울
어느듯 紅潮 띄운 여윈 빰을 구울러
흰 벼개 우에 떠러지던
그 모습!
그 얼굴!
그 表情!
오ㅡ 그 表情!

그 때와도 같은 起伏 어리

재는듯이 무더운 七月 하늘
午後의 한 나절 지금 이 瞬間ㅡ
靜寂한 나의 書齋ㅡ冊床우에
雅淡한 李朝白磁ㅡ흰 花瓶에 고이핀 한 떨기 새 빨안 글라디
올라스 우에
그 속에 그 밖에 바로 그 때 그 모습! 그 얼굴! 그 表
情! 오ㅡ 그 表情!
꿈인듯 奇蹟인양 어린고여!

갑작이 沛然히 쏟아지는 소낙비 소리에
書齋窓門 활짝 열어 저치니
비에 젖은 一陣 凉風은
글라디올라스, 빛갈과도 같이
알수없는 꿈과 놀라움과 안타까움과 興奮에
紅潮띄운 나의 얼굴을 씻쳐가노메라

ㅡ서울 明洞「모나리자」茶房에서 瑠璃窓門을 두다리는 요란한 소나비 소리를 들으며 茶를 마시며 한 모퉁이에 있는 花盆 우에 놓인 高麗靑磁ㅡ 푸른 花瓶에 움직일 듯 生生히 활작 피어 香氣로운 새빨간 글라디올라스를 바라보면서 나의 秘藏弟子인 哲學徒 宋援君이 追憶하는 哀話를 들고서ㅡ

甲午年 七月十九日

空超

「환상」, 『현대공론』, 1954.9

(詩)

대추나무

空超 吳相淳

寂滅宮인양
太古靜寂이 깃드린
院앞뜰 마당 한복판에
蒼然을 彌蓄코 우뚝 솟아있는
茂盛한 대추나무 한그루—。

繁昌한 가지마다
自然의 念珠알인양
주렁주렁 맺힌
푸른 대추 알맹이들…。

날마다 짙어만 가는
가을바람속에
핏빛처럼 붉게 물들어 익어가거니…

대추알들은
自然의 精液의 結晶—
가을을 빚어내는 血液의 核

뜻 結實을 익히고야 말리라는 뜻이
崇嚴하게 쪼이는 한없이 그윽하고
거룩하고 다사롭고 따가운 가을햇살의
빛나는 情熱과
속모르게 神秘한 밤의 精氣와
드높은 가을밤 하늘에
眞珠알인양 총총드리 물어박혀
하늘을 잡아 흔들며
우수수 구을며 쏟아질뜻
數없이 반짝이는 별들과
活殺自在하고 造化無窮한
가을바람의 愛撫가 극도록 그리웠세라。

그러기에—
사랑에 주리고 목말러
자즐 영그러가는 귀뜨라미 소리 玲롱하고
달빛 머음은 이슬방울 燦爛한가운데
가을바람과 더부러
무손 永겁의 密約이나있는뜻
그 무슨 귓속이나 한뜻이
刻刻으로 짙어가는 가을바람속에
붉게 물들어 익어가거니…。

이 대추를 열매맺으려
가을은 이땅을 찾어오고
이 열매는 가을을 익히기위하여
그 빛이 짙어가는 것이어니…。

그야말로 핏빛으로 대추알들이
새빨장게 무르익거들랑
그肉身과 아울러
그精神—그精念—。

저 대추나무만이 아는
大自然의 그속모를
精과 色과
靜과 動과
眞과美
秘와 聖을……
餘地없이
내滿喫하며 滿喫하며—。

(甲午九月十四日
於瑞蔚·中央禪院)

「대추나무」, 『동아일보』, 1954.10.4

謹弔 三淸 卞榮晩先生

空超 吳相淳

하늘이 뜻있어
三淸先生을——
이땅 이祖國——우리를 가운데 보내사

그의 高潔한 人格과 孤高한 志操의 生涯를 通하여
測量할수없는 無盡藏의 深奧한 眞理와 攝理와
敎訓을 啓示하사
우리들에게 賜與하시고

그뜻 깊고 거룩한 使命을 다하시고
다시 부르실새
한마디의 군소리도없이 默默히 泰然히
하늘의 至上命令에 順從하사

바람같이 가시다
구름같이 가시다
번개같이 가시다
꿈결같이 가시다

오— 蒼天이여

오— 蒼天이여

(甲午年十二月二十四日 永訣의날)

「근조 삼청 변영만 선생」, 『서울신문』, 1954.12.27

새해의 노래

소나무 吳相淳

한그루 소나무에
하얗게 눈이 나렸읍니다.

하얀 눈을 이고도 오히려
만장한 기개에 사는 나무여!

파란 겨울 하늘이
잎새마다 비끼고,

바람은 하잔히

하얀 눈벌을 스쳐갑니다.

모든 벗들이 깊은 잠을 자고 있을 때
홀로 깨어서 총명한 눈을 하는 소나무

소나무 가지와 잎에서 풍기는
먼 역사(歷史)의 훈향!

어진 선비와 곧 충신
(忠臣)들의
입김과 뜻이 여기 있
나 봅니다.

소나무
한그루 겨울 아침의 소나
무에!

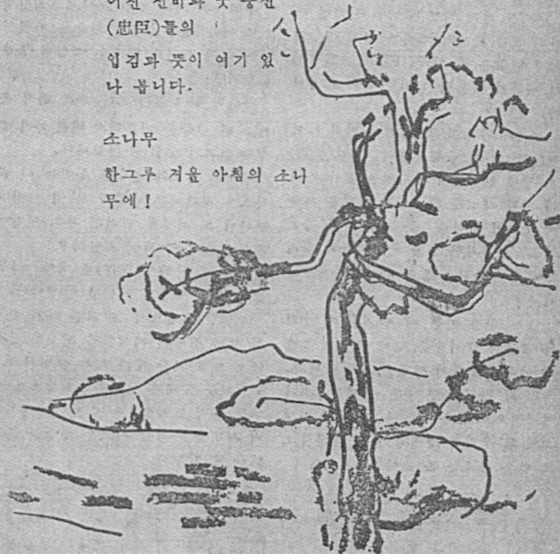

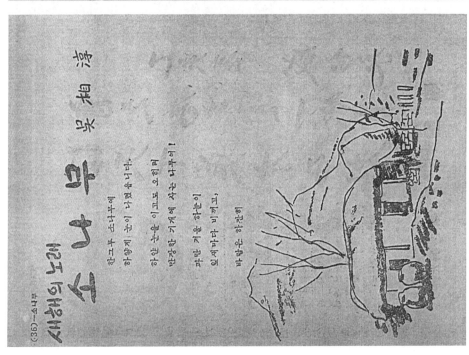

「소나무－새해의 노래」, 『學園』, 1955.1

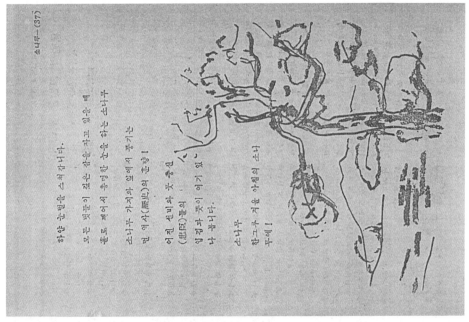

立春

吳相淳

世上은 꺼꾸로 가도
봄은 바로 왔나 보다。
念佛하듯 念誦하고
넋두리하듯 苦待하던
봄은
드디어 오고야 말았는데、

너 自身의 봄은
어찌 되었기에
야릇하게 떠는듯한
따사로운 햇 볕살은
萬花芳暢할 봄소식의
입김인양 아롱지는데、
너는 왜
노상 이맛살을 찌푸린채
펼 줄을 모르는지……。

「입춘」, 『동아일보』, 1955.2.13

(詩)

己未頌歌

吳相淳

獨立을 찾아 흘린 피
江山을 물드리고
겨레의 呻吟소리 大地에 가득 차갈때
오! 己未獨立의 萬歲소리 天地를 震動하였으니
이날의 記憶—
오날에 새로워라。

惡鬼보다 더한 虐待와
人間으로서 참아 못할
가진 蠻行 다하며
帝国主義者들은 날뛰었거니

그러나 겨레의 意志와 民族魂은 永劫에살아있어
놈들의 銃弾을 무찌르고
이 民族 이百姓은
獨立의 門앞에 달려 나갔느니라。

男子도 女子도
어린이도 늙은이도
모두가 獨立과 自由의旗 앞세우고
피로 물드린
그날의 偉大한 歷史여!
忘却할수 없는
그날의 傳統과 자랑、
이날—
이 겨레 이百姓의 열에 되살아
大宇宙의 空間속에 용솟음치거니
오! 己未의 回想이여
너의 불붙는 熱情속에
우리들의 넋은
敬虔한 祝禱를 드릴지니
이날의 盟約 千秋에이어
白衣民族의 悠久한勝利를 이룩하리라

「기미송가」, 『한국일보』, 1955.3.1

돐맞이의 獨白

(첫돐맞이하는 어린이를 爲한 하나의 代辯)

空超 吳 相 淳

오늘은
나의 돐맞이 하는 날

머리는 하늘을 이고
발은 大地를 딛고
두팔 활짝 벌려
하늘과 땅 사이 두려울것 없이
버젓하고 힘찬 立體로
우뚝 서는 날——

엄마의 胎宮—!
幽暗의 열달의 歲月——
形成과 生長의
秘密의 鬪爭을 거쳐

으앗 소리 지르며
땅우에 구울러 떨어져
太陽의 빛을 본
恍惚한 三百六十日

우리 人間 祖上이
萬有의 靈長
萬事의 導領
天地 主人公으로서
宇宙를 制覇하고 活殺하는
처음이자 마지막인
勝利者로서의,
榮冠을 戰取한 動機는 實로
大地를 立體로 딛고선
놀랍고 壯嚴한 歷史的契機와
그 瞬間에 있었거니

누워서 天井만 바라보다
몸을 뒤쳐 엎드려보다
밀어보다 기어보다
다시 뒤쳐보다 엎어보다
엄마 손에 이끌려보다
壁을 잡고 壁도리 하여보다

千辛萬苦 이제 겨우
悲壯하게도 저혼자 손떼우고
따로 서보는 날
그리고 한걸음 두걸음 내디뎌
걸어보는 날——

오늘은
나의 돐 잡히는 날
平面에서 立體로
天地 사이에 嚴然히
獨立해 서는 날!

人類의 새로운 歷史創造의

— 4 —

大行進의 系列에 步調맞추어
첫발걸음 내어딛는 날——

太古寂寂 까마득한
그 曠劫의 옛날
우리 祖上이 오늘 나와 똑같이
하늘과 땅 사이 그 中心에
奇蹟같이 두발로 우뚝 서던 날

그날 그 瞬間
天地는 震動하고
山川草木도 나부껴떨고
飛禽도 走獸도 발길을 멈추고
땅우에 기어 움직이는 버레들도
놀라 움츠러들고
百獸의 王인 獅子도 호랑이도
숨을 쥼고 떨었거니——

千態萬象의 눈 가진 存在는
모다 驚愕한 가운데
눈과 눈을 부릅뜨고
눈과눈 모아 군호 맞추어가며
속으로 부르짖었거니

天地中心에 位置를 占한듯
두발로 우뚝 선
저— 同胞를 보라
저— 사람을 보라!

驚愕하다 驚嘆하다 讚嘆하다
드디어
그 榮光에 빛나는
權威와 尊嚴앞에
敬虔히 머리 숙이고
最大限의 驚異와 驚畏에 가득찬
歡呼와 歡喜에 넘쳐
波濤처럼 雨霖같이 震動하는
讚頌의 大合唱을
天地가 무너지라 불렀거니——

人間動物의 아들 딸들이
두발로 大地를 딛고
天地에 우뚝서서 걷고 움직이는
이 嚴肅한 事實은
地球가 움직여 돌아가는
事實보다도 더
嚴肅하고 確實한 事實이 아닌가

우리 人類自身이
悠久한 歷史의 歲月을 繼繼承承
直接 實踐하는 事實이오
眞理이기에——

오— 世界와 萬有歷史의
行進過程에
크나 큰 革命과 奇蹟과 榮光의
눈부신 歷史的 瞬間이어

오늘은
나의 돐맞이 하는 날
天地中心을 나의 두발로
힘차게 딛고 우뚝 서는 날
나와 人類의 永遠한
立體創造의 거룩한 첫날!

— 5 —

「돌맞이의 독백」, 『시작』, 1955.5

— 詩 —

그날의 回想

空超 吳相淳

자나 깨나 잊지못할
그 怨恨의 날이
다시 돌아 왔다。

天地에 砲聲이 振動하고
無慘히 쓸어진 겨레들의 屍體
아 검은 煙氣는 하늘에 나부껴
受難의날은 기어히 열리었거니
五千年의 歷史에 피어난 文化와 傳統
民族의 넋은 落花처럼 燦然히 져가다。

아 걷잡을수없는 不安과恐怖에 싸여
우리들 들과 山과 地下를헤매던 날이여

그 어디로 가나
殺戮과 刑틀과拉致만이 正義에 代身하여
어진 意志와 뜻
民族의 貴한 生命과 魂을 꺾던붉은 魔手、
侵略者들의 검은손이 다시보인다。

어찌 萬代에 告하여
그 슬픔 그怨恨 다아뢸수가 있으랴。

아득히 人類의 靈界를넘어
하날에 솟구치던 우리들의 憤怒가
造物主의 그윽한 抱擁속에
황홀히 눈물짓던 다섯해前에 그날
아 쓰라린 그날의 回想이
지금나의 老衰한 眼膜을 흐리게 하노라。

「그날의 회상」, 『한국일보』, 1955.6.25

★行雲流水의空超吳相淳★ —(140)—

아니요、공초가 아니면서 공초인 것이 정말 공초다。 풀!(聞) 그러면 종당무엇인고? 하연공조관문(嚇然空超關門)、입지승천개자유(入地昇天豁自由)』

이렇게 공초를 풀이해 보았으나 아직 진짜 공초는 나타나지 않고 있다。

공초선생의 자화상

그러면 공초 오상순의 『나』라는 일문을 여기 소개하여 독자들의 이해의 편리를 도모하기로 한다。

나(自畵像)

『나더러 나를 그려 보라고―。 이것은 현문인 동시에 우문이다。 먼저 『나』가 있어야 하고 나를 알아야만 성립될 말이요、문제이다。 그러나 『나』의 유무― 그존재 문제와 나를 아느냐 모르느냐 ―그 나의 인식문제는 그다지 용이한 문제가 아니다。 나의 존재、그정체 진상을 모르고는 성립될 수없는 하나의 「넌센스」에 불과하기 때문이다。『나』만큼이 참으로 있는가。 대관절 『나』란 무엇이며 어디 있느냐。 나란 것은 진실로 간단히 있다할 수도 없고、없다 할 수도 없고、단순히 안다 하기도 어렵고、모른다 하기도 어려운 실로 그 정체를 파악하기 어려운 마물이다。 나는 소년시대에 천하일색여성―특히 천하미인의 애모우상적대상이 되고 싶은 크나큰 꿈을 그렸다。 따라서 나는 낮이나 밤이나 열심으로 거울을 드려다 보는 것이 습성이 되고 일과가 되었다。 그러나 내 엄청난 꿈의 상념이 커가고、깊어 갈수록 그 반비례로 내 얼굴에 무수한 결점과 약점과 결함을 발견하는 동시에 그동안 달큼하고 아름답던 내얼굴이 점차로 못나보이고、보기 싫어지기 시작한끝에 결국은 무서운 추악의 「괴물」이외에 아무것도 아님을 의식하게 되어 나는 내얼굴을 증오하고、원망하고、저주하게 되었다。 그리하여 절데적인 어린 나의 미학의 첫 「페이지」의 금파 그 야망은 무서운 실망과 절망의 흑암속에 무참히도 여지없이 부서지고 말았다。 악몽같은 환멸의비애! 나는 하루 아침 오랫동안 정들고 때묻은 나의 거울을 몽땀에 힘껏 메부딪쳤다。 산산 미진으로 부서졌다。 나는 자살의 위기를 경험했다。 그러나 나는 이위기에서 돌연 십기일전 일대 방향전환을 감행할 기연을 얻었다。』

『화무 십일홍이요、달도 차면 기우나니……。

의 이 속요속에 표현된 무상의 진리에 감촉한바 있어 외면미에 실패한 나는 그담부터 내면미의 추구와 탐구에로 방향을 돌렸던 것이다。 앗뿔사! 벌써 지면의 약속을 넘었구나。『나』는 이제부터 무궁무진한데 이놈의 일을 어이할꼬! 종생토록 써부려도 부족하고、만권의 성책도 유부족하겠으니 이놈의 일을 어찌 한단말이냔 말이다。 도대체 이 무진장한 『나』를 이백자 원고지 넉장속에 유폐하려는 의도가 착각이요。 오산이오、실페천만이다。 이놈의 『나』를 어쩌란 말이나 이놈아!』

한층 더 독자의 이해를 돕기 위하여 공초의 시 『나』를 함께 외우기로 하자。

映畵보다우습다

극장속에서 자기 뒤에 앉은 신사에게 부인이 하는말

『여보세요。 혹 내 모자가 영화보시는데 방해가 된다면 벗어 드리겠읍니다。』

신사『천만에요。 벗지 않으셔도 좋습니다。 당신 모자는 영화보다 더 우수꽝스러운데요……。』

나

나는 나요
너는 너다。

나는 나아닌 나
너는 너 아닌 너

나는 너요
너는 나다。

나는 一寸의 餘白이다。

나는 生한다
그러나 나는
生을 滲透하고 貫徹하고
그리고 그밖에 一步 前進한다。

나는 老한다。
그러나 나는
老를 滲透하고 貫徹하고、
그리고 그밖에 一步 前進한다。

나는 病한다
그러나 나는
病을 滲透하고 貫徹하고
그리고 그밖에 一步 前進한다。

나는 死한다。
그러나 나는
死를 滲透하고 貫徹하고
그리고 그밖에 一步 前進한다。

나는 時間이다。
그러나 나는
時間을 滲透하고 貫徹하고
그리고 그밖에 一步 前進한다。

나는 空間이다。
그러나 나는
空間을 滲透하고 貫徹하고

—(141)—★行雲流水의空超吳相淳★

그리고 그밖에 一步 前進한다。

나는 數다。
그러나 나는
數를 滲透하고 貫徹하고
그리고 그밖에 一步 前進한다。

나는 一切다。
그러나 나는
一切를 滲透하고 貫徹하고
그리고 그밖에 一步 前進한다。

나는 無다。
그러나 나는
無를 滲透하고 貫徹하고
그리고 그밖에 一步 前進한다。

나는 一寸의 餘白이다。
나의 一寸의 餘白은
나와 生과 死와 有와 無의 子宮이요 母胎요。
無窮한 生命의 波濤가 넘늘거리는 끝없는 검푸른 바다—
그리고 生과 死와 有와 無가 처음이요 마지막 숨쉬는 久遠의 무덤이요 寂滅宮이다。

한女人을 위해

공초 오상순은 서울 태생이다。 서울남산동(南山洞)에서 六十一년전에 오태영(吳泰泳)의 둘째아들로 태여났다。 서울로 옮기기전엔 경기도 여주이천(驪州利川)등지에서 조그만지주급의 생활을 영위해 왔다。 오태연은 상당히 자부한 분으로 아홉 남매를 길렀는데 장남이 상익(相翼) 차남이 공초 상순(相淳) 삼남이 상건(相健) 사남이 상춘(相春) 오남이 상선(相善)이다。 공초는 어려서부터 천성이 착하였다。 어머니 이름이 순갑(順甲)이다。 나면서부터 잘 울지 않는 아이였다。 몹시 배가 고파야만 울었다。 선천적으로 타고난 착함이었다。 서당방에서 통감을 오권까지 읽고 논어、맹자、중용、대학 등을 다 읽었다。 이때 서당방에서는 큰 아이 놈들이 작은 아이들을 희롱(?)하였는데 공초는 워낙 착했던 관계로 많은 희롱을 당하였다。 소학교를 어의동보통학교(於義洞普通學校)사학년에 입학하여 이를 졸업하고、배재학교에 들어갔다。 배재학교에서부터 공초는 기독교정신의 세례를 충분히 받았다。 이러한 영향은 그후 상당히 긴 동안 공초의 종교사상을 지배하였다。 배재를 졸업한 공초는 일본으로 건너갔고、일본서는 동지사대학(同志社大學) 신학부를 다녔는데 이때 공초의 신변에 한평생동안 중대한 사건이 벌어졌다。 여름방학에 우연히 친구의 집엘 갔더니、의외로 친구 M의 누이는 이세상에서는 하나요 둘이 없을 정도로 아름다웠다。 공초는 젊은 정열에 금방으로 M의 누이동생에게 정신없이 포로가 되었다。 그해 여름도 다 가서 공초는 도로 학교로 갔으나 공부에는 마음이 없었다。 하루같이 M의 누이동생 S를 생각하였다。

그것은 거의 미칠 지경으로 생각이 치열해 갔다。 그이듬해 여름에 공초는 또다시 M을 따라 그의 집으로 갔다。 그러나 이번엔 S는 그대로가 아니었다。 폐를 앓는 여인이었다。 후원 별당에서 초혼로 각혈을 하는 S를 발견하였다。 공초의 S에대한 사모의염은 앞뒤를 돌볼 아무런 체면도 없었다。 어느새 공초는 S의곁에서 가래벨은 타구와 그의 보기싫은 배설물이 담긴 타구와 요강들을 소제하고、S에게 미음과 제란을 권하고 있는 처지였다。 S의 병세는 공초의 간호의 더이었는지 일진일퇴의 형세에 있었

그女子가 願한것

『「헤렌」과 같은 부자집 딸과 결혼하는 것에 대하여 자네는 어떻게 생각한 것인가? 그 여자의 생활비는 어떻게 대갈 작정인가? 자네는 그 여자가 필요하다는 것은 다 대줄 수 있겠나?』

『물론이지。「헤렌」이 원한 것은 다름이 아니라、나 자신이거든。』

설령학인, 「행운유수의 공초 오상순」, 『희망』, 1955.7에 삽입된 시 「나」
(「나」의 최초 발표지 및 발표일자는 미상)

(66)—팔월의 노래

八月의 노래

吳 相 淳

천추에 사모치는 원한
때를 깎는 설음에서 벗어나
우리 겨레 해방을 맞던 달 8월이여!

모든 행복과 희망이 구름처럼 밀려와
도시 황홀함을 견디기 어렵던 그 날이여!
그날의 화려한 노래 어디 가고
우리들의 신음 소리 이처럼 암담하느뇨.

그러나 8월의 하늘엔
작열하는 태양이 있어
나부끼는 깃발 속에 민족의 함성 일어오거니

이 감격 이 추억을
기리기리 간직하고
우리들——
대한의 내일을 빛내가리라.

팔월의 노래—(67)

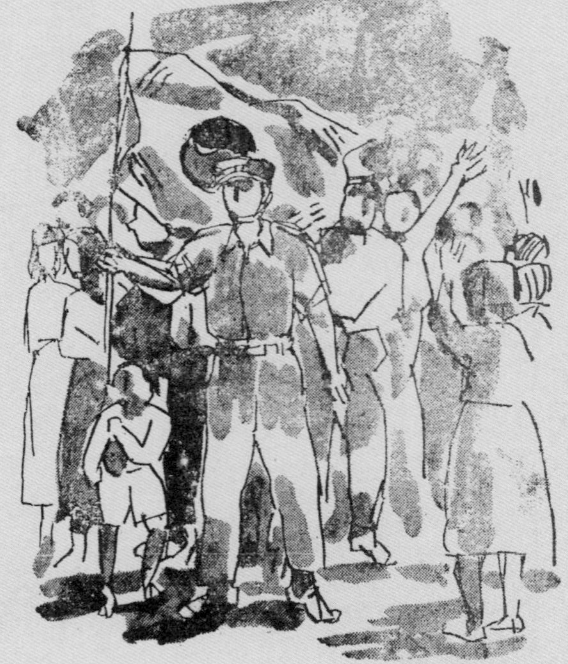

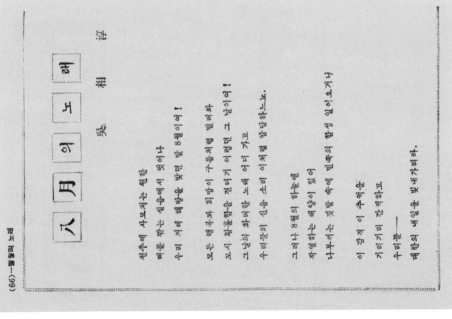

「8월의 노래」, 『학원』, 1955.8

獻詞

靑春開花

空超 吳相淳

光復이로다— 解放이로다—
나는 목이 터지도록 萬歲를 불렀노라—
우름이 터지고
목이 메이고
내—살아서 光復을 맞이하고 解放된 天
地—서 발을 굴르며 하늘을 울어러 萬
歲를 부르나니
이 어찌 울지않고 견딜수있으리요—
사나운 이리 인양 성난 파도 인양
거리에서 나는 萬歲를 외쳤노라

○

虛無魂의 宣言속에 내靑春은 永永 가
는가 했더니
八•一五 光復으로 나의靑春은 다시 開
花 되었노라—
靑春은 年輪에서가 아니요 精神에서 사
는것이어니
내 나이 六十이 넘었으데 精神은 永
遠한 靑春이로다
이는 오로지 祖國의 光復에서 靑春이
꽃 핀것이니—
어찌 늙었다 해서 靑春이 떠나갔다하
랴—
우리모두 짓밟혔던 靑春을 찾았고 다
시 靑春의 開花속에 이미 十年을 살
아 왔노라—

○

靑春이란 國家와 民族에있어 希望과生
의 源泉이요 血脈이어니
祖國光復은 우리에게 靑春의再生과 開
花를 주었노라—
오늘도 내가슴속엔 天地를 震動턴 八
•一五그날의 萬歲소리가 우렁차고
六十넘은 나의 老道程앞에 精神의 靑
春이 恒常슬기롭게 開花된 香氣를 올
리는도다。

顧菴 李應魯 畵

「청춘개화」, 『平和新聞』, 1955.8.15

동시

새날이 밝았네

오 상 순

새날이 밝았네!
이나라 강산에 새날 아침이 밝았네。

아이들아 어서 오너라 새날 아침에
둥근 가슴을 벌려서 아침해를 껴안자。

우렁찬 걸음걸이 모두가 기뻐서
때때옷 입은 몸에 햇살도 찬란하다。

원숭이는 우리들의 즐거운 동무
언제 어디서나 재롱을 부려서
남이와 순이를 놀리고

오색 어여쁜 빛갈이 새아침에 빛날때
엄마나 누나의 얼굴에도 웃음이 피네。

아이들아 새날이 밝았네—
북을 치라 춤을추라! 동해바다 재우며 아침해가 오른다。

「새날이 밝았네」, 『한국일보』, 1956.1.1

永遠回轉의 原理

詩

―季節의 獨白―

吳相淳

봄이 온다
봄이 와―
瞬間이자 永遠한
生命의 봄이 온다
뭇 生命이 噴水처럼
솟구쳐 샘솟는
봄이 온다

봄이 오면
여름 오고
여름이 오면
가을 오고
가을이 오면
겨울 오고
겨울이 오면
봄이 오고

봄이 가면
여름 오고
여름이 가면
가을오고
가을이 가면
겨울 오고
겨울이 가면
봄이 오고

봄은 여름을 胚胎하고
여름은 가을을 胚胎하고
가을은 겨울을 胚胎하고
겨울은 또 봄을 胚胎하고

봄은 봄대로
여름은 여름대로
가을은 가을대로
겨울은 겨울대로
一脈相通―
봄 여름 가을 겨울이
물고 물아
오고 가고
가고 오고
오가는 사이에

事事物物
모든것이
變하고 化하고
化하고 變하고
옴겨지고 움직이고
움직이고 옴겨진다

하늘도 돌고
땅도 돌고
하늘과 땅 사이
온갖것이 다 돌아

해도 돌고 달도 돌고
별도 돌고 꽃도 돌고
물도 돌고 山도 돌고
江도 돌고 바다도 돌고
먼지도 돌고 돌고 돌고
몸도 돌고 불도 돌고
피도 돌고 숨도 돌고

宇宙도 돌고 立體도 돌고
人間도 돌고 벌레도 돌고
짐승도 돌고 새도 돌고
암놈도 돌고 숫놈도 돌고
어린이도 돌고 어룬도 돌고
陰도 돌고 陽도 돌고
太極도 돌고 無極도 돌고
物體도 돌고 物質도 돌고
原子도 돌고 無도 돌고
無가 또니 有도 돌고
有가 또니 無도 돈다
안이 또니 박도 돌고
속이 또니 겉도 돌고
위가 돌고 아래 또니
中間인들 안돌손가
나도 돌고 너도 돌고
그도 돌고 저도 돌고
現象도 돌고 本體도 돌고
瞬間도 돌고 永遠도 돈다
잘도 돈다

고추먹고 뱅뱅
담배먹고 맴맴
잘도 돈다
골치가 아프다

이 悠久한 歲月―
自然推移의 旋律속에
萬有―는
榮하고 枯하고 隆하고 替하고
替하고 隆하고 枯하고 榮하고
衆生―은

興하고 亡하고 盛하고 衰하고
衰하고 盛하고 亡하고 興한다

人生은
生하고 老하고 病하고 死하고
死에서 또다시
生―하고 老하고 病하고 死하고

宇宙―는
成하고 住하고 壞하고 空하고
空에서 또다시
成하고 住하고 壞하고 空한다

이 어마어마한
大自然의 推移·流動과
永遠秩序의 「심포니·하―모니」속에
永劫에서 永劫으로 悠悠히
生滅流轉하며 遊戱三昧에 陶醉하여
自己自體도 自己自身을 어찌할수없이
自由自在하고 順逆自在하며 造化無
窮한―。

보라!
이 不生不滅―
絶對秘境의 消息의 深淵인
곰직하고 엄청난 「運命」의 끝을―!
오―그리고
이 「運命」은 곧 「너」「自身」인저―

오―
「너」 두렵고 嚴肅한
不滅의 秩序法則의 化身이여
恒久不變하며 循環無常한
季節의 生理여
色空一如―生死如來
有無相通하며 無限샘솟는
永遠靑春의 象徵이여 本尊이여

「영원회전의 원리 – 계절의 독백」, 『조선일보』, 1956.5.3

(詩) 저므는 丙申年

吳相淳

다사로운 한해…………
번거로운 한해…………
병신년이 저믄다
무엇을 뉘우침이뇨
하늘의 별빛도、어지러히
도회의 밤이 소란 하여라
나의 사랑
그리운 사색(思索)의 실마리여

어두운 방안에 촛불을 밝히고
성모 마리아 상 여껴워
지서(詩書)를 펼쳐든 손이 시름겹구나。

병신년은 어지러운 해였다
아니 시련에 찬 한해였다
기꺼운 해였다
슬픔과 기쁨이 한데 얽힌 한해였다。

「저무는 병신년」, 『아리랑』, 1956.12

鹿苑의 黎明

空超 吳相淳

서라벌에 눈이 내린다。
사슴들이 언덕을 오른다。

서라벌의 마즈막밤은 깊어
일체를 정화하는
봉덕사의 종소리……。

석굴암에 거룩히 서리는

대불의 숨결은
아직 이마에 찬데

찬란히 터오는
동해의 새벽 언덕에 서서
조용히 손을 모우는
아아 새로운 목숨들이여

서라벌에 봄을 밴 눈이 쌓인다。
사슴들이 언덕을 오른다。

「녹원의 여명」, 『녹원』, 1957.2

植木日에

~겨레의 反省과 懺悔를 爲하여

空超 吳相淳

햇병아리 솜털처럼 향기롭고
부드러운 봄바람은
우리들의 皮膚를 스쳐 汗孔스며들어
心臟을 건드리고……

저 아득한 東方에서 꽃수레를 몰아 潮水처럼 밀려드는
봄의 精靈—
봄 女神의 그윽한 발자옥 소리 소리

감돌아 요란한데
情든 옛故鄕 槿域 三千里
崇高한 長白山脈의 물결치는 흐름과 함께
茫茫無際한 森林의 바다
구비쳐 돌아가던
이 江山 이 國土

解放 十年 뜻밖에도
無知한 主人公들의 無慈悲한
亂伐 盜伐의 罪惡은
어느듯 一望無際 荒涼 荒廢를 거듭
百年以內에 砂漠을 暗示하고 吊鐘을 울리며
時時刻刻 허물어져만가는 赭土 暗澹하고 慘酷한
이 江山 이 國土

옛날만 여겨

「식목일에」, 『불교세계』, 1957.4.20

이 江山 이 國土에
奇花瑤草 滿發코저
총총히 달려온
봄의 精靈
봄의 女神
발부쳐 付接할곳 바이없고
그 입김 불어넣고
그 脈搏 通하여
그 神秘한 魔術의 멋 것들어 부릴곳바이없어
大驚失色 氣맥히고 맥 풀려
북바쳐오르는 가슴 어루만지며
어이할道理없어
긴 한숨과 함께
꿋수페 되몰아

無色히 되돌아서는 凄絶한
그 뒷모습이여

오— 지나간날의 꿈같이 華麗하고 榮譽롭던 三神山—
이 江山 이國土
錦繡江山의 끊임없는 殘忍한 悲劇이여

「식목일에」, 『불교세계』, 1957.4.20

불나비

空超 吳相淳

불나비!
사랑의 불속에 뛰어들어
自己야 있고 없고

불나비!
生命의 불속에 날러들어
목숨이야 있고 없고

불나비!
秘密의 불속에 달겨들어
목숨과 죽음을 넘어
그 ∧무엇∨에 부닥치려는
무서운 몸부림이여

너
MEHR LICHT! 에의 一片丹心

그 生理의 實踐者

너
永遠히 凄絶하고 悲壯한
∧프로메듀쓰∨의 後裔여 化身이여

짧은 밤빛같이 짧고
좁쌀알 같이 작은
고 얄미운 눈瞳子

오직
불과 빛을 向해서만 마련되었기에
살아서 깜빡이는 瞬間이 없고
죽어서 눈감지 못하는 宿命이여

불도 오히려 서눌한듯
무서운 너 情熱의 불꽃이여

단지
빛을 위하여 나고
빛을 위하여 살고
빛을 위하여 죽는—

限없이 悲壯하고 燦爛하고

「불나비」, 『자유문학』, 1958.11

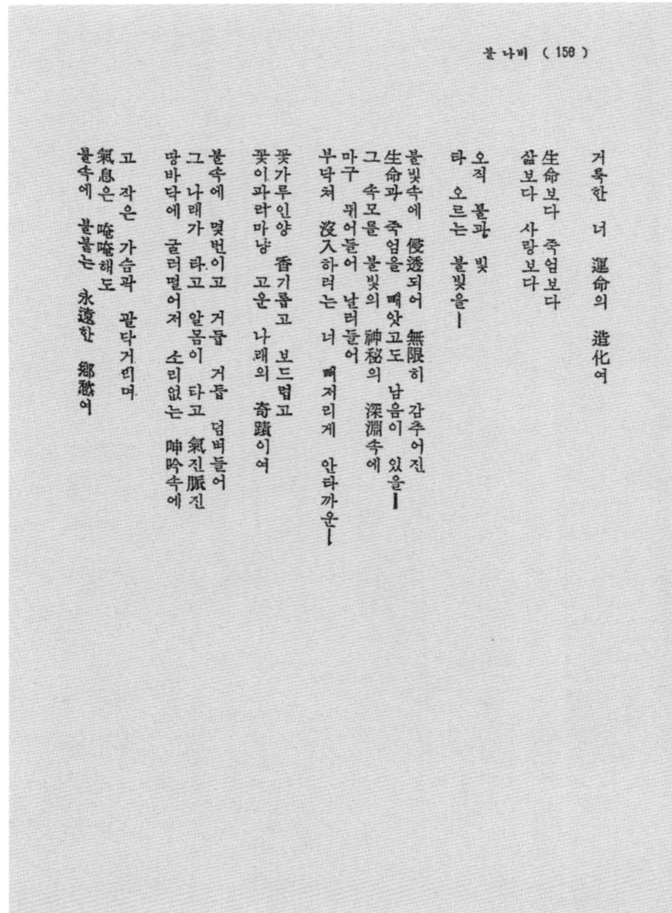

불나비 (158)

거룩한 너 運命의 造化여

生命보다 죽엄보다
삶보다 사랑보다

오직 불과 빛
타 오르는 불빛을—

불빛속에 侵透되어 無限히 감추어진
生命과 죽엄을 빼앗고도 남음이 있을—
그 속모를 불빛의 神秘의 深淵속에
마구 뛰어들어 날러들어
부닥쳐 沒入하려는 너 빠저리게 안타까운—

꽃가루인양 香기롭고 보드럽고
꽃이파라마냥 고운 나래의 奇蹟이여

불속에 몇번이고 거듭 거듭 덤벼들어
그 나래가 타고 알몸이 타고 氣진脈진
땅바닥에 굴러떨어저 소리없는 呻吟속에

고 작은 가슴과 팔닥거리며
氣息은 唵唵해도
불속에 불붙는 永遠한 鄕愁여

「불나비」, 『자유문학』, 1958.11

(詩)

꿈

空超 吳淳相

꿈이로다 꿈이로다
모두가다 꿈이로다

너도 나도 꿈속이오
이 저것이 꿈이로다

꿈 깨이니 또꿈이요
깨인 꿈도 꿈이로다

꿈에 나서 꿈에 살고
꿈에 죽어 가는 인생

부즐 없다 깨려는 꿈
꿈은 깨여 무엇 허리

「꿈」, 『현대불교』, 1959.12

詩

한방울의 물

空超 吳 相 淳

풀끝에 맺힌
한방울 이슬에
해와 달이 깃들고.

끊임없는
낙수물 한방울이
주춧돌을 패여 구멍을 뚫고.

한방울의 물이
샘이 되고
샘이 흘러
시내를 이루고.

시내물이 합쳐
강이 되고
강물이 합쳐
바다를 이루나니

오! 한방울 물의
神秘한 調和여
無限한 魅力.
團合의 威力이여

宇宙 永遠한 흐름이
크낙한 너 발자취로 하여
더욱 爛漫한 眞理의 꽃은
피는 것인가.

「한방울의 물」, 『예술원보』 6, 1961.6

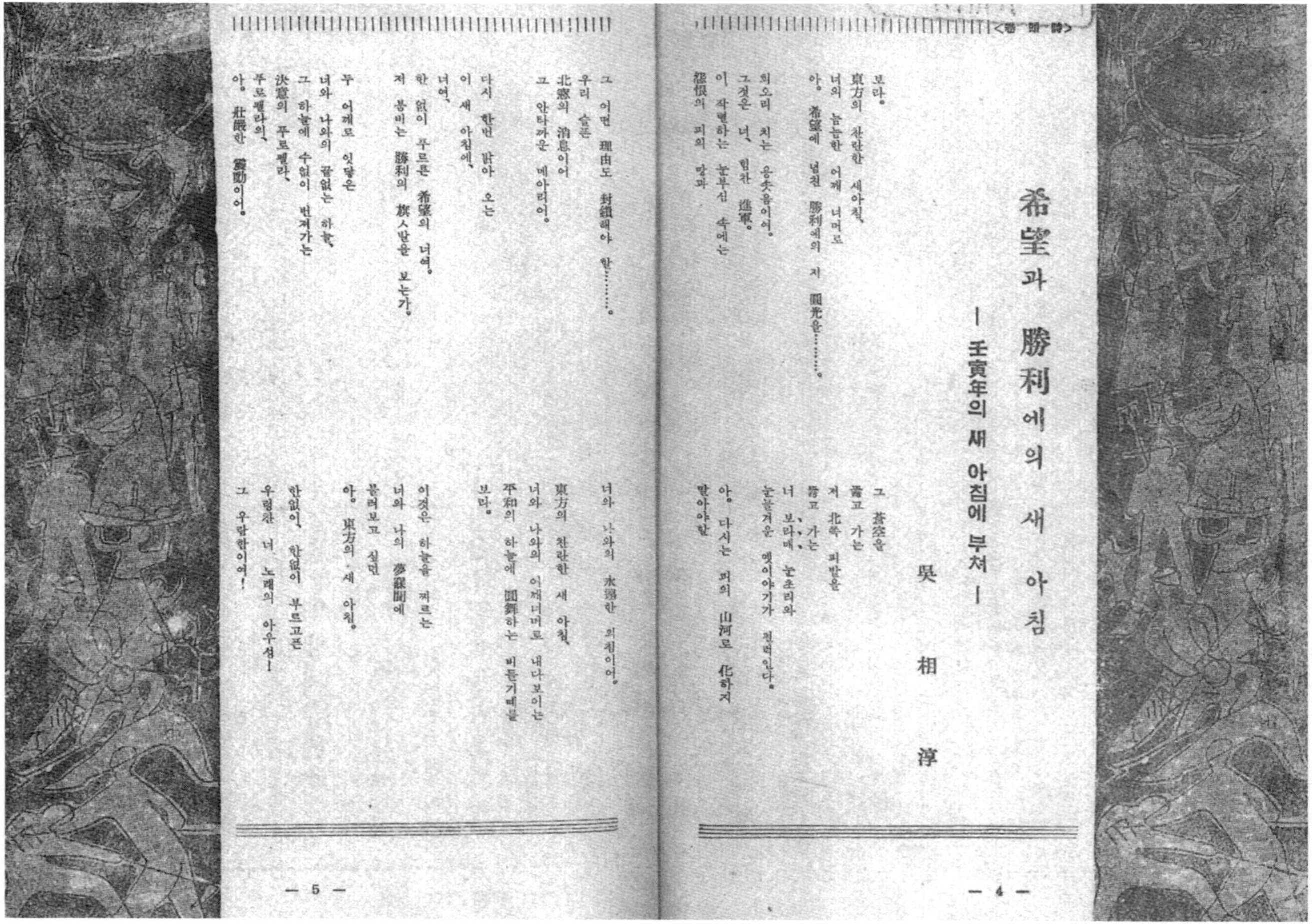

希望과 勝利에의 새 아침

— 壬寅年의 새 아침에 부쳐 —

吳相淳

보라。
東方의 찬란한 새아침,
너의 늠늠한 어깨 너머로
아。希望에 넘친 勝利에의 저 圓光을……。

회오리 치는 용솟음이어。
그것은 너、힘찬 進軍。
이 작렬하는 눈부신 속에는
怨恨의 피의 땅과

그 蒼空을
[illegible]고 가는
저 北쪽 피발은
뚫고 가는
너 보라매、、、눈초리와
눈물겨운 옛이야기가 절려있다。

아。다시는 피의 山河로 化하지
말아야할

그 어떤 理由도 封鎖해야 할……。
우리 슬픈
北窓의 消息이어
그 안타까운 메아리어。

다시 한번 밝아 오는
이 새 아침에、
너여、
한 없이 부르튼 希望의 너여。
저 붐비는 勝利의 旗入발을 보는가。

두 어깨로 잇닿은
너와 나와의 끝없는 하늘、
그 하늘에 수없이 번져가는
決意의 푸로펠라、
푸로펠라의、
아。壯嚴한 震動이어。

너와 나와의 永遠한 외침이어。

東方의 찬란한 새 아침、
너와 나와의 어깨너머로 내다보이는
平和의 하늘에 圓舞하는 비들기떼를
보라。

이것은 하늘을 찌르는
너와 나의 夢寐間에
불러보고 싶던
아。東方의 새 아침。

한없이、한없이 부르고픈
우렁찬 너 노래의 아우성!
그 우람함이어!

— 4 —

— 5 —

「희망과 승리에의 새 아침」, 『미사일』, 1962.1

團合의 結實

花發多風雨라
꽃이 피려니 비바람이 많도다
지나간 몇해 동안의 陰散하고 辛酸하고 險相궂던 佛家의 風雲은
드디어 雲捲靑天!
이 歷史的인 無限 뜻 깊고 嚴肅한 오늘 이 자리를 마련하고 百花爛漫
다투어 香氣를 吐하고 꽃 피어 滿發케 하였네
悠久한 歷史는 悠悠히 벅차게 구비처 흐른다。

풀끝에 맺힌
한 방울 이슬에
해와 달이 깃들고

끊임없는
낙 수물 한 방울이
주춧돌을 패여 구멍을 뚫고

한 방울의 물이
샘이 되고
샘이 흘러
시내를 이루고

시냇물이 합처
바다를 이루나니

오— 한 방울 물의
神秘한 調和여
無限한 魅力

團合의 威力이여

宇宙 永遠한 흐름이
크나한 너 발자취로 하여
더욱 爛漫한 眞理의 꽃은
피는 것인가。

〈一九六二〉

「단합의 결실」, 『공초 오상순 시선』, 자유문화사, 1963
(최초 발표는 1962, 발표지는 미상)

새 하늘이 열리는 소리

落葉을 밟으며
거리를 가도
서럽잖은 눈망울은
사슴을 닮고……

높은 하늘 속
날개 펴고 훠얼 훠얼
날으고 싶은
맑은 서정은 구름을 닮아라。

바람을 타지 않는

— 170 —

어린 갈대들……

물결이 거슬려 흘러도
매운 연기가 억수로 휩쓸어도
미움을 모르는 가슴은
산을 닮았다
바다를 닮았다
하늘을 닮았다。

……………

이밤
생각에 지치고
외로움에 지치고
슬픔에 지치고
사랑에 지치고

— 171 —

「새 하늘이 열리는 소리」, 『공초 오상순 시선』, 자유문화사, 1963
(최초 발표는 1962, 발표지는 미상)

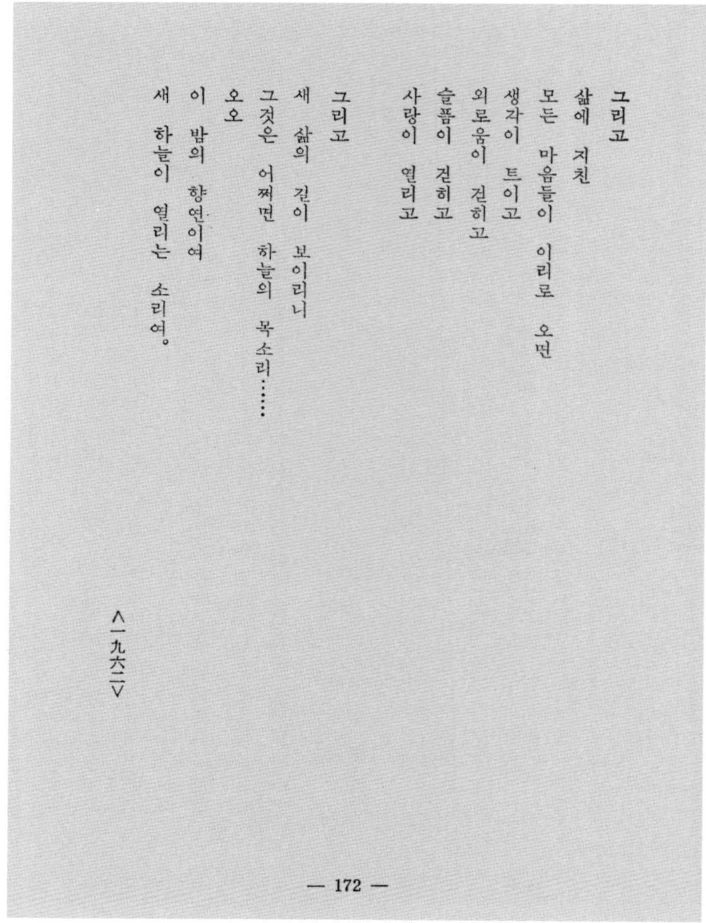

그리고
삶에 지친
모든 마음들이 이리로 오면
생각이 트이고
외로움이 걷히고
슬픔이 걷히고
사랑이 열리고

그리고
새 삶의 길이 보이리니
그것은 어쩌면 하늘의 목소리……
오오
이 밤의 향연이여
새 하늘이 열리는 소리여。

〈一九六二〉

— 172 —

「새 하늘이 열리는 소리」, 미상, 1962

{詩}

亞細亞의 黎明

空超 吳 相 淳

아시아의 밤
오, 아시아의 밤!
말없이 默默한 아시아의 밤의 虛空과도 같은 속 모를 어둠이여
帝王의 棺槨의 漆빛 보다도 검고
廢墟의 祭壇에 엎드려 敬虔히 머리숙여
祈禱드리는 白衣의 處女들의 흐느끼는
그 어깨와 등위에 물결쳐 흐르는
머리털의 빛깔보다도 짙으게 검은
아시아의 밤
오, 아시아의 밤의 속모를
어둠의 깊이여

아시아의 땅!
오, 아시아의 땅!
몇번이고 靈魂의 太陽이 뜨고 沒한 이 땅
燦爛한 文化의 꽃이 피고 진 이 땅
歷史의 樞軸을 잡아 돌리던
主人公들의 數많은 屍體가
이 땅밑에 누어 있음이여

오. 그러나
이제 異端과 사탄에게 侵害되고
蹂躙된 世紀末의 아시아의 땅
殺戮의 피로 물들인
끔찍한 아시아의 바다 빛이여

아시아의 사나이들의 힘찬 睾丸은
妖鬼의 아금니에 걸리고
아시아의 處女들의 神聖한 乳房은

「아세아의 여명」, 『예술원보』 8, 1962.6

毒蛇의 이빨에 내맡겨 졌어라
오——아시아의 悲劇의 밤이여
오——아시아의 悲劇의 밤은
길기도 함이여

하늘은 限없이 높고 땅은 두텁고
隆隆한 山嶽 鬱蒼한 森林
바다는 깊고 湖水는 푸르르고
들은 열리고 沙漠은 끝없고
太陽은 유달리 빛나고

山에는 山의 寶物
바다에는 바다의 寶物
裕豊하고 香氣로운 땅의 寶物
無窮無盡한 아시아의 天惠!

萬古의 秘密과 驚異와 奇蹟과 神秘와
陶醉와 瞑想과 沈默의 具顯體인
아시아!
哲學未踏의 秘境
頓悟味到의 聖地 大아시아!

毒酒와 阿片과 美와 禪과
無窮한 自尊과 無限한 汚辱
祝福과 咀呪와 相伴한
기나 긴 아시아의 業이여

끝없는 逡巡과 迷夢과 韜晦와
懷疑와 苦悶의 常闇이여
오. 아시아의 運命의 밤이여

이제 우리들은 부르노니
새벽을!
이제 우리들은 외치노니
雨雷를!

「아세아의 여명」, 『예술원보』 8, 1962.6

이제 우리들은 비노니
이밤을 粉碎할 霹靂을!

오, 기나 긴 呻吟의 病床!
夢魔에 눌렸던 아시아의 獅子는
지금 잠깨고
幽閉되었던 땅밑의 太陽은 움직인다
오. 太陽이 움직인다
오. 먼동이 터온다

迷信과 魔術과 瞑想과 陶醉와 享樂과
耽溺에 蠢動하는 그대들이여
이제 그대들의 美女를 목 베이고
毒酒의 盞을 땅에 쳐 부수고
阿片대를 꺾어 버리고
禪床을 박차고 일어서라
自業自得하고 自繩自縛한
繫縛의 쇠사슬을 끊고
幽閉의 땅밑에서 일어서 나오라

이제 黎明의 瑞光은 서린다
地平線 저쪽에
힘차게 붉은 朝光은
아시아의 하늘에 거룩하게 비추어
오, 새 世紀의 동이 튼다
아시아의 밤이 동튼다

오. 雄渾하고 壯嚴하고 永遠한
아시아의 길이
끝없이 높고 깊으고 멀고 길고
아름다운 東方의 길이
다시 우리들을 부른다.

「아세아의 여명」, 『예술원보』 8, 1962.6

「아세아의 밤」, 『조선일보』, 1963.9.10

잡는다 머물 세월이면

空超 吳相淳

잡는다
머물 세월이면
먼 세월 밉지 않고
올 세월 달가을 것 없어라。

문틈으로
사립을 지키며
간 곳 아들을 기다리는
어진 어버이의 귀를
싱거운 마을개가 어지럽히듯
이밤이
서러워서는 못 쓴다。
노한 젊음들이
피로 쓴 글자들이 거품되게 않고
슬기로운 용맹이
휘황한 꽃으로 망울진…。
서럽잖은 세월임에
손 모아
눈을 감고
이 세월을 보내자。

잡는다
머물 세월이면
간 세월 밉지 않고、
올 세월 달가울 것 없어라。

〈遺作詩 己丑 歲暮〉

「잡는다 머물 세월이면」, 『청동』 제1집, 1963

遺稿發掘作品

運命의 底流는 爆發한다

空超 吳相淳

無心한 牧童의 손에 잡혀와
어미개의 젖을 빨며
강아진양 강아지와 함께
柔順히 자라나던
한 마리의 獅子새끼!

이와 같이 몇 世紀의 歲月이 無心히 흘러
가면
지내간 옛날의 猛獸이었던 개의 運命과도
같이
사람의 손에 때묻고 길들여
그 本來의 尊嚴한, 獨立自存의 生存의 自
由와 權利를
人間에 依托하고 服從하고 忠誠을 다함으
로써
또 하나의 奴隸의 悲劇의 主人公이 되었
을는지도 모르는 危機一髮에 놓여진 獅子
새끼의 位置——

어찌 뜻하였으랴
여기에 하나의 奇蹟과도 같은
무서운 속모를 運命의 底流는
번갯불이 黑雲을 가르듯
風浪에 飜弄되는 運命의 表流를 가르고
火山 터지듯 爆發한
燦爛한 革命의 歷史의 한 페이지
世紀末의 숨막히는 苦悶과
世界의 마지막 審判날의 風景을 彷彿케
하는——

雨雷소리 地動치고
번갯불 요란히 흐르고
사나운 바람과 먹장같은 검은 구름
天地를, 휩쓸고 뒤덮어 버릴 듯
엄청난 氣象變調의 심포니의 밤——

暴風雨 直前의 深刻한 靜寂——
간간이 緊張한 깊은 靜寂 속에
潮水같이 달리는 검은 구름 사이로
버젓이 뚜렷한 달빛도 간혹 엿보여
이상히도 더 깊어가는 靜寂의 瞬間

오——
들으라
저 뼈아프게 깊고 무겁고 그윽하고
한없이 沈痛하고 悲壯한
子息잃은 어미 獅子의 울음소리를
무너질 듯 우렁찬 저 山울림소리

「운명의 저류는 폭발한다」, 『한국문학』, 1978.7

그리고 저 千百 가지 즘생의 떠는 소
리

그렇다
이 瞬間이다
이 刹那다

마루청 밑
親切한 어미개 곁에
강아지 동무들과 깊이 잠들었던
安穩하면서도 속모르게 不安한
잠은 깨고 꿈은 깨졌다。

그는
마루청 속에서 삽시에 몸을 뒤쳐 마당으
로 뛰어 나왔다。

그는
전신에 힘을 주고
네 다리에 힘을 힘껏 모았다。
萬有引力의 결정체 그 縮圖인양……

나는
적어도
深山과 幽谷과 沙漠과 孤獨과 暗黑과
一切의 힘을 지배하고
百獸의 帝王인 大雄의 王子로다! 라는
崇高한 숨은 意識의 喚發과
그 威儀의 整頓態勢——
두 번째의 그의 어미의 울음소리와 山울
림 소리에
그의 全身은 絶對한 힘의 緊張과 膨脹으로
터질 듯——
그의 눈동자는 宇宙中心의 焦點인양
絶對者의 神秘로운 알 수 없는 빛의 번갯
불쳤다。

세 번째의 悲愴莊嚴한 어미의 소리와
山울림소리의 그윽하고 우렁찬 律動과 餘
韻속에

그는
忽然 몸을 번득이자
飛虎처럼 번개같이 바람같이 자취없이 사
라졌다。

毫厘의 差는 千里를 遠隔하나니
하마터면 무서운 懷疑와 迷信에 빠져
本來의 自己自身을 잃어버리고 잊어버릴
뻔

아슬아슬한 瞬間에
어미소리를 듣고 本來의 自己소리를 듣고
一超直入 太初本然에 돌아가
자기 어미를 찾고 자기자신을 찾고
어미 품 속에 안겨
어미를 깨닫고 자기를 깨우친
乾坤一擲의
悲壯 恍惚한 革命精神의 한 페이지는
이리하여 써졌다。

雨雷소리 다시 한번 우렁차고

「운명의 저류는 폭발한다」, 『한국문학』, 1978.7

번갯불 다시 새롭게 燦爛히 흐른 뒤
에
바람은 자고
黑雲은 걷히고
雲捲青天——

하늘엔 無數한 星辰이 永遠한 秩序의
精神을 象徵하고
燦然히 빛나는 無限한 榮光에 넘쳐
거창한 饗宴은 恍惚한데

오랜만에 어미품에 안겨
獅子兒의 젖빠는 소리 그윽히 들리는 듯

奇蹟과도 같이 不可思議한 運命의 底流의
하나의 風景은 如斯하거니——

運命의 底流는 人生과 自然을 통틀어
萬有의 心臟을 貫通하여 흐르나니

각자 運命의 底流의 絶對神秘境의 消息—
그 神聖한 힘과 美와 秘密의 飛躍的 躍動
과 그 永遠한 生命의 流動을 모르고 犯하
고 冒瀆하고 事事物物의 形形色色 千差萬
別의 運命의 表流에만 毒蛇같이 執着하고
表着하고 迷惑하고 變轉하여 개가 되고 도
야지가 되고 소가 되고 말이 되고 여우가
되고 원숭이가 되고 毒蛇로 墮落 轉轉하
는 人生이여 人類여!

오——
두렵지 아니한가
두렵지 아니한가

運命의 底流에 沈潛하여
그 正體를 把握하고
그 眞面目을 봄으로써
運命의 表流에 浮沈하지 말진저!

滅亡의 迷夢과 惡夢을 깨뜨리고
獅子새끼의 精神을 배우라
不死身의 獅子가 되라。

「운명의 저류는 폭발한다」, 『한국문학』, 1978.7

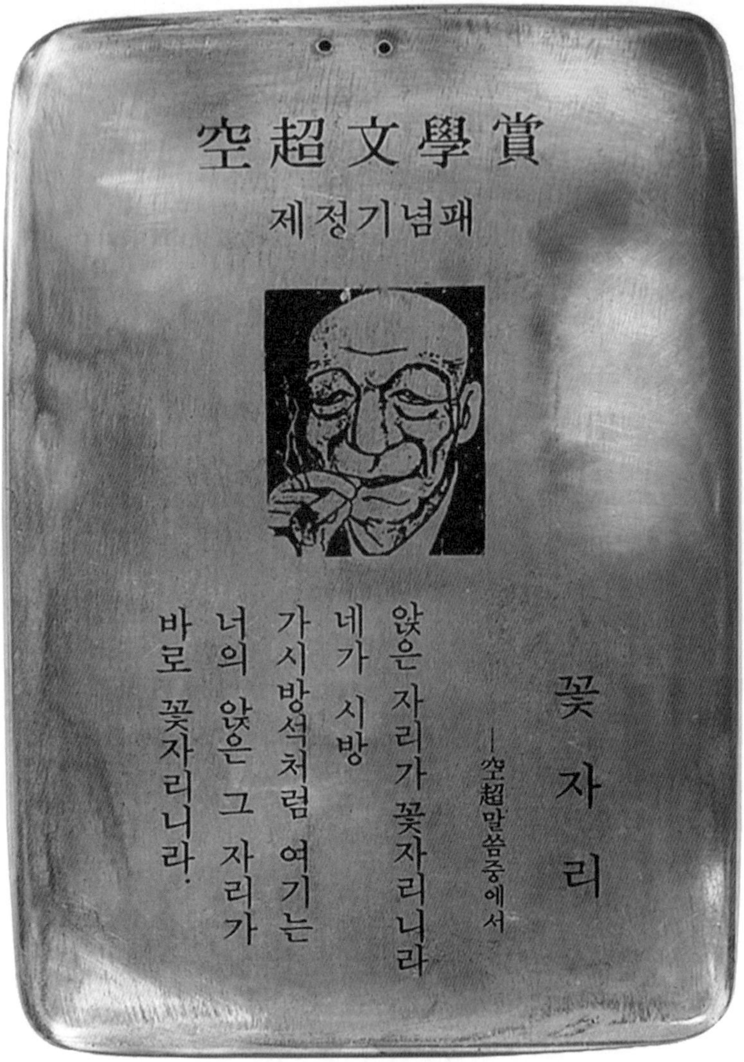

空超文學賞
제정기념패
꽃자리
—空超말씀중에서
앉은 자리가 꽃자리니라
네가 시방
가시방석처럼 여기는
너의 앉은 그 자리가
바로 꽃자리니라.

공초문학상 제정기념패 앞면

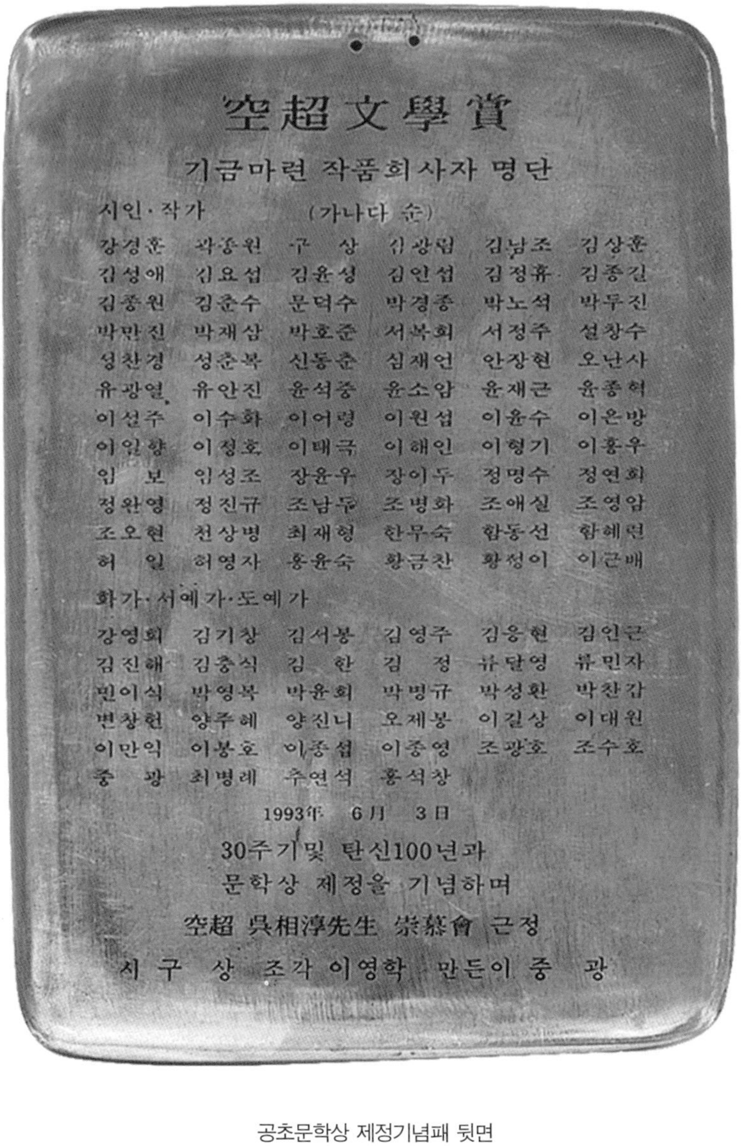

空超文學賞
기금마련 작품희사자 명단
시인·작가 (가나다 순)
강경훈 곽종원 구 상 김광림 김남조 김상훈
김성애 김요섭 김윤성 김인섭 김정휴 김종길
김종원 김춘수 문덕수 박경종 박노석 박두진
박만진 박재삼 박호준 서복희 서정주 설창수
성찬경 성춘복 신동춘 심재언 안장현 오난사
유광열 유안진 윤석중 윤소암 윤재근 윤종혁
이설주 이수화 이어령 이원섭 이윤수 이은방
이일향 이정호 이태극 이해인 이형기 이흥우
임 보 임성조 장윤우 장이두 정명수 정연희
정완영 정진규 조남두 조병화 조애실 조영암
조오현 천상병 최재형 한무숙 함동선 함혜련
허 일 허영자 홍윤숙 황금찬 황청이 이근배
화가·서예가·도예가
강영희 김기창 김서봉 김영주 김응현 김인근
김진해 김충식 김 한 김 정 유달영 유민자
민이식 박영복 박윤희 박병규 박성환 박찬갑
변창헌 양주혜 양진니 오제봉 이길상 이대원
이만익 이봉호 이종섭 이종영 조광호 조수호
중 광 최병례 추연석 홍석창
1993年 6月 3日
30주기 및 탄신100년과
문학상 제정을 기념하며
空超 吳相淳先生 崇慕會 근정
시 구 상 조각 이영학 만든이 중 광

공초문학상 제정기념패 뒷면